惊潮

张新科 著

南方出版传媒
花城出版社
中国·广州

图书在版编目（CIP）数据

惊潮 / 张新科著. —— 广州：花城出版社，2021.5
ISBN 978-7-5360-9358-4

Ⅰ. ①惊… Ⅱ. ①张… Ⅲ. ①长篇小说－中国－当代
Ⅳ. ①I247.5

中国版本图书馆CIP数据核字(2021)第049518号

出 版 人：肖延兵
策划编辑：程士庆
特邀策划：何 平
营销统筹：蔡 彬
责任编辑：许泽红　欧阳佳子
技术编辑：凌春梅
封面题字：汪德龙
封面设计：棱角视觉

书　名	惊潮 JINGCHAO
出版发行	花城出版社 （广州市环市东路水荫路11号）
经　销	全国新华书店
印　刷	佛山市浩文彩色印刷有限公司 （广东省佛山市南海区狮山科技工业园A区）
开　本	787毫米×1092毫米　16开
印　张	29.75　2插页
字　数	500,000字
版　次	2021年5月第1版　2021年5月第1次印刷
定　价	59.80元

如发现印装质量问题，请直接与印刷厂联系调换。
购书热线：020-37604658　37602954
花城出版社网站：http：//www.fcph.com.cn

目录
contents

001　**第一章**
　　当日是阴天，蜻蜓低旋，蚂蚁过道，闷热异常，预示着一场暴风雨即将来临。

009　**第二章**
　　潮州是他的家乡，以前整日在街上穿梭，这些熟悉的街道、房屋和树木早已熟稔于心。

019　**第三章**
　　曾经的无忧少年，肩上一下子压上了从天而降的家庭变故，春洋变得焦虑不安起来。

031　**第四章**
　　在历史长河中，人的一生是短暂的，且终有一死，关键是要死得其所，死得有价值。为了祖国而死，舍生取义，一片丹心将永留史册，彪炳千秋，这就是意义之所在。

042　**第五章**
　　外表风平浪静、波澜不惊的李秾升，内心深处，正在渐渐掀起波涛、涌起激情。

050　　**第六章**

1907年5月22日，原定于月底的潮州黄冈起义，因意外提前举行。

057　　**第七章**

初夏的潮州，阳光炙烤着大地，四处热气蒸腾，空气中没有一丝风，树梢一动不动。金山中学的校园里，一个少年心事重重地踯躅着。

065　　**第八章**

丹可磨，不会夺其赤。春江咬紧牙关，半工半读，艰难地维持着学业。

074　　**第九章**

这次运动，使春洋一帮人了解到了潮汕以外的世界，思想得到了一次前所未有的涤荡和洗礼。

083　　**第十章**

难道他们两人都是共产党？

094　　**第十一章**

我相信，我们中国一定会有那么一天。为了这一天的到来，就是让我赴死，我也心甘情愿！

103　　**第十二章**

一批来自中国的留日精英，在异国他乡快速成长着。

110　　**第十三章**

五年，弹指一挥间。当初青涩稚嫩的年轻人，五年间，经过知识的浸润，已经成为一个思想成熟、有理想有抱负的有为青年。

117　　**第十四章**

革命的种子一旦在心中发芽，是任何力量也阻挡不了的。不让占领教育战线这块阵地，他们还可以用别的方法宣传新思想。

127　第十五章

　　文化的引力是巨大的。蔡兴中利用书店这个平台，一直积极引导着许多青年人的思想，李春洋兄弟们只是其中一例。

137　第十六章

　　家乡仍是那个可爱的家乡，但经历风雨，见过世面的李春澜，已经感受到潮汕大地上涌动的暗流。

149　第十七章

　　这次让春洋吃惊的，还有姐姐的变化。原来只忙于家务，从不关心政治的春溪，眼下都快要加入党组织了。

159　第十八章

　　东征军取得了棉湖战役的胜利，信心大增，乘胜追击，接连收复了潮州、梅州以及惠州，几日后占领了整个东江地区。

167　第十九章

　　春洋清晰地记得，大哥的日记里提到了东征后黄埔军校在潮州开办分校的事情，分校地址位于潮州城湘太马路李厝祠。

178　第二十章

　　在生命的最后关头，大哥不妥协、不辩解、不声明，像一个真正的共产党员那样献出了自己的生命。

188　第二十一章

　　国内形势波诡云谲，共产党受到各方势力的排挤打压。

196　第二十二章

　　总之，一句话，不能损害党的利益。我们加入党组织，不是为了得到什么好处，而是为了使广大老百姓都过上好日子。

205　**第二十三章**
事情果然如春洋预测的那样发生了。

216　**第二十四章**
一时间,潮州城里,大街小巷布满了欢迎的大红条幅,整座城市似乎换了另一副天地。

230　**第二十五章**
整个潮州城一扫大革命失败后白色恐怖的阴霾,人人脸上洋溢着笑容。

238　**第二十六章**
你就说我是"独行者"。

248　**第二十七章**
大军压境,敌人十余倍于我,注定是一场尸山血海的残酷鏖战。

255　**第二十八章**
患难之时生死兄弟再次重逢,两双大手紧紧地握在了一起。

266　**第二十九章**
轮船鸣笛起航后,春洋转身匆匆忙忙向火车站走去。他想尽快回到潮州,家里还有很多事等着他。

277　**第三十章**
一个月过去了,墨香书店的门仍然紧闭着。

286　**第三十一章**
寒尽暑往,转眼到了1930年深秋。

292　**第三十二章**

　　与哥哥暌违三年才得见上一面，下次还不知道何时才能相见，春洋十分珍惜与哥相聚的时光。

300　**第三十三章**

　　故乡在召唤着远行的游子，自己终于可以回家了。

309　**第三十四章**

　　他们革命是为了让劳苦大众过上好日子，我们应该支持他们。

319　**第三十五章**

　　当春洋等人在为潮州秘密交通站成立做准备的时候，汕头方面也在紧锣密鼓地开展工作。

330　**第三十六章**

　　原来，一大早，方大林就接到东江特委通知，让他转告潮州地下交通线负责人，两位"客人"已到汕头，让他们做好接送准备。

341　**第三十七章**

　　不该问的不问，不该猜的不猜，这是地下交通员必须遵守的工作纪律。

353　**第三十八章**

　　一老一少两位亦师亦友之人，风雨如晦，鸡鸣不已。

365　**第三十九章**

　　潮汕其他几条交通线已经先后被破坏，现在唯一幸存的这条线也危机四伏，凶险重重。

376　第四十章
前浪去，后浪来，总有一天，数不尽的浪潮会惊醒韩江，响彻潮州大地！

390　第四十一章
大埔交通站中断，春洋成了整个棋局中的一枚孤子。

404　第四十二章
全民抗日，迫在眉睫。潮州也和全国各地一样，加入了声援抗日的行列。

418　第四十三章
反攻潮州失败之后，潮州与周边地区彻底陷入黑暗的深渊。

429　第四十四章
宁为战死鬼，不当亡国奴！

439　第四十五章
"不在沉默中爆发，就在沉默中灭亡"！越是这个时候，越不能沉默！

458　尾声
今天是潮州革命烈士纪念碑揭幕的日子。

第一章

暗夜如晦，一场血腥屠戮阗然逼近。

这是1927年4月底的一天。虽然清明已过去大半个月，但汕头的夜晚仍有丝丝寒意。深宵时分，汕头沿海附近的道路上乌漆墨黑，空无一人。劳顿一天的人们像归巢的倦鸟，早已酣然入梦。

一辆军用卡车轰鸣着向海边行驶而来，车前大灯好像两条火龙射向前方，在漆黑的夜色中显得格外惊悚。道路坑洼不平，车厢里一个怀抱长枪的士兵一不小心头磕在了车帮上，捂着头气哼哼地骂了起来："脑孬，三更半夜不让睡觉，逼我们出来干积恶事。"

此人脚边，放着三只鼓鼓囊囊的麻袋。麻袋不时颤动，从轮廓上不难看出，里面装着的是被捆绑的活人。

"刺仔，知道今天解决的是什么人？"瓮声瓮气的声音从车厢暗处传来。

"唔北（不知道）。"

"三个'赤匪'。"

车子颠簸半个小时后，在石炮台外海处戛然停下。一个头目从驾驶室跳下，绕到后面，打开车厢板，大声叫道："到了，下车！"

车厢里，站起几个持枪士兵，其中两个人跳下车。车上的人拖着一只麻袋移到车厢尾部。车下的两个士兵各自抓起麻袋一角，费力拉起后"啪"的一声扔到了地上。袋子里的人一阵痛苦挣扎。六个士兵两两一组，拖着麻袋向海边走去。

到了海边，头目二话不说，伸手夺过身旁士兵手中带有刺刀的长枪，对着麻袋中间，猛力就是一刀。麻袋剧烈抖动。

第二刀捅进了麻袋。麻袋又是一阵抖动。接着就是第三刀。一直动个不停的麻袋，渐渐安静了下来。

头目望着另外几个士兵，吼叫道："动手！"

闪着寒光的刺刀捅进了另外两只麻袋。两只麻袋蜷曲成一团，拼命挣扎片刻后，慢慢平展开来。接着，便是三声"咕咚……咕咚……咕咚"的落水声。此时，正是海水涨潮时间，大海的咆哮声此起彼伏。三只麻袋随着翻涌的潮水起伏了几次，片刻后即被茫茫大海吞噬……

时间回溯至十二天前。

当日是阴天，蜻蜓低旋，蚂蚁过道，闷热异常，预示着一场暴风雨即将来临。

午后一时左右，路上的行人来来往往，大都行色匆匆。有经验的人早已在臂窝里掖着一把伞，以躲避这场酝酿已久的大雨。

此时，汕头中马路永平里七号的一栋三层小楼上，《岭东日日新闻》副总编李春江，身穿一件月白色薄款长衫站在窗口，双手扶着窗沿，看起来有点烦躁不安。他紧皱眉头，凝视着通往大门口的马路，沉思不语。报社社长，也就是他的大哥李春澜，一天前去开会，可至今未归，杳无音讯。

李春江和大哥在这栋小楼里已经工作了一年时间。

这栋欧式风格的三层小楼，白色外观，典雅庄重。房子周围种着四株金凤树，树干粗壮，树冠硕大，树梢高度与小楼的屋顶齐平。金凤树还没有到花期，鲜绿色的羽状复叶整齐地排列在枝干上，随风摇曳，就像散开的凤尾，鲜艳飘逸。

这里是《平报》的原址。《平报》原来由钱若储主办。清廷遗老钱若储仇视国民革命，隔三岔五就会撰文登在刊物头条，不是攻击国民革命，就是诋毁谩骂孙中山。

第二次东征胜利后，国民革命军接管了《平报》。时任东征军总政治部主任的周恩来，为壮大革命军声威，便下令将《平报》改组为《岭东民国日报》，并任命李春澜为社长。

在此之前，左派倾向的李春澜曾在广州《政治周报》工作，与毛泽东共事。当时正值国共合作时期。《政治周报》是国民党中央宣传部出版的刊物，毛泽东担任主编，李春澜是编辑。毛泽东见李春澜工作勤勉，能力出众，又是潮汕人，便向周恩来举荐其回汕头筹办《岭东民国日报》……

"李副总编，你看一下关于本期副刊《革命》上的选编，需不需要再调整？"午饭后，李春江站在窗边凝思静虑时，编辑巫丙熹递过来几张纸，打断了他的思绪。

李春江接过巫丙熹递过来的稿纸，准备走到办公桌边去。不经意间，他朝楼下远处的路口瞟了一眼。就是这一眼，救了他一命。

一队荷枪实弹全副武装的士兵，急匆匆向小楼飞奔而来。以前从没有当兵的来过报社，联想到大哥到现在还没有回来，李春江立即对巫丙熹和其他同事喊道："不好，当兵的来了，可能要出事，大家快找地方躲起来。"

李春江一边喊着一边闪进办公室，扔掉纸张，脱下长衫塞入柜中，又从里面拉出一件皱巴巴的破旧棉布衫穿上。刚揉乱偏分头，就听得巫丙熹惊恐地喊道："快，快，他们上楼了！"

　　大家匆忙找地方躲藏。楼里本就地方狭小，根本没有藏身之地，李春江急中生智，扭头朝外面走去。他刚走到楼梯口，一群士兵就恶狠狠地提枪冲上了三楼。

　　"站住，干什么的？"一名矮个士兵持枪吼道。

　　"送……送饭的。"李春江佯装惊恐，怯生生地看了矮个子一眼。矮个子看他一身装扮，发如乱麻，不像斯文的读书人，于是用枪托在他屁股上砸了一下，大声嚷道："快滚开，别挡道！"

　　李春江捂着屁股趁机跑下了楼。跑离报社小楼五十多米，李春江一颗悬着的心刚准备放下，矮个子和另外一名士兵又提枪追了出来。"站住！站住！再跑我们就开枪了！"

　　李春江顿时明白，自己的身份已经暴露，没有犹豫，撒腿急逃。士兵开枪了，几发子弹从他的头顶和耳旁呼啸而过。街上的路人听闻枪声，纷纷抱头逃遁。

　　一条五六十米宽的内河拦住了逃路，千钧一发之际，李春江一头扎入河中。

　　两个士兵站在河沿上，举枪瞄准对面河岸，等待河里的人出水。突然，河中间水面冒出一个人头。两人掉转枪口，朝着水面就是一串子弹。河面顿时水花四溅。之后，他们再次将枪口瞄准对面河岸，打算将跳河者打死在岸边。

　　几分钟过去了，水面没有丝毫动静。

　　"这个挨枪子儿的死父仔，肯定是刚才被我们打中，沉到河底了。"矮个子说。

　　"等等，等他浮出水面，我们再走。"另一个士兵说。

　　两个士兵抱枪守在河边。又过去了一袋烟工夫，河面上仍然平静如初。

　　矮个子说："我家是打鱼的，我知道尸体不会马上浮上来。不等了，我们收队吧，回去报告就说人被打死了。"

　　两人狞笑着对视一眼，提枪离去。

　　酝酿大半天的雨，在狂风与浓云裹挟下，如期而至。一道银白的闪电刺破长空，"轰隆隆"的雷声随即就从云层中传出。风像是着了魔的怪兽，肆意地狂扫而来，紧接着豆大的雨点"啪嗒、啪嗒"砸向大地。雨不停地倾泻，路上行人稀少。两个小时后，在两个士兵射击所站的河岸处，一棵垂落水面的榕树下面，冒出了一颗脑袋，四下张望一阵后，这个人才从河中爬上岸。

　　上岸之人，正是李春江。原来，李春江在河中央浮出水面喘过一口气，便再次潜入水中。他没有游向对岸，而是在水中折返，悄悄游到了平日熟悉的一棵歪脖榕树底下。那两名士兵只顾观察对岸，万万没想到他们要抓的人就在自己脚下。

滂沱大雨中，李春江拼命奔跑。也不知跑了多长时间，李春江已累得气喘吁吁，双腿像灌了铅，速度开始慢了下来。抬头望去，一座古色古香的建筑呈现在眼前，朱甍碧瓦，丹楹刻桷，李春江知道自己已经跑到老妈宫了。片刻踯躅后，李春江进入了老妈宫，一来避雨，二来筋疲力尽的他需要停下来喘口气。

老妈宫位于外马路头，与关帝庙毗邻，是汕头开埠时最古老的建筑。这里是滨海的沙滩，船舶从这里出海，"过番"的潮汕人都要从这里出发。出发前，他们都要进老妈宫里祭拜一番，祈祷妈祖保佑他们在海上一帆风顺。走的时候还要包上一袋香灰随身带着，想家时，便捧在手心看看。

在老妈宫，李春江找了个僻静的地方坐下，脱掉上衣，把水拧干。他的双手已被河水泡得惨白，指头上的褶皱如同撒满白霜的干裂土地，瘆人至极，浑身像吸饱了水的海绵，疲竭沉重。

担心士兵仍然在四处追捕自己，李春江索性就在老妈宫隐藏。一直挨到傍晚老妈宫关门，他才乘着茫茫夜色走了出来。此时，暴雨已停。又饿又冷的李春江不敢到任何一家店里吃东西。一番琢磨后，他决定还是先回百里外的家乡潮州，再另做打算。打定主意后，李春江便一路脚行，出了汕头。

摸黑走了一夜，李春江始终不敢停下来。他心里清楚，自己一旦停下，可能就再也站不起来了。漆黑的夜晚，寂静的路途，倒让李春江紧张的心放松了些许。偶尔有"突、突、突"的车辆经过，他就赶忙侧身躲避。李春江不敢搭顺路车，怕遇到歹徒或者士兵，遭遇不测。

天际露出微微的晨曦，李春江已经走了五十里路。路过一个镇子时，饥肠辘辘的李春江看到了一个早点铺。他下意识地摸了摸湿漉漉的衣服，口袋里没有一分钱。看着眼前诱人的糕粿、稀粥，李春江不停地吞咽着口水，肚子如翻江倒海般饥饿难耐。他想张口讨要，但实在抹不开面子，只能无奈离开。

快走到镇尾了，再不下决心，恐怕连口水都喝不上了。李春江一咬牙，朝着一家正给牛车装货的货店走去。

"老板，需要帮忙吗？"

一个正在装货的人停了下来，从上到下打量着李春江。

"我不要钱，给口水喝就行。"李春江急忙说。

老板看面前的年轻人虽然穿着一身又旧又湿的衣服，但眉目清秀、举止斯文，看上去不像坏人。

"好吧。"老板倒了一碗水递给李春江。李春江接过碗，仰脖喝了个精光。

半个钟头后，货装好了。老板看着累得摇摇晃晃的李春江，问道："吃饭没有？"

李春江不好意思地低下了头，嗫嚅说没有。

老板转身进店，出来时端着一碗稀粥，还有一个糕粿。这是李春江吃过的最香的一顿饭。

"后生仔，去哪里啊？"一旁喝茶的车夫发话了。

"潮州。"

"我刚好去潮州，跟我一道吧。"

汕头暴雨如注，百里之外的潮州同样惊风呼啸，乱雨漫天。往年要到6月，潮州才会有这么大的雨，今年反常。

此刻，潮州街道上，一个黑衣人在没过双脚的雨水里艰难地行走着，边走边不时张望。他没有打伞，任由雨水拍打在身上。拐过一条街，此人来到祥和糖行的后门，环视一眼四周后，抬手"当、当、当"敲了三声。没有回应，他便加大力度，又是一阵猛敲。

片刻，屋里传来一个男子的声音："来了，来了。""吱呀"一声门被拉开了，还没等屋里的人反应过来，黑衣人便一步跨进了院内。

"春洋，快关门！"黑衣人压低声音喊道。

只这一句话，两人便清楚了彼此的身份。叫春洋的人探头看门外无异常后，赶紧关上门，并迅速把门闩上，转身撑着伞把黑衣人扶进屋内。

"二哥，这么大的雨，你不打伞，不怕淋坏身子？"看到二哥春江浑身上下湿淋淋的，春洋忍不住埋怨。

"春洋，出事了，大哥被抓了。"春江喘着粗气冒出一句话，整个房间里的空气瞬间凝固。

春洋一愣，急切地问道："啊？怎么回事？"

"一两句说不清，先拿件干衣服给我，再弄点吃的，我饿得不行了。"春江说完，一屁股瘫在椅子上。

春洋闻言，慌忙去找衣服和食物。等他拿着衣服和吃的东西过来时，春江已经趴在桌边睡着了。春洋心疼地看着二哥，心里暗自嘀咕，大哥肯定是遇上大事了。

春洋轻手轻脚帮二哥擦干头发，解开扣子，脱掉湿衣服，披上干衣服。春洋想扶二哥到床上去睡，又怕把他弄醒，只好作罢。春洋打开门走到院内，静听五六分钟，除了风骤雨急的声响外，确认没有异常，才放心回到屋内。

拿了一条被单给二哥披上，春洋坐下来仔细端详着二哥。熟悉的眉眼，睡梦中依旧紧锁着，两只手紧紧地握成拳头，交叉着放在桌面上。

"大哥被抓，究竟是为什么啊？"春洋端坐桌前，苦思冥想。

"大哥，快跑！"睡梦中的春江突然大喊一声，然后猛然抬起头，神色惊悚地向四周张望，当看到仅有春洋坐在对面时，才定下神来长舒一口气。

"二哥，先吃点东西吧。"春洋把一杯水递给了春江。

春江接过去，一饮而尽，接着端过春洋准备好的饭，饿狼般吃了起来。

春江吃饭的样子，把春洋看得目瞪口呆。春洋自己还从来没有饿到过这种程度。在他的记忆里，只有六岁那年，有次因为打架被父亲关起来饿了两顿外，就再也没有过饥肠辘辘的感受了。"到底发生了什么事啊？"春洋心里满是疑问，但此时他不忍打断正在狼吞虎咽的二哥。风卷残云般闷头扒了两碗饭，春江才像是尘埃落定一样，停了下来。

春江望着满脸疑惑和不安的春洋，吐出一句话："春洋，出大事了。"向前挪了挪椅子，春洋急切地问道："二哥，大哥为什么被抓？"神色凝重的春江没有回答弟弟的问题，而是趴在桌子上痛哭起来。许久，春江才抬起头，阑风伏雨中，慢慢讲述起这几年发生的一切……

1925年年底，为充实《岭东民国日报》的办报实力，周恩来调来赖俊、李春江任正、副总编。完成精兵强将的人事布阵后，周恩来专门召开了一次报社全体人员会议，同时，电令各县——"《岭东民国日报》前由中央党部派李春澜来汕组织，现已筹备就绪，定于1月20日出版。查该报系本党宣传机关，为潮梅海陆丰机关报。潮梅人民历受洪林诸逆蹂躏，对于革命的真谛都未了解，该报负指导之责，以期唤起潮梅民众革命精神。"由此阐明了办报的必要性和报纸的性质。

《岭东民国日报》题材新颖，针砭时弊，每期都结合时事发表犀利评论，令读者如获甘霖。汕头市民争相购买，一时洛阳纸贵。

国民党右派也盯上了《岭东民国日报》。

李春澜等人积极推动潮汕地区的国民革命运动，得到社会底层和进步人士的大力拥护，这引起了国民党右派势力的极大恐慌。转眼到了次年夏天，刚刚成立几个月的潮州工会出事了。

在国民党右派唆使下，一个名叫侯应澄的人伙同他人篡夺了潮州工会的领导权。把持工会后，侯应澄经常暗地里指使同伙对左派进行袭击。潮州锡箔工会干事李子标对此十分气愤，号召一批工人退出工会并另外成立了新工会。这下惹恼了侯应澄,他不断对李子标等工会成员进行打击报复,在他们出入的路上扔砖头、掷臭鱼烂虾等,威逼他们解散新工会。受尽屈辱的工会成员们并未退却,在李子标带领下,更加积极地开展工人运动。李子标低估了侯应澄的阴毒。不久后的一天晚上,李子标外出与工会会员聚会议事时,被五六个手持棍棒的打手活活殴打致死。这就是著名的"李子标潮州血案"。

受周恩来之托,李春澜回到家乡潮州,负责调查血案真相。之后,他以《李子标潮州血案》《究竟谁打死了李子标》等为题,分别在《岭东民国日报》《人民周刊》上发表言辞犀利的评论。一石激起千层浪,工会会员和民间正义之士声讨查办侯应澄等人的呼声四起。时任国民革命军第一军军长兼潮梅地区绥靖区委员的何应钦,顿时乱了阵脚,唯恐蒋介石怪罪,即刻责令潮梅警备司令部司令何辑五请李春澜前来"磋商"。

何辑五何许人也?何应钦的胞弟。何辑五当即命令潮州警备司令王绳祖扣押李春澜。

得知哥哥被抓的消息后,李春江即刻回到家乡潮州加入到了工运活动中。

经过广泛动员,李春江与县总工会、县农民协会一道,组织了两万多名工农群众,游行示威,在县署门前举行追悼李子标、声讨侯应澄的大会,并向潮安国民党当局请愿,要求立即释放李春澜。始料未及的是,潮州警备司令王绳祖竟悍然下令出动军警进行武装镇压,当场打死打伤五人。这对游行队伍来说,无异于火上浇油,群情更加激愤。

第二天,潮州工农商学各界人士纷纷参加请愿活动,罢工、罢市、罢学,整个潮州城一时陷于瘫痪。经李春江提议,工会派出两百多名代表组成"请愿代表团",奔赴汕头,向汕头市民和潮梅警备司令部控诉王绳祖、侯应澄制造的"潮州血案"。

李春江在《岭东民国日报》上撰文,呼吁汕头各界支持潮安人民的正义斗争。汕头总工会积极响应,立即组成了援助潮州惨案委员会,发动群众参加示威游行活动,支持潮州代表团提出的四项要求,并要求汕头市府在二十四小时内给予答复,否则就要全市罢工。

最后时限已过,潮梅警备司令何辑五依然推三阻四,迟迟不予答复。汕漳轻便铁路工人及鮀江篷船工人率先罢工,汕头总工会随后组织了总罢工。

眼看事情越闹越大,何辑五担心局面不可收拾,请示何应钦后,便实行"缓兵之计",答应了潮州代表团提出的四项要求,撤职查办王绳祖,下令通缉侯应澄,抚恤伤亡者。同时,在广大群众的巨大压力下,释放了李春澜。

工农运动取得了暂时性胜利，但静水流深，暗流涌动。国民党右派早已盯上了《岭东民国日报》，经过这一事件，他们更是怀恨在心，给《岭东民国日报》和李春澜、李春江记上了一笔黑账。

一年三个月后，报社同仁最担心的事情发生了。李春澜接到潮梅警备司令部的会议通知，说是要一起商量解决澄海县农军教练彭丕被害事件，但去后便杳无音讯。李春澜之所以被邀，除《岭东日日新闻》报社社长的身份外，他还兼任国民党汕头党部宣传部部长。

国民党汕头党部是根据周恩来的指示成立的。

当时，在国民革命军中，周恩来的共产党员身份是公开的。鉴于国民党内左右派斗争比较激烈，他建议李春澜以"灰色"身份活动。李春澜曾经多次提出加入中共的申请，但组织上考虑到其作为国民党左派更有利于开展工作，故而一直未予批准。李春江比哥哥幸运，他已被组织批准成为一名共产党员，而且直接负责副刊《革命》的编辑工作。

国民革命成功后，蒋介石生恐共产党日益壮大，对自己造成威胁，早在1925年5月，就已经开始在秘密状态下筹划清党反共。

春洋胆战心惊地听完二哥的讲述，仍然心有余悸，没想到两个哥哥经历过如此险境。好在二哥足够机灵，算是捡了一条命。

"几点了？"正在说话的李春江突然问了一声，把正在专心倾听的春洋吓得一个寒战。

春洋掏出怀表看了看："十点半，怎么了？"

"我不能待在这里，说不定很快就会有人来搜查。除了家里，还有别的地方可以暂时躲一躲吗？"

"让我想想。"春洋皱着眉头，大脑开始飞快地运转。片刻后，他猛然瞪大眼睛，果断地说："跟我走！"

第二章

春洋和春江两人草草收拾后，便撑伞匆匆来到街上。雨小了一些，但狂风依旧肆虐。春洋一阵瑟缩，他让春江跟在后面，隔上十来米，兄弟俩一前一后向城西北方向走去。

人在黑夜里待久了，眼睛会渐渐适应黑暗。春江一边走一边向路两侧观望，尽管四处漆黑一片，但他能模模糊糊判断出方位。潮州是他的家乡，以前整日在街上穿梭，这些熟悉的街道、房屋和树木早已熟稔于心。

春江疑惑起来，这不是朝家的方向走吗？他已经和春洋说过了，不能回去的，怎么还朝家走？春洋的叮嘱犹在耳边，此时的他不能贸然上去询问。再往前走，那条向左拐的街道就是通往刘察巷的路了。春江多么想回家看看阿公阿嬷、阿爸阿妈啊，他已经将近一年没有见到他们了。

走到路口，春洋并没有拐弯，而是继续低头前行。春江顿时意识到，弟弟并不是带自己回家，这才长舒了一口气。又走过了两条街道，春洋向右拐了进去。对春江来说，这是一条再熟悉不过的街道，向前一直通往书店。小时候，大哥春澜常常带他们去那里看书，稍大一点后自己也常去。

"难道是去书店？春洋什么时候和书店老板这么熟悉了？"春江满脑子的疑问。

果不其然。春洋快走到书店门口的时候，停下来前后看了看，才走近大门，以一种特有的节奏敲了几下门。虽然没有太用力，但在寂静的夜里，这声音已经足够响了。

店门打开了一条缝。春洋和开门者低声交流了几句，就快步闪进屋内。随即店门被关上，留下春江一个人站在街道上。片刻后，店门再次打开，春洋在门口招了招手，春江疾步赶了过去。在店门口，春江下意识抬了抬头，隐约看到门框上一副对联，左联写着"翰墨致高远"，右联写着"书香缔卓见"，门头上写着雄厚苍劲的章草牌匾"墨香书店"四个字。

书店的老板姓蔡，叫蔡兴中。昏黄的灯光下，三个人分头落座。书店不大，前面是五排书架，后面留了一个小隔间，里面支着一张单人床。老板蔡兴中大多时候都在店里歇息。

"蔡叔，打扰您了。"春江很是抱歉。

"没什么。事情已经发生，总得想办法。"说话的是一个四十多岁的中年人，英武的剑眉下，一双眼睛闪着深邃之光，面庞清瘦，看上去异常精干。

沉吟片刻，蔡兴中低声说道："春江这两天就住在这里，哪儿都不要去。按照你说的情况推断，这两天汕头肯定会来人，他们一定会到你家里搜查，找不到你不会善罢甘休。春洋，你赶紧通知一下春海，这两天你们都要躲一下，家里、糖行和剧团都不能待。"

春洋很担心家里人，蔡兴中安慰说，阿公阿嬷年纪大了，他们不会把老人怎么样。阿爸阿妈估计也不会有问题。让春详不要给他们透露任何风声，他们什么都不知道反而更好。

看着说起话来有条不紊的蔡兴中，春洋知道自己找对了人。一直以来，春洋都觉得沉着稳重又有学问的蔡兴中不是一般人。

春洋环视了一下四周，疑惑地问道："那你们怎么睡觉呢？"

"这里有一个木板，我们打地铺。这两天你不要再过来，如果可能就在外面打探打探消息，看看有什么情况，明天下午三点我们到天后宫碰头。"蔡兴中叮嘱道。

"好。"春洋走出了书店。离开书店，春洋疾步消失在茫茫夜色里。

按照蔡兴中的交代，春洋赶往潮剧团，三哥李春海在那里。春海比春洋大两岁，自小迷恋潮剧，中学毕业后就进了潮剧团。剧团里有宿舍，他平时吃住在此，很少回刘察巷十五号的家。当春洋找到春海时，春海正在床上酣睡。四个人一间的宿舍，狭小拥挤。男孩子不太爱收拾，屋子里气味很大。春洋皱着眉头把春海从床上拉了起来，两个人蹑手蹑脚地跑到外面一个角落里。

"什么，大哥被抓了？"迷迷糊糊的春海一下子惊得完全清醒了。

"小点声！"春洋制止春海，"不仅大哥被抓，二哥也逃回来了，汕头的官兵正在追捕他，我先把他藏起来了。他们在汕头找不到人，肯定会追到潮州，所以这阵子我们都要躲一躲。"

"躲？躲到哪儿去啊？"

"躲哪儿都行，朋友或同学家，只要不被他们抓到就可以。大哥二哥都这样子了，我们两个不能再出事，不然的话，谁管阿公阿嬷、阿爸阿妈呢？"春洋劝说着春海，这时的他好像是哥哥。

"好。那我们两个与家里怎么联系啊？"

"如果有事，就让别人去找小美，让小美帮帮我们。"小美即陈宏美，是他们的邻居，也是他们从小到大的玩伴。

春海说天太晚了，没办法找人。今晚先在这里睡，明天再躲到别处吧。

春洋一口否决，说万一明天一早警察来了，把两人堵在这里怎么办？宿舍是万万不能待的。问还有没有别的地方能凑合着躺会儿。

春海想了想，觉得仓库还行。仓库平时锁着，钥匙在好朋友金昌手里。

他们打算在这凑合一晚，明早天亮就走。

春洋和春海两人商量怎么过夜的时候，书店里的两个人也在紧张地合计着。

蔡兴中在店内来回踱步，突然停下说：“春江，我们得走，不能睡在这里。”

春江问：“去哪儿？”

"去我家，那里比这安全。"蔡兴中说着就开始穿外套。

漆黑一团的窗外，雨又大了起来，呼啸的狂风夹杂其间，阴森可怖，像是要吞噬一切生灵。蔡兴中开门打望了几眼，才回身招呼春江一起离开。

"咣！咣！咣！"第二天一大早，刘察巷十五号的大门就被擂得有如打雷。

外面雨停了。爷爷起得早，正在院子里伸展腿脚，闻声向大门口走去。老爷子刚拉开门闩，一群士兵"咣当"一声把门撞开，蜂拥而入。老爷子被撞得一溜儿踉跄过后，一屁股蹲坐到地上，一股钻心的疼痛从尾椎骨传遍全身，随即瘫倒在地，动弹不得。

"你家孙子在不在家？"领头的五大三粗的排长大声喝问。

"哪个孙子？我好几个孙子呢，他们都不在。"老爷子忍着疼痛说道。

"他们都到哪里去了？"

"好几天我都没见人了。"老爷子坐在地上一动不敢动。

"给我搜！"领头的一声令下，身后的士兵提枪奔进屋内。每间屋子仔细搜过一遍后，士兵纷纷出来报告说没有找到人。这时，站在一旁的带路人说道："他们还开了一家糖行，要不要去搜一搜？"

"走！"乌泱泱一群人跟着带路人向糖行奔去。

时间尚早，糖行还没有开门，一伙人砸开了店门。还没起床的小伙计大栓丈二和尚摸不着头脑，揉着惺忪的双眼被一群士兵拎起，屁股上随即挨了一记枪托。

排长骂道："他妈的，磨磨蹭蹭的，不想活了？"

大栓吓得畏畏缩缩，慌忙退后。

"你们掌柜的呢？"

"不……不在。"

"去哪儿了？"

"我不知道。"

"咚"的一声，大栓屁股上又挨了一枪托。

"他妈的，说，到底知不知道？"

大栓哭着说真不知道。大栓人瘦，刚才一记枪托砸在了他的胯骨上，疼得他两眼泪水汪汪。

"搜！"排长一声令下，士兵开始翻箱倒柜。春洋不在店里，他们自然一无所获。排长在大堂里转悠起来，眼睛像探照灯一样四处乱扫，探查着房间的每一个角落。突然，目光落在搭在椅背上的一件湿衣服上。"这是谁的衣服？"

大栓一看，心想糟了。春洋走的时候，把已经睡着的大栓喊了起来，让他把碗筷收拾一下，并嘱咐他无论谁问，都说什么也不知道。大栓收拾好，把春江换下的湿衣服撑开晾在椅背上，没想到这么早就有人突然闯进店里。

大栓脑子一转："我的衣服。"

"你的？你的衣服为什么是湿的？"

"我昨天晚上出去办事，没有带伞，回来时下雨，浑身上下都淋湿了。"

一个士兵用枪头指着大栓："你要说假话，老子毙了你！"

大栓哭丧着脸，"我如果说半句假话，你们就一枪打死我好了。"

排长皱皱眉头，又仔细打量了浑身哆嗦的大栓一眼，说："瞧他这个熊样，不像找事的人。走！"

看到柜台上码着一包包蔗糖，士兵临走时，每人不由分说拎了几包，骂骂咧咧地离开了。

路上，排长问带路人："两个地方都找了，没有人，看样子他们家人真的不知道。他们家一共几个孩子？"

"报告排长，四个。不，五个，一共五个。老大是个姿娘，早就出嫁了。"

"出嫁了还说什么。其他的呢？"

"另外四个都是儿子，老大李春澜，老二李春江，老三李春海，尾仔叫李春洋。"

"他们都是干什么的？"

"老大和老二不在潮州，不知道在外做什么。老三喜欢潮剧，在潮剧团。尾仔做生意，打理他们家的糖行。"

"你叫什么名字？怎么知道得这么清楚？"

"报告排长，小的姓朱，叫朱明盛。我是听我们头头说的，头头和尾仔李春洋是同学。"

"哦。潮剧团在哪？带我们去看看，说不定这小子藏在那儿呢！"一行人又马不停蹄赶往潮剧团。

路上行人慢慢多了起来，街边的摊点已开始售卖早点，有白粥、咸杂、油条、粿条、糕粿，还有两面煎得焦黄、散发着喷香味道的蚝烙。

已经跑了两个地方，一行人早已十分劳累困顿。一个士兵捂着肚子说："排长，咱们先吃点东西再去吧，兄弟们都饿了。"

"你个食父仔，是猪啊，整天就知道吃吃吃。逃犯还没抓到，给我忍着！"排长劈头盖脸一通斥骂，士兵再没有一个人吱声。

剧团的习惯，演员们要早起练声习武，所以很多人已经起来了。有的在咿咿呀呀地唱，有的拿着刀、剑、枪在耍，院内一派喧闹繁忙的景象。

一群士兵突然持枪闯入，大家都停下来退到一边，彼此观望。排长扯起嗓门吆喝道："李春海在不在？"

无人回答。大家互相看看，都怯生生地摇了摇头。

"谁和他住在一起？"

手握大刀的金昌说："我。他昨天没在宿舍睡，可能回家了，今天早上也没有见到人，我还正奇怪着呢。"

"真的？"

金昌赶紧点点头。

"带我们到他宿舍看看！"排长转头问朱明盛，"你认识李春海？"

朱明盛点头哈腰地回答："和他打过照面，但没有深交。"

士兵进了宿舍就是一通翻找，床上床下，柜子里，门背后，持枪四处敲砸，好像李春海不是个大人，而是一个能轻易藏起来的物件。

"院内其他地方，也给我仔细搜查！"排长下令。

仓库里，春洋和春海两人满头大汗，急得如热锅上的蚂蚁。他们本来打算一大早就起来，趁着没人的时候溜走。可是年轻人瞌睡大，一觉醒来，院子里已经有人在练功了。他们正琢磨着如何出去，院内忽然骚动起来。剧团院子不大，外边的说话声他们听得一清二楚。

"怎么办？"当兵的肯定要进仓库搜查，两人知道，这次他们插翅难逃。四只眼睛在仓库里扫视，急促搜索藏身之处。

突然，春海想到了一个主意，他指着将军的盔甲戏服说："我们穿上这个，那边一排衣架子上套着戏服，头上也挂着冠冕和头饰，我们靠墙边站进去，兴许能混过关。"

两个人各拿了件盔甲戏服，飞快地套在身上。穿戏装春海有经验，他穿好后，赶忙协助手忙脚乱的春洋也穿戴整齐。两人又各拿了一顶头盔往头上一扣，侧身站在了一排衣架撑起的戏服中间。两人高矮模样与衣架相当，再加上仓库里光线昏暗，不仔细看，极难分辨。

士兵散在院子里分头检查，两个士兵指着一间房子问是作什么用的，金昌说是仓库。他们便要金昌带他们去检查。

轮到金昌值班，他摸摸钥匙，还在身上挂着，于是带人朝仓库走去。到了门口，金昌正要拿钥匙开门，却看到挂在门上的锁是打开的。金昌脑子飞速转动，立马起了疑问："怎么回事？难道我昨天晚上忘记锁门了？可是明明记得锁好了啊。"疑惑归疑惑，金昌仍然不动声色地打开门。一个士兵起了疑心："仓库平时都不上锁吗？"

金昌赶忙说："平时都上锁的，我早上进来拿东西，心想等会儿还要送回去，就没锁。"

屋内很暗，也很乱，一眼望去到处都是道具和戏服架子。两个士兵往里走了走，东瞧瞧西看看，左碰碰右摸摸。春洋和春海眼瞄着进来搜索的士兵，一动也不敢动。金昌跟在两人后面一边看一边絮絮叨叨地说着："仓库是放道具的地方，老鼠多得不得了。两位老总小心，不要绊倒木架子。"

两个士兵检查完插满斧钺刀叉的木架子，接着走近挂满各式戏装的一排木架前。由于看不清是真人和假人，从边上开始，两个士兵都要伸手摸一下人形木架的脸和肚子。再过两个衣架，士兵就要走到春海和春洋的面前。形势危急，汗水一下子涌上兄弟俩的额头。

"完了！完了！"兄弟俩吓得闭上了眼睛。

两个士兵在黑暗中又检查完一个衣架，距兄弟俩只剩最后一个了。两人几乎听到了士兵的呼吸声。两个士兵走到最后一个木架前，开始检查。走在前面的士兵摸了一下木架上端的脸部："真瘆人！冷冰冰的，不是人！"后一个士兵用手指戳了一下衣架中间，硬邦邦的。两个士兵向前挪动一步，走到了春洋面前。前面的士兵伸出去的手刚要触及春洋的脸部，屋内传来了一声巨响。他们背后放置刀枪的架子突然倒了下来，重重地砸在了两人身上。

"啊呀"一声后，其中一个士兵捂住后脑勺，躺在地上嗷嗷号叫。架子上的一把长剑不偏不倚劈在了他的后脑勺上，鲜血忽的一下涌了出来。

"对不起，对不起！我绊倒了木架子！"金昌说着话，急忙蹲下去扶倒地的士兵。

"他妈的，怎么搞的！老子一枪毙了你！"另外一个士兵脸上也被划了一道血痕，捂脸骂道。

"都是我的错，咱们赶紧去诊所包扎。"金昌架着士兵就朝门外走。

排长见两个士兵出来，还各自捂住脸和头，急忙问道："怎么回事？"

"这个王八蛋碰倒了刀架子。"

"里面有人没有？"

"没有。"捂头的士兵喊道。

排长走到金昌面前，声色俱厉地吼道："小子，我现在没时间收拾你。给老子记住，他们两个看病的钱外加三天的营养费，你出！我三天后派人来找你！"

金昌杵在地上一声不吭，虚汗直冒，不停地点着头。

士兵们走了。大家站在院内议论纷纷，不知道春海犯了什么事。他们问金昌，金昌也说压根儿不知道他犯了哪条王法。

众人散去，金昌赶紧去收拾仓库。回到仓库，金昌关好门，低声喊道："春海，出来吧，他们走了。我知道你在这里。"

原来，自从金昌发现仓库没有锁门，就起了疑心。他记得清清楚楚，昨天晚上自己把仓库里的东西归整了一遍并落了锁。现在门开着，而钥匙还在自己身上，谁能接触到钥匙呢？只有自己隔壁床的春海。况且春海这会儿又不见了，如果他还在院内的话，只能躲在仓库里。一进仓库门，金昌就更加证实了自己的猜想。这几天他值班，仓库里有什么东西，在什么位置，他清楚得很。他能确定木架后一个穿戴盔甲的就是春海。"朋友急难，自己得帮。"机智善良的金昌在关键时刻绊倒了竖立刀剑的木架。

春海摘下帽子，卸掉盔甲，低声问金昌："他们真走了？"

金昌说："我还能骗你？"

春海长舒一口气，对旁边的一个"兵士"说："你也出来吧。"

金昌吃惊地问道："怎么还有一个？"

春海说："是我弟弟春洋。"

"你们俩犯什么事了？"经过刚才这么一出，金昌已经察觉到事态的严重性。

"嘘，小声点，没犯什么事。"春洋说，"一两句话说不清，总之我大哥二哥在外面不知怎么了，当差的四处抓他们，我们怕受连累，就躲起来了。"

"你们不能一直躲在这里啊？"

春海说:"等会儿没人时,我们就走。"

春洋以前经常来潮剧团玩,和金昌也比较熟。他问金昌:"金昌哥,求你再帮个忙,等有空了到我家和店里去一趟,看看什么情况,好吗?中午时我们到西边护城壕边的君至老尾牛杂店碰个面,到时候我把那两个大兵治伤的费用一并给你。"

君至老尾牛杂店是潮州城开了几十年的老字号,素以料足、味美、汤浓而闻名,价格当然比别家贵,一般人要吃一碗他们家的牛杂,总得盘算盘算。金昌知道这家店,但从来没去吃过,嫌贵。

"好。"金昌满心欢喜地答应下来。

惊魂甫定,春洋和春海趁人不注意,从潮剧团后院翻墙溜了出去。两人商定,春海暂时到一位同学那里躲藏一阵。大哥二哥不在潮州,老三唱戏也不着家,因此,平时家里的事,尾仔春洋管得多。今天出了这事,春洋不放心家里,就没有走远。在一家小店角落里吃了碗粿条,他准备回家看看老人。虽然蔡兴中劝他别回去,但他认为"灯下黑",最危险的地方反而最安全,还是想赌一把。

春洋远远地观察着家门口的情况——大门关着,没有人进出。过去阿妈时常会搬个凳子坐在大门外和邻居们聊天,但今天大门紧紧地闭着,门口没有一个人。"阿公阿嬷,还有阿爸阿妈都安全吗?"越是不见人,春洋越是担心。"不行,一定得回去看看。"春洋低垂着头,快步朝家里走去。

走到距家门口还有五六米远时,邻居花婶从旁边突然闪了出来,边走边喊:"哎,那谁,你过来帮我个忙。"花婶走到春洋面前,不由分说拉着他就进了自家院内。此时的花婶,满脸虚汗,低声说:"春洋,你吓死我了。你阿爸刚才出去时,偷偷告诉我有人要抓你们,让我在这守着,说看到你们,千万不能让你们回家。三四个当兵的这会儿正在你们家呢。"

春洋问阿爸阿妈在哪儿,花婶也不知道,具体的事情他阿爸没来得及说。

家不能回,谢过花婶,春洋决定去店里看看。春洋转念一想,对方能在家里守着,也一定会在糖行布控。于是他问花婶要了一身破旧衣服,又在头上戴了一顶遮阳竹帽,穿戴完毕,从外形上看,一下大了十几岁。

春洋到了祥和糖行所在的那条街上,看到店门已经开了,大栓一个人在那里守着。春洋没敢直接进去,而是远远地观察等待。店里还有一个王叔,年纪大一点,以前一直跟着阿公做业务,相当于店里的经理。后来阿公年纪大了,不想管事了,就强行将生意交给了春洋,王叔帮助指点打理。王叔这会儿不在店里。在远处观察了大约半个钟头，春洋没看见几个客人上门，也没有看到店里和周边有什么可疑的人。他整理了一下心情，然后大摇大摆地向糖行走去。

大栓一看有顾客进店，很是殷勤。"老板，您请坐。买什么糖？"大栓看着低头的春洋，又是请坐又是上茶。如果是在平时，春洋这样戏耍大栓，自己都要忍不住笑出声来，可此时此刻，他一点心情都没有。

春洋问他："你们老板在吗？"

"不在。我可以先给您介绍一下店里经营的品种。您有什么需要的，我回头给老板说一声。"

正在这时店里来了两个顾客，春洋说道："你先忙，我喝口茶再说。"

春洋一边喝茶，一边不时观察着店外的情况，却忽略了店里的大栓，全然不知大栓一边应付着顾客，一边正在悄悄地凝视着自己。

"这个人喝茶的动作怎么这么熟悉？"大栓心里犯起了嘀咕。他送走了两位客人，又走过来帮春洋续水，低头看到了春洋的鞋子和袜子，"这鞋子和袜子怎么和老板的一样？"迷惑不解的大栓一抬头，正好对上了春洋的眼睛，吃惊地用手捂着嘴轻轻地"啊"了一声。

"嘘，别声张。"春洋小声制止大栓，接着问他今天有什么人来过。

"有。一大早一群当兵的来砸门，说要找你，我说你不在，他们不信，在这里翻箱倒柜搜了很长时间，临走还抢走了咱们一些捆好的糖包。"大栓见到了老板，就像被人欺负的孩子见到了家长，委屈地说道，"他们打我耳光，用脚踹我，还用枪砸我，我的胯骨到现在还疼着呢。"

"对不住，大栓，让你遭罪了。"春洋安慰道，又问王叔哪儿去了。

大栓说王叔的老毛病又犯了，回家去了。

"王叔不在的时候，你把店照顾好。我这一段在外面有事，不能常过来。我身上钱不多了，你告诉王叔让他给我备点钱，我找个时间过来拿。还有我不能在这里待太长时间，有人问起我，你就说这几天我外出进货了。"春洋说完，站起来向街道两边看了看，没等大栓反应过来，就疾步走了出去。

在外面闲逛了一阵，临近中午，春洋向着城西护城壕边走去。他本以为时间尚早，哪知道金昌早已在君至老尾牛杂店附近等他。走过金昌旁边，春洋碰碰他示意跟他进去。他这个扮相让金昌很吃惊，仔细看了几眼才认出来。店里这会儿人不多，他们进去找了一处靠墙边的位置，要了两碗招牌牛杂粿条。

刚一落座，春洋就迫不及待地问："怎么样？探听到什么消息没有？"

"我去过你家了，家里人都不在，只有两个当兵的坐在院子里喝茶。我又问了知情的邻居，才知道他们都去医院了。一大早，那些当兵的闯进你家，他们猛力推门，把你阿公撞倒在地。你阿公当时就不能动了，后来被送进了医院，不知道现在什么情况。"

"这帮畜生！"春洋满脸涨得通红，气愤地骂道。

缓了一会儿，春洋问道："你问没问送到了哪家医院？"

金昌说："我问了，好像送到了教会的福音医院。要不要我去医院打听打听？"

"不用了，谢谢你，等会儿我就去医院，如果后面有什么要帮忙的，我再去找你。"春洋对金昌说。

第三章

心头压着块巨石,春洋三口两口扒完粿条,就和金昌分了手,朝教会医院直奔而去。潮州人口中的教会医院实际名称叫潮州府城福音医院,是19世纪后期英国长老会在潮汕地区开设的三所教会医院之一。医院位于南门外堤顶,虽然距离并不算远,但春洋心急,叫了一辆黄包车。

一路风驰电掣,黄包车二十分钟就到了医院门前。观察一阵后,春洋确信医院大门外没有什么异常,就随着来看病的人一起进了医院。春洋没有到问询台,而是径直去了护士工作室,邻居小美就在这里当护士。

远远地从走廊尽头走过来一个窈窕绰约的身影——一个姿娘仔,穿着淡绿色的护士服,肌肤白皙,双眸如星,头发高高盘起,戴着雪白的护士帽,窗口透过的光影给她罩上了一层光环,仿佛给她插上了美丽神圣的翅膀。"白衣天使!"春洋的脑海里倏忽跳出了这个词。那是春洋熟悉的身影,近了,又近了。春洋呓语般轻声喊道:"小美,小美!"

走过来的小美并未注意到春洋,一直走到他面前时才听到对方在叫自己的名字。小美愣住了,抬头看看,自己不认识对方。

"要帮忙吗?"小美问道。

春洋说:"小美,我是春洋。"

小美看看他,摇摇头。

春洋把竹帽摘了下来。

"啊,春洋。真的是你!"小美惊讶地后退一步,眼睛睁得滚圆。

"找个僻静的地方说话。"春洋说完,跟着小美往护士工作室走。

"你怎么打扮成这个样子啊?"进了空空的护士室,小美不解地问道。她和春洋从小玩到大,还从来没有见过他这副装扮。

"今天你见到我家人没有?"

"见了,你阿公摔了一跤,住院了。"

"严重吗?"

小美告诉他，阿公是蹲坐在地上的，因为下坐的力量大，造成骨盆骨折，专业术语叫作尾椎骨粉碎性骨折。这种蹲法，一般的年轻人都受不了，更别说老年人了。考虑到阿公年纪大，目前医生还没有确定到底是做手术还是保守治疗，只能先给他止痛。

春洋问能不能治好，小美想了想，解释说这种手术比较复杂，而且要很长时间，就怕老年人体力不支，最后连手术台都下不来。但如果保守治疗的话，说不定今后再难以下床。

"这群王八蛋，我真想亲手剁了他们！"

"春洋，你家到底发生了什么事？今天怎么穿成这个样子？"

"大哥二哥不知道犯了什么事，一群当差的到处抓他们。我穿成这样子也是为了他们，以免受到牵连。早上当兵的去我家，就是他们把阿公推倒的。"略作停顿，春洋又说："我想去看看阿公。"春洋是家中尾仔，从小阿公就非常疼他。一家人中，他和阿公的感情也最好。

小美刚从春洋阿公所在的十七号病房出来，知道没有可疑人员，便低声说："走吧，我陪你过去。但是我劝你不要进去了，就在门外看一眼吧，老人看到你肯定会激动，这样对他的病情不好。"

春洋心里暗暗佩服小美，虽然是一个姿娘，但考虑问题周全缜密。隔着玻璃，他看到阿公闭着眼睛趴在床上，从那斜侧的脸上，可以看出老人正强忍着疼痛。一天不见，阿公似乎瘦了许多，守着他的阿嬷和阿爸阿妈也都愁眉不展，憔悴了不少。冲动的春洋正要推门进去，胳膊被小美一把拽住。

这时，走廊里突然起了一阵骚动。小美说："别看了，有人过来了。"小美看到问询台前围了一小撮人，四个拿枪的士兵正在大声问前台护士："有没有一个姓李的老头儿来住院？"

前台护士不知道怎么回事，翻了翻登记册，说："有啊，不止一个呢，有两个，你们找哪一个？"

一个士兵拍着桌子，蛮横地吼道："废什么话，把两个都告诉我们。"

"二号和十七号。"一脸惊恐的护士答道。

小美一听，心中一惊。联想起刚才春洋告诉自己的话，她立即明白了当兵的意图，快步走到春洋跟前，不由分说，拉着他的手就进了隔壁的病房。

"仇人追债来了，我去对付，你快从这里逃出去。"小美低声叮嘱春洋。

春洋迟疑片刻，明白了小美的话里的意思。

"有事你可以写个字条，托人交给我。"小美说完立即关上门，走了出去。

屋内躺在病床上的人奇怪地看着春洋。春洋粲然一笑："打扰你们了，我马上就走。"

小美迎着四个士兵走了过去："你们干什么呢，大呼小叫的，这里是医院。"

一个士兵流里流气地嚷道："哟，姿娘仔蛮水灵啊。我们找人！"

"哪间病房？"

"一个姓李的老头儿，不是二号就是十七号。"

小美板着脸说："我带你们过去，但你们小声点，别吓到病人。"

小美带人走向二号病房，轻敲两下后，推开病房门把四人带进了病房，对病人家属说："有人来看你们。"

几个士兵进门后，大声质问是不是李春澜、李春江家人，病人家属一脸懵懂。

趁此机会，春洋从病房悄悄溜出，从医院后门快步走了出去。

下午三点差十分，春洋赶到了东门旁边的天后宫。春洋和蔡叔约好三点见面，时间尚早，他就在附近转一转。他以前来过这里不知多少次了，都是来看祭祀，凑热闹，并没有仔细观察过。这次是约人相见，目的不同，心情迥异。为防万一，他还是把周边的位置、房屋、道路都仔细探察了一番。

天后宫位于广济门附近，是座潮式爬狮式单层木石砖瓦建筑。庙前楼亭上镶嵌着花岗石雕刻而成的仙鹤、鹿、狮、象、人物、吉祥物浮雕。天后宫大门口，有一个石砌的台阶，左右皆可通行。两扇红漆大门，看上去庄重厚实。门廊的外面，竖立着两根雕刻着龙的大柱子。整个门廊装饰得气度非凡，木梁小瓦，飞檐翘角，屋檐上面五脊六兽灵动逼真，蔚为壮观。天后宫供奉的是天后圣母，也就是妈祖。房舍虽不大，但来来往往的香客很多。春洋寻了处僻静之地，等待蔡叔出现。

三点，蔡兴中出现了。一番观察后，他佯装上香进到宫内。蔡兴中一出现，就被春洋认了出来。等蔡兴中进到宫内，春洋也假装香客走了进去。他站在蔡兴中身后，装作不小心用头上的竹帽檐碰了一下蔡兴中，赶忙连声说："对不起。"蔡兴中扭头看看春洋，没说话，只是点了点头。

上完香出来，看到蔡兴中朝天后宫后面走去，春洋也随即跟了过去。在一片小广场上，蔡兴中停了下来。"情况怎么样？"蔡兴中急忙问。其实一看到李春洋这副扮相，他就预感到情况不太妙。

春洋把他们分别后的情况快速地介绍了一番，接着焦虑地问道："我二哥怎么样？"

蔡兴中瞥了一眼四周，低声说道："暂时没问题。但我觉得你们几个不能在潮州待了，要分头转移出去。你二哥以前在上海待过，可以想办法去那里。春海之后也可以过去。你现在也要避避风头，但不要走远，以后家里的事情全靠你张罗呢。我联系熟人，你可以先到汕头，那里没有人认识你，还可以顺便打探一下你大哥的情况。"稍停片刻，蔡兴中继续说："至于家里，你不用担心。你阿爸阿妈、你王叔都在，小美也在医院里，可以帮忙照顾，我也会时常派人去照看一下。我会定期给你写信。躲过了这阵风头，你再回来。"

春洋低头想了想，蔡老板说得虽然很对，但在这节骨眼上，几个孩子都不在跟前，老人们肯定会难过。他还是有点不想走。

蔡兴中看出春洋的心思，并没有着急，耐心劝导他："春洋，情况已经这样了，你就是天天守着你阿公，他也不会一下子就好起来。你不能感情用事，还要顾及方方面面。你大哥二哥他们在外面奔波为了什么？还不是为了能干出点名堂，让我们老百姓都能过上好日子。你已经是大人了，要向他们学习，不能只看眼前，要把眼光放长远一点。"

"蔡叔，我知道了，那我再考虑考虑。"

"你先好好想想。我得先想办法尽快把春江送走。明天下午这个时候我们在安济庙碰头。"

这天晚上，春洋去了同学兼好友许福全家借宿。曾经的无忧少年，肩上一下子压上了从天而降的家庭变故，春洋变得焦虑不安起来。他躺在床上，辗转反侧，各种各样的念头和顾虑冲进头脑，搅得他心烦意乱难以入睡。

时光回溯到十几年前，潮州刘察巷十五号院。

"哇！"随着一声婴儿嘹亮的啼哭，接生婆满脸笑容撩开门帘走了出来，对门口站着的一个男人和三个男孩说："恭喜恭喜，是个小少爷。母子平安哦。"

高个子男人长出一口气，松开了一直紧攥的拳头说："母子平安好，母子平安好！"男人叫李秋升，今天老婆生孩子，里里外外都在忙乎，他领着三个儿子帮不上忙，只能站在屋门口焦急地等待。虽说这已经是他的第五个孩子，可李秋升仍和大姑娘上轿一般，心里忐忑不安。听到平安令，李秋升对站在跟前的一个"奴仔弟（小男孩）"说："春江，你到后屋去，告诉阿公，又给他添了个孙子。"

"唉，怎么又是个弟弟。我想要个妹妹，不是把名字都起好了嘛，叫春涵。隔壁宏祥家都有妹妹宏美了。"叫春江的奴仔，五六岁的样子，噘起小嘴嘟囔着。

"阿爸，我去吧，让春江带春海去玩。"说话的半大孩子叫春澜。李秋升已经有四个孩子了，第一个是女孩，叫春溪，下面三个分别是春澜、春江、春海。因为连着三个男孩，大家都希望这次最好能生个女孩，而且商量好叫春涵。可偏偏天不遂人愿，想什么不来什么，怪不得春江不满。

"春溪，把这碗荷包蛋送给接生婆婆。"在灶台上忙着的花婶对春溪说。此刻春溪正坐在小凳上烧火，小脸红扑扑的，刚刚用手擦了几把汗，这会儿已经变成了大花脸。春溪十二三岁，个子高挑，扎着两条麻花辫，微微隆起的胸脯已经勾勒出少女的身段和线条。

此刻闲来无事，李秾升便去了后屋。后屋是他父母住的地方。他进来的时候，春澜正坐着和阿公说话。靠在躺椅上的阿公见儿子李秾升进来，问道："给孩子起名字没有？"

李秾升看看春澜，说："原来都盼着是个女孩呢，大家想好了叫春涵。现在是个男孩，不合适，还得再想一个。阿爸有好主意吗？"

父亲握着水烟，吧嗒、吧嗒抽了两口，沉思片刻，捋捋胡子开口道："前四个孩子，分别叫溪、澜、江、海，还差一个'洋'，我看呀，就叫春洋吧！"

阿公在潮州开了一家糖行，不但生意做得红火，还是个识文断字的文化人。

李秾升听了父亲的话，急忙说："这个名字好！响亮，大气，还是阿爸有主意。"

尾仔李春洋，就这样呱呱坠地来到了人间。

小孩子愁养不愁长，转眼过了四五年，春洋长成了一个调皮淘气的"奴仔弟"。俗话说，"疼大的惯小的"。家中老小每个人都宠着春洋，尤其是姐姐春溪，也许是母性使然，对春洋尤其宠溺。春洋被娇惯出了无法无天的坏脾气，俨然一个"小霸王"。在家中，人人都让着春洋，可在外面就没人惯他这毛病了。所以，春洋就经常与街坊邻居的孩子拌嘴打架，脸上身上几乎天天都挂花。

一天下午，在刘察巷前的小广场上，几个孩童张着豁牙漏风的嘴正吟唱着当地的童谣玩耍：

  天顶一粒星，地下开书斋。
  书斋门，未曾开，
  阿奴拼爱食油堆，油堆未曾熟，
  阿奴拼爱食猪肉，猪肉未曾割，
  阿奴拼爱食粉葛，粉葛未曾挖，
  阿奴拼爱食阿老爹三盅酒，酒未熟，

爱食粟，粟未挨，
爱食鸡，鸡未刣，
爱食梨，梨未摘，
阿奴哭了白白歇，
白白歇……

旁边几个小姑娘在踢毽子，还有几个大一点的男孩正灰头土脸地趴在地上玩拍纸面包的游戏。每个孩子的手都脏兮兮的，脸上也满是一道道乌黑的指痕。远处并肩走来两个大一点的小伙子，他们都身穿长衫，胳肢窝里夹着书本，看上去文质彬彬。高一点的男孩十四岁，是李春澜，矮一点的是李春江，十二岁。两人刚刚从学堂下学归来。刚拐过一道弯，他们就听到打银街传来一片孩童的喧闹声："春洋，揍他！""宏祥，抓他的领子，往后扯！"

李春江说："大哥，快去看看，春洋可能又跟人打架了。"

兄弟俩赶紧小跑着向喧闹处赶去。果然不出所料，几个孩子正围在一起使劲儿喊着。人群中间，两个满脸通红、汗如雨下的孩子正头抵头，双手抓着对方的膀子，老牛角力式地摔着跤。双方势均力敌，一时间，谁也降服不了谁。"干什么？又打架，快松手！"春澜、春江看到弟弟春洋和邻居陈宏祥正在较着劲，急忙大声喊了起来。

春洋比陈宏祥小一岁，但是身体长得壮，生性天不怕地不怕，所以敢和比他大的陈宏祥单挑。由于怕对方在自己撒手的时候使绊子，所以尽管听到劝停之声，双方仍不撒手。

李春澜说："春江，我抱春洋的腰，你抱宏祥的腰，同时往后拽，把他们两个拉开。"

春江说："好。"于是两个人各抱一个，一齐向后用劲扯，终于把两个孩子拉开了。旁边的玩伴看到这个架势，"哎"的一声叹口气，似乎在抱怨一场"好戏"没了。

看着春洋、宏祥这群孩子，个个满头汗水，脸上还有脏兮兮小手留下的印记，李春澜问："春洋，你怎么搞的？脸上弄得这么脏，还和别人打架，是不是想回去让阿爸再狠揍你一顿？"

"是他！宏祥！他抢我的纸面包。"春洋指着对面的男孩告状。

面对李家三兄弟，叫宏祥的男孩有了怯意，辩解道："我没有！是他耍赖！纸面包被吹翻了，他不愿意交出来。"

公说公有理，婆说婆有理。春澜、春江不知道前面发生了什么，不好做出判断，况且现在自家人多，他们不想让别人觉得自己有仗势欺人之嫌。吵吵嚷嚷的声音，把别处踢毽子的小姑娘吸引了过来。李春澜看到春洋身后的一个小姑娘，问道："小美，你看到没有，能给哥哥说说怎么回事吗？"

可能踢毽子踢热了，叫小美的姑娘小脸红扑扑的。小美是姑娘的小名，大名叫陈宏美，是陈宏祥的亲妹妹。春澜、春江一直想有个妹妹，从小就把温顺可爱的小美当亲妹妹般看待，喜欢带着她玩。小美也很喜欢这两个邻家哥哥，因为他们两个读书用功，功课好，有时还会教自己认字，比她那两个凶巴巴的亲哥哥好多了。小美听见喊她的名字，腼腆地笑了笑。陈宏祥拉了拉小美的胳膊，意图非常明显，要她替自己说话。小美没有理会，径直走过去拉着李春澜的手，说："春澜哥，我知道的。他们几个在玩拍纸面包的游戏，本来定好只拍一下的，但我二哥玩花样，连着拍了两下，把春洋的纸面包拍翻了。春洋说他耍赖，不愿意给他，两人就打了起来。"

春洋感激地看了小美一眼，咧着豁牙嘴笑了。

春澜说："哦，这样说来，是宏祥先违反规则的。对不对啊，宏祥？"

在这么多人面前，宏祥不好意思地低下了头。

李春澜说："你们在一起玩可以，但一定要遵守规则，守信用。赢就是赢，输就是输，要学会愿赌服输。"

春洋和其他小朋友都点点头，唯有陈宏祥一副满脸不服气的表情，斜着眼狠狠瞪了小美和春洋一眼。他从裤兜里掏出纸面包，扔到春洋脚下，转身就跑。晚上回到家，人仍然气鼓鼓的，哥哥陈宏伟问他怎么了，他说李家兄弟三个人一起欺负自己，妹妹不但不帮他，还替外人说话。

哥哥陈宏伟和李春澜是同学，虽然嘴上没说什么，心里却打了个结。

日子不紧不慢地过着，春洋也无忧无虑地成长着。如果说有什么烦心事，那就是宠爱他的姐姐春溪，年底就要出嫁了。

李春溪是家里的老大，因为是个姿娘，家里人又多，需要帮助母亲照顾一家老小的生活起居，所以没有上私塾。闲下来的时候，就由父亲教她识字读书。斗转星移，转眼间春溪已是十七八岁的姿娘仔，热心的媒婆开始找上门来。春洋从小是姐姐抱着背着长大的，和姐姐特别亲。听说姐姐要嫁到外人家去了，他伤心极了。男大当婚，女大当嫁。春洋虽然伤心，但丝毫阻挡不了事态的发展。

在潮州，婚嫁的礼仪尤其繁复，不但讲究明媒正娶，还特别重视婚嫁过程。

经过了提亲、合八字、定亲、送聘等几个环节，李家最后选定了潮安县磷溪镇的一户殷实人家。这家人也是做生意的，以前和春洋的阿公有过生意来往，算是知根知底，门当户对。

男方睇日（选择吉日）于10月18日。潮州结婚仪式特别讲究，男方不但要告知吉日，还要通知女方什么时候剪裁结婚礼服，什么时辰沐浴，什么时候"挽面"，什么时辰迎娶等。

深夜迎亲这个习俗，潮州那时一直保持着。迎娶那天，母亲请了几个邻家的婶婶来帮忙。大人忙得一刻也不得闲，春洋、春海在院子里跑来跑去，盼着看姐姐当新娘子的模样，可是等着等着，一个个全都倒头睡着了。

大门贴上了大红喜字，姐姐春溪坐在凳子上，由隔壁的花婶为她梳成一丝不乱的发髻。接着，就是"洗花水"，用仙草、玫瑰花、石榴花、金凤花等十二种花草煮的水沐浴。之后化上妆，擦上香粉，点上口红，穿上"五裾齐"的上轿衫，意寓五福齐全。春洋、春海一觉醒来，见到刚刚打扮好的姐姐，全都禁不住用小手捂着嘴巴"啊"出了声。姐姐像是戏台上的仙子，活脱脱变了个人。

春洋、春海也全都穿上了过年时的衣服。院门口的树上已经挂上了一串长长的鞭炮，到处洋溢着喜庆的气氛。母亲已经按照潮汕一带的习俗，指派人煮好了新娘子出门前的早餐"五碗头"——绿豆粉丝煮猪肉、猪肝加葱煮红糖、鲮鱼加几根整条大葱、甜面百合汤和一只煮熟的切成小块的公鸡。公鸡虽被切块，但鸡头、尾部和双翅保持完好，摆成了"四点金"。花婶盛好一碗饭，叮嘱春溪只能吃半碗，寓意姿娘即使出嫁了，也要把余钱留给娘家。

吃过饭，新娘子还要"分钱米"，就是把混有硬币的大米平均分给家中的兄弟姐妹，意即把财富分给大家，都沾沾喜气。调皮的春洋不知道这个规矩，认为姐姐最疼爱自己，非要姐姐多给他一些，引得围观的亲朋哈哈大笑。在春洋的观念里，姐姐当然要把最好的东西多多给自己这个老尾（老幺）才对。

时辰一到，鞭炮骤响。一切就绪后，春溪被扶进轿内，母亲很是不舍，在一边不停地抹眼泪。父亲心里也不好受，不知道躲到哪里去了。春洋过去拉着春溪的手，不舍地说："阿姐，我想你了怎么办呢？你有空一定要回来看我啊。"春溪眼含泪水，哽咽地叮嘱春洋："你一定要听阿爸阿妈的话，不要在外面惹事。姐姐以后不能天天守着你了。"

李春溪的夫家姓林，丈夫林根生是一个面相憨厚、内里精明的青年人。他看着可爱的小舅子，弯下腰告诉春洋，过几天就带姐姐来看他。尽管这样，起轿时，春洋还是拼命地拉着轿尾大哭，死活不让轿子走。他的样子引得本就不舍的春溪更加难过，忍不住哭出声来，还是大哥春澜走上前去，好不容易才将春洋拉开。

虽然嫁作人妇，但之后春溪想着娘家孩子多，且都比较小，所以经常抽空和丈夫一起回去探望。特别是到了换季时节，一家老小衣服、棉被什么的都要拆洗，仅靠阿妈一个人忙不过来，春溪总要回去帮帮忙。

一天上午，春光明媚，春溪和母亲忙着洗衣服、晒衣服，李秋升和女婿在院子里坐着喝茶聊天。当初说媒的时候，媒人说根生也是上过私塾的，后来辍学跟父亲学做生意了。李秋升不知道女婿具体读到什么程度。今天终于等到了一个机会，他想好好和女婿聊聊，测试一下他的学问。

李秋升问道："根生，听说你读过私塾，读了几年？"

根生说："读了四五年吧。"

"后来为什么不读了？"

"我不是个读书的料。老师让我背书，我总是背不出来，上课还老是打瞌睡。学得不好，老师就不让我升级，二年级、三年级都上了两年。阿爸看我学不好，就不让我上了。"根生尴尬地说着，脸臊得通红。

"哦，那你也读了四五年书了。现在还读书看报吗？"

"不常看。有时有空了也看一点。"根生如同再入学堂面对严厉的老师，心里发虚，低着头，看都不敢看岳父一眼。

李秋升显然不想轻易放过他，递过去一张旧报纸，说："你找一段念给我听听。"根生只得接过报纸，找了一段似乎能看懂的，结结巴巴地念了起来。看着窘迫不安的丈夫，春溪走了过来，凑在他的旁边，想帮他指认上面的字。可春溪毕竟没上过私塾，比丈夫强不了多少。很吃力地念了一段儿，李秋升已经摸清了女婿的底细，说："好了，我知道你俩什么水平了。这样子可不行啊，过去是我不对，没让春溪上私塾。但现在世道和以前不太一样了，你们还是要抽空多认些字，多读读报纸，也好知道外面都发生了什么事。再说，文化水平高了，将来教儿育女也有好处。"父亲说完，春溪和根生你看看我，我看看你，尬笑着不停点头。

这天临走的时候，父亲没有给他们带什么吃用之物，而是翻出一摞旧报纸让根生背回去。

正月初二，安济庙要唱大戏。这是潮州城难得一遇的热闹场面，大人孩子一大早就"蠢蠢欲动"起来。

下午有一场潮剧，安排在城南戏台，春洋和哥哥春海、宏祥还有宏美吃过午饭就相约跑去了。因为是露天剧场，好位置谁先到谁占，大家都得各自带板凳占位置。他们几个去得比较早，占位靠前居中，几个人非常得意。

离演出时间尚早，人也不是很多，春海提议让春洋和小美在这里看着，他和宏祥转转，看那边有卖什么好吃的。

春海和宏祥各自安排春洋和小美留下来守着，两人放心地出去游逛了。两人走后不大一会儿，来了三个年龄比春洋和小美稍微大一点的孩子。三人看到好位置都被人占据，心生懊恼，但看到只有春洋和小美两个小孩时，顿时打起了坏主意。一个胖墩搬着凳子走过来，说："你们两个，挤一挤，反正我们个子小，占不了多大地方。"小美有点害怕，慌张地望着春洋。

春洋说："不行，不行。我们已经占好了，挤不下。"

胖墩双目圆瞪，不由分说把自己的凳子挤放在几个木凳之间，得意地说道："你看，我的凳子不是能放下嘛，挤一挤怎么了？"

春洋也不示弱，噘着小嘴说："你这样放，太挤了，不行！"

胖墩直接把小美的凳子往边上一扔，嘴里嚷着："这样不就不挤了吗！"小美吓得哭了起来。春洋见有人欺负小美，便把小美拉到身后，轻声对她说："这里我来对付，你快去找他俩。"小美听完，擦擦眼泪跑了出去。

小美走后，春洋没了顾忌，一把抓起胖墩的凳子扔了出去。胖墩顿时火冒三丈，握起拳头就抡了上来。一记重拳，不偏不倚正打在春洋的鼻梁上，顿时鲜血直流。就像鲨鱼闻到血腥味，春洋被彻底激怒了。他抹了一把鼻子，见满手是血，二话不说，抬起巴掌就扇了过去。慌了神的胖墩，正惊恐地看着春洋出血的鼻子，完全没注意到春洋挥过来的巴掌，就听"啪"的一声脆响，脸上顿时出现一枚鲜红的掌印。两人扭打在一起，互相揪头发，抓耳朵，扯衣服，把周围的凳子踢得七倒八歪。胖墩毕竟比春洋大一点，不一会儿就把春洋压在身下，并顺手从旁边拉过一个凳子扬了起来。恰巧这时，春海三人回来了。春海急忙上前夺走胖墩手中的凳子，把春洋拉了起来。胖墩看对方来了救兵，而自己的两个同伴却袖手旁观，寡不敌众之下搬起凳子飞快地溜掉了。

春海和宏祥把春洋扶起，看到他的鼻子还在流血，脸被小手抹得血糊糊一片，过年的新衣服也被撕开了一个口子。小美见春洋这般惨样，边哭边问："疼不疼啊？疼不疼啊？"还掏出自己的小手绢递给春洋，让他捂着鼻子止血。

春海说："你们在这儿吧，我带春洋回家。"

"我不回去，回去的话，阿爸会打我的。"春洋不想回家。

"不行，这样子一直流血，会死的。"不管春洋怎样坚持，春海还是死拉硬拽把他拖回了家。

正如他们所料，父亲李秾升见到春洋这副模样，顿时气不打一处来。李秾升觉得就是因为过去一家人太宠着这个尾仔，才惯出他天不怕地不怕的毛病，三天两头在外面打架、惹祸，如果再不管教，将来还不知道会成个什么样子。李秾升拿出戒尺，不分青红皂白，先结结实实地给了春洋一顿"竹笋炒肉"，接着把他关到一个房间里，锁上门，不许任何人靠近。

李秾升是个文化人，前面几个孩子没有这么淘气，所以之前几乎从未动手打孩子，没想到轮到这个尾仔，不知怎么了，三天不打，上房揭瓦。他怕再这样下去，春洋不成器也就罢了，将来别再给祖宗丢脸，所以这次他决定狠下心来，好好治治春洋。

李姓在潮州城，算是一个大姓。李家在潮州刘察巷十五号已经住了很多年，这里是祖上积下的产业。李春洋的爷爷在潮州东平路开设了远近闻名的祥和糖行，因经营有方，生意一直红红火火，家境颇为殷实富足。由于是家中独子，李秾升从小衣食无忧，未曾吃苦。秉持"倡天下读圣贤书考进士及第"的思想，李秾升的父亲从不让儿子接触生意上的事情，早早地把他送进了学堂，一心指望他能好好读书，将来中个进士、举人什么的，光耀门楣。李秾升也很用功，每天起早贪黑，划粥断齑，很快考上秀才。或许家里条件太好了，没有太大的压力，李秾升虽然聪明用功，但之后却一直止步不前。后来，科举一停，再无机会，也就断了这个念头。但他一直在想，不管怎样，自己好歹还是个秀才，千万别在下一代中出个不肖子孙，那就真对不起列祖列宗了。

下午的潮剧大戏春洋是看不上了，索性躺下睡觉。到了晚上饭点，也没有人喊他。一开始，他还赌气，你们不让我吃我就不吃，不过最后还是饿得忍不住，捂着咕咕叫的肚子透过门缝直喊春海。正在外面坐着的春海听到了。他想答应，可阿爸正瞪眼看着他，吓得他默不作声。春洋又开始一声接一声地喊阿公阿嬷。阿公阿嬷吃过饭图个耳根清净，早回了后屋，春洋的哭喊他们根本听不到。接着，春洋又喊阿妈和哥哥，嗓音已经嘶哑，但一个也不应。屋里漆黑一片，春洋毕竟还只是一个五六岁的孩子，不由得吓得大哭起来。春洋歇斯底里地哭叫着，万般无奈下，只能改喊姐姐。

"阿姐，你来救我啊！""阿姐，我饿！""阿姐，我害怕，你快来啊！"

可那个最最疼他的人，已经出嫁不在这个家了。想到最疼爱自己的人不在面前，伤心的春洋哭得更凶了。就这样一边哭一边喊，持续了几袋烟工夫，听得阿妈眼泪都下来了。春澜对父亲说："阿爸，差不多了，我进去和他谈谈。"

李秾升迟疑了一阵，说道："好吧，你应该知道怎么做。"他想，过去水牛快能下地时都会先穿鼻笼，磨磨性子好使唤，这时也觉得"熬"得差不多了，也就松了口。

春澜拿到钥匙开门走了进去，哭得上气不接下气的春洋一看到大哥，犹如见到了救星，一下子扑过去。春澜看到弟弟哭成这个样子，也是心疼，赶紧把他抱起来，给他擦眼泪鼻涕。等春洋稍稍平静下来，春澜放下春洋，坐下来问道："饿不饿啊？"

"饿。"春洋仍然抽抽噎噎。

"知道为什么不让你吃饭吗？"

"知道，我，我和别人打架了。"

"打架对不对啊？"

春洋低头不语。

"那这样吧，我先出去，你再好好想想到底哪里不对了，等你想通了我再进来。"春澜慢条斯理地说。吓得春洋赶紧抱着他，说："不不不，我错了，我不该和人打架。"停顿了一下，又不情愿地说："是他先欺负我们的。"

"我都了解清楚了，他们去抢占你们的位置不对，但是你也不该扔人家的凳子啊，对不对？本来只是小事情，结果你一扔凳子就变成了大问题。本来是你有理的，现在变成了你没理，两个人还打了起来。你想想是不是？"

春洋噘着小嘴说道："是的。"

"那你以后还动不动就和别人打架了？"

"不打了。"一副不情不愿的样子。

"你要不要好好学习？"

"要。"

"阿爸说了，今后阿公、阿嬷、阿妈和阿姐他们谁也不能再惯着你了。以后再不听话，不用功读书，只知道和别人打架，就要像这次一样，关起来，锁上门，不给饭吃，先饿一天，不够，就饿两天。"

"我听你的话，今后不打架了。"春洋连忙点头，深恐被饿两天。

"说话算数？要不我们拉钩？"

"好，拉钩。"两个人一起说，"拉钩，上吊，一百年，不动摇。"

"走吧，出去吃饭。"春澜刚说完，春洋就破涕为笑，拉着大哥的手就往外跑。

经过这一次狠心的"修理"，春洋像换了一个人似的，乖巧懂事，再不和小伙伴们争强斗狠了。而且自此之后，春洋特别听大哥的话，时时处处唯春澜马首是瞻。

第四章

　　自从被父亲狠狠惩罚过之后,春洋就开始跟着哥哥们潜心读书。读书,让他变成了另一个李春洋。

　　有一件事春洋至今记忆犹新。中学一年级的一节国文课。教室里坐着一群十二三岁的男孩,大家都聚精会神地望着前方的黑板。前面几排有戴平万、洪灵菲,后面几排有谷大志、陈宏祥。李春洋年纪稍小一些,但个子长得高,坐在教室中间。阳光透过窗户照进来,前排同学脸上细细的绒毛都依稀可见。

　　讲台上,宋仁喜老师正在讲课:"我们今天学习宋代著名政治家、诗人文天祥的《过零丁洋》,大家先各自把这首诗朗诵几遍。"

　　教室里响起了琅琅的读书声:

> 辛苦遭逢起一经,
> 干戈寥落四周星。
> 山河破碎风飘絮,
> 身世浮沉雨打萍。
> 惶恐滩头说惶恐,
> 零丁洋里叹零丁。
> 人生自古谁无死,
> 留取丹心照汗青。

　　宋仁喜是潮州公认的才子,写得一手锦绣文章。只不过,年轻气盛时的他,文笔过于尖锐凌厉,锋芒毕露,总是不得阅卷先生的赏识。自己明知"不愿文章中天下,只愿文章中试官",无奈他恪守文士必有风骨的信条,始终不愿做逢迎时政的事情,所以尽管每次考完,他都自我感觉良好,但就是不见金榜题名。时间一长,对于求取功名利禄,他也懈怠了,便开始把注意力转到兴办私塾上来。周围的朋友们都很佩服他,也愿意把孩子送到他那里去学习。新学堂兴办后,李秋升动员他到学校教书,宋仁喜清楚这是大势所趋,便应了下来。

"好了，停。"朗诵几遍后，宋仁喜叫了停，问道："在我讲解这首诗之前，有哪位同学能先来谈谈对这首诗的理解？"

一个个小手高举了起来。宋老师扫视了一眼，喊道："李春洋，你说说看。"

老师点将李春洋是有原因的，平时李春洋的国文成绩在班里是最好的，几乎每次考试都排在第一第二的位置。当然，还有父亲李秾升和宋仁喜是挚友的缘故。

早年间家里本想让李秾升做生意，但他思考了许久，最终没有同意。多年养成的读书习性，使他不愿意在生意场上摸爬滚打，和人钩心斗角。他在享受读书的过程中，结识了一帮书友，有同是潮州同学的堂兄李修荣，有澄海县同学李秀波，以及被称为"三才子"之一的吴贯因，还有这位风骨不俗的宋仁喜。

旧式私塾取消，新式学堂挂牌，李秾升和宋仁喜相约第一时间去报名，成为新式学堂的先生。有了一份固定的薪水，李秾升能挣钱养家糊口了，这让一直担心他手不能提、肩不能挑的老父亲稍稍安心了一点。

朝廷饬令各级政府设立新式学堂，潮州政府不敢马虎，在城市的东西南北四处寻找合适的地方建造校舍。李家所在的刘察巷属于西北片区，在距他们家大约两三里的城南，政府设立了一所学堂。刚开始的时候，学生比较少，小学和中学各年级便都有设立。随着入学人数越来越多，只得将小学和中学分设。小学取名叫城南小学，中学名为金山中学。李秾升考虑孩子尚小，想着能一边教书一边督促孩子学习，便留在城南小学，而宋仁喜则去了金山中学。

听到先生喊自己的名字，春洋笔挺地站了起来，说："我课前查阅了关于文天祥的资料，知道了他写这首诗的时代背景。文天祥带兵抗击元军，兵败被俘，一直被羁押。元军首领忽必烈是一个惜才爱才之人，一直想劝降他为己所用，再利用他去劝降其他的宋将。第二年春夏之交，元军要进攻广东沿海一带，便押解文天祥同行，还是想让他帮助去劝降，如果拒不从命，就准备将他杀害。一路上文天祥想着自己的前半生，浮家泛宅，身世飘零，却未能驱除鞑虏，为国请命。如今面对国家大好山河，自己却兵败被抓，人前受辱，不禁悲从中来，便写了这首诗抒情明志。"

春洋思路清晰，把自己知道的这首诗的创作缘由和盘托出。

"说得好，坐下吧。"宋仁喜接着问，"还有没有同学要补充的？"

戴平万举手："我觉得这首诗的最后两句更是画龙点睛之笔。'人生自古谁无死，留取丹心照汗青'，在历史长河中，人的一生是短暂的，且终有一死，关键是要死得其所，死得有价值。为了祖国而死，舍生取义，一片丹心将永留史册，彪炳千秋，这就是意义之所在。"

宋仁喜欣慰地点点头，说道："很好。李春洋和戴平万两位同学预习得好，说得也很正确。文天祥这首诗前面几句都是铺垫蓄势，一唱三叹，一气呵成，就是为了后文两句情感抒发的张本。这首诗以浩然正气见长，表现了一个忧国忧民的有志之士在生死关头为祖国头断血流的赤子之心，因此数百年来一直传唱不衰。"

宋仁喜话锋一转，紧接着问道："请问有谁知道文天祥在哪里被俘的？"

这次还真是把大家给问住了。大家你看看我，我看看你，大眼瞪小眼，谁也说不出个所以然，就连国文学得最好的李春洋也低下了头。

"就在距我们潮州不远的五坡岭。"老师的话震惊了所有的学生。

"啊，真的吗？怎么从来没有听说过？"

宋仁喜娓娓道来，1278年春末，偏安一隅的南宋王朝日薄西山，苟延残喘。九岁的皇帝赵昰病死，年仅七岁的赵昺继位。北方已被元军忽必烈的部队占领，南宋朝廷只好迁到距广东新会县五十多公里的小岛上，加封文天祥为信国公。冬天到了，海上过冬困难，文天祥就率军进驻咱们潮州潮阳县，赶走了长期盘踞在潮州为害一方的陈懿、刘兴等匪众，并抓住刘兴斩首示众。本想着一时天下太平，欲凭山海之险休养生息，伺机再起，但元军的虎狼之师，步步紧逼，必欲赶尽杀绝而后快。盗贼陈懿暗中勾结元军首领张弘范，突袭五坡岭。文天祥及部下猝不及防，力战不敌。文天祥自杀未遂，当场被俘。

春洋静静地听着，目不转睛地盯着宋仁喜。

宋仁喜接着讲述，文天祥被俘后，忽必烈极力劝降，并想通过他劝降更多的人。文天祥丝毫不为所动，大义凛然地说："国亡不能救，作为臣子，死有余辜，怎敢怀有二心苟且偷生呢？"所以，文天祥后期的作品多是感慨时运不济，国破家亡，自己却无力拯救国家的无奈以及以死报国的决心。1283年年初，宁死不屈的文天祥被杀害，其妻给他收尸时找到了他藏在衣服里的离世遗书："孔曰成仁，孟曰取义，唯其义尽，所以仁至。读圣贤书，所学何事？而今而后，庶几无愧。"

所有的学生都听呆了，他们想不到响当当的民族英雄文天祥竟然和自己的家乡潮州有着如此渊源。过去大家都认为，潮州地处海滨，鲜有大事发生，更别说与历史名人挂上钩了。

这时，宋仁喜又提问道："哪位同学能说说读完这首诗后的感想？"

几只手臂高举了起来。老师看了看，大都是坐在前面几排的同学，而后面几排的同学与往常一样大都低着头，尤其是陈宏祥、谷大志几个人，更是不敢直视老师，此时一个个只恨自己不会缩骨大法，将头颤抖着深埋在课本后面，唯恐被老师瞄到。宋仁喜见状暗暗摇头，又将目光移到前排。虽然李春洋是他的得意门生，但总把机会给他而忽略其他同学也不合适，于是宋老师喊道："洪灵菲同学，你来说一说。"

洪灵菲的思绪还沉浸在对古代先贤的追忆之中，直到同桌推他时，才把他拉回到现实中。他晃了晃脑袋，思考了一会儿才慢条斯理地站了起来。

"读了这首诗，我有很多感想。第一，我没有想到文天祥与我们潮州有如此关联，这位大英雄在我们潮州战斗过，我们为此备感荣光。第二，我痛恨大盗贼陈懿，他没有一点骨气，太给我们潮州丢脸了。第三，文天祥的精神值得我们学习。假如有一天我们也遇到外敌入侵，每个人都要勇敢地站出来保家卫国，绝不做变节投敌之辈。"

"说得好。"宋仁喜没有想到同学们有如此远大的抱负，心头大喜，毫不吝啬地给予肯定和表扬。他说："几千年来潮州从不缺乏有志之士，而且，在将来还会涌现出更多的仁人志士。当前，民不聊生，局势动荡，我们正处于风雨飘摇的历史关头。同学们，你们很快就要长大成人，应该好好思考和规划一下自己的人生之路，究竟何去何从要早有决断。我对大家的要求是，不能帮欺凌我们的外国人，不能帮作恶一方的陈懿、刘兴之流，要找到一种理想信念，为了国家民族和劳苦大众，坚定不移地沿着实现它的道路走下去。"

"啪、啪、啪……"李春洋、戴平万、洪灵菲情不自禁地带头鼓起掌来。

李春洋、戴平万、洪灵菲三个人是好朋友，功课学得好，一直深得宋仁喜喜爱。戴平万家在潮安归湖溪口村，小学时就到县城读书，借住在潮州岳伯亭总兵巷"双柑书屋"。洪灵菲是潮安江东红砂村人，小学也在城南小学就读。他们三人在小学时同年级不同班，小学毕业后一起考入公立潮州中学（金山中学的前身），并且分在一个班级。他们志趣相投，读书之余，都酷爱文学，喜欢写诗填词，逐渐成了莫逆之交。

陈宏祥、谷大志等不爱学习的孩子也聚成了一帮。虽然他们学习成绩不佳，但他们情商并不低，与功课好的同学关系也还不错，不为别的，只为抄他们的作业。

上了中学的春洋具有超过同龄人的思想，这与他热爱读书不无关系。

父亲是读书人，家中有《三字经》《千字文》《朱子家训》等许多书，孩子们从小就被要求认真阅读，经典篇目更要熟读背诵。受父亲的影响，李春洋的几个哥哥都特别爱读书，也特别喜欢买书。一次，李春澜看中《说部丛书》这套书，但是第一、第二辑就有很多本，非常昂贵。为了买到这套书，他节衣缩食，有时到阿公的店里去帮工，多挣一点零花钱攒着；与同学们一起出行，到了饭点，大家大多吃粿条，条件好的买蚝烙，他却硬是忍着，只吃最简单的咸菜加米饭。几个月下来，终于攒够了钱，李春澜兴高采烈地把足足两大木箱的书搬回了家。

受哥哥影响，春洋步入中学后，同样省吃俭用。由于是幺孙，阿公阿嬷格外宠爱，常常会多给些零花钱。大人给的零花钱，他几乎都用在了买书上。

在家里，春洋总是不自觉地模仿着一个人，那就是他崇拜的大哥李春澜。春洋从小就觉得大哥很有学问，似乎什么都知道，说出的道理让他既感到新鲜，又特别信服。

有一次，春洋忍不住问："大哥，你怎么知道那么多呢？"

春澜说："看书啊。俗话说，'书中自有黄金屋，书中自有千钟粟'。读书可以丰富自己的学识，了解外面的世界，长大了才可以做大事。我们不是已经答应了阿爸，要好好学习，以后到美国、德国、英国、日本去看一看的吗？春洋，你记住，落后就要挨打，国家和个人都是一样，只有自己强大了，才能活得有尊严。"

春洋信服地点了点头。从此，他也更爱读书了，以前是父亲和哥哥督促着读，后来变成了一种自觉自愿的读。春洋的记忆力非常好，只要他愿意学，没有学不会记不住的。家里的一些藏书父亲要求背的部分，他上小学前就已经烂熟于胸，所以，在学堂里，他始终游刃有余，尤其国文更是一流。

春洋还有一个秘密的书箱，藏在一个杂物间的角落里，一个他自认为谁也发现不了的地方。这个书箱里放着几本小册子，一本邹容的《革命军》，一本章太炎的《驳康有为政见书》，都是他从阿爸床席子下面偷偷拿回来的。平日里，春洋完成自己的作业后，不再参与拍纸面包、捉迷藏等往日最喜欢的游戏，而是抱着这些书读。他坐着读，躺着读，吃着饭也在读。

大哥喜欢去书店，春洋也常常跟着。他们最喜欢去的就是墨香书店，也因此结识了老板蔡兴中。蔡兴中每隔两三个月，都要乘船到上海或者广州去一趟，订一些新出版的书报刊，其中不乏介绍新思想的《二十世纪报》《人权报》《国民报》等进步图书和报刊。

一天下午，老师临时有事，学生提前放学。春洋高兴坏了，这一阵子功课忙，已经半个月没去墨香书店了。回家扔下书包，他便飞一般向书店跑去。

"阿叔，又进新书了吗？"一进门春洋就兴冲冲地问蔡兴中。

"哦，是春洋啊，你可是好长时间没来了。今天下午不用上学吗？"

"老师有事，让我们提前放学了。"

"好，你坐着等一下。我还真有一些新东西拿给你看看。"

蔡兴中转到货架后面去了。后面有一个小隔间，既用作库房也是他临时休息的地方。他把单人床往边上挪了挪，把床下的一些杂物搬开，露出一块木板。蔡兴中把木板掀开，露出一个隐蔽的洞口和里面的木箱，他轻轻地从木箱中拿出几张旧的《人权报》和一本《人道杂志》，然后又把洞口盖上。蔡兴中把春洋喊到里间，低声说："你就坐在这里看吧，这些报纸和杂志不能带走。"

"好的。谢谢蔡叔。"春洋似乎明白了什么，懂事地点点头，开始聚精会神地看了起来。这些报纸已经是去年的了，上面登载了不少关于同盟会活动的消息，特别是组织起义的文章。从报纸上，春洋获悉，1911年4月，同盟会发动了第十次武装起义——广州起义。起义军虽经浴血奋战，但终因兵力严重不足，弹尽粮绝而溃败。起义失败后，死难者中有七十二人被集体安葬在黄花岗，起义领导者黄兴也受伤逃亡去了香港。

看完报纸，春洋又看杂志，正看得津津有味，蔡兴中突然轻咳两声并急忙忙走了进来，冲着他低声说道："春洋，赶紧出去，拿一本别的书看。"

春洋二话没说，赶紧按照蔡兴中的吩咐出去了。到了书架旁，他拿起一本《古文观止》看了起来。房间内，蔡兴中迅速把报纸叠好，连同杂志一起放进了洞中木箱子里，眨眼间，一切都恢复了原样。

平复心情后，蔡兴中像没事一样踱了出去。他看到春洋疑惑的目光，摇摇头"嘘"了一声，径直走进柜台里去了。就在此时，两个便衣带着三个持枪士兵闯进书店，不由分说就在书架上翻动起来。在书店里挑书和看书的人一见这阵势，吓得立马丢下手中的书，纷纷溜出店门。春洋也随着大家一起跑出书店，在不远处，蹲在其他商家门口静静地观望。

蔡兴中急忙从柜台里走出来，一边点头哈腰，一边给几个人递烟："官爷们，辛苦了，抽支烟。这是我上次从上海带回来的'吉祥鸟'香烟，一直舍不得抽，你们尝尝。"说着把剩下的香烟塞到了一个看似小头目的人手中。

"嗯，还不错。"小头目深吸了一口烟，噘嘴吐着烟圈，接着说："最近没有进什么违禁书刊吧？你可不要往我们眼里揉沙子啊。"

蔡兴中赶忙说："岂敢，岂敢。我们小本生意不容易，官爷您给我十个胆我也不敢。私藏那些货，是要把牢底坐穿的。我拖家带口的，不为自己着想，也得为老婆孩子思量啊。"一边说，一边把上好的"凤凰单丛茶"冲好端了过来。

"算你识相。"小头目又转头对另外一个人说，"阿亮，我抽口烟，喝口茶，你们查查，看看有没有上面要查的禁书。"

"好嘞。"叫阿亮的人答应一声，就到各书架上去挨个翻找，甚至还把堆在一起的书也仔细地翻看了一番。检查了大概有半个多钟头，阿亮过来报告说："头儿，没有！"

又喝了一会儿茶，这伙人才意兴阑珊地离开了。他们前脚刚走，春洋后脚就跑进了书店，"蔡叔，没事吧？"

"没事，不用担心。"

"你怎么知道他们要来检查？"

"有人跑来告诉我的。"蔡兴中神秘兮兮地笑着说。

至于来人是谁，春洋觉得不该问。他第一次体会到身处险境的滋味，刚才这拨人进来检查时，他吓得心脏怦怦跳个不停，生恐他看的那些报纸和杂志被搜出来。

坐在书店里，春洋不敢再提看杂志的事，手里拿本书心不在焉地翻着，时不时用眼睛瞟一下蔡兴中。蔡兴中明白他的心思，过了差不多一个小时，才松口问他："还想看？"

春洋嘿嘿一笑："嗯。"

于是，两人又像刚来时一样进入里间。春洋一个人如饥似渴地读着，不忍心错过散发着油墨香味的报刊上的任何一个字。一直到天黑书店要打烊了，他才恋恋不舍地离开。自此后，春洋更加信赖蔡兴中，因为他们有了一个共同的秘密。

一夜的辗转反侧，春洋的头昏昏沉沉。第二天下午三点，他如约来到了安济庙。经过一夜的思考，春洋终于下定了决心，到汕头去。阿公有阿爸阿妈照顾就够了，他要赶往汕头打听大哥的消息。虽然他对汕头不熟，但蔡老板在那里啊！他敬佩蔡老板，觉得他人脉广，路子宽，有能耐。春洋认为，有他指路，事情应该容易些。

蔡兴中问他，是否考虑好了，春洋点点头。

"好的，我给你写封信。我在汕头有个朋友，你拿着这封信去找他，他看过信后一定会帮助你的。"

"我二哥、三哥怎么办？"

"这个你不要担心，我已经联系了一位朋友，他有辆运货的车子要去厦门，今天晚上就安排春江坐他的车先到厦门，然后再乘船去上海。至于春海，你如果见了他，就告诉他，再坚持一段时间，等春江到上海一切安置妥当，就安排他也过去。"

"谢谢您，蔡叔。您给我们的帮助太大了，您是我们家的恩人啊。"春洋说着眼圈就红了。

蔡兴中淡然一笑:"春洋,你们几个都是我看着长大的,你在叔叔这里用不着客气。"

蔡兴中说话从来都是这样平心静气,但他的话对于春洋来说,句句入脑入心。二人接着讨论了所有的变数和可能存在问题的细节,直到春洋再无问题。

"蔡叔,我明天就走。走之前,我能不能见见我二哥,再和他聊聊,多向他打听些情况?这样也有利于我找到大哥。"

蔡兴中想了想说:"好。天黑以后你过去吧。"于是附耳说了一个地址,春洋轻轻地点了点头。

春洋想见春江,一方面是想在他离开之前再和二哥说说话,但更多的是他想了解两个哥哥近两年在汕头的情况。他要去汕头了,多掌握点情况总是比两眼一抹黑好。天黑后,春洋去了蔡兴中的家,如约见到了春江。在春江的叙述中,春洋总算是明白了事情的来龙去脉。

周恩来离开东江回到广州后,《岭东民国日报》受到汕头国民党党部右派的迫害和挑衅。

首先出事的是杨石魂。杨石魂是李春澜所在汕头市党部工人部部长,他还有另一个秘密身份——中共汕头地委委员兼工委书记。1926年年底的一天,杨石魂和另一个同志到揭阳,住进了张园旅社,处理右派工会和左派工会的矛盾。下午的时候,二人正在房间商讨事情,一个流氓头子许实德带领数十名歹徒闯入旅社,绑架了杨石魂。消息传回到党组织,廖伯鸿、彭湃、李春澜、李春江立刻开会研究,到底是什么人绑架了杨石魂。

彭湃说:"我看就派春江出面去打听一下,毕竟你是潮州人,离揭阳近,对那里的情况比较熟悉。你找找关系打听打听,问问是谁抓了他,被关在什么地方,我们也好想办法营救。"

李春江毫不犹豫地答应下来。他第一时间去找了军队里的大表哥王志鹏。没想到的是,大表哥一听说是这种事,连忙摆手拒绝。

于是,李春江当天又去找驻军司令部的一个潮州老乡。这个老乡是司令部的副官,也没有听说抓人之事。没办法,李春江又托人到保安团打听,仍是一无所获。

东奔西跑大半天之后,又累又饿的李春江进到路边一个饭馆,准备要碗粿条充饥。饭馆里一张桌子边坐着三个人,已经点好了菜,正在低声谈论着事情。其中一个人说:"唉,这几天累死了。抓了个死硬分子,严刑拷打审问了几天,愣是一句软话不说。"另一个人说:"浑身都被打得没块好地方仍然一字不吐,你说说看，这家伙难道不怕疼？"

他的同伴狠狠地瞪了他一眼："你说疼不疼？要不回去同样打你一顿试试？"

"别，别，我这小身板可吃不消。姓杨的人高马大，你们还是回去伺候他吧。"

"呸，就知道你是个劣种！"三个人一边闲话一边互相埋汰着。

当"姓杨的"三个字入耳之时，李春江大吃一惊。这绝不会是巧合，杨石魂的失踪肯定与他们有关。

李春江稳下心神，不紧不慢地吃着粿条，等着看这三个人吃完饭后去哪里。这三人看起来饿坏了，要了不少吃的，牛杂粿条和蚝烙等，还各要了一碗烧酒，摆了满满一桌。大约过了一个小时，三个人才心满意足地擦擦嘴巴，各人叼上一根烟，一步三晃地走出饭馆。

李春江远远地跟着他们，直到看见他们走进一栋房子，才赶紧回去找廖伯鸿、彭湃等人。经过确认，这里是一处秘密据点。为了打压工人运动，他们设计绑架了杨石魂，把他押到潮阳柳岗乡一山洞中软禁了起来。

得悉情况，在廖伯鸿、彭湃等人的精心谋划和全力斡旋下，一周后，杨石魂被解救了出来，但人已经被打得体无完肤。脱险归来，身体稍微恢复的他坚持参加了万人游行会。杨石魂激昂地说道："民不畏死，奈何以死惧之。我杨石魂为工农解放，刀山火海算得了什么！"

李春江四处活动之时，李春澜也没有闲着。他把弟弟传回来的调查情况及时写成文章登在《岭东民国日报》上，揭露国民党右派破坏国共合作和工农运动、屠杀和抓捕群众的丑恶嘴脸。措辞尖锐有力，系列文章像匕首利剑，刺向国民党右派的心脏。因此，他被当地人称为"不怕死的《岭东民国日报》主笔李春澜"。

揭露杨石魂被绑架真相的系列文章，把报社推上了风口浪尖。1927年初春，《岭东民国日报》被毫无征兆地停掉了办报经费，报社财务陷入困境。不久后的一天早晨，报社人员刚上班，三个神秘之人就悄然出现，声言召集大家开会。

社长李春澜尽管一头雾水，但还是召集大家来到会议室。

领头的高乃斌挥舞着手中带着红色印章的纸片，趾高气扬地说："我们今天是代表广东省国民党党部来的。我叫高乃斌，奉党部宣传部的命令来接管《岭东民国日报》，现在我宣布撤销李春澜的社长职务，由我们三人组成《岭东民国日报》管理委员会。这是党部的文件，你们看看吧。"

会议室内的人都被这突如其来的消息震惊了。李春澜不相信，接过文件仔细看了看，果然，上面盖着国民党党部的红印章。至此，创刊一年多就已经蜚声海内外的《岭东民国日报》只得改旗易帜。其后，报纸文风突变，开始公开咒骂共产党，公开背叛孙中山"联俄、联共、扶助农工"的三大政策，逐渐蜕变成为国民党右派的舆论工具。为应对困局危境，周恩来指示中共汕头地委，派共产党员李春江、梁工甫重新办一份报纸，取名《岭东日日新闻》，仍然由李春澜任社长。报刊沿袭了之前《岭东民国日报》的特色，大量刊登宣传马克思主义思想和革命道理的文章。两份报纸针锋相对，一时间成为国共斗争中没有硝烟的舆论战场。

予室翘翘，风雨所飘摇。

4月12日，蒋介石在上海发动反革命政变，开始在国民党内疯狂清洗共产党。消息很快在国内传播开来，遗憾的是，中共汕头地委未能及时意识到形势之严峻残酷，也没有采取有效的防范措施。两天后，潮梅警备司令部接到蒋介石的密电指令："立即在你司所辖范围内，将共产党捣乱分子拿办，以止乱萌为要。"当时潮梅警备司令何辑五正在上海，便电令参谋长罗权执行"清共"命令。李春澜他们上午十点接到开会通知，说罗参谋长召开会议研究处理澄海县农军教练彭丕被杀事件。李春澜掂量再三，始终觉得不踏实，赶紧找到国民党市党部负责人以及中共汕头地委领导商量对策。

李春澜充满疑惑地说："这个会议早就该开，但他们一直拖着不开，现在上海发生了反革命政变，他们突然又通知开会，会不会有什么阴谋？"

廖伯鸿想了想，语气坚定地说："之前我们一直要求他们开会研究这事，他们一直拖着，那是他们不占理。现在他们通知开会，如果我们不去参会，就会被他们抓住把柄并借题发挥，说我们没有诚意。我觉得，我们还是要去。"

李春江不同意："我觉得不稳妥。在这个节骨眼上开会，明摆着不怀好意。你们是组织的负责人，是主心骨，出事损失太大。这样吧，我作为代表去应付一下，就说你们都不在家。"

"这样不好，我们想解决问题，就要拿出诚意。这样，李春澜、梁德明和我三个人作为代表一起去，看一看他们到底安的什么心思。其他人随时注意风声，如果我们今晚回不来，可能就是遇到了麻烦，你们要赶紧想办法撤离，要做最坏的打算。"廖伯鸿把事情定了下来。

下午，三个人坦然走进了潮梅警备司令部。确如李春澜所料，这是一个陷阱，对方当即逮捕了三人。事情远没有结束，更大的阴谋接踵而至。当晚十点，全汕头市突然紧急戒严，国民党市党部、总工会等八十多个单位和团体被包围，被捕的共产党员、共青团员、国民党左派人士和革命群众有一百多人。第二天，恐怖行动仍然延续，这把火终于烧到了《岭东日日新闻》报社。

…………

春江讲完事情的经过，对春洋说，"你到汕头后，可以联系我的朋友，也可以去找表兄王志鹏，但他好像不太念亲情，当然，现在这个情况他也为难。但我预感到国民党这次来势汹汹，恐怕大哥他们凶多吉少。"

"你放心去上海吧，我到汕头会见机行事，蔡叔会帮我的。"春洋安慰春江。

"春洋，我去了上海，家里的事就只能靠你了。"

"二哥，你放心去吧。不管发生什么事，家里有我！"

春江紧紧握了握春洋的手，这个最小的弟弟，似乎一夜之间长大了。

第五章

兄弟几人今天面临如此境遇，并非偶然。

有一年年底，李秾升受父母嘱托，带着春澜和春洋到彩塘姑姑家串门走亲戚。

在姑姑家，李秾升遇到了表兄的堂弟许雪涛。两人相谈甚欢，大有相见恨晚之意。

许雪涛是星洲富商之子，自幼衣食无忧的他接受了良好的教育，后结识孙中山并加入同盟会。孙中山一直致力于策动两广地区的起义。许雪涛因祖籍潮州，众多亲友也都在潮州，就被派往潮州发展人员，为发动推翻清廷的武装起义做准备。

小厢房内，许雪涛与李秾升父子坐在桌前。大人聊天，两个孩子很懂规矩，一言不发专心品尝着眼前香气扑鼻的茶水。

"孙文？听说过，但对他了解得不多。我们这边对反政府的宣传打压非常厉害，对各种小报、宣传册子的查抄也是变本加厉，如果被举报或者被查抄出来，那可是杀头之罪啊。"李秾升忧心忡忡。大人议论之事，李春澜完全明白，但他没有插话，只是静静地聆听。

"所以我们才采取更加多样化的宣传形式，不光利用小报和小册子进行宣传，还要走到民众当中去，口头宣传我们的主张。"许雪涛说起话来不疾不徐，"孙先生将同盟会纲领概括为民族、民权和民生，目标是推翻清政府，建立一个新世界。孙先生认为，现在清政府岌岌可危，完全可以彻底推翻。"

李秾升疑惑地问："怎么推翻呢？光靠喊口号？"

许雪涛稍做停顿，语气坚定地说："光靠喊口号没有用。第一步，要改变人的思想。凡加入同盟会者，都要分散到全国各地开展宣传，使人们相信同盟会的主张，让更多的人加入同盟会，众人捡柴，火焰才会旺盛。"

"那接下来怎么办？"许雪涛没想到，这次提出问题的是李春澜。

"接下来，就要付诸行动。组织大家举行起义，与当地的统治者开展你死我活的斗争，我这次回来的任务就是负责动员潮汕地区举行武装起义。"

李春洋还小,在旁边听得懵懵懂懂。他不经意问了一句:"什么是武装起义?"

许雪涛坦然回答:"武装起义,顾名思义,就是要发动群众,武装建立起自己的独立政权。"

李秾升一脸疑惑地说:"有成功的可能吗?"

许雪涛微微一笑,继续耐心解释:"我们首先要改变人们的观念,当然,这是一个比较困难的过程,但任何事情,只要持之以恒,总能抵达彼岸。过去,读书人两耳不闻窗外事,只顾参加科举考试求取功名,现在这种不合理的制度,在有志之士的呼吁下,不是也取消了吗,所以没有什么事是不可能的。清朝统治两百多年来,国运日渐衰弱,清廷现已无暇自保,更遑论振兴中华了。因此,我们要武装起来,推翻这个腐朽的政府,建立一个广大人民拥护的新政府。"

许雪涛越说越激动,最后忍不住站了起来,一边挥着手,一边慷慨激昂地发表着自己的见解,声音之大连在外面院子里干活的堂兄都听到了。堂兄急忙走进来,说道:"雪涛,小点声,你说的这些东西,被人听到了,去政府告密就麻烦了。"

李秾升第一次听到这些新奇又激荡人心的言论。

除了宣讲,许雪涛还把邹容的《革命军》和章太炎的《驳康有为政见书》几本书送给了李秾升。李秾升如饥似渴地阅读许雪涛送的书,有疑问就去向许雪涛请教讨论。本来打算留宿一晚,结果又多盘桓了两日,直到两本书看完,两眼红肿的李秾升才带着春澜、春洋哥俩回了潮州。临分别时,许雪涛看着李秾升的两个儿子,连连称赞,轻抚着他们的脑袋赞许道:"多么清秀的两个后生仔啊,将来就看你们的啰。"

等回到家中,李秾升想考考两人到底听到了什么,又记住了什么。"我们在彩塘时,那个许叔叔讲了很多。我年纪大了,记不住,你们能和我说说吗?"李秾升问两个儿子。

李春澜看着阿爸:"我都记住了,还是让春洋先说说吧!"

"春洋,你听懂许叔叔的话了吗?"望着春洋,李秾升试探着问。

春洋说:"他说孙先生成立同盟会,要武装起义,还要推翻清政府……"

年幼的春洋说起话来有板有眼,像个小大人似的。李秾升为小儿子的记忆力之强感到吃惊。

"你许叔叔是从星洲回来的,他和孙先生都去过很多地方,如美国、日本等,他们都是见过世面的人。也可能国外这些地方真的与我们这里大不同,我没有出去过，也不会说外国话。你们可要好好读书，长大了也到外国去看看。听说外国马路上跑的全是两轮脚车（自行车）和四轮汽车，家家户户用电灯！"

"好的，我一定好好学习。"李春澜说。

"我也是。"春洋两眼炯炯有神地盯着阿爸保证。

日头还是那个日头，变化却在悄然孕育生发。

首先变化的是李春澜。一天，他突然提出想去日本留学。这个想法，把全家人都吓了一跳。先不说钱的问题，日本到底在哪里，怎么去，不仅自己家里没有一个人清楚，整个刘察巷也无人知晓。阿嬷和阿妈都气哭了，阿公也是唉声叹气。

李秾升问儿子："你什么时候有这个想法的？"

春澜说："早就有了。"自从去过彩塘后，听了许雪涛的宣传鼓动，春澜就更想去了。

"你准备让谁帮你联系？"

"许雪涛叔叔说可以找人帮我联系的。"

李秾升了解春澜的性格，他从小话虽不多，却一直很有主见，凡是决定的事情，就一定要想尽办法做到。李秾升也有顾虑："家中孩子多，花费大，怎么供得起你啊，你想过没有？"

李春澜安慰父亲："阿爸，您不要发愁，我考虑过了，你们只要给我去的路费就行，到那里后，我做工养活自己。"

很快春洋也有了变化。经常向大人问东问西，内容多半是其他男孩不关心之事。与此同时，他去书店也更勤了，每次都要求蔡兴中推荐各种书目。听说大哥要去日本留学，他直接去问春澜："大哥，你去日本干什么呀？"

春澜笑了笑，说："去学习。当然，我也想看看开创同盟会的地方到底是个什么样子。"

春洋又问："那我能和你一起去吗？"

"不行。"春澜干脆地说，"我自己还人地两生，怎么能带上你呢？况且你还小，小学还没有毕业，你去谁照顾你啊？不过，等你长大了就可以去了。"

一家人中变化最大的，是李秾升。从表面上看，李秾升一如往常，照常去学校，照常吃饭睡觉，照常读书看报，连老婆也没有察觉到他有什么不同。这个老婆眼里的"书呆子"，从彩塘回来，每天晚上对着昏暗的煤油灯，潜心研读许雪涛送他的两本书。这两本书，他视为珍宝，精心地包裹好藏在床席子下面，不敢让别人看见。

自从听了许雪涛的一番宏论，又加上阅读了一段时间的进步书籍，李秋升觉得过去一味埋头死读，确实把自己读得愚昧和迂腐了。人家让科举，自己就努力想中举；人家废除科举，自己就去学校教书。没有思考，没有主见，过去的日子，自己简直就像踩着西瓜皮，滑到哪儿算哪儿。再这样下去，真的要浑浑噩噩一生了。外表风平浪静、波澜不惊的李秋升，内心深处，正在渐渐掀起波涛、涌起激情。新思想的输入就像一缕阳光刺透了云层，李秋升没事的时候就思考。有时躺在床上闭着眼睛，许雪涛的声音似乎就在耳边回响："我们要武装起来，推翻这个腐朽的政府，建立一个广大人民拥护的新政府。"

"这些能实现得了吗？"带着满脑子的疑虑，李秋升苦思冥想多日，始终百般纠结，觉得这样下去不是办法，得去找人聊聊。

李秋升三位最要好的朋友中，仅吴贯因考中了举人。可不巧的是时局动荡，科举制度不久后废止，时运不济的吴贯因只得到澄海景韩书院任教。几位好友各自忙碌，已经有一年多未曾谋面。李秋升先找到李修荣，约好趁礼拜天时去澄海。李秋升还给吴贯因写了封信，让他务必通知李秀波，定于十日后在澄海景韩书院见面。

到了那天，李秋升一大早就起了床，悄悄把李春洋叫了起来。聪明的小儿子现在既听话又好学，李秋升非常喜欢，所以外出探亲访友时常把他带在身边。没想到的是，刚出大门，就看到穿戴整齐的李春澜已在门口候着了。

李秋升、李修荣老哥俩带着春澜、春洋小哥俩，中午时分赶到了景韩书院。敲响吴贯因书院的宿舍门，开门的是一个十六七岁的小伙子，长得眉目清秀，自我介绍叫杜国庠，是吴老师的学生。

吴贯因老远就伸出双手，欢迎他们的到来。

"哎哟，这是谁啊？我没猜错的话，一定是春澜吧？"吴贯因打量着身边的大男孩说。

"吴叔叔好。"李春澜很有礼貌地喊道。

"还有我呢，我叫春洋。吴叔叔好。"春洋也毫不怯生，没等吴贯因问，就主动自报家门。

吴贯因说："哦，差一点把你忘了。你太矮了，叔叔没看到。"春洋闻言立即把脚跷了起来，其他人见状，都开心地哈哈大笑。

"国庠，快去拎瓶开水，给你师伯泡茶，春澜带春洋一起去吧。"吴贯因吩咐道。

李秋升拍了一下吴贯因的肩膀："你从哪儿挖掘出这么聪明伶俐的学生？"

吴贯因笑着说，去年，在莲阳许厝村岭梅私塾教书，一次到朋友家里去串门，朋友给他看一篇策论文章。文章有理有据，字里行间流露着忧国忧民之意，而且抒发了自己的爱国之情和报国之志，这些思想和抱负不是一般人所能及。他猜测，这一定出自哪位高才之手，但没有想到，竟是一个十五岁的孩子所写。之后，他就把小伙子带在了身边，免费跟他读书。

二人听完，惊叹不已。李秾升说："贯因真君子也。"

"此话怎讲？"李修荣问。

李秾升笑道："孟子曰：'君子有三乐，而王天下不与存焉。父母俱存，兄弟无故，一乐也；仰不愧于天，俯不怍于人，二乐也；得天下英才而教育之，三乐也。'"

此时，刚好杜国庠烧好开水，拎着水瓶进来了。大家再次看到他，对其已是青眼有加，不敢再以刚进门时看小孩子的眼光看待他了。

泡好茶，众人再次落座。李秾升问："吴兄，既然你那么推崇国庠写的文章，奇文共赏，是不是也拿出来让我们一睹为快？"

"应该，应该。独乐乐不如众乐乐嘛！"吴贯因早就让杜国庠将这篇文章抄写了几份，以备随时拿出来供大家翻阅。他们刚拿到文章，澄海的李秀波到了，一阵寒暄后，大家人手一份文章，静心阅读起来。

在房间角落里，李春澜读了杜国庠的文章，内心充满敬佩，禁不住悄悄地问他："这真是你写的吗？"

杜国庠坦诚而又自信地回答："前两年写的。要是现在写，应该比这个更成熟。"

"嗯，我觉得这就写得很好了。你懂得真多，平时是不是看很多的书？"

"是啊。我跟过好几位先生学习，每位先生都藏有不少的书，都可以拿来阅读。每位先生的喜好也不一样，所以收藏的书也各式各样。就拿吴老师来说吧，他的思想很开放，经常托朋友从上海带来各类思想先进的进步书刊，自己看完了就给我看，我从中学到了很多新东西。"

"真的啊？太好了。我也想看。"

他们两个的对话被几个大人听到了。三位客人一起用探询的眼光盯着吴贯因。吴贯因明白他们的意思，说："国庠说得对，我收集了不少进步书刊，他一直和我一起看，接受了不少革命思想，有了很大进步，现在看问题的角度和以前有所不同，思想也比之前深刻了不少。这小子是个可造之才，假以时日，肯定会有一番作为的。"

李秾升接过吴贯因的话头说:"这个嘛,我们一点都不怀疑。你识人的眼光一向都很准的。话说到这里,我可有一事相求,请你看看我们家春澜、春洋,两人怎么样?"

吴贯因笑道:"你也太能顺杆爬了吧?虽说我以前去过你家,但那时春澜还小,这一晃多少年没见了。这次才来多长时间啊?你们也知道小孩子是变化最大的,要容我再仔细观察观察,等你们离开时兴许能给你个结论。"

"好,就这么说定了。"

之后,大家又谈论各自所读之书以及从事的教书工作。他们这一代读书人,现在大部分都成了教书先生,最大的乐趣也同吴贯因一样,针时弊而论之,撷英才而教之。大家一致要求参观吴贯因的书箱,吴贯因也乐意献宝。他让国庠把几个箱子搬出,让大家随便看。不看不知道,很多书竟然是他们从来没见过的,个个惊羡不已。

"这些都是那些做生意的朋友去上海、广州时给我偷偷带回来的。你们也看看吧,里面有不少进步言论。"吴贯因敞开心扉地说道。

他们一边看一边讨论,李秾升就把半个月前去彩塘遇到许雪涛的事情说了。李秾升问吴贯因:"你见多识广,对这个事情怎么看?"

吴贯因说:"我认为社会变革是必然的。故步自封,落后就要挨打。八国联军侵入北京,烧杀抢掠,无恶不作,甚至火烧圆明园,就是鲜活的例证。"

吴贯因一边讲,一边观察。他看到春澜、春洋和杜国庠坐在小凳子上聚精会神地听着,时而若有所思,时而频频点头。

"谁不想自己的国家强大啊?康有为领导的戊戌变法虽然失败了,但六君子视死如归的气概值得我们学习。康广仁在狱中说'若死而中国能强,死亦何妨'!谭嗣同也写下了'我自横刀向天笑,去留肝胆两昆仑'的豪迈诗句。这些人,才是顶天立地的大丈夫!"吴贯因侃侃而谈。

李秾升问:"现在孙文、黄兴他们组织同盟会,是不是同样要变革社会啊?"

吴贯因不急不慢地说:"是啊,清政府积弊日久,官员个个贪污腐败、徇私枉法,弄得民不聊生,百姓怨声载道,只有变革才有出路。孙文、黄兴他们的同盟会兴许能闯出一条路子来。"

这时,突然一个少年的声音响起:"吴老师,上次那个许叔叔也是这样说的。他已经参加了同盟会,他说自己受孙文委派回到潮州,负责宣传和发动武装起义的。"大家一看,是一直在聚精会神听讲的李春澜。

听到哥哥说话,春洋唯恐别人把自己忘了,也紧跟着说道:"我也去了,我也听到了。"

大家都很惊讶。李秀波故意逗他:"春洋,你知道同盟会是做什么的?武装起义是什么吗?"

春洋不慌不忙地说:"知道,我上次听许叔叔讲了。"

嫌弟弟说得太多,李春澜接过话头:"上次我们两个都跟阿爸去了。我还看了他送的书,邹容的《革命军》和章太炎的《驳康有为政见书》。"

吴贯因没想到春澜居然读过这些书,于是问他:"你能看懂这些书吗?"

"能!有些词虽然不是很理解,但能猜出来。"李春澜自信满满地答道。

李秾升被春澜的话惊住了,他微张着嘴巴,看着眼前镇定自若的儿子,猛然发现,以前对儿子太不上心,居然不知道天天倚在自己身边的儿子,不知不觉间竟然发生了这么大的变化。

"后生可畏啊!"吴贯因点头慨叹。

午饭后,吴贯因认为接下来大人讨论的事孩子不宜参与,便借口让杜国庠带春澜和春洋出去转转,把他们支开了。

四个人围坐在一张八仙桌前。吴贯因首先表达了自己的意愿:"我最近想到厦门去看看,听说那里有同盟会的组织。"

三个人异口同声:"你想参加同盟会吗?"

吴贯因说:"是的。其实我已经考虑很久了。我们也是读书人,别的读书人都是忧国忧民,我们是不是也要有所动作啊?"

"我同意,算我一个。"李修荣抢着说,他早就有这样的想法了。

"我也同意。""我也同意。"李秾升和李秀波也纷纷表态。随后李秾升又接着说:"许雪涛在彩塘,他就是同盟会的,对情况肯定非常熟悉,我们有时间何不先去找他商量商量?"

"哦,是啊,这倒不失为一条捷径。那你就代我们约他吧。我们去见他或者他来我们这里都行。"

"好的。"

相谈甚欢的四人欢聚一日,李秾升等人第二天才离开。

临走时,李秾升把吴贯因拉到一边,悄悄说:"还记得你答应我的事吗?"

吴贯因装糊涂:"什么事啊?"

"孩子的事啊。"李秾升佯怒道。

吴贯因佯作恍然大悟,笑道:"这事啊,这事我怎么能忘呢,我早就盘算好了。春澜、春洋这俩孩子天资聪颖,这么小就知道关心国家大事,而且都有一颗上进之心，孺子可教也！将来啊，肯定比你有出息！"

李秾升一听，喜上心头，说："你看，春澜也这么大了，我想让他拜在你的门下读书，你看怎么样？"

"啊？你怎么会有这个想法？现在都办新学堂了，在那里不但能学国学，还能学科学和技术，现在的学生们还是在新学堂上学比较好。再说，我已经带一个杜国庠了，再收一个我也吃不消啊。"

"是，是。我也知道你的难处，我的意思不是让他一直跟着你，而是让他拜在你门下，和国庠做个师兄弟。平时他还在潮州上学，有空我就带他过来，你给他上上课，让国庠也带带他。所谓'近朱者赤，近墨者黑'，跟你们接触越多，对他的成长越好。"

"秾升，春澜这孩子我也很喜欢，只是他还太小，路途又太远，不太方便。你若执意如此，那有空就常带他过来走走吧。以后他长大了，如果有缘，我一定收他这个学生。"

李秾升想了想，虽有不甘，但也不便强求，只得说："好吧，你要记着自己说过的话，以后机缘合适的话，你一定要认这个学生。"

"好的，一言为定。"两人握手道别。

转回头，李秾升便把这事和两个大人及三个孩子都说了。杜国庠、李春澜很高兴，虽然没有行同门之礼，但他们已经互相认可，开始以师兄弟相称。

几年之后，李春澜果然拜在了吴贯因门下，如愿成了他的学生。

第六章

　　李秾升这次到澄海，可谓不虚此行。他既见到了睽违已久的老同学老朋友，通过彼此间的交流解开了纠结迷茫的心结，又为儿子寻到了一个满意的先生和一个师兄。他似乎看到了儿子的前途一片光明。

　　返回潮州的路上，李秾升高兴得眉开眼笑，忍不住哼唱起了潮剧《京城会》里吕蒙正的唱词：

> 金榜挂名字，
> 喜得身荣中高第。
> 青云平步，
> 这正是我手攀丹桂。
> 鹤衣挂体吐虹霓，
> 顿有凌云志……

　　春澜和春洋已经好长时间没有看到父亲这样高兴了。两人咬着耳朵，挤眉弄眼，跟着父亲的动作手舞足蹈，一路欢声笑语。

　　回到家中的第二天，李秾升就给许雪涛写了一封信，约见面的时间和地点。考虑到几人身处不同地方，许雪涛觉得还是在吴贯因处相聚较为妥当。至于时间，他决定以几位先生的便利为要，最好放在他们的休息日。李秾升又分别给吴贯因和李秀波写信约定时间，最后把见面的时间定在了两周后的礼拜天。

　　这也是许雪涛求之不得的事情。他近期的任务就是向人们游说，发展壮大自己的队伍。十几天前他刚做通李秾升的工作，没有想到如此之快就见到了成效，一下子又多了三个人，而且都是主动要求，不禁兴奋不已。

　　几个人的会面如约进行。这一次，李秾升同样带着李春澜，一来想让他受教于诸位先生，见见世面，二来也想让他和杜国庠一起多多相聚，系统学习。

　　虽然几个人之前谈论得热火朝天，但其实他们对同盟会并没有系统的了解。见面以后，许雪涛给他们做了全面介绍，李秾升几个人把自己的疑问和困惑提出来，许雪涛又一一做了解答。

几个人想加入同盟会，许雪涛让他们每人先写一份申请，算是预加入，等上级批准后，就算正式加入。许雪涛让吴贯因任小组长。

李秀波皱了一下眉头，问道："你说让我们开展工作，怎么开展呢？"

"这就是我下面要讲的事情。目前的工作就是搞好宣传，让周围的人知道什么是同盟会，为什么要团结起来推翻清政府的统治等等。清政府虽然已是苟延残喘，但是百足之虫死而不僵，只靠我们几个人的力量，革命断无成功可能，必须吸纳大量的新成员加入队伍。"许雪涛放言高论。

李修荣不解地问道："什么样的人是我们宣传的对象呢？"

"首选的就是有学问的人。他们接受新思想容易些，所以首先要争取的就是他们。第二，就是要向青年人宣传。青年是未来中国的希望，我们要尽早向他们灌输革命思想。"

许雪涛说完，几个人恍然大悟："是啊，是啊。我们都是当先生的，这不正是近水楼台先得月嘛！以后我们就从宣传开始。"

许雪涛点点头，他的齐耳短发在耳边一摇一晃。李秋升看着其他几个人头上的长辫子，问："加入同盟会后，我们是不是也可以把辫子剪掉了？"

"可以啊。只要你们愿意，剪多短都可以。你看，留着那么长的辫子不但不美观，打理起来也很麻烦。剪掉辫子，代表着与过去决裂，代表着革命的肇始。"

"好，那我们现在就剪掉吧。"

"我建议你们还是回去以后再剪。现在还是清政府的天下，你们带着辫子进来，全都剪了辫子出去，明眼人一看就知道怎么回事，这等于告诉人家，吴贯因这里就是个革命党聚集地。为安全起见，大家还是小心谨慎为好。"

杜国庠和春澜坐在角落里，静静地听着。当听到父辈们说要剪辫子时，春澜憋不住了，禁不住插嘴问道："我们也能剪吗？"

几个人听到了，都望向春澜这边，不知道如何作答，又转过头来望着许雪涛。许雪涛微笑着说："春澜，你们还小，先不要掺和这些事。你们现在的主要任务是读书，等长大了有很多事情等着你去做呢。还有，我们说的话，出了门，可不要当小喇叭到处乱传！"

会面结束后，李秋升带着春澜回到了家。

当天晚饭后大家都在各自忙活，中院西屋突然传来一阵哭叫声，春洋阿妈边哭边跑向公婆所在的后屋。

"怎么了？怎么了？"大家都跑了出来。

"你们快来看啊，不得了啦，他阿爸……他阿爸把辫子给剪了！"春洋阿妈一边哭一边向公婆数落着。

公婆从床上坐起，惊怒地问："什……什么时候剪的？"

"就是刚才，吃过饭，我们洗涮的时候。"春洋阿妈边哭边说，"晚饭前他回来问我家里的剪子在哪里，我还很奇怪，这个平时光吃粮不问事的主今天怎么了，要剪刀干什么？后来他告诉我要剪指甲，我就把剪刀拿给他了。"

其实，阿爸要剪刀的时候，春澜就在旁边，他知道父亲想要干什么。父亲朝他摆摆手，示意他不要出声。春澜点点头，瞪大眼睛盯着阿爸。

"我刚才一回屋，就看到他从里间出来了，右手拿着剪子，左手提着一截辫子。造孽，造孽啊！"

阿公赶快跨过门槛往外走，春洋阿妈也扶着小脚婆婆出了屋。她们走不快，一会儿就被落下一大截。此时李秾升已经扔了剪子和那截辫子，坐在那里若无其事地翻着书。看到父亲进来，李秾升抬头喊了声"阿爸"，接着低头看书，像什么事也没发生。

父亲看着李秾升，只见他头发长短不齐，垂到耳朵处，一低头，头发都披散至面前，几乎盖住了整张脸。哆嗦不止的父亲手指李秾升骂道："谁……谁让你剪的？自古身体发肤，受之父母，不敢毁伤，孝之始也。你倒好，说都不给我们说一声，就把辫子剪了！你对得起列祖列宗吗？逆子，逆子啊！"

李秾升见父亲正在气头上，没有当面顶撞反驳。这时，母亲和妻子也走过来了。母亲本来也准备骂他几句，但听到老头子正在大骂不止，又看到儿子耷拉着脑袋一声不吭，心顿时软了下来，转而开始帮助李秾升说话：

"算了，算了。辫子已经剪掉了，再生气一时半会儿它也不可能长回去。别和他一般见识，他愿意剪就让他剪吧。"

老头子愤懑难平，跺着脚又骂了几句家门不幸、为老不尊、父形子肖的话，突然想到捎带着把自己也给骂了，转身把火气撒到老太婆身上，说道："这，这都是你给惯的！亏他还是个读书人，如此样子，又怎么给孩子们当先生啊！"说罢，怒气冲冲转身离去。

众人都有辫子的时候，一个人突然剪了辫子，不啻为逆天之举。母亲走过去，摸摸儿子的头，叹了一口气，说："升仔，看把你阿爸气的，明天还是弄个假辫子接上吧，要不你怎么去学校教书？"

李秾升说："我既然已经剪了，就不打算再要。留辫子多麻烦啊，洗头麻烦，编辫子麻烦，不但麻烦，还耽误时间。这都什么年代了，你看从南洋回来的亲戚，没有一个人留辫子。"

"人家长期在南洋住，也算南洋人了，和我们不一样。我们老祖宗都留辫子，这是多少代传下来的规矩，我们要遵守这个祖制啊。"母亲气呼呼地说道。

"阿妈，您去歇息吧，就这样了。"李秾升说完转头看书，再也不理任何人。母亲没办法，长叹一口气，摇摇头也离开了。屋内的妻子和几个孩子，大眼瞪小眼，个个茫然无措。

见两位老人都没有办法，春洋阿妈也不敢再唠叨，但看到那剪的长短不齐的头发，越发觉得哭笑不得，便把春洋拉到一边，悄悄地说："你阿爸的头发剪得不整齐，你去说说，我再给他修一修。"

春洋在家自始至终都没有说话，看到阿公过来发脾气，他和两个哥哥也吓坏了。但阿爸竟敢与一向古板严厉的阿公叫板，他从心里觉得父亲很了不起。他们几个小孩子一向都很怕阿公的。听到母亲这样说，春洋觉得有道理，于是慢慢地挪到父亲身边，很小心地摸了摸父亲的短发。

春洋说："阿爸，您的头发长短不齐，让阿妈给您剪齐吧。"李秾升知道自己剪得不好，便也就坡下驴，点头答应。

潮汕地区早年"过番"的人很多，他们的后代回来探亲，几乎都不留辫子，大家多多少少都见过不留辫子的人。不多日，辫子风波慢慢平息下去。

过了十几天，春洋指指头问父亲："阿爸，怎么样？舒服吧？"

李秾升得意地说："舒服。不用每天拖着个辫子，利索得很。"

结果第二天早上起来，春洋第一个从房间里蹦了出来，小脑袋一摇一晃，头上的辫子不见了！正当阿公阿嬷惊愕之际，一头短发的春江、春海陆续从房间内跑了出来……一个人的行为异常，断不为众人接受，但一群人的行为异常，也就见怪不怪，阿公阿嬷在感叹上梁不正下梁歪之余，也只能接受这个事实了。

几天之后，一帮孩子在刘察巷口追赶玩耍。春洋在前面跑，陈宏祥几个伙伴在后面追，可是无论如何就是抓不到他。反过来，陈宏祥在前面跑，春洋则很容易就抓到他。

"春洋，你怎么跑那么快呢？"陈宏祥苦着脸问。

"你们脑袋后面拖个长辫子，一摇一晃像拖根牛尾巴，怎么能跑快呢？"春洋揪住陈宏祥沾满汗水和泥土的长辫子说。

"没有长辫子就能跑快？"陈宏祥疑惑地问道。

"要想跑得快,得把头低下来,我可以做到,而你们不行,有辫子向后拉着呢!"春洋摸着自己短短的平头说。

听完春洋的话,陈宏祥低头向前猛跑了十几米远。再跑回来,他兴奋地对春洋说:"你别说,还真是的。"

"宏祥,把辫子剪掉吧,要不咱们几个在一起玩,我能轻易抓到你们,而你们总是抓不到我,你们不觉得吃亏吗?"

"大人不给剪,怎么办啊?"陈宏祥犹豫道。

"我给你们剪。"春洋说。

陈宏祥几个人同意了。春洋赶紧回家悄悄拿了一把剪刀,把陈宏祥几个人的辫子剪了。

当天晚上,陈宏祥的父亲愁眉苦脸拉着儿子来到了李秋升家……

1907年5月22日,原定于月底的潮州黄冈起义,因意外提前举行。

七百多名潮州饶平起义军采取火攻之法攻打潮州黄冈城,都司隆启不得不撤向城外。趁混乱之际,隆启换上士兵服装,准备遁逃出城,结果被起义军当场擒获。都司被擒,黄冈城被起义军占领。革命军立即成立了军政府,推选陈涌波、余纪成为正副司令,主持军政府工作,以"大明都督府孙"及"广东国民军大都督孙"等名义发布文告,下令免除清政府强加于人民头上的苛捐杂税。

消息传到广州,两广总督周馥急令潮州总兵黄金福出兵,并派广东水师提督李准率队继进,同时联系好友闽浙总督松寿派出部队在各路口进行围堵,企图将起义军斩尽杀绝,将革命政府扼杀在摇篮里。力量悬殊,起义军死伤惨重,军心动摇。紧要关头,起义军首领之一的余纪成,身背两把大刀,站在一张桌子上面慷慨陈词:"同志们,感谢大家的信任和支持。我们既然加入了同盟会,就不怕流血断头。清军已经派大部队围剿我们,我决心和他们死战到底。弟兄们,你们怎么样,愿意不愿意?"

振臂一呼,应者云集。

"愿意!血战到底!血战到底!"一时间群情激奋,口号声响彻云霄。

新的一轮厮杀又开始了。战斗持续一天,起义军弹药耗尽,面对敌人的猛烈围攻,只能手持大刀进行肉搏。清军大批援兵持续赶至,起义军开始腹背受敌。面对窘急困境,余纪成痛哭流涕:"弟兄们,我没有把你们带好,我向你们赔罪。"

这时,另一首领陈涌波站出来劝慰道:"不要哭,革命哪有一次就成功的。"

为了保存火种，陈涌波和余纪成商量后，决定解散起义军，分头突围。陈涌波、余纪成等人乘船从海路逃出，后到达香港，寻找孙中山、许雪涛等人，继续探寻革命之路。其余成员化装成百姓，以各种身份作掩护四散离开黄冈城。五天后，黄金福占领黄冈城，负伤和没来得及逃走的起义军共计二百多人惨遭屠戮。

潮州黄冈起义历时六天，最后以失败告终。

按许雪涛等人最初的筹划，起义的规模要大得多。按原计划，李秋升、吴贯因、李修荣、李秀波等人要发动潮州其他地方的民众同时起义。当他们听说起义军在黄冈提前起事的时候，无不激动振奋，当即联络人员赶往黄冈进行支援。无奈交通不便、道路阻滞，李秋升等人走到半道听闻起义失败，只好无奈作罢，垂头丧气地回来了。李秋升心中的理想之火，刚刚燃起，就一下子给扑灭了。之后一段时间，李秋升的心情，沮丧低落至极点。春澜、春江和春海懂事了，经常依偎在父亲身边，为阿爸端茶倒水，想让整日唉声叹气的李秋升振作起来。

"春澜、春江、春海，春洋不懂事，你们仨理解阿爸吗？阿爸这辈子活得窝囊啊，我想干的事，恐怕再没有机会去干了，阿爸老了啊！"话刚说完，李秋升的眼泪就扑簌簌地往下掉。

"阿爸，您想做的事没有做成，给我说，我来干！"老大春澜拉着阿爸的手劝慰道。

"阿爸，我跟着哥哥一起干！"春江信誓旦旦地跟着说。

"阿爸，我也跟着大哥二哥干！"春澜身后的春海站了出来，拉着阿爸的另一只手说。

李秋升望着三个懂事的孩子，哇的一声哭了起来……

阿爸平日里郁郁寡欢的表情，同样被年幼的春洋看得清清楚楚。他不敢直接问阿爸，便去找阿妈。

春洋问阿妈："阿妈，阿爸现在为什么总是不高兴？"

阿妈告诉春洋："尾仔，记住，今后千万不要学你阿爸，整天净干些不着边际的事。"

春洋问："什么是不着边际的事？"

"就是，就是那些不关咱们自家的事。"阿妈回答。

春洋歪着头想了想，小大人似的说道："阿妈，等我长大了，自家的事我干，其他的事我也干！"

听到春洋这么说，阿妈一下子怔住了。

潮州黄冈起义失败后,杜国庠和吴贯因先后留洋去了日本。春澜受许雪涛、杜国庠和吴贯因的影响,执意要去。李秾升起初不答应,但春澜说,自己不去日本学大本事,今后就不可能替阿爸完成未竟的大事,一句话说得李秾升哑口无言。纠结几日后,李秾升转而同意儿子留洋。年长的阿公阿嬷拗不过儿子和长孙,只好筹集路费送春澜东渡扶桑。为此,阿公阿嬷难过了好几天,不知大孙子这一去,何日才能归来。

大哥赴日留学,春洋感受到极大的失落和震撼。他也想去,可惜年龄还小。他曾与父亲纠缠此事,父亲鼓励他:"你现在要用功读书,等你到了十八岁,也送你去日本留学。"

春洋在心底祈盼着自己快快长大,梦想着将来有一天,自己能与大哥相见在日本。

第七章

初夏的潮州，阳光炙烤着大地，四处热气蒸腾，空气中没有一丝风，树梢一动不动。金山中学的校园里，一个少年心事重重地踯躅着。

金山中学的前身是金山书院，由潮州总兵方耀筹款、潮州著名乡绅郭廷集主持建造，是潮州府所辖官学中的最高学府。学校两栋二层古色古香的教学楼挺拔矗立，周围是几株高大的金凤花，疏密有致，枝叶横斜飘逸，有的已经延伸至教学楼的房顶，绿的叶，红的花，白的墙，彼此相互映衬，宛如一幅自然天成的风景画。每年金凤花开的时候，是春洋最开心的时候。他喜欢金凤花，因为每当有风吹过，花儿就像一只只凤凰在风中飞舞。他常常站在树下，痴痴地盯着那鲜红或橙黄的花朵看。

"春洋，你怎么在这里，让我找得好苦。"从学校大门进来的那条路上，跑过来一个梳着短发、身穿女式校服的少女。她跑得气喘吁吁，脸上红扑扑的，弥漫着青春的朝气。

"小美，你找我啊？"

"是啊，我有一道题请教。到你家去找，春海哥说你到学校来了。"

"题目带来了吧，给我看看。"

小美的问题并不是太难，春洋没费多大工夫就帮她解决了。

两人倚栏聊天，思绪飘飞。

"今天是礼拜天，你跑到学校来，有事吗？"小美问春洋。

"我来找宋老师，可他不在。"

"你刚才在这里发什么呆？"

春洋腼腆一笑，旋即回答："我在看金凤花，多像凤凰啊！以前我听阿爸讲过佛经中凤凰涅槃的故事。凤凰是一只传递幸福的吉祥鸟，每过五百年，就要背负着积累于人世间的所有仇恨恩怨，投身于熊熊烈火中自焚，以生命和美丽的终结换取人世的祥和与幸福。"

"你知道的可真多。"小美的赞扬让春洋心花怒放。

"我还听阿爸说，凤凰经过烈火的炙烤获得重生，羽毛比之前更丰满，体态比以前更优雅，音色比以前更优美，叫声犹如仙乐一样美妙。"春洋对小美侃侃而谈。

小美笑着问："你阿爸还说什么啦？"

"他还对我说，假如你们班有一个不好好读书的学生，突然有一天开窍了，开始用功学习，拿出头悬梁锥刺股的精神，经过多年的寒窗苦读，终于考上了北京的一所大学，得以走出潮州，这就像凤凰一样，浴火重生了！"

小美被春洋所说的故事所打动，痴痴凝视着口若悬河的春洋，当两人目光交会时，又羞涩地低下了头。春洋的眼睛好澄澈啊，像是一汪洁净的湖水，她不敢和他对视，似乎害怕自己会被淹没在这样的湖水里再也出不来。这一刻，金凤花下，绿草如茵，凭栏伫立的身影，闪烁着晶莹亮光的眼睛，空气中弥漫着花的甜香和草的清香，都深深刻在了小美关于青春的记忆中。

起义的失败令李秋升万分沮丧，但却给春洋带来了触动。当再一次看到金凤花开的时候，他觉得，同盟会革命就像凤凰涅槃一样，必然要经过失败、挫折、各种打击的锤炼，这些都是厚积薄发的前奏，到了一定的时候，革命必能成功。

一个礼拜天，春洋同时收到杜国庠和大哥来自日本的信函，接连读了几遍，兴奋不已，很想找人聊聊，于是想起了国文老师宋仁喜。由于家距学校较远，宋仁喜平时就住在学校内的教员宿舍，春洋以往每次去都能找得到，可那天是星期日，他的宿舍是铁将军把门，估计是趁星期天回家探亲去了。春洋有点失望，趴在教学楼走廊的栏杆上，盯着盛开的金凤花，想象着凤凰浴火重生的美丽幻影。他幻想着自己要是一只美丽的凤凰就好了。

不知不觉过了半个小时。接下来何去何从呢？正当他踌躇的时候，小美找来了。可是他的心事又不能和小美说。他能够解答小美的问题，可却没有人能够解答他心中的疑惑。春洋一副心事重重的样子，时而低头蹙眉，时而仰天凝望，终被小美察觉到了。小美问他怎么了，春洋敷衍地说没什么。

"有了！"停了一会儿，春洋突然灵光一现，领着小美匆匆下楼，飞奔出校门。

他拉着小美一口气跑回家，到了家门口告诉小美自己还有事，让小美先回家去。看到小美进了家门，他立即又折返了回去，一口气跑过两条街，又拐弯去了墨香书店那条街。这就是蔡兴中书店所在的那条街。原来他是到书店找蔡兴中。

看到跑得一头大汗的李春洋，蔡兴中问："春洋，跑那么快干吗？"

"蔡叔，我就想来看看您在不在店里。"见店里还有其他人，春洋按捺住激动的心情回答。

"我这会儿走不开。你还是先看书吧,等闲下来咱们再谈。"

春洋现在涉猎的书很广,哲学的、文学的、历史的无所不包。他随手拿出《曾文正公全集》中的一册翻看起来。店里面人来人往,买书的、看书的人络绎不绝,一直到五点多钟顾客才基本上走完。蔡兴中关上店门,走过来坐到李春洋的身边,问道:"春洋,有什么问题吗?"

"有。您开书店,天天和书打交道,肯定读了很多的书,有学问。另外,您经常走南闯北,肯定也见过大世面。"春洋一开口,令蔡兴中很是惊奇。春洋虽说经常来店里看书,蔡兴中也经常会给他看些所谓违禁的书刊,但两人从来没有像今天这样郑重其事地交流。他一直觉得春洋年龄尚幼,没有想到他严肃起来像个大人。

"蔡叔,我想和您说说心里话。"春洋说出了此行的真正目的。

"你小小年纪,有什么忧愁和烦恼啊?"蔡兴中笑眯眯地问。

"我接到了大哥的信,他说自己加入了留学生会,经常与留学生们在一起交流。日本人对我国东北觊觎已久,一直磨刀霍霍。日本当局发起组织了所谓'日中亲善'的日华同学会,并且许以好处,拉拢中国留学生们参加,有些同学抵制不住诱惑参加了,但他没有。大哥还说,他经常去听一些讲座,对马克思学说有了一些初步了解。"

春洋的话让蔡兴中很是惊讶,他万万没有想到眼前的这个后生仔居然知道得这么多。

春洋眼神空蒙,似看向蔡兴中,又似望向远方。此刻他的思绪仿佛飞到了日本,正在与他的师友兄长进行交会。春洋不需要蔡兴中回应,只是想倾诉衷肠、一吐为快。蔡兴中体会到他此刻的心情,并不插话,只是静静地听他诉说。

"我也想到日本留学,想亲眼去看一看那里到底是个什么样子。"

"不行啊。你还小,家里人对你肯定不放心。再等几年,估计就能去了。"

"到底多大能去呢?"

"让我想想。嗯,差不多二十岁吧。"

春洋经常到书店看书,李秾升其实是知道的。自从李春澜和杜国庠赴日后,出国留学一直是春洋与父亲之间争执不断的话题。之所以没成行,一来他确实年纪尚小,二来家庭若是承担两个孩子留学,经济也颇拮据。老大出去留学已经花了不少钱,如果下面这三个都闹着出去留学,家里肯定是承担不起的。

俗话说"望子成龙",李秾升这个做父亲的又何尝不是呢?四个儿子,手心手背都是肉,每一个他都希望将来成为人中龙凤。他曾经悄悄跟踪去墨香书店的春洋,待儿子离开后,便去见蔡兴中。作为读书人,他与蔡兴中也是有渊源的。

他们在同一个私塾读过书，只不过蔡兴中小他几岁，不是同窗而已。

那次两人关起门来谈了很久，谈读书，谈时事，谈政治。李秾升发觉蔡兴中的见识一点不比许雪涛差，特别是他言语中表现出的对国家时局的关心，对革命党人的同情和认可，让李秾升有一种相见恨晚的感觉。后来他们又谈到春洋，蔡兴中对春洋评价很高，认为是一个可造之才。李秾升知道，出于孩子的天性，特别是男孩子到了一定的年龄多少会有一些叛逆心理，家人的话未必能听得进去，有些话借助别人之口也许更能入他们的耳。

李秾升请求蔡兴中："如果春洋再来书店，您多与孩子谈谈，开导开导他，避免他走弯路，做出一些过激行为。"

蔡兴中满口应允下来。现在听到春洋又拿出国留学说事，蔡兴中认为是个好机会，便趁机开导他。

"春洋，你经常看报纸杂志，我们国家其实已经发生了很大的变化。以孙中山为首的革命党人，推翻了清政府，成立了中华民国。我知道你想了解更多，参与更多，但是你年纪尚小，不一定知道其中斗争的复杂性和艰巨性。据我了解，目前时局动荡，国内各种党派林立。他们良莠不齐，各说各理，如果没有明辨是非的能力，很难分辨孰对孰错。所以，我建议你平时好好学习，业余时间多看看报纸杂志。有空时可以和你大哥及师兄多通信沟通。等你的学识达到一定的水平，我相信你阿爸一定会送你出去留学的。"

蔡兴中和风细雨的一席话说得入情入理，春洋心悦诚服，记在了心里。此后，他不再心心念念地盼望着出洋留学，而是把更多的精力放在读书学习上。

春澜出国后偶有信来，给家里报告说在日本一切顺利，一边学习一边打工，生活完全没有问题，让家里放心。至于在日本学什么，则三缄其口，一概不聊。

对此，李秾升很是着急，想找人打听打听。找谁呢？他想到了许雪涛。当初就是许雪涛给儿子引荐的，兴许他能知道一切。

"许雪涛！对，去找许雪涛！"

然而几年过去了，从黄冈起义后就再没有打听到许雪涛的任何消息。

一个礼拜天，李秾升带着春洋一起又去了一趟彩塘姑姑家，向表弟打听许雪涛的消息。

"他呀，在天上呢！"表弟面色一沉，瓮声瓮气地说。

春洋不太懂，问他："谁在天上啊？"

表叔说："你那个许叔叔。"说完长叹一声。

原来，自从黄冈起义失败后，许雪涛在星洲、广州一带避了一段时间风头，同年10月准备在汕尾策划起义，由于准备不充分没有成功。1908年，决定继续举行起义，但由于经费没有着落，人员、枪弹、粮食不足等原因，最后起义不了了之。三年后的10月10日，在同盟会的推动下，武昌起义成功举行。

李秾升略显激动地说："武昌起义我知道，在报纸上看到过。你说雪涛就是在那次起义中出事的？"

表弟淡淡回应："不是的。武昌起义他也参加了，但万幸没有出事。起义成功后，为了扩大起义战果，他和陈涌波等回到潮汕地区，组织南路进行军，由陈涌波任司令。1912年3月，与陈炯明的部下林激真率领的'循军'相配合，首先攻破潮州城，擒杀了潮州知府陈兆棠，然后一鼓作气又夺取了黄冈、三饶，继续向南澳进军，光复了整个潮汕地区。"

"这些事我都知道。后来呢？"李秾升迫不及待地追问。

"潮汕地区光复后，陈炯明派清政府降将吴祥达到潮汕任绥靖督办。吴祥达对义军实施残酷打击。抓住许雪涛后，没有经过任何审判程序，几天后就将他枪杀了。陈涌波也是个好汉，听说先去了香港，不久后又回来了，遭吴祥达逮捕，枪杀于汕头的盐埕头。"

李秾升听后，心头一震，唏嘘不已。

返程路上，李秾升心有余悸地问儿子："春洋，今后你长大了，有些事应该做，你自己也想做，但很危险，甚至会掉脑袋，你敢不敢做？"

"阿爸，您指的是许叔叔做的那样的事吗？"

"对。"

"阿爸，我不怕。"

二儿子李春江也是一个好苗子。在李秾升督促下，春江从小就像哥哥春澜一样，在上小学前就读完了《三字经》《百家姓》《千字文》《千家诗》等。他也是在城南小学读的书，快要入学的时候春澜已经是高年级了，但他喜欢跟着哥哥玩，没事时就跑到春澜班里。哥哥有事时春江不吵不闹，坐在一边安静地等着。先生们都知道春江是李秾升家的孩子，所以也不赶他走。先生讲课，春江也瞪着眼睛听，至于能不能听懂看明白，也没人问过他。等春江正式上学，和春澜一样，学习成绩格外好，每次考试都在班里独占鳌头。同学们遇到不会的问题，常常会说："去找李春江啊！"仿佛春江无所不能。由于功课学得轻松，春江的课余时间特别充裕，他经常跟在春澜后面，也成了蔡兴中书店的常客。

春江看的书目很杂，小时候多读些故事性比较强的文学书，后来便找一些数学类书，爱做各种各样的习题。小学高年级的时候，春江开始借哥哥的《说部丛书》来看，看里面的国民名人传记集，读林纾翻译的法国小说《巴黎茶花女遗事》、英国柯南道尔的《歇洛克奇案开场》，还有英国笛福的《鲁滨孙漂流记》。读完这些书，春江就讲给春海、春洋听，邻家孩子也被吸引着，全都围在了春江身边。春江对翻译者佩服得五体投地。他常常在心中念叨，这些外国人写的书，必定是用外国字写成的。林纾先生把它们翻译成中文，使不懂外文的中国人也能读明白，真是了不起。春江暗暗发誓，自己将来也要学好外语，像林先生一样，翻译外国的书给中国人看。从此，春江对学习外文产生了极大的热情。

春江小学升中学时，与家人的意见产生了分歧——春江嚷着要上"洋学校"礐光中学。主意是大哥春澜出的。春江小学毕业后，哥哥春澜极力撺掇弟弟报考汕头的礐光中学。这是一所美国教会办的学校。当时的教会学校是基督教传教士以教育为手段，传播教义为目的而设立的学校，采用的是时髦的双语教学。

阿公不同意，说："金山中学不是挺好嘛！离家近，天天都能回来。礐光中学有什么好的？离家那么远，多长时间还不见得能回来一趟。再说，你哥春澜不是在金山中学学得挺好嘛。"

春澜急忙站了出来，替弟弟说话："阿公，金山中学是挺好，但是比起外面的中学还是有差距。您看，我们学校没有开设外语课，外国人的书我看不懂，他们说的话我也听不懂。万一以后有外国人要与我们糖行做生意怎么办？我们不懂他们的话，他们会骗我们的。"

"那你先学嘛，等春江大一点再学不迟。"

"阿公，那样不行的。我已经决定去日本留学了，我要学的是日语，而春江想学的是英语。我不能同时学两门外语，如果一心二用，什么也学不精啊。如果我们分开学，将来春海学法语，春洋学德语，我们每人会一门外语，以后您与外国人做生意，遇到哪个国家的人我们都可以应付，就能做到上什么山采什么茶，糖行还不得日进斗金啊。"

阿公作为生意人，听到日进斗金，马上笑逐颜开。他仔细一想，长孙的话倒也在理。在汕头做生意的外国人很多，不久肯定会到潮州来，也许很快就要与他们家的糖行做生意了。最终，全家形成一致意见，同意春江报考汕头礐光中学。

礐光中学开设中文、英文、圣经、算术、自然学科、历史、地理、西方发展史等众多课程，教学方式灵活多样。由于报考人数多，只有通过严格的选拔考试，成绩达标的人才能入学。春江不负众望，以全校新生第二名的成绩考入了礐光中学。

入学后，春江很快成了同学中的佼佼者。他的文科一如既往地出类拔萃，此外他还特别喜欢数学、物理，擅长解各种疑难题目，经常参加各种竞赛且取得优异成绩。他最拿手的还是英语，每次考试都是全校第一。为了达到传教的目的，礐光中学开设了《圣经》课，用英语讲授《圣经》。课堂上，先生让学生站起来背诵《圣经》段落，大部分学生只能结结巴巴背出一段，而春江则能声情并茂地背诵十段八段……

老三春海与两个哥哥迥然不同。春海不像两个哥哥那么痴迷功课，由于不怎么用心，所以功课不算好但也不差，属于中不溜。春海有个爱好，就是喜欢潮剧，喜欢看喜欢听，也喜欢唱，还喜欢表演。这可能和他小的时候阿公常常带他去看戏有关。

阿公是个老戏迷，闲暇之余经常泡在戏园子里。春海小时，家里人手少，带不过来，阿公就带着他经常进出戏园。去的次数多了，春海就慢慢喜欢上了潮剧。最初大家觉得好玩，时不时逗春海来一段。春海不怯场，就扯着稚嫩的嗓音模仿一段，倒也有模有样。阿公带头鼓掌夸赞，逗得春海甚是得意兴奋，就更愿意唱了。久而久之，春海的戏越唱越好。

春海后来也考上了礐光中学。喜欢潮剧是春海的一个特长，所以一入校便加入了学校的文艺宣传队。除了潮剧，学校还经常编排一些节目让他们出去表演，所到之处受到群众的热烈欢迎。

中学毕业后，春海不愿意再上学，与家人商量后，加入了潮州潮剧团。几年后，新生事物——话剧在潮州盛行开来。潮剧团也排演话剧，当时的倡导人就有李春澜、李春江、蔡楚生等人。李春江组织陈澄、杜英三、林星曹等一帮人为剧团写剧本，并指导排练。在《爱国男儿》《婉真姑娘》《闹学》《黄埔怒潮》等好几部话剧中，春海扮演的小丑出神入化、惟妙惟肖，像小鸟般乖巧伶俐，深入人心。就这样，经过几年摸爬滚打，春海逐渐在潮剧团成了角儿。

在整个刘察巷，所有家户都知道李家三个公子出类拔萃。作为老小的春洋，经常在邻居面前听到人们夸他的三个哥哥。

"春洋，你三个哥哥一个比一个好，都说事不过三，不知道你这个尾仔今后会怎么样？"

"放心吧，我今后也一定会和他们一样！"春洋噘着小嘴回答。

"吹牛不上税，我们等着瞧！"

"瞧就瞧！"

第八章

　　要去汕头了，这一去不知多长时间。临行之前，一件事始终牵挂着春洋的心。

　　与春江话别后，春洋朝着家的方向走去。春洋知道家人应该都在医院，也许阿嬷会在家，但他还是不敢冒险径直走进家门。

　　从家门口匆匆走过，春洋拐进了旁边的巷子。他们家后面是小美的家。

　　在春洋的玩伴中，男孩多，女孩少，人人都很稀罕女孩子。小美是在大家的宠爱和护佑中长大的，所以养成了心高气傲的秉性。很多男孩子追求她，她都拒人于千里之外，因此左拖右拖，"相好（对象）"的事一直没有着落。至今，小美依然孑然一人。

　　春洋从小就喜欢小美，但他觉得是那种对妹妹的喜欢。尽管他还比小美小几天，但依然像几个哥哥一样把小美当妹妹。为了保护小美，没少和别人打架，不管是吃了亏还是回去挨骂，他都无怨无悔。

　　长大后，春洋看到别的男孩对小美好，心里总是酸酸的。他想去表白心迹，却又想起了那句老话："兔子不吃窝边草。"他和小美那么熟悉，情同兄妹，如果小美拒绝，彼此颜面上下不来，再见面岂不尴尬，恐怕以后连朋友都没有办法做了。直到那天晚上，春洋在医院楼道里看到小美走过来的那一刻，心里的那盏灯骤然被点亮了。这么多年，春洋没有遇到过心仪的姿娘，也没有对谁真正动过心，现在他终于明白了自己的心结所在……

　　小美家的大门关着，春洋不能去敲门，一来显得突兀，二来也怕碰到她二哥陈宏祥。

　　小美的大哥陈宏伟和春澜是同学，中学毕业后前往广州，考入了黄埔军校。再后来，刘察巷的人都知道，陈家大公子当了个不大不小的官，混得有模有样，几次返家，整个刘察巷的人都站在自家门口观望。小美的二哥陈宏祥比春洋大一岁，读书惜力，成绩在班级基本上每次都排在尾座。他父母总是拿春洋和他比，让他面子上很是难堪，所以心里就有点怨恨春洋。陈宏祥周围聚集了一帮顽皮孩子，有时也想挑衅春洋，但又知道春洋从小就是个"拼命三郎"，所以不敢明着惹他，只能在背地里使绊子，做一些"马前泼水小男人"上不了台面的事情。

陈宏祥中学毕业后无事可做，最后纠集了一帮同伙加入了保安队，经常在潮州城里耀武扬威，成了赫赫有名的潮州一霸，很多被他欺负的百姓，忌惮于他哥哥陈宏伟是个人物，只能敢怒不敢言。春洋不惹事，平时都躲着陈宏祥走，尽量避免产生冲突。春洋不知道的是，这次保安队到他们家里去搜查，就是陈宏祥指使人带的路。

"怎么办？明天一大早就走，今天必须要见到小美。"春洋略一思忖，转身走了出来，向邻居花婶家走去。花婶没想到春洋这么晚了过来，以为春洋是要问家里的情况。

春洋开口说："花婶，我求你一件事。"

花婶说："看你这孩子，什么求不求的，有什么事就直说。"

"您能不能帮我去看看小美在家不？如果在，您想办法把她约到这里来；如果不在，问一下是不是上夜班去了。"花婶没想到春洋说的是这个，再看看他那面红耳赤、局促不安的神情，顿时明白了一切。

"好的，你等着。"花婶答应得很爽快，抬脚就跨出了大门。花婶与春洋阿妈是好姐妹，自然知道她的心结所在，现在看春洋这样子，知道两个孩子有戏，暗暗地为春洋阿妈感到高兴。

花婶去敲小美家的门。小美妈妈开的门，看到是花婶，赶紧往屋子里让。

"小美妈，小美在家吗？我有点不舒服，想找她问问。"花婶说得很自然。小美是护士，大家都把她当作半个医生。

"哎呀，真不巧啊，小美今晚上夜班，这会儿不在家。要不你去医院看看？"

"她不在家就算了，我估计还是老毛病，也没什么大碍，明天再说吧。"花婶说着就退了出来，把信息及时反馈给了春洋。

"好的，我到医院去找她。谢谢您，花婶。"

春洋赶到医院时，已经九点多，大门上了锁，小门也锁得结结实实。医院的围墙比较高，要翻过去难度不小，春洋不想冒这个险。想来想去，他琢磨出一个办法，那就是装病。

装病，必须要装得像真正的病人，才不至于引起别人的怀疑。春洋在街上溜达了一阵，看到一个巴掌大的小吃店还没打烊，顿时有了主意，就进去要了一碗粿条，又要了一杯水。三下五除二吃完了粿条，春洋拿起杯子喝水，呼啦一下全洒在衣服上了，胸前满是渍痕，裤子上也湿漉漉一片。小店的老板要拿东西帮他擦，他说："算了，算了，一会儿就干了。"站起来结账走人。

走到医院门口，他捂着肚子，到小窗口敲了敲，有气无力地喊着："急诊，急诊,要死了,快开门!"

值班的人看到他这个样子,赶紧放他进来了。值班医生问他怎么了,春洋指指肚子说可能吃坏肚子了,上吐下泻的,需要打针吃药。护士这个职业就是要给病人扎针,春洋演的这出戏,目的就是想尽快接近小美。

拿着抓药单,春洋径直走进了护士值班室,看到了里面的小美,她正背对着门配药。他想直接喊她,又怕惊吓着她,于是蹑手蹑脚走到小美背后。这时春洋心跳开始加速。心脏跳动的声音,似乎自己都能听得清清楚楚。

春洋屏住呼吸,一动不动地站在小美身后。小美猛一回头,"啊"地吓了一跳,手中的药都洒在药盘里了。等她看清楚是李春洋时,立即伸出拳头,一边擂一边娇嗔道:"死春洋,臭春洋,你怎么进来的,吓死我了!"

春洋两眼盯着小美,一声不响任由她小拳挥舞捶打自己,只是温柔地看着她笑。小美捶了几下停下手,二人距离很近,她似乎仍然惊魂未定,喘着粗气仰着头看着春洋的脸。二人似乎同时意识到骤然安静带来的异样,小美犹豫了一下刚要后退,春洋突然一把将她拉到胸前,有力的双臂紧紧箍住了她,下颌抵住了她的头顶。这突如其来的拥抱,让小美猝不及防,刚开始还挣扎了两下,又哪里挣得动。她先是愣了一下,继而停止了挣扎,两只手慢慢抬起搂紧了春洋,俏脸涨得通红,小鸟般依偎在春洋坚实的胸膛上,两行眼泪像断线的珠子滑落而下……

第二天,春洋怀揣蔡兴中写的信前往汕头。汕头对春洋来说,不算十分陌生。以前二哥李春江在碧光中学上学时,春洋跟着阿爸到汕头看过他一次,当时他们三个还到处转了转。他记得阿爸给他讲过"四永一升平",还有"四安一振邦"。当时的街道规划初具雏形,很多楼房都处于在建状态。那时候来这里的目的很单纯,春洋只是抱着好玩的心态,无忧无虑。而现在,时隔几年,再站在这里,自己已是孤身一人,时移世易,物是人非。

站在小公园大石头前,放眼望去,可以看到一排排整齐流畅、装饰精美的骑楼。顺着小公园转一圈再看出去,八条骑楼老街道呈扇形放射出去,每一条街道都通向码头,通向海洋,一派海纳百川、开放包容的雍容气象。

春洋一边走,一边仔细地回想着,辨认着。哦!知道了,"四安一振邦"就是怀安街、怡安街、万安街、棉安街和振邦街。他记得振邦街很热闹,又称"上海一条街"。那"四永一升平"是什么呢?他不记得了,经过打听,才知道是永兴街、永泰街、永和街、永安街和升平路。这些街道共同构成了汕头的城区,大街小巷纵横交错，条条街道通往码头。如果对这个城市不熟悉，走着走着，很容易被搞得晕头转向。

春洋拿出信，再次确认一下上面的地址——振邦街九十七号。这个地址他看了无数遍，早已烂熟于胸。他不识路，也不敢贸然询问，只好一条街一条街地找。

沿街一幢幢的骑楼建筑精致典雅，美不胜收。骑楼尽显欧陆风格，采用外廊式建筑，希腊爱奥尼柱、仿多立克式柱、带着希腊螺旋纹的罗马柱随处可见。外墙装饰富有特色，既有带涡卷的希腊爱奥尼柱头，又有中国古典的花卉图案浮雕，还有拜占庭、巴洛克、洛可可风格的窗檐雕花。

不知走过了多少条街，春洋终于找到了振邦街。他按照这个地址一号一号地寻过去，很快找到了这家店铺，门侧边挂着一块牌子，上面写着"汕头闻道书店"。春洋心想，这估计是与蔡老板有生意往来的一个同行。他并没有急着进去，而是站在远处静静地观察了一阵子。出入书店的人不少，有穿西装打领带的行商及华衣锦服的富太，也有穿长衫戴礼帽、看起来文绉绉的读书人，还有衣着简朴甚至打补丁的普通读者。稍稍整理了一下自己的衣衫，春洋便朝大门走去。走进大门，看到一楼中间整齐地放置着梯形的木架，上面摆放着各种畅销书的样本，靠墙侧边是一排排柜台，上面摆着各类书，靠里的楼梯下方摆了一个收银柜台和四把椅子，供客人临时使用。

柜台里一个三十多岁的店员，叫齐海风。看到有客人，赶忙从柜台里走了出来，客气地问："请问您有什么需要吗？"

春洋说："我想找你们老板，请问他在吗？"

齐海风没急着回答，而是上上下下仔细地把李春洋打量了一遍，然后说："老板不在，出去办事了。您有什么事可以先和我说。"

"我也没什么大事，就是有人托我给廖老板带了一封信。"

"信在哪儿？要不您交给我也行，等他回来，我立即转交。"

"不行，那人说一定要我亲自交给廖老板。"

"好吧。你进来先坐着等一会儿，估计他很快就会回来的。"齐海风把春洋让到方桌边坐下来，给他倒了茶水，然后上了楼。

二楼是廖老板的办公室兼生意洽谈室。汕头闻道书店是旅居上海的潮州富商陈闻亭的公司所开，为了彰显母公司的实力，店内的装饰和摆设处处体现出上海大城市的洋气和奢华。楼上会客厅里用的是全套实木家具，靠窗是廖老板的办公桌及一排书柜和文件柜，旁边是一套欧式沙发和茶几，靠后面摆了一套麻将桌，墙上悬挂的油画是清一色的欧洲风景图。廖老板此时正在办公桌前忙活，看到店员齐海风进来，抬头问道："有事吗？"

齐海风把门关上，说："来了一个年轻人找您，说有人给您捎了一封信，非要亲自交给您才行。"

"嗯，我知道了，等会儿我下去。"

齐海风转身下楼。廖老板起身收拾好桌面上的东西，拉开抽屉不知在哪里按了一下，身后的书柜竟然转动起来，转过来的一面是一个衣柜。廖老板弯腰钻了进去，不知又动了哪里一下，柜子又转回原位。

廖老板从柜子里跳出来，已经到了隔壁的房子里。这里又是另外一番天地，同样布置得典雅大方，还多了一份精巧雅致。他走下楼去，朝店员点点头。这里原来是一个茶行，牌子上用隶书写着"馥郁茶行"四个字。出了茶行门，廖老板径直朝隔壁的书店走去。看到廖老板，齐海风赶紧迎上去，寒暄道："老板回来了，刚好，有人在等您呢。"

听到齐海风的回话，春洋赶忙站了起来，跟着喊了一声"廖老板"。

老板叫廖盛岑，四十多岁，浓眉大眼，精明干练。春洋的信封上写着：廖盛岑兄亲启。春洋恭敬地把信递给他。

廖盛岑拆开信，向前几步踱到桌子跟前，坐下来细细浏览。看完信，他轻声对李春洋说："跟我去楼上！"

坐在会客室的沙发上，廖盛岑说："到底怎么回事，一定要和我实话实说。"

于是，春洋就把从春江那里了解到的情况，一五一十全部告诉了廖盛岑。"蔡老板已经安排春江去上海了，我家里也遭了变故，蔡老板让我来找您，看能不能打听到我大哥的情况。"

听完这些，廖盛岑紧锁眉头，对春洋说："事情没有那么简单，我知道很多人都被抓进去了。我可以托人想办法打听，但这次他们动了真格，你要做好最坏的打算。"

廖盛岑的话春洋听懂了，听到"最坏的打算"时，他心头一紧。

"你在汕头住哪里？"廖盛岑沉吟了一下，接着又问春洋。

"我刚到，还没有找好住的地方。"其实，春洋心里想的是蔡老板让自己来投靠对方，对方会给自己安排临时住处。然而春洋错了，只听廖盛岑说："你是不是要在汕头住上一段时间？如果是，那你必须自己想办法。我给你提以下几点要求：一是今天你可以在城里到处逛一逛，街道、码头、车站等位置都要记牢，然后租个你认为安全的房子住下来，安置妥当后告诉刚才你在店里见到的伙计，他叫齐海风；二是不能随便到这里来，有事我会让海风去找你；三是你如果与你大哥二哥长得像，必须要改变一下外貌，比如他们是白面书生不留胡子，你就要蓄胡子，发式也不要一样，总之你现在的处境也很危险，千万不能让人看到你就会联想到他们。另外，你还要机智一点，随时注意观察周围的情况，看有没有人跟踪。能不能做到这些？"

春洋联想起这一段发生的事情，气血上涌，斩钉截铁地说："能。"

其实，春洋不知道的是，这些正是蔡兴中在信中请求廖盛岑做的。蔡兴中在信中交代，经过长时间的观察，认为春洋是一个好苗子，稍加培养，将来必堪大用。这一切，只有春洋一个人还蒙在鼓里。春洋还不知道的是，蔡兴中和廖盛岑早就是中共地下党员。

蔡兴中暗暗观察春洋已经很长时间了。他之所以不积极鼓励春洋去留学，而是劝其接手家里的生意，一方面是受李秾升所托，另一方面也是因为组织发展需要得力人手，特别是像春洋这样聪敏睿智、敢做敢当的年轻人。

对于李秾升一家，蔡兴中认为都是自己组织需要的人。李秾升虽然年龄稍大了一点，但思想并不僵化，他早年加入同盟会，曾经想不顾一切去参加武装斗争，无奈一家老小牵绊，终是壮志难酬。对于他，蔡兴中只得放弃。但李家四个公子让蔡兴中看到了希望，所以当他们来书店里看书时，总是热情地接待，并且有意识地用言语和行动来影响他们。

春澜执意要到创立同盟会的地方去看一看，蔡兴中觉得很好，鼓励春澜前往日本，并反复叮嘱他学成后尽快回国。春江小学毕业后考上礜光中学，以及后来因为参加五四运动被学校除名，辍学后到上海去的情况，蔡兴中同样也知道。那还是1919年5月初的事情。春江在报纸上读到巴黎和会关于中国问题的决议，内心愤懑不已，便与学校的先生一起探讨这个问题。

"德国战败，他们侵占的山东青岛为什么不归还中国，而要给日本啊？这样的结果，我不能接受。"春江激动地问先生。

先生解释道："这些就是国际问题了。巴黎和会虽然有那么多国家那么多人参加，但实际上完全是由英国、美国、法国、日本、意大利等几个强国把持着。之所以把德国在山东的权益转交给日本，那是因为有他们的政治目的和阴谋。还有，你要记得，弱国无外交。本国没有实力，就要被别人欺负，这就是我们积贫积弱的悲剧。他们已经把山东给了日本，你们抗议又有何用？"

"老师，您说得对，我也相信肯定有利益交换在里面。既然抗议没用，难道就只能忍气吞声吗？"

先生惨然一笑，说："那能怎么办，我们打不过人家，只能任人宰割，别无他法。能打才能谈，唯有把自己变强大了，人家才不敢小看你。"

先生之言让春江陷入了沉思。他明白了一个道理：落后就要挨打。当北京、天津、上海等地学生、市民、工人的罢课、罢工等活动轰轰烈烈进行的时候，春江召集了本校的同学也准备冲出校园。

"同学们，自从八国联军侵略以来，我们国家就受尽了屈辱，不是割地就是赔款。现在德国战败了，我们作为战胜国却不能收回我们的权益，《巴黎和约》要把我们的山东转交给日本，你们答应吗？"春江站在一处高台上，挥动手臂，慷慨陈词。

"不答应！"

"还我山东！""还我青岛！""惩治国贼！"……

学校大门被锁上了，看门的老人说钥匙被校长拿走了。学生们更加气愤，把校门擂得"咣咣"作响，一群学生直接冲到楼上的校长办公室，可办公室的门也反锁着，校长躲在屋子里不出来。

学生们要砸校长的门，被春江制止："不要这样，你们下楼等一会儿，我和校长谈谈。"

其他同学下了楼。春江站在校长门口，轻声说道："校长，我是李春江。您这样能锁住门，但锁不住学生爱国的心。我现在就一个人，想与您面谈几句。"

屋内没有回话。

"校长，您给我们训话时，经常讲'天下兴亡，匹夫有责'，我们一直都认为您说得有道理。现在国家遭到列强欺压蹂躏，我们想出去游行，抒发爱国胸臆，激发民众斗志，不正是按您说的去做的吗？"

屋内仍然没有动静。

"校长，我们出去游行，只是想表达爱国的想法和热情，把我们心里想的说出来、喊出来。您放心，我们绝对不做过激和出格的事情，更不会损坏学校的声誉。"

透过门缝，春江看到校长从椅子上站了起来。

"校长，我们出去游行时，还有什么要注意的事项，请您吩咐，我们一定做到。"

片刻之后，一把钥匙从门缝里递了出来。

随后的一段时间里，李春江带领同学们上街游行，支持北京、上海等地的罢工、罢课活动，参加各种集会，倾听各种演讲。在这个过程中，各种思想、主义百家争鸣，这一切对还在中学阶段的春江来说既很新鲜又很有吸引力，他就像扔在水中的一块海绵一样，快速、饥渴地吸取着各种知识的养分。

春江早些时候就开始阅读《说部丛书》，已经从中得到了思想启蒙，现在再听这些思想、主义，已经具备了明辨是非的能力。

五四运动后，春江所在学校的学生回归到校园，计划恢复正常的学习秩序。

一天，春江正在教室里看书，一个同学过来通知他："春江，校长让你到他办公室去一趟。"

春江起身直奔校长办公室。校长倒还客气，和颜悦色地说："李春江同学，你学习一直很好，是一个成绩优秀的学生。俗话说，浅水不困蛟龙，我们学校的教学水平显然已经不能满足你对知识的渴求。因此，希望你到更好的学校去学习，以免耽误你的锦绣前程。"春江瞬间就明白了，这是要赶他走的意思。

"为什么？我不走。我就愿意在这里学习。"春江据理力争。

"不为什么。教员们都说教不了你，学校也已经研究过，不再保留你的学籍。念你在这里求学几年的分上，我奉劝一句，以后遇事还是少出头为妙。"校长口气冷漠而决绝。

听校长毋庸置疑的语气，事情显然没有了回旋的余地。春江想，他们这是清算自己带领学生上街游行的后账。春江没有乞求，而是握紧拳头，朗声回答："好，我走，我就不信，离开这还没有我上学的地方。"

回到潮州，春江不敢对家里人说被学校劝退的事情。他每天到蔡兴中的书店里去看书，早出晚归。李秾升很疑惑，心想，暑假还未到，儿子怎么提前回来了？后来通过蔡兴中才套出了实情。

阿公也知道了春江退学的事，没有发愁，反倒非常高兴：大孙子跑出去几年不见人影，二孙子如果愿意居家帮着打理家业，那是再好不过的事了。

阿公劝春江："春江，阿公年纪大了，干不动了，店里缺人手，你来帮帮我吧。"

"不行，我还要上学呢。"

"上什么学，人家都不要你了。"

"他们不要，有地方要！"

"唉！"阿公长长地叹了一口气。

几个月后，春澜通过杜国庠和吴贯因的关系，在上海为春江联系到了学校。春江未和家人道别，就偷偷搭乘英商太古公司的轮船直达上海，进入沪江大学中学部继续学习。阿公接到春江来自上海的信函，勃然大怒，坚决不让儿子李秾升给这个不肖之孙寄钱。

丹可磨，不会夺其赤。春江咬紧牙关，半工半读，艰难地维持着学业。其间他在教务处当过抄写员，在街上卖过报纸，给人家当过家教等，只要能挣钱，他什么样的苦都能吃下，唯一不辍的是学习，再学习。春江不仅英语好，还自学了俄语和德语，成了少见的能掌握多种语言的高级人才之一。

第九章

兄弟四人跑掉了两个，阿公和李秾升唯恐剩下的两个也步其后尘，暗地里拜托蔡兴中帮忙做做两个孩子的工作。

酷爱潮剧的春海，虽不打算出去，但也不愿意接手糖行。对春海来说，潮糖甜，但潮剧更甜。李秾升再三劝说，春海总是嬉皮笑脸地回答："要怪也只能怪阿公，谁让他在我小的时候天天带我去看戏呢。他要是天天带我看账本，说不定我就成了个大商人了。现在啊，生米已经煮成熟饭，一切都晚了。"儿大不由爹，李秾升只能无奈地摇头叹息。

春海在舞台上演戏是把好手，在台下演戏，也丝毫不逊色。阿公拿春海没办法。实际上，阿公也没有打算往死里逼他，觉得春海与自己有着共同的喜好也不错，这样，家里至少还能有个人陪他消磨时光。春海回到家稍有空暇，就给阿公阿嬷来上一段潮剧，让他们看看他排练得怎么样，逗得两位老人很是开心。有时，阿公有空了，也借看孙子的名义到潮剧团去，瞧瞧一大帮子年轻人咿咿呀呀地排练。家里对春海做生意没有强求，但对他婚姻一事，态度就两样了。

事情还得从姐姐春溪那里说起。春溪结婚后，和根生有了他们的第一个孩子，是个男孩。得知是个男孩后，根生父亲第一时间在家里捉了一只公鸡，喜气洋洋地到春溪娘家报喜。春溪娘家自然也很高兴，女儿生了男丁，算是在婆家站稳了脚跟儿。

婴儿出生的第三天，根生家一大早就忙开了。按照潮州的习俗，这天要请接生婆和长辈吃喜酒，称"三朝酒"。婆婆用艾叶、柚叶、老姜煮了汤水，给婴儿洗了澡，称为"洗三朝"。来祝贺的人送来小衣服、小鞋子、鸡蛋、白糖、面条等贺礼，把家中堂屋的桌子上堆得满满的，根生父母笑得合不拢嘴，跑前跑后忙着招呼大家吃喝。

孩子第九天的时候，又举行了"开荤"仪式，就是产妇由吃素转为吃荤。当天，春溪抱着孩子拜了"公婆神"。拜过以后，邻家婶婶夹了一点肉片、鱼片给婴儿舔。婴儿舔了一下，咂巴小嘴，还想再去舔，可是肉片、鱼片已经被拿走了，气得他哇的一声大哭起来，引得周边的大人哄堂大笑。这天，春溪婆婆还准备了很多甜糯米饭，送给来道贺的亲朋好友。这是添了男丁的回礼，要是生了女孩，就要送甜"鱼春圆"。

春溪孩子的呱呱坠地，让李家上下同样欢天喜地。一番庆祝之后，李家四个老人联想到春洋的三个哥哥现在都还单着，不禁眉头一皱，这哥仨的麻烦自然是接踵而来了……

孩子满月，要举行庆祝活动。春溪生的是根生家这一辈的第一个孩子，况且又是男孩，公公婆婆强调各个环节一项都不能少，"满月酒"是其中最重要的一项。娘家这边也格外看重，李秾升精心置办了衫裤、肚兜、红鞋、猫帽、双数鸡蛋以及酒肉作礼，以示对外孙的疼爱，俗称"做出月"。

因为要去姐姐家，四兄弟高兴得手舞足蹈，早早都穿上自己认为最体面的衣服等着。春海、春洋两个人更是把自己喜爱的玩具也抓在手上，说是给大外甥的见面礼。

看到粉嘟嘟的婴儿，大人们一个个都喜不自禁，特别是春洋的阿嬷和阿妈，更是心急眼热。但毕竟不是姓李，老观念里是别人家的孩子，两人多么想要一个李家自己的孙子啊。小孩子们围在旁边，春洋最小，他一会儿摸摸婴儿的小手，一会儿摸摸婴儿的小脸，觉得襁褓里的孩子可爱极了。他悄悄地对阿妈说："阿妈，我们也要一个吧。"惹得旁边的一群人都笑起来。这时，媒婆起哄："对，让你阿妈再生一个。"话音未落，肩膀上便被嗔笑的春洋妈拍了一巴掌。

一阵笑声过后，媒婆瞅了瞅旁边的老大春澜，对春洋打趣道："赶快让你大哥结婚，让他给你生个小侄子。"

春洋跑到大哥面前，拉着春澜的手说："大哥，你快结婚吧，给我生个小侄子，行不行啊？"

春澜听到媒婆提及自己，满脸通红，一把甩开春洋的手，转身躲到了外面。先立业后成家，他可不想这么早结婚，"匈奴未灭，何以家为"？

事情来了，躲是躲不掉的。媒婆的一句玩笑话入了阿嬷和阿妈的耳。吃"满月酒"的事情过去后没两天，家里就悄悄酝酿这事了，只不过一直瞒着春澜。几天后，媒婆上门了，笑眯眯地看着春澜，上下打量，不停地点头，像是在欣赏一件宝物。这一脸期待又略带诡秘的笑，惹得春澜心里直打鼓。春澜不好意思当面问，只好背地里问春洋："大家神神秘秘干什么啊？"

春洋挤了挤眼说："你不知道吧？给你说媳妇呢，我们快有嫂子了。"

"啊？！"不亚于晴天霹雳，春澜叫出了声。

春澜不知道也就罢了，既然知道了，就没法充耳不闻，任由家人摆布。他立即冲进堂屋，顾不上礼节，当着媒婆的面阴沉着脸说："我现在不想结婚，你们不要瞎忙活了。"

春澜的话立即遭到阿嬷的呵斥："胡说什么啊，你都十八了，和你一般大的后生仔孩子都两三岁了，你要等到什么时候啊，我还等着抱重孙子呢。"

气呼呼的春澜冷冰冰地回答："人家怎么样我不管，反正我不结婚。"

"还反了你了。看你敢！"阿嬷厉声呵斥。

春澜摔门而去。

大人们不管不顾继续张罗，但没想到春澜放出了狠话："你们真要把我逼急了，我就一走了之，让你们再也找不到我。到那时，你们不仅害了人家姿娘，而且再也见不到我了。"闻听此话，父母心里直打鼓，一家人又在一起嘀咕了几次，见春澜态度如此坚决，四位老人也只好不了了之。春澜这里行不通，他们就找老二春江商量。

哥哥不同意的事，性格同样倔强的春江自然也绝不答应，和老大一样也放出了狠话："我叫春江，逼急了我就跳韩江，来他个两江合流。"一家人都知道老二和老大一样是难缠的主，和春江针尖对麦芒谈过几次之后，只得讪讪作罢。

四位大人愁眉苦脸，让他们想不通的是，人家儿子知道有人来说媳妇高兴得不得了，自家的孩子怎么个个都是花岗岩脑袋，一点也不开窍！

"老大老二不行，不是还有老三嘛，等春海长大一点，再说吧。"李秾升劝说父母和妻子。

过了几年，终于把主意打到了春海身上。春海看出家人在打自己的主意，便绝口不谈婚娶之事，但凡有人提及此事，总是三缄其口，一心扑在话剧演出上，乐此不疲。阿公阿嬷和阿爸阿妈向他旁敲侧击提及此事，他不反对也不答应，每次都顾左右而言他，想办法岔开话题。学戏的春海有这个本事，从来不与家里大人硬抗，要么只当听不见，要么就借故住在外面不回家。四个老人对此一筹莫展。

一年之后，春海的一个好友结婚，他应邀前去参加婚礼，可能那次不知哪根神经受了刺激，终于松了口，答应年内把婚事办了。媒婆撮合了一位姑娘，两家算得上门当户对，就等年底办喜事。谁承想在这节骨眼上，家里横生变故。

春洋也不是一盏省油的灯，能把他留下来接替阿公经营糖行，也是颇费了一番周折。春洋从小跟着父亲和大哥春澜，多次接触过许雪涛、吴贯因、杜国庠等人，在蔡兴中那里又看了不少学校里看不到的杂志和报纸，耳濡目染，就成了热衷外面大事的"小大人"。

五四运动爆发时，春洋在省立潮州金山中学学习。那几天，上学的路上，不停地有人发传单。戴平万和洪灵菲接到过，春洋也接到过。他们塞进书包里，偷偷地带到了学校。

　　下课的时候，春洋和洪灵菲、戴平万等几个人悄悄聚在一起，各自从书包里掏出了传单。传单上所写的内容都是"还我山东！""还我青岛！""废除二十一条！"等口号。许多平时不关心时事的小伙伴也纷纷向他们打听，到底发生了什么事。春洋拿出几张小报读给大家听，报纸是上学的路上蔡兴中塞给他的。蔡兴中不仅简要介绍了五四运动的情况，还对他说："春洋，现在北京、上海、南京等地都动起来了，学生、工人和市民都在游行示威，你们学生也不能无动于衷啊。"

　　春洋站在一群人中间，手举报纸对大家说："同学们，帝国主义列强欺人太甚！青岛是我们的，为什么要转让给日本？他们眼里根本没把我们中国当回事。《二十一条》，条条丧权辱国，哪有丝毫公平可言！你们说，我们能答应吗？"

　　"不能！坚决不答应！"洪亮的声音响彻整个教室。

　　上课铃声响了，教国文的宋仁喜走了进来，同学们很不情愿地走回座位。春洋终究按捺不住，站起来说："宋先生，我们还有必要坐在这里听课吗？外面发生了那么大的事，难道您不知道吗？"说着，抓起几张传单给宋仁喜看。

　　宋仁喜摆了摆手，低声说道："春洋，你先坐下。我也正想讲这个事情。"

　　看到宋仁喜这个态度，春洋坐了下来。

　　"同学们，几天来，我也一直很痛心。我每天都看报纸，比你们更早得到了这些信息。巴黎和会我们外交失败了，本应属于我们的从德国人手中收回的在山东的权益，被转让给了日本，这说明了什么？"

　　宋仁喜环顾了一下所有学生，大家都目不转睛地盯着他。"这次会议是由英、法、美、日、意五国主导的，实际上就是帝国主义国家安排战后世界秩序的会议，也可以说是强盗们的分赃会。日本之所以能拿到山东的权益，靠的是坚船利炮做后盾。反观我们，国势虚弱，技术落后，拿什么与人家硬碰硬？《三国志》中诸葛亮曾说，弱国无外交也。现实社会也是如此。如果你是一个手里没有筹码，没有能力的人，其他人就会无视你的存在。"

　　春洋聚精会神地听着，胸口像压了一块巨石，呼吸急促。

　　"说了这么多，我的主要意思是，大家的心情我很理解，这么大的事情我们肯定要参与、要支持，但是也别忘了学习，你们现在还年轻，一定要用知识武装自己的头脑，今后才有能力更好地报效祖国，使我们的国家变得强大起来。"

春洋哗啦一声站了起来，大声问道："宋先生，那我们现在应该怎么办？"

宋仁喜摆手示意他坐下，语气平和地说："如果我说让你们继续在教室上课，估计你们也安不下心。既然这样，就让我们投入这场运动中吧。我建议你们去买一些彩色纸张，找些小竹棍，做成小旗子，再写上标语，后面肯定要举行游行示威，到时候用得上。但是大家一定要注意，不能有过激的行为，要注意保护好自己，现在外面警察盯得紧，千万不要被他们抓住把柄。"

"好的，就这么办。"

于是李春洋、戴平万、洪灵菲几个人商量了一下，首先在班里组织募捐，发动同学都把身上的零花钱捐了出来。然后几个人分了工，各自分头带领一拨人行动：李春洋负责买纸买笔墨，戴万平负责找大竹棍、小竹棍，洪灵菲负责找工具，准备裁纸刀、剪子和糨糊。只用了一天的时间，他们就做成了两百多面小旗子，除了保证自己班里用的，其余的都捐给了其他班。春洋摸了摸脑袋："大家一起想想，还缺什么？"

"我觉得我们应该做一个横幅，用两根竹竿绑上，两个人举着走在队伍前面更有气势。我以前在报纸上看到过，人家就是这样做的。"洪灵菲建议。

春洋和戴平万异口同声说："对，对，我赞成。"

赞成是一回事，可到哪里去弄呢？几个人一起望着春洋，一来他主意多，二来就他家是城里的。

"别都看我啊。大家都回住处找一找，看有没有可用的东西。"李春洋说。

春洋回到家，两只眼睛滴溜溜乱转，怕被阿妈发现，他不敢到他们房间打主意，只在自己房间里乱翻。翻来翻去，箱子里只有他和春海的衣服，可是衣服又不能做横幅。翻腾了半天，劳而无功，春洋气得把衣服一扔，一屁股坐在了床上。两只手撑在窗沿上的一刹那，突然来了灵感：我何不把床单拿走呢？再一看，床单是染成蓝颜色的，他记忆中，他们的床单从来都是蓝颜色的，因为白色既不耐脏，又不好洗。

"蓝底上写黑字，写上也看不清啊？"

"用白色的墨写？"

"没听说过有白色的墨。"

春洋的脑瓜快速转动着。

"对，把字写在白色纸上，然后再贴在蓝色床单上不就行了嘛。"

春洋为想出这么聪明的点子沾沾自喜。说干就干，春洋迅速把床单抽出来，稍微叠了叠、卷了卷，塞进了自己的书包。然后，他出去"侦查"了一下，见母亲正在院子里低头洗衣服，便顺手把大门打开，然后折回屋内，趁阿妈不注意，背起书包一溜烟跑出了家门。惹得阿妈在后面大叫："春洋，你个破家仔，又把家里什么东西偷走了？"

果然，春洋这个方法得到了大家的一致赞赏，其他班级的同学也纷纷效仿。很快，几个用竹竿挑起的横幅做成了，在游行人群中非常显眼。

五四运动中，他们一群年轻人天天去参加集会和示威游行，虽然自己讲不出更多道理，但能天天听别人讲。有一次，春洋和同学们参加商会组织的演讲活动，居然看到熟悉的蔡兴中在台上慷慨陈词，这让他兴奋莫名，支起耳朵从头听到尾，学到了不少知识。

后来，每当提起这事，蔡兴中就说："爱国心，不管是学生、工人还是农民、商人，每一个中国人都应该是一样的。"

这次运动，使春洋一帮人了解到了潮汕以外的世界，思想得到了一次前所未有的涤荡和洗礼。但也有例外，春洋的同学陈宏祥也站在游行的队伍中，他的眼睛却一直盯着街边穿着制式服装的警察："什么时候，我要是能穿上这身衣服就好了，那该有多威风啊！"

时光飞逝，转眼间中学生活快要结束了。省立潮州金山中学的校园里，同学们依依惜别，谁也不知道就此一别，何日方能相见。

春洋和戴平万、洪灵菲三个好朋友躺在操场的草地上，头枕着胳膊，望着湛蓝的天空，憧憬着未来。

春洋问："马上毕业了，你们以后都有什么打算啊？"

戴平万首先说话："我想好了，到广州去上大学，离家比较近。"说完他转过头向洪灵菲说："哎，灵菲，我们一起去吧？"

洪灵菲说："可以考虑。我们南方人吃米饭习惯了，听说北方天天吃面食，我不太喜欢，待在广州也挺好的。"

"你们知道吗，我听说谷大志也要去广州。"戴平万爆料。

春洋问："他去干什么？他肯定上不了大学的。"

"他吗？听说是家里亲戚在那边，可能要去当兵吧。"戴平万说，转头又问他："春洋，你呢？你的成绩最好，和我们一起去吧。"

"唉，我是有苦难言啊。我大哥二哥都跑出去了，三哥痴迷于潮剧，对家事一概不管不顾。阿公非要我接手家里的糖行，我不同意，他和阿嬷就要死要活的。"与戴平万和洪灵菲的无忧无虑比起来，春洋心事满腹。

戴平万说:"这个我们都帮不了你,你一定要同家里好好商量,不要闹得太僵。"

洪灵菲也劝他:"你留在潮州也好,这样我们以后回来就有了落脚的地方。虽然今后我们不常在一起了,但可以经常通信呀。"

毕业以后,戴平万和洪灵菲果然都考进了国立广东高等师范学校(今中山大学)。两人先是在西语系,后来都转到了国文系。

现实正如李春洋所说的那样,大哥二哥都先后离家外出求学,三哥痴迷他的潮剧、话剧,对家中之事向来不闻不问,家里根本指望不上他。春洋也想走,像大哥、二哥一样到日本留学或者到上海、北京、广州,随便哪里都行。他想去看看外面的世界,经一经风雨,见一见世面。他有自己的想法——不去积极投身于风云激荡的社会,知识岂不是白学了?

正当春洋犹疑不定时,阿公病了,还病得非常严重,老年支气管炎折磨得他喘不上气来。由于生意没人打理,阿公一直赌气不去住院,家人怎么劝也不听。老人家给李秋升放出话来,除非春洋帮自己把生意管起来,否则他就死在家里。

无奈之下,李秋升只得去和春洋谈。春洋想都没想就一口回绝。李秋升急得老泪横流,哽咽着说:"春洋,你难道要狠心看着你阿公死去吗?我薪水低,你几个哥哥仅能养活自己,不能给家里寄一厘钱。你出去,同样也需要钱啊!我们一大家人都指望着糖行活命,你难道真的不顾我们死活吗?你要怎么样才肯留下来,难道真要让我跪下来求你?现在家里老的小的都这么任性,不如我自己先死掉算了。"李秋升知道几个儿子的犟脾气都随他,有了三次的前车之鉴,如今只能智取。李秋升说完眼睛滴溜溜一转,站起来就要去撞墙,只是故意放慢了步伐,被拄着拐杖的阿嬷追上一把拉住。

李秋升悲愤难抑,仰天长啸:"阿爸,儿子不孝啊!慈乌尚反哺,羔羊犹跪足,惨惨柴门风雪夜,此时有子不如无!"李秋升表演过于投入,全然忘记了潮汕地区哪里来的风雪?引经据典说到最后,竟然被自己的表演所感动,抱着阿嬷啜泣起来。阿妈也在旁边一边安抚丈夫一边骂春洋不懂事,家里乱作一团。春洋看到这一幕瞠目结舌,不顾一切地从家里跑了出来。

"真不如不管不顾,一走了之。"一边走,春洋一边想。

在街上,春洋遇到了小美。小美同在省立潮州金山中学学习,与春洋一起毕业。

"春洋,你干什么去啊,气呼呼的,一脸的不高兴?"小美截住了春洋。

春洋没有搭理小美，一时半会儿和她也说不清楚。但他越不理人，小美觉得越有问题，就一直默不作声地跟着他。一直走到护城壕边，春洋才停了下来，找了个地方坐下。小美也在他旁边坐了下来。"春洋，你不会是要跳河吧？"

"胡说什么呢？我可不想死。"春洋被小美逗笑了。

"那你到底怎么了？和我说说啊！"小美柔声问道。

"还不是和他们生气嘛。这都毕业了，我想出去读大学，他们非要逼我留在家里，还要死要活地威胁我。戴平万和洪灵菲他们都到广州上大学了，你说就我滞留在家里，动弹不得，算怎么一回事？是我学习比他们差，还是能力比他们差？"春洋一拳砸在自己腿上，愤恨难平地发泄着。

"谁说你比他们差了？我觉得无论学习还是能力，你都和他们一样，甚至比他们还要强。"小美的一句话让春洋不自觉地抬眼看了她一下。

"我想能不能出去并不是因为这个，估计是因为你家里的实际情况。"

小美说得不无道理，春洋想辩驳，微微张开的嘴又闭上了。

小美接着说："你看，你家里四位老人，他们只会越来越老，总得有人管吧？你们家兄弟四个，如果到最后连一个给长辈养老送终的人都没有，人家不笑话吗？你也得替家里面想一想啊！"

"春海不是在家吗？他们为什么不去逼他？"

"你也知道春海哥的性子，整天一门心思扑在潮剧和话剧上，他们知道逼他也没有用。"小美温柔懂事地劝说。

春洋稍稍松了一口气。

"再说了，事在人为，你要想做事，在哪里都可以做成，不一定非要跑到外面去。"

春洋说："外面地方大，机会也多。"

"你这话，也对也不对。你看春澜哥，人家都留学了，不是还回来了，先是在我们金山中学，接着又去了海丰，这说明，哪里能干成事，他就到哪里去。外边有机会，我们潮州这里一样有机会，只要你肯干，总能干出点名堂的。"善解人意的小美竭力劝解春洋。

这些话，春洋听进去了。不知怎么的，其他人的话只会让他感到更加委屈和不平，只有小美的话，才让他有春风化雨的感觉。心情慢慢舒缓后，春洋紧皱的眉头渐渐舒展开了。这时，春洋才想起来问小美："你是怎么打算的？"

"阿爸阿妈不让我出远门，我已经想好了，去参加教会的护士培训班，毕业后到教会医院当护士。你觉得怎么样？"

"这想法不错。"

"所以啊，我劝你也不要那么纠结了，顺其自然比较好。你好好想想吧。我还有事，先走了。"

小美说完，站起来告别，留下不知何去何从的春洋。

春洋又想了很久，才站起身来在街上漫无目标地走着，不知不觉就来到了墨香书店。看到蔡兴中在店里，他轻轻舒了一口气。几年来，他已经养成了一个习惯，有了问题就找蔡叔排解，好像蔡兴中有一股特殊的魔力，能驱走自己的心魔。

"春洋，怎么了？看你垂头丧气的。"蔡兴中笑着问。

春洋把自己面临的困境竹筒倒豆子般说了出来，最后烦躁地说："蔡叔，我真不知道是该走还是该留：走吧，万一老人出了事，自己要背上不孝的骂名，一辈子受良心谴责。留吧，我又不甘心就这样过一辈子。"

蔡兴中递了一杯茶给春洋："春洋，其实我觉得这并不难选。虽然古人云'自古忠孝不能两全'，但我觉得那是对大人物来说的。现在还没有伟大的事业需要你必须抛弃孝道去尽忠，你完全可以两边都兼顾到。再说，你选择了孝，不一定就不能尽到忠。你想想，你把老人照顾好了，解决了你哥哥们的后顾之忧，也算替他们尽了孝，他们就能一心一意做利于国家和民族的大事，也算替你尽了忠。同时，你把糖行经营好了，赚了更多的钱，可以资助他们的活动。他们有需要或者遇到困难时你能够出手相助，不也是挺好的吗？所以啊，闻道有先后，术业有专攻，不一定非要到国外留学或者到大城市才有作为，只要肯用心，在哪里都一样呀。"

春洋低头搓着手。蔡兴中短短的一席话，说得春洋陷入沉思。几分钟后，春洋抬起头："蔡叔，您说得对，我想通了。我愿意留下来，以后您有什么事可以让我做的，尽管吩咐。"

春洋的决定让一家人欣喜若狂，阿公的病顿时好了一半。李秋升更是洋洋自得，认为是自己巧施一番苦肉计感动了儿子。经过考虑，春洋向家里提出了两个条件：第一个就是不能对他逼婚，他要自由恋爱，直到他想结婚那一天；第二个就是他要先去广州和上海一趟，看看外面的世界。

既然春洋愿意留下来，所有的条件家里人都立马答应了下来。就这样，李春洋成了祥和糖行的老板。

第十章

按照廖盛岑的吩咐，春洋一下午都在街上闲逛，边走边琢磨廖老板的用意。刚开始时，他还不太明白，几个街巷过后就揣摸出了味道。"廖老板让我在街上转悠，绝不是瞎转瞎看，定是让我熟悉汕头的地形、交通、建筑等情况。让我改变一下形象，是怕别人把我当作大哥和二哥被人盯上；让我注意四周情况，是在锻炼我的警惕性。"

春洋突然意识到，这怎么像是在做秘密工作？思索片刻，他随即就释然了。目前自己是被官府追查的对象，不是秘密活动又是什么呢？想到大哥二哥被国民党追捕，而蔡老板、廖老板又愿意这样帮自己，春洋虽然不确定两人的真实身份，但也琢磨出了七八分。

"难道他们两人都是共产党？"当"共产党"三个字从脑海中跳出来的时候，春洋自己也吓了一跳。这几年，他一直跟着爷爷和王叔学习经营糖行，很少有机会掺和哥哥们的事情。大哥从日本回来后从事教学工作，后来二哥也回来了，他们一起在汕头办报。春洋知道两个哥哥办的报纸名气很大，写的东西自己很喜欢读，但从没有把他们与共产党联系起来。在潮州，他与蔡兴中来往不断，保持着亦师亦友的关系。蔡兴中有时也让他帮忙做一些事情，比如接人、送信之类的活，他从来都是有求必应，并且办得妥妥帖帖。除了这些以外，其他事情蔡兴中一概闭口不谈，更从未和他谈及两个哥哥的身份。

想到这些，春洋拍了拍脑袋："看来我还是太天真了。"春洋的这个想法让他突然变得激动兴奋起来。在春洋心里，大哥二哥是自己的榜样。如果大哥二哥和蔡老板、廖老板是一类人，是共产党，他们选择的道路也一定是正确的，自己也就跟对了人，选对了路。"蔡老板和廖老板不告诉我，自有他们的道理，我也不能去打听，只要听他们的吩咐，做好自己的事情，也许时机到了，他们自然会说的。"春洋琢磨着。倏忽间，春洋好像觉得自己被注入了无穷的力量，走起路来步幅更大，步履也更加轻快。

整个下午，春洋把永平路、安平路、升平路、国平路等八条主要的街道走了个遍，并且记住了每条街的主要特征。春洋在一家旧货店，买了一身皱巴巴的衣服穿上，一路上寻着机会便与装卸工人、人力车夫、商行伙计等人搭讪聊天。

天黑之前，他顺利地为自己找到了住处。一天下来，一切都是新鲜的，春洋一直兴奋着。春洋喜欢这种兴奋。过去几年，他学做生意，每次谈成一笔生意，挣到一笔钱，他都会有一种成就感，但从来没有感受过这样的激动，浑身似乎充满着使不完的力量。之前虽然做成了一些事情，但春洋始终觉得缺了一点什么，责任？担当？抑或是激情？现在，他终于体会到了。

春洋躺在床上，辗转反侧。"明天自己干什么呢？"瞪着天花板好大一阵后，他突然有了主意。

第二天一大早，春洋早早起了床，在外面草草吃了点东西就赶到安泰黄包车行外等待。昨天他认识了拉黄包车的钱阿六，然后雇了阿六的车，与他东拉西扯了一路，把汕头有几个车行、怎样入车行、一天能挣多少钱等问题，摸了个一清二楚。做生意这方面，春洋天赋异禀。

六点多钟，春洋等来了钱阿六。钱阿六很是吃惊，心想昨天自己并没有怠慢这位客人，今天一早怎么还找上门来了？

"阿六，早啊。"离着老远，春洋就笑嘻嘻地和阿六打着招呼。

阿六很是警惕："早。你找我有什么事吗？"

"当然有了，不过也不算什么大事，我就是想挣点钱，你能不能介绍我进车行？"

"你有钱交押金吗？"

"有。我昨天问过你后，回去借了一点钱。"

听到春洋有钱交押金，阿六这才松口同意。车行的规矩，租车不仅需要交押金，还要有熟人介绍。跟着阿六办好手续，顺利拿到车子，春洋算是正式成了一名黄包车夫。他觉得不可思议，前几天自己还是商行的老板，今天居然变成了一名黄包车夫，做梦都没有想到，自己会拉着车满城跑，可是现在却真实地发生了。

"先到哪儿呢？"春洋早就想好了，直接就奔向汕头闻道书店。

春洋猜想着廖老板如果坐上自己的车，一定是一副吃惊的神情。他今天完全是一身黄包车夫的打扮，上身短褂下身阔腿裤，脖子上挂条毛巾，已经两天没刮胡子了，满脸胡子拉碴。唯恐廖老板认出自己来，还特意学着阿六的样子，把毛巾从脖子上拿下来，搭在脑袋上，上面再扣上一顶草帽。这样基本上能够挡着自己的脸，既方便擦汗又遮挡阳光。春洋的运气不错，刚出车行门没多远，就碰到有人要租他的车："对不起，我的车已经被人预订了。"春洋把客户让给阿六，感激得阿六直夸春洋义气。

差不多八点的时候，春洋赶到了汕头闻道书店。看到书店还没有开门，他就坐在一边等客。直到八点半，才看到齐海风打开店门。春洋估计齐海风和廖老板应该都住在店里。他默默地等着，其间拒绝了好几单活。

果然，春洋没有白等。九点钟时，廖盛岑从书店走了出来，招手叫黄包车，春洋赶紧拉着车子跑了过去，伺候着廖盛岑坐上车，问清楚地址，麻利地拉着车子跑起来。

春洋暗暗高兴，廖老板果然没有认出自己。快到目的地时，廖盛岑突然说："不对，不对，我搞错了，我要到另一个地方。"又说了一个地址，与刚才的方向刚好相反，还说要赶时间，让车夫跑快点，直累得李春洋气喘吁吁、汗流浃背。

正当春洋心里起伏翻腾、惴惴不安的时候，廖盛岑发话了："李春洋，你觉得你做得天衣无缝吗？"廖老板的话吓得春洋一个激灵，车把差点脱手。

春洋找了个人少的地方停下车，一边擦汗一边尴尬地望着廖盛岑："您……您什么时候发现我的？"

"我早就发现了。"

春洋的脸一下子涨得通红，怯怯地问道："您是从哪些地方认出我的？"

"走路时步形缺少变化，跑起来脚力不行不说，之前隐藏得也不到位。"廖盛岑说道。

"您能详细给我说说吗？"

廖盛岑说："我有个习惯，吃过早饭后会不时观察一下书店周边及街道上的情况，看有没有什么异常，结果一下子就发现了你。我看到有人要坐你的车，你不肯，好像在等什么人，还不时地往我们这边张望。开始我还以为是监视我们的暗探，可琢磨琢磨又不像。后来看体形后就联想到了你，不能确认，出来坐车时悄悄观察了一下，最后确定是你无疑。"

春洋这才意识到，自己在窥探别人时，很多双眼睛也在盯着自己。他叹了一口气，羞赧地说："我，我做得不好。"

廖盛岑的口气变得轻松了许多："不过，你进步很大，能自己改装，能变换身份，也能吃苦了。今后要做好事情，就必须做什么像什么，最重要的是自然，不能被人看出破绽。就像你刚才，一直趴在一个地方不挪窝，还老是盯着一个地方看，想让人不起疑心都难。好了，你慢慢琢磨吧。把你住的地方告诉我，现在送我去办事。"

第二天上午，春洋拉着黄包车跑了半天，由于腿快口勤，顾客都愿意坐他的车。由于从小没吃过什么苦，身子骨略显单薄，半天时间下来，春洋的双腿像灌了铅。身心的疲累，令春洋痛苦不堪。但他没有忘记此行寻找大哥的目的，"大哥，你究竟在哪儿啊？现在怎么样了？"

一连两天下来，满身臭汗、浑身像散了架一样的春洋体会到，他们这种家庭出身的人与贫苦人家的孩子不一样，没有干过重活，没有受过打骂。自己如此，大哥肯定也一样。大哥在监牢里受刑是肯定的，他能承受得住吗？大哥从小就不会打架，性情温和，文弱的身躯能扛得住折腾和摧残吗？

下午，春洋提早把车子还了，打算到大哥二哥以前工作过的地方去看一看。

那个地方，二哥给他说过。春洋根据记忆找过去，位置是中马路永平里七号的一栋三层小楼。这里有一个院子，春洋不敢贸然闯入，便远远地找个地方蹲下来，仔细观察了半个多钟头。出入小楼的人并不多，他观察的这段时间总共有三个人进出，其中两个还像搬运工。

春洋打算找人问问，可又等了半个小时也没见有人。他瞅了瞅自己的装扮，灵机一动，径直朝着小楼走去。进入小楼，并没有人阻拦。春洋四处观察了一下，一楼没有人，于是便往楼上走。在二楼的房间里，他看到了之前见过的那两个工人，他们正在给两台机器打包。

春洋怯怯地问："你们这里还需要人手吗？"

两个人以为来人要抢他们的活，不耐烦地回话："不需要，到别的地方去找吧。"

春洋赶忙说："算了，天也晚了，都快歇工了，我也不找了，就在这里给你们搭把手吧。"看到两个人正在抬一个物件，他赶忙过去帮忙。

忙活一阵之后，春洋问道："这是准备搬到哪里去啊？"

见春洋是个有眼色的人，两人的态度有了变化，一个搬运工说："准备处理掉呢，听说前面的租客被抓了，这里没人管了。房东要把这些东西拖到寄卖行去，然后再重新出租房子。"

"你们知道被抓的是什么人吗？"

"不知道，我们是被找来干活的。官府里那些人狠着呢，不管是谁，既然被抓了，肯定不会有什么好果子吃，听说最近枪毙了不少。"

对方的话，更增加了春洋心中的忧虑。整个晚上，他一直做噩梦，梦中看到大哥被打得遍体鳞伤，眼睛和脸颊浮肿得像膨胀起来的馒头，几乎认不出是张人脸。"大哥！大哥！"梦中的春洋连声惊叫。被吓醒后，他再也无法入睡，靠着床头瑟缩发抖。

廖盛岑那里依然还没有消息,这更让春洋焦虑异常。他忽然想起二哥说过,表兄王志鹏在汕头驻地部队,自己何不去找他碰碰运气呢?王志鹏是春洋大姨家长子,他们算是姨表兄弟。这个表兄年龄比春澜大几岁,春洋小的时候见过他两次,现如今,估计自己能认出他,他不一定能认得自己。

春洋找到潮梅警备司令部,远远望去,门口戒备森严,两边各有一个持枪卫兵站岗,中间还放着鹿砦,状若张牙舞爪的怪物,令人望而却步。春洋并不知道表兄王志鹏在里面究竟做什么,想了想没敢贸然上前。观察了好大一阵,他掉转回头,心想还是先去找廖老板商量一下为好。

又一次来到汕头闻道书店,与以往不同,这次春洋先是前后左右瞄了瞄,确认没有人跟梢,方才走进书店。实际上,廖盛岑一直在托人打听消息,无奈所有人都闪烁其词,几天过去了,都没有得到春澜的确切消息。听到李春洋说有这条线,廖盛岑顿时眼前一亮。

"你对你这个大表哥了解多少?"廖盛岑问。

"不怎么了解。我还小的时候他就去广州当兵了,只有过年时才偶尔回来。有一次他来潮州看我父母,见过一次,后来上初中时我去他家拜年,又见过一次。据说那时他就当了连长了,估计现在混得不错。"

"好吧,我明天托人打听打听,他现在是什么职务,看能不能起点作用。"

第二天,消息就反馈了回来——潮梅警备司令部司令是何辑五,所部国民党独立第四师独立团驻汕头、饶平。王志鹏现在是驻汕头独立团团副,当前算实权派人物,深得上级赏识,如果他肯帮忙,应该能打探出准确消息。

对春洋来说,这不啻为一个好消息。但廖盛岑不放心,表情严肃地对春洋说:"我们虽然打听到了这个人,但是并不了解他的立场,他是亲共还是反共,还有他顾不顾及亲情,是不是唯利是图之人等等,这些都未知,你万万不可贸然行事。"

春洋没有做过多考虑,态度十分果决:"消息封锁这么严,现在看来也没有其他途径,无论如何,哪怕只要有一线希望,我都要试试。您看这样行不行?您找人给他带个信,约一个地方我去和他见见面,向他打探下消息,看有没有可能救我大哥。"

"这样很冒险。"

"您在汕头比我熟,帮我找一个能进能退的地方,万一势头不对,我马上想办法逃走。"

廖盛岑凝视了一阵春洋，眼前的年轻人能想到这一点，他着实没有料到，才几天时间春洋就有了很大的进步。

"安全是第一位的，让我再想想。"廖盛岑暂且答应下来。

经过反复斟酌，廖盛岑选定了一个叫"知味斋"的饭店。廖盛岑对这个饭店比较熟悉，亲自带李春洋实地勘查了一下。饭店是一个带围墙的院落，院中有一个二层小楼。楼下是大堂，有前台和供散客用餐的餐桌，东西两端以及楼上则设了包间。为了应对紧急情况，廖老板特意预订了一楼的一个包间。小楼后面靠围墙角是一座厕所。为便于春洋遇险时逃脱，廖盛岑事先找到一根毛竹靠在了后院墙边。时间定在了第二天晚上六点半。化装后的廖盛岑和春洋提前抵达饭店，站在二楼过道上聊天，那里能清楚地看到外面的一切情况。六点一刻，两人看到从远处走来五个人。一人走在前面，后面跟着四个全副武装的士兵。

廖盛岑对春洋说："这个人好像就是。与亲戚吃饭还带手下，况且还不止一个，这里面定有蹊跷。你要小心，看情况不对赶紧撤。我在大堂等你。"

"好。"春洋的大脑飞速运转，想着如何应对。

两个士兵守在了饭店大门前，另外两个士兵留在院内的小楼门口，只有那个军官走进了小楼内。已经下楼等着的春洋赶紧迎上前，只看外表，他已经确认，来人正是大表哥王志鹏。王志鹏的外貌没有太大变化，只是变胖变老了，由青年变成了中年，脸上平添了更多的骄纵蛮横相。春洋紧赶两步，上前拉着对方的手，兴奋地说道："大表哥，我是春洋。多年不见，你还认不认识我啊？"

"哦，春洋啊，都长成大人了，猛一看差点认不出来你了。怎么样，家里还好吧？"表哥不冷不热地吐出一番客套话。

"走吧，到包间再给你说。"

在包间坐下之后，春洋把家里的情况给他详细说了一下。春洋说完大哥被抓，阿公摔伤，阿爸阿妈都病倒了的事情后，神情紧张地说："大表哥，你说我一个经营糖行生意的尾仔，哪见过这阵仗啊。听大姨说你在这里，家里就让我从潮州跑过来找你，看你能不能想想办法，救救我大哥。"

王志鹏没说行还是不行，反问春洋："春澜被抓，你听谁说的？"因为李春江逃走了，至今没有抓到，大表哥怀疑他逃回了潮州家里。

"是潮州做糖生意的一位朋友，前天谈生意时告诉我的。你知道我哥关在哪儿吗？"春洋继续探问。

"春洋，说实话，你大哥的事我还真知道一点。春澜和春江在报纸上写的那些东西，别说蒋校长看了不舒服，就是我看了也觉得扎眼。你大哥还屡次三番鼓动人闹事，你说不抓他抓谁啊？他被抓后，我去见过他。警备司令听我们团长说他是我表弟，非要我去劝劝，让他写个悔过书，保证以后不再与党国对着干就立马放人，我是左右疏通费尽口舌，可他呢，说什么都不写。"

"大表哥，喝酒。"春洋不停地给王志鹏端酒。

王志鹏一边喝，一边发牢骚："你说说你大哥，真是死脑筋，他要写了，不就立刻是自由身了吗？还有，我也算立了一功，改天我们团长升职了，说不定我马上就可以补这个空位。"

大表哥的话，春洋听后瞠目结舌：哥哥春澜还在大牢里不知生死，表哥却只想着利用他升官发财。春洋立即意识到，在这里久待已没有任何意义，必须尽快脱身，如果对方察觉出自己的真实意图，势必自身难保。春洋止不住焦急，试探着问道："大表哥，我大哥是你们抓的吧？"

王志鹏横了一眼春洋，说："也不算是我们抓的，是他自己走进司令部的，我们只是奉司令的命令实施扣押。"

"那他们报社也是你们奉命去捣毁的？"

"是我们团干的，军令如山，司令下令了我们岂敢抗命！"

"大表哥，你们打我哥了吗？"

"我没有亲眼看见，只是感觉到他的脸有点浮肿，腿脚也不太利索了，估计是长时间关在监牢里不能活动造成的。"王志鹏满脸轻松，一边喝酒一边轻描淡写地说着，好像不是在说自己的表弟，而是在谈及与自己非亲非故、毫不相干之人。

春洋表面强颜欢笑，心里却恨得牙痒痒。他想起廖盛岑要他以大局为重的叮嘱，此时只能拼命控制自己的情绪。一边听着大表哥絮叨，一边劝着酒，春洋同时在脑子里迅速想着对策，以什么借口全身而退，又不引起对方的疑心。

"春洋，你二哥春江现在人在哪里，你见过他没有？"王志鹏突然放下酒杯，反过来向春洋打探。

"我不知道，家里人也让我打听二哥的消息呢。"

"你见到他，一定给我说一声。"王志鹏板下脸来，面若冰霜地说。

时间又过去了半个钟头，大表哥别无他话，只是变着法子反复打听二哥的下落。春洋清楚，再拖下去，凶多吉少。春洋心急如焚，但包间内只有他们二人，一时找不到脱身的借口。毕竟没有经验，春洋慌张的神情被王志鹏察觉到了。

"春洋，这样，你来汕头，人生地不熟的，大表哥给你找个地方住，也方便照顾你。"

"我在一个客户家住，就不麻烦大表哥了。"

"告诉我你这个客户住在哪里，有空我好去看你。"

王志鹏紧追不舍，非要春洋说出自己在汕头的住处。春洋知道，麻烦来了。

正在这时，包间门突然被推开了，一个人浑身酒气摇摇晃晃地走了进来，醉眼惺忪地瞄了一眼房间，大声吼道："人呢？怎么只剩你们两个了？其他人干什么去了？"

看到这人，春洋心里一凛，腾的一下从座位上站了起来。来人正是小美的大哥陈宏伟。在这个地方见到此人，还真是冤家路窄，春洋心里更加发毛了。春洋小时候经常和陈宏祥打架，陈宏祥常常放出话来，要哥哥陈宏伟替他报仇。春洋心想，看来今天自己在劫难逃了。

陈宏伟并没有搭理春洋，而是眯缝着双眼紧盯着王志鹏，说："他妈的，走错房间了！哎，这不是王团副嘛，你怎么在这里啊？真巧真巧，多日不见，来来，咱哥俩儿今天好好喝一杯。"说着就从春洋身边走过去，一屁股坐了下来，一把拉住王志鹏的手。两人像失散多年的旧友重逢，又是搂脖子又是拍肩膀，接下来就是一阵觥筹交错。

春洋看得瞠目结舌，立即反应过来，此时不走更待何时，边往外走边说道："你们先喝着，我去趟厕所。"王志鹏想起身阻拦，无奈被陈宏伟拉着手动弹不得，只得眼睁睁地看着春洋走出了包间。

见春洋独自一人出门，小楼前的两个士兵准备上前盘问，这时，廖盛岑从大堂走了过来，大声说道："两位长官，饭店门口你们的两位弟兄和人打起来了，他们让我来叫你们！"

两个士兵停止追问春洋，拖着长枪，朝饭店外边跑去……

来到后院的春洋，借助毛竹跃上墙头，翻身过墙后飞奔而去。廖盛岑快速跑到后院，单脚蹬在围墙中间，飞身一跃，动作敏捷地越墙而去。

包间里两个人称兄道弟，你来我往，喝得天昏地暗。等他们想起李春洋时，其人早已踪影皆无。老板说，人不知道什么时候走了。已近酩酊的王志鹏连声埋怨陈宏伟："老兄，你误了我的大事了。"

逃出饭店，春洋一直很疑惑，陈宏伟怎么会那么巧出现在那里，偏偏还是在自己身处险境之时？为什么他装作不认识自己？他现在是干什么的？与王志鹏有什么关系？走在路上，他的手不经意地插进口袋，里面竟有一个小纸团。春洋不记得往自己口袋里装过这个东西。四周没有灯光看不清字迹，他飞快地跑回住处，展开纸团一看，上面写着一行字："晚九点凤鸣公园见！"

第一反应，谁给的？从进入饭店，一开始是和廖老板在一起，他不可能给；

后来和大表哥在一起，他也没有理由给自己；再后来就是陈宏伟进来时，经过自己的身边，最有可能的就是他了。"他要见自己干什么？这么多年未曾谋面，他现在究竟是干什么的？"春洋反复思量，心里嘀咕着，要是知道陈宏伟在汕头，从潮州来之前，问问小美就好了。

春洋想起临来汕头的那天晚上，他去见小美，两个年轻人终于互相表白了心迹，手拉手，好长时间无语凝噎。

小美责怪他："你为什么到现在才说？"

春洋说："不敢啊，怕……怕你不答应。"

小美娇嗔道："借口，全是借口。你这个人从小就天不怕地不怕的，这个能吓倒你？"

春洋不再辩解，只是嘿嘿地傻笑。两个人耳鬓厮磨地缠绵缱绻了一会儿，春洋说："我是来向你告别的，我要到汕头去一段时间。"

"你去干什么？我不准你去。"

"不行啊，必须得去。听说我大哥出事了，我要去看一看到底什么情况。我今天晚上过来，一方面是想你，来看看你，另一方面是我这一段时间不在，想拜托你照顾一下我的家人。"说完，托起她那双柔软白皙的小手，在手背上亲了一下。

小美羞得满脸通红，说："你不在家，我照顾他们也是应该的。你去吧，早去早回。我等你。"小美恋恋不舍一直把他送到大门外。

想到小美，春洋甜蜜地笑了，但转念一想，难道小美的哥哥知道了什么？

春洋的猜想是对的。春洋走后，小美越想越不放心，担心春洋在汕头出事，千焦百虑之后，还是忍不住找个地方给大哥打了个电话。

从妹妹吞吞吐吐的话语里，陈宏伟预感到有什么事情发生。他一本正经地说道："我管不了那么多，他李春洋和我有什么关系，小时候他还经常与你二哥打架呢。"

小美哇的一声哭了起来，对大哥大声喊叫："你必须管，他要出什么事，我和你没完，我再也不认你这个大哥了！"

陈宏伟知道妹妹的脾气，小美说出这样的话，说明她与春洋关系不一般。陈宏伟从小宠着小美，几乎到了有求必应的地步，不愿意看到她受一丁点委屈，这一次自然也不例外。陈宏伟无奈答应下来。陈宏伟正是潮梅警备司令何辑五手下，现任侦缉处处长。

中学毕业后，陈宏伟到广州投奔一个远房亲戚，就此当兵入伍。黄埔军校开办时，士兵中识文断字的都去报考，他顺利地被录取。后来，陈宏伟先后参加了两次东征，因作战勇敢，升职神速。再加上聪明伶俐、办事牢靠，陈宏伟深得何应钦的赏识。东征结束后，何应钦派弟弟何辑五留守潮汕，为了帮助弟弟稳控局势，便把得力干将陈宏伟派了过去。陈宏伟在汕头三年时间，对李春澜、李春江所做之事了如指掌，但看在老同学和街坊邻居的面子上，只要李家兄弟不太过分，他始终是睁只眼闭只眼。这一次，抓李春澜，不是陈宏伟干的。陈宏伟事后知道了这件事，也听说了李春澜被要求写悔过书时宁死不从，他知道老同学的脾气，便一直没有前去探望，只是从侧面打听一些情况。

接到妹妹的电话，陈宏伟思忖了很久。他不知道李春洋来汕头后要做什么，唯一能确定的是春洋肯定会想办法打听李春澜的消息。所以，他就特别注意这几天司令部以及军营里的风吹草动。今天下午五点多的时候，他接到手下报告，独立团团副王志鹏带了几个人出去了。他想这么晚了出去无非是吃饭，可吃饭根本用不着带兵。陈宏伟起了疑心，于是就悄悄跟了上去。

陈宏伟看到王志鹏带人到了知味斋，把人布置在大院门口和饭店门口，就觉得这里面肯定有隐情。当看到在小楼前迎接王志鹏的春洋时，他明白了，王志鹏肯定没安好心。当王志鹏和春洋两人在包间里谈话时，他有意在门口徘徊逡巡，听清楚两人的对话内容时，顿时明白了一切，马上装醉闯进屋内。

春洋掂量了半天，觉得陈宏伟没有害他之意，于是就按时到了凤鸣公园，躲在一个隐蔽处。当看清陈宏伟一个人在那里抽烟时，他便现身走了过去。

"宏伟哥，谢谢你在饭店帮我。"

"我不是帮你，是帮我妹妹。"陈宏伟的话，让春洋瞬间明白了事情的原委。

"我希望你好好对待小美，不要让她失望。如果让她受委屈，我不会放过你。"陈宏伟手指春洋说。

"我记住了。宏伟哥，我能不能问一下，你知道我大哥的消息吗？"

"知道一点。他目前关在崎碌炮台那里，炮台的炮巷在前几年被改作了汕头惩戒场，也就是监狱。那里由驻军把守，戒备森严，一般人很难进去，连我进去都要有驻军军官的批条。"

"宏伟哥，求求你想想办法，能不能让我和我大哥见一面？"

陈宏伟登时一怔，显然这个要求出乎他的意料。"这个太难了。他们这一批是政治犯，看管得非常严，恐怕很难办到。"陈宏伟沉吟了一大会儿，最后说，"看在小美的面子上，我就再帮你一次，等我的消息吧。"

"那我怎么见你呢？"春洋似乎看到了希望，感激地问道。

"明天吧，晚上七点，还来这儿。你大表哥知道你还在汕头，一定会到处找你，你千万不要轻易露面。"

"好的。"

两人分手后，春洋就去见了廖盛岑，把情况向他详细进行了汇报。

在房间内来回踱了几步，廖盛岑说："现在看来，你这个大表哥不是自己人，绝不能再与他见面。至于这个陈宏伟，他这样帮你，不知道到底出于什么原因，估计是因为他妹妹。接下来你一定要处处小心谨慎。"

第十一章

几天后，在陈宏伟的安排下，春洋见到了大哥春澜。

陈宏伟在春洋那里了解到王志鹏是他们的大表哥，也知道了王志鹏想通过劝李春澜悔过投诚，为自己谋求加官晋爵的机会。头一天他去找了王志鹏，说他和李春澜是同学，他不忍心看他一条路走到黑，想与他见一面好好劝劝他，王志鹏也想通过各种方法让春澜转变立场，便给他开了条子。去监狱的时候，他准备了食盒，让春洋穿上与他一样的制服，扮成他的手下，提着食盒跟着他。有了路条，两个人一前一后顺利进了监舍。

狱警吆喝了一声："李春澜，有人来看你！"

春洋看到，监舍的一角，铺了一点稻草，上面躺着一个人，衣衫褴褛，脸上布满了鞭痕与血迹，右腿已被打断，躺在那里一动不动。听到动静，那人艰难地抬起头来，蓬头垢面，脸颊浮肿，一看就是经受了各种酷刑。泪水在春洋的眼眶中打滚，面前形容枯槁、奄奄一息的人，哪里还有一点自己记忆中大哥英俊的模样啊。陈宏伟看到躺在地上的李春澜，眼里也闪过一丝不易觉察的苦涩和痛楚。春洋差一点喊出声来，陈宏伟狠狠瞪了他一眼。当李春澜看到春洋跟着陈宏伟进来时，同样吃了一惊，他想不到这两个人居然能一起到监狱里来。

陈宏伟先开口说话："春澜，我们是老同学，不忍心看你误入歧途，万劫不复，所以我过来规劝你。所谓君子相时而动，识时务者为俊杰，希望你不要再固执己见。"说着轻轻地摇了摇头，往门口斜了一下眼睛，"我让属下给你带了一点吃的，你先吃点好有力气说话。"说完示意春洋上前。

春洋走上前将饭递给春澜，强压内心的悲伤低声告诉他："大哥，二哥去了上海，三哥在潮州，家里老人一切都好。你一定要坚持住，我们在想办法。"

春澜听后，同样低声告诉他："不用了。回潮州，乐平路五十六号。"

春洋摆好饭退到了一边。春澜对陈宏伟说："老同学，谢谢了。我先吃点东西再和你说话。"说完，狼吞虎咽起来。两个人看着春澜饥不择食的吃相，不忍卒睹，都悄悄地把脸转向了一边。

等春澜吃完，春洋收拾好食盒，陈宏伟蹲到了春澜的旁边，拿出一张写好的悔过书，对他说："老同学，吃饱了，我们该好好谈谈了。你说你做什么不好，非要和政府对着干。这次把你弄进来是想给你点教训。你只要在这份悔过书上签个名，在报纸上刊登，即可重获自由。"

"真是说的比唱的还好听。"李春澜怒目圆睁，一把抓过悔过书，几下撕得粉碎，"国民党反动派叛变革命，背叛孙先生'三大政策'，背信弃义，鬼才信你们的话。我堂堂七尺男儿，岂能贪生怕死、卑躬屈膝，为了苟活而玷污自己的信仰。休想！你们走吧，我意已决。拜托你给我家里捎句话，我对不起家里老人，不能堂前尽孝，就让我的三个弟弟代我尽孝吧。"

陈宏伟瞪大眼珠，气愤地说："好，好，真是茅坑里的石头，又臭又硬。既然如此，我也无能为力了，你自求多福吧。"说完就想转身离开。

后面传来李春澜的喊声："春洋，照顾好家里人！"

春洋眼含热泪望着大哥，心如刀割。

"回去吧！"春澜深情地望着弟弟春洋。

"大——"春洋本想喊一声"大哥"，但"哥"字他没有喊出口，眼泪喷涌而出。此刻，春洋多么想拥抱一下自己的大哥，为他揩去脸上的血渍，擦拭一下身上的伤口。但他只能万般无奈地跟着陈宏伟痛苦地走出监牢。

4月28日上午，天气阴沉，春洋像往常一样，拉着黄包车在汕头的大街小巷穿梭奔波。好不容易见到了大哥，但要将他救出却比登天还难，下一步该怎么办呢？春洋一边拉着车一边琢磨，不知不觉跑到了码头。

突然，春洋看到前方围了很多人，正在指指点点地说着什么。出于好奇，他也走了过去，低声问旁边的人："怎么了？出什么事情了？"

那人满脸悲悯地回答："好像死人了，人装在麻袋里，被扔进海里淹死的。"

"是吗？谁这么残忍，把人活活淹死啊？"

春洋上前去看，几个船工已经解开了麻袋的扎绳。

这个麻袋是船工们先发现的。船工早上来到海边，远远看到海滩上搁浅的这只麻袋，就拖上了岸。解开扎绳一看，麻袋里好像是一个已经死掉的人，把他们着实吓了一跳。死者看起来年纪不大，三十来岁，仍然保持着死前的姿势，双手双脚被绑着，嘴里塞着布团，身体弓着，看起来异常痛苦。

春洋刚开始没太在意，跟着在外围看了一会儿，忽然心里有一种奇怪和不安的强烈直觉。他赶紧用力挤进人群，把麻袋扒开，拉着死者的胳膊，对旁边人说："伙计，快帮把手！"

几个人一起把冰冷的尸体从麻袋中拽了出来。春洋把人放下,将破布从死者嘴里拔出来。望了一眼死者的面庞,春洋一下子惊得后退两步。

"大……大哥,怎么是你啊!"春洋捶胸顿足,放声恸哭。春洋一边哭一边喊,他不敢相信大哥竟已离开了人世。就在前天,他还见到了大哥。他还在计划着营救大哥,万没想到,短短的两天时间后,大哥竟以这种人世间最痛苦和惨烈的方式与自己天人永隔。

"大哥,你让我怎样给家里人交代啊!"

在场的人望着号啕大哭的春洋,个个不忍直视……

春洋悲痛欲绝。他看着大哥蜷缩的尸体,这一刻仿佛灵魂出窍,耳边始终回荡着大哥叮嘱自己的余音。如今,失去了这个从小带着自己玩耍的大哥,失去了这个一直教他做人道理的大哥,春洋的内心世界,仿佛天塌地陷。此时,他更担心,家人一旦得知,阿公阿嬷白发人送黑发人,怎么能承受得了。

旁边的人拉着春洋劝慰:"小伙子,别哭了,人死不能复生。你还是赶紧想想办法,看是报官还是张罗安葬,天热了,不能放的。"

一句话点醒了春洋。他的第一反应,绝不能报官。春洋心里清楚,这事一定是官府的人指使干的,如果报官,不仅查不出任何头绪,说不定连大哥的尸首也保不住,甚至自己也可能身陷囹圄。他强忍悲痛对周围的人说:"算了,不报官了,当下风云乱世,估计让他们查也查不出什么结果,我还是想办法把大哥运回去安葬吧。"说完,找了一个看上去忠厚热心的人,请他帮忙看着,自己转身去置办棺材。

春洋把黄包车退还后,赶到棺材铺订了口薄棺材,之后立马去见廖盛岑。廖盛岑听了这个消息,眼里立刻涌满泪水。略一思忖,他和春洋商定,这事先瞒着家里老人,其他人都不能出面,由春洋自己处理。廖盛岑叮嘱春洋,要通知陈宏伟,从这个人之前的表现来看,他应该能够保护春洋的安全。

春洋给陈宏伟打了电话。听闻消息,电话那头的陈宏伟半天没有说话。他没有料到事情发展得如此之快。电话中的陈宏伟停顿片刻,低声吩咐春洋:"你先去办事吧,我随后就到。"

放下电话,陈宏伟思考了很久,考虑要不要叫上王志鹏,一起见春澜最后一面。他知道这个事情与王志鹏脱不了干系,但现在春澜已经死了,春洋就一个做生意的,两不相干,王志鹏应该不会再为难他。

陈宏伟找到王志鹏,说:"我的老同学李春澜死了,在码头那边被人发现的。"说完眼睛一眨不眨地盯着对方看。

王志鹏张开嘴，做出一副震惊的样子说："啊，死了？怎么搞的？"

"不知道。那可是你表弟，要不我们一起去看看？"

王志鹏有点尴尬，无奈地点点头说："走吧。"

"还有，春洋就是一个做生意的，也是你的表兄弟，和他的两个哥哥不一样，桥归桥路归路，一码归一码，你就不要再难为他了。"

"我知道了。"王志鹏面无表情地点头答应。

乘车到了码头，来到李春澜的尸体旁，两人心中所想判若云泥，表情自然也大相径庭。陈宏伟和李春澜年龄差不多，两个人从小一起玩耍，一同上私塾，后来又一起上学堂，感情说不上多好，但也说不上坏，自中学毕业后各奔东西，再也没有交集。前天为了春洋，陈宏伟才痛下决心，冒险去监狱里探望他。哪承想，转眼春澜已经硬挺挺地躺在了这里。想到这，陈宏伟非常痛心，一种莫名的悲伤情绪涌上心头，他转过头，不忍再看。王志鹏看到李春澜这样，瞬间似乎想起对方是自己的亲表弟，脸上闪过一丝稍纵即逝的惭愧表情。

在码头，春洋泪流满面，忙着处理大哥的后事。他给大哥春澜擦洗面部，梳理头发，然后给大哥换上刚买的丧衣。几个人帮忙抬着，把人放进了棺材。

陈宏伟走近棺材，又最后看了一眼李春澜，在春洋肩上轻轻拍了拍，说："春洋，把你大哥埋在汕头吧，毕竟他在这里工作了几年。再说这事也不能告诉你家里人，先瞒着他们，你就说他逃走了，逃到北京去了。"

春洋点点头，心里清楚这恐怕是目前最好的选择了。于是几个人在一片高地上选了个地方安葬了春澜。距离下葬之处不远，有几株金凤树。春洋知道大哥也喜欢金凤花，想让金凤花永远陪着大哥。再过一阵子，金凤花就要盛开了，火红的金凤花会随风起舞，有金凤花的陪伴，九泉之下的大哥一定会开心的。

安葬了春澜，当着王志鹏的面，陈宏伟对春洋说："好了，这一页就算掀过去了。你赶快收拾收拾回潮州去，家里生意还在等着你呢，还有——"他加重了语气，"我妹妹小美也在等着你呢。"

王志鹏从中咀嚼出了些许的言外之意。

在潮州一间出租屋内，春洋整理着大哥的遗物。从汕头监狱里回来后，他一直在琢磨大哥春澜说的话。大哥要自己回潮州，是要他不要掺和这事。但乐平路五十六号呢？肯定是个地址，这里是不是有大哥的一些秘密？于是春洋就一路找了过去。

乐平路五十六号是一个小院子，房子有正屋和东西厢房。房主老两口都在家。春洋和他们聊了一会儿天,得知他们两个儿子也都跑到外面去了。老两口觉得房子用不完就把西厢房租出去了,钱多少还是其次,图的是日常有个人照应。李春澜就租住在这里。春洋说大哥有点事来不了,托他过来收拾一下东西。春澜在这里住了两年,老头老太对他的情况很了解,知道他的小弟弟叫李春洋,于是用备用钥匙帮他打开了房门。

房间非常简陋,但很整洁,一张床一张桌子和一个衣柜。春洋在衣柜里找到了大哥的箱子,箱子上了锁。他能猜到,这里面肯定锁着大哥的秘密。大哥中学毕业后就离开了家,这些年大哥究竟做了什么,这箱子里一定有揭秘的线索。

费了很大劲,春洋终于撬开了锁。果不其然,在里面找到了一沓钱、两本日记,还有一沓大哥与朋友来往的信件。春洋逐一打开翻阅。始料未及的是,日记里面的内容深深地吸引住了他,震撼着他。他一页一页轻轻翻开,似乎在倾听大哥诉说着这些年经历的一切……

那年春天,春澜准备动身去日本留学,父亲不放心,要陪他一起去上海,他死活不同意。

春澜说:"我都二十岁的人了,又不是三岁小孩,您担心什么?再说出门本来就要花很多钱,您陪我去,一来一回又要多花不少,还是我自己去吧。"在春澜的坚持下,父亲总算打消了这个念头。

春澜买的是船票,先走水路到上海,然后再从上海乘轮船去日本。毕竟是家中长子出门远行,又是背井离乡负笈东瀛,春澜启程的这天,送别的阵势十分隆重,整个大家庭几乎是全部出动。阿嬷拉着春澜的手,阿爸帮他提着竹编箱子,阿妈手里提着小竹筐,里面给他准备的是在船上吃的蚝烙、米糕等。三个弟弟也都跟在后面,个个怅然若失。姐姐姐夫一家也来了,姐夫手里牵着一个孩子,姐姐怀里还抱着一个,在码头上一直招着手,每个人眼里都饱含着眷恋不舍的泪水。

走出十几米远的春澜不忍大家都辛苦地站着,冲着大家高声喊道:"你们都回去吧,我到日本就写信回来。我是出去学习的,学完就回来了,你们就放心吧!"

"呜!呜!"一连两遍鸣笛后,锚起缆解。第三遍汽笛拉过,轮船缓缓移动。岸上的亲人不停地擦拭着泪水,船上倚着栏杆的李春澜更是热泪盈眶,不停地挥动着手臂。轮船逐渐变小直至消失在视野中,岸上的亲人仍久久不忍离去。岸边的金凤花迎风飘动,好似挥舞着手臂与李春澜依依惜别。

"别了,亲人们!"

"别了，潮州！"

"别了，金凤花！"

青鸟传芳信，嘤嘤求友声。在日本，李春澜见到了杜国庠，还结识了彭湃。

杜国庠去日本早一些，在京都帝国大学政治经济科学习。李春澜则是进入日本东京早稻田大学专门部政治经济科读书。当李春澜经过几天的航行到达日本海岸时，杜国庠已在码头等候多时了。

走出码头，李春澜提着行李四处张望，还没等他的眼光落定，就听到有人叫他的名字了。

"春澜，春澜！"拥挤的人群中，杜国庠正在拼命地朝他挥舞着手。他乡遇故知，李春澜的眼里闪着激动的泪花，快步上前。两个人好不容易挤出人群，李春澜刚把行李放到地上，杜国庠就来了一个热情的拥抱。李春澜还不太适应异国的礼节，脸"腾"的一下就红了。

"咻，还不好意思了，这是西方的见面礼。"意识到李春澜的尴尬，杜国庠一边笑着解释一边帮他提起行李，说，"走，先去吃点饭，好几天没好好吃饭了吧？你来了，我要好好招待的！"

汤足饭饱，杜国庠说："走，春澜，我们去学校吧。"

今天是学生报到的第一天，各个地方的学生汇集而来。那些拖着大包行李疲惫不堪的，多半是从外地刚刚赶到的。也有手拎小包轻轻松松的，多半是早已在这里安营扎寨的。

杜国庠提着行李，带着李春澜边走边看，边看边介绍。虽然杜国庠不在早稻田大学读书，但他很早以前就到过这个学校，后来又多次盘桓于此，对学校校园和建筑了然于胸。日本大学没有围墙，校园里绿树成荫，树下是修剪平整的草坪。春天来时，校园里到处都绽放着烂漫的樱花，美不胜收。

他们俩一边走一边聊，根本没有注意到身后早已跟着一个人。后面的人已经听他们谈了一段时间，这会显然已经憋不住了，忍不住在李春澜的肩头轻轻拍了一下，把李春澜吓了一跳。

"做什么？"李春澜的中文下意识地脱口而出。

"嗨！没什么，我就是想问问，你们来自中国的哪个地方？"来人先问了一句，想想不妥，赶忙说，"我忘了自我介绍了。我叫彭湃，来自广东海丰，是到这个学校读书的。"自称彭湃的年轻人操着一口广东话向两人做着自我介绍，因为他刚才已经听到了杜国庠和李春澜在用广东话交谈，便想确认是不是遇到了老乡。

李春澜惊喜道:"啊,你也是广东人?也到这个学校读书?我们一样。我是广东潮州人。"说完,李春澜又指着杜国庠说,"我师兄是澄海的,叫杜国庠,在京都帝国大学读书。"

"真是广东老乡啊,太巧了。我读政治经济科,你读哪一科?"

"我也读政治经济科。"两个人没想到如此有缘,个个喜形于色,越说越近乎。

毕竟是年长几岁,杜国庠显得较为老成,不像两人兴奋莫名,于是笑着提醒他们说:"先去报到吧,等办完手续再慢慢聊。"

三个人一起到了报到点,手续办得非常顺利,个把小时就办好了。接下来去找宿舍,李春澜和彭湃不仅是同乡、同班同学,更巧的是,他们居然被分到了同一间宿舍。把李春澜安顿好,三个人在宿舍聊起天来。

杜国庠说,自己有一个很厉害的朋友,原来也在这个学校的政治经济科学习,今年刚刚毕业回国,名叫李大钊。1915年,日本帝国主义提出灭亡中国的"二十一条",李大钊和他都积极参加过留日学生的抗议斗争。一年之后,袁世凯阴谋复辟帝制,国内国外群起声讨。李大钊和他在东京筹组"丙辰学社",进行反袁斗争。

两个人投来钦羡的目光。李春澜说:"哦,他呀,我们知道的。我们读过他起草的通电《警告全国父老书》,当时全国各地都传遍了。"

"我建议你们两个,在完成学业的同时,也要像李大钊一样,利用业余时间多读书,多参加社团活动。"杜国庠建议道。

李春澜和彭湃频频点头。

"你平时都读些什么书呢?"李春澜问道。

"一些哲学方面的书。我觉得科学思维是解决一切问题的首要条件。我研究过唯心论和机械唯物论的方法论,但我认为这些都不是科学的方法论。后来,我们学了一门课,是河上肇博士讲授的马克思主义政治经济学说,从中接触到了辩证唯物主义,我觉得那才称得上是科学的方法论。你们有空时可以到图书馆先借几本他的书看看,例如《经济与人生》《时势之变》等。"

李春澜和彭湃一脸崇拜地望着杜国庠。不知不觉中,三人热火朝天地聊了两个小时,杜国庠不得不回学校了。临行前,他又把一些注意事项反复向两人做了交代,现在有了彭湃这个老乡加同学,他一点也不担心李春澜了。

春澜的日记中写道，五四运动在国内爆发的消息传到日本后，旅日留学生也立即行动了起来。

1919年5月7日，上百名留日中国学生在东京举行集会，大家轮番上台演讲。李春澜也不甘示弱，一番慷慨陈词后，在台上大声疾呼："同学们，我恨不得现在就插上翅膀飞回去，参加这场轰轰烈烈的运动。几十年来，我们的国家饱受列强欺凌，生灵涂炭，民不聊生。为什么？还不是因为我们国家太穷了，我们的军队太弱了。是时候奋起了，用我们学到的知识，用我们的一腔热血，为了祖国，我愿意献出自己的一切！"

抗议集会有始却无终。原来，中国留学生们的行动早已处于日本右翼组织的监视之下。会议进行到中途，一帮头扎飘带、手持木棍的日本人冲进会场，抢走了他们的小旗子，砸毁了他们临时搭起的台子，还动手打伤了几个站出来演讲的学生。李春澜、彭湃几个人据理力争，无奈对方压根儿充耳不闻，只顾砸打学生，几人胳膊、背上都挨了几棍，混战之中，李春澜的鼻子还被撞得血流不止。

众人散去，李春澜被杜国庠、彭湃他们平放在草地上，用纸塞着鼻孔止血。躺了好大一会儿，三个人才一起愤愤然地回到宿舍。

李春澜不解，愤愤不平地问杜国庠："日本人怎么知道我们今天开会啊？"

杜国庠说："这还不清楚吗！第一，这是在人家的地盘上，我们的行动他们不可能一无所知。第二，我们今天举行的集会与反对日本有关，他们侵占我们山东本来就心虚，肯定不能任由我们举行抗议活动。第三，早在1913年，日本当局就着手为侵略中国做组织、舆论准备，采取拉拢、腐蚀等手段组建起所谓'日中亲善'的'日华同学会'。日本人想利用这个组织培养自己的眼线和帮凶。有些同学经不起诱惑，加入了这个组织。两年后，我参与竞选留学生同窗会会长，最后成功当选。与留学生们接触多了，更便于开展宣传活动，向大家揭露日本人组织这个同学会的真实目的，得到大家的支持，最后日方干事会被迫解散了'日华同学会'。从那以后，我可能就上了他们的黑名单，我的一举一动早就处在他们的监视之下。"

李春澜和彭湃恍然大悟。"怪不得呢。可能你到几个学校去通知开会时，他们就已经盯上你了。以后再有这样的事，让我们去通知。"春澜说。

杜国庠点点头："好的，看来我们以后还是要越加小心谨慎一点为好。"

这次事件，让李春澜和彭湃真切地体会到了弱国子民寄人篱下的苦涩滋味。

"我们在日本好好学，回去后把中国建设得比日本强大。到了那一天，日本就再不敢欺负我们中国人了。"彭湃铿锵而言。

"我相信,我们中国一定会有那么一天。为了这一天的到来,就是让我赴死,我也心甘情愿。"李春澜握紧拳头,同样慷慨激昂。

"两位,大家都知道鲁迅吧,他在日本留学时,写过一首诗,表达了他对祖国的赤子深情,我们应该向鲁迅学习。"

杜国庠说罢,高声吟诵起鲁迅写给朋友的那首短诗:

> 灵台无计逃神矢,
> 风雨如磐暗故园。
> 寄意寒星荃不察,
> 我以我血荐轩辕。

李春澜和彭湃听罢,不觉齐声重复了后面两句:

> 寄意寒星荃不察,
> 我以我血荐轩辕。

第十二章

　　大哥日记的内容，深深吸引着春洋。他羡慕大哥拥有如此丰富的经历，更佩服大哥对国家至死不渝的碧血丹心……

　　1919年7月15日，杜国庠要毕业了。这天，东京骄阳似火，毒辣的太阳直射下来，让人觉得浑身上下被火炙烤一般。此时李春澜的心里却是被浓厚的阴霾笼罩着。他和彭湃站在码头上，脚边放着一个大箱子，与杜国庠依依惜别。李春澜一方面为师兄学成归国感到高兴，另一方面也为彼此离别感到忧伤。几年相处，他早已经把杜国庠当成了大哥，虽非亲人却情同手足。现在大哥要走了，李春澜万般不舍，心里感到空落落的。

　　"春澜，不要难过，天下没有不散的筵席，况且北京、东京仅一字之别，离得也不算远，我们可以经常通信。另外，这里还有彭湃，有什么事你们互相商量。"

　　"好的。你回北京安顿好以后，一定记得给我写信啊。"李春澜依依不舍。

　　"一言为定。"

　　杜国庠走了，但他的教诲言犹在耳。李春澜潜心研究马克思主义的决心愈加坚定，如饥似渴地从书本中汲取营养。他与好友彭湃、杨嗣震等常常聚在一起，剖析中国社会问题，有时意见一致相谈甚欢，有时意见相左，则会争得面红耳赤，甚至拂袖而去。一批来自中国的留日精英，在异国他乡快速成长着。1919年的秋天，早稻田大学的左翼进步学生创立了"建设者同盟"。李春澜和彭湃一起加入了这个组织。

　　这年年底，李春澜收到了杜国庠给他寄来的包裹，里面有李大钊发表在《新青年》上的《我的马克思主义观》等文章及其他著作。李春澜拿到后如获至宝，夜以继日地读了起来。他和彭湃边读边讨论。马克思主义像一股清风，吹开了弥漫在他们心头的迷雾。读完这些后，李春澜觉得"独乐乐不如众乐乐"，又推荐给了好友邓初民、林砺儒、田汉等人。

　　一天，李春澜和彭湃二人正在看书，李春澜突发奇想："我有一个想法，不知可行不可行？"

"什么想法？说出来听听。"

"我觉得我们只埋头读书不行，我想组织一个沙龙，每次定一个主题，供大家讨论。大家各抒己见，对的不对的都可以说，真理越辩越明嘛。"

彭湃想了想说："好主意。但哪有场地呀？"

略加思考，李春澜说："现在是冬天，外面太冷，没地方去。刚开始人少，我看就先在我们宿舍吧。等到春暖花开的时候，我们就可以移步室外。"

彭湃同意了："好，我们宿舍挤七八个人是没有问题的。"

说做就做。李春澜立马拿起笔，铺开纸就欲把自己的想法落在纸面上。两个人开动脑筋，冥思苦想——为首次沙龙确定一个主题。

李春澜说："第一次的主题不能太深奥。沙龙就是让每个人都发表观点，大家都能参与，不能冷场。"

彭湃灵机一动，说道："用马克思主义来理解五四运动，可以吗？"

李春澜略做思考，摇摇头说："五四运动我们都没有直接参与，这样谈有点隔靴搔痒，谈不到要害之处。要不就谈谈马克思主义与宗教信仰吧？杨嗣震他们几个以前不都信过基督教，幻想'博爱'思想能济民救世吗？"

"是啊，他最早笃信基督教，疯狂研究《圣经》，认为基督教的'博爱'思想能够救国，期望从中找到解决社会问题的良方妙药。你还没来时，他天天拉我们去听讲经。但现在他已经转变了。随着社会主义和马克思主义的传播，大家已经领悟到，世上没有什么救世主。"彭湃有感而发，一口气说了一大段话。

李春澜赶快接话："那还犹豫什么，我们就定下来这个主题吧。"

隔了两天，经过周密的筹备，首次文化沙龙拉开序幕。

果然，那天下午来了七八个人，有人一进到他们宿舍就半开玩笑地嚷开了："你们两个说让我们先到你们宿舍集中，我们以为集中后要移驾到有吃有喝的地方呢。就你们宿舍这寒酸样儿，也胆敢称作沙龙？你们知道沙龙的意思吗？"

李春澜一本正经地说："这谁不知道啊。沙龙是法语Salon一词的译音，意思是法国上层人物住宅中的豪华会客厅。他们常在自己的豪华会客厅里招待志趣相投之人，后来人们就把这种社交形式称为沙龙。"

"嘿，打住打住，春澜，你小子上当了！"彭湃大声喊道，"他并不是问你沙龙是什么，他这是在讽刺我们的地方寒酸呢。当然了，我们的陋室怎么能与法国上层人物的豪华会客厅比呢？各位，你们就将就将就吧。"

李春澜反应了过来，笑着说："山不在高，有仙则名，水不在深，有龙则灵……"他刚念完这两句，只听一片朗诵声："斯是陋室，惟吾德馨。苔痕上阶绿,草色入帘青。谈笑有鸿儒,往来无白丁。可以调素琴,阅金经。无丝竹之乱耳,无案牍之劳形。南阳诸葛庐,西蜀子云亭。孔子云:何陋之有?"

李春澜和彭湃会心地笑了。独在异乡为异客,难得同胞挚友相聚,连一起朗诵古人的句子,也觉得分外亲切。

"大家随便坐。今天,点心没有,咖啡没有,红酒也没有,但茶水我们管够。"彭湃朗声说道。

室内哄堂大笑。

李春澜对大家说:"今天我们的主题是马克思主义与宗教信仰。请允许我先抛个砖啊。这几天我看了几本书,但总体来说,发现关于这方面论述的文章十分有限。大家都知道,宗教信仰是信仰中的一种。基督教、佛教、道教等都有自己的教义,宗旨是他们的教义可以统领万物,可以掌控世人命运。"

年轻人聚在一起,没有任何拘谨和繁文缛节。李春澜还没说完就有人插话问道:"马克思主义是宗教吗?"

"马克思主义是一种学说,是一种信仰,但不是宗教。马克思主义告诉人们用实际的理论去解释自然现象,用辩证和唯物的视角去看世界,让我们认识到世界上的一切事物都是客观的、真实存在的。"李春澜解释。

室内一片安静。

杨嗣震说:"之前我信奉基督教,还经常拉你们去听讲经,是因为他们宣传基督教能够带领人们向善。"

一个同学说:"欧美国家大多信奉基督教,嘴上说的一心向善,但英法联军不照样烧了我们的圆明园?"

彭湃回应道:"基督教指望上帝改变一切,请问,上帝在哪里?而马克思主义用自然科学解释了许多社会现象,打败了过去护佑统治阶级的神学。我认为马克思主义不是宗教,但是能够取代宗教,是能够为国家带来真正变革的一种信仰。"

…………

辩论持续了整整一个下午。一个人抛出一个说法,大家就对此说法进行辩驳。最后,所有参加沙龙的人员基本上统一了思想,从此以后专心研究马克思主义。

首次沙龙取得了预期的效果,李春澜与彭湃二人兴奋不已。

沙龙举办几次之后,大家各自定期把研究心得和讨论内容记录下来,有的文章写得的确精彩异常。他们便把稿子投给日本的一些杂志,但遗憾的是,投出的稿件都如泥牛入海。李春澜与彭湃、杨嗣震看在眼里，急在心上。对于此事，他们也是心有戚戚，平时自己写文章，投出去后同样从未被报刊采用。

"怎么办？如何让更多人知道我们的想法，让更多的人了解马克思主义？"

一天，三个人正坐在宿舍里聊天，李春澜突然一拍脑袋："我们自己办一份杂志如何？"

"啊？这样行吗？"

"这有什么不行的，我们各自凑点钱，购买机器，自己刻板印刷就是了。我们的杂志可以留着自己看，还可以到别的大学去出售，赚的钱应该能够维持印刷费。"

"这主意不错，那我们现在就商讨一下怎么办。首先得想个名字吧？"

只听李春澜说："这个好办。我觉得我们年轻人出来留学，目的就是学成之后回去报效祖国，大家也曾宣誓：'赤胆忠心，挽狂澜于既倒，扶大厦于将倾'，干脆就办个'赤心社'如何？"

彭湃想了想，赞成道："俄国十月革命在列宁领导下取得了胜利，推翻了资产阶级临时政府，建立了继巴黎公社之后的第二个无产阶级政权。我们要以一片赤诚之心向苏俄学习到底，'赤心社'名字不错。"

杨嗣震也说："'赤心'好，虽然我们身在国外，但是我们心系祖国。'洛阳亲友如相问，一片冰心在玉壶'。"

"嘿，嘿，什么乱七八糟的，一会赤心，一会冰心。"有人开起了玩笑。

经过讨论，大家最终达成了一致意见。1920年秋天，李春澜与彭湃、杨嗣震等人共同创办了"赤心社"和《赤心》杂志。

"赤心社"刚成立，经济状况可以用两个字形容——赤贫。好在入社的社员们每个人都省吃俭用，再加上平时勤工俭学，总算凑齐了一笔经费。钱甫一到手，李春澜、彭湃和杨嗣震三个人便兴冲冲地奔到了卖印刷机的商行。

几个人看来看去，最终选中了一台功率较小的印刷机。李春澜中气十足地喊："老板，请问这台印刷机多少钱？"

老板斜眼看看几个人，一脸不屑地说了一个数目。

几个人一听，当场傻了眼。李春澜悄悄把手伸进口袋，捏了捏那沓不厚的纸币，低声对另外两个人说道："钱不够。"

彭湃和杨嗣震心中都有数，他们来时数了一遍又一遍，钱款还不够一半的价钱。彭湃凑到老板跟前，换了个思路和老板商量："老板，您也看出来了，我们都是穷学生，没有多少钱，大家凑了一点钱想买台机器，您看能不能便宜点？"

"便宜点？便宜多少？减去一二百元你们能买得起吗？"

彭湃无可奈何地摇摇头。

"我是做生意的，总不能让我做赔钱买卖吧？"老板不肯再做让步。

三个人愁肠百结，束手无策，但转来转去始终不肯放弃。

又转了一圈，李春澜突然说："老板，我们不要您让价了。我们先付一半钱，剩余的钱分期付款，两个月内还请，我们立下字据行不行？"

李春澜的话，把彭湃和杨嗣震吓了一跳。但他们回过神后仔细想想，又觉得这不失为一个好主意。于是三个人轮番上阵，企图说服老板。但老板十分精明，面对三个素不相识的穷留学生，始终不愿网开一面。

精诚所至，金石为开。最终，三个人锲而不舍的精神感动了老板，老板说："我有一个建议，不知道你们想不想听？"

三个人异口同声地说："您说，我们洗耳恭听。"

"上周藤野印刷社来买过两台新机器，说原来的一台印刷机用的时间长了，经常出毛病，耽误事。我觉得你们可以找过去问问，看看能不能少花一点钱就买下他们淘汰的旧机器。你们回去后修一修，兴许可以凑合着用。"

三个人一听，觉得这主意挺好的，既实用又省钱，连声感谢老板的指点。老板把藤野印刷社的地址抄给了他们，刚刚还万般沮丧的三个人立即满血复活，兴冲冲地赶了过去。他们找到藤野印刷社的时候，刚好藤野先生在。听他们说了此行的目的，藤野最终答应以新机器四分之一的价格卖给他们。

"赤心社"有了机器，李春澜便开始组稿。他给每个社员提了一个要求，每人整理出来两篇自己以前写成的文章，三天内交齐，接着再赶紧写新的文章。

文章交上来后，三个人连夜就忙开了，校对的校对，排版的排版。十个社员每人选了一篇文章共十篇，看似不多，但对新手来说足够他们手忙脚乱了。因为白天还要上课，只能靠晚上及周末忙，所以一直忙了将近十天，第一期《赤心》线装杂志才终于刊行面世。

简陋的宿舍里，昏暗的灯光下，三个忙活了整夜的人你看看我，我看看你，忽然放声大笑起来。他们互相指着对方说："你的脸简直成了包公，演个《铡美案》根本不用化妆了。"

"还笑我呢，照照镜子看看你自己吧。真是乌鸦站在煤堆上——只看见别人黑，看不到自己黑。"

"镜子来了，快看快看！"三个人轮流接过镜子一照，又哈哈大笑起来。

李春澜捧着第一期《赤心》，就像捧着刚刚呱呱坠地的婴儿，那小心翼翼的样子，又惹来了另外两个人一阵嬉笑。

《赤心》的面世犹如一股劲风，激荡着留日青年们的心胸。他除了自己留下的，每次将加印的拿到别的学校去出售，都受到广泛欢迎，期期被抢购一空。

天有不测风云。年底的一天，突然传来一个消息，李春澜被警察抓走了。

听闻消息，彭湃、杨嗣震他们都不敢相信。那天是星期日，一大早，李春澜在包里装了十几本杂志，说要去京都帝国大学一趟，怎么就会被抓走了呢？

来传递消息的，是在京都帝国大学读书的中国留学生章波。他以前和杜国庠读一个专业，比杜国庠低两级。杜国庠还没有回国的时候，李春澜经常去那里玩，杜国庠带他认识了不少在读留学生。

章波说："上午十点左右李春澜来到后，我先把他领到我宿舍里，坐着聊了一会儿。后来陆续来了不少留学生。大家一起谈论《赤心》以及各人的阅读心得，讨论期刊以后的发展目标。大概十一点多，教导处的一个老师带着一个警察突然闯进宿舍，不但收走了杂志，还把李春澜给带走了。"

彭湃急切地问："把人带到哪儿去了？"

章波说："不知道。但教导处那个老师可能知道，他好像认识那个警察。"

彭湃和杨嗣震商量了一下，对章波说："你先回去，去找找你们教导处那个老师，打听李春澜是被哪儿的警察抓走的，关在哪里；我们去找找我们的老师，一起想办法尽快把他解救出来。"

于是几人分头行动。彭湃让杨嗣震去找他们的老师，自己则去找日本人堺利彦。堺利彦是他们前几个月认识的。堺利彦也是社会主义思想的忠实拥趸，倾向于传播马克思主义。1920年11月，堺利彦和韩国人权无为等在东京发起组织"CoSmo-Club"（可思母俱乐部），彭湃与李春澜等因与堺、权两人相识，遂首先加入。

他们找堺利彦，是觉得他是日本人，与警察局打交道可能更便利些。但没想到堺利彦摇头说："不行，我不能出面，我一出面说不定事情会变得更糟糕。"

彭湃不解："为什么啊？"

堺利彦解释道："我因为一直倡导社会主义，所以早已经成为当权者的眼中钉，先后两次蹲过监狱。我一出面，他们肯定认定李春澜和我是一路人，反而对他不利。"

"这可如何是好？"彭湃着急道。

堺利彦说："我觉得最好的办法就是找你们学校的老师，让他以学生年纪尚轻，少不更事，还在学习阶段，只是学习讨论功课等理由把学生保释出来。保释需要花一笔钱，我帮不上别的忙，这里有一些钱，你先拿着，再找别人凑点。"

彭湃接过钱，鞠躬致谢后，急忙去找老师。

彭湃和杨嗣震费了好大的劲，才找到教他们政治经济学的山口先生家。山口先生仔细翻阅了《赤心》，认为从他教授的政治经济课的角度看，顶多算是学术争论而已。

一行人来到京都帝国大学，在山口先生的极力劝说下，教导处那个老师最终同意带山口先生去警察局，把学生保释出来。但是他让早稻田大学的学生写了保证书，保证以后不要再到他们学校"捣乱"了。

在警察局，山口先生出具担保书并缴纳一笔保释金后，李春澜被释放出来。蓬头垢面的李春澜一瘸一拐地走了出来，头发乱糟糟地立在脑袋上，衣服皱巴巴的不成样子。

彭湃迎上去，一把抱住了他，一只手不停地在他的背上拍打着："他们打你了？"

李春澜摇摇头："没有。"

彭湃知道他在说谎，因为他不想让老师和同学担心。

后来彭湃才得知实情，在被关押的几个小时内，李春澜不但滴水未进，还被日本警察抓住头发在地上拖打，逼其承认传播"反动"言论。警察揪掉李春澜好几撮头发，见他仍然只字不吐，便用警棍在其胸口和腹部猛击。无论怎样折磨，李春澜一直怒目圆睁，一声不吭。帮李春澜捋好头发后，彭湃心疼地说："你以后能不能不抓头发了？这样下去早晚会被你抓成秃顶的。"

"嗯。"李春澜答应道。李春澜有个习惯，思考问题的时候总喜欢抓头发。

"走吧，回去吧。以后你们可要小心一点。"山口老师叮嘱他们。

事后，章波经暗地里打听得知，校方在学生中豢养了一批走狗，专门侦查学生的动向，遇到什么风吹草动，立马汇报到教导处。那天，他们在宿舍正相谈甚欢，完全没有注意到有人在他们宿舍门口徘徊听墙角。

第十三章

日记中的线索，让春洋回忆起很多事情，有些事情是大哥1921年夏回潮州时讲过的。

1921年上半年，彭湃、杨嗣震和李春澜从早稻田大学毕业了。归心似箭的李春澜回到北京，见到了睽违已久的老师吴贯因和师兄杜国庠。

在一家简陋的饭馆，三个人边吃边聊，谈论马克思主义，批评中国教育的顽疾讨论国家的前途命运。志同道合的三个人，根本无人在意盘中餐食之味，而是如饥似渴地畅谈共同感兴趣的话题，感受着许久未有的酣畅淋漓。

两个多小时过去了，三个人意犹未尽。

"你明天有事吗？"杜国庠问李春澜。

李春澜说："没有。"

"那好，明天下午我们可以一起去听李大钊先生的讲座。在北大礼堂，得早点去，晚了就没有位置了。"

在日本时，李春澜就听说过李大钊，这次能亲耳聆听先生的课，心情特别激动。

"那太好了。老师也去吗？"

吴贯因说："我明天还有事，就不能和你们一同去了。"

第二天下午，杜国庠和李春澜两人早早来到了北大礼堂。此时，虽然距开场还有一个小时，但礼堂里差不多已经坐满了人，他们好不容易在后面边角处找到两个位置。环顾礼堂一圈，只见人头攒动，座无虚席。李春澜颇感惊讶："怎么这么多人啊？我还从来没见过听讲座来这么多人呢！"

杜国庠得意地说道："怎么样，李教授非同一般吧？他现在是国内公认的研究马克思主义的大家，已经在《新青年》和《每周评论》上发表了很多文章，比如《我的马克思主义观》《布尔什维主义的胜利》《庶民的胜利》等，从各个角度分析十月革命取得胜利的原因，阐述十月革命的意义。你这两年在日本，这方面接触得不多吧？"

"是啊。"李春澜感叹道，"我们在日本也钻研马克思主义，但现在看来，国内的研究水平远远超过了日本。拜托大师兄，帮我找到这些文章，我要好好地恶补一下。"

下午两点，讲座准时开始。李春澜目不转睛地盯着讲台。讲台上的李大钊留着干练精神的平头，蓄着两撇浓密的胡须，黑框眼镜后面是一双炯炯有神的眼睛，粗犷的外形中透露出知识分子的儒雅和睿智。

"今天，我们讲座的题目是'关于青年知识分子与中国教育'。在座的大都是青年人，你们是国之希望，国之栋梁。梁启超先生曾说'少年强则中国强'，可谓一语中的。所以，青少年的教导与成才，决定着国家未来的走向。旧民族之复活，非其民族中老辈之责任，乃其民族中青年之责任也。"

李大钊气定神闲，声如洪钟，每句话都掷地有声。李春澜和在场的所有青年听众一样，聚精会神地听着。"要拯救国家，必须改变我们的教育方式。中国非大力兴办新式教育，培植新式人才，无以求存图强。希望广大的有识之士积极投身于教育事业，为革命培养斗士，为国家培育英才。十年树木，百年树人。教育虽不是一蹴而就之事，但只要坚定信心，就一定能够结出硕果。"

振聋发聩的声音，在李春澜的耳边久久回荡。在北京逗留的半个月时光，是李春澜最充实最幸福的日子。他几乎每天泡在图书馆，阅读了大量关于马克思主义的文章。一有空闲时间，他就与杜国庠交流研讨，一些让他感到困惑的问题总能在讨论中迎刃而解。他的思想水平与刚回国时相比，已是判若云泥。

一天，李春澜到北大去找杜国庠。杜国庠正在上课，他一直等了两个多小时。杜国庠下课后，奇怪地问道："怎么了，有什么事非要眼巴巴地等这么长时间？"

李春澜嗫嚅着说："师兄，你能带我见一下李先生吗？"

"李先生非常忙，如果不事先预约，很多时候根本找不到他。不过，今天看在你等了两个多小时的分上，我带你去碰碰运气。"师兄竟然这么爽快地答应了，李春澜始料未及。

他喜出望外地抓住师兄的手使劲摇动："真是我的亲师兄呀！谢谢，谢谢！"

两个人从杜国庠办公室出来，朝图书馆走去。李大钊身兼数职，既是北大教授，同时也是北大图书馆馆长，还兼任北京国立大专院校教职员代表联席会议主席，日常办公就在图书馆里。

说来也巧，杜国庠带着李春澜刚走到李大钊办公室前，李大钊正好开门出来。杜国庠紧赶几步上前，毕恭毕敬地问道："先生，您要出去吗？"

"是啊，去吃饭，饭后再出去办点事。你们有事吗？"

"嗯，我们是来专程拜访您的。"说完，杜国庠拉过李春澜，对李大钊说："这是我师弟，叫李春澜，从日本留学刚回来，对您仰慕已久。我们能不能和您边吃边聊？不耽误您太多时间。"

李春澜红着脸局促不安，木讷片刻后也赶紧上前一步，深鞠一躬，问候道："先生好！"

"你好！我们一起去吧。"一路上，李大钊与李春澜聊着天，问他学什么专业、准备做什么工作等等。李大钊的平易近人，令原本紧张的李春澜轻松了许多。

在学校旁边一个小饭馆里，三个人边吃边聊。

"先生，今天来拜访您，就是想向您请教关于我工作的问题。我回国已经半个月了，那天有幸聆听了您在北大礼堂的讲座，讲得真是太好了，之后我也思考了很多。我现在有两条路可以选择，一是留在北京工作，另一条就是回到家乡潮州。"李春澜看着李大钊，恭敬地说道。另两个人也不插话，任由李春澜不停地讲着："留在北京工作，应该不成问题，但我想要做真正有意义的事情。您那天讲到教育救国，只有重视教育，彻底改革我们的教育制度，让更多有知识有理想的青年人投身到国家建设中，我们国家才能有希望。"

"所以呢？"李大钊浓眉一扬，反问道。

"我想了很久，还是决定回到家乡潮州，切切实实为潮州教育做点事情。"

"好。小伙子，你有这种想法就对了。"李大钊首先肯定了李春澜的想法，"你看，北京尽管人才济济，也确实需要像你这样有理想有抱负、有责任有担当的青年，而且多多益善，但话说回来，相比北京，潮州更需要你这样的青年才俊。"

杜国庠插话说："李先生说得对，我们潮汕地区相对比较偏远，基础教育薄弱，正需要春澜这样年轻有为的人才。"

"你也吃饭啊，别只顾着说话了。"李大钊提醒李春澜。

"好的。谢谢先生。"李春澜只想着把自己的所有想法一吐为快，完全忘记了动筷子。

边吃边谈中，李大钊详细分析了教育对提高国民素质的好处，以及将来振兴国家的意义。如果说来时还有一点疑惑的话，那么一顿饭之后，李春澜更加坚定了回潮州去的念头。

李大钊的每句话，李春澜都深深地刻在心里。直到用餐完毕，李春澜才依依不舍地起身与先生道别。望着李大钊远去的背影，李春澜长舒一口气，感到茅塞顿开。

6月底的一天，北京开往上海的火车上，一位梳着中分头，穿着黑色衬衫、白色西裤的英俊青年伫立在车窗边，两眼凝视远方，陷入沉思。青年就是李春澜。与李大钊和杜国庠一番恳谈后，他又征询了吴贯因的意见，也得到了他的支持。拜别大家，他立即乘车前往上海，然后搭乘轮船返回潮州。日夜兼程，两天两夜后，李春澜抵达上海。出站口外，黑压压一片，全是来接站的人。

"大哥！大哥！"

顺着喊声，李春澜看到了高高挥动手臂的弟弟春江。

"哎呀，人真多，看得我眼都花了。春江，你怎么一眼就看到我了？"

春江嬉笑着说："哥，你穿这一身衣服衣锦还乡，黑色衬衫、白色西裤，黑白分明，在人群里太扎眼，想看不到都不行啊。"

"哎，好小子，几年不见敢打趣你哥了。你现在怎么样？"

"还不错，等到住的地方再详细说。"

一路上，李春澜不停地打听家人的情况，几年不见，心里异常牵挂。

这天夜里，久别重逢的兄弟俩促膝长谈。当得知家里至今还没有原谅春江，不愿意给他寄生活费时，李春澜安慰道："春江，你放心，没有过不去的坎。我回来后，这些问题都能解决。我会说服阿公和阿爸的。再说，我马上工作挣钱了，哥供你上学。"

"谢谢大哥。"李春江很感动。

"说说你读书上学的情况。"

"我现在还在沪江大学中学部学习，老师们看我学习成绩不错，才破例同意我半工半读的。每天早上，要很早起来去送报纸，有时送晚了，上课迟到一会儿老师也很体谅。另外，我每星期还要挤出三个晚上去做家教。这样虽然苦点累点，但能养活自己。学习上，我不敢懈怠，正常的课程和作业都能按时完成。"

"嗯，外语还在坚持学吗？"

"在坚持。除了英语，我还自学了点俄语和德语。业余时间找老师借点外文书，试着翻译成中文，老师还表扬我翻译得不错呢。有一篇短文，老师帮我投到了《民国日报》，登载在副刊《觉悟》栏目里。由于送报纸的原因，我还结识了在《星期评论》做辅助工作的施存统。他是从北京过来的，对我很照顾。"好不容易见到朝思暮念的哥哥，春江说起话来滔滔不绝。

"干得不错啊春江！你和他们多接触，多请教，进步就会更快。"

"是的，他们每个人都有不少书，也愿意借给我。上个月施老师还借给我李大钊写的《我的马克思主义观》，我刚读了一遍，还需要细细琢磨。"

李春澜开导他："这个不急。你还在上中学，有些观点理解不了很正常，慢慢来，现在想不明白的东西，等你上大学后就会茅塞顿开。"

兄弟俩你一言我一语地聊着，凌晨两点方才睡下。

第二天是星期天，李春江不到五点就起了床，他要赶着去送今天的报纸。李春澜要陪他去，他死活不肯："你不熟悉，我还要顾着你，还不如我一个人快呢。"

吃过午饭，李春江说："哥，你的船票是明天的，我今天陪你去外滩那里转转吧，你也好好看看上海。"

李春澜爽快地答应："好。我听说外滩公园挂有'华人与狗不得入内'的牌子，大家对此义愤填膺，此事不知真假，正好去看看。"

两个人随即乘电车赶往外滩。望着两边鳞次栉比的各式建筑，李春澜不胜感慨道："我曾经读过一个材料，介绍上海于1843年开埠，最早英国领事租住在豫园附近，传说其高鼻深眼蓝眼珠，头发卷毛，皮肤没有一点血色，说着听不懂的鸟语等。国人没有见过白种人，一度视为异类，很多人专门跑来看稀奇。英国人的中国房东很有商业头脑，就像动物园一样，开始卖票以此赚钱。英国人非常生气，两年后搬至当时芦苇丛生的外滩，在这片荒地上建起了英租界。"

李春江津津有味地听着，他一直都很佩服大哥的博学多才，便随口问道："那美国和法国的租界呢，什么时候建立的？"

"美国人看英国人圈地建了租界，甚是眼红。几年后，他们也去找道台要了块地，在虹口区建起了美租界。又过了一年，法国人对此极为艳羡，强硬地在护城河也就是城墙北面到洋泾浜——一个狭长的地方建立了法租界。就这样，上海陆续有了三个租界。"

外滩到了。两人跳下电车，顺着外滩堤岸从南向北走。左侧是马路，马路的西侧是一栋栋大楼。大楼都是欧式的古典文艺复兴建筑，外观装饰华丽，蔚为壮观，让人无不感叹建筑师们的匠心独运。堤岸的东侧是黄浦江，江边停泊着诸多船只。靠堤岸向江中延伸出多条栈道，专供停靠船只使用，这里实际上就是一座码头。进进出出的船只、货物、人群川流不息，一派繁忙景象。

"再往前走，就是外滩公园。我们不要去了，进不去。"李春江提醒哥哥。

李春澜说："还真的是这样啊？"

第十三章

外滩公园又名"公共公园",英文名Public Park。英租界在上海建立时还没有这块地,后来由于苏州河流入黄浦江时带来的泥沙慢慢沉积出了一片滩涂。英国人越来越多,需要休闲散步的场所,英国总领事和中国道台商量共同建造一个公园。于是,上海的第一个公园就这么出现了。

"难得来一趟,走,去看看。只听说门口有侮辱咱们中国人的牌子,到底是真是假,眼见为实。"李春澜说。

路途不远,两人很快就走到了公园门口。门口有人把守,检查每一个入园之人。他们找来找去,没有看到明确写有"华人与狗不得入内"的牌子,只看到一个大告示牌,上面是用英文写明了五条园规,其中第三条是:"华人不准入内。"

"春江,你看看,中国人不能入内,但同为亚洲人的印度人和日本人,只要身着高贵服装与礼服、西服就可以入内。公园建在我们的土地上,中国人居然不能进,真是岂有此理!"李春澜气愤难抑。

"如果华人着高贵服装与礼服、西服能不能进入呢?哥,你今天穿的是衬衫、西裤,也算正装了,要不试试?"李春江说完转头看着哥哥,试探着说道。

"好。"李春澜说完,整理了一下衬衫袖口,径直朝入口走去。

门卫看到一个穿衬衫、西裤的亚洲小伙子走来,分不清是中国人还是日本人,拦住问道:"Japanese(日本人)?"李春澜先是点点头。

看门卫没有再要证件就准备放行,李春澜摇摇头说:"No,Chinese(不,中国人)。"

门卫立刻皱起眉头问:"Pass(通行证)?"

"没有。"李春澜回答。

门卫拦着不让进,指着大牌子的规定让他们看。

两兄弟气得胸脯一起一伏。李春江操着流利的英语质问门卫:"为什么中国人与印度人、日本人的待遇不一样?"门卫看来了个会讲英语的,蛮横减退了三分。

门卫回答:"穿高贵服装与礼服、西服的印度人和日本人,他们不会躺在公园内的椅子上,影响西方人游园休息。"

李春澜朗声质问:"我穿正装,也算得上是个有文化的人,绝不会躺在椅子上,那我进去看看不行吗?"

门卫拒绝:"不行,你没有通行证。"

"那印度人和日本人也没有通行证,他们不是也进去了吗?"李春澜据理力争。

门卫被缠得没办法，只好小声告诉他们："你们两个不要多说了。我看你们也是文化人，就放你们进去看看吧。但别人问起来，不要说你们是中国人，就说自己是日本人。"

"不进去了！"李春澜拉着李春江，气愤地扭头就走。

"呜……"

一声长长的汽笛声响起，轮船即将到达汕头码头。李春澜飞速从船舱里跑到甲板上，举目向远处的岸上眺望。

五年，离开魂牵梦绕的家乡整整五年了。李春澜情不自禁地大声喊道："我回来了！"五年，弹指一挥间。当初青涩稚嫩的年轻人，五年间，经过知识的浸润，已经成为一个思想成熟、有理想有抱负的有为青年。岸边的金凤花吐蕊怒放，茂盛的枝叶随风摇摆，婆婆摇曳，似乎在用妖娆的舞姿，热烈欢迎游子的归来。

"金凤花……久违的金凤花！"李春澜双眼饱含泪水，喃喃自语，像是在对心中日夜思念的恋人深情倾诉。

这次回来，李春澜没有事先给家里写信。当他推开门出现在大家面前的时候，所有人都呆住了，大家喜极而泣。尤其是阿嬷，高兴得合不拢嘴，拉着大孙子的手一直不放，一边和李春澜说着话，一边语无伦次地吩咐李秾升："快，快去买牛丸、粿条、蚝烙。对了，对了，再杀一只老母鸡炖上。"

看着长孙西装革履一表人才，阿嬷笑得嘴都合不拢了，一个劲地说："好看，好看，比穿袍子精神！过几天让人给你说个新媳妇，保准那些姿娘仔都抢着来。我可一直等着抱重孙子啊！"

"阿嬷，看您说的。"李春澜有点不好意思了，脸"腾"的一下就红了，急忙转移话题道，"阿公呢？我去找阿公了。"

第十四章

潮州用温暖广阔的怀抱热忱迎接归来的游子。

春澜回来的前两天,亲朋好友闻悉后,纷至沓来,轮流为他接风洗尘。春澜被浓浓的亲情感动着。其间,春澜抽空去了姐姐家一趟。春溪已经有了两男一女三个孩子。上小学的大儿子在阿妈教导下,一直把舅舅们当作学习的榜样。书店也是必去之地。春洋陪着大哥去见了蔡兴中。蔡兴中热情地与李春澜握手:"春澜,祝贺你学成归来,接下来要大展宏图了。"

"学成不敢说,只是毕业了,想回来工作,为潮州做点事情。"李春澜谦虚地答道。

"好啊,有想法。你想做哪方面的工作?"

"我想到学校教书。"春澜把李大钊讲的关于"教育救国""少年强则国家强"等教育思想向蔡兴中娓娓道来。

蔡兴中点点头,欣喜地看着春澜,心中暗自赞叹,这个后生仔前途未可限量。"我也很欣赏马克思主义的教育观。中国要变革,首先是思想意识的变革,而思想意识要从小进行教化和培养,这就是教育的责任。变革是一个长远的过程,一代两代完不成,就要一代代接着做下去,薪火相传,终有成功的一天。"蔡兴中动情地说道。

"讲得太好了。"春洋敬佩地望着蔡兴中。

"蔡叔,您懂得真多。我看您不只是一个书店老板吧?"李春澜半开玩笑地说道。

对这个问题,春洋一直有疑惑。

"我不是书店老板还能是什么?只是我天天和书打交道,多读了几本书而已。"

"您虽然不是学校的先生,但对教育的理解要比绝大多数先生透彻和深入得多。"李春澜说道。

"谬赞了!我一直认为,教育不应该仅仅局限在校园里,还要在集市上,在田间地头,在餐桌上,只要以深入浅出的道理开启心智,阐述道理,使学生和那些上不了学的普通民众的认识水平得以提高，同样可以达到教育的目的。"

"蔡叔，您说的这些在书本上叫'社会教育'。"李春澜说。

"我认为，对当前的中国来说，学校教育重要，社会教育同样重要。"

"听君一席话，胜读十年书！今后这两个方面的教育，我都会去做。"李春澜打心眼儿里敬佩蔡兴中。他腾地站起，冲着蔡兴中深深地鞠了一躬。

"不用客气。以后需要我帮什么忙，一定尽力。"

回去的路上，春洋动情地对哥哥说："大哥，你和蔡叔都了不起。和你们相比，我差得太远了。"

"春洋，你离蔡叔这么近，有不懂的事情，一定要向他多请教。"

"嗯，好的。"

埋头读着大哥的这些日记，春洋思绪万千：怪不得大哥要去金山中学工作呢，原来他有着"教育救国"的理想抱负……应大哥的要求，春洋陪春澜去了一趟金山中学。春澜想看看这几年母校的变化，这里承载着他的青春记忆。

学校人行道两边的金凤树越发枝繁叶茂，花儿开得更多更艳，在枝叶上随风摇曳，好似在欢迎李春澜学成归来。门卫师傅还是原来的那位老大爷。李春澜和他寒暄了几句。大爷依稀还能记得这个言语不多，但学习成绩非常优秀的后生仔，只是几年不见，越发成熟和英俊了。

"春洋，你好！"不时有同学和春洋打招呼。春洋回之以礼，不停地对同学介绍："这是我大哥，刚从日本留学回来。"春洋的自豪之情，溢于言表。

看着一张张充满朝气的脸庞，李春澜倍感欣慰的同时，也越发意识到教育的重要。在校园里，他们遇到了一个中年人，春洋上去打招呼："校长好！"然后转头对大哥介绍："这是我们张校长，他可是欧洲回来的博士呢。"

"校长好！我叫李春澜，春洋的大哥，是我们金中毕业的学生。"

"你好！我是张竞生。"得知李春澜刚从日本留学归来，张竞生当即邀请李春澜到他的办公室坐坐。

校长张竞生是潮州饶平人，留学法国，在里昂大学攻读并获取博士学位，主要研究卢梭的教育思想，学成归来后，被举荐担任金中的代理校长，曾参加过京津保同盟会及反清活动。

二人谈到留学生活，谈到教育救国思想，越谈越觉得志趣相投，大有相见恨晚之感。求贤若渴的张竞生盛情邀请李春澜到金山中学任教。李春澜觉得有这样的校长带领，定能做出一番事业，于是欣然应允。

新学期伊始，李春澜干起了自己心仪已久的第一份工作。经过调研，他给张竞生写了一封改革建言书，得到张竞生的认可。适逢学校教务长一职尚付阙如，于是张竞生大胆举荐并任命初出茅庐的李春澜担任此职，负责教务以及学校改革工作。

李春澜改革举措中的第一条，就是建议办一份属于金中自己的刊物。金中还从来没有办过自己的刊物，名字叫什么呢？有人提议叫《我们的金中》，或《金中纪实》等五花八门的名字。李春澜从中挑出了几个别致的名字，梳理整合后交给张竞生。刊物最终确定了一个既简洁又有深意的名字——《金中月刊·进化》。李春澜办刊是高效的。两个星期后，第一期刊物便付梓面世。

一大早，教室里还没有几个人，春洋举着杂志走了进来，献宝似的喊道："快看，这是什么？"

一个同学大声读了出来："《金中月刊·进化》，哪里来的？"

"我大哥编的。"在他们班，人人都知道春洋有个了不起的大哥。

"快拿来我们一起看看。"同学们雀跃着。

刊物不仅介绍了马克思主义学说，还有许多新的教育理念和新风新尚，着实令师生们耳目一新。整个金山中学师生争相传阅，一时大有洛阳纸贵之势。

新的学期，金山中学呈现出新的气象。尤其是八名女生出现在校园里，成为当时轰动潮州城的稀罕事。过去，金中只招收男生，女生只能到女子学校读书。这在留过学的张竞生和李春澜看来，是一种教育的不公平，也是旧社会男尊女卑思想的顽疾，为此他们决意要革故鼎新。经过考试，金中破天荒录取了八名女生，开创了潮州男生女生同校同班读书的先河。

近水楼台先得月。李春洋从大哥口中最先知道这个消息，他连忙兴高采烈地找到小美，鼓动她报考金中。在春澜、春洋两兄弟的帮助下，小美报了名并顺利通过了考试，成为八名女生中的一个。

改革决非一蹴而就。金中招女生在社会上引起了强烈的反响，同时也把金中推上了风口浪尖。一些思想冥顽不化的人，以"男女授受不亲"为由，横加指责谩骂，将舆论矛头再一次指向校长张竞生。

事有缘由。留洋归来的张竞生，曾上书当时的广东省省长兼督军陈炯明，提倡避孕节育，一对夫妇至多可以生两个孩子，超出部分就要罚款。陈炯明妻妾成群，孩子多达十几个，怎么可能批准这个直指自身痛处的建议呢！所以从一开始，他对张竞生就很反感，甚至一度不批准他做金中的校长。另外，张竞生还对性学颇有研究，提倡性教育，主张自由婚姻，这更为当时故步自封、墨守成规的社会环境所不容。凡此种种,张竞生受到了来自政府、乡绅以及社会舆论的多重压力,无奈之下被迫辞职,之后应北大蔡元培校长之邀赴北京任教。金中校长空缺,李春澜被举荐代理。

正式接手学校全面工作后,李春澜才体会到校长主持校务的艰难。校长不仅要操心教学工作,还要操心办学经费、后勤保障、贫困学生上学以及学生安全等事务性工作。李春澜想了很多的办法,把留学期间所学的知识倾囊用于学校管理,以便惠及师生。

不久,李春澜办了一件大事,在潮州引起轰动。当时的潮州没有电,更没有电灯。留过洋的李春澜觉得没有电灯,对一所新式学校是一件不可思议之事。但他是一个文科生,没有接触过发电和电灯方面的知识,便找来一大堆书,先是学习有关发电的理论知识,然后筹钱购买了设备,带领一大批学生在课余搞起发电试验,其间他还请了美国传教士詹姆士做技术指导。

春洋跟着大哥参与了这一过程。他清晰地记得有一天,因为没钱买实验材料,影响了实验进度,詹姆士气得哇哇大叫。李春澜拿出自己所有的积蓄,款项还是不够。琢磨了半天,春澜把春海、春洋叫了过来,对他们说:"今天交给你们俩一个任务,回家去,想想办法,各自从阿公和阿爸那里要到一点钱,然后凑起来去买材料,能不能办到?"

大哥的话不敢不听,两人异口同声地答道:"能!"

春海和春洋暗地里嘀咕,回去要钱,无外乎两种办法,一种是正大光明地要,另一种就是骗。显然第一种办法难以成功,因为家里吃饭的人多,钱并不是很宽裕,那就只有编假话要钱这一个办法了。两个人为此商量了好久,最后商定春海向阿公要,借口学校文艺队排练潮剧,需要大家筹钱买道具,春洋向阿爸要,借口学校学杂费增加,需要补交。

兄弟俩各自从家里骗到了一笔钱。费用仍然不够。两人分别做起了最要好伙伴的工作,并传授了自己大获成功的"骗术"。经过七八个伙伴的共同努力,购买材料的钱终于筹齐了。

当春海和春洋把钱交给大哥时,李春澜满意地说:"这是正事,算是善意的谎言吧,但不能因为其他事骗家人!"

两个弟弟做着鬼脸回答:"大哥,我们听你的。你让骗就骗,不让骗就不骗。"

春澜笑了:"这才像我弟弟。"

功夫不负有心人,发电项目终于获得了成功。李春澜在学校建立了发电所,首先为学校的办公室、教室、宿舍等装上了电灯,极大地方便了师生们的生活学习。来学校看热闹的市民成群结队,他们纷纷竖起大拇指称赞:"代理校长别看年轻,但真有本事,连电灯这样的洋玩意都折腾出来了!"

发电所需要轮流值班,春澜又想了个好主意——贫困学生勤工俭学,轮流在发电所值班。这样,既解决了发电所值班问题,也帮助了那些生活比较困难的学生,可谓一举两得。

作为代理校长,李春澜最重视的还是人才培养问题。他不主张学生死读书、读死书,更多地鼓励学生参与社会实践,提高动手能力,实现知行合一,比如让学生积极参与发电所建设和运营事宜、开展社会调查等。

之后,李春澜又做了一件大事——建立金中图书室。

他把自己的书全部捐了出来,还从很多读书人家里借了大量的书。蔡兴中听说后,更是大力相助,派人送来了五箱各式书和杂志。业余时间和节假日,金中图书室人满为患,校内的师生和慕名而来的市民百姓,有位置就坐,没有位置便站着,人手一卷,捧着书静静阅读,一时间成为潮州一景。

对学生来说,李春澜的课比其他老师更加活泼有趣,令他们耳目一新。原来,李春澜把在日本学习时用过的"沙龙"形式搬了过来,采用了"讨论式"的教学方式,课桌被摆成了圆周形,有时干脆把课堂搬到了室外。

一个周五的下午,操场上,五六张桌子搭成了一个台子。各个班级围着桌子呈放射状排列开。这是要唱戏吗?学生们心生疑窦。李春澜陪着一个美国人从办公室走了过来。他们手里拿着一堆教具,最显眼的是一个圆球。圆球固定在一个木质支架上,用手一拨还可以转动。大家都瞪着眼看着这些新鲜玩意儿,猜测不到是什么。

李春澜直接跳到了台子上,手里举着喇叭,高声对大家说:"老师们,同学们,通过潮州青年图书社,我们今天荣幸地邀请到了美国客人杰克森先生来给我们上一堂地理课。"潮州青年图书社是不久前才成立的,重点向青年们推荐新潮、进步的书刊,幕后老板不是别人,正是蔡兴中。

"杰克森先生非同一般,是一位立志徒步走遍世界各地的旅行家,至今已经走过了将近六十个国家,考察了各国的风土人情,还有各地的文化习俗,见识了很多我们没见过也想象不到的东西。我们很多人可能都没有走出过潮州,也许个别人去过汕头,但相信大多数人都没有去过广州、上海、北京等大城市。我们连潮州之外是什么样子都不知道,更甭说别的国家了。古人云,读万卷书,不如行万里路。杰克森先生正是这一古训的实践者。现在,就让我们以热烈的掌声欢迎杰克森先生，请他给我们讲讲外面多彩世界的奇闻趣事。"

话音刚落，操场上立刻响起了一阵热烈的掌声，师生们眼神中满是期待。

一个高个子白人跳上了高台。此人四五十岁的样子，穿西服打领带，看上去彬彬有礼。杰克森说的是英语，旁边配了一个翻译。

"女士们，先生们：你们好！很高兴能和大家一起探讨问题。"他拿起那个圆球，说，"大家请看，这个叫地球仪，是地球缩小的模型。我们所在的地球是一个近似圆形的星体，赤道直径大约12756千米。地球上有七大洲和四大洋，分别是亚洲、欧洲、北美洲、南美洲、非洲、南极洲和大洋洲，剩下的地方就是太平洋、大西洋、印度洋和北冰洋。"

杰克森指着手中的圆球，边讲边转动着。正在他娓娓介绍的时候，春洋突然把手举得老高，问："球上能站人吗？我们为什么不会掉下来？"

"英国有一个物理学家叫牛顿。他有一次在苹果树下，观察到苹果成熟后，掉落到地面上。这一自然现象引发了牛顿的思考：苹果掉落的方向为什么是地面，而不是相反的方向——天空呢？在这一问题意识的引导下，牛顿开始了大量的物理实验。最终，牛顿得出了万有引力定律。按照这一伟大定律，宇宙万物包括我们每一个人，都受到引力的作用。正是地球引力作用，我们在地球上才能够站立不倒。"杰克森侃侃而谈。

"哦，原来是这样。"春洋和同学们恍然大悟。

杰克森手拿地球仪，详细介绍着各大洲各大洋的位置，指给大家看中国在什么地方、潮州又在哪儿等等。

这堂课足足上了两个半小时。在金中历史上，学生还是第一次上这样的课，老师们也第一次感受到课堂教学有如此大的魅力，频频颔首称许，学校师生对李春澜的办学组织能力越来越认可。

李春澜回到潮州的同时，留日同学彭湃也回到了自己的家乡海丰。彭湃同样是教育救国思想的拥趸，回到海丰不久，就出任了海丰教育局局长一职。

教育变革阻力重重，彭湃很快感到势单力薄，便想起了同窗好友李春澜。对彭湃而言，如果能请李春澜来海丰，与自己并肩作战，那自己必定如虎添翼。为此，他专门跑了一趟潮州。

在金中大门口，彭湃刚一提到李春澜，门卫就说："哦，你找我们校长啊，快请进！"

彭湃心中一惊，金中是潮州名校，这么短的时间能当上校长，这个老同学真是了不起，看来想挖墙脚着实不易，估计自己这趟是白跑了。但既然来了，彭湃还是决定与李春澜见上一面。

故友相见，分外亲切。彭湃不敢贸然切入正题，东拉西扯关心起李春澜的生活、工作情况和个人问题。李春澜最了解彭湃，三五句话后，便直截了当地笑着说："够了够了，你老先生别绕弯子啦，有什么事就请直说吧！"

彭湃尴尬一笑："看来还是老同学了解我。我是有难向你求援来了。"于是彭湃把自己目前的情况以及想请他前去助一臂之力的想法抛了出来。

李春澜沉吟许久，想到金中是多年的老牌学校，虽然还想在这里继续大展身手，但学校各方面已经步入正轨，自己即便离开也不会有太大的差池，倒不如跟着老同学一起到海丰，辅助他开辟出一番教育的新气象。念及于此，春澜爽快地答应了彭湃。见李春澜如此痛快地答应，彭湃既惊讶不已，又欣喜若狂。

彭湃用力地握着春澜的双手，兴奋地说道："好兄弟，我太高兴了！但又觉得这样未免太委屈了你这位大才子。再说，你刚稳定下来，就要让你再离开家，于心不忍啊！"

"我在金中，做得再好，也仅仅是一个点。如果去海丰，就是一个面，面比点的影响大，值得去做。"春澜毫不迟疑地回答。

两位志同道合的热血青年在教育理念上达成默契，各自欢欣鼓舞，彼此击掌相庆。

次年春季开学，李春澜启程前往海丰。春洋帮大哥提着行李，一路默默无语。他想不通，阿公阿嬷阿爸阿妈也都想不通。这么短时间就当上了千人敬仰的金中校长，春洋本以为大哥这下能够安定下来，阿嬷阿妈正张罗着给他相亲呢，却没料到突然又要走，全家人既不解又无可奈何。阿公阿爸话到嘴边又生生咽下，孩子已经是校长了，难道自己还要跟一位校长谈职业前程？

春洋不解地问："大哥，我们潮州挺好的，你为什么要跑到海丰去啊？"

"潮州很好，但我觉得这里的生活太安逸了，长此以往，会消磨掉我的锐气。海丰与潮州比要差一些，苦一些，各方面也都落后一点，更需要我们去推动它、改变它。"

"那你还会回到潮州吗？"

"当然会了。潮州是我的根，我会回来的。"大哥情真意切的一番话让春洋肃然起敬，心里踏实了许多。

果然如李春澜所料，海丰的教育环境远不如潮州。彭湃的教育变革推动得异常艰难。李春澜安慰道："不积跬步，无以至千里。俗话说百年树人，教育工作急不得，要慢慢打开局面。"

两人商量后决定让李春澜到海丰第一高等小学任教员，先熟悉情况，从一个点做起，然后再起到以点带面的效果。

在这所学校，李春澜负责讲授经济学。他不仅知识渊博，思维活跃，而且妙语连珠，授课形式灵活多样，学生们都很爱听他的课。他从不照本宣科，一方面大胆地对课本中的陈腐内容删繁就简，另一方面将一些进步书刊比如《新青年》《新文精华》等作为教材，从中选取李大钊、陈独秀、鲁迅、蔡元培、梁启超等大家的文章指导学生研读。耳提面命中，学生们不知不觉受到了先进文化和进步思想的熏陶。

由于学校缺教师，李春澜有时也代上生物课，常常利用讲课的机会宣传革命道理，向学生灌输马克思主义思想。在讲授《蝗虫与稻》这一课时，他风趣地对学生们说："蝗虫就像是地主阶级，是剥削劳动人民的，稻就像是广大的农民兄弟。稻不能繁茂生长，是由于受到蝗虫的侵害，工农群众和广大的农民兄弟不能过上吃饱穿暖的生活，就是由于地主阶级剥削大家的劳动所致。要想稻子生长得好，就要使用杀虫药把蝗虫都杀死，而工农群众要想过上吃饱穿暖的好日子，就必须打倒地主阶级，不能让他们剥削我们，不劳而获。"

李春澜简单的比喻生动形象地说明了群众与地主阶级的关系，同学们深受教育，轻易就明白了劳苦大众为什么要起来革命的道理。

他画了一个大胡子老头儿，眼眶深凹，头发卷曲，然后高声问大家："这是谁？"

有学生说："外国老头。"

"你知道他叫什么名字吗？"

大家都摇摇头。

"他叫马克思，他还有一个亲密伙伴叫恩格斯，就是我经常向你们介绍的共产主义理论创始人。"李春澜给学生们声情并茂地讲述了马克思、恩格斯的许多故事，中间穿插着介绍了马克思主义思想。就这样，通过润物细无声的教育，李春澜把深奥的道理和知识成功地融会于日常教学活动之中，达到了启迪学生心灵的目的。

彭湃和李春澜在海丰的教育改革做得风生水起。旧势力在丢城失地，风雨飘摇的他们并不甘心自行退出历史舞台，而是抓住一切机会进行反击。

一天，李春澜正在课上讲授李大钊先生的《我的马克思主义观》。"咚"的一声，门从外面被猛地推开了，一名邢姓教员带着教务长还有另外两个老教师，不由分说地闯入教室。邢教员指着黑板，对教务长说："你们都看看，看看他都在讲些什么！不按教材讲不说，还净讲些乱七八糟的东西，这是散布不良言论，这样下去把学生都教坏了！"

黑板上留着李春澜的板书"我的马克思主义观"。教务长问："李老师，你还有什么可说的？"

李春澜淡然一笑，不慌不忙地回答："我不赞同邢先生的话。去年，我还在北京的时候，那里已经在传播马克思主义，现在的许多进步杂志，比如《新青年》《每周评论》《新文精华》等，也都在宣扬马克思主义，怎么能说这是乱七八糟的东西呢？青年人要紧跟时代步伐，了解外面的世界，及时学习更新自己的知识，不能当坐井观天之蛙。"

一番话说得义正词严，有理有据，令来者顿时语塞。教务长是个和稀泥的老手，看邢教员面红耳赤地接不上茬儿，于是不紧不慢地说："李老师，你说得的确入情入理。但我们是老师，还是要遵守学校的规矩，我们上课要统一进度，要以教材为准。这些杂志学生们可以自己选择去看，这些思想同学们可以自愿接受，但作为老师，你不能抛弃教材而大张旗鼓地去讲，希望你以后注意点。"说完带着几个人悻悻地走了。

此后，为了避免不必要的麻烦，李春澜再也不板书了，学生们则煞有介事地把书本翻开放在面前，聚精会神地听他讲解着新思想和新教育理念……

在海丰高小，李春澜成了学生最喜欢的老师。

春洋记得，大哥并没有在海丰待多长时间，当年的7月份就被迫离开了。

事情还要从他们组织纪念劳动节游行活动说起。为纪念五一国际劳动节，李春澜、杨嗣震协助彭湃，积极筹备在海丰举行一场纪念游行活动。彭湃利用当教育局长的便利，广泛发动，要求各个学校的学生都参加游行。

这样的游行在海丰尚属首次，学生队伍绵延两三里之长。他们手举自己制作的各色小旗帜，高声地呼喊口号。他们这一次并没有什么诉求，只是单纯的纪念活动。街道两边挤满了看热闹的人，场面比正月十五看花灯玩社火还热闹。

游行结束，学生们全都集中到运动场上，李春澜、彭湃、杨嗣震等分别发表了演说。他们宣传革命思想，国家兴亡，匹夫有责，号召青年学生"为谋取人类的幸福生活而奋斗"。会场上群情激荡，口号声此起彼伏，游行活动达到了超乎预期的效果。

海丰的土豪劣绅们坐不住了。他们感受到了群众的力量，觉得本次游行虽没有实际诉求，但并不代表以后没有，现在老百姓都听这几个挑头人的话，万一以后哪一点令他们不满意,他们随时随地就可能组织一场示威游行。

他们对"始作俑者"恨之入骨,于是集体上书要求罢免彭湃教育局长的职务,甚至跑到陈炯明那里去闹。最终彭湃被罢免了职务,他领导的革新教育实践也被扼杀在了起步阶段。

然而,革命的种子一旦在心中发芽,是任何力量也阻挡不了的。不让占领教育战线这块阵地,他们还可以用别的方法宣传新思想。

李春澜说:"在日本时,条件那么艰苦,我们都可以办报,现在条件好多了,何不继续办报呢?这是最能够宣传思想、表达心声的有效方式。"

彭湃也同意:"是啊,我们有这方面的经验,办报还是得心应手的。就这么办,我们那时的杂志名《赤心》,现在就叫《赤心周刊》好不好?既有传承,又有区别。"

"好,同意。"杨嗣震也表态,"就由我们几个共同创办吧,我们自己组稿,自己编辑,自己刻印。"

三位留洋归国学生说干就干,半个月内即筹备完成。彭湃写了创刊词,一篇篇思想进步、政治态度鲜明的文章,像一把把利剑投向那些土豪劣绅的心脏,与陈炯明的《陆安日刊》针锋相对,形成了对垒阵营。

第十五章

大哥春澜死了，二哥春江、三哥春海逃了，在陈宏伟的关照和庇护下，王志鹏暂时放过了"两耳不闻窗外事，一心只念生意经"的李春洋。

从离潮赴汕再到归来，短短十几天，对春洋来说，恍如隔世。这短短的十几天，春洋承受了二十多年来生命未曾承受之重。去之前，他满怀希望，企盼大哥能平安无事，回来好向家中老人交代；归来时，与大哥已是天人永隔。他黯然神伤，心如刀绞，只能把这个消息深深藏在心底。

回到潮州，春洋首先奔向教会医院，那里有住院的阿公，更有他心心念念的小美。人悲伤之时最脆弱，没有什么时候让春洋觉得比此时更想念小美，更需要小美。走进医院，春洋三步并作两步跑上楼梯，朝护士值班室冲去。护士值班室内，小美正在给一位伤者换药。春洋只得停下脚步，倚在门旁静静地等待。小美忙完手里的活，转过身来，才发现站在门口的春洋。

"你，还好吗？"小美走上前来，话刚出口，一串眼泪已经扑簌簌掉了下来。李春澜的事情，小美已经从哥哥陈宏伟打来的电话中获知。对小美来说，李春澜就像亲哥哥一样，现在人说没就没了，她一时也接受不了。

小美把手里的工作托付给另一位护士，说有要紧事请一会儿假，拉着春洋跑出了医院，向着韩江边奔去。

坐在韩江边，春洋一把拉过小美，拥入怀中，紧紧地抱着，下巴抵在她的头上无声地哭泣，泪珠断线般滚落在小美乌黑的发际之间。几天来煎熬压抑的情绪终于在这一刻毫无顾忌地宣泄出来。

"你要是难受，就大声哭出来吧，不要憋在心里。"小美轻拍着春洋的后背，自己却止不住先哭出声来。两个人抱头哭了一阵儿，小美拿出手绢给春洋擦泪："春洋，人死不能复生。大哥在天之灵，肯定希望你坚强起来，把家里老人照顾好，替他尽一份孝心。更何况，老人现在还不知道这个噩耗，你千万不能表现出来。"

提到老人，春洋这才慢慢地平静下来："阿公怎么样了？他的伤还能不能治好？"

"情况不容乐观。伤在盆骨，本来就不好调理，况且人年纪大了，恢复得更慢，估计他好久都不能下床，我们要做好这个思想准备。"

"我还没去看阿公呢，他情绪怎么样？"

"家里出了事，他情绪自然好不了，一直挂念你们。我告诉他你去汕头打听消息了，过几天就回来。等会儿你赶紧去看看他，好好安慰安慰他。"

"大哥的事，我决定暂时瞒着，你也不要和你家里人说，能瞒多久就瞒多久。我就说大哥又去北京了。"停了一下，春洋像突然想起了什么，问，"三哥有没有来找过你？"

"来过一次。你去汕头没几天，他就悄悄来找我，问了问二哥和你的情况。我和他说你去汕头，二哥去上海了。他说自己在潮州整天东躲西藏，不如也先到上海去，再慢慢和二哥联系。我估计他已到上海去了。"

两个人又说了一会儿话，慢慢平复了心情。

小美说："走吧，我陪你回医院，去看看阿公。"

阿嬷和阿妈刚好都在病房里，她们看到春洋，先是欣喜异常，拉着他的手不放，继而又是一通埋怨。阿嬷骂他："小兔崽子，这一段时间你跑哪去了？阿公摔伤了，你都不来看看。兄弟几个人都跑得无影无踪，真是白疼你们了！"

"阿嬷，我这不是来了吗？前几天出去办件急事，实在推脱不掉。阿公怎么样了？"春洋说着就往床上看去，刚才进门时阿公正躺在床上闭眼静养。听到他的声音，阿公早已经睁开了眼睛。

"春洋，春洋，过来！"阿公在叫春洋。

春洋赶忙跑过去，拉着阿公的手。阿公只能躺着，腰臀部打着石膏，一动也不能动。阿公老泪纵横，嘴里念叨着："回来就好，回来就好。"接着又问，"你哥哥他们呢，怎么样了？"

"阿公，您放心，大哥去北京了，二哥三哥他们两个去上海了，现在都没事了。我打听了一下消息，我一个做生意的，和他们也没有什么瓜葛，政府不会找我麻烦的。他们几个说安顿好后就写信回来。"春洋从容地回答。

本来春洋还有顾虑，怕自己没有瞒天过海的本事，说谎会露出破绽，谁知这会儿说起来竟能如此镇定自若、滴水不漏。看来在汕头的十几天没有白待，廖老板教给他的那些法子已经起作用了。

回来的第二天，春洋去见蔡兴中，把汕头廖盛岑的亲笔信交给了他。

蔡兴中仔细看过信，暗暗点了点头。信中有言："此人心思缜密，机智灵活，好好培植，可堪大用。"

春洋并不知晓信的内容，他把十几天的情况一五一十向蔡兴中进行了汇报，感谢他和廖盛岑的鼎力相助，虽然没能救得大哥的性命，但对这份恩情刻骨铭心、没齿难忘。

蔡兴中眼中噙着泪花，痛心地说道："春澜是个难得的好后生，可惜了，太可惜了！"连声叹息后，蔡兴中安慰春洋，"你也不要太自责，这是大环境恶劣造成的。再说了，走革命道路总会有牺牲。'男儿到死心如铁，看试手，补天裂'。你要向你大哥学习，沿着他的路继续走下去，总有一天能够达到我们的目标。"

"目标？我们的目标是什么？"春洋问。

"耕者有其田，居者有其屋，建立一个崭新的社会。"蔡兴中觉得现在可以向春洋摊牌了。经过这么长时间的观察，他认为李春洋是一个好苗子，在处理大哥李春澜这件事情上更是有了不小的进步。

蔡兴中对春洋说："我觉得你有空时还是要多看书多学习。我上次去上海时带回来一本书，已经看完了，借给你看看，但你一定要保护好它，不能让别人看到。"他起身去找了一本书递给春洋，书名为《共产党宣言》。春洋之前常在这里看书，但从来没有看过这样的书，便好奇地翻看起来。

蔡兴中看了看春洋的反应，接着说："这是德国的马克思和恩格斯两个人共同为共产主义者同盟起草的纲领，是共产党人的宣言书。中国共产党在上海成立后发展迅速，引起了国民党蒋介石的嫉恨和恐慌，他生恐共产党发展壮大起来与国民党相抗衡，这次'四一二'反革命政变就是蒋介石处心积虑谋划的针对共产党的打击行动。"

春洋说："我能不能问一下，我大哥二哥是共产党吗？"

蔡兴中沉吟了一下，说："该你知道的会有人告诉你，但我们不能随便去问。从他们的表现来看，我觉得应该是。经受敌人严刑拷打却宁死不屈，可见春澜的信仰和意志有多坚定。我坚信，一般人做不到。"

春洋用复杂的眼光望着蔡兴中。

蔡兴中蔡老板何许人也？蔡兴中原名蔡有财，大家都叫他阿财。私塾毕业后，他成了一个书店老板，靠卖书维持一家人的生活。他做生意很精明，也很用心。为了鉴别哪些书好卖，他常常自己先读；为了找到畅销书的渠道，他南行广州，北上厦门、上海等地，变得见多识广起来。他在上海结识了不少书店的老板，这些人基本上都是文化人，也是新思潮的拥趸，有的还自办报刊，出版图书。长期与他们做生意、吃饭、闲聊，蔡兴中不知不觉间也想像他们一样。他首先改变的就是自己并不雅致的名字，在征求朋友的意见后，将"蔡有财"改为了"蔡兴中"。

在潮州，蔡兴中是最早订购陈独秀创办的《新青年》杂志的人。近水楼台先得月，杂志邮寄到潮州后，蔡兴中自然要先睹为快，每每读完，都对作者钦佩不已。他渴望见到陈独秀。

一天晚上，上海的朋友安排了一个五六人的小型聚会，其中就有陈独秀。朋友带蔡兴中到陈独秀跟前，说："陈先生，这位蔡先生是一个书店老板，也是您的崇拜者，他经常读您的《新青年》，非要拜见并结识您。"陈独秀很客气，紧握蔡兴中的手并让他坐在自己旁边。二人相谈甚欢，谈国家的形势、文化的发展、爱国之心、救国之路等。就这样，简单的一场饭局，让蔡兴中的思想经受了一次彻底的洗礼。

文化的引力是巨大的。蔡兴中利用书店这个平台，一直积极引导着许多青年人的思想，李春洋几兄弟只是其中一例。

潮汕地区成立中共党组织后，蔡兴中成了潮州支部的第一批成员之一。

春洋的感觉是对的，但仍然无法求证，没经过组织的批准，蔡兴中不会告诉他实情。刚才蔡兴中告诉他不该问的不问，他心里就有了数。春洋目光坚毅地说："蔡叔，请您放心，您推荐的书我会认真地阅读，有什么事情需要我做的，您尽管交给我做，我决不含糊。我有一个请求，希望成为和您一样的人。"

蔡兴中点点头，笑而不语。

不久之后，远在上海的李春江和李春海有了消息。蔡兴中收到了一封来信，是春江写来的，感谢他在自己逃离潮州前的临危相助。那天晚上，春洋走后，蔡兴中觉得留在书店不安全，决定让春江到自己家住两天。

果然，第二天上班不久，陈宏祥便带着几个手下闯了进来。蔡兴中赶忙走出柜台迎了上去，鞠躬致礼："陈队长早啊，欢迎大驾光临！"

陈宏祥嘴角微微上扬，傲慢地点了点头，一副趾高气扬的样子。他在书店里西看看，东瞅瞅，左右来回地走了一圈。一番观察之后，转回到蔡兴中跟前，豪横地问道："你是这里的老板？"

蔡兴中立即回答："是，请指教！"

陈宏祥仰着脸，阴阳怪气地问："你这里天天人来人往，热闹得很，听说这两天还有外地贵客登门，能不能让我们也见见啊？"

蔡兴中心里明白对方在使诈，急忙装出一副急眉赤眼的样子，脸也变得煞白，急忙说："冤枉啊！这是谁吃饱了撑的没事瞎造谣。我们书店倒是天天有人进出，但都是我们潮州的熟客，不是来买书，就是借书和还书的，哪有什么外地贵客？再说了，我们小店就这么大，如果有外人，还不是一眼就看得清清楚楚的？陈队长，唾沫星子淹死人，你可不能听他们乱嚼舌根子啊。"

陈宏祥盯着蔡兴中看了一会儿，说："是不是乱嚼舌根子你自己最清楚，我看你最好还是坦白了事，不然被我们搜查出来就不好看了。"

"我是本分的生意人，你们要是不相信就搜查吧，如有问题，我甘愿受罚。"蔡兴中言之凿凿。

陈宏祥也不是傻子，一看蔡兴中不吃自己这一套，便懒得再和他啰唆，板脸对两个手下说："搜！"

翻箱倒柜一阵搜查后，两个手下回来汇报："报告队长，没有。"

"收队！"陈宏祥无奈地下令，走了几步又转过头对着蔡兴中，瞪着双眼说道，"蔡老板，好自为之，小心别翻了船。到时候，有你好看的。"

直到几个人走远，蔡兴中才长舒一口气，暗自庆幸昨天晚上没有把李春江留在书店里。

如何送走李春江，让蔡兴中绞尽脑汁，大费周章。随后的两天，他悄悄去了码头打探，看到那里开出的每条船都要经过仔细检查，显然乘船出去是不可能的。他又去了湘子桥头观察，看到那里有持枪士兵日夜把守。

湘子桥位于广济门外，也叫广济桥。建于1171年的这座桥，最初由八十六只巨船连接而成，作为浮桥横跨滚滚的韩江之上。到了明嘉靖年间，形成了"十八梭船廿四洲"的独特风格。潮州大人小孩都会唱一首民谣：

潮州湘桥好风流，
十八梭船廿四洲。
廿四楼台廿四样，
二只铝牛一只溜。

广济桥是过江最便捷的通道，李春江作为被通缉之人要想从这里过去堪比登天之难。两条路都被封死，看来只能另想办法。蔡兴中和另外两个支委碰了个头，布置大家分头打听可靠途径。第二天，支委赵绪华来了。

"老蔡，有一个办法不知可不可行？"

"你讲。"

"我一个老表，他儿子的干爹在一个运输公司跑货运，后天一大早要去厦门，我觉得可以让小李偷偷跟他的车走。"

"人可靠吗？"

"可靠。我只是让他带一个人，他也不知道底细，不会出差错。"

蔡兴中低头沉思了一会儿，说："行。我明天晚上十点先和春江一道出城，绕过城门，这对我们土生土长的潮州人应该不是问题，但过桥就有点麻烦了。"

"你们打算从哪个门出去？"赵绪华问。

"从上水门。那里比较远，人少，相对安全些。"

赵绪华想了想说："这样，我明天去找一条船，晚上十二点后停在上水门和竹木门之间等你们，那里有个坐城古庙，船就冲着古庙的位置停，便于你们寻找。接到你们后我送春江过河，然后一起去等车。"

"这个主意好。"蔡兴中称赞道。

"接头暗号是你发出三声布谷鸟叫，我回应三声黄鹂鸟叫。"赵绪华顿了顿，吞吞吐吐地说，"就是，就是……"说着用手挠了挠头。

"有什么困难，你直说吧。"

赵绪华说："这么晚雇船肯定要不少钱，我现在手头比较紧。"

蔡兴中一下明白了，说："没问题，钱我来准备，你放心去办。"

当天晚上八点，春洋去见了春江，两人聊了半个小时，算是最后的告别。

李春江和蔡兴中十点多出发，为了不引起外人注意，两人都是灰头土脸，一身做工打扮，悄悄逼近上水门。

到了上水门，城门已经关闭。李春江有点发蒙，悄悄问蔡兴中："怎么办？"

蔡兴中说："不急，让我想想。"

一阵思考后，两人借着月色，溜着城墙根往回走了一段路程。

"到了，就是这里。"蔡兴中停下脚步。

蔡兴中停下的地方并无城门，只有一棵大榕树立在城墙根。李春江满脸疑惑。

蔡兴中带着李春江走到大榕树边，大榕树垂下来一簇簇的根须。李春江好像明白了他的意思，问："我们要爬树吗？"

"是。大榕树的枝丫靠近城墙，拉着它的枝叶和根须就能跳到城墙上，等到了上面我们再想办法下到另一边。"蔡兴中说完开始爬树，不再年轻的他，动作明显有些笨拙。李春江的动作比他敏捷多了，率先跳到城墙上，然后拉着枝叶把蔡兴中接了上去。

茫茫夜色中，两人在城墙上猫腰走了一段，在外墙面上仔细寻找。城墙上有几处年久失修的地方，上面长了不少杂树。他们选了一处杂树比较多的地方，拉着小树慢慢地滑了下去。他们接着向竹木门方向走。竹木门位于上水门和广济门之间。广济门也叫城东门，是潮州城的主要标志，上有一座宫殿式三层歇山顶城楼，颇为雄伟壮观，称为广济楼或韩江楼。广济门坐落于湘子桥西端，是到对岸去的主要关口，常年布置有重兵把守。

两人沿着小道摸黑往前走。韩江上漆黑一片，什么也看不见，偶尔有条夜间运输的船只经过，船头挂一只航行灯，微弱的灯光在"突突突"发动机的噪声中渐渐远去。路上人稀车少，走起来顺畅了许多。4月的春风吹来，和煦轻柔，舒适凉爽。正在二人感到惬意之时，前方拐弯处一道亮光"唰"地照了过来。

"趴下！"蔡兴中一声低喊，二人一齐趴到了草丛中。

"呜……"不一会儿，汽车轰鸣着从他们身边驶过，吓得两人大气都不敢出。汽车开过后，蔡兴中抬头看了一下，是当地驻军换防的车辆。

"好险啊。"李春江长长地吐了一口气。

他们不敢耽搁，继续赶路。由于天黑，一路上无法看清坐城古庙，更看不到江边的小船。万般无奈之下，蔡兴中只得冒险接头。他俯下身子，学着布谷鸟叫了三声，没有听到回声。两人只好继续往前走，走上一段再叫上三声。大约走了二里地，终于听到了三声黄鹂鸟叫声。两人从江堤上下到江边，仔细辨认才隐约看到岸边的小船。

"老蔡，我是小赵，这里，这里。"听到赵绪华的声音，李春江脱下鞋提在手上，赤脚走过一段滩涂跳上了小船。其实，距小船不远的地方就是一个小码头，为确保无虞，赵绪华不敢停靠。

"春江，一路小心，到上海后给我写封信。"站在岸边的蔡兴中低声喊道。

"好的，蔡叔，您快回去吧！"

在岸边伫立半个小时后，蔡兴中才返身而回……

李春江在信中告诉蔡兴中，赵绪华和他上岸后，又步行了十几里路，第二天在约好的地点上了车。他坐在大货车的车厢里，上面盖着篷布，和货物挤在一起，颠簸了三天才到达厦门，之后乘船到了上海。

春海也来信了，信寄给了小美。当初被追逃时，春海在外躲了几天，偷偷和金昌联系上了。金昌告诉春海："团长说不知道你犯了什么事，给团里惹了大麻烦，已决定将你除名。"

"啊，那我今后怎么办？"春海惊讶之余又很沮丧。

金昌说："你问我，我怎么知道啊？"

看着春海垂头丧气的样子，金昌也不知道怎样劝慰。两个好友坐在葫芦山顶，俯瞰下面的潮州城相对无言。

春海想了半天，认为这样东躲西藏终究不是办法。他记得春洋给他说过，有事可以通过小美联系。于是他直接去了教会的福音医院。

小美看到春海，赶紧将他拉到一个偏僻的角落。春海把自己被开除的消息告诉了小美，并向小美打听春洋的消息。

小美说："春洋去汕头打听大哥的情况，看能不能找到门路把他救出来。"

低头想了很久，春海说："与其这样东躲西藏，还不如跑远一点，等风头过了再回来。"

小美问他："你想到什么地方去？"

春海说："我也没想好，只想着跑远一点，暂时避一避，没有人认识我就行了。"

"那你干脆就去上海吧。前天春洋来见我，他说春江到上海去了。"

"好的，谢谢你，小美。我能看一下阿公阿嬷还有阿爸阿妈吗？"

"还是不见为好。保安队和侦缉队的人可能就在附近，万一被他们发现，可就糟了。我在医院守着，你就放心吧！"

"那就麻烦你费心照顾他们了。"春海此刻已打定主意，到上海与二哥会合。

当天晚上八点，一个黑影出现在刘察巷十五号附近。黑影弯腰观察了一会儿，看到没有人经过，就翻墙进到院内。黑影往里走了走，突然发现房间里亮着灯，还听到说话的声音，便蹑手蹑脚地趴到窗户边往里一瞅，吓得倒抽一口凉气，原来是四个保安队员正在打麻将，一边打还一边在议论。

一个说："咱们都蹲几天了，要蹲到什么时候啊？五饼。"

另一个说："别废话，叫你蹲守你就老老实实地蹲守。两条。"

"碰。叫我说，蹲守不也挺好吗？一边干活一边玩麻将，还有夜班酬劳，你他妈的想在外面跟狗似的，整天东奔西走啊？"

"是是是，咱们这风吹不着雨淋不着，比他们舒服多了！"

黑影不是别人，正是李春海。正听着，"呼噜"一声，竖在墙边的铁锹被碰倒了。李春海吓了一跳，赶紧"喵、喵"学了两声猫叫，跑到后院躲了起来。

屋子里的人一下警觉起来。

"这么长时间了,我们也该起来四处转转啦。"话音一落,几个人提着马灯鱼贯而出,在院子里东照西晃一番。

院内除了房屋和几棵树,再没有什么遮挡物,李春海在后院猫着,寻思不能一直这么待着,不趁机溜走,迟早会被发现。趁蹲守士兵正在前面检查的时候,春海紧跑几步蹿上墙头,两手一扒纵身翻了过去。

"组长,好像有人。"

"人在哪儿?"问话的人是这个小组的组长朱明盛。

"那里,那里,听声音好像翻墙跑了。"那人手指着墙头的一个角落喊道。

朱明盛说:"留个人守在这里,其他人跟我去看看!"说完三个人紧挨着走出了大门。

墙的那边是另一户人家,必须敲开大门才能查看。朱明盛想也没想就把门擂得山响,一边敲还一边喊:"开门开门,检查!"

等了一会儿,才出来个女人慢吞吞地把门打开,朱明盛气鼓鼓地说:"怎么这么长时间才开门?"

开门的是小美。小美堵住门口一脸不屑地明知故问:"你们是哪里的?确定要进我家检查吗?"

朱明盛说:"刚才好像有个人翻墙跳进你家了,为了你们的安全,我们要进去查查。"说完就要往里硬闯。

"我怎么就没有看到有人跳进来呢?慢着,你叫什么名字?"小美和朱明盛周旋着。

一个队员回答道:"这是我们朱组长。快让开!"

"好吧,朱大组长,我记住你了,回头我要找陈宏祥好好说道说道。进来吧,这里是陈宏祥的家,我是他妹妹,你们可以进来随便翻随便找。"说完,小美侧身让开了路。

"谁?陈宏祥的家?哪个陈宏祥?"朱明盛一脚门里一脚门外,进退维谷,尴尬异常。

"你说哪个陈宏祥?你们保安队有几个陈宏祥啊?"

朱明盛一听愣住了,惊得额头冒出冷汗。他并不知道陈队长家住在哪里,听这个女人的口气又不像信口开河。抓不住嫌犯事小,如果真是陈队长的家,贸然进去搜查,得罪了陈队长,自己的小组长恐怕就保不住了。想到这里赶紧退了出来,连声赔罪说:"对不起啊,妹子,对不起!是我们眼花看错了,我们这就走。"慌乱中,朱明盛一下子退到了一个队员的身上,转身就是一脚,气急败坏地骂道,"狗眼瞎了,谁叫你乱看乱说的!"

小美也不与他们计较,等他们走后,仔细关好了门,确认外面没有动静后,来到暗处,说:"出来吧。"

李春海从黑暗处走了出来。

小美埋怨道:"不是让你走的吗,怎么又跑回家里了?"

春海说:"我观察了好长时间,以为家里没人,就想着偷偷回家拿几件衣服再走,谁知道他们在里面蹲守呢。"

"你赶快走,我二哥现在不在家,说不准什么时候就会回来。给,我这里还有点钱,你先拿着。"说着,小美掏出一沓钱塞给了春海。

春海往大门口走去,小美制止了他,说:"不行,你还是怎么来就怎么走吧,我不能开门,万一他们在门外就糟糕了。"

李春海从另一面墙翻了出去。后来春海在信中告诉小美,自己从家逃出来之后,第二天就去了汕头。在汕头没有人认识他,便编了个假名混上了去上海的船,现在已经抵达上海半个月了。他在上海帮别人做工,养活自己不成问题,如果有春江的消息,望及时告知他。

小美拿着春海的信去找春洋。"大哥的事已经过去了,要不还是告诉春海哥让他回来吧,在外面不容易。"

春洋想了想,说:"不行。大哥的事现在还没尘埃落定,他现在回来不安全,我把二哥的地址告诉他,让他去找二哥。上海那么大,发展的机会总比在潮州多。"

第十六章

晚上，春洋坐在桌前，面前摊放着大哥李春澜的日记。

这些日子看着大哥亲笔所写的一字一句，春洋疼在心里，脑海里不时浮现出在牢房中最后看到大哥的样子。大哥吃尽苦头，受尽酷刑，但他那坚定不移、义无反顾而又充满温情的目光，一直在春洋眼前闪现。不管蔡兴中有没有确认，他心中已经确信无疑，大哥就是一名共产党员……

在海丰时，李春澜和彭湃、杨嗣震一起创办了《赤心周刊》，登载大量革命信息，宣传马克思主义。毋庸置疑，他们遭到了土豪劣绅的反对，特别是来自陈炯明的打压。陈炯明责令地方政府取缔《赤心周刊》，查封他们的办报场所，并驱逐一起办报的李春澜、杨嗣震等人。恶劣的环境令李春澜等人举步维艰。经过商议，几个人决定暂停办报。1922年7月，李春澜辞别彭湃，回到了潮州。彭湃仍然留在海丰，专心从事农民运动，成立了六人农会，撰写了《海丰农民运动》一书，从此点燃了潮汕地区农民运动的火种。

春洋还记得，那段时间学校刚好放假，大哥没有再回学校，每天只是写信看书，有时间就到蔡兴中那里聊天，有时候也到糖行去帮帮忙。阿公很高兴，以为大孙子要转性了，就耐心地教他看账本，带着他谈生意，一心想把他培养成一个生意场上的行家里手。而李春澜的心并没有专注于生意上，他只是想利用在家这一段时间好好陪陪老人，尽一点孝心而已。

庭院岂生千里马，花盆难养万年松。

9月初的一天，李春澜接到了一封北京来信，读完后非常高兴，对阿公和阿爸说："我要去北京了，马上就去买票。"

阿公备感失望，劝他道："你就不能留下来吗？"

"阿公，国庠师兄帮我在北京的中国大学联系到一个教授的职位，我要到大学去当先生了。你们供我读了这么多年的书，难道仅仅是希望我做小生意吗？"他的话让阿公哑口无言。怕阿公心里难受，春澜又劝道："我走了，春江虽不在家，但还有春海和春洋。您在他们两个中选一个继承您的事业就好了。他们两个也都很聪明，肯定能把我们家的糖行经营好。"

"唉，但愿他们两个中有一个是听话的。"阿公知道劝阻不了春澜，无可奈何地摇摇头。

父亲李秾升对此也不置可否。他也是一个读书人，知道读书人都有内心所想，自己都不愿意去经营糖行，更何况自己这个留过洋的大儿子呢。其实儿子能到大学教书，他从心底里感到高兴。

临走前，李秾升嘱咐春澜："你要在上海转车，一定要去看看春江，给他带一点钱，让他不要太辛苦了，还是要以学业为重。"从李春澜口中得知春江的情况后，李秾升很是自责，后悔不该与孩子置气，让他在上海只能靠勤工俭学艰辛度日，遭受了那么大的苦。

春澜安慰父亲："好的，我一定去看他。您不用担心春江。他已经长大了，自己能够照顾自己。我们在外面能把自己的事情办好，家里不要操心。倒是你们，年纪慢慢都大了，一定要照顾好自己的身体。"

大哥又要走了，春洋恋恋不舍。他提着大哥的行李，一直把春澜送到火车站。

在站台上，春洋低声问道："大哥，你不能不走吗？潮州和汕头不是挺好吗，非要跑到那么远的地方？"

春澜拍拍弟弟的肩膀，说："春洋，外面的世界太大了，见识过大海的人不会留恋江河。我只是想去了解外面的世界，也许不久之后我还会回来。"

"嗯。"春洋点了点头。

"你一方面要好好学习，另一方面还要抽空帮一帮阿公，他毕竟年纪大了，身体也不是太好。我和你二哥都不在家，希望你能替我们多尽一点孝，大哥就拜托你了。"说完，春澜郑重其事地向春洋鞠了一个躬。

"大哥，使不得，使不得。你放心去吧，家里有我。"春洋双手拦住了春澜。

在上海，春澜又一次见到了春江。与一年前相比，春江明显又长高了，也更壮实了。春澜与弟弟开玩笑："阿公阿嬷和阿爸阿妈都还担心你呢，他们一直自责让你在外面受苦受累了。你现在这个样子，哪里有一点受苦的模样？"

春江只是嘿嘿傻笑。

"现在怎么样了？目前在哪里学习？"春澜关切地问弟弟。

"都挺好的。目前在上海大学社会学系学习。我的功课你不用担心，基本都在前两名。"春江自豪地回答。

"我记得去年你是在沪江大学中学部学习的，你不是说直接升入沪江大学的吗？怎么现在进了上海大学？"

"升入沪江大学社会学系后,我利用课余时间做些翻译,有空还给报刊投稿。后来我带头组织了一次学潮,学校以我屡有激进言论和煽动学生闹事为由,把我开除了。那一阵子我的日子的确不好过,内心也很迷茫。"

"后来呢?"

"幸好我在上海结识了一些朋友,瞿秋白、张太雷、施存统等,他们鼓励我、帮助我,解开了我的思想疙瘩,同时建议我转入上海大学社会学系继续读书。"

"你住校还是在外面租房?家里让我给你带了点钱,特别是阿爸觉得亏欠你。"

"真的不用,我自己能养活自己。你留着用吧。我们上大在上海英租界西摩路,瞿秋白、张太雷和施存统他们就住在上大附近的一幢楼房里,他们都很关照我,让我和他们同住。"

"你还经常出去打工吗?"

"是的,总得养活自己吧。不过也有好处,你看我现在身体锻炼得多棒啊。但大部分空余时间我主要还是给他们帮忙的。他们几个都是共产党员,特别是瞿秋白教务长,真是了不起的人物,他不仅要负责上大的教务,为上大制定发展规划蓝图及章程,同时还要承担师资聘任以及建立共产党基层组织等工作。此外,他还兼管中共组织的宣传工作,担任《新青年》的主编。我有空时就帮忙写写稿子,给他打打下手。"

"你加入共产党了吗?"

"还没有呢。我现在还是学生,做得不够多也不够好,正在积极争取,瞿教务长说等条件成熟了,我就能加入了。"

李春澜看着春江意气风发、果敢坚毅的神情,彻底放心了。弟弟一个人在外闯荡,虽然很艰难,但没有走错路,他感到很欣慰。临走时,春澜嘱咐道:"有空去照张相吧,寄回家里,也好让家人放心。"

春江说:"我明天就去。"

在北京,杜国庠焦躁地等待着李春澜。他半个多月前已经给李春澜写过信,信中谈到已在中国大学给他谋了个职位,马上要开学,这还不见人影,着实让他忧虑。

正在他焦炙难耐之时,一天下午李春澜到了。杜国庠提前租了北京地安门内慈慧殿南月牙胡同十三号的一座四合院"赭庐",作为他们的落脚点。

9月的北京,云卷云舒,湖泛碧波。西装革履的李春澜走在中国大学的校园里,手里拿着书和笔记本,看上去甚是精神抖擞,意气风发,引来路边不少钦羡的目光。今天是他在中国大学的第一堂课,所以他提前来到学校做准备。

"春澜,你到了?"是师兄杜国庠的声音。

"嗯,师兄,你的课结束了?"杜国庠的课讲得好,他在几所大学同时任教。

杜国庠关心地问:"你都准备好了吗?课备得怎么样?今天可是你第一次给大学生上课,不同于你在潮州给中学生上课,这里的学生都很厉害,你要小心应对。"

"师兄放心,我看了很多资料,也看了你给我的以前的备课笔记,我的教案也都写好了,不会出什么纰漏的。"李春澜自信满满地说。

的确,经过回国后一年来的历练,李春澜更成熟了。他今天给同学们讲授的是政治经济学。这是一门涉及面广、复杂深奥的学科。深吸一口气,整理一下心情,他拿着书本推开了教室的门,迎着那一双双渴盼知识的目光,从容走上了讲台……

这一年,李春澜是忙碌而充实的。他的课不拘泥于形式,例证翔实,生动活泼,受到了学生们的欢迎。不久,平民大学、法政大学和高等女师等学校,也纷纷聘请他前去授课。授课之余,他还抽空把自己关于马克思主义的所思所想写成文章,在《孤军》《晨光》《学艺》等刊物上发表。

第二年7月底,春洋接到了大哥的来信,说近期要抽空回一趟潮州。春洋非常高兴,又能见到大哥了,他当即把消息告诉了家中所有人。阿公生病入院了,春澜与春江约好趁假期一起回去探望。8月中旬,李春澜踏上了回潮州的火车。

回潮州途中,李春澜身旁坐着一位来自海丰做水果生意的中年人。两人搭讪几句后,李春澜便装作若无其事的样子问道:"您听说过一个叫彭湃的人吗?"

一句话打开了中年人的话匣子。"怎么可能没听说过呢?彭湃可是我们海丰的名人啊。"中年人回答。

中年人说,这两年,海丰一带遭受了两次飓风大水,田地被淹,房屋倒塌,农作物失收。当地农民纷纷找到彭湃,向他请教解决办法,农会经过研究决定趁机发动减租运动。

"最后情况怎么样?"李春澜询问。

从中年人的介绍中春澜得知,农会遇到了冰火两重天的对待:受灾租户热烈拥护农会,强烈恳求减租;田主和军阀则疯狂打压农会,坚持官租十足照收。两方面互不妥协，闹得不可开交。8月初，海丰县保卫团前往北笏乡收租，不但痛殴佃户，还将几人投入狱中。彭湃领导海丰农会提出抗议并积极营救，海丰县县长王作新竟勾结粮业维持会的劣绅以及当地驻军，悍然围攻海丰农会会所，宣布解散农会，当场抓走二十五人。彭湃由于当时不在会所幸免于难，但随后遭到县政府的通缉。

听完中年人的叙述，李春澜的心揪成一团。此刻，他非常担心好友彭湃的安危，不知道他现在躲在哪里，是否安全。李春澜半个月前曾经给他写过信，告知他8月中旬要回来一趟，不知道他有没有收到信，会不会来潮州见自己。

"这位先生，您是彭湃的朋友？"中年人问。

"朋友谈不上，一面之交而已。"李春澜佯作轻描淡写地回答。他不想轻易暴露自己的身份。

"彭湃在我们海丰是个人物，可惜生不逢时！"中年人对彭湃充满敬佩，不尽感慨。

李春澜莞尔一笑，没再接茬儿。

带着一连串的疑问，李春澜再次走进了魂牵梦绕的故乡。家乡仍是那个可爱的家乡，但经历风雨，见过世面的李春澜，已经感受到潮汕大地上涌动的暗流。

春洋把大哥接回了家。相别一年，看到越发高大俊朗的小弟，李春澜也是万分欣喜。兄弟两个抵足而眠，谈天说地，仿佛有说不完的话。李春澜回到家，没有对外声张，一直默默陪伴在阿公身边。老人看到长孙，既欣喜又心疼，眼眶里转动着泪水。这时的李春澜，心里还惦记着另外一件事。他多想与彭湃见上一面啊。但彭湃遭到通缉，他不能亲自去找彭湃，只好在家焦急地等待。

不久后的一天晚上，大门口传来一阵敲门声。春洋跑过去开门，他记得大哥给他说过可能会有朋友来。见来人素未谋面，他便低声问道："请问您找谁？"

"我找李春澜。他在家吗？"

"在，请进。"李春洋把来人让了进来。

李春澜听闻动静已经从屋子里走了出来，紧紧握着来人的手，激动地说："彭兄，可把你盼来了。看来你是收到我的信了？"

"是的，我们进去说。"彭湃一脚迈进大门，随着李春澜走进了房间。

"你吃饭没？"

"还没呢，不急。"

春洋又惊又喜，他没想到来人正是大名鼎鼎的彭湃。

关起门来,李春澜紧张地问:"情况怎么样?"

"县府下了通缉令,正在通缉我。我辗转去了紫金、龙川、五华、梅县、大埔等地,才来到这里。我们农会主要的职员和会员都被抓了,但是广大农民还在,工作的基础尚好,开弓没有回头箭,我觉得我们不能认输,必须要坚持抗争。我这次来,就是想找你商量商量。你主意多,可以帮我们提提建议。"彭湃的声音低沉却铿锵。

"好,你先吃饭吧。"趁彭湃吃东西时,李春澜仰头闭目,谋划深思。李春澜在心里琢磨着,对方是县府,勾结了当地驻军,有武器弹药,与之硬抗显然不妥。最稳妥的办法还是采取文斗,向各地农民朋友揭露海丰县府的恶劣行径,在舆论上造势,以取得民心,进而给当地政府造成压力,以此声援海丰农会。

待彭湃吃过饭,李春澜把自己的想法说了出来。彭湃觉得可行,说:"你文笔好,请你代为起草吧。"

"好的,彭兄,既然你如此信任,那我就却之不恭了。"李春澜点头答应。

之后,二人又商议了标题,《告农民同胞书》或《海丰农民告同胞书》。两人默念了几遍,还是认为不能完全涵盖此文要表达的意思。一番讨论后,最后决定用《海丰全县农民泣告同胞书》,既痛陈时弊,又振聋发聩。

> 我海丰农民之不聊生也久矣!然生活之悲惨困苦颠连而无告,则未有如今日之甚者!查我海丰农民,有田可以自耕者,百不得一,余则皆就田主领田佃耕按季纳租奴于田主以为活耳……

告同胞书声声控诉,字字血泪。写好后,还有一个难题,就是怎么传播的问题。

彭湃说:"我暂时不好抛头露面,还得恳请你帮忙。你能否到海丰去一趟?"

"可以。做什么?"

"我们以前办《赤心周刊》时的印刷设备我还保存着,这次正好能派上用场。你有经验,过去帮忙排排版,先印个几百份,派人到各地去散发。另外,你的门路比较广,在报界的朋友多,能不能把材料寄到各大报社去?我们要昭告天下,呼吁各界团结起来营救被捕的农友。"

"没问题。"

说做就做,立竿见影。第二天一大早,李春澜就去了海丰。由于正值暑假,春洋在家没事,缠着大哥要一起去。春澜无奈,只好同意了弟弟的请求。

《海丰全县农民泣告同胞书》被迅速印刷了出来，春澜带领春洋以及农会会员四处散发，很快在潮汕大地上传播开来。之后，李春澜又把它寄给了北京、上海、广州的一些报刊，很快得到刊发，海丰农民运动被更多的人知晓。李春澜和彭湃没想到的是，这篇檄文在南京得到了一个人的关注。

此时，在国立东南大学梅庵，作为中共中央代表，赴南京参加社会主义青年团第二次全国代表大会的毛泽东正手捧报纸，饶有兴致地看着，报纸上刊登的正是这篇《海丰全县农民泣告同胞书》。清晰的观点，犀利的笔锋，让毛泽东记住了彭湃和李春澜这两个名字。这篇战斗檄文恰如一石激起千层浪，在一片赞扬的同时，也有反对之声。

香港《华字日报》和《建设周报》接连刊登了歪曲海丰农民运动的文章，令彭湃和李春澜异常气愤。回到北京的李春澜一不做二不休，于1924年年初发表了针锋相对的长篇文章《海丰农民运动及其指导者彭湃》，全面详细地介绍了海丰农民运动的开展情况以及领导者彭湃其人其事，旗帜鲜明地支持彭湃领导的农民运动。海丰农民运动由此声震全国。

春洋从中真切地感受到了革命的浪潮，何况他还见过彭湃，到过海丰，亲自参与了一系列宣传工作。仔细研读大哥撰写的《海丰全县农民泣告同胞书》和《海丰农民运动及其指导者彭湃》后，他从心底里更加敬仰彭湃，也更加敬重自己的大哥……

手捧大哥的日记，春洋暗自思忖："不知道彭湃大哥现在怎么样？我要不要去海丰探听一下消息，把我大哥遇难的消息告诉他？"春洋没敢贸然行动，而是先抽空去了一趟墨香书店，把自己的想法向蔡兴中说了一下。

蔡兴中说："你现在知道关心同志是好的，但是，这样做不妥。首先，'四一二'反革命政变刚过去不久，彭湃同志肯定也是他们要缉捕的重点对象，他现在的具体情况我们还不掌握。且不说彭湃同志被捕与否，你这样贸然前去打探消息，只能是有百害而无一益，是把自己置于危险的境地。其次，革命仍然处于低潮，为了安全起见，每个人牵涉面不能太广，这样对同志好，对自己也好。所以，从现在起，你要深居简出，本本分分地做你的生意，轻易不要出头，要时时刻刻保持警惕。我这里也不能经常来了。有任务时我会想办法通知你的。"

李春洋意识到形势的严峻性，说道："好吧，我想得过于简单了。"

不久，春洋抽空去了一趟姐姐春溪家。姐姐家所在的磷溪镇，说远也不远说近也不近。过去孩子少，姐姐姐夫来得还勤些，但现在他们有了三个孩子，每天忙得不可开交，没什么大事十天半月也来不了一次，到现在，姐姐还不知道爷爷住院的消息。春洋雇了一辆牛车，用了一个多小时才到磷溪镇，在街上置办了一些给外甥们的礼物，才走进姐姐家门。

"哦，小阿舅来了，小阿舅来了。"小外甥女拉着春洋的手，欢呼雀跃着。

春洋问："你阿爸和阿妈呢？"

小外甥女说："阿爸去卖东西，阿妈去开会了。"

"开什么会？"

"不知道。"

"去把你阿爸喊回来，就说小阿舅来了。"小外甥女接过春洋带来的糖果点心，兴高采烈地跑开了。

过了半个小时，姐夫林根生带着小外甥女赶了回来。听说小舅子来了，林根生也很惊讶，紧张地问："你怎么来了？家里有什么急事吗？"

"也没什么急事，好久没见到你们了，过来看看你们忙什么。"

"我们能忙什么？平时种种庄稼，有空帮我阿爸去看看店。我和你姐姐都参加了农会，你姐比我积极，有空就去开会。"

"哦，你们这里也成立农会了？"

"我们这里前年就成立了，当年你大哥二哥回来看我们，还在我们这里做过调查呢。"林根生回答。

正说着话，姐姐春溪风风火火地回来了。春溪变了，春洋记忆里的姐姐不是这样的性格。她一进门就连珠炮似的大声说："春洋，你来看姐姐了，是不是想姐姐了？你看我这阵子忙的，都顾不上去看你们了。家里怎么样？"

春洋极力控制着自己的情绪，说："还可以吧。"他的神情没有让姐姐察觉到有什么异样。他这次来，并不想把大哥罹难的消息告诉姐姐，怕她受不了。

林根生在旁边插了句话："你们姐弟俩先聊着，我去准备饭菜。"

春洋和姐姐聊了一会儿家长里短，然后说："阿姐，你给我讲讲你们农会的情况吧。"

"哦，你也对我们的农会感兴趣？我还当只有你大哥二哥感兴趣呢。我知道一些，但说得不一定准确。"春溪望着弟弟感慨道。

春溪说，她每次回娘家，都要带一摞报纸回来。海丰"七五"农潮发生后，她从报纸上看到《海丰全县农民泣告同胞书》。对此，她和丈夫感同身受，本来土地就不多，每年还要交不少官粮，丰年还凑合，遇到灾年，全家人吃饭都成了问题。如果不是小孩阿公做点生意补贴生计,恐怕他们也要饥一顿饱一顿了。因此,大家都想找个能说话的地方,反映大多数人的呼声。

当时,潮州才刚刚组建农会。至于何时成立的农会,春溪也说不清。

实际上,第一次东征胜利后,时任东征军总政治部主任的周恩来出任东江地区各属行政专员,他选派了不少共产党员到各县领导开展工农运动,这一时期工农运动得到了蓬勃进展。早在1924年4月就加入中共的彭湃,主动请缨,被周恩来派驻潮汕地区,任中共潮梅特委委员兼农委书记。各地农民运动性质相似,彭湃驾轻就熟,不但把在海丰积累的农运经验输出到潮州,而且还抽调农运干部支援潮汕各地农会。潮州各乡镇仿照海丰农民运动的模式,开始组建农会。

春溪对春洋说,刚开始时,因为家里孩子多,忙不过来,她与丈夫并没有积极参加农会。跟他们一样,但凡日子能过得去,潮汕地区的很多农民都有得过且过的想法。况且他们起初也搞不清楚农运是干什么的,以为就是单纯地起来造政府的反。

就在这个时候,李春澜和刚从上海赶回的李春江一同来到了磷溪镇,一来趁回潮州的机会看看姐姐,二来也调查一下潮州农运的开展情况。当时她和丈夫甚为疑惑,兄弟两个,一个在北京一个在上海这样的大城市,怎么一同回到潮州关心起农民运动了?

姐姐姐夫的疑惑,春洋是清楚的:"大哥和彭湃是同学和好友,他们在帮助彭湃做事。海丰'七五'农潮后,我还跟他一起去海丰发过传单呢。"

潮汕地区的农运推进不理想。彭湃了解情况后,加大工作力度,派彭莫、傅尚来到磷溪镇开过几次动员会,有时还走到群众家里,挨家挨户摸情况,找农民朋友谈心,甚至有时与农民一起吃住。

那一时期的李春澜,一直奔波于北京的几所大学任教代课,但因彭湃的原因,他还时时刻刻关注着海丰农民运动。当海丰农运遭受舆论压力时,他立即写出《海丰农民运动及其指导者彭湃》发表在报刊上,为彭湃及海丰农运澄清事实,摇旗呐喊。同时仍不断为汕头的《大岭东报》《天声日报》《汕头星报》等报刊撰稿,宣传民主思想,呼吁农民联合起来争取自己的权益,唤起民众反帝反封建的自觉性和积极性。

1924年年初,列宁逝世,北京大学法学院举行悼念活动,李春澜、杜国庠等朋友们一起到会参加。在活动现场,李春澜上台发言,宣讲列宁的工农联盟思想,赢得与会者高度赞同,大家时而低声啧啧称赞,时而起立报以掌声。后来,李春澜还与杜国庠等人一起编辑出版了纪念列宁专集《列宁逝世纪念册》《社会问题》等，在北京一时声名鹊起。

第二年开春，李春澜应上海大学社会学系主任施存统之邀赴沪讲学。他结合八国联军侵略中国，世界列强强占中国的史实，向学生讲授《殖民政策》一文，并将讲稿发表在上海《民国日报》的副刊《觉悟》上，以激发学生和社会的爱国之心。

这年的春天，注定不平凡。由于不满北京大学的教学环境，杜国庠借为母奔丧的机会，辞职回到了家乡汕头澄海。对李春澜而言，失去杜国庠的北京，好像对他也失去了吸引力，便滞留上海迟迟未归，他想更多地感受一下上海的革命气息。恰逢此时，上海由共产党领导的工人运动正如火如荼地开展。李春澜了解到，新年伊始，日商工厂无故解聘工人，停发工资，打伤工人，工人们的生活处于困苦境地。四五月份日商越发变本加厉，许多纱厂借口存纱不多故意关闭工厂，造成大量工人失业。工人们组织起来去厂里理论，却被开枪打死打伤，激起了广大人民的极大愤慨。中共中央发出通告，决定发动工人群众，于5月30日在上海租界举行反对帝国主义的示威游行。

当天，李春澜、李春江组织大学生与工人们一起走上了街头。他们分头在公共租界各条马路上散发反帝传单，进行讲演，揭露帝国主义枪杀工人顾正红、抓捕学生的滔天罪行。李春澜站在一个石凳上，正慷慨激昂地进行演讲，突然传来"嘟、嘟"的哨音，久居上海的李春江非常熟悉这声音，急忙提醒大家快撤，快撤，巡捕来了。说完拉着李春澜就跑。没跑出去两步，便听到身后传来"咔、咔、咔"拉动枪栓的声音，随即就是一排"嗖嗖嗖"的子弹声。

据事后报道，当天打死十三人，其中包括四名学生，重伤数十人，被捕一百五十余人。李春澜、李春江目睹租界巡捕枪杀工人与学生的惨烈场面，更激起了他们对帝国主义的满腔仇恨。之后他们以百倍的激情，全身心地投入了由共产党领导的罢工、罢市、罢课的五卅运动。

6月，学校放假，在上海没太多事情，李春澜决定回到潮州。一路上他与同行者讨论海丰农民运动之事，了解到反动舆论一直造谣中伤海丰农民运动，使不明真相的群众心生疑虑，无所适从。为了进一步了解海丰农民运动的情况，李春澜决定亲自到海丰去，实地调研一下当地农民运动的情况，为自己撰写文章寻找更加充分有力的证据。7月初，李春澜来到海丰。令他没有想到的是，第一次东征胜利后，海丰农民运动蓬勃发展。李春澜见到了彭湃，并与他一起参加了7月上旬举行的海丰全县农民代表大会，参会代表多达一百多人。

"彭兄，我要留下来开展实地调查，你看怎么样？"李春澜被海丰农民运动所吸引，对彭湃说。

彭湃拍了拍李春澜的肩膀："春澜兄，我完全赞成，请你用调查到的事实有力回击那些无端的造谣污蔑吧！"

兴致勃勃的李春澜马不停蹄，穿梭于海丰的各个乡镇，进行了系列实地采访调研。他让受访农户谈论农民对土地所有权的认识，举手表决对这一问题的态度和看法，并将调查结果写成文章《田地究竟是谁的呢？》，用事实和真相有力驳斥了反动舆论的谣言，阐述海丰农会是代表农民利益的、受到农民欢迎的群众组织，具有深厚的群众基础和强大的生命力，值得在各地大范围推广普及。文章发表在《农工周刊》上，产生了广泛的影响。

在上海大学读书的李春江，长期跟随在瞿秋白、张太雷、施存统身边，深受革命思想的熏陶，经常辅助他们做一些学校宣传、编辑杂志、印刷等工作。1924年1月，还是大学生的李春江经后来成为瞿秋白夫人的女同学杨之华介绍，加入了中共组织。

李春江在学生中非常活跃，是上海大学学生会执行委员。此时，欧美国家的基督教传教士逐渐麇集上海，师生中有不少人都被发展成为基督徒。教务长瞿秋白认为有必要成立一个反基督教同盟，就把这项工作也交给了李春江。李春江不负众望，联系动员了几个人，在杜国庠、李春澜合住的赭庐四合院里成立了反基督教同盟。上海五卅运动中，李春江是罢课行动的组织者和积极参与者，带领同学们冒着危险一直坚持到最后。暑假来临，到了毕业季，春江先回到了老家潮州。

那个夏天，春江和哥哥春澜是在潮州度过的。一天，两人相约去看望姐姐。磷溪镇当时正在组建农会，群众逡巡观望，积极性不是很高。兄弟二人到来时，正好碰到彭莫、傅尚两人到姐姐家家访，想动员他们两口子入会。李春澜、李春江调查了一番当地组建农会的情况，得知群众积极性不高时，也决定从姐姐姐夫入手，帮彭莫、傅尚打开工作局面。

李春澜问："阿姐阿哥，你们为什么不想入会？"

春溪还是那些话："我们孩子多，家里事都忙不过来，入了会就要经常开会，参加活动，哪有那么多时间？"

"阿姐，一大家子人虽然很忙，但我觉得还是有必要参加。你们两个可以轮换着去，也可以带孩子去，孩子跟着听听，说不定也能接受些教育。你还记得那年阿爸带我和春洋到彩塘姑姑家的事情吗？那时我们还小，可真是跟着长了不少见识！"春澜提起了当年跟随父亲见过许雪涛的往事。

姐姐春溪沉默不语，低头思考春澜的话，李春江接着大哥的话说道："是呀，那次回来春洋也懂事了不少。阿姐阿哥，咱们家兄弟姊妹虽说也不少，但我和大哥经常不在家，遇到吃紧当忙的时候未必就能及时赶到。可农会是咱们农民自己的组织，大家组织起来抱团取暖，遇到事情相互打气撑腰，共同争取正当利益。俗话说，一根筷子易折，十根筷子难弯，不就是说有什么困难了还是人多力量大的道理吗？"

春溪似乎想通了，抬起头看着两个弟弟，笑着说："呦，我以前还不知道，你们两个嘴巴居然这么能说。你们都是读书人，见多识广，明白的事理肯定比我多。姐听你们的，这就带头报名参加。弟弟思想有觉悟，我这个当姐姐的也不能拖后腿不是！"从此，春溪成了农会积极分子，开始帮彭莫、傅尚做其他人的思想工作，对农会的发展起到了积极的推动作用。

看着神态气质与以前大不相同的姐姐，春洋问道："阿姐，现在农会的情况怎么样？你看起来工作得很积极嘛！"

姐姐快人快语："现在农会发展得可好了，我们镇的村民基本上都参加了农会。大家心往一处想，劲往一处使，感受到了拧成一股绳的力量。自从有了农会，官僚地主再不敢明目张胆地压榨欺负我们了，就像春澜在报纸上写的，农会在废除苛捐杂税和封建陋规，实行减租减息、维护农民权益方面都发挥了重要作用。"

春洋笑着夸赞道："阿姐现在果然厉害，说话一套一套的，你原来可不是这样的。"

第十七章

通过与姐姐的接触和交谈，春洋认为姐姐没有自己想象的那么脆弱。思来想去，他还是决定把大哥罹难之事告诉姐姐。

临走时，春洋说："阿姐，你能送送我吗？"姐夫知道春洋有话想单独与春溪说，就及时止住了脚步。

一路走着，春溪问："春洋，有什么事要说吗？"

春洋不说话，待走出镇子到了一处空旷的地方，才停下脚步。当春洋抬起头时，眼里已经噙满泪水："阿姐，家里出事了。"

春溪浑身一震，急忙问："怎么了？快说！"

"大哥，大哥没了。"

"你，胡说什么啊？"春溪怎么也不敢相信春洋的话，但看到弟弟眼眶中涌出的泪水，心一下子提到了嗓子眼，脸色瞬间变得苍白。

"我考虑了好长时间才敢给你说，阿姐，你一定要挺住。"

"到……到底怎么回事？"春溪哭喊着问道。

春洋拉着姐姐的手，稍微平复一会儿，说道："上个月底，在汕头，我亲手掩埋了大哥。他被国民党抓了，在监狱里受尽了酷刑，腿也被打折了。我去汕头打探情况，托人安排与大哥见了一面，没想到他两天后就被打死扔进了海里，后来尸体漂了回来才知道的。"

"我苦命的弟弟啊，怎么年纪轻轻就走了！"春洋还没说完，春溪就捶胸顿足，失声痛哭起来。

姊妹五人中，春溪与春澜年龄相近，姐弟两人也最为亲近，猛地听到自己最亲的弟弟惨遭杀害，她怎能不崩溃大哭。

春洋任由姐姐哭了一阵子，才劝慰道："阿姐，我们要记住这个仇，发誓与国民党不共戴天。现在还是先顾活着的人吧，他们到家里搜查，把阿公推倒了，阿公骨折一直住院呢。"

一听说阿公受伤住院，春溪立马止住哭声，她没想到最近家里面竟遭遇如此大的变故："阿公好点了吗？你二哥三哥呢？"

"阿公情况不容乐观，估计今后都下不了床了。二哥当时逃回来，告诉我大哥被抓走的消息，现在他和三哥都逃到上海去了。还有，那个大表哥王志鹏坏透了，他就是杀害大哥的帮凶，以后千万不要再与他来往了。"春洋临走一再叮嘱，大哥的事一定要瞒着家里。

走在回去的路上，春洋感到心里敞亮了一点，大哥的事这么长时间憋在心里一个人担着，确实让他堵得慌，现在告诉了姐姐，有人一起分担，好像压力也减轻了许多。

这次让春洋吃惊的，还有姐姐的变化。原来只忙于家务，从不关心政治的春溪，眼下都快要加入党组织了。从刚才春溪的眼神中，他看到了阿姐从未有过的一种坚毅和勇气。想到自己曾经萌发过荒废光阴的虚无感，一种痛悔之情油然而生，不能这样无所事事下去。春洋开始了内心的反思。"我得赶快做点什么！"回去的路上，春洋一直琢磨着这个问题。

回到城里，春洋第一时间想去书店找蔡兴中商量。遇到问题去找蔡兴中，慢慢成了他的一种习惯。但春洋突然想起了蔡兴中说过，没有重大的事情，轻易不要去书店找他。

春洋躺在床上苦思冥想，当目光从天花板落到地上时，突然眼前一亮，想起了以前在蔡兴中书店的经历——蔡兴中的书店不大，为了躲避检查，他在地板下面挖了个洞，用来藏禁书。

"我一定要在糖行和家里做点文章，以备万一遇到紧急情况，可以藏人或者重要的物品。"联想起大哥的遇难和二哥、三哥逃离时面临的种种困难，春洋在心里发誓，绝不能让同样的事情再次发生，能保护一个就保护一个。

两年搏击商海的历练，让春洋养成了雷厉风行的习惯。他找到纸笔，把糖行的房屋结构图和四周位置图标注了出来。他的目的就是两个：要么藏东西，要么藏人。从哪里下手呢？春洋盯着图纸，陷入沉思。藏东西比较简单，只要地方隐秘，不易找到即可，空间可大可小，不用考虑通风问题，但必须得考虑防潮。但藏人就麻烦多了，地方不但要有隐秘性，而且要有足够大的空间，更重要的是，还必须解决通气问题。

当天下午，大栓就看到老板在店堂里一直转来转去，眼睛总是盯着某个地方发呆，也不和人说话。不大一会儿，又默默跑到楼上去，一个下午上上下下好几趟，搞得大栓和店堂的经理王叔都莫名其妙。

糖行是春洋阿公置下的产业，是一幢两层小楼。斜坡小瓦房顶，宽有两间房大小，楼下是店堂，楼上是仓库兼办公场所，还铺了垫子和毯子，大栓和春洋有时也在这里休息。

快下班的时候，春洋对王叔说："王叔，我这几天在外面跑，看人家房顶上都装了玻璃窗，有利于采光和透气，我也想装一个，您看行不行？"

王叔回答："这有什么行不行的，看各人喜欢，你要喜欢就装呗。"

第二天，春洋就喊人来量尺寸，一星期的时间就装好了。春洋还特意让人做了个木梯，天晴的时候，他就会打开窗子顺着梯子爬到房顶上去看风景。王叔只觉得年轻人好奇心强，并没有太在意。春洋还想在店堂的地面上动脑筋，但店堂每天营业，王叔和大栓都在，不好大兴土木，心想还是先考虑好方案，等到过端午节时，给他们放两天假，到那时再动工。

糖行的改造方案确定好了以后，春洋开始考虑家中如何实施。当天晚上回到家后，春洋从屋内转到院子里，又从院子里转到屋内，煞费苦心地琢磨，从哪里下手做文章呢？院子里有一口吃水的井，井口上安装了一个辘轳用来提水。他围着水井转了好几圈，还趴到井口往里面看了看，心想这个井要是横的就好了。就是这一闪念给了春洋灵感，他想这个水井太显眼了，一般人反而不会在意，如果在井壁上横着掏个洞，平时用木板虚掩着，紧急情况下藏人藏东西是没问题的。

关键是怎么掏？又围着水井转了几圈，春洋想出了一个主意——在水井旁先挖一个向下的洞，然后对准方向再横着挖，就能与水井壁打通。想通了这一层，另一个问题接踵而至，自己一个人也不行啊，刚开始挖得浅还可以，等挖得深了，还要向上提土，需要两个人合作才行，而这个坑至少要挖到三米。为了保密，他想过请蔡兴中来帮忙。但又立即否决了这个想法，决定还是另寻他人。

时间十分紧迫。阿公现在还在医院，小美说可能再有一周就要出院了。每天阿嬷和阿爸阿妈他们轮流在家和医院之间穿梭，在家的时间少，必须趁这几天挖好。

春洋从姐姐家返回的第二天，春溪带着儿子林青泉来了。那天春洋去姐姐家时，外甥跟随彭莫书记去别的村搞宣传去了，两人没见面。这次一看，大外甥已经是个快二十岁的壮小伙子，真是踏破铁鞋无觅处，看到他，春洋马上有了自己的想法。春溪和外甥先去了医院看阿公阿嬷，后来阿妈又带着他俩一起回家来做饭吃。因为相信姐姐，春洋就把自己的想法与姐姐说了，接着吞吞吐吐地说想让大外甥在这住几天帮帮忙。

春溪一听，爽快地说："这有什么顾虑的，让他帮你弄就是了。"

春洋说："我不是想着你们那里也忙吗。"

"没关系的，我去帮他向彭莫书记请几天假。"同时春溪也提醒他，"你平白无故地在院子里挖土打洞，家里人问起来，你要准备好有个说法。"

"这个我也想过，就说家里这一段不平安，找风水先生来家里看了看，先生说院子里地下有脏东西，主煞气，不吉利，需要挖出来。"春洋说得合情合理。

"这个借口不错，阿公还是有点迷信的。但你要记得先去弄个看似古董的东西，到时假装从地下挖出来。"春溪帮弟弟想了个点子。

李春洋得意地说："你放心吧，都已经准备好了。"

大外甥留下的当天夜里，两人就着手动工。离开井口两米多远向下挖了一个直径一米五左右的圆洞，舅甥两人轮流开挖，很快就挖下去三米，然后横着掏了一个直径一米五的洞口与井壁贯通，简单垫上支架护板。李春洋把早已做好的一块厚木板挡在密洞洞口，又重新填土封上了旁边新开的洞口。李春洋下去试了试，密洞内可以坐也可以躺。水井壁上的洞口外，春洋同样做了两个半圆形的木盖，涂成土色的木盖上凿开了几个透气孔。木盖合上后，地面上的人根本看不出井壁上藏着机关。

黎明时分，大功告成，就在这时，在医院看护了一夜的阿爸和阿妈回来了。正当地面上的青泉不知所措时，满脸泥土的春洋爬了出来，指着手里的一只"古董铜兽"说，他请高人指点，挖出了院子里埋藏的"妖巫"，家里从此就会太平了。

李秋升和妻子不明就里，围着"祸害"看了半天，说："赶快把'妖巫'扔到韩江里去吧！"

春溪这次到医院探病，看到阿公形销骨立的样子，以及阿嬷和阿爸阿妈因日夜操劳而疲惫不堪的神情，再想到春澜被国民党杀害，止不住心中悲愤，号啕大哭了一场。几个人虽觉得奇怪，认为阿公摔伤春溪也不至于伤心成这样，但也没有多想，只道是春溪看到阿公，过分心疼所致。

小美刚好在上班，看春溪一个劲地哭，也过来劝她。

春溪出嫁时，小美还小，后来回家走亲戚也不常见，如今看见已经长成漂亮大姑娘的小美来来回回地为阿公检查、换药、打针，春溪打心眼里喜欢上了这个温婉美丽又聪明伶俐的姑娘。细心的春溪还注意到，春洋的眼睛好像粘在了小美的身上，随着小美的移动前前后后、左左右右地移动，她的心里有了谱。阿嬷也是，对小美喜欢得不行，不时拉着小美的手说东问西，连声感谢她对阿公的关心照顾。

春洋笑笑说："阿嬷，你就让她照顾吧，我和小美是好朋友，我不在的时候就拜托她了。"

小美看着春洋，俏脸微红，笑盈盈地说："阿嬷千万别客气，咱们是前后邻居，我们几个从小玩到大，春洋阿公也算是我的阿公，再说我在这里工作，很方便的。"

中午回去吃饭的时候，趁着春洋和阿爸阿妈都在，春溪说："阿爸，阿妈，青泉也不小了，我们给他定了一门亲事，准备年底给他把婚事办了，你们看怎么样？"

阿妈急忙表态："好啊，好啊，该办了，该办了。"说完看了春洋一眼。

姐姐知道阿妈的意思，把目光转向春洋："春洋，你几个哥哥都不在家，我们管不了，你怎么办呢？你看阿公身体这么不好，不能让他再等下去了。再说了，青泉都准备成家了，你这个当舅舅的更得抓紧啊！"

李秾升瓮声瓮气地来了一句："不孝有三，无后为大。"

"这样的事情，急有什么用，总得容我找到一个合适的人吧。"春洋低着头怼了一句。

春溪笑笑："远在天边，近在眼前。我看小美就非常好，你可别对我说你对小美没想法啊。阿爸，阿妈，你们觉得呢？"

李秾升夫妻异口同声说："只要他们没有意见，我们都同意。"窗户纸被姐姐捅破后，春洋也就不再推托。一家人最后商定，赶快找个媒人上门求亲。

几天之后，春洋佯装购书，去了一趟墨香书店。他把这几天来自己的所作所为，一五一十地向蔡兴中做了汇报。蔡兴中听后，惊喜交加，半天没说话。春洋一步步走向成熟，蔡兴中为之暗暗感到高兴。

"春洋，《共产党宣言》你读得怎么样了？"蔡兴中低声问道。

"我已经读完了，对内容有了进一步的了解。以前我也看一些进步报刊，但对一些概念性的东西，比如无产阶级、资产阶级、社会主义、共产主义等并不是很清楚，很多时候只能去揣摩大意。这次通过研读《共产党宣言》，我认为马克思、恩格斯他们对此分析得十分深刻和透彻。我感觉还要慢慢琢磨，才能更好地理解。"停了一会儿，春洋又问："工人是彻底的无产者，您说像我这种人到底属于哪一种？"

"里面不是说到了吗，你现在只能算中间阶层。你没有土地，不算农民；你经营着一个小商行，规模又不大，和我一样，只能算一个小商人。如果没有其他的变化，你这个小商行一直经营着，以此维持全家的生计，那还好，一旦出现其他意外，经营不下去了，那你立马就失去了经济来源，便会变成无产者。"

蔡兴中不紧不慢地讲，春洋目不转睛地盯着他听。

"这就是《共产党宣言》里所说的，以前的中间等级的阶层，即小工业家、小商人和小食利者、手工业者和农民——所有这些阶级都降落到无产阶级的队伍里来了，有的是因为他们的小资本不足以经营大工业，经不起较大的资本家的竞争，有的是因为他们的手艺已经被新的生产方法弄得不值钱了。无产阶级就是这样从居中的所有阶级中不断得到补充的。"蔡兴中耐心地给他讲解着。

春洋被蔡兴中这浅显易懂的讲解吸引，又连续问了几个问题，进一步加深了自己的理解。

"看这本书，你不要速读，而是要逐字逐句地细读和思考，才能抓住其要义。"

春洋点了点头。临走时，春洋想了想，说："我还有一件事想报告一下。"

"什么事？"

春洋不好意思地说："家里人想要我结婚。"

蔡兴中饶有兴味地望着春洋："好啊，这是好事啊。你都这么大了，也该成家了。"

看到蔡兴中是这个态度，春洋放心了："我以为您会不高兴，会说耽误事情的，毕竟现在还有很多事要做，而我现在仍一事无成。"

一阵哈哈大笑后，蔡兴中朗声说道："怎么可能呢！男大当婚，女大当嫁，是物之自然和人之常情。共产主义信仰不是让人清心寡欲，我不是也结婚了吗？还有孩子呢。况且，像你这种家庭，其他兄弟都出去了，你更应该尽早结婚，尽早要孩子，以安抚你阿公阿嬷、阿爸阿妈。他们期盼享受天伦之乐，只有满足了他们的愿望，把家庭照顾好，才能减轻你哥哥们的负担。他们没有了后顾之忧，自然能把革命工作做得更好，你想想是不是这个道理？"

春洋先是挠挠头，又赶忙点点头："是啊是啊。"

意味深长的一笑后，蔡兴中问："是哪里的姑娘啊？"

"是……是我们的邻居，小美。保安队那个陈宏祥您认识吧？就是他的妹妹。"

"哦？没想到你小子胆子挺大啊。"

"怎么了？"

"我可听说她大哥陈宏伟是国民党的军官，陈宏祥又是保安队的，这个妹妹怎么样你清楚吗？"

春洋急忙说："小美我还是清楚的，是我们邻居，我们一起长大。她聪明、善良，和她哥哥完全不一样。她二哥比较坏，但她大哥还可以，这次我去汕头打听大哥的消息，他还是很仁义的，帮了不少忙。"

看春洋这么急着辩解，蔡兴中说："哥哥是哥哥，妹妹是妹妹，我不会反对的。但他们家关系比较复杂，今后相处起来，你要有个思想准备。当然有了小美大哥和二哥的这层关系，以后你在处理一些事情时倒是方便很多。"

从书店出来走回家的路上，春洋一直在思考着蔡兴中说的那些话，只要把阿公阿嬷、阿爸阿妈照顾好，就是解除了哥哥们的后顾之忧，这也是对革命的一种贡献。同时，接下来怎样与小美的两个哥哥相处，自己是该好好考虑考虑了。

春洋依稀想起，大前年的夏天，两个哥哥回来，家里其乐融融，但老人们倍感美中不足的还是他们的婚姻问题。当时，和他们一般大的待在家里没有外出的，几乎个个都有两三个孩子了。每当阿公阿嬷和阿爸阿妈看到人家的孩子时，总是一脸羡慕，而自己家里，四个小子一个都不肯结婚，原本热热闹闹的一大家子现在变得人丁冷落，家里空落落的，每念及此，老人们眼神里尽是心酸。得到蔡兴中的认可，春洋下定了决心，迅速把婚事提到了日程上。不久，李秋升请了媒人去提亲。

小美事先给爸妈打过招呼，她父母倒是挺积极的，因为小美也不小了，一直挑三拣四不松口，他们甚是着急。这次女儿竟然主动提及婚姻大事，他们自然是顺水推舟，乐见其成。再者，李秋升家是邻居，家境也不错，春洋也是他们从小看着长大的，知根知底，打心眼里信得过这孩子。

谁都没有想到，幺蛾子出在了小美二哥身上。小时候的隔阂让陈宏祥一直对春洋嫉恨在心，总想找机会出口恶气，听说春洋在打妹妹的主意，他岂能轻易遂了对手的心愿。当着父母的面，陈宏祥直接冲到媒人面前说："我不同意！"

"啊，为什么？"父母为此一惊。

"我不喜欢他，我们俩不对脾气。"

阿妈笑了，说："你们俩不对脾气，又没让你和他过日子。"

"他成了我妹夫，还不得经常见面啊，今后一见面就吵起来，怎么办？"

"那你们就少见面。"

"那也不行，他天天和我妹在一起，净说我的坏话，挑拨我们兄妹关系，妹妹以后肯定也不待见我这个哥哥了，我们兄妹还怎么相处？"

阿爸说："宏祥，你不要小心眼儿。春洋这孩子我们了解，他不会这样的。我们和你妹妹说，让她做做春洋的工作，今后不再说你还不行吗？"

"不行。还有，他两个哥哥都野在外面，不知道干什么勾当，万一哪天被抓了,殃及家里,小美不得跟着倒霉啊?"

这次李家兄弟被通缉抓捕,陈宏祥是知道并参与的,只是后来不知道为什么此事不了了之。大哥陈宏伟也给他说过,既然春洋两个哥哥都已逃走,让他今后不要再找春洋的麻烦。至于李春澜遇害的事情,大哥并没有让他这个不省心的弟弟知道。

说到这些,父母倒有些迟疑,认为儿子说得有道理,两家真要做了亲家,春洋家倒霉,那他们家也不会有好日子过。当天,他们没有给媒人明确的答复,说要三天时间琢磨琢磨。

小美知道后,放出狠话,如果家里不同意,她就一辈子不嫁人了,老死在家里,倔强的小美躺在床上不吃不喝,也不与任何人说话。

宝贝女儿这一闹,父母彻底没辙了,既舍不得女儿受苦又要顾及二儿子的感受。他们逼着陈宏祥给陈宏伟打电话,让老大赶紧回来商谈家中要事。

第二天上午,一辆军用吉普车"嘎"的一声停在了巷子口,引来周围许多人围观。车上下来了一个年轻军官,正是陈宏伟。见到哥哥风光体面地回来,陈宏祥带着几个手下毕恭毕敬地站在那里迎接。

父母见大儿子回来了,立刻有了主心骨,赶紧把情况一五一十地向他陈述。

陈宏伟听明白了,说:"我当是什么重要的事呢,就这个事情啊,你们什么意见?"

阿爸看看二儿子,说:"本来我们是同意的,但宏祥那样一说我们也有顾虑。"

"是你不同意吗?"陈宏伟看着陈宏祥。

"嗯,我……我觉得不妥。"

陈宏伟顿时板脸说道:"我现在问你,你是不是准备养小美一辈子?如果小美一直绝食,万一出了事你担待得起吗?"

"我,我……"陈宏祥嗫嚅着说不出话来。

陈宏伟清了一下嗓子,又平心静气地劝弟弟:"宏祥,你我都大了,小美也不小了,不是孩子了,各人有各人的想法。现在提倡婚姻自由,我们当哥哥的也不能一意孤行不是?至于你说春洋的哥哥都在外面这些不确定因素,我想还是走一步看一步吧,车到山前必有路。再说了,哥哥是哥哥,弟弟是弟弟。况且我们就这一个妹妹,万一小美有个三长两短,父母怎么办?我们从小都疼小美,不能看着她不开心是不?还是应该尊重小美的心愿,我同意他们的婚事。"

老大陈宏伟说完,其他人不再提反对意见。

陈宏伟的话音刚落，小美从旁边门里一下子闪了出来，上前抱着大哥的膀子，使劲摇晃着说："谢谢大哥，我就知道大哥对我最好。"说完用眼睛瞄了二哥一下。

陈宏伟对小美说："小美，大哥对你好，二哥对你也好，都是为你着想，你不要怪他。"

没有退路的陈宏祥闹了个大红脸，慌忙为自己辩解："我也是为小美着想，为我们这个家着想。既然大家都这样想，我……我也同意。"

全家达成一致意见，小美笑了，倚在母亲身边撒娇："阿妈，大哥回来了，赶紧给他做好吃的。"

小美的婚姻大事就此定下。

陈宏祥表面上答应，其实心里还是愤愤不平。两天后，傻头傻脑的陈宏祥碰见春洋，迎头截住了他："别以为你成了我妹夫，我就不找你麻烦了。妹妹动不了，但妹夫可以换的。你最好处处小心一点，不要让我抓到你的把柄。"

春洋笑笑，说："二舅哥，都一家人了，何必呢？妹夫当然可以换，但你说了不算，得听小美的。"

陈宏祥气得直翻白眼，恨不得立马冲上去揍春洋一顿。

阿公病情稳定后，就被接回家中。媒婆连日登门游说，让早点把春洋的婚事办了，冲冲喜，说不定对阿公的病情恢复有帮助呢。

两家人都欢天喜地地同意了。

虽然是近邻，但还是得按照当地的婚嫁习俗，先定亲，后娶亲。李秋升对此极为重视，说这是家里第一次娶儿媳妇，程序一样也不能少，要把婚礼办得风风光光，热热闹闹，让亲家满意。

春洋和小美的婚礼办得隆重风光，经过迎亲、洗花水、分钱米、吃半碗饭、安床、接新娘、五碗头合房圆、敬甜茶等八道程序后，小美成了春洋的媳妇……

结婚第三天，新娘新郎要举行"回门"礼。李春洋对小美的父母说："我有一个想法，二老看合不合适。小美每次到这边来，都要从我们家大门出来，还要绕一圈，再从这个大门进来。我想在两家共用的围墙中间安个小门，方便小美进出，你们看怎么样？"

小美娇嗔地看了春洋一眼："你什么时候有的这个鬼点子，怎么都没听你说过？"

春洋说："这不是说了吗，想给你一个惊喜。"

两家父母倒无所谓，只要孩子高兴。在随后的一周内，春洋在两家中间的围墙上安装了一个能够旋转的门,加装了一个门闩把门固定住。平时门是被闩上的,只有小美用的时候才开启,这样小美要回娘家就方便多了。看到春洋这么细心为她考虑,小美甜蜜满满,更觉得自己选对了人。

第十八章

日子又回到从前。

阿公在家休养。阿嬷和阿妈操持着家务。阿爸仍然在城南小学教书。小美每天忙着自己的护士工作。春洋白天全力以赴操持着糖行的生意，晚上回到家，只要小美不在，就坚持阅读从蔡兴中书店借过来的书和杂志。

这天，又轮到小美值夜班，春洋吃过饭没事就坐下来看书。他看得太过聚精会神，就连小美回来站在他身后都没有觉察，直到小美自己忍不住在他背上轻轻拍了一下。春洋吓了一跳，慌不迭地起身把书合上，还拿上一张报纸盖起来。看春洋如此惊慌，小美开玩笑说："看把你吓得，你在做什么，是不是做了什么亏心事？"

春洋定了下神，假装若无其事地问："你不是夜班吗，怎么又回来了？"

"突然觉得不舒服，我就和别人调了一个班。"

没等春洋继续说话，小美皱着眉头问："看个书用得着这么紧张吗？给我看看这是什么书？"

"没什么，今天无意中看到一本书，刚翻了几页。"春洋不想给小美看，把书用报纸包起来，故意举得高高的。这更激起了小美的好奇心，拉着春洋的手臂往下拽。两个人较上了劲。

"哎哟，哎哟！"小美突然捂着肚子蹲了下去，吓得春洋赶忙弯下腰扶她，关切地问道："怎么了？怎么了？"

小美瞅准机会，猛地一下从春洋手里把书抢了过去。

《共产主义XXX》？当看清书名时，小美愣了一下，随即下意识地问："你是共产党？"

春洋说："难道看看这书就是共产党了？"

小美又问了一遍："你还没有回答我呢，你到底是不是共产党？"

"不是。"

"那你从哪里借来的这本书？"

春洋一想，不能说是蔡兴中给的。他脑子一转，随口说："是大哥留下来的。"

"嗯？"小美不相信。

春洋说："真的，你听我说。在汕头，我央求宏伟哥想办法带我去见了大哥，当时大哥浑身是血，腿也被打断了一条，估计他也预料到自己凶多吉少，就悄悄告诉了我一个地址。大哥遇难后我就按照这个地址找过去，果真找到了他的租住地。在房间内找到了他的行李箱，里面装着这本书，还有他的两本日记。现在不是有空嘛，我就想着拿出来看看，了解一下大哥是一个什么样的人。"

提到已经去世的大哥春澜，小美面露悲伤之情，说："那这样说来，大哥他真的是共产党？"

"可能吧。据说共产党都是有信仰的人，也都是不怕死的人。就拿大哥来说吧，你没看见他当时那惨状，蓬头垢面，满头满脸的血痂，再也不是我心中那个胡子刮得干干净净、浑身上下清清爽爽、头发梳得整整齐齐、喜欢穿一身白色西服的风度翩翩的大哥了。"

春洋说到这里，眼眶里涌满了泪水。小美神色凄然，她想起了刚从日本回国时的李春澜，文质彬彬，意气风发，似乎什么美妙的词语来形容他都不为过，而春洋描绘的狱中情景，她无论如何也难以想象。

小美理解春洋的心情，这么大的反差放在自己身上也无法接受。她忽然醒悟过来，连忙安慰春洋："大哥看的书肯定错不了。给，你看吧，看完也给我讲讲。"

春洋一把将小美拥入怀里，深情地低语道："小美，谢谢你。"

片刻之后，小美忽然一把推开春洋，沉着脸说道："这个书一定要藏好，不然是要掉脑袋的。你大哥二哥的事还没有过去，说不定还会有人追查。我刚才站在你背后好长时间，你都没有发觉，太粗心了。"

"好，我记住了。"春洋没想到自己还没有当护士的妻子心思缜密。

两人坐下来聊起了天，这还是他们结婚以后第一次这么正式地谈话。以往春洋多多少少还顾忌着小美的想法，现在既然摊开了，他就可以敞开心扉。有时，春洋觉得很孤独，和家里老人只是生活中的交流，自己的心思一点也不能和他们说，蔡兴中那里也不能经常去，他的很多想法只能憋在心里，觉得能说话的人太少了。

既然小美无意中撞破了自己看进步书的秘密，这让春洋有了一个想法——如果小美能够理解自己，两人有了共同语言，一方面可以使两人的婚姻关系更加稳固，另一方面自己多了个信仰和追求的知心人，岂不是一举两得的美事？

春洋下决心要慢慢地影响小美。春洋给小美讲自己看过的书、革命的言论，以及书中有趣的事情，还有哥哥们以及蔡兴中以前给他讲过的革命故事等，有时逗得小美捧腹大笑，有时又让她陷入沉思。每每听罢，小美总是惊奇地望着春洋，她还从来不知道自己的丈夫懂得这么多东西，过去只知道他聪明好学，现在他对她敞开了心扉的一角，使她了解到了更多。一丝丝的敬佩之情，在小美心间油然而生。

一次，他们聊到了小美的两个哥哥。

小美迷茫地说，她现在与大哥二哥难得碰面，尤其是大哥到了广州以后的情况，她几乎一无所知。静静回忆了一阵，小美告诉春洋，她表舅在广州城部队里，她大哥就是去投奔他的。后来，大哥来信，说自己入了部队，从士兵做起，没几年就当上了排长。

从小美口中，春洋了解到，不久之后，国民党在广州创办黄埔军校，开始招收学员。陈宏伟文化程度比较高，前去报考，一举成功。经过一个月的理论学习和六个月的军事训练，成绩优异的陈宏伟顺利毕业。之后，他在部队担任了连长职务。

"对了，我听大哥说过，他参加过两次东征，上战场打过仗，真了不起。"小美脸上浮现出自豪的神情。

彼时，作为准毕业生的陈宏伟参加了第一次东征，被分配到教导团第一团特务连。当时，黄埔军校的学生军和粤军组成的军队作为右路军，是东征军的主力，桂军为中路军，滇军为左路军。右路军的统领是军校校长、粤军参谋长蒋介石，周恩来担任政治部主任。

"大哥还给我和二哥讲过他参加棉湖战役的情况呢。"小美又想起了什么。

"说来听听。"春洋好奇地说道。

小美说："我讲不清楚，给你看看大哥的信吧！"

从陈宏伟给家人的信中，春洋知道了棉湖战役是第一次东征途中最为惨烈的一次战斗。

棉湖镇是潮汕地区揭阳境内的一个重镇。东征开始后经过一个多月的征战，3月12日，由蒋介石、周恩来率领的右路军进驻棉湖地区。次日，陈炯明部所属的林虎部队到达棉湖以西的和顺一带，准备围攻东征军。双方力量悬殊，林虎的部队有近两万人，是东征军的十倍，且装备精良、士气旺盛，企图一举将东征军消灭于揭阳一带。

陈宏伟所在的黄埔军校教导团第一团团长是何应钦，他们的任务是正面攻击位于大功山的林虎部,由钱大钧指挥的教导团第二团从梅塘攻打位于里湖的刘志陆部,粤军第七旅从塔头绕过去攻打和顺右侧,意图是先打外围,逐步形成三面夹击向里包围的态势。作战计划实施后,由于不熟悉地形,第二团和粤军第七旅没有及时到达指定地点,敌军主力全部压到了第一团这边。

何应钦将一团分成三个营,第一营为前锋,正面主攻,第二营左侧面佯攻,第三营作为预备队。战斗一开始就很激烈,虽然教导团士气如虹,但因敌强我弱,战斗始终呈胶着状态,炮火漫天,子弹横飞。敌人压上来后,一营的官兵与对方进行了肉搏战,一时间战场上刺刀见血,砍刀飞舞。二营的任务刚开始是佯攻,可一打起来,哪还管是真攻佯攻,把敌人打退才是真本事。

何应钦看到伤亡惨重,急如火燎,操起枪就打算向前冲。陈宏伟是特务连战士,负责保卫长官的安全,一把将何应钦拉了回来。战况紧急,何应钦命令三营预备队快速顶上冲锋陷阵,同时命令周边的特务连战士、通信员、伙夫等一起投入战斗。

此时,蒋介石也在指挥部,命令炮兵连赶快开炮。负责指挥炮兵的陈诚当时站在蒋介石的身边,却发现炮打不响,心急如焚:"校长,不知怎么回事,总是打不出去。"

蒋介石喊道:"肯定是炮架的角度不对!"说完,蒋介石就往火炮阵地奔,其他人也跟着跑了过去。陈诚知道蒋介石在日本留学时学的是火炮专业,于是按照他的指令,把一门山炮架起来,装上炮弹,重新调整好角度,亲自拉发,"轰"的一声,炮弹落到了蜂拥而来的敌群中间,敌人顿时倒下一片。

"好!"大家一齐欢呼,群情振奋,士气大涨,其他几门炮也随即仿效。说来也怪,火炮竟然全部都能击发,一时间炮火连天,弹片横飞,冲上来的敌军乱了阵脚,纷纷退却。

这边打炮,对方也不示弱。不一会儿,对方的炮弹也嗖嗖地飞了过来,在东征军的阵地上接连爆炸,炸死炸伤不少士兵。一个连长受伤,何应钦正弯腰查看他的伤情,突然,一颗炮弹呼啸而来,身旁的陈宏伟大叫一声"不好",飞身把何应钦扑倒在地。

爆炸过后,反应过来的何应钦推推身上的人,发现一动不动,急喊:"宏伟!宏伟!"

没有声音。

何应钦使劲把陈宏伟掀翻在地,抓住他拼命摇晃:"醒醒,宏伟!醒醒!"摇了好几下,被炮弹震昏的陈宏伟方才微微睁开眼。

幸运的是，陈宏伟仅被弹皮擦伤胳膊，简单包扎后，立刻又投入了战斗。

战斗持续了几个小时，黄埔军校学生伤亡惨重，所幸教导团第二团和粤军第七旅终于赶到了既定位置，在林虎部队后方发起攻击。林虎的战局急转直下，三面受敌，只得偃旗息鼓，伺机逃走。

东征军取得了棉湖战役的胜利，信心大增，乘胜追击，接连收复了潮州、梅州以及惠州，几日后占领了整个东江地区。第一次东征胜利后，何应钦对陈宏伟更加青眼有加，令其跟随左右。

春洋问小美："你大哥后来怎么到的汕头？他现在干什么？"

小美说："去年才去的，是第二次东征之后的事。他具体干什么我也不是很清楚。我下次问问我二哥，看他知不知道。"

春洋说："你可不能直接问他。我这个二舅哥老想着对付我，别让他怀疑是我让你问的，再来找我麻烦。"

"不会吧，都是一家人了，他还敢对你不好？"

"难说。"春洋说到这里，又想起了他的大表哥，叹了一口气，欲言又止。

"好吧。"小美郑重其事地答应了春洋。

说起陈宏伟，第二次东征之事不能不提。

第一次东征胜利后，部队还驻扎在东江地区，盘桓在广州城里的杨希闵、刘震寰在外国势力和军阀段祺瑞的支持下发动叛乱。早在第一次东征时，他们虽然名义上加入东征军联合平叛，实则阳奉阴违，消极怠工，不时与陈炯明暗通款曲。东征军闻讯后立即回师镇压，在广州市郊农民以及城市工人的帮助下，很快平定了叛乱。

趁东征军回师的空当，陈炯明重新夺回东江地区。东征军浴血征战的胜利果实丢了，国民政府自然不愿接受如此现实，为彻底消灭陈炯明部，统一广东省，真正做到一劳永逸，决定进行第二次东征。

第二次东征是当年10月开始的，蒋介石任总指挥，周恩来任东征军政治部总主任兼第一军党代表。东征部队分成三个纵队，何应钦是第一纵队纵队长。

由于周恩来在第一次东征胜利后就非常注重农民运动的开展，特意调彭湃同志到潮汕地区工作，负责发动各地农民运动，所以东江地区农民运动一直开展得轰轰烈烈，为国民革命军打下了坚实的群众基础。

陈炯明的倒行逆施，极大伤害了当地人民的感情，所以，第二次东征比第一次顺利得多，在省港大罢工工人和东江地区农民的大力支持下，国民革命军摧枯拉朽，势不可当，很快就攻下了潮汕地区，11月初又收复了东江。

陈宏伟一路追随何应钦，深得何的信任。有一天，何应钦派陈宏伟到政治部去公干，在办公室外面，陈宏伟看到一个人，他有点不敢相信自己的眼睛。

"李春江！"对方背对自己，陈宏伟试着喊了一声。

"到！"李春江下意识地答了一声，转过身来，看到了面前之人。

"陈宏伟，你怎么来了？"李春江迟疑片刻后认出了陈宏伟。

"我还想问你呢。你不是在北京吗？怎么也跑回来了？"陈宏伟首先反问。

"来吧，到我办公室坐会儿。"李春江邀请陈宏伟进了自己的办公室。

泡好茶，两个人坐着聊了起来。

李春江说："我现在在东征军总指挥部、政治部工作，才过来没有多长时间。你呢？你在哪儿？"

陈宏伟半开玩笑地说道："还是你们这些坐办公室的好啊。我是下面扛枪打仗的，在一纵队，何纵队长的手下。"

"何纵队长厉害啊，你跟着他，一定会日有进步的。"

"周主任是雄才大略之人，你跟着他，今后定会飞黄腾达。"

两人你一言我一语地聊着，陈宏伟突然想起了什么："你哥呢？他在哪里？"

"我哥现在广州《政治周报》工作。"

"我和春澜是同学，知道他一直喜欢写写画画，头脑活，主意多，搞宣传工作肯定是把好手。"

"我也这么认为。"见陈宏伟夸自己哥哥，李春江脸上写满得意。

至于陈宏伟为何到汕头，这与何应钦之弟何辑五有关。

第二次东征，以何应钦为纵队长的东路军，一路势如破竹，所向披靡，接连收复了广东的惠州、海丰、潮州、汕头和梅州等地。为了加强地方管理，何应钦被国民政府任命为潮汕善后督办和惠潮梅绥靖委员。

而何辑五在第一次东征时，就被调任为东征军管处处长，负责后勤方面的工作。他深知潮汕为东路军的军需重地，既要补给前方也要绥靖地方，责任重大。

何应钦负责潮汕善后督办，肥水不流外人田，对自己弟弟自然"不薄"，先后任命何辑五为汕头警察局长、汕头警备司令，还有潮梅警备司令、第一军第一补充师师长、第十军副军长等职。何辑五身边缺人手，何应钦就从自己身边抽调了一批认为用着顺手的人回汕头，协助弟弟稳定局面。

陈宏伟就在这批人之中，他先是被任命为侦缉处处长，不久又被任命为警察局副局长。

陈宏伟的事情了解清楚后，春洋问小美："那你二哥呢？他怎么突然进了保安队，还当了保安队的副队长呢？"

"先不说别的，从胆子上看，他倒是个当保安队长的料。"小美半是玩笑半是认真地说。

"怎么说？"春洋望着小美。

小美说起了一件事。有一次，她从女子学校放学回家，在路上碰到几个小流氓冲她吹口哨，还一直尾随至她家这条街上。小美当时吓破了胆，第二天死活不肯去上学。

陈宏祥听说后，拍着胸脯对妹妹说："今天你只管放心去上学，放学后正常回来，我倒要看看是谁吃了熊心豹子胆，敢欺负我陈宏祥的妹妹。"

小美说，那天下午放学回来，果然又碰到那几个小流氓。陈宏祥带了几个人在半道上蹲守，双方一言不合便吵了起来，随后就动起了手。小美没敢看，吓得回家躲了起来。

群殴的结果是陈宏祥的衣服被撕得稀烂，脸上挂了彩。对方更惨，陈宏祥用砖头在对方领头者的头上砸了个窟窿，血流如注……从那以后，再也没有人敢欺负小美了。

春洋开玩笑："嗯，那我是不是还要谢谢你二哥呢？"

小美白了春洋一眼："我只希望你们两个能和睦相处，不要对着干就行。其实，我这个二哥，对我还是不错的。"

"后来呢？"

小美接着说："后来，从学校毕业后，二哥也不知道要做什么，就一直游手好闲地在外晃荡。阿爸阿妈非常着急，直到有一次大哥回家探亲，情况才有了变化。"

第二次东征胜利后，陈宏伟所在的部队驻扎在潮州，他趁机回了趟家。父母向大儿子哭诉这种情况，逼着他给弟弟陈宏祥安排个出路。陈宏伟说："要不也让他当兵吧，黄埔军校马上要在我们潮州开分校了，要招些学员进行学习和训练。让他进去受训，这匹烈马，套上笼头，磨磨性子，兴许以后就好了。"

父亲立即应允。

母亲问："学完之后要打仗上战场吗？"

"当然了，当兵的哪有不上战场的？"陈宏伟顺理成章地回答。

父母两人合计之后，反悔了："要这样就算了。我们就两个儿子，都去当兵，哪天都上战场了，怎么办？"

不上军校，陈宏伟拿这个不学无术的弟弟也实在没办法。最后还是他们部队的战友提醒了他，说："你不如给他在潮州保安队里谋个差事吧，就是维护地方治安，不用上战场打仗，而且能干到保安队长的话，在当地大小也算个人物。况且这个事情你弟弟看起来还挺擅长的。"

于是，陈宏伟打着何应钦的旗号，找到潮州保安团团长，吃了饭喝了酒，没有费什么劲就把弟弟安插进了保安团。鱼有鱼道，虾有虾路。陈宏祥进去后倒是人尽其才，与上峰关系处得很是不错，陆陆续续把他的几个狐朋狗友也引荐了进去。潮州保安团有城防保安队、清党治安队等几个分队。一年多时间，陈宏祥就混到了城防保安队副队长。

"怪不得那么积极呢，听说那天来我们家搜查就是他安排人带的路。搜了我们家，把阿公推倒受伤躺到现在，还不过瘾，又到糖行、三哥他们剧团去搜。要不是金昌帮我们打掩护，差一点就被他们抓到了。"春洋想起过往之事，心里仍然气鼓鼓的。

一个是哥哥，一个是丈夫，小美不想两人关系太僵，只好劝春洋说："我以后说说他，但凡你的事让他少管。他虽然成不了大事，但也不是大奸大恶之人。现在两家都成亲戚了，估计他以后也不会太针对你了。"

春洋说："但愿如此吧。"

第十九章

春洋清晰地记得，大哥的日记里提到了东征后黄埔军校在潮州开办分校的事情，分校地址位于潮州城湘太马路李厝祠。

第二次东征军来到潮州时，春洋曾跟随商会前去迎接，跑前跑后帮他们张罗。分校准备开学时，张灯结彩，人头攒动，潮州很多人都跑去看热闹，也有一部分年轻人报名入学。春洋也想上这所黄埔分校，如果不是阿公非要逼着他在家经营糖行，说不定他已经成为一名黄埔生了。时至今日，潮州分校已经关门停学。

哥哥的日记，春洋一遍一遍地读，生怕漏掉一点信息。读过几遍后，又拿给小美看。

"我们两个去李厝祠看看吧。"春洋突发奇想，和小美说道。

"现在去看什么呢？"小美问。

李春洋想了想，说："也没什么，就是想去感受一下那里的气息。"

小美笑笑，说："我怎么觉得你越来越矫情了？"

"这怎么叫矫情？我还觉得是你思想太落后了呢。之前报纸上天天都在宣传革命，现在好多年轻人都在外面干革命，而我却只能待在家中，天天和糖行打交道，哪也不能去，有时想想真窝囊。"春洋严肃地说。

看到春洋神情沮丧，又听到他说的这些话，小美意识到即便是夫妻，也不能再跟他开这种玩笑了，万一哪天把他逼急了，一走了之，事情就闹大了。想到这里，小美急忙过去拖着春洋的胳膊，边摇边撒娇地说："开玩笑呢，你还当真了。我不也是天天受你的教育吗？走吧，我陪你一起去感受一下那里的气息。"

走近李厝祠，最外面是一座带屋檐的三间门房，大门两边的屋子各开了一个窗户。屋檐很宽，门口有两根柱子支撑着。房子是常见的那种小瓦房，房顶起了一个屋脊。房子的大门关着，春洋尝试着推了推，没有推开，感觉好像是从里面闩上了。春洋猜测里面一定有人，于是到两边窗户轮流敲了敲，果然，窗帘一下子被拉开了。

不一会儿，一个老人把大门打开，探出头问："你们有事吗？"

春洋不认识老人，客气地问道："世伯，您是看祠堂的吧？我就住在这附近。我知道这里原来办过学校，就想进来看看，可以吗？"

"可以，可以啊。进来吧。"估计老人整天待在这里也闷得慌，便热情地邀请二人进去。

进了大门，迎面就是一座宽阔敞亮的祠堂，足有三间房大，中间没有隔开，采用的是柱梁式结构。房子里放着木制的条桌，上面高低错落地排着李氏家族的祖宗牌位。

春洋问："老伯，当时学生就在这里上课吗？"

"是的。"

"他们怎么会在这里办学呢？"

"他们没有地方啊，这里比较宽敞，潮州能用的地方就这里还比较大。"

很多内情，老人自然说不清。原来，第一次东征胜利后，东征军于3月份进驻潮州。东征军中有一部分是黄埔军校的学员，一期生的学业和训练已经结束，二期生刚入学不久，时任黄埔军校政治部主任的周恩来随东征军驻留潮州，为了不耽误第二期学员的学业，东征军指挥部决定给学生们就地补习功课，便计划找一个地方开办分校。

经过考察，位于韩江下游的潮州地理位置优越，与闽赣相毗邻，交通比较便利，物产也比较丰富，在这里办黄埔军校的分校是个不错的选择。同时他们还考虑到潮汕、兴梅、海陆丰周边等地也有很多青年才俊，可以就近招收他们入校学习及训练，补充因东征作战损失的人员。最后，潮州李厝祠被选中，成了黄埔军校的分校。

老人说，记得有一天来了几个穿军装的人，问他这是谁家的祠堂，谁做主，主人住在哪里等。他都一一回答了，他们听完后，没有说什么就走了。第二天，人又来了，这次是同主家几个老爷子一起过来的，他们进去到处看啊转啊，商量了好长时间，最后主家同意他们在这里给学生上课。

春洋问："他们在祠堂里怎么上课呀？"

"他们倒是挺守规矩的，那个领头的个子高高的，大家都喊他周主任，看上去挺年轻的，听口音不是本地人，说话声音很好听。他没有让动祠堂里的东西，只是在祠堂旁边的空地上搭了葵棚，白天在里面上课，晚上在里面睡觉。"

"你听过他们上课吗？"

老人回忆着说，听过，可他们讲的什么，他一点也听不懂。他看那些后生仔都听得很用心，特别是那个周主任给他们讲课的时候。

"他们第一次在这里待了多长时间？"

"待的时间不长，差不多一个月吧，听说后来因为广州那边有事，都回广州去了。"

这个事情李春洋是知道的。那一段时间，这条街上天天都有当兵的进进出出，突然有一天他们迅速列队，把行李、背包、炊具等都打包带好，当即开拔了，听说是回广州了。后来看报才知道，东征军回师广州平定杨希闵、刘震寰的叛乱，保住了广州大本营。之后，学生军奉命返回黄埔军校本校，所以，在潮州设立黄埔军校分校的事情也就不了了之了。春洋清楚地记得，那个时候，大哥二哥都还没有回来，两人分别在北京和上海。

春天的时候，李春澜应上海大学社会学系主任施存统邀请赴沪讲学，在上海停留了一段时间并和李春江一起参加了五卅运动后，于6月回到了潮州。那时正好是东征军回师广州平叛的时间。之后，李春澜去了广州到《政治周报》工作，在那里与毛泽东共事过一段时间。李春江先是8月应杜国庠之邀到澄海中学任职，后来到了东征军指挥部周恩来所在的政治部工作。

据此，春洋可以推断，哥哥春澜日记里记载的应该是第二次东征来到潮州办学的事情。周恩来当时任东征军政治部主任，后又被委任为东江地区各属行政专员。在潮州办黄埔军校分校的打算再次被提上议程。东征军收复东江地区后，广泛发动群众，扫除周边残敌，带动农民运动蓬勃发展起来。同时开展革命宣传，整顿地方官场，开展国民革命运动和东江一带国民党的改组工作，各地国民党党部和人民团体如雨后春笋般迅猛发展。

在潮州，工农群众革命运动领袖是谢汉一。第一次东征后，他就先后把鞋业、缝业、织业、建筑等十多个工团改组为工会，并于4月联合成立了一千多人参加的潮州劳动同盟。第二次东征胜利后，中共潮安县支部也宣布成立，潮州有了中共组织的直接领导。在此形势下，当地群众思想觉悟得到极大提升，黄埔军校设立潮州分校有了良好的政治和群众基础。经请示校长蒋介石，同意设立潮州分校，最初定名为"陆军军官学校潮州分校"。第二年3月份，黄埔军校校名更改，两个月后，潮州分校也改为"中央军事政治学校潮州分校"。

黄埔军校校长蒋介石兼任潮州分校校长，委派何应钦任教育长，汪精卫任国民党党代表，东征军政治部主任周恩来兼潮州分校政治部主任。自此，潮州分校正式建成为一座有完备机构建制的分校。

11月份的一天，潮州分校在李厝祠举行了开学典礼，大门外的空地上站了很多参加典礼的人。

"宏伟，你也来了？"

"你好，春江。又见面了。回家看看没有？"

"看过了，家里人都好。你阿爸阿妈也都好吧？"

"还好。"

"春江，上次我说的不错吧，周主任是个人物，你跟着他，一定会如日中天的。"

"宏伟，何长官是蒋校长身边的红人，你跟着他，更会蛟龙得水的。"

陈宏伟陪同何应钦来到潮州，而李春江则是跟着政治部的人一起来的。谈话没有了上次相见时的亲热，昔日的邻居和玩伴仅略作寒暄，再无多言。

人群中也出现了杨嗣震的身影，他现在是政治部宣传科的科长。李春江和陈宏伟匆匆打过招呼，就随着杨嗣震一起忙去了。

分校内部的布置由政治部宣传科负责。门口有四个持枪士兵站岗把守，每边各两人，闲杂人员一律不准进入。左边挂着学校的牌子"陆军军官学校潮州分校"，进门处插着青天白日满地红的旗子，里面围墙上也插有同样的旗子。往里走，过道两侧悬挂着布制对联，上联为"革命尚未成功"，下联为"同志仍需努力"，上厅悬挂牌匾一块，横书"破釜沉舟"四字。再往里去，正对大门有一块牌子，上面写着"民族、民权、民生"。

两边街道上还聚集了一群看热闹的群众，李春洋也是其中的一员。他是翻墙从家里跑出来的。春洋一周之前就听二哥说了黄埔军校办分校的事情，当天一大早听到外边锣鼓喧天，就想跑出来看，无奈阿公在家，说他不舒服，需要人照顾等，死死地把春洋困于家中，还让阿妈出去买菜时把大门锁了起来。

春洋明白阿公的心思，也清楚他是在装病，就借口要去上厕所。虽然阿公在厕所外守着，但他还是不由分说地趁机翻墙跑了出来。

这会儿，春洋站在人群里，手里捏着一张纸，那是刚才人家发的招生宣传单。他看了又看，心里五味杂陈。上周他从二哥口中知道要办黄埔军校潮州分校的时候，就和二哥讨论过这个问题。

春洋对春江说："学校都办到家门口了，我想报名！"

春江笑着回答："理论上说任何一个有志青年都可以去报名，学校的大门是敞开的，欢迎每一个人。"

春洋说："那我也去报名吧？"

"仅仅报个名很简单。但我觉得学校虽然设在我们家门口，你想报名的话，总要征得家里人同意吧，特别是阿公，年纪也大了，他要不同意，整天去学校里闹，人家就是收了你，也会把你辞退的。你要考虑清楚了！"

春江的一句话唬住了春洋。春江之所以这么说，是因为他知道阿公逼着春洋接手家里糖行的事情，况且之前春洋被逼无奈也已经同意了。前几天阿公还专门找春江说这个事情，让他劝阻春洋去报名。他也想过了，如果他支持鼓动春洋去报名，一是家里生意以及照顾老人成了问题，二来阿公知道了肯定寻死觅活地要到学校去折腾。

"唉，难道我就这样废了吗？"春洋神色黯然。

"谁说你就这样废了？难道只有跟着他们才算革命吗？我觉得，革命道路千万条，你做的事情只要对革命有利，就有意义，就是在为革命做贡献。你看，从东征军进驻潮州城，你就跑前跑后地帮忙，跟着商会的一帮人贴欢迎标语，带领部队找住的地方，还协助他们一起去采购日常所需物资，帮助部队解决了不少实际问题，我们那里不少人都夸你为革命做了不小的贡献呢。"

"真的？"

"这我还能骗你？他们都以为你是什么协会的头头呢。"

"嘿嘿……"春洋不好意思地笑了，心里美滋滋的。

李春江继续劝导弟弟，部队是上前线打仗保一方平安的，在后方的人是做好保障工作的，这是个相辅相成的关系。革命工作分工不同，做好了同样意义重大。

春洋在心里嘀咕，二哥春江说的怎么和蔡兴中说的意思一样呢？之后一段时间，他一直在思考琢磨他们说的话，也就没有再提报名的事情。

潮州分校初定招生规模为学员一队、入伍生三队。那天来了一队入伍生作为学生代表参加开学典礼，他们军容整肃，精神抖擞，个个规规矩矩，昂首挺胸。

开学典礼由分校教育长何应钦主持。上午十点，他宣布开学典礼开始举行。蒋介石随即宣布，陆军军官学校潮州分校正式成立。全场响起热烈的掌声。随后宣布了几项人事任命，除国民党党代表汪精卫在广州外，其他人员基本上都出席了。

蒋介石发表讲话，说潮州是一个历史名城，地理位置优越，潮州人民思想进步，潮州及周边不乏青年仁人志士。所以在潮州开办分校，能够吸引更多的青年人到这里来学习，加入革命的阵营中来。要求学生们刻苦学习孙中山先生的三民主义思想理论，同时加紧军事训练，要做个真正的革命军人和孙总理的信徒。

政治部主任周恩来也发表了讲话。由于处于国共两党合作期间，周恩来的共产党员身份是明确和公开的，他鼓励大家多读马克思、恩格斯、列宁的书，认真研究社会学、政治经济学以及军事理论学,用丰富的知识武装自己的头脑,精准分析并认清社会形势,确保始终走在正确的道路上。

学生以及其他人都专心地听着。蒋介石听着周恩来的讲话,不经意地皱了皱眉头。

开学典礼结束后,学员们旋即进入常规学习阶段。学校规定每一期学制为七个月,一个月的理论学习,六个月的军事训练。

第一期学员严重超员,原计划招收新学员一队、入伍生三队,后因为第一军务师、教导师、独立第一师先后送来编余人员达四百名,人数激增,故增设学员三队。这样一来,上课和住宿都成了问题。虽然李厝祠四周院子里都搭上了葵棚,但远远满足不了需求。总务科的人着急上火,个个忙得焦头烂额。

由于住宿紧张,为减轻学校的负担,李春江和他们宣传科的人就住在自己家。二哥和同事们在家中讨论学校住宿问题时,李春洋听到了,马上去找了蔡兴中。

春洋和蔡兴中分头悄悄到潮州各个地方跑了一圈,一番现场考察后,聚在一起商量,把有可能容纳大批人且距离比较合适的地方列在了一张纸上,交给了李春江,请他转给周恩来。

李春江当场表扬他:"春洋,你还说你要废了呢,你这主意帮学校解决了大难题了,你当真算是幕后英雄了。"

春洋笑着说:"是你点醒了我,我知道今后该怎么做了。"

根据春洋和蔡兴中提供的信息,总务科到各家各户去协调,将入伍生分驻在金山中学和李厝祠后面的郭家祠。12月下旬,第三队入伍生也进入了学校,更加拥挤了。潮州城内几乎再没有空余的地方可以容纳他们,于是驻扎在儒学宫的第一师第一团搬到了李厝祠对面的黄厝祠,空出的儒学宫成了第三队入伍生的宿舍。

潮州分校的学制虽然短,但教学要求很高,对学员们的文化知识学习和军事训练抓得很紧。

作为政治部主任的周恩来殚精竭虑,对此倾注了大量心血。他虽然很忙,但还是经常抽空亲自给学员上课,对分校的学生开展阶级教育和形势教育。他深入浅出的分析,富有磁性的声音,以及那充满感染力的演讲,深深吸引着学员们。

另外,周恩来还聘请了黄埔军校本部的恽代英、萧楚女、熊雄等共产党员担任潮州分校政治教官。恽代英讲授社会发展史,萧楚女讲授经济学概论,都很受学员欢迎。政治部共为学生开设了三民主义、中国国民党史、帝国主义侵华史、世界革命史、社会主义等十五门课的政治教程。

潮州分校招收的这批学员，都有一定的文化基础，大多数是初中毕业，学这些文科的知识并不是很费劲。像帝国主义侵华史、世界革命史、社会主义等课程，他们以前并没有深入地了解过，现在听起来学起来特别有兴趣。

一天，李春江正在家里伏案写东西，桌子上摊着满满的书。春洋感到很奇怪，二哥每天都是很早就走了，今天这是怎么了？

"二哥，今天你不用去上班了？"

"上啊，我今天在家上班呢。"

"你在写文章吗？"

"我在备课。昨天，周恩来主任找我，交给我一个任务，要我给学员们上一堂课。他说看过我翻译的文章，有恩格斯的《社会主义从空想到科学的发展》、列宁的《帝国主义论》，还有近期翻译出版的马克思的书《哥达纲领批判》等。我这两天要好好准备一下。周主任的课讲得很精彩很吸引人，我也不能讲得太枯燥了，否则，非得被学员们轰下台不可。"

"二哥，我想跟着你一起进去听听。"春洋突然说道。

李春江爽快地答应了。

三天后，李春江对弟弟说："明天上午我给他们上课，你和我一起去吧。"春洋一听，兴奋不已。

三民主义、社会主义、共产主义，李春江走上讲台，首先写下了这几个概念，并询问有没有人读过《社会主义从空想到科学的发展》这本书，学员中只有个别人说读过，大部分是一脸茫然。当李春江说到这本书就是他翻译的时，学员们兴奋得像炸开了锅，叽叽喳喳议论起来，对讲台上的李春江敬佩不已。

"今天，就从这几个概念讲起……"李春江在台上侃侃而谈，一上午三个多小时，中间只休息了一次。讲课刚开始，他就告诉大家，如果有疑问可以随时举手提问，他可以当场解答问题，所以他一边讲一边回答大家提出的问题，课堂气氛活跃异常。

春洋手里有这本书，他记得是二哥从上海回来后送给他的。他当时读了一半，觉得很是佶屈聱牙，就放下了没有读完。现在听二哥讲课，忽然觉得原来那些晦涩难懂的概念也变得骤然明晰起来。二哥的课结束时，春洋第一个站起来，带头拼命鼓起了掌，所有的学员都把惊奇的目光转向了春洋……

当天晚上，春洋激动地对二哥说："二哥，你的书我原来读不明白，今天听你一讲，全都清楚了。"

"你还是读得太少了。你孤立地去看这些概念当然觉得难懂，等到读得多了，许多知识融会贯通了，和实际联系起来，就容易理解了。这正是'量变到质变'的道理。"

"大哥二哥写书，我一定要读懂他们写的是什么意思。"春洋在心里这样反复激励着自己。

从此之后，李春洋一有闲暇就阅读，不明白的地方就找人请教询问……

随着课程学习的进展，潮州分校学员们的思想水平逐渐提高。为了检验学员的学习效果，老师们上完课给他们布置了作业，让他们写读后感或者对某个问题的认识，不少同学写得还有理有据，力透纸背。

周恩来看到后很高兴，指示政治部宣传科长杨嗣震创办一个校刊，作为宣传革命思想的阵地。杨嗣震也认为如果把大家的作品都登出来，互相传阅交流，的确不失为提升大家思想觉悟的一个好办法。

杨嗣震在日本留学时与东京共产主义小组的负责人施存统住在一起，1921年9月间经施存统介绍加入了共产党，所以深得周恩来主任信任并担任宣传科长。他当即召集宣传科的李春江等几个同事，讨论办报事宜。

李春江听哥哥说起过杨嗣震，知道他们一起办过《赤心》和《赤心周刊》。

李春江说："杨科长，我听说你是很有办刊经验的，你心里应该已经有了主意，你说怎么干吧，我们都听你的。"

杨嗣震客气道："哪里哪里，还是商量着来。首先要给校刊起个名字，我建议用'韩江潮'，潮，潮州的潮，也是潮流的潮，韩江孕育了我们潮州城，韩江也是我们潮汕地区有代表性的河流，是我们生生不息的母亲河，希望我们潮州分校能够像滚滚的韩江水一样奔腾不息，时刻勇立潮头。"

"好，说得好。"李春江等几人连声叫好，一致鼓掌通过。

校刊的名字报到周恩来那里。周恩来看过，高兴地说："不错，很有代表性。"

杨嗣震说："我们想尽快印出来，能不能请周主任抽空给我们写篇发刊词？"

"好的，那我就抛砖引玉了。"周恩来欣然应允。

之后，杨嗣震负责组稿。学校里恽代英、萧楚女、李春江等都是大笔杆子，对他们来说，定期写篇文章简直是小菜一碟，还有那么多的学生，都争相投稿，谁的文章能被选中登出来，那是无上荣光的事情。

由于经费有限，校刊只能定期出一次，而且还要限额。因此，刚开始发行的时候一度出现了争抢现象，有一次因为分配不均还引起了队与队之间的争吵。

鉴于此，杨嗣震召集各队的队长开会，协商好各队的领取数量，每期报刊出来后，由队长派人来取，取回后再由他们自己按中队、小组进行分配，大家互相传阅，这样才解决了这个矛盾。

近水楼台，春洋不仅有幸读到每一份潮州分校的校刊，还拿去给蔡兴中看。对其中有分歧或难以理解的地方，蔡兴中还让春洋去请教春澜和春江。

"你的两个哥哥现在都成大先生了，我们得向他们学习。"蔡兴中诚恳地说。

"您才是真正的大先生。"

"春洋，不是蔡叔谦虚，现在时代不一样了，看了他们写的东西，我才越发感到后生可畏，我们还是要不断学习啊！"

"我们要不要和他们两个见次面，一起好好谈谈？"春洋对蔡兴中说。

"他们现在很忙，就不要给他们添麻烦了，见字如晤，后会有期。"蔡兴中委婉地谢绝了春洋的提议。

1926年年初，杨嗣震被调回广州，李春江短暂接手校刊的编辑及印刷工作。说是短暂，是因为不久之后，为了加强《岭东民国日报》的力量，李春江也被周恩来调到汕头去工作了。接手期间，每次的样报李春江都要拿回家字斟句酌，春洋也因此总能先睹为快。每次看完，春洋都仔细地收起来，藏在他的小书箱里。

时光匆匆，当金凤花又一次摇曳枝头的时候，第一批学员毕业。随即，第二批学员入校。

春洋之所以记得那么清楚，是因为那一次，大哥回来了。现在算来，这是大哥春澜最后一次回家。大哥已经几个月没有回潮州了。春洋兴奋地问大哥："你不是在广州吗，今天怎么有空回来了？"

李春澜笑了，说："早就不在广州了，去年底到了汕头，我在那里办《岭东民国日报》。你二哥也要调过去和我一起工作了。"

"你这次是专程回来看看的吗？"

"不完全是，一方面想回来看看，另外还有个任务，是周恩来主任交办的，回来给潮州分校第二期的学员上一次课。"

春洋心想，又来一个上课的，便兴致勃勃地问大哥讲什么课。

"按照周主任的要求，我准备讲马克思主义政治经济学、社会主义与中国经济现状等方面的内容，特别是农村经济形势，发展农民运动的重要性和必要性。"

对于经济理论方面的内容,春洋接触得比较少,所以这次没有跟着一起去听。但从与他们的接触中,他真切感受到与两位哥哥的差距。

"唉,这个没办法,学没有人家上得多,书没有人家读得多,还是自己慢慢弥补吧。"春洋自言自语道。

此时此景,早已物是人非。

空落落的院子里,春洋、小美和老人边走边看。

老人指给他们看,说:"看这里,就是当时搭葵棚的地方。他们走了之后,主家看这些葵棚没有什么用,就找人撤掉了。"在祠堂里面一个角落,老伯拿出一块牌子,吹了吹上面的灰尘说道,这就是当时学校的牌子,后来他们走了没人要,他就把它摘下来收了起来。还有一些写着字的木板,都在屋里堆着。

春洋和小美一看,上面写着"中央军事政治学校潮州分校"的字样。还有那块写着"民族、民权、民生"的牌匾,也已经落满灰尘。看到这些,春洋不由伤感,大哥二哥都曾经在这里讲课工作过,他们在讲台前洋洋洒洒、妙语连珠的情景仿佛就在眼前。

春洋好奇地问:"老伯,你当时听没听说他们为什么不办了呢?"

"我哪能知道啊。我不好打听,再说人家也不会告诉我啊。"

第二期学员是去年6月入校的,到12月刚好毕业。毕业之后,学校突然停止招生,所有的人都撤走了。

在与二哥春江的通信中,春洋了解到,潮州分校的两批学员共入校七百二十八人。分校毕业的学生与黄埔军校本部的学生同等待遇,都分配到何应钦担任军长的第一军下属各师见习。通过系统的理论学习与军事训练,潮州分校也同黄埔军校本部一样,培养了一批正规的军人。这些军事素质过硬的学员,后来都参加了北伐。

小美问春洋:"你后来就没有问问二哥,为什么潮州分校办得好好的突然不办了?"

春洋回答:"我问过,二哥说是由于北伐的原因。1926年7月,蒋介石就任国民革命军总司令并誓师北伐,将政治、军事、宣传、后勤等各方力量全部聚焦到北伐事业上,根本无暇再关注办校的事情。第一期毕业生分配到部队一个多月就参加了北伐,第二期学生刚新鲜出炉也随即补充进了部队,政治教官、军事教官都走了,连周恩来主任也加入北伐中,所以,学校只得停办。"

小美问:"你觉得以后还会不会恢复呢?"

春洋思考片刻后,低声感叹:"国共两党已经彻底决裂,国民政府的工作重心已是残酷迫害共产党人,他们不会再回来办这样的革命学校了。"

春洋怅然若失地站在李厝祠外,举头望天,感慨万千。

第二十章

　　1927年4月15日，广州当日逮捕中共党员和群众达两千余人，关闭工会和革命团体两百多个，来潮州分校讲过课的政治教员萧楚女、熊雄、李启汉等共产党人均被秘密杀害。

　　在汕头的廖伯鸿、李春澜等一大批共产党员和国民党左派人士不幸蒙难。彭湃也遭到通缉，由于当时他恰巧到武汉参加会议，才侥幸躲过了国民党的黑手。

　　潮州的党组织损失稍小，蔡兴中、赵绪华他们都是生意人，之前一起加入了商会，蔡兴中还当上了商会的副会长，一直扮演着"老实本分"经商者的角色。这也是蔡兴中的精明之处，他们并没有亮明自己共产党员的身份，以前活动的时候，都是打着商会的旗号。潮州虽然不大，但经商者众多，远到南洋、香港、澳门，近到上海、广州、厦门等，潮商的影响颇大。每年从商会得到的税收是政府的主要来源，所以政府一般不愿轻易得罪商会。

　　在这段黑云压城的日子里，报刊报道的基本上都是蒋介石的南京政府和汪精卫的武汉政府之间的争斗及国民革命军北伐的情况，还有就是什么什么人被枪杀。一时间，形势扑朔迷离，处处腥风血雨，百姓人心惶惶。

　　一天，糖行来了一个身穿灰色长衫的人，年纪四五十岁，先是买了一斤白糖，看到只有大栓一个人在，低声问道："小伙子，老板在吗？"

　　大栓看来人说话和和气气，文质彬彬，不像是可疑之人，便回答说："我们老板在楼上呢，您稍等，我喊他一声。"

　　春洋正在楼上看账目，听说有人找，赶紧走了下来。一眼望去，这不是蔡老板吗？紧走几步上前握住了蔡兴中的手。

　　"蔡叔，您怎么有空来了？"

　　"这么长时间没见了，来看看你啊。怎么样，还好吧？"

　　"还好。您是稀客，如果我没有记错的话，您是第一次来这里吧？"

　　"是的。"

　　"请到楼上喝杯茶。"

　　"好的。"说完，两个人上了楼。

一边上楼，春洋一边给蔡兴中介绍糖行的情况，顺带还带他参观了一下二楼和阁楼。蔡兴中一抬头，注意到了房顶上的玻璃窗，说："嗯，你这倒是挺别致的。"

春洋说："才改的，一来为了采光，二来为了透气。您看，把玻璃窗子打开推出去，我就可以从这里出去了，不是很方便吗？"

"是的，你这个主意很好，一举数得。"蔡兴中若有所思地说。他已经意识到春洋改造房顶的真实用意。看到春洋日渐成熟和思虑周全，蔡兴中欣慰地点点头。

两个人边喝茶边聊天，蔡兴中说："你这里真的不错，比我的书店大多了，也比我那里实用。"

春洋低声说："我还是从您那里得到的灵感。我记得您床下有个藏书的洞。"话音刚落，两个人相视一笑。

"蔡叔，您来有什么事吗？"春洋知道，蔡兴中这次来绝对不只是拜访老友，应该还有其他要事。

"是的，想和你商量一件事。我近期要去一趟上海。你方便的话，可以一起去。你现在也入商会了，我们商会与上海的潮汕籍商业大佬需要经常保持联系，带你认识一下，拓宽些人脉资源。另外你也可以去看看你哥哥，看他们现在怎么样了。"

"嗯，我没问题。"蔡兴中刚一说完，春洋想都没想就一口答应了，他早就想去外面看看世界，去上海一直是他的一个梦想，当初还把它作为条件向阿公提出来呢。

回家说了想去上海看看蔗糖行情这个事情，家里人倒没有一个不同意的。春洋只说自己一个人去，没有提蔡老板的事。谁知小美也想去："春洋，带我去吧，我也没有去过上海呢。"

"我去办事情，不是去玩的。况且你还要上班，怎么能说走就走呢？"

小美看春洋不太愿意，就转而央求阿嬷和公婆，结果他们迅速组成了统一战线，一起来给春洋施加压力："又不是什么不得了的事情，你就带小美一起去吧。"

"那好吧，容我考虑一下。"春洋使了个缓兵之计，随即去请示蔡兴中。

反复掂量后，蔡兴中觉得小两口一起去更为妥当，便欣然答应。但蔡兴中叮嘱春洋，他自己与他们小两口要分头行动，同船去同船回，装作各行其道、邂逅的人。

船票订在三天后，从汕头出发乘船转道香港前往上海。春洋和小美提前一天到了汕头。走在熟悉的街头，春洋思绪起伏，很想去看看廖盛岑，但想起蔡兴中强调过的规矩，不经允许没有紧急情况不可以私自见面，于是就打消了这个念头。

想了想，春洋对小美说："我带你去个地方。"

春洋带着小美向码头方向走去。他注意到，已经到了金凤花开的季节了。一路上有不少的金凤树，花儿开得正茂盛，火红的金凤花在树枝上随风摇摆。他拉着小美从路上朝着野地里的金凤树走过去，惹得小美怨声载道："你做什么啊，放着好好的路不走，非要走这些坑坑洼洼的地方。"

春洋一边走一边观察，走到一棵颜色最鲜艳的树下停住脚步，抬头看着一树的金凤花。

"小美，帮我拉着这些枝条，我折几枝。"春洋对小美说。

两个人捧着一把火红的金凤花，向远处的小山坡走去。这时候，小美意识到了他要做什么了，也不再说话，心情逐渐变得沉重，只跟着他慢慢地走着。

凭着记忆，春洋左寻右看，四处找了一会儿才停下脚步。眼前是一座低矮的坟茔，疯长的青草已经覆盖了坟头，只是他刻的那个木制的墓碑还在，简单的几个字映入眼帘——李春澜之墓。

小美看到几个字后，再也无法抑制内心的悲痛，顷刻之间泪如雨下。两个人把花放在坟前，恭恭敬敬三鞠躬。春洋蹲下身，一边清理坟头上的草，一边念叨："大哥，我和小美来看你了。告诉你个好消息，我们已经结婚了，今后我们会一起照顾好阿公阿嬷还有阿爸阿妈，你就放心吧。另外，二哥、三哥他们都到上海去了。这次我们去上海准备去看看他们。大哥，我们三个一定会沿着你之前的道路走下去，你放心吧。"

一阵微风吹过，坟前的金凤花在摇动，好似大哥轻轻地在点头。

小美手抚木碑，眼泪簌簌而下："春澜大哥，我来看你了……"

晚上，陈宏伟宴请他们，地点仍然定在知味斋。这次，他们特地在楼上要了一个包间，距离上次春洋请大表哥王志鹏吃饭的包间远点。边吃边聊，陈宏伟透露：何辑五已经调走了，不少驻地部队都参加了北伐，只有少部分驻军镇守，现在自己的压力比较大，怕后方出什么乱子。

春洋问："我大表哥王志鹏是不是也去参加北伐了？"

陈宏伟说："嘿，他倒没有。据说考虑哪支驻地部队留守的时候他和团长去找了师长，说他们都是潮汕地区的人，对周边情况非常熟悉，在这里留守，能够更及时地处理各种突发状况。师长经过考虑并请示上级后，同意他们团留了下来。"

春洋说："这才是他的做事风格，有好处就上，没好处就躲。"

小美也是快人快语："大哥，你是警察局副局长，可不要像他那样啊。"

陈宏伟笑笑，说："你看哥哥像吗？"

春洋赶忙制止小美："你不要乱说。"

一餐饭在愉悦融洽的气氛中结束，陈宏伟拿出一沓钱递给妹妹，说："这是一点旅费，祝你们新婚旅行愉快。春洋，你路上一定要照顾好小美。"

小美也不客气，笑着接过说："还是大哥对我好。放心吧，春洋不敢造次。"

第二天一大早，李春洋和小美就提着行李来到了太古客运码头。李春洋左顾右盼，没有看到蔡兴中的身影，只得和小美先上船去。上船以后，春洋把行李和小美安置好，便对小美说："你今天一大早起来没睡好，先休息一下，我出去抽根烟。"

春洋趴在船舷上，一边抽烟，一边盯着上船的地方，心里七上八下。直到看见蔡兴中不慌不忙地从检票口出来并上了船，他悬着的一颗心才放了下来。看着蔡兴中四平八稳的样子，春洋心里突然微颤一下，与蔡叔比起来，自己好像少了点什么。是什么呢？春洋想了一会儿，终于悟出，是从容不迫的气度。

汽笛一声长鸣，长途旅行开始了。三人乘坐的这班客船不是直达上海，而是先转道香港。中午吃完饭，春洋带小美到甲板上透口气，刚好遇到了蔡兴中。

春洋赶忙打招呼："这不是蔡叔嘛，好巧啊，没想到在这里碰上了。"然后向小美介绍，"这是墨香书店的蔡叔蔡老板！"又对蔡兴中介绍，"这是我妻子，小美。"

小美赶忙鞠躬致意。既然遇到了熟人，一起说说聊聊，成了理所应当之事。春洋赶忙掏出香烟递给蔡兴中，两人一边抽烟一边聊些生意上的事情。小美觉得无聊，独自到别处转悠。

见四周无人，蔡兴中低声说道："到香港后我们停一晚，第二天上午十点上船，我们都住在香江饭店，我已经安排好了。下船后我们分头去，住下后你可以带小美到处逛逛。晚上六点，我约了两位朋友在饭店餐厅吃饭。你届时和小美也去餐厅，不要与我们坐一起，记住和我吃饭朋友的样子就行了。"

"好的。"蔡兴中的每一句话，春洋都铭记在心。

"到上海之后，我住静安寺附近的东方饭店，你们也住在附近吧，那周边的饭店比较多，便于我们联络。这两天我把在上海的行程想一想，下船之前我们再碰个面。"

香港的街头，要比潮州繁华不知多少倍，中环购物街上商店鳞次栉比，看得两个年轻人眼花缭乱。在一个卖眼镜的商店里，李春洋被墙上大幅的海报吸引住了。海报上帅气的欧洲男青年戴着墨镜，左手掐腰撑开西服，右手扶着镜框，英俊潇洒。他在汕头时见过戴墨镜的外国人，镜片一团漆黑，那时他就想，这黑乎乎的东西戴上以后，能看得见路吗？他们停下来，有点怯生生地走进店里，店员热情地迎了上来。

"先生，太太，有什么需要吗？"

"我们想看看眼镜。"他指着一款墨镜说。

"好的。"店员把一款墨镜拿出来给他试戴。

嗯？并不是什么都看不见，看得还挺清楚呢。

店员说："你往外走走，到太阳底下，抬头看太阳。"

春洋心想，这会儿日头这么毒，让我抬头看太阳，你当我傻啊。

店员看春洋迟疑不决，便再三怂恿，一再保证没事，他才将信将疑地走出去。真是神了，不戴眼镜时，就是不直视太阳，只往远处看也要眯上眼睛，而戴上眼镜对着太阳看也能睁大双眼。两个人像小孩子遇到新奇的玩具一样，你戴戴我戴戴，把一旁的店员都逗笑了。

店员说："先生，给您照照镜子，您看您戴上眼镜多帅气啊，还有这位太太，戴上要多洋气就有多洋气。你们都买一副吧。洋人都喜欢我们家的眼镜。"

两个人心里被说得痒痒的，但一看价格不菲，又犹豫了。

店员劝他们："好不容易看中了，就买了吧，香港可比内地便宜多了。"

经不住店员巧舌如簧的劝说，再加上二人真心想买，于是各自选了一款适合自己的，兴高采烈地戴上了。

在同一条街上，他们又逛进了一家精美的钟表店。店员也热心地拿出手表给他们试戴。春洋手腕上戴着明晃晃的手表，看上去似乎人也变得英俊潇洒了许多。

小美越看越喜欢，悄悄对春洋说："买下吧，戴着真好看。"

春洋想了想，说："买可以，但要送给宏伟哥。他对我们两个挺好的，早前在汕头处理大哥的事情帮了我不少忙，这次又送我们旅费。我们应该知恩图报。"

小美点点头，说："那就先给他买一块，等将来有钱了再给你买。"

两个人咬咬牙，买下了手表。

两人在街上逛得不亦乐乎，差点忘了时间。快到六点时，春洋才对小美说：

"走，我们回饭店餐厅吃饭吧。"说完又特意嘱咐她，"过一会儿在餐厅如果看到蔡老板，我们不要和他打招呼，就假装不认识好了。"

"为什么？"

"可能是谈生意不愿别人打扰吧。"

"你们这些做生意的，说话做事总是怪怪的！"小美自言自语道。

两个人回到餐厅，看到来吃饭的人满堂皆是。春洋左看右看，终于在靠里面不起眼的一张桌子旁看到了蔡兴中，他正和两个人一起喝茶。由于两人背对自己，春洋看不清他们的长相。春洋拉着小美绕到蔡兴中身后，那里有张桌子暂时没人，但桌上有个"留座"的牌子。坐下后，春洋将墨镜向下拉了拉，用眼睛的余光上下打量了两人几眼，迅速记下了他们的穿着和长相。

正在这时，服务生走了过来："先生，对不起，这张桌子有人预订。"

"啊，我戴着墨镜，没看见。"其实，春洋看到了，没看见只是托词。他只是想借用一下这个有利的位置，完成蔡兴中交给自己的任务。

因为是对面，春洋和小美挤过来时，蔡兴中也注意到了他们，看到大晚上的两个人戴着墨镜，心里觉得好笑。但又一想，是不是这小子故意的啊？这样也好，他能认清别人，别人却认不清他。

春洋和服务生商量："现在没有人，能不能让我们先吃，等他们来了我们再让开？"

"不行，不行，他们人马上就到。麻烦你们到别处去吧。"服务生没有商量的余地。

春洋在脑海里回放了一下两个人的样貌，确定自己记住了，就不再强求，对小美说："走吧，我们到别的地方去，这里人太多了。"

在去上海的船上，春洋又一次见到了蔡兴中。

"你看清和我说话的两个人了吗？"蔡兴中问。

"一高一矮，高的身穿褐色西服，留着分头，方脸、宽额头、高鼻梁，右手手腕上戴着手表，矮的身穿灰色短褂，黑色裤子，留的是平头，圆脸、短胡须，体格健壮，下巴上长着一颗黑痣。"

"两人上衣各有几颗纽扣？什么颜色？"

春洋被蔡兴中问得怔住了。他忽视了这个细节。

"高个子西服上一共六颗黑色纽扣，中间两颗，上下四个口袋上各一颗；矮个子短褂上缝的是深褐色椰子壳纽扣，共五颗。"蔡兴中说完，春洋羞愧地低下了头。

一阵朗声大笑后，蔡兴中说道："别太气馁，今天的戏，除个别细节外，你总体演得不错。"

春洋不知道蔡兴中后面要说什么，轻轻"嗯"了一声。

"你听说过变色龙吗？"

"没有。"

"变色龙不但观察敏锐，而且可以根据周围环境的变化，随时改变自己身体的颜色。为了躲避天敌的侵犯，有时也为了接近并捕捉猎物，在爬行中会随着背景和温度的变化不经意间改变身体的颜色，将自己完全融入周围的环境中，这样就大大减少了暴露自己的机会，在自然界中是当之无愧的'伪装高手'。"

"还真有这种动物啊？"

"是的。动物都知道保护自身，我们也应该向它们学一学。现在，革命形势异常严峻，国民党大肆屠杀共产党人，所以要做事更要保护好自己，只有保护好自己才能做更多的事情。你今天做得不错，知道随机应变，学会伪装自己了，但观察上还要再细心一些。"

"我知道了。"

春洋问那两个人是干什么的，蔡兴中沉着脸说："不该问的不问，你认得他们就行了，也许将来还会见面的。"

抵达上海后，他们分别住进了东方饭店和民生旅店。民生旅店是李春洋他们自己找的，干净整洁，价格便宜。在香港的大街上溜达了那么久，最大的感受就是囊中羞涩，所以他们决定节省点，还得给大家买礼物，出来一趟不容易，回去得有所表示。

安顿好后，春洋和小美按照地址去找二哥，想着找到了二哥说不定也就找到了三哥。二哥住得比较远，春洋向蔡兴中问路。蔡兴中介绍说，闸北区位于上海中心城区北部，居民大都是从苏北移民过来讨生活的，因此那里相对比较穷，公交车及有轨电车基本只通到火车站那里，闸北的北部基本都是人力车。铁路上海站就在闸北地界上，是上海通往全国的陆上大门。那里人来人往，鱼龙混杂。

听蔡兴中说完，云里雾里的小美忍不住直呼："天哪，地方那么大，又那么乱，我们怎么能找得到他们啊？"

春洋倒比较乐观，说："世上无难事，只怕有心人。只要用心，总能找到的，慢慢打听吧。"

蔡兴中与春洋约定，晚上八点在静安寺门前碰头，便与二人告辞。

春洋和小美先乘公交车到南京路和浙江路交叉路口，然后再换乘有轨电车沿浙江路过苏州河到达上海火车站。果然，有轨电车到达火车站后就停下不走了，他们只得跟着人流下车。

往哪走呢？两个人都是第一次来上海。李春洋心想，闸北就在北面，我们向北走吧。站前广场不大，搭火车的、赶汽车的、买东西的、拉人力车的，各色人等混杂在一起，摩肩接踵。蔡老板说的一点不假，闸北果然嘈杂混乱。李春洋紧紧拉着小美的手，担心稍不留神两人就走散了。

"小伙子，地图要不啦？"

"地图？"春洋拉着小美一下停住了，问，"多少钱？"

"不贵，一圆纸币。你看印得多清楚。"兜售地图的人打开一张给他看，卖力地推销着。

"你告诉我新民路在哪里啊？"

"新民路啊？"那个人指着地图，"你看，这里，不太远。"

他们很快在地图上找到了新民路。卖地图的人又教他们怎么样看地图，他们陆续找到了南京路、外滩等。春洋兴奋地说："地图不错，我买一张。"于是他们拿着地图，雇了一辆黄包车，径直向新民路赶去。

新民路位于火车站的西南面，离苏州河并不太远。路两边没有高楼，都是比较低矮的民房。李春江最近一封信的信封上写的是新民路曹家渡十五号，这里的弄堂太多，他们只好下来一处处地问。因为邻近苏州河的缘故，所以很多小巷都以什么什么渡命名。两人走了很远才看到曹家渡，问了一下路人，很顺利地找到了十五号院。

十五号院的大门关着。他们敲了一会儿，才有一中年妇女开门探出半个头来："你们找谁？"

春洋说："我们找李春江。"

"我们这里没有这个人。"

"没错啊，你看，我这里有个信封，上面写的地址就是这里。"

中年妇女拿过去看了看，地址没有错。

"人都不在，你们回头再来吧。"中年妇女说完，就要关门。

"大姐，等等，我们从南方大老远地找过来，真的不容易，你让我们走，我们一时半会儿也不知道去哪里，让我们等一会行吗？"春洋看这个妇女的年龄比自己姐姐也大不了多少，立马嘴甜地叫起了大姐。

大姐看看两个年轻人体面斯文，又是一副诚恳的表情，就让他们进了院子。

院子不大，有三间正房，坐北朝南，东边还有两间厢房，用围墙围起了一个五六米见方的小院子，院子里有一口水井，靠围墙种了各种青菜，院内四处收拾得清爽利落。大姐人很好，给他们倒了水，坐下来陪他们聊天。

"大姐，你们这真的没有李春江这个人吗？"春洋问。

"真的没有，至少我不认识。"

"那他怎么会写这个地址呢？"李春洋半是询问半是自言自语。

大姐安慰他："先不要着急，你能给我说说你哥长什么样吗？我回头帮你问问。"

春洋就把春江的年纪、身高、大概模样等详细描述了一遍："我和我二哥长得不太像，他瘦，我胖一点，我是圆脸，他是长脸。"

"哦？你这样说我倒觉得有个人有点像，但他不叫这个名啊，我也没问过他是哪里人。"

"他现在叫什么名字？"

正当这位大姐欲言又止的时候，大门外传来了敲门声，她连忙站起来去开门。门一打开，她笑了，真是说曹操曹操就到啊。

"小柯，回来了，有人找你。"大姐快人快语。

其实门一打开，小柯就看到院子里有人，大姐一说，才知道是找自己的。

"春洋，小美！你们怎么来了？"叫小柯的人大声叫了起来。

春洋愣了一下神，随即上前拉起对方的手："二哥，我和小美来看看你。你和三哥都还好吧？"

"不急，坐下来慢慢说。"小柯就是李春江，李春江现在叫柯经纬。李春江转头对那位大姐说，"快中午了，彩虹嫂子，我带他们出去吃饭。"

"那怎么行？既然是亲兄弟，怎么说也要在家里吃饭啊，老秦马上回来，就在家里一起吃吧。"彩虹嫂子盛情相邀。

李春江想了想，说："也行，那就谢谢嫂子了。你炒两个蔬菜，我再去买点卤菜。"

"那我和你一起去吧。"春洋说着，又转头对着小美说，"小美，你给嫂子帮帮忙。"

兄弟两个走了出来。一出大门，春洋就忍不住问道："二哥，你怎么改名字了？"

"我是怕再给家里增加麻烦啊。上次侥幸逃出来后，不是被通缉了吗？路上我不敢再用原来的名字了，就给自己起了别的名字。后来从厦门辗转到了上海，就用别名出去做工,这样安全些。对了,以后在外人面前不要再叫我李春江。"

"好。二哥,你现在做什么?"

"我现在已经与组织取得了联系,被编入江苏省委上海闸北区的一个街道支部,担任负责人。"

春洋好奇地问:"你怎么找到组织的?"

"到上海后,我就到处去找以前的老师。听说瞿秋白先生与我的同学杨之华结为了夫妇,他们早就去了广州,后来又去了武汉。另一个老师施存统,1926年也遭到了孙传芳的通缉,之后党组织安排他奔赴广州。今年年初,党组织又调施先生到武汉中央军校任教官。后来,由于北伐的需要,中央军校学生与农民运动讲习所学员被改编为中央独立师,恽代英任党代表,施先生任政治部主任。在上海,我找到一家报社打工,一直在打听,所幸找到了我一个大学同学,逐渐把组织关系又串起来了。"

"你现在具体做什么工作啊?"

"刚才不说了嘛,街道支部负责人啊,平日里要组织学习,发动群众,发现并培养优秀人才入党等,有空还要给报刊写文章,好多事情呢。"

春江突然想起了什么,问春洋:"你现在是共产党员吗?"

"还不是。我已经提出申请了,可组织上说还要再考察。"

"考察是必需的。做一个共产党员,不仅要信仰共产主义,为党做事,还要有坚强的意志。就像大哥那样,宁死不屈,为了信仰可以献出自己的生命。"

大哥牺牲的事,春洋已经写信告诉过二哥。春江接着说:"春洋,你知不知道,其实大哥并不是一名共产党员?他曾提出过入党,但周恩来主任一直觉得,让他留在党外以国民党左派的身份为共产党工作更有利,因此他就遵照党组织的指示,在党外尽心尽力地为党工作。他虽然不是共产党员,但内心早就把自己当作一名真正的党员了。"

听到这些话,春洋很是震撼,他一直以为大哥是共产党员。在生命的最后关头,大哥不妥协、不辩解、不声明,像一个真正的共产党员那样献出了自己的生命。"二哥,从埋葬大哥的那一天起,我就立下了誓言,这辈子一定要做大哥那样的人。"春洋眼神坚毅地回答。

春江深情地看着弟弟:"春洋,大哥也是我的楷模。"

"有你们这样的大哥和二哥,我感到特别自豪。"春洋热泪盈眶地说道。

第二十一章

久别的兄弟俩一边走一边谈,乐陶陶。当他们提着买来的卤菜回到十五号院时,饭菜都已准备妥当。

彩虹嫂子口中所称的老秦回来了。老秦是彩虹嫂子的丈夫,闸北区委的负责人。几个人热热络络地吃过饭,小美帮助彩虹嫂子收拾锅碗瓢盆。老秦由于有事在身,又匆匆出了门。

兄弟俩坐着说话喝茶。春洋问:"二哥,三哥怎么样了?"

春江说:"有一天,春海突然来找我,我也很吃惊。他告诉我是你写信给他的地址。他说受到我们的拖累,在潮州待不下去了,才来的上海,在这里起码不用东躲西藏了。"

春洋也直言不讳,说:"是的,你来上海的消息是我告诉小美的。我在汕头时,他听小美说你已经回上海,就决定来了。他现在找到事情做了吗?"

"他现在不在上海,在广州。他找到我的时候,我自己都还没有安顿好,更提不上照顾他了。后来我想,我的老师瞿秋白、张太雷、施存统都在广州,春海又是新面孔,怎么着都能给他安排个事情做。所以,就写了一封信,让他到广州去找他们。前段时间接到他一封信,说已到部队了。春海跟着他们几个干肯定没问题。"

"好的。只要你们在外面都好好的就行。家里老人都挺好的,阿公身体恢复得也不错,天气好时就把他抱到椅子上出去晒晒太阳,只是还不能走路。"

"唉,都怪我们,连累家里了。不能在家尽孝不说,还惹来这么大的麻烦。"春江非常自责。

"二哥,别这么说,你和大哥做的都是正事,我打心眼里佩服。"

"春洋,谢谢你理解我。对了,蔡叔怎么样?"

"挺好的,你不提我都忘了告诉你了,我们这次就是和他一起来的。"春洋压低声音说道。

"是吗?他在哪里?"春江惊喜交加。

"我们都住在静安寺附近。他住东方饭店,没和我们住在一起。"

"我能见见他吗?"

"当然可以,只是不知道他什么时候在。他说明天带我去拜访几个做生意的老乡,不知什么时间结束。"

"这样吧,你回去见到蔡叔转告一声,我明天早上乘第一班电车过去,在你们外出之前争取见他一面。我不能晚上去,电车停运了我就没法回来了。"

春洋满口答应了下来。看兄弟两人说得热闹,小美和彩虹嫂子洗涮完毕,就没有打扰他们,到另外的房间说话去了。和二哥久未谋面,春洋心中的疑问还很多,他想一一弄清楚。

春洋问二哥:"去年夏天你突然被调走了,大哥说你去汕头协助他工作,是吗?"

"是,也不全是。刚开始,我被调到了广州,在国民革命军第三军中任政治教官。当时中共两广区委机关有个刊物《人民周刊》,张太雷任主编,我做编辑。那时,大哥已经调到《岭东民国日报》任主编了。大哥办报富有经验,把《岭东民国日报》办得风生水起,特别是《革命》副刊非常受读者欢迎。为加强《岭东民国日报》的力量,后来周主任把我派过去当副总编协助大哥。"

春江介绍说,报刊名义上是国民党党部所办,实际上主要是共产党的宣传阵地。尤其是副刊《革命》,宣扬进步思想,针砭当局时弊。当时他翻译的不少国外的书,像列宁的《国家与革命》、马克思的《一八四八年六月巴黎无产阶级之失败》等,都刊登在上面。此外,《革命》还经常刊登潮梅地区革命运动的消息,由此引起了国民党右派及土豪劣绅的仇视。他们想尽一切办法,采用各种卑鄙手段,最终把《岭东民国日报》夺走了。无奈之下,大哥被迫离职,其他人也全都被赶了出来。

春江停住了,春洋急切地问:"之后呢?"

"之后,组织上考虑到我们必须要有自己的宣传阵地,于是委托梁工甫和我筹办《岭东日日新闻》,仍然聘任大哥为社长、总编辑,与《岭东民国日报》针锋相对,揭露他们的荒谬言论。后来的事情你都知道了,《岭东日日新闻》被封杀,大哥不幸遇难,我的同事巫丙熹也被捕牺牲了。"春江一边回忆一边讲着,说到最后,声音已经有点哽咽。

沉默一会儿,春洋看二哥情绪不好,急忙转移话题,

"二哥,我想过一会儿带小美去外滩转转。"

"那很好啊,你们第一次来上海,是应该好好转转。你们什么时候结的婚?"

"这个月初,结婚之前我们就约定一起来上海看看。"

"这个决定是对的!小美是个好姑娘,祝福你们美满幸福。春洋,弟兄几个你年纪最小,反而是你先结婚,担起了照顾家庭的重任,我们几个哥哥对不住你。"

春洋赶忙摆手说:"二哥千万别这样说,都是应该的。"话毕,他又赶快换话题,问道,"我在大哥的日记上看到,你们两个当年也一起去过外滩公园。"

春江追忆起当年意气风发、准备到潮州大展宏图兴办教育的大哥:"那时候大哥想去看看是否真的有'华人与狗不得入内'的标牌,我俩查探一番后,并没有见到明确写这几个字的标牌,只是看到了他们的告示牌,上面有几条规定,大致就是这个意思。当时我俩年轻气盛,气不过就和他们理论了起来。帝国主义列强欺人太甚,在我们的国土上建公园却不允许中国人入内,让人愤恨不已,想想真是悲哀啊。"说到这事,春江仍然气愤难平。

"是的,强权即真理。就像我们小时候打架,谁拳头硬谁威风。弱国子民必受欺!什么时候我们国家的拳头也能硬起来啊?"

春江沉吟片刻,说道,国富民强,不可能一蹴而就,需要一代两代,甚至三代四代人的努力。在这个兵荒马乱、列强当道的年代,有斗争就会有牺牲,但历史会证明,这种牺牲是值得的。

听着二哥的话,春洋心潮澎湃,一种无形的力量在胸中涌动。二哥只比他大几岁,但说出的话字字句句入心在理,不得不让他佩服。

下午,春洋带小美去了繁华的外滩和南京路。鳞次栉比的高楼,琳琅满目的商品,让二人目不暇接。两人一直逛到傍晚六点,才依依不舍地返回住处。

春洋没有忘记当晚八点的约定。回到住处已是七点四十,春洋稍事休息,安顿好小美后就走出旅店,来到了静安寺的大门口。

静安寺山门与天王殿一体,上下两层结构。此刻,庙门紧闭,在昏黄的路灯照射下,正门上的石刻对联"愿祈佛手双垂下,摩得人心一样平",依然清晰可见,山门左右两侧各饰一只万年青石雕刻的法轮,庄严大气。

正当春洋仔细观看的时候,身后传来了蔡兴中的声音:"春洋,走,到一旁说话。"

蔡兴中说完就穿过马路,一路向南疾走。穿过一片灌木丛,看到"静安公墓"的牌子,二人走进去,找个地方坐了下来。

"见到春江了吗?"蔡兴中关切地问道。

"见到了。他现在改名字了,叫柯经纬。"春洋把了解到的二哥三哥的情况向蔡兴中介绍了一遍。

蔡兴中听完欣慰地说:"这下你和家里人可以放心了。他们在外面干得都很好,你自己也得加把劲啊。"

"是啊。蔡叔,我这段时间一直在思考,如果我申请加入组织,不知道符合不符合条件?"

"这事我一个人做不了主,回去后我找支委研究一下。"

"对了,我二哥说想见您,他打算明天早上乘第一班车过来。行吗?"

"可以,他明天过来以后,让他自己去找我吧,我住三〇六房间。明天见完春江后,我带你一起去潮州会馆。你跟小美解释一下,让她自己到静安寺逛逛。"

"好的。"

二人诸事谈毕,分手后各自离开。

春洋从蔡兴中口中得知,上海的潮州会馆,渊源已久,其历史最远可以追溯至清朝嘉庆年间。潮州会馆经营有道,很早就制定了组织的宗旨、章程和选举方式等,故而在一众会馆颇有声望,领袖同侪,成为上海潮商的代表。春洋也听说过几位旅居上海的潮州籍大老板陈玉亭、郭子彬、郑培之等,个个都声名赫赫。因此,蔡兴中说明天带他去上海潮州会馆,他很是期待。

春洋家的糖行,不但做零售,也兼营蔗糖批发。春洋想,如果能结识几位业界精英,那今后就不愁自家糖行的生意了。

早上七点,春洋在电车站接到二哥,将他带到蔡兴中的饭店楼下便回去了。

春江按照地址见到了蔡兴中。

寒暄之后蔡兴中问:"春江,到上海后感觉怎么样?"

"刚来的时候,感觉形势相当紧张,那时上海也刚经过清洗,党组织被破坏得非常严重。很多老朋友老同事都被逮捕,有的还被杀害了。我来了以后,一直隐姓埋名,一边打工赚钱,一边寻找组织。还好,找了二十多天,终于和组织接上了关系。现在被分配到闸北区,任支部书记。"

"你接触的人多,消息也比较灵通,说说近来的形势怎么样?现在小道消息满天飞,好多事情我们都是道听途说,根本不了解实际情况。"

"来到以后,经打听才知道,周恩来在今年2月底就已经来到了上海。上海第二次工人武装起义失败后,军阀李宝章的大刀队对工人进行了残酷血腥的镇压,妄图扑灭工人们因总同盟罢工而高涨的斗争热情。面对白色恐怖,党组织决定,举行第三次工人武装起义。为了加强对武装起义的领导,2月底中央和上海区委联席会议决定组建特别委员会。委员会成员包括陈独秀、罗亦农、赵世炎、周恩来等八人，周恩来被任命为军委书记。经过一个月的准备，于3月21日发动了第三次工人武装起义。"

蔡兴中兴高采烈地说，他从报纸上看到了，第三次工人武装起义最后取得胜利，赶走了长期盘踞在上海的军阀，成立了市临时政府。只是报纸上没有描述详细过程，不知道他们是如何做到的？

春江向蔡兴中介绍说，特别委员会为了确保起义成功，组建了五千人的纠察队，又派一部分人打入保安团，掌握了一部分武器；铁路工人提前十天停止了铁路运输，孤立了上海城里的反动部队。起义之前，工人总同盟先是组织罢工、罢课、罢市，之后立即发动了起义。按照事先部署，工人纠察队为先锋，起义工人迅速占领了市电报局、电话局、警察局等各主要据点。由于闸北区驻军较多，一直激战到第二天傍晚才占领上海北站，彻底把驻守在上海的北洋军阀部队赶了出去。

"现在都6月了，局势还稳定吧？"蔡兴中问道。

春江对此做了详细说明，上海临时市政府成立后，隶属于国民政府，得到了武汉国民政府的任命。北伐之后，国民政府分崩离析，现在国家有三个权力机构，一个是吴佩孚为首的北洋政府，一个是汪精卫为首的武汉国民政府，另一个是蒋介石为首的南京国民政府。国内形势波诡云谲，共产党受到各方势力的排挤打压，蒋介石发动反革命政变后，汪精卫的武汉国民政府也逐步走上公开反共的道路。现在上海这边，党组织正逐步恢复，经过上次的清党屠杀，周恩来主任要求大家必须要有高度的防范意识。

蔡兴中问他："周主任一直待在上海吗？"

"这个我不清楚。听说4月份在武汉召开了第五次党代会，他当时忙于上海稳定的事没有去参加，不过仍在会上当选为中央委员，后来在中共五届一中全会上当选为中央政治局委员。我估计，这边稳定之后他还是要到武汉去的，毕竟那边的形势更错综复杂。"

"是啊，你们在上海大城市还看不清呢，我们在信息闭塞的潮州更不用说了。我看现在的风暴眼主要在武汉、南京，如果汪精卫也极力反共的话，说不定他也会有大动作。"蔡兴中说出了自己的担忧。

"这个谁也说不清，'四一二'政变就很突然。现在来看，之前蒋介石处心积虑酝酿了好长时间。所以，周主任一直提醒大家要提高警惕，防止汪精卫国民政府也搞突然袭击。蔡叔，你们潮州党组织也一样，工作要做，但还是尽量不要暴露自己的身份。我们党现在还处于起步发展阶段，一定要韬光养晦，积蓄力量。"

"春江，这个我知道。我一直是以商人的身份活动，这样既安全也方便。昨天，我想去找原来认识的几个朋友，可是一个也没有找到。今天我带春洋到潮州会馆，看看能不能有所收获。"

春江问蔡兴中："蔡叔，你们这次出来的主要目的是什么？"

思忖片刻，蔡兴中低声说道："一是来看看你们；二是想了解一些外面的形势，'四一二'政变过去这么久了，我们一直蛰伏着；最后一点呢，带春洋出来见见世面，认识一些商界的朋友，便于以后开展工作。他以前一直想来上海看看，这又刚结婚，也算新婚旅行吧。"

"春洋表现怎么样？组织上对他有什么看法和评价？"

"春洋的表现可圈可点，小伙子很聪明，有想法，思想也比较坚定，组织上一直在重点培养他，这次出来，我也在利用各种机会锻炼他，现在看来总体表现不错。他也两次提出加入组织的请求。年轻人不能急性子，要磨一磨。这次回去后，我会向组织上建议，可以考虑他的组织发展问题了。"

"谢谢蔡叔，让您费心了。"

"不用客气，这也是组织的需要。"

两人谈了一个小时，春江起身告辞。

当天十点钟，春洋跟随蔡兴中到了潮州会馆。经人引荐，与他们先会面的是一个四十多岁的中年人。此人中等个头，敦厚壮实，外表看起来淳朴憨厚，但从眼神里，春洋判断出对方是位精明睿智之人。

"您好啊，陈老板，好久不见了。"蔡兴中握着对方的手，客气地寒暄着。

"您好，蔡老板，最近都在哪里发财啊？"陈老板满脸笑容，十分热情。

"我们还在家乡守着，不比你们在大上海啊，"蔡兴中转头拉过春洋，"春洋，来来来，我介绍陈老板和你认识。大名鼎鼎的陈荣升老板，经营潮汕土产和工艺品，你认识他，将来就不愁你的蔗糖没有销路喽。"

春洋赶紧双手握着陈荣升的手："陈老板，久仰大名，请多关照。"

"好说，好说，这是……"陈荣升眼睛望向蔡兴中。

蔡兴中赶紧介绍："陈老板，这是我的表侄子，叫李春洋，做潮糖生意的，今后还望您多关照啊。"

"好的，好的。"

春洋也很礼貌客气："陈老板，下次回潮州，一定给我个机会，请您吃顿饭。"

之后，他们又见了张姓和高姓两位老板，张老板是药行的掌柜，高老板是纱厂的厂长。中午陈荣升做东，通过席间欢叙，大家慢慢熟络起来。春洋嘴巴甜，眼头活络，处事得体，几句话下来，几个老板便对眼前的年轻人刮目相看，纷纷表示以后有什么事尽可以说，互相留下了联系方式。

饭后又闲聊了一会儿，陈荣升客气地说："蔡老板，如蒙不弃，我想请二位到我那里坐坐，喝杯茶聊聊天。"

"好啊，那太感谢了。"蔡兴中欣然答应。

辞别张、高二位老板，三个人一起坐上了陈荣升的汽车。春洋心想，这人真是有钱，竟有自己的汽车。蔡兴中也暗暗吃惊，在这个遍地都是黄包车的上海，陈荣升能拥有一辆豪华轿车，实力着实非同一般。

陈荣升似乎猜透了二人的心思，说："汽车不是我的，是商行里的。你们知道陈玉亭先生吗？"

蔡兴中说："陈玉亭谁人不知！上海滩大名鼎鼎的潮商巨富。"

正如蔡兴中所言，陈玉亭在上海滩绝对算得上是叱咤风云的人物。他五十岁寿辰时，江湖大佬杜月笙都要纡尊降贵，亲自登门拜寿。不但如此，杜月笙还多次鞍前马后陪同陈玉亭回潮汕老家省亲祭祖。

"我是他本家侄子，帮他经营分公司。"陈荣升淡然说道。

"怪不得呢，一笔写不出两个陈啊。你们都是人中翘楚，是我们潮州人的骄傲。"蔡兴中会说话，赞誉之词如行云流水般从口中蹦出来，显得那么自然，毫无矫揉造作之意。

陈荣升的公司在华融大厦内，气派非凡，让春洋大开眼界。陈荣升十分盛情，对一个三十多岁的年轻人说："小刘，客人来了，快沏茶！"

陈荣升介绍，小刘叫刘作扶，是自己的外甥。

蔡兴中说："这次来得匆忙，也没有带点土特产过来，下次再来一定补上。"

陈荣升莞尔一笑："蔡老板不要客气，我做潮州的土特产生意，什么都不缺。"

热情的陈荣升仔细问了现在家乡的情况，二人都做什么生意，做了多长时间，对潮汕地区周边是否熟悉等等。聊了一个多小时，具体也没有达成什么生意上的合作意向，只是临走时给了蔡兴中和春洋一张名帖，承诺以后在生意上一定会照顾。二人告辞，走到街上，春洋嘴里嘟嘟囔囔地说："你说陈老板什么意思嘛，把我们留下来，云山雾罩地聊了这么长时间，也没有什么实质性的内容，不是耽误时间嘛！"

蔡兴中说:"春洋,这我就要说你几句了,积人脉你知不知道?年轻人,尤其是作为一个年轻商人,一定要沉下心,不能急功近利。陈老板约我们喝茶聊天,肯定有他的用意,只是我们不知道罢了。你要清楚,人家是大老板,时间比我们金贵多了。"

受此批评,春洋意识到自己确实说错话了,脸一下子臊得通红。

蔡兴中带春洋去过潮州会馆之后,自己又跑了几个杂志社,一来是预订书刊,二来也是再打听打听上海的局势。两人在上海盘桓四天后,返程回潮。临别时,春江特意借钱为小美置办了几件时髦衣服,还给家人买了礼品。

小美婉拒。春江说:"家里全靠你和春洋了,我这个当哥的不表达一下心意说不过去。"

春江诚心诚意,小美只好收下。

第二十二章

上海、香港之行，春洋收获颇丰。春洋和小美把带回的礼物分给家人，又把两个哥哥平安无恙的消息带了回来，四位老人都十分欣慰。

阿公问春洋："你大哥呢，有他的消息吗？"

"大哥在北京当教授呢，二哥和他经常联系，你们就放心吧。"每次提起大哥，春洋都痛彻心扉，但现在他是家中的顶梁柱，要时刻掩藏自己的脆弱。

回到潮州一周后，令春洋惊喜的消息来了。那天下午，一个八九岁的孩子来到糖行，说找李老板。春洋不在，孩子就把一个封好的小纸条交给了大栓，请他转交给春洋。

春洋回来后，打开纸条，上面写着："晚九点，请还借书。"这是蔡兴中的字。春洋想，蔡兴中让自己这么晚过去，定有要事相商。

之后的几小时，春洋一直心神不宁，盼望天色能早点暗下来，可偏偏这个季节天黑得晚，八点钟天还亮着。离约定时间还有二十来分钟，春洋就出了门。九点差几分，见四下无可疑人员，春洋敲响了书店的门。门应声而开，他闪身进了书店。

"蔡叔好！"

"嗯。春洋，进来坐。"

坐下后，春洋迫不及待地问："蔡叔，什么事情？您快说。"

蔡兴中面露微笑地说："好事！春洋，祝贺你，你的入党申请组织批准了。"

"真的？"

"那还能有假，蔡叔什么时候骗过你？你表现不错，经过大家讨论，一致同意你加入党组织。但组织上有几条要求，你能做到吗？"

"能，再多要求都能。"春洋毫不犹豫地回答。

"好。第一，听组织的话，服从决定；第二，组织交给的任务克服一切困难坚决完成；第三，保守党的秘密，不经允许不能对任何人说；第四，意志坚定，宁死不屈，永不叛党，永不出卖自己的同志。"

"完了？"春洋问。他还在等着第五条、第六条呢。

蔡兴中说："这几条是最主要的，总之，一句话，不能损害党的利益。我们加入党组织，不是为了得到什么好处，而是为了使广大老百姓都过上好日子。"

"蔡叔，我记住了，您放心吧。"春洋郑重地承诺。

"鉴于目前的复杂形势，你的党员身份是保密的。在潮州，支部成员之间实行单线联系。组织决定，我是你的上线。你加入组织的事，不许对任何人讲。"临走时蔡兴中再次叮嘱他。

"蔡叔，我记住了。"

回到家里，春洋把自己关在房间内，兴奋得手舞足蹈。遇到天大的喜事却无人分享，春洋不由得想起了小美。如果小美在就好了！可转念一想，保守党的秘密，不经允许不能对任何人说，"任何人"，当然也包括小美。

想通了这一点，春洋的心慢慢平静下来。这一刻，春洋似乎体会到了孤独的滋味。春洋是个性格开朗的人，喜欢向人倾诉和与人交流，但现实要求他必须选择孤独。蔡兴中给他说过，孤独很可怕，像困兽像山川一样危险和冷峻，只有学会接受孤独，并与其和解，才能真正变得成熟。

那天晚上，春洋虽然孤独，但很激动，激动得一夜没有合眼："我终于成为和三个哥哥一样的人了！"春洋在心里反复念叨着。

从上海返回半个月后，香港的一家贸易公司来信，让春洋的糖行尽快邮寄三十斤蔗糖。大栓按照春洋的叮嘱办理了快寄业务。十几天后，这家公司又来信再要五十斤。这次大栓有意见了，闷闷不乐地嘀咕道："那么大的公司，每次只要三五十斤，还要求快寄，扣除邮费和包装费，根本挣不了几个钱。"

春洋板下脸说："就是三斤五斤也要寄。"

尽管心里转不过弯，但大栓还是老老实实又快寄去了五十斤蔗糖。

第二批潮糖寄走十天后的一个上午，春洋的糖行来了一高一矮两个人，高的身穿褐色西服，矮的身穿灰色短褂。

春洋想起来了，对方正是自己跟随蔡兴中途经香港时遇到的那两个人。

穿着西服，一副老板模样的人说，他们是上海陈荣升公司在香港的分公司，这次前来采购五千斤蔗糖，并且告诉春洋无须为资金问题发愁，他们可以先付款后发货。两人与春洋谈好价格后，当即全额付齐了货款和运费。办齐手续后，春洋说要叫上蔡兴中一道请两人吃顿饭。两人婉言谢绝，当即离开了潮州。其实，两人来春洋的糖行前，已经见过蔡兴中。

天降一笔大生意，大栓高兴得乐不可支。春洋看着大栓，严肃地说道："俗话说，'不怕生意小，就怕客人少'。没有三十和五十斤，哪有五千斤！"大栓服服帖帖地低下了头。

又是一个休息日。

阿爸阿妈对春洋说:"你们结婚后还没去过你姐姐家,你带小美去看看吧。"

春洋刚好也想到那里了解一下当前农民运动的情况,就说:"好啊,我们去上海还给姐姐带了礼物,正好顺便给她送去。"

春洋和小美商量后,小美欣然应允,问:"怎么去啊?那么远的路。要有自行车就好了。"他们在香港、上海和汕头街上都见过自行车,人骑在上面像飞的一样,帅气无比。"整个潮州城没几辆自行车,借都没地方借。再说了,就是借到了我们也不会骑啊。""等以后有钱了,我一定要买一辆。"小美一脸憧憬地说道。

"好,听你的。"

接近中午,两人赶到了姐姐家。弟媳妇第一次到家来,春溪高兴得不得了,赶紧张罗着生火做饭。刚好大外甥林青泉在家,春洋就与他聊起他们这里农民运动的开展情况。之前春洋听说,彭湃在广州农民运动讲习所第六期结束后,已经根据工作需要转移到武汉,协助筹办成立全国农民协会。"四一二"之后,各地党组织遭到严重破坏,不少农运领导人或逃亡,或藏匿,被抓被杀者都有,潮汕地区农运工作一时陷入了低潮。

春洋问青泉:"你最近见到过彭莫和傅尚他们吗?"

青泉说:"半个月前见过一次。彭莫一个人夜里来的,说这阵子他也遭到了通缉,不方便白天露面。他鼓励我们农会会员坚持下去,不能泄气。"

"你们农会组织没有解散吧?"

"没有,只是目前活动没有那么公开了。4月的时候,县上派保安队来抓过人,我们农协的几个领头人看势头不妙,躲开了,所以力量保存得还可以。"

"那就好。青泉,敌人残暴猖獗,而且变化无常,你们一定要有所防备,学会随机应变。你在农协里,有空也要到农民中多走走,把你从报纸上学到的东西向农民做宣传。农协组织千万不能散,这是我们农民兄弟自己的组织,走到今天不容易,越是这种时候越要咬牙挺住,往后要紧关头还要靠农会为农民兄弟撑腰呢,只是一定要注意保护自身安全。"春洋突然感觉到了自己的变化,已经不知不觉地向蔡兴中看齐,懂得用从报纸上学来的知识影响教导别人了。

吃过午饭,春洋提出想出去走走。

春溪说:"让青泉带你去吧,农村的路不太好走。小美就留在家里休息吧,上午跑这么远的路,也挺累的。"

小美噘嘴说自己不累，也想一道去。

春洋耐心地劝说她："小美，我和青泉想到农户家里坐坐，你跟着不太方便。如果你想出去，让姐姐带你到镇子上逛逛吧。"

听春洋这样说，明事理的小美同意了。

青泉带着春洋往镇东走去，那里有三个距离较近的村庄。一路上，青泉一边走一边手指周围介绍。东南的是秋溪山，东北面的叫黄田山，与铁铺镇、官塘镇、龙都镇接壤；再往远处看是青岚山区，与饶平接壤；西南面就是平原了。镇东靠山不远有三个村子，分别是巷道村、临坑村和山边村。

农会在这几个村子里发展得比较好，村民们大部分都加入了农会。正因为这里群众基础比较好，上次清党时，保安队来找麻烦，农会的人在村民的掩护下找了一条外人不知道的路逃进了山里，才没有被抓到。

到了村子里一看，这里确实如青泉介绍的那样。两个人先在临坑村转了转，寻了一处住户比较密集的地方，到几户农家坐了坐，与他们聊天攀谈，了解他们近期的生产情况以及思想动态，鼓励他们相互协作，不要丧失信心。之后，他们又到山边村去，村子里住着一二十户人家，相对比较集中，还有几户人家住在稍远一点的一处高坡上。

青泉担心春洋走得辛苦，问："小舅，还上去吗？"

春洋抹了一把额头上的汗："没事，来都来了，上去转转吧。"

这家只有一对五十多岁的老夫妻在家，据他们说其他人都上山砍柴去了。青泉以前来过他家，还算相熟。

青泉招呼道："老伯，这是我小舅，从潮州城来的。我们没什么事，就是随便转转。"

老夫妻两个请他们坐下，热情地给他们泡茶。这时，从里间突然走出来一个身形瘦弱的年轻人，二十岁左右，圆圆的脸，戴着一副眼镜，穿着一身农村人常穿的蓝色粗布上衣。老夫妻有些紧张，低声问道："你怎么出来了？"显然，对方刚才是有意躲起来的。

年轻人说："我听到了你们谈话的内容，觉得他们不是坏人。如果可以的话，我想与这位城里来的先生单独谈谈。"

老夫妻向春洋介绍说："这是我们的表亲外甥，叫小岭，来这里玩几天。"

既然年轻人提出了要求，老夫妻就说："那你们俩就在正屋里说吧，我们到院子里坐一会儿。"

年轻人说："先生，我姓冯，叫冯岭梅。恕我冒昧，请问您尊姓大名？"

"我姓李，叫李春洋。"

"李春洋？李春洋？"年轻人重复了两遍，突然问，"您和李春澜、李春江有关系吗？"

"怎么了？"春洋大吃一惊，没有直接回答。

"容我慢慢告诉您。"

年轻人叫冯岭梅，她还有另外一个名字叫冯铿，潮州人。

冯铿出生于一个不太富裕的教师家庭，父亲、大哥、大姐都从事教书工作。冯铿在这样的环境中受到熏陶，从小喜欢读书，酷爱文学，七八岁就开始读《三国演义》《水浒传》等古典文学名著。

"我是女生，您看出来了吗？"冯铿微笑着问。

春洋露出惊讶的神情，这才留意到对方眉宇间透露着女孩的优雅秀气，不好意思地说："我还真没看出来。"

冯铿笑笑。

"我在城南小学上的小学。你在哪里上的学？"春洋问冯铿。

"我没有在潮州上过学。快到入学年龄时，我们家就搬到汕头去了，父亲应聘到一所学校教书，我就上了礐石小学。我们住在小礐石街那里，那一片是美国人聚集的地方，有不少传教士，还倡建了基督教礼拜堂。他们不仅办教堂，还开办了学校，使当地居民有机会接受西方的文化和教育。"

"你知道礐光中学吗，离你们那里远不远？"

"知道。我因为喜欢文学，就没有去读那所中学，而是去了礐石晨光女学，后来读了汕头友联中学。我平时喜欢写些散文、小说和时事评论，十五岁时就开始投稿。幸运的是，投出去的稿件多被采用，很多稿件是李春澜和李春江两位编辑斧正的。这对我是莫大的帮助和鼓励。多亏了他们两人，后来我才越写越有兴趣，一直坚持到现在。"

短短几句话，冯铿已把自己的情况向春洋介绍得清清楚楚。听到对方说自己的稿件是由两个哥哥编辑后发表的，春洋知道了冯铿是什么样的人："李春澜、李春江是我的大哥二哥。"

不出所料，冯铿露出了会心的微笑。

春洋问冯铿："看来你是因为投稿才认识我大哥和二哥的？"

"可以这么说。"接下来，冯铿向春洋介绍了自己从前写的一些文章。春洋煞是惊叹于一个女子对时局如此洞悉和精准把握，仔细聆听着，不时点头称许。

冯铿接着说道："《平报》更名为《岭东民国日报》后，你两个哥哥都在那里工作。之前我给《广州民国日报》《晨报》《申报》等都投过稿,两次东征后,就专注于《岭东民国日报》了。他们对我的稿子很重视,反馈也很及时。李社长还给我写过一封回信,这让我十分感动。报社社长亲自回信,这对于我这个投稿者来说,可是莫大的荣耀。"

"是的,他们都是很认真负责的人。"春洋想到两个哥哥的遭遇,接着问冯铿,"你们一直都联系吗?"

"不,现在失去联系了。去年我毕业后到一所小学教书,一边工作一边坚持给他们写稿。有一天,突然接到他们的来信,说他们不在《岭东民国日报》了,以后再投稿的话投给《岭东日日新闻》,并给了我新的地址。虽然不知道其中发生了什么变故,但我还是按照他们的要求去做了。"

春洋解释说:"据我所知,那段时间《岭东民国日报》被国民党右派势力把持,把他们都赶了出来,后来他们又重新办了一份《岭东日日新闻》报。"

"怪不得呢。今年4月中旬的一天,几个人带着枪到学校找我,气势汹汹,一看便是来者不善。我躲到了厕所里,让我同事告诉他们我不在,才躲过一劫。后来才知道《岭东日日新闻》被查封了。估计因为经常给他们投稿,内容又多为激进的革命言论,所以我也成了他们抓捕的对象。"

"你就是因为这个躲出来的?"

"是的。起初我在汕头郊区的农户家里躲藏了一段时间,后来觉得那里离汕头太近,所以才跑到这里来。这里是亲戚家,住着也方便和安全些。"

"你现在还在写东西吗?"

冯铿笑着说道,住在这里比较安静,适合写作。有时候她也会到周边调研,了解民情。这里民风淳朴,农民运动搞得不错,他们给了她很多帮助。她逐渐明白彭湃为什么要在农村搞农民运动了。中国是一个农业大国,五分之四的人口都是农民,这股力量不容小觑。

春洋说:"你说得对。农民人多力量大啊,关键是要有人把他们组织起来。你刚才所说的彭湃,已经转去武汉了,那里成立了中国农协,就是要把全中国的农民都团结起来。"

"我都忘记问了,你到这里做什么呢?"冯铿突然话锋一转。

"我姐姐家是这里的。外面那个小伙子是我大外甥,叫林青泉。他们住在镇上,离这里不远,以后你有什么事可以找他帮忙。我姐姐一家都是农会的会员,人都很好。等一下我也给青泉交代一声,让他定期过来看看你。"

"好的,谢谢你了。你大哥二哥现在怎么样了?"

春洋不想暴露大哥的事。他说："我大哥去北京了，二哥在上海，我上周才从上海回来，刚见过他。"

"哦？你二哥又在办报刊吗？"

"目前没有。听他说有空时就写作、翻译并给报刊撰稿。"

"你有他地址吗？"

"有一个地址，是别人代收转交的。"

"我文章写好后可以寄给他吗？"

"当然可以。等你写好了，交给我，我帮你寄给他。"

其后，冯铿在春溪一家及村民们的帮助下，受聘到村小学任教，教课之余潜心写作。有这段时间的生活基础，她写出了不少有影响的作品，其中最出名的是《一个可怜的女子》和《月下》两篇小说。

这是小美第一次到磷溪镇，觉得一切都是那么新鲜。她从小生活在城里，很少到农村去，对乡下农民的生活很是好奇。吃过饭，春洋和青泉去了农户家里，春溪便陪她一起出去走走。

刚好是阴天，没有被毒辣的日头暴晒之苦。农村空气比城里清新很多，小美站在田野里环顾四周，眼中满山苍翠，一水碧波，草木茵茵。她深深地吸了一口："你们这里可真美呀！"

春溪说："小美，你要喜欢，以后就经常来。你看，我们这里有山有水，瓜果蔬菜特别新鲜，鸡鸭鹅都是自己觅食，包你吃好玩好。"

小美说："不行啊，这么远，我一个人怎么来啊，春洋又很忙，抽不出这么多时间的。"说完她指着远处问，"这周围的山都是什么山啊？"

春溪指点着告诉她："你看，东南边那个是秋溪山，东北面是黄田山，远处的是青岚山。从我们这边过去能到山后村，向东走就到饶平，也就到海边了。"

"我还没有爬过山，以后有空就来爬爬山。这次我跟春洋出去可算是开了眼界，乘小火车先是到汕头，然后又乘船去了香港和上海。大城市就是不一样，那里啊，比我们这里楼高多了，可热闹了。"

"是吗？你们出去都做了些什么呢？"

"主要是去看看二哥三哥，春洋还谈了些生意上的事。咱们潮州在上海的大老板有不少，春洋说要能和他们做上生意就好了。"

"小美，平时春洋除了做生意还忙些什么？"

"这我就不知道了。我天天上班也很忙，顾不上管他的事情。"

小美很奇怪，姐姐为什么这样问，难道春洋有什么事情瞒着自己？春洋除了做生意就是看书，可看书是好事啊，可以……突然，她想到了春洋看的《共产党宣言》，难道他加入了共产党？小美暗暗吃惊，心中不禁泛起嘀咕，但她很聪明，没有循着自己的疑惑去打听，更不想随意猜测自己的丈夫，因为她相信春洋不会刻意隐瞒自己。想到这里，她笑了笑，继续往前走。

小美不是那种激进的女孩子，她天生就比较胆小，从小被家人以及周围的男孩子们呵护惯了，养成了被动顺从不爱管事的性子。上学的时候，也经历过五四运动，看到春洋他们积极地准备标语、小旗子等，她也帮忙，上街游行的时候她也跟着一起去，但要让她牵头去做什么事情，她做不到。当护士以后，因工作忙，她就更没有闲暇时间关注那些事情了。

春溪叮嘱她："你们现在成两口子了，要互相关心体恤。阿公阿嬷和阿爸阿妈年纪大了，家里以后就全靠你们两个了，你们要学着多操点心呀。"

"放心吧，我知道。"

春溪的话让小美突然意识到自己的不足，从磷溪镇返回城里后，小美改变了不少。她开始关注春洋读什么书，看什么报；不上班的时候，除了帮婆婆做点家务，也开始主动读点书。

有一天，小美突然问李春洋："究竟是汪精卫的武汉国民政府厉害，还是蒋介石的南京国民政府厉害？他们哪一方对共产党更好一点呢？"

春洋奇怪地望着小美："你怎么突然想起来问这个问题了？"

小美说："我也经常看报纸的。报纸上有很多文章提到国民政府分裂的事情，说他们闹得不可开交。4月份的时候，蒋介石实行清党政策，残酷屠杀共产党，暴露了他镇压共产党的丑恶嘴脸，那这个汪精卫是不是能对共产党温和一些呢？"

小美能问出这个问题，春洋很是高兴，这说明她不仅看书看报，而且开始动脑思考问题了，这样下去，两个人的共同语言就自然会更多。春洋根据自己的理解，尽可能地做出解释。他说："蒋介石是肯定不想让共产党发展壮大的，他的表现已经充分说明了问题。现在看来，汪精卫与他也是一丘之貉。'马日事变'你知道吗？驻守长沙的武汉国民政府官员许克祥，带领叛军捣毁了湖南总工会、农民协会、农民讲习所等共产党控制的革命团体，解除了工人纠察队和农民自卫军的武装，逮捕并杀害了一百多名共产党员、国民党左派及工农群众，释放了所有在押的土豪劣绅。在汪精卫那伙人的指使下，许克祥和国民党右派组建了'中国国民党湖南省救党委员会'，继续残忍屠杀共产党人和革命群众。"

小美问:"为什么叫'马日事变'?"

"事情发生在5月21日,那天电报的代日韵目是'马'字,所以就叫'马日事变'"。

"'马日事变'就一定是武汉国民政府干的?"

"如果没有汪精卫等人的指使或者默许,给许克祥十个胆子,他也不敢闹出这个震惊全国的大案。你看最近几天的报纸没有?汪精卫武汉国民政府已经开始打压共产党。我感觉,后面还会有更大的事情发生。"

"真会这样吗?"

"我们等等看吧。"

第二十三章

事情果然如春洋预测的那样发生了。7月中旬，报纸上刊登了一则消息，武汉国民政府领袖汪精卫召开"分共"会议，通过《统一本党政策案》，正式与中共决裂。

春洋把这个消息拿给小美看时，说："我猜得没错吧，他们果真动手了。"

小美担心地问："春洋，你这么关心他们两党之间的事，我问你，你是共产党吗？"

春洋笑着回答："你看我哪个地方长得像共产党？每个人都可以看报纸，关心时事政治，关心国家大事，不能因为我关注这些就说我是共产党吧？"

"那就好。我们两个关起门来讨论可以，在外面你说话做事一定要小心。"小美点点头，叮嘱春洋。

"放心，我会注意的。谢谢老婆大人提醒！"春洋故意提高了腔调，逗得小美赧然一笑。

局势继续恶化，春洋心中没底，便抽空去了趟墨香书店。蔡兴中理解春洋的担心，其实他自己心中又何尝不是呢？"四一二"反革命政变后，遭到严重破坏的潮汕党组织还没有完全恢复，如果国共两党彻底决裂，对当地地下组织来说无异于雪上加霜。

春洋担心地问："蔡叔，您觉得这一次来势怎么样？"

"我觉得这一次没有上次那么严重，毕竟比起蒋介石的阴谋来说，汪精卫这次还算是'阳谋'吧。除了那个'马日事变'，这次召开了'分共'会议，公布了《统一本党政策案》，不至于让人措手不及。显而易见，这次斗争的重点是在武汉一带，那里将是风暴的中心。"

"针对这次斗争，我们能做什么呢？总不能按兵不动任人宰割吧！"

"春洋，你要记住，革命需要理想和激情，但更需要定力和谋略。目前我们先维持原状，静观其变，尽可能地做好我们的宣传工作，壮大我们的队伍，一旦需要，我们就能立马顶上去。"

"好的，明白。"春洋答应着。

蔡兴中问他："你的思想宣传、发动工作做得怎么样了？"

春洋说："我已经有几个目标了，至于是谁，先不与你说，你不说一级对一级负责吗？"

"臭小子，这个记得倒清楚。好吧，我不问了。"

云谲波诡，黑云压顶。

8月1日，江西南昌爆发了南昌起义。中共中央指定周恩来、李立三、恽代英、彭湃组成前敌委员会，周恩来任书记，组织领导南昌起义。

一天深夜，突然传来敲门声。春洋很警惕，平时这么晚了不会有人无缘无故敲门，便顺手拿了一根木棍走到门旁。

"你找谁？"

"找李春洋。"

"你是谁？"

"我是杨嗣震。"

杨嗣震的名字春洋很熟悉，不仅在大哥的日记里，在黄埔军校潮州分校办学时还亲眼见过几次。春洋把门打开一条缝，划了根火柴，在微弱的火光下仔细辨认，果然是杨嗣震。

家里人都睡下了，春洋想了想，觉得在这里谈话不方便，就对杨嗣震说："杨大哥，你等一等，我和家里打个招呼，我们出去说。"

小美担心地问："怎么了？"

春洋说解释说，二哥的朋友杨大哥找他有点事，家里说话不方便，准备带人到糖行去。

"这么晚了，你路上小心点，快去快回啊。"小美叮嘱道。

春洋带着杨嗣震来到糖行，他们在二楼谈话，把大栓支到一楼去睡觉。

"怎么回事，杨大哥？您怎么突然来了？我快两年没见到您了。"

杨嗣震很急切地问道："春洋，我从汕头过来，在那里停留了两天，我本来要找春澜的，可是有人告诉我春澜在'四一二'反革命政变中已经被捕遇难了，消息是真的吗？"

"杨大哥，是真的。我亲眼看到大哥蒙难的样子，尸体也是我亲手收殓的。"春洋语气低沉地说。

"这帮浑蛋！"杨嗣震"砰"的一拳砸在桌子上，震得桌上的瓷杯跳了起来，茶水洒了一桌。他的眼睛里燃烧着无法遏制的怒火，脸涨得通红，全身都在发抖，泪水已经止不住流了下来。

"国民党反动派，他们欠着我们家一笔血债！"春洋悲愤地说道。

"真是可惜。春澜是一个多么有才华的人啊！国民党的罪行罄竹难书，不只欠着春澜的血债，还欠着千千万万赤心儿女的血债。我相信，春澜的血不会白流，总有一天，血债要用血来偿还。"

杨嗣震回忆起和李春澜同学、同事时期的一幕幕场景，沉默良久，缓声说道："春洋，你先给我说说目前潮州的情况吧。"

春洋介绍说，黄埔军校潮州分校办到去年年底，后来就不办了，所有人员都撤走了。"四一二"反革命政变后，潮安县委也遭到了破坏，大家躲的躲，藏的藏，还有不少被抓进了监狱。当时对组织的影响是致命的。过去这么长时间了，目前，整体形势还算平稳，组织正在逐步地恢复重建当中。

杨嗣震问："如果需要再组织一帮人，你觉得能迅速发动起来吗？"

春洋想起蔡兴中说的话，要壮大队伍，时刻准备着，一旦需要，就能迅速地顶上去。但以春洋现在的身份，他也不好明确表态，但还是信心满满地说："可以！"

杨嗣震其实并不知道春洋的身份，但以他对李春澜和李春江的了解，以及黄埔军校潮州分校时的接触，料定他们这个弟弟也绝非等闲之辈，随即欣慰地说："那就好。"

春洋追问："杨大哥，听您这么说，像是要发生什么事情？"

"是的，我们潮汕大地可能又要发生大事了。"

杨嗣震向春洋娓娓道来：去年上半年，杨嗣震回到了广州国民革命军中协助准备北伐的工作。到7月份，国民革命军在广州誓师北伐，他调任国民革命军总政治部秘书，随总政治部主任邓演达奔赴前线。10月份攻陷武昌后，升任第三十军政治部副主任兼秘书，到河南驻军，不久之后，根据工作需要，又重新回到总政治部任秘书。

"现在，汪精卫一伙已经公开叛变革命。7月15日，国民党发布《统一本党政策案》后，开始大肆逮捕杀害共产党人和革命人士。身为国民党左派的邓演达主任被逼无奈，远赴莫斯科。我也离开了总政治部。"杨嗣震最后说道。

春洋满脸疑惑："您是回来避难吗？"

杨嗣震先是否定，接着解释，汪精卫翻脸后，在汉的中央机关的活动被迫转入地下，人员拟离汉后经九江撤退到上海去。李立三、邓中夏已先期被派往九江，部署撤退事宜并考虑可否利用张发奎回到广州，以图再举。但经过组织再三考虑，认为张发奎并不可靠。中央经过讨论，决定武装反抗国民党统治并派周恩来奔赴九江。周恩来、李立三、邓中夏等认为由中共带领的部队大都集结在南昌附近，因此决定举行南昌起义。贺龙在率领部队离开武汉开赴南昌前，有天晚上到了杨嗣震候补街的住处。他当时还不明就里，直到贺龙告知缘由，这才明白事情的紧迫性。"

春洋问："是贺军长派你出来的吗？"

"确切地说，是党组织派我出来的。贺军长和我谈了一个多小时，说南昌是一个易攻难守之地，起义之后，国民党军队必定会反攻，起义军不太可能在南昌城驻守很久，所以初步决定向东南撤退，占领东江地区，夺取潮汕一带的出海口，希望能从海上得到共产国际的援助，然后伺机重新占领广州，为将来第二次北伐做准备。之后，我就秘密离开部队，直接赶往九江，在那里见到了周恩来。因东征时我在潮汕待过，妻子也是潮州人，所以党组织派我先回来，发动群众做好策应工作。"

"杨大哥，我前几天看报纸，南昌起义已经发动了。8月4日起义部队已经陆续开始撤离南昌向广东进发了。"

看了一眼春洋，杨嗣震语气沉重地说道，是的。他们就是按照既定路线在走，但进展得并不顺利，先不说国民党军队的围追堵截，就是起义部队内部也有很多问题。据说刚离开南昌一天，打前锋的第十一军第十师的蔡廷锴就叛逃了，给起义军的士气造成了十分恶劣的影响。后面陆续又有不少小股部队叛逃，部队减员非常严重。再加上现在天气炎热，部队负重前行，很多人中暑累倒病倒，枪支弹药丢失情况也很严重，甚至连大炮这样的重武器都随意丢在了路边。

春洋问："国民党的部队不是都北伐了吗，怎么这边还有部队在堵截他们？"

杨嗣震说："你不了解情况，这边还是留有驻军的。此外，钱大钧和黄绍竑正调集部队向会昌、瑞金集结，而且，驻扎在广东的国民党第八路军总指挥李济深也正在前方调集兵力围堵。"

"他们这样走走停停，还有国民党部队在围追堵截，什么时候才能到达我们这里啊？"

"估计要一个月左右，这也给我们留下了较为充足的时间。这段时间大家分头开展工作，你赶快帮我联系潮州这边的人，我到周边地区跑跑，联络我们东征时发展的骨干力量，把大家动员起来，为迎接大部队做好准备。"

"好的。"

"春洋，我和你说的这些情况，一定要注意保密。对了，我今天晚上可以住在这里吗？"

"当然可以，您今天先住这里，这里相对比较安全，有紧急情况时，我这里有个逃生窗，随时可以爬上房顶逃走。明天早上我让大栓给您准备早点，先别着急走，等我明天上午来汇报联络的情况。"

春洋转身去了墨香书店，"如此重要的事情，必须尽快告诉蔡老板。"

"蔡叔，有急事。"

"什么事这么着急啊？"

"杨嗣震大哥突然来了。他是我大哥在日本留学时的同学，是办黄埔军校潮州分校时我二哥的同事。"

一听这话，蔡兴中立马意识到事情的重要性。他带着春洋走到后面。春洋把杨嗣震的情况以及他说的那些话，向蔡兴中完完整整地做了汇报。

"蔡叔，当务之急我们需要做什么？"

"别急，部队到我们这里还有一段时间呢，容我好好考虑考虑。"停了一会儿，蔡兴中突然问，"你那个杨大哥呢？"

"我把他暂时安排在糖行了。"

"好。你告诉他我们这里会想办法，让他放心好了。他这次回来，任务艰巨，要跑的可不止我们这一个地方，提醒他外出活动时一定要多加小心。"

"行，我一定转告他。"

"春洋，明天我要先去找县委的同志，向他们汇报这个情况，好让他们早做准备。接下来还要去商会，找几个人商量一下，定下开会的时间。你有空就到商会去，到时候看情况再给你布置任务。"

"好，没问题。"

早晨大栓出去买了早点，他和杨嗣震吃好了，大栓正常开店营业，杨嗣震在楼上等着春洋。

回到糖行，春洋想起蔡兴中的叮嘱，低声问道："杨大哥，以前您和彭湃大哥一起在这边参加农运，后来又参加东征，肯定有不少反动派认识您吧？"

"是的，应该有不少人认识我。"

"您这段时间在潮汕地区活动，一定要当心。现在国民党反动派四处抓人，而且他们的眼线也很多。"春洋想起自己曾经化装出行的经历，郑重提醒道，"要不您改变一下装束，最好能变得让人认不出您来。"

"有这么严重吗？"杨嗣震笑笑说。他在这一带也算是颇有名气且具有影响力的人物，只是自工作以来，不管是在海丰和揭阳教书、参加农运、宣传马克思主义等或是参加东征，从来都是光明正大以真实身份示人。

春洋神情严肃地说："现在不比从前，不管怎样，您一定要小心为上。"

"好的，我知道了。谢谢老弟提醒。"

春洋问他："你说嫂子娘家是潮州的，那嫂子和孩子在吗？"

杨嗣震说："在的。他们家就在猴洞那边。"

提起猴洞，春洋一清二楚。猴洞是明代潮州先贤黄琮的故居庭院，因主人在院内养过猴子，所以俗称猴洞。猴洞之所以有名，还在于福音医院的高士兰医生租住在那里。高士兰在府城南门外堤建成了潮州府城福音医院，是潮州第一家西医综合医院。小美现在就在福音医院当护士，阿公摔倒也是在福音医院救治的。

春洋问："您要回家看看吗？"

杨嗣震说："我还要马上赶往海丰和揭阳，打算回来后再去。"

"潮州这边，您放心吧，我已经把这个消息汇报了上去，很快就会有所行动的。"说完，二人握手告别，各自行动。

下午，春洋按照蔡兴中的要求去了商会，看到商会的几个头头正在开会。会上大家争辩得十分激烈。春洋只是普通会员，没有资格参会，所以只好在隔壁房间等待。门虽然关着，但声音还是传了出来。争辩的主要内容，是关于起义部队过来之后商会应该怎么办。

只听蔡兴中说："我们潮商历来就有比较好的传统，捐钱捐粮支援部队。前年东征，国民革命军到我们潮州，还办了个黄埔军校潮州分校，我们大家热烈欢迎，给了他们不少的支持，总政治部周主任还表扬我们，说我们思想觉悟好，革命积极性高。这次还是他们的部队，我们难道能无动于衷吗？"

另一个人说："我们也看报纸的，国共合作失败了，他们在南昌举行起义，互相打来打去的。现在这支部队撤退到我们这里来，我们支援他们，如果另外一批人再来打他们，我们支援不支援呢？而且这帮人来历如何，我们也不清楚啊！"

蔡兴中说："这就需要我们做出选择，要看哪一支部队好。有些部队纪律不好，比如那些军阀的部队，抢老百姓东西，明显就不是为老百姓谋利益的，这种部队将来一旦掌了权，老百姓肯定要遭殃，我们绝不能支持他们。而周主任的部队，在东征时我们已经接触过了，他们是一支有政治信仰的部队，纪律严明，秋毫无犯，爱护老百姓，肯为老百姓谋福利，肯定也会对我们商会有利，我们不支持这样的部队，还能支持谁呢？"

"是啊，是啊，我们应该支持。"有几个附和的声音。

过了一会儿，蔡兴中接着说："大家看这样好不好，明天上午九点召开商会会员大会，把任务布置下去，我们先做好准备，以免到时候措手不及。"

"同意！""同意！""同意！"

会议最后达成一致意见。

会后，蔡兴中把春洋喊了过来，给他布置了任务：一是按照商户的名单给每家写一张开会通知，务必保证每一户都通知到；二是准备好纸笔，明天开会签到用；三是准备一些标语、口号之类的，供商户们参考使用；四是做好会议记录，会后统计各商户能够援助的物资情况。

这些事情对春洋来说易如反掌，毕竟以前在学校时就参加过示威游行，有过这方面的经验。关键问题是自己家准备捐助什么。这事，春洋必须先和小美商量。平时糖行里的资金是单独运作的，工作人员都是拿月薪和销售奖励的，春洋作为老板也不例外。他和小美的工资放在一起，一大部分交给父母做生活费，小部分留作自家开销用度，平时都由小美保管。

春洋试探着对小美说："南昌起义后，周主任他们的部队要撤退到这边来。商会已经开过会了，让大家做好迎接准备。你也知道，用兵打仗嘛，兵马未动，粮草先行。商会动员大家捐粮捐物，我准备从糖行抽出一部分钱，你手里还有多少钱？"

"我手里钱也不多，上次去上海用了一些，剩下的不是准备攒着买脚车（自行车）吗？"

"脚车不是必需品，还是缓缓再买吧。大哥二哥一直跟着周主任干革命，我们支持周主任的部队，就是支持大哥二哥。他们现在有困难，我们责无旁贷。等今后生意好了，钱赚得多了，一定给你买一辆，不，买两辆三辆都行！"

"不行，你这是一张空头支票。"

"小美，我向你保证，等过了这一段，一定给你买辆脚车。不但如此，车把和车后座上都装上小风车，到时我骑车带上你，车走风车就转，给你当扇子用！"

春洋的话把小美逗笑了。小美看春洋说得恳切，自己没有反对的理由，就说："好了，好了，我知道了，将来日子好了，不愁买脚车的。"

"小美，你真好。谢谢你。"

小美把自己攒的钱拿了出来，交给了春洋。春洋回到糖行和王叔一起盘账，留下一点运营必需的钱，把其他的活钱都抽调出来，加上小美的钱，准备全部都捐出去。

春洋再次征求阿公和阿爸的意见。李秋升本来对革命军就有好感，况且对钱没有什么概念，当然满口赞成，只是阿公有点担心："捐钱我不反对，但你把钱都捐了，糖行还能经营下去吗？"

春洋安慰他："阿公，这个我会考虑的。您不用担心，日子总能过下去的。"

阿公见孙子态度坚决，也只好说："好吧，你自己看着办吧，现在是你当家做主。我们不求大富大贵，只要别把一家老小饿着就行。"

第二天，春洋和蔡老板商量了一番，他又去了一趟磷溪镇，一方面把起义部队要过来的消息传递给姐姐那里的农会，让他们把周边农户都动员起来，准备迎接部队的到来；另一方面征得蔡兴中同意，把用自己筹集的钱买的三千多斤大米运回来，以供部队抵达后使用。

自从上次与杨嗣震分别后，春洋协助蔡兴中，一直忙于宣传和发动工作，其后一段时间都没有杨嗣震的消息。春洋原以为他到海丰、揭阳等地去活动了，谁知意想不到的事情已经发生了。

9月初的一天早上，小美正在后院陪自己的阿爸阿妈聊天。陈宏祥一脸疲惫地回来了，顾不上和小美打招呼，草草洗了把脸，就坐下来食不甘味地扒起饭来。

阿妈心疼地问："干什么去了，弄得这么累？"

陈宏祥满嘴鼓鼓囊囊，含混不清地说："昨天晚上陈泰运调拨部队要去抓人，由于对地形不熟，就命令清党治安队出动带路。我听说要抓人就跟去看热闹，结果真抓到了一个人，回来后就开始审讯。据告密的侯应澄说，抓到的那个人叫杨嗣震，是一个共产党。"

小美心中一凛，不露声色地问道："他们打他了？"

"打是肯定的。他直接被抓到了军营，部队营房里设置了审讯室，里面什么都有，皮鞭、老虎凳、火钳、辣椒水、吊柱等等，好些东西我以前都没见过，这次跟着去也算开了眼了。"

小美接着问："那人招了吗？"

陈宏祥说："招什么招。整个一个死硬分子，被打得浑身是血，昏过去好几次，被凉水泼醒后还是大骂国民党。你说这人是不是脑子有问题，图什么啊？"

陈宏祥十分困倦，吃过饭倒头就睡了。小美匆匆赶回家，告知了春洋这个消息。春洋听后，心痛不已，哀叹一口气后说："我就怕出事，还特意提醒杨大哥，可能有人认识他，让他稍微改一下装扮，估计他还是没当回事，真是怕什么来什么。"

第二十三章

正如春洋所料，那天他们两人分手后，杨嗣震去了海丰和揭阳，在那里奔忙十多天才回来，一直也没有什么事，所以也就没有太重视春洋的话，慢慢放松了警惕。不幸的是，杨嗣震回来的那天下午，在潮州一条街上，被工会叛徒侯应澄一伙人偶然看到了。

侯应澄就是1926年夏一手制造"潮州李子标血案"的主谋。在处理该事件的过程中，彭湃、杨嗣震、杨石魂等人都露面了，所以，侯应澄认识杨嗣震。当时迫于压力，反动派接受了工会提出的条件，释放了被逮捕的李春澜等人。侯应澄被通缉后仓皇逃逸，但他记下了这个仇。"四一二"反革命政变后，侯应澄返回潮州，摇身一变成了潮州保安团清党治安队队长。

侯应澄见到杨嗣震后，第一反应觉得这个人十分面熟，肯定在哪里见过。他对手下的人说："快想想，这个人是谁？"经过几个人东拼西凑的回忆，他们逐步确定此人就是杨嗣震。侯应澄不动声色，悄悄跟踪上了杨嗣震。

由于思家心切，杨嗣震急着要去猴洞的寓所看妻儿，全然没有注意到后面已经跟上了"尾巴"。

侯应澄一直在猴洞寓所外面偷偷监视着，直到天黑，感觉杨嗣震不会再出去了，才匆匆忙忙跑回去报告潮安县县长王宇。与侯应澄一样，王宇也是一个革命的叛徒。为稳妥起见，二人马不停蹄跑到驻军陈泰运团长那里请求支援。陈泰运派了一个排的兵力，再加上清党治安队的人，把猴洞寓所围了个密不透风。

杨嗣震看到侯应澄时，一切都明白了。

"侯应澄，冤有头，债有主，我跟你们走，你们不要为难我妻子孩子。"杨嗣震十分淡定。在妻子和孩子悲痛的呼号声中，杨嗣震被五花大绑地带走了……

"怎么办？"小美担心地问。

"这事你先不要管，上班去吧，我看能不能找人问问。"

小美上班走后，春洋急忙去见了蔡兴中，把杨嗣震被捕的消息做了汇报，问能不能想想办法把他救出来。蔡兴中想了想，摇摇头说："春洋，现在斗争形势很恶劣，中共潮安县委都还处于地下工作阶段。我们在国民党县党部和陈泰运部队都没有能说得上话的人，况且这次的始作俑者又是王宇和侯应澄，要想救人无异于火中取栗，难度很大。不过，你小舅哥不是在保安队嘛，能否托他打听打听？"

春洋说："唉，别提了，我和他合不来，他不会帮我忙的。"

"你可以让小美去打听，就说杨嗣震是你大哥的同学，问问看能不能想办法放出来。"

"好，我试试。"

"春洋，一定要提醒小美，千万不能把你牵涉进去。"

小美下班后，春洋和她商量好，小美答应去找陈宏祥问问。

晚上，趁着陈宏祥在家，小美开口打起了感情牌："二哥，问你个事行不行啊？"平时，小美都直呼陈宏祥的名字，这次改了口。

陈宏祥翻翻白眼，"呵呵"一声说道："怎么，今天不喊'陈宏祥'了，有事求我吧？"

"向你打听个小事。那天听你说抓到一个叫杨嗣震的人，后来才知道他是春澜大哥的同学。这个人现在怎么样了？"

"是李春洋让你来打听的吧？告诉他死了这条心吧。别说我不想帮他，就是想帮我也没这个本事。那个杨嗣震真是一块硬骨头，他们对他动用了那么多酷刑，想问出来他这次的任务以及共产党的秘密，他宁死不说，吐了侯应澄一脸血水，还大骂王宇是叛徒，说他活得还不如一条狗。现在这两人气炸了，一心就想把杨嗣震弄死。"

"那他岂不是必死无疑了？"

"是的。"突然，陈宏祥警觉地说，"咦，杨嗣震可是共产党，李春洋和他没有关系吧，你们怎么那么关心他？"

"没有，你想哪去了。杨嗣震是他大哥的同学，春洋觉得能帮就帮一把，既然帮不了就算了。"

"小美，我可警告你，不要让李春洋瞎掺和啊。真要搅进去，二哥我也会六亲不认的。"

杨嗣震铁骨铮铮，坚贞不屈，从他那里，敌人什么情报也没得到。气急败坏的敌人，在南昌起义部队到达潮汕前的9月15日，将他押赴南校场执行枪决。

杨嗣震赴日留学前，曾给家人写过一首诗："男儿立志出乡关，学若不成誓不还。埋骨岂为他乡地？人间到处是青山。"谁都没有想到，他的话竟一语成谶，此生再也没能魂归家乡湖北黄梅。

在林木葱茏的潮州西湖边飞鹅山上，春洋亲手堆起了杨嗣震的坟头。杨嗣震的妻子和孩子跪在坟前，涕泗横流，痛不欲生。

春洋说："杨大哥，您放心去吧。今后我和小美帮您照顾嫂子和孩子。这个仇，我一定会替您去报！"

八天之后，南昌起义军占领潮州城，春洋和杨嗣震的妻子一起找到起义军驻地，请求为杨嗣震报仇。贺龙听说杨嗣震已经牺牲，异常悲愤，当即派战士们前去捉拿凶手,可惜王宇和侯应澄早已逃之夭夭。

"杨大哥,您是为潮州百姓而死的。血债血还,我绝不会放过王宇和侯应澄这两个狗叛徒的。"春洋暗暗发誓。

第二十四章

闻悉南昌起义部队即将到达潮汕，中共潮安县委在林务农、谢汉一、陈府洲等人的领导下，立即秘密开展宣传发动、重组农会和筹集军饷等活动。蔡兴中带领潮州商会也积极行动了起来。

9月13日上午十点，一个八九岁的孩子来到糖行。大栓问他什么事，对方说自己是来送书的，李老板要的书到货了，说完便把一本《中国青年》杂志交给了大栓。

春洋事先有交代，如果有人送书就立马接下来交给他。所以，大栓二话不说接过书就给春洋送了上去，同时按春洋之前的嘱咐，给了孩子一包蔗糖。

春洋从杂志中翻出一张纸条，上面写了一串数字，这是他与蔡兴中约定的密码，用于有急事时约定时间和地点见面。蔡兴中觉得不管是春洋去书店还是他去糖行，来往的次数太多总会引起猜疑，所以他们更换了传递信息和见面的方式。

春洋翻出一本《三国演义》，按照数字七个一组开始找对应的字。七个一组的数字，前三个代表页码，中间两个代表行数，后面两个代表第几个字。

很快，他就找出了这些字——下午一点天后宫。

"什么事呢？"春洋反复琢磨着。

下午的天后宫，游人稀少，他们顺利地碰了面。

"春洋，晚上我想借你的糖行开个会，你看行不行？"

"有什么不行？我回去安排一下，晚上不让大栓住那里了。"春洋当即应承了下来。

蔡兴中摆了摆手，神情严肃地说："春洋，组织上原本不想让你这么早就暴露身份，但是我们反复斟酌后，还是感觉在你的糖行开会最合适。你要想清楚，用你的地方开会，从利的方面来说，意味着组织上以后会更加信任你；但从弊的方面来说，来开会的人都知道了你的身份，万一今后有哪个人出了事情，很可能把你供出来，这就等于间接把你置于危险境地了。"

春洋说："蔡叔，我是党员，应该毫无保留地为组织做事。"

"春洋，那就这么说定了。我通知他们天黑后陆续到你那里集合。暗号：

'老板，我想买两百斤潮糖，有吗？'回答：'有，你要多重一袋的？'答：'我只要一百斤装的。'"

"好的，晚上我提早过去。"

到家之后，春洋立即着手准备开会事宜。

他先和家人说晚上有事住在糖行，让大栓回来住，又拿了一点吃的带过去，以备万一有同志来得匆忙顾不上吃饭可以垫一垫。接着，春洋马不停蹄赶到糖行，见两个暖水瓶里水不多了，又让大栓到开水铺把开水灌满。

五点半一下班，春洋对大栓说："大栓，你今晚到我家去吃饭，就住在那里，帮忙照顾一下我瘫痪在床的阿公。"大栓应声去了。

蔡兴中和几个人陆续来到了糖行。稍晚到的是谢汉一和李绍法。谢汉一是潮州城里人，担任农民协会的副会长，还兼任县总工会副委员长，李绍法是县农会的秘书。接着，县委组织部部长陈府洲和县委书记林务农也到了。

店门外走来了一个年纪不大的姑娘，春洋立马警惕起来，问道："请问你有什么事吗？"

"老板，我想买两百斤潮糖，有吗？"对方问。

"有，你要多重一袋的？"春洋回答。

"我只要一百斤装的。"

春洋让姑娘进了店。

陈府洲指着姑娘给大家介绍道："她叫庄淑珍，是我们潮州妇女改进会的监察委员，负责妇女和青年学生工作，之前一直隐藏身份，与大家接触不多。别看年纪不大，淑珍已经有两三年党龄了。"

庄淑珍笑笑，谦虚地说道："我做得还不够，请大家以后多多指教。"

众人微笑点头。

屋内的人坐下来边喝茶边聊天，说再等等，似乎还有重要人物没有到。

闲聊间，大家听说春洋是李春澜的胞弟，都感慨良多。

谢汉一说："春澜从日本回来不久我们就认识了。当时他虽然在金中教书，但是非常关心工农运动。后来，春澜去了海丰，和彭湃一起工作。1923年夏，彭湃为营救在海丰'七五'农潮中被捕的农会干部，找陈炯明交涉，回来时途经潮州。我之前就想见彭湃，那一次经春澜引荐终于见到了他。彭湃给我们介绍了海丰开展农运的经验教训。我们根据他的建议，把原先组织的'农界救国联合会'改为'潮安农民协会'，并于次年加入彭湃发起的'惠潮梅农会'。"

李绍法也说："我以前在金山中学里读书时，受李春澜老师等人的影响，开始接触马克思主义。他上课的形式灵活多样、生动有趣，经常给我们讲国内外的时政要闻，激发同学们的爱国热情，号召我们团结起来同国民党反动派进行斗争。"

"也就是从那时起，我才意识到，农民的力量不容忽视，应该把工人运动和农民运动结合起来。此后，我除了在潮州搞工运外，经常以加工首饰为掩护，到潮安的南桂、隆津、登隆、登云等许多地方走村串巷，向农民群众宣传，发动农民组织农会，同反动势力做斗争。"谢汉一娓娓道来。

春洋问自己身旁的李绍法："李秘书，我也是金中的校友。你毕业后，一直在我们潮州工作吗？"

"金中毕业后，我就到龙湖震华小学教书了。后来受谢会长、杨石魂书记的影响，参加了农运工作。开始时只是利用课余和假日的时间，奔走于鹳巢、龙湖、三英、新安以至江东的西前溪等乡，发动农民组织农会。我是潮安鹳巢乡人，鹳巢成立农会后，我被选为农会执委，与好友李子俊等一起在鹳巢乡发起组织'教育促进会'，把鹳巢及附近乡村的先进知识分子和青年农民组织起来，向他们推广新文化运动，提升他们的觉悟。前年12月，县里召开农会大会，我被选为农会的秘书，后来索性就把学校的职务辞了，专心从事农运工作。"

春洋说："听你这么一说，我也不想做糖行的生意了。和你比起来，我对组织的贡献太小了。"

坐在旁边半天没有说话的林务农看了看春洋，说："春洋，不能这样说。贡献大小不是自己说了算，我们的分工和岗位不同，职责和任务也不同。说白了，我们这些人，是处于明处的；而老蔡和你，处于半明半暗状态，你们有身份掩护，可以利用这个身份更好地为组织工作。我们的组织现在还很困难，什么样的角色都需要有人去扮演。我听说，你入党以前就为党做了不少传送情报、掩护人员等工作，入党后，为党筹集了不少经费，这次为迎接起义大军到来，更是倾囊而出，把能拿出来的钱都拿了出来，还准备了三四千斤粮食。春洋，这可是不小的贡献啊，一点不比在前面冲锋陷阵的差。"

春洋没有想到，自己的所作所为能得到县委书记的表扬，心情非常激动。

几个人正说着话，蔡兴中带着一个人上来了。大家赶忙站起来，林务农上前握住来人的手，说："杨书记，辛苦了。"

来人摇摇头，说："让你们久等了。"

其他人也都认识杨书记，他们一一握手。蔡兴中对春洋说："春洋，这就是我经常给你提到的我们汕头市委杨石魂书记，他和你哥春澜是好朋友。"

蔡兴中介绍完，杨石魂握着春洋的手，说："春洋，可见到你了。以前可没少听春澜提起你，小时候调皮捣蛋，现在长大成人了，也成熟多了。春澜是好样的，你要向他学习。"

春洋眼中噙着泪花，激动地说："好的，杨书记。我记住了。我一定全力以赴，不辜负大家对我的厚望。"

人到齐后，蔡兴中说："春洋，你到楼下招呼一下，防备出现什么意外情况。"

"好的。"春洋应声下了楼。

蔡兴中首先向大家介绍了杨石魂。这次南昌起义军向潮汕地区撤退，为配合起义军行动，中共广东特委根据中央"在广东立即进行广大的暴动"的指示，成立了汕头市革命委员会，领导发动潮汕各地举行起义。为此，特委安排因受通缉被迫离开汕头的杨石魂返回，担任汕头市委书记主持市委工作。

"同志们，今天会议的主题可能大家已有所耳闻，就是为迎接起义部队的到来做动员工作。我们接上级通知，起义部队正在向潮汕地区艰难行进。他们目前所处的环境非常恶劣，本来长途跋涉就十分艰辛，还要随时应对国民党部队的围追堵截。我们现在要做的工作就是把这里的基础打好，使之成为党的根据地，让他们能够在这里扎下根来。下面我布置一下这段时间的主要工作：一是做好宣传，让百姓了解我们的部队是为人民谋福祉的队伍；二是广泛发动群众，做到农会全覆盖，把农会组织充分调动起来；三是在城市组织工人武装和在农村组织农民自卫军，举行武装暴动，打倒土豪劣绅；四是发动大家捐粮捐物，保障部队物资供应。现在大家把各自负责的工作简要汇报一下。"

杨石魂讲话思路清晰，简明扼要。他讲完后，其他几位同志一一做了汇报。陈府洲汇报了几个月来党团组织恢复的情况；谢汉一汇报了农会和工会的发动情况，8月底已经启动了"潮安起义"；李绍法又补充介绍了他和第二独立团团长许筹一起在鹳巢乡组织了县农民自卫军，半个月前率农民自卫军先是袭击了国民党大和区警察署，接着又攻打了归仁区警察署所在的登塘圩，赶走了反动警察，随后又到白茫洲村没收了恶霸地主张亚齐的财产，分给贫苦农民，受到了农民们的热烈欢迎。

林务农问："现在县农民自卫军还在登塘一带吗？"

李绍法说："9月初已经转移到登荣区一带韩江沿岸进行武装斗争。"

"好，做得不错。"林务农说，"你让许筹带领那里的农民自卫队继续在潮安西部地区活动，那里农民基础比较好，要大力宣传南昌起义军胜利进军的消息，鼓舞他们的斗志，继续收缴土豪劣绅、地主恶霸的钱、粮，为迎接起义部队做好准备。"

"是，没问题。"李绍法干脆利落地回答。

接着，林务农说："小庄，把你们的工作给大家汇报一下吧。"

庄淑珍赶忙接过话头："好的。我们妇女改进会这边动员了一百多人，已经分好了任务：定点到起义军准备进驻的医院、学校等地方帮忙，主要帮助包扎伤口、洗衣服、理发、做饭等；青年学生也是一样，正在分头动员，之后也要分到各个驻点，帮忙搬运东西，做好宣传工作。"

"老蔡，你们商会呢？"林务农问道。

蔡兴中说："我们从杨嗣震处得到消息后，迅速召开了所有商户的动员会，大家早就积极行动起来了，现在已经筹到八千件冬衣和二十万银圆，还在继续筹集，多多益善嘛。"

"好，商会把工作做到了家。"大家一致称赞道。

蔡兴中说："估计敌人也在做逃跑的准备了。就在上周，国民党杀害了蔡英智、方慧生、郭子昂等一批在'四一二'中被逮捕的人。他们都是刚从金山中学毕业的年轻人，一直坚持做学生工作。政变前夕，他们把杜国庠校长送走后，接着又返回学校处理相关事宜，结果全部被敌人围在了学校。他们在监狱里一直不屈不挠地与敌人做斗争，在被羁押四五个月后，还是不幸遭了毒手。"

"被捕前蔡英智主要做什么工作？"杨石魂问。

谢汉一说："这个我知道，他在上学时表现就很积极，去年入了党。去年秋天，蔡英智还以潮安农工商学联合会代表的身份，出席了潮安县第一次工会代表大会。后来他担任了共青团潮安县委宣传部部长，兼任金山中学特别支部组织部部长，同时还任青年进步团体潮安青年图书社执委。"

杨石魂扼腕叹息："多好的年轻人啊，可惜了。"接着叮嘱大家，"越是在这个关键的时候，敌人越疯狂，越是不择手段，大家就越要注意自身的安全，同时也要减少互相之间联络的频率。"

正在说着，外面街上突然传来了一阵嘈杂声，蔡兴中立马把灯吹灭，低声说道："稍等，我下去看看。"

蔡兴中走到楼下，正碰到春洋要上楼，便低声问道："怎么了？"

春洋说："奇怪，外边巡逻的队伍突然增加了。"

"现在不会对我们有影响吧？"

"对现在开会没有影响，但是开完会后估计不能走，要是碰上巡逻队就麻烦了。我建议，你们就地凑合着休息一下，等明天早上再走。"

"我和他们商量一下。你继续在下面观察。"

半夜时分，店门突然被撞得咣当作响。

"开门！开门！"在楼下警戒的春洋从门缝向外看，七八个手持长枪的巡逻队员站在门外。

"等等！等我穿上衣服。"春洋在屋内喊，实际上在给楼上的人争取时间。

磨叽了好几分钟，春洋揉着惺忪的双眼，一边扣扣子一边打开店门。

"怎么搞的，这么长时间，是把人藏好才开的门吧？"巡逻队长用手枪指着春洋呵斥。

"长官，我这里是糖行，只储糖不藏人！"春洋回答。

"有人举报，有个女的和几个男的傍晚时分进了你的店，就再也没有出来。你们肯定是在聚众谋反。给我搜！"巡逻队长吆喝道，不由分说一把推开春洋。

一楼搜完后，巡逻队长命令两个士兵到楼上检查。

形势危急。春洋的心吊在了嗓子眼儿。

突然，楼上两个士兵中的一个冲楼下喊道："队长，有人！"

巡逻队长拔出手枪，快步冲上二楼。

巡逻队长朝床上躺着的一个女人大喊："起来，干什么的？"

女人慌忙用两个裸露在外的白皙胳膊拉紧床单遮住脸，气急败坏地哭喊着："李春洋，你个窝囊废，快去叫我二哥，叫他快带人来！"

春洋跑了过来："长官，床上躺的是我……是我老婆。"

"你老婆的哥哥是谁？"

"她有两个哥哥，老大叫陈宏伟，在蒋校长和何长官身边当差，老二叫陈宏祥。"

"啊，是保安队陈队长？"

"没错。"

巡逻队长见女人还在哭哭啼啼，立即制止还要继续搜查二楼的士兵："大水冲了龙王庙，自家人不认自家人，别搜了，快下去！"

当七八个人离开糖行时，巡逻队长扭头对春洋说："您多担待！我们来过的事，就不要和陈队长说了，更不要和大哥说。误会，误会！"

"说一声误会就完了？不和你们计较可以，但你们不能放过嚼舌根诬告我们的人。"

"我这就去那家糖行,他妈的诬陷好人,我和弟兄们一定给他点颜色瞧瞧!"

巡逻队长鞠躬后带人离开了糖行。

躺在床上的女人不是小美,而是庄淑珍。为防止意外,蔡兴中和春洋早已商量好了方案,遇到特殊情况,请庄淑珍扮成小美,而其他几位男同志有的上了房顶,有两个并排躺在被单垂地的床下……

9月19日上午,国民党潮安县党部乱作一团。

被县长王宇派去打探情况的侯应澄刚刚回来,便气喘吁吁地报告:"县长,不……不好了,驻军陈泰运团长他们正在整队装车,可能要开拔。"

"真的?你看清楚了?"

"真的,他们连锅碗瓢盆都装上车了,不是要走是干什么?"

王宇丢下手中的茶杯说:"别废话了,我们也赶快收拾。"

侯应澄问:"我们去哪儿呢?"

"先坐小火轮去汕头,然后去广州。快,先离开这个是非之地再说。"王宇说着就遣人收拾他的重要物品。

王宇和侯应澄两个人心知肚明,如果留下不逃,起义军来了,绝没有他们的好果子吃。在潮州的这几年,依仗国民党驻军的势力,两人疯狂破坏工运和农运,亲手逮捕和杀害的共产党员就有几十人,想想落在起义军手里的后果,两人不寒而栗。

确如侯应澄看到的那样,国民党驻军陈泰运部驻地,乱得像是被捣散的蜂窝,但他们不是撤离,而是接到命令,说起义部队已抵达大埔,要他们将隘口前移,全力阻击起义部队。

王宇和侯应澄不知实情,只当他们要逃跑。靠山不在了,再不跑就只有当炮灰的份了,两人如丧家之犬,只能抱头鼠窜。

两人逃走的消息很快就被春洋知道了。上次县委领导开过会,对任务进行了分工。春洋从蔡兴中那里也领到了任务,一方面继续对商户进行宣传动员,筹粮筹款;另一方面就是打探潮州城里的情报。

蔡兴中确有过人之处,安排李春洋:"不要到店里找我,这段时间我会经常待在商会里,有什么问题可以及时到商会。"

春洋刚开始还不太理解,后来终于想明白了,由衷地佩服他做事周到缜密。

春洋接到任务后思考了好久，第一条还好办，第二条就难办了，自己没有人手，只靠他和大栓两个人肯定完不成。

当天上午，春洋坐在糖行门口的凳子上冥思苦想。一个一个念头从脑海里闪过，又被他一一否掉。这时，一个端着破碗的小乞丐出现在他面前。

小乞丐可怜巴巴地说："老板，可怜可怜我，给点零钱吧，我已经两天没有吃饭了。"

看着小乞丐那脏兮兮的脸和手，春洋突然有了主意。

他把小乞丐喊到屋子里，对大栓说："你去买几个粿饼来。"

他问小乞丐："你叫什么名字？"

小乞丐说："我叫顺子。"

"你为什么出来要饭啊？"

"家里兄弟姊妹多，人多粮少，吃不饱饭。"

"听说你们有丐帮，是吗？"

顺子眨巴眨巴眼，一脸懵懂地看着他。

春洋换了个问法："你们这些要饭的是不是经常聚在一起？"

"是的。"

"有领头的吗？"

"有。"

"叫什么？你能不能带我去见见他？"

"好的。领头的让我们叫他洪六叔。"

顺子吃了两个饼，剩下的说要给洪六叔带上。春洋又让大栓多买了几个，一起带上。

顺子带着春洋往火车站方向走去。在一个桥洞里他们找到了洪六叔。已经是中午十一点，洪六叔还在睡觉。他对有人扰了他的白日美梦，显然颇感不快，但当看到来人是个穿戴整齐、高大斯文的年轻人时，既诧异又不安。当听到小顺子说这些吃的都是年轻人给他买的时候，洪六叔赶忙朝年轻人拱了拱手。

洪六叔看上去有五六十岁，头发蓬乱，胡子拉碴，身体还算健壮，估计实际年龄没有这么大。几个粿饼风卷残云般落肚后，他才抬起头问春洋找自己有何事。

春洋说："我自然是无事不登三宝殿，想找你帮个忙。"

洪六叔感觉很奇怪，自己一个乞丐，能帮他什么忙呢？

"我是报社的，想要你们每天给我提供点新闻线索。"

"什么锁？"洪六叔没听明白。

"报纸看过吗?就是像报纸里面登的那些消息。"

"我又不识字,看那做什么?不过你说的我懂,就是城里的新鲜事呗!我现在就能给你说一个。"

洪六叔凑到春洋跟前,神神秘秘地说道:"'李记煲仔饭'的老板和隔壁卖猪肺汤的汪二娘有一腿,上次我讨饭时撞到,两人在店里动手动脚……"

春洋哭笑不得说,这些花边消息没有用,得找些正经的!

春洋又解释半天,洪六叔总算明白了春洋想要的究竟是什么东西,心想觉得这种事不费力费神,倒是可以做,于是便答应下来。洪六叔不傻,立马想到了报酬。春洋是做什么的他不关心,只要自己有好处就行。春洋让他开条件,他没敢狮子大开口,最后,两人达成一致意见——十来个乞丐一边讨饭一边打探消息,每人每天一碗粿条,如果有重要消息被春洋采用,额外奖励一个粿饼。对洪六叔本人,春洋每天额外多给一盘蚝烙。

第二天,小乞丐们就上岗了。洪六叔和他们约定:白天如果一切正常,晚上就在约定的地点见,如果有紧急情况,中午立即报告。

就这样,驻军移防以及国民党县党部的人逃走的消息,在中午时分就报给了春洋。春洋随即向蔡兴中做了汇报。

潮安县委接到蔡兴中的情报,立即着手部署。谢汉一率领工会成员迅速占领了县政府大院、邮局、电报厅、粮所等重要部门,陈府洲带领学生骨干占领了监狱,打开狱门,救出了仍被羁押的共产党员和革命群众。

在商会里,蔡兴中当即决定:"春洋,通知各个商户,我们以前准备的横幅、小旗子都拿出来挂上,现在真的要派上用场了。"

一时间,潮州城里,大街小巷布满了欢迎的大红条幅,整座城市似乎换了另一副天地,横亘在老百姓头顶的阴霾尽扫,人们神清气爽,奔走相告,个个脸上露出了久违的笑容。

9月23日一早,潮州城外西北方向传来了密集的枪声。

枪声响处起义部队与堵截他们的陈泰运部遭遇上了。由于事先进行了宣传,潮州城里的人都知道起义部队打过来了。所以,大家一点也没有惊慌,反而都是怀着期待的心情在等待。

等待也是一种煎熬。

春洋和蔡兴中几个人待在商会院内,不时朝枪声传来的方向张望。枪声噼里啪啦地响,像热锅里炒豆子一样,震得每个人的心里都七上八下,忐忑不安。

春洋毕竟年轻，问蔡兴中："蔡叔，我们这会儿能做点什么？这样站着有劲使不上啊。要不我们带上吃的去迎他们？"

院子里的其他几个人也都心焦着急，不停地踱来踱去，听春洋这样一说，都觉得这个主意不错，也跟着说："对啊，对啊，春洋说得对，我们与其站在这里担心着急，不如带上东西去迎接他们呢。他们长途跋涉到我们潮州，一路上想必伤亡不少，给养不足，这会儿正是需要我们支援的时候。"

蔡兴中沉吟片刻，说："好。大家分头准备，等会到北门外集合。"

于是，大家分头行动。

春洋先回了趟家，让母亲赶快蒸一锅饭，再准备点菜。随后，他又急忙跑到别的人家动员。再回家时，看到阿妈已经准备好一副挑子，一头装米饭，另一头装着青菜、咸豆、碗筷之类的。他轻快地挑起不算太轻的挑子，与其他几个商户相约一起向城北奔去。

春洋一行人肩上挑着担子，手里举着旗子，一边走一边喊："走啊，去接起义部队来啰！"

街坊邻居们看到有人挑头，也都各自回家带上备好的食物，跟着走。一时间，大街上人流络绎不绝，有挑担的，有拎篮子的，有端簸箕的，也有推着车子的。家里情况不是太好的，就用罐子拎着水，大家个个箪食壶浆，浩浩荡荡地奔向北门。

北门，人头攒动。谢汉一、陈府洲等几位领导早就到了，他们拦在前头，不让人再往前走。

谢汉一手里拿了个自制喇叭筒，大声吆喝："乡亲们，大家听我说，不能再往前走了。你们听，枪声还很密集，子弹可是不长眼睛的。大家的心情我能理解，但我们也不能造成不必要的伤亡。我们的起义军从南昌启程，走过了上千公里，很快就要到我们潮州了，他们一定能感受到潮州人民的热情，请大家耐心等候，在这个关键的时候我们千万不能添乱！"

又过了两个小时，枪声才变得稀疏，直至最后复归安静，估计国民党陈泰运部抵挡不住撤了。但是，没有看到起义军过来，谁也不能断言孰胜孰负，只能继续等待。

大家的心都提到了嗓子眼儿。

春洋小声嘀咕了一句："现在可以往前走了吧？"

就像水溅到了油锅里，这提议在备受煎熬中的人群里，瞬间炸开了。

有人接着呼应："还等什么，走吧。"

经谢汉一、陈府洲同意后，所有人都拿起自己的东西，蜂拥向前。

走了三里多路，众人面前出现了一个土岗，在这里道路有个急转弯。春洋他们刚转过来，放眼望去，眼前的景象让人大为震惊。

远处，黑压压的人群正朝这边蜂拥而来。走在前面的，应该是没有受伤的人，他们穿着军装扛着枪，但没有一个人的衣服是完整的，全部开了花，一个个蓬头垢面；走在后面的，几乎全都是伤兵，要么头上缠着绷带，要么胳膊或腿上包扎着绷带，有的拄着棍子一瘸一拐，有的互相搀扶着，战士们个个神情疲惫，困顿不堪。

看到这样的情景，几个大妈一下子就哭出声来。春洋长大后，一直都坚信男儿有泪不轻弹，这会儿也止不住流泪，悄悄地用衣服袖子擦了擦眼睛。

林务农、陈府洲等人急忙上前接洽，原来走在前面的是叶挺军长率领的第十一军第二十四师。叶挺独立团在国军中声名显赫，这次参加起义的第十一军第二十四师、第二十五师就是在此基础上组建而成的。

"总算等到你们了，叶军长，你们辛苦了！"林务农紧紧握着叶挺的双手。

"嗯，我们终于到潮汕了。"再看说话的叶挺，虽然须发凌乱，满眼疲惫，但依然神情刚毅，步履稳健。

林务农心疼地问道："叶军长，您看部队是先休息吃点东西，还是直接进城？"

叶挺不假思索地说："直接进城吧。给大家发点吃的，一边走一边吃。后面有不少伤病员，有的还很严重，需要尽快救治，提前一分钟就多一分活下来的希望。"

"好的，我马上去安排。"林务农应了一声，转身吩咐站在旁边的春洋，让前来欢迎的人们靠路边站，不要阻碍部队前进。同时，让他们拿出粿饼、点心之类的塞给战士们。

林务农又转身对陈府洲说："你去组织一批青壮年，赶快把担架上的重病号送去医院。"

在人群里找到谢汉一后，林务农命令道："你赶快回城，到各个医院通知院长，让他们做好准备，就说部队的伤病员马上就到。"

各人应声而去。

春洋打开自己带的东西，这才后悔带了米饭，光想着让战士们吃口热乎的白米饭，就没考虑到不方便食用的问题，气得在自己的脑袋上连拍三巴掌。

没办法，既然已经带来了，春洋还是盛到碗里，递给战士们吃。看着碗里白花花的米饭和青菜，战士们口水都流下来了，但是又不能停下来吃，只好一个人接过碗，胡乱扒了三五口，就递给下一个人。就这样，吃饭成了接力赛。

"春洋！春洋！"当春洋蹲下来盛好一碗米饭，再一次站起身时，一串喊声从不远处传来。春洋顺着声音传来的方向看去，满眼都是清一色的灰头土脸，清一色的破衣烂衫，根本分不清谁是谁。

春洋以为自己听错了，继续埋头为战士们盛饭，突然，不远处传来两声高亢的唱腔。

> 遭埋伏损兵折将，
> 血染征袍点点红！

这是潮剧《五子挂帅》的开局两句，潮州人无人不知。

"啊，怎么会有人唱潮剧，腔调还是如此的熟悉！"春洋一个惊颤后，急忙把饭勺递给旁边的人，迎着队伍向后张望。队伍缓慢向前移动着，春洋瞪大眼睛在队伍中搜寻。突然，春洋看到队伍中有一个人拼命在向自己挥手，边挥边喊："这儿呢，春洋！我在这里，春洋！我在这儿呢！"

春洋疑惑地朝着挥手的人走过去。

"春洋，我是三哥啊。"对方喊道。

"你？"春洋看了一眼对方，眼前这人的样子根本没有三哥原来的一点影子。

"春洋，我真是你三哥啊！"

春洋不相信自己的眼睛，站着一动未动。

> 沧海桑田几变迁，
> 蟠桃易熟人难老。

见春洋还在发愣，对方又唱了两句。这两句，是潮剧《十仙庆寿》中的戏词，每逢阿公阿嬷生日，春海在家时都会唱《十仙庆寿》。唱完这两句，春海就会向前迈上一步，来一个几乎九十度的鞠躬。

春洋真真切切地看到了，对方唱完两句，艰难地抬起双腿，向前迈了一步，摇摇晃晃站稳后，鞠了一个九十度的躬。

"三哥！"

泪水奔涌而出的春洋快步上前，一把死死抱住了衣衫褴褛的春海。

眼前的春海，脸上布满了灰尘、汗渍和手印，面容黝黑，一笑露出一口白牙。人比以前瘦了一圈，头上戴着一顶灰色的破军帽，帽檐和帽耳耷拉着，一身烂衣服挡不住胳膊和腿上被子弹擦伤的血印，虽然没有严重的外伤，但丝毫没有以前在戏台上神采飞扬的模样。

"三哥，你怎么在起义军中？"上上下下仔细打量一番后，春洋问春海。

"唉，说来话长，我们先进城，边走边说。"

春洋顾不得收拾空担子，拉着李春海一起走。

春海的肩上扛着两支步枪，春洋问："你怎么扛这么多枪啊？"

春海朝旁边努了努嘴，说："这是小卢的，我们营长受伤了，他背着呢。"他说的小卢名叫卢冬升，营长姓陈叫陈赓。陈赓因腿部受伤，不便行走，所以，他们就轮着每人背上一段。

见此情景，春洋赶忙说："来来来，你们辛苦了，让我来背上一段。卢同志，你先歇歇。"说着，硬是拉着陈赓换到了自己背上。

"你是春海的弟弟？"陈赓问道。

"是的，我叫李春洋！"

"春洋，我这么重，你背着累不累？"

"不累，我是开糖行的，经常背布袋。"

"这么说，你把我当布袋背了！"

春洋赶忙回答："不是，不是！"

陈赓哈哈大笑。

走了二三里路，一个叫刘秉文的同志抢着把春洋换了下来。

春洋看着李春海肩上扛着的步枪，很是眼热，说道："三哥，你的枪挺沉的，让我帮你扛一会儿。"

李春海知道，战士的枪不允许随便给别人，于是眼巴巴地看着陈赓，算是请示。陈赓见状，微笑着点了点头。

"好吧，让你过过瘾。"李春海说着把步枪递给春洋。

春洋拿枪在手，摸摸枪托，再摸摸枪管，一边摸一边絮絮叨叨地请教着，这是什么？那是什么？起什么作用？春海告诉春洋，这枪叫"汉阳造"，是汉阳兵工厂生产的，现在部队里装备的基本都是这种枪。

"你有空教我打枪吧？"春洋得寸进尺。

春海说："我可以教你怎样解除保险、装弹、瞄准、射击，但不能用实弹。我们的子弹很金贵，只能用来打敌人，不能浪费。"

这个道理春洋知道，所以他就端着空枪一路东瞄瞄西瞄瞄，惹得其他的战士都笑起来。旁边的沈晓东、张春生、王小泉等人纷纷逗他："春洋，你要想打枪，就跟我们走吧，打起仗来，让你打个够。"

春洋说："我也想啊，但走不了，我可不如三哥运气好。"

春洋操练了一阵，忽然像想起来什么似的，问春洋："给我说说吧，你是怎么跑到起义军里的？"

春海说："4月份，我逃到了上海，后来你们把二哥的地址给了我，我就去找他了。当时他还没有安顿好，也没和组织接上关系，正自顾不暇呢。他的老师和原来的领导听说都去了广州，所以，他就给我写了一封信，让我拿着信去找张太雷、彭湃他们。"

春洋打断春海："这些我都知道了。我6月份去过一次上海，见过二哥了，他都告诉我了。后来呢？"

春海说，后来他拿着信就去了广州，经过打听，他才知道，随着北伐战争的顺利推进，大革命的重心已经由广州向武汉转移。4月底，中共'五大'也是在武昌（武汉）召开的。在广州经过重重波折，他终于找到相关的人，他们却说张太雷和彭湃都去了武汉。在广州他也不认识其他人，没有办法，只好又去了武汉。在张太雷和彭湃的关心下，他进了贺龙军长的第二十军第三师第六团第一营，陈赓就是他们第一营的营长。

"陈营长怎么受的伤？"春洋关心地问。

"我们走到会昌的时候，遭遇了国民党的部队，恶战了一场。在战斗中，他的腿中弹了，幸好有警卫员卢冬升守护着他，才没有掉队。我们在行军中医疗条件差，没有办法做手术，只能进行简单包扎。大家就轮流背着他，想着到了潮州赶快找个医院给他把子弹取出来。"

"那就去福音医院吧，小美在那里，让她给医生说一下，第一个就给陈营长做手术。"春洋热心地说。

陈赓点头表示感谢，卢冬升悬着的心也放了下来。

第二十五章

南昌起义军占领潮州后,第二十军第三师的教导团和六团的一部暂时驻守潮州,其余部队准备继续向汕头进发。第三师师长周逸群把指挥部设在潮州西湖边的涵碧楼,把政治部设在了城南的韩文公庙。

始建于1922年的涵碧楼坐落于潮州西湖畔,是一座两层钢筋混凝土砖瓦结构的建筑。因背倚葫芦山青翠的山色,面临西湖水碧绿的湖光,故名"涵碧楼"。

当天,周恩来、彭湃住进了涵碧楼。他们在这里接见了县委书记林务农,询问潮州目前的整体情况,并指示尽快成立潮安县革命委员会。起义军前敌委员会派十一军二十四师政治部主任陈兴霖为潮安县革命委员会委员长,政治部保卫局科长李国珍为公安局局长。

整个潮州城一扫大革命失败后白色恐怖的阴霾,人人脸上洋溢着笑容。城里的重要场所到处都插上了欢迎的旗子,大街小巷贴满了"欢迎南昌起义军""工农阶级武装起义胜利""打倒国民党新军阀"等标语,到处都是欢迎起义军的群众和工农宣传队。

下午,在潮州西湖边,县委组织群众参加欢迎起义军和庆祝潮安县革命委员会成立大会。城里的工人以及枫溪、浮洋、彩塘等地的农会会员,听说起义军的指挥部在涵碧楼,纷纷手持小红旗,带上吃的喝的,从四面八方拥向涵碧楼,都想去见识一下起义军领袖。

越来越多的人聚集在涵碧楼旁边的小广场上,场面欢腾热烈。这时,从楼里走出两个三十岁左右英气勃发、面容俊朗的军官。

走在前面的正是周恩来,有些群众对他还有印象,前年两次东征的时候他曾经来过潮州。走在后面的人是彭湃,他没有在潮州公开露过面,没有人认识他。

"周主任好!"挤在人群里的春洋带头喊了一声,其他人都跟着高呼起来。

"大家好!大家好!"周恩来微笑着向人们频频招手,"一别将近两年,我又来到了潮州,和潮州真是有缘啊。"

"欢迎周主任!欢迎周主任!"喊声此起彼伏。

周恩来让人搬来一张桌子,刚好春洋站得比较近,他说:"来,小伙子,扶我一把。"扶着春洋，周恩来矫健地跳了上去。高高的金凤树下，气宇轩昂的周恩来站在桌子上，发表了演讲，人群中爆发出一阵又一阵热烈的掌声。不知不觉，演讲持续了一个小时。金凤树枝摇曳着，仿佛也被现场的气氛所感染，舞动得分外卖力。

9月的潮州，天高云淡。福音医院的病房里、大厅里、走廊上到处都躺满了伤员。因为床铺紧张，春洋动员大家把家里的门板拆了带来。后来门板也不够用了，就到附近农村弄了不少稻草铺在地上。

一个伤员的病床前，小美正在给大家示范怎样给伤员清理伤口。伤员的裤子已经被血粘在伤口上了，只见小美拿起剪刀，熟练地把覆盖在伤口上的布剪破，然后用镊子夹着棉花蘸着酒精给伤口消毒，破布润湿后，再小心翼翼地把布揭下来，上药膏，包扎，动作娴熟，一气呵成。到下一个伤员时，小美把器械递给春洋，说："给，学着做吧。"因为伤员太多，必须群策群力人人上阵，况且手术室那里还有不少重伤员在等着她。

"好，这有什么难的。"春洋大咧咧地接过了工具。医院里的剪刀都不大，小美用起来得心应手，可在春洋手里却是怎么拿怎么别扭。他照小美教的程序，剪开衣服，找到伤口、消毒，然后上药膏和包扎。春洋紧张，伤员也紧张，用了小美两倍的时间，才凑合着弄好，累得他出了一头汗。

小美站在一旁看了整个过程，鼓励道："处理得不错，继续努力，熟能生巧。好了，我去手术室了。"春洋双脚一并，学着士兵的样子敬了个礼："好的，请领导放心，保证完成任务。"逗得旁边的人都笑了起来。

从中午一直忙到晚上十一点，福音医院里轻伤员的包扎工作才算做完，但手术室里的手术还在进行着。医院的麻药用完了，在这种情况下，取出留在伤员身体里的子弹，对伤员的意志是一个极为严峻的考验，手术室不时传出声嘶力竭的惨痛号叫声，春洋听得浑身瑟瑟发抖。他突然想起了陈赓营长，这么多人，到哪里找他呢？春洋抱着试试看的心理到护士台咨询，没想到还真有记录。他到了病房里，看到卢冬升正坐在病床旁，一只手紧紧抓着陈赓的胳膊，另一只手用毛巾给他擦脸上的虚汗。陈赓紧闭着眼睛，还没有醒过来。

春洋问他："陈营长情况如何？"

卢冬升说："陈营长疼昏过去了。给他做手术的时候，本来还有麻醉针，可他不让打，要留给那些更需要的同志，硬是撑着把手术做完了。"说完，还拿出一颗子弹给春洋看，"喏，就是这颗子弹，我要留作纪念，时时提醒我，记住国民党反动派欠下的血债。"

春洋拿过子弹一边摩挲着,一边敬佩地看着陈赓。自己有时候受一点小伤就觉得疼得承受不了,这要把子弹从肉里挖出来,该有多么坚强的毅力啊。

看过陈赓,春洋本来想问问小美能不能一起回家的,但看她忙碌的情形,也就没上前打扰。他心里还记挂着三哥,因此决定自己先回家看看。

为了减轻住房安置的困难,李春海一进城就带着他们班的战友刘秉文、沈晓东、张春生、王小泉等回家住了。由于人多,只能打地铺。当春洋回到家的时候,只见正屋、房间还有东西厢房的地上已整整齐齐躺满了人,一个个呼噜打得震山响,春洋从他们身边走过都没人知道。

春洋在父母房间的地铺上找到了三哥。此刻,他睡得正香。洗过澡理了发的三哥,即便仍在睡梦中,看起来也帅气精神了不少。

春海睡梦里还在不停嚷嚷:"打,狠狠地打!"

阿爸阿妈没有睡,心疼地看着儿子春海,李秋升对春洋说:"你三哥累坏了,让他好好睡一觉,你就不要惊扰他了。"春洋本来想找三哥聊聊天的,听阿爸这样说,想说的话也只能先咽回肚子里。

春洋刚躺下,他家的大门就被"咣、咣、咣"地擂响了。春洋打了个激灵一跃而起,迅速穿上鞋子跑去开门。

门外一个人对他说:"春洋,快去商会开会!"春洋一听就知道蔡兴中找他有事,答应一声,赶紧一边扣衣服扣子,一边向商会的方向跑去。

商会办公室里灯火通明,屋子里坐满了人。蔡兴中看到春洋进来,冲他说道:"找个地方坐吧,马上开会了。"

会议是蔡兴中主持的。他说:"前几天,国民党部队为了阻止起义军向汕头运送部队和物资,破坏了铁路。现在,国民党部队和县党部都被赶走了,起义部队马上要到汕头去,铁路必须在明天中午之前恢复运输。铁路工人正在加班加点地干活,可是人手不够,必须召集大批人员帮忙。我把各位召集来不是让你们去干活,而是要你们利用自己的关系到附近村庄去招募人,找来的人越多越好。所有人自带干粮,直接到铁路那里集中。"

简单布置完之后,大家各自离去。春洋心想,附近村庄的人自己不认识,只知道姐姐春溪他们磷溪镇有农会,人比较多,可是那里也太远了,会不会来不及啊?

春洋把这个想法给蔡兴中说了一下,蔡兴中说:"来得及,你跟我来,我们去申请一下。"

春洋跟着蔡兴中到了原国民党党部大院,这里现在已被县委临时征用,里面的人同样还没有休息。蔡兴中让春洋等着，自己进了屋子。不一会儿他走了出来，说："可以了，县委这边为了联络方便，临时从部队牵来了两匹马。晚上没有人用，你和部队警卫员小高骑马去。早去早回。"

春洋骑过马，但只是在潮州城一家跑马场内转了几圈，这次要跑十几里地，心里还是有点打鼓。院子里一棵树上拴着一匹枣红马。蔡兴中朝着马努努嘴，意思就是它了。

"没事，我和你一起去，我们的马可听话了。"看到春洋有点怯，小高笑着安慰他。

春洋壮着胆子走过去，用手轻轻捋了捋马鬃。小高把马鞍子抱过来放到马背上绑好，示意他上去。春洋脚踩马镫，手抓马鞍，在小高的搀扶下跳了上去。他试着先在院子里走了几圈，小高又给他介绍了几个要点。春洋很快找到了感觉，信心满满地对蔡兴中说："没问题，可以去了。"

蔡兴中凑近小高耳旁嘀咕了几句，又顺手从腰间摸出一把匕首递给春洋："带上这个，晚上天黑，以防万一。"

两个人带上一盏风灯，骑马出发了。走了一半路程时，前面是丘陵地带，道路从一个个长满树的土岗中间弯曲地穿过。小高疑惑地问："春洋，这路上安全吗？"

春洋说："这路我走过不少次了，况且现在起义军也来了，应该没人敢犯事。"

说话间，两人已经转过了一道弯。突然马儿"咴咴"叫了起来，原来一道绳子拦在了春洋的枣红马前。枣红马反应迅速，止蹄疾停，闪得春洋差点从马上摔下来。

这时，路两边跳出来几个黑衣人，手举砍刀径直冲了过来。"下来！"其中一个黑衣人喊道。

小高低声对春洋说："你准备好匕首，割断绳子冲过去，后面我来对付。"

春洋把匕首从腰中拔了出来，握在手中，喊道："我们是起义军，想活命的赶快滚蛋！"

黑衣人一听是起义军，愣了一下神，动作显然迟缓，一起转头望向领头人。春洋趁机两脚轻磕马肚子，举起匕首顺势割断了拦路绳。这时小高的马如同子弹发射一般蹿了出去，春洋催马紧随其后。几个黑衣人举刀扑向了前面的小高。小高从口袋里掏出一包东西，撒向几个黑衣人。黑衣人连声"哎呀"后，全都捂眼蹲了下去。

原来小高按照蔡兴中的叮嘱，出发前在口袋里装了一包石灰。两个人拼命打马飞驰，跑出几里路后才慢了下来。春洋之前听说，为配合南昌起义军的武装行动，许筹率领的县农民自卫军和各村的赤卫队正在进行武装斗争，他们在韩江下游和潮汕铁路两侧不断地发起武装进攻，已经清除了部分民团和土豪劣绅，没想到还有小股土匪出来作恶。

"这应该是一帮土匪，看我们回来不收拾他们。"春洋自言自语道。

又跑了一个小时，两人抵达磷溪镇。此时已是深夜时分，整个镇子寂然无声。到了姐姐家门口，"咣、咣、咣"，春洋把门擂得山响。屋子里的灯立马亮了，春溪喊儿子："青泉，快起来去看看！"

青泉顾不上套裤子，穿着短裤就跑到了院子里，大声问着："谁啊？"

"我，你幺舅。快开门！"

青泉连忙去开门。随后跟出来的春溪吓坏了，春洋三更半夜到来，就怕是家里出了什么大事。

"春洋，怎么了？家里出事了吗？"春溪跑过来紧张地拉着春洋劈头问道。

春洋这才意识到自己有点太过鲁莽，吓着姐姐了，连忙带着歉意安慰道："阿姐，没事，你放心吧。我来是为了其他的事情。"

姐姐用手抚着胸口："哎，臭小子，你吓死我了。"

春洋气还没喘平，就把到这里来的任务叙述了一遍，说自己来这里是借"兵"的。"大姐，你们农会这会能把人拉起来吗？"春洋担心地问。

大姐指指大儿子，笑笑说："你问他吧，人家现在是农会执委。"

青泉说："肯定能拉起来，我们一起去找一下会长。人员集合起来估计要费点时间。"

春洋点点头："好的，让大家带着工具，带上干粮，到街上集合，越快越好。"

一听要帮助起义军干活，大家劲头很足，不到一个小时，磷溪镇街上已经聚集了五六十号人，有扛铁锹的、有挑担子的、有拿镢头的，各类干活工具应有尽有。

青泉一挥手，浩浩荡荡的队伍跟随着他向潮州城进发。路上，春洋给青泉讲了自己来时遇险的一幕，说不知道那些人逃走没有。还没等青泉答话，春洋紧接着说："要不我和小高骑马先走，到了黄泥岗我们下马慢慢走，看看那伙人还在不在。走了就算，如果没有走，他们肯定还会截住我们，我们设法拖住他们一会儿，等你们过去把他们收拾了。"

青泉说这主意好。

因为有后援，春洋和小高心里有了底，他们打算借此机会铲除祸害。春洋提着风灯，小高牵着两匹马，慢慢地走着。小高说："土匪不会这么笨吧，还在这里等我们回来？"

春洋说："不一定。他们并不知道我们会回来，但是这里是返城的必经之路，贼不走空，想必不会轻易放弃。"

"站住！"两人说话间，忽然听到一声大喝。

两个黑衣人从土岗上跳了下来，接着从别的地方又钻出来几个。只听一个人说道："老大，好像是刚才骑马跑掉的那两个。"

几个人不由分说哗啦啦把春洋和小高团团围住。那个被称作老大的人走到两人跟前，一把夺过春洋手中的风灯，朝春洋和小高脸上晃了几下，咂咂嘴："胆够肥的啊？不错，不错，像是有油水的。说，哪里人？"

春洋说："城里的。几位好汉行行好，放我们走吧。"

"放你们走？老子辛辛苦苦等了大半夜，两只眼睛差点被你们弄瞎了，今天不拿出点像样的东西，就宰了你们！"

"你要什么？要不我们回去筹粮筹钱，筹好了给你们送来。"

"想得倒美！你们要是像刚才那样跑了，我们到哪找去？"

"大哥，你看看我俩轻装简行，身上连个茶粿都没有，哪里来的钱啊？"春洋将身上衣兜全翻了出来。

土匪头目沉吟了一会儿指着春洋说，"你回去，两匹马和这个家伙留下来，筹好五百大洋后回来赎人赎马。要是敢走漏风声，我就要他的小命！"

春洋问："难道你们听没听说起义部队进城？我们是起义部队里的人，下来催粮食的！"

土匪头目恶狠狠地号叫："那正好，把你们催来的粮食统统给我们留下！"

双方你来我往，交涉了十几分钟。春洋估计时间差不多了，趁对方分神之际，闪身转到土匪头目背后，用胳膊死死勒住了他的脖子，另一只手拔出匕首抵住了他的喉咙。小高抽出土匪头目身上的刀护在春洋身旁。

土匪们一看老大被控制，纷纷举起砍刀要砍春洋两人。

"你们敢动一下，我就割断他的喉咙！"春洋一声大吼，镇住了所有人。

双方对峙时，不远处路上突然亮起了灯，一群人呼喊着跑了过来。土匪们一看势头不对，也顾不得老大的死活，转头就跑。春洋见状一下子把土匪头目撂倒在地，抽出他的裤腰带将其反绑，然后与小高开始追击逃跑的土匪。待青泉他们赶到，大家一起上阵，抓住了五个土匪。因为来不及处置，春洋就带着他们一起去修铁路，给几个垂头丧气的土匪每人发一把铁锹，让他们挖土干活。他又安排十个人一组负责看管一个人，使他们无法逃脱。

经过一番苦战，春洋他们和几百名增援铁路工人的民工一起，终于在中午之前修通了铁路，保证了起义部队顺利向汕头推进。铁路修好后，春洋与大家一道坐下来吃干粮。几名被抓的土匪什么也没有带，无奈之下，土匪头目硬着头皮磨蹭到春洋和青泉跟前。

"说吧，你叫什么名字？"春洋问。

"我叫孙富贵。"

"饿了吧？"

"饿！"

春洋给了孙富贵一个菜粿，他接过来迫不及待地就往嘴里送。突然又像想起什么似的，孙富贵的手停在了半空中，再落下时，他将菜粿一分为五，给其他四人各分了一块。春洋愣了一下，没有想到孙富贵居然这么义气。于是，他吩咐青泉，让大家匀一匀，给他们每人分一个菜粿吃，孙富贵对春洋千恩万谢。

等大家吃好后，春洋把孙富贵喊到一边，找他单独问话。春洋问他："说说你为什么当拦道打劫的土匪？"

孙富贵说："要不是实在走投无路，谁愿意干这掉脑袋的事啊！父母生病没钱治，只能把地卖了。现在父母没了，地也没了。实在过不下去，才带着几个人一起干这营生的。不过也不是经常干，只是偶尔干一下。"

"你们有本事，怎么不去和地主豪绅斗？"春洋半开玩笑地问。

"不行啊。我们势单力薄，那些大户人家都有看家护院的，手里还有硬家伙，斗不过他们啊！"

春洋劝他们："你们要是没饭吃，还不如跟着起义军走，起义军正是为缺衣少食的百姓谋利益的。"

孙富贵顾虑重重："我们干过土匪，他们会要我们吗？"

春洋当即表示，只要他们愿意加入起义军，他可以帮助他们去找部队的人。

孙富贵和其他几个人嘀咕了一阵，答应了下来。

当天下午，春洋就带着孙富贵他们去了涵碧楼。周逸群师长听说有人想当兵，说是好事，立即吩咐手下人接待安排。起义军一路走来，受到国民党部队围追堵截，部队减员严重，正需要补充兵员。周逸群表扬了李春洋，说他做了一件好事，并请他配合部队继续做好征兵宣传工作，来者不拒，多多益善。

忙到吃晚饭的时候，春洋回了趟家。他问阿妈小美回来没有。阿妈说小美早上回来的，看家里不好睡，就到后院她妈家睡觉去了。春洋扭头从家里出来，说要去看看小美。

到了岳母家，小美刚刚起床，一副病恹恹的样子。春洋安慰她说可能这两天太累了，硬拉着她到餐桌前，说吃点东西就好了。陈宏祥两口子和孩子也在，春洋礼貌地与他们打招呼。现在起义军来了，当官的跑了，他们保安队就地解散，陈宏祥现在整天躲在家里不出门，恐怕出去了有人找他的麻烦。

"看把你们两个积极的！他们在这长久不了，当心国民党再回来，没你们好果子吃。"陈宏祥阴阳怪气地说。

"我们只是做了应该做的事！人要善良，不能作恶太多，人在做天在看。"春洋针锋相对地反击。

老两口看两人又在拌嘴，赶忙呵斥道："别说了，吃饭。吃着饭也堵不住你们的嘴。"

春洋识趣地低下头来，只顾给小美夹菜。小美突然眉头一皱，捂着嘴跑到了院子里，哇哇地开始吐。春洋吓得赶快撂下筷子跟出去："怎么了？怎么了？"边问边给小美拍着背。

阿妈是明眼人，拿了条毛巾给小美，问小美这样子几天了。小美说从昨天开始，一直恶心、反胃。阿妈笑着说："是不是有喜了？"

两人反应过来后，小美顿时面带羞涩，春洋却欣喜若狂，连忙把小美扶起来，像捧着一块宝，说："那快去躺床上歇着，不要动，回头我带你去你们医院检查检查。"说着就要动手，想把小美抱到床上去。

"去去去，我自己走。"当着父母和哥嫂的面，小美不好意思，满脸通红地轻轻推开了春洋。

安顿好小美，春洋迫不及待地想把这个好消息告诉家里人。他跑到院子里，高兴得双手撑地来了个侧空翻，小侄女好奇地问："姑爹怎么了？"

面若冰霜的陈宏祥说："疯了。"

阿妈笑着说："你姑姑要生小弟弟了，你姑爹高兴呢。"

春洋全家人知道这个消息后个个喜不自禁，尤其是阿公，精神霎时抖擞了起来。春洋打趣着对家人说："这是起义军给我们家带来的福气。"

第二十六章

起义军抵达潮州当晚，涵碧楼外来了一个人。此人身穿一件灰布长衫，头戴一顶礼帽，挺拔的鼻梁上架着一副圆眼镜，满脸络腮胡子。此人说要见周恩来，请求通报。

警卫员说："你是谁？总要报上名字吧？"

来人稍作停顿，回复道："你就说我是'独行者'。"

警卫员一边去通报，一边挠头嘀咕：这算什么名字啊！

周恩来正和彭湃、周逸群商量事情，没想到警卫员话音刚落，他立马对其他人说："快让他上来，我要单独见他一下。"

彭湃和周逸群听他这么说，赶忙收拾东西退了出去。在走廊里，刚好碰到了来人，周逸群好奇地特意盯着他看了几眼，来人也瞥了周逸群一眼。谁承想，就是这一眼，在二十多天后救了周逸群一命。

来人进了房间，反手把门关上，脱下帽子，摘掉眼镜，露出了真容。

周恩来上前紧紧握住了他的手，说："宏伟同志，你辛苦了。"来人正是陈宏伟，是奉周恩来之命留在汕头工作的中共秘密党员。

"周主任，还是你们辛苦啊。一年多不见，您又瘦了不少。"陈宏伟说着把一份藏在内衣里的文件递给了周恩来。展开一看，是一份汕头地图，上面的重要建筑物和使用部门，特别是当地驻军、警察署、保安团等信息，都标注得一清二楚。

周恩来高兴地说："太好了！明天打汕头，我正需要这个。"

陈宏伟说："周主任，借明天打汕头这个机会，我想提一个要求，不知行不行？"

"什么要求？说来听一听。"

"我想归队，光明正大地为党工作，这样的日子过得实在太憋屈了，看到那么多同志倒下去，自己却无能为力，我经常整夜难以入眠。"

周恩来摆摆手，语重心长地说："宏伟，你的心情我可以理解。你想一想，光明正大地出来为党工作很容易，但要打入敌人内部，取得敌方的信任可就困难多了。相比来说，在敌人内部为我党工作，更能够考验一名党员的党性，你现在就好比刺入敌人心脏的一把利剑，能起到别人取代不了的作用。比如这一次，你利用自身优势搞到的这张地图，对我们攻打汕头作用太大了。对敌作战，需要知己知彼。怎样才能做到知彼呢？只能依靠你们这些打入敌人内部的无畏战士。你说是不是？"

陈宏伟一边沉思，一边点着头。

"不要再犹豫了。现在组织上给你的任务是，回去后继续好好工作，不到万不得已不要暴露自己。如果有紧急情况，我会派人联系你的。"

陈宏伟说："您派人把纸条送给伯特利教堂的神父即可，他是我的朋友。"

"好的。你每天都要和他保持联系，因为明天部队到汕头后，情况肯定会瞬息万变，随时都有可能出现紧急情况。"

两个人又简短交谈了一会儿，陈宏伟低头匆匆地走了，连警卫人员都没有看清他的真容。

第二天，部队继续向汕头方向推进，目的就是占领潮汕和东江地区，控制出海口，希望能从海上得到来自共产国际的援助。潮汕铁路恢复了，部队从铁路和公路齐发，向汕头进攻。

根据潮安县委的统一指示，铁路沿线的农民协会、妇女协会在各个站点组成了欢迎队伍，拿着糕粿、鸡蛋等慰问起义军，给战士们加油打气。

走在起义军中的春海，经过了一天的休整，既见到了亲人，又睡足了觉，还理了发，整个人变得精神抖擞、容光焕发。春海无法预料到的是，几天后在揭阳汤坑附近的一场恶战，几乎要了他的性命。

10月中旬的一天晚上，当春海拖着一条伤腿，头上缠满绷带悄悄回到潮州，再一次敲开自家大门时，惊得春洋几乎没有认出他这个三哥。

春海衣服上布满了凝固的血迹，和刚出发去汕头时的模样完全是判若两人。

看到三哥这个样子，春洋心疼万分，但怕刺激到阿公和阿嬷，便没有让春海进门，而是让他到糖行后门等着。春洋转身回去拿了一身衣服、医药箱还有吃的东西，匆匆赶到了糖行。

大栓见到春海也吓了一跳，赶快端水拿毛巾，帮李春海清理脸上、脖子里的血污。

"什么东西这么臭啊？"大栓一边问，一边到处找，左闻闻右嗅嗅，觉得臭味还是来自春海身上。

春洋连忙帮春海把全身的衣服都脱了，春海浑身上下大大小小的伤疤完全展现在他眼前，有的已经愈合，有的还在流血化脓。春洋心如刀绞，强忍悲痛，端着灯仔细检查，在春海右边大腿处找到一处伤口，臭味就是从那里发出来的。那里伤口比较深，边缘已经腐烂，还有几只白色的蛆虫在伤口边缘缓缓蠕动。

"呃"一声，春洋禁不住呕了出来。大栓也赶紧捂上了嘴巴。

"嘿，这算什么啊！"春海满不在乎地说，"打仗就会有牺牲，战场上比这更恶心更血腥的还多着呢。"说着拿起工具自己清理起来，直到敷上碘酒和药膏，他都没有皱一下眉头。昏黄的灯光下，眼前的三哥，是那么熟悉，却又是那么陌生，除了心疼，春洋更多的是钦佩，是敬重。

春洋悄悄抹去眼角的泪水，帮三哥检查了头上的伤，换上新绷带，接着又帮三哥换了一身干净衣服，同时吩咐大栓把那些破衣服和脏污绷带拿到院子里烧掉，不要留下一丝痕迹。

大栓端出一碗米饭，用开水泡过后，让春海就着咸菜吃。春海端着饭碗狼吞虎咽起来，一眨眼工夫，一碗饭就下了肚。

"还有没有？"春海问。

春洋摇摇头："就剩这一碗了，明天早上再给你弄好吃的。"

春洋想问他具体情况，刚想开口，就听到倒头躺下的春海打起了鼾。

"三哥真是太苦了！"春洋望着春海，心疼地摇摇头。

春海一觉睡到第二天下午三点。起来后，他看到大栓早已给自己准备好了丰盛的饭菜。睡好吃饱有了精神，春海给春洋详细讲述了这十几天的经历。

除留守潮州的千把人外，春海随着大部队开往汕头。他们营出发得早，是从大路走过去的。营长陈赓由于腿部有伤，由卢冬升照顾，暂时留在潮州养伤。借助陈宏伟送来的地图，周恩来、彭湃、贺龙等人对部队进攻做了周密安排。

汕头市委知道起义军要来，早已提前做好了接应工作。杨石魂以总工会委员长的名义发出号召，工会会员积极响应。在部队到达的前一天晚上，各区的警局已经陆续被工农武装占领。之后，所有的工农武装全部集结并围攻市警察总局，但警察凭借铁门高墙和武器装备的优势负隅顽抗。双方一直相持到第二天，起义军到达后，警察总局才被攻下。经过核查，才知道警察局长、副局长等已经提前逃出大院，躲藏到停泊在海上的日本舰艇上了。

国民党驻军由于人数不多，无心恋战，稍作抵抗就撤出了汕头。汕头保安团一看势头不对，狼奔豕突般地作鸟兽散，起义军顺利地占领了汕头。

起义部队汕头临时指挥部设在了大埔会馆内。周恩来、彭湃、贺龙、叶挺等人决定，成立汕头市革命委员会——赖先声担任委员长，徐光英任公安局局长，郭沫若为交涉署交涉员,刘伯承为军政学校校长,周逸群为潮汕警备司令。彭湃被任命为东江工农自卫军总指挥,协同中共汕头市委恢复工农、党团等组织,公布土地改革政策,追踪镇压反革命分子,组织工人复工,筹措军饷,做好宣传慰劳工作。

起义军进驻汕头后,周恩来非常重视报纸的宣传导向作用,指示第一时间接管《岭东民国日报》,并更名为《革命日报》。三天后,由于起义部队弃国民党左派而易帜中共,《革命日报》又更名为《红旗报》。

随后几日,起义军积极与共产国际联系,询问援助的物资情况。遗憾的是,援助物资没有等到,却只等来了中共中央特派员张太雷同志。此时,张太雷的身份是中共中央临时政治局候补委员、中共中央南方局成员、新任广东省委书记。他是来汕头传达中央"八七"会议精神的。

之后两天,前委领导们都在开会。张太雷在会上重点传达了"八七"会议精神,决定正式成立南方局代替前委,由周恩来任南方局成员和南方局军事委员会主任,负责处理起义军一切事宜;取消国民党左派,正式擎起中国共产党的大旗;另外讨论了扫平海陆丰、占领东江地区以及进军广州等有关问题,具体贯彻执行党要拿起枪杆子,在农村领导武装暴动、进行土地革命斗争的方针。

会议还讨论决定,起义军放弃潮汕,运动到海陆丰去,与那里的工农武装相结合。这一点使众人感到既吃惊又郁闷,既然要与工农武装相结合,为什么不与江西的工农武装相结合,而要费这么大的劲,大张旗鼓且又劳民伤财地跑到海陆丰去结合?尽管心存不解,但会议决议还是要坚决贯彻执行。

面对潮汕地区的起义部队,国民党并不甘心他们的失败。李济深派钱大钧残部两万余人进驻梅县方向的三河坝,牵制由朱德率领在那里担任阻击任务的第二十五师,派黄绍竑部九千多人向潮州方向进发,派陈济棠率领的两个师一万五千人经汤坑向揭阳靠拢,给起义军布了一个口袋阵,企图实施合围。对此,起义军没有及时察觉,为了在当地开展土地革命,起义军革委会决定让新组建的第二十军第三师留守汕头本部警戒,随后两天贺龙和叶挺率领六千多人的主力部队往海丰、陆丰开拔,准备与那里的工农武装联合。结果在离汤坑不远处遭遇到陈济棠部数倍于己的兵力,两军激战了两天两夜,起义部队因寡不敌众,最后剩下不足两千人,全部退到了揭阳。

春洋忍不住插话问三哥:"打了两天两夜,你是怎么熬过来的?"

春海躺在那里,眼睛望着房顶,一边回忆一边讲述,战火纷飞的惨烈场景再一次闪现在他脑海中,痛苦的神色布满了他的脸庞。

"9月28日那天，到了揭阳县山湖附近地区就与敌人接上火了，将敌人击退后，继续移动到离汤坑三十多里的白石、汾水一带，与敌人再次激战。敌人装备精良，一上来就拿大炮轰，当时就炸死炸伤了不少人。"

春洋问："不是听说共产国际的武器援助会从海上运过来吗？"

"根本就没有。我们原来不清楚，后来才听说，共产国际对南昌起义本来就不是很支持，后来看起义部队受损严重，势头越来越弱，觉得胜利希望不大，就完全打消了援助的意愿。"

连喘几口气，春海气愤地说："从南昌出来的时候有两万多人，一路走一路减员，有牺牲的、逃跑的、病死的，再加上在三河坝和潮州的两次分兵，主力部队就剩五六千人，装备也不行，你说这仗还怎么打？"

"三哥，你们班的战友怎么样了？"

一问到这个，春海竟"哇"一声捂着脸哭了起来。春洋知道这时说什么安慰的话都无济于事，干脆就任由他失声痛哭。

春海哭了一阵，情绪才有所缓和，擦掉泪水说："他们都死了。你认识的那几个，都死了。王小泉被打死了。沈晓东被炮弹皮削了脑袋。张春生被炸飞了。还有刘秉文，他为了保护我，也牺牲了。后来部队没有能力再打下去了，9月30日全部退到了揭阳。把所有的人都集中到了一起，清点下来发现，二十四师下级干部伤亡殆尽，二十军战死两个团长，建制已经不全了，人员也完全打散了，勉强合并成几个团，继续向海陆丰方向转移。"

"后来呢？"

春海介绍，由于国民党部队的步步紧逼，汕头临时指挥部抵挡不住，9月30日也撤了出来。听说周主任因为操劳过度，患上了非常严重的疟疾。三天后，部队从揭阳往东撤退，与从汕头、潮州撤退的人员会合后，经潮阳关埠、谷饶、贵屿和普宁占陇，先后往流沙集结。在流沙，周恩来带病主持会议，为防止被敌人包饺子，最后商定全体武装人员继续向海丰、陆丰移动，非武装人员分散行动，分别向香港和上海方向转移。当天下午，部队在乌石村遭到了陈济棠第十一师和徐景堂第十三师的阻截，上头传下命令，要拼死抵抗，掩护非武装人员撤离。

春洋说："在潮州时，我看到周主任很消瘦，就觉得他的身体不是很好。周主任被安全转移出去了吗？"

春海说，这个他还不知道。他们只是按照命令，不停地与敌人进行周旋，一路打一路跑，拼死阻止敌人前进。一直到10月10日，才退到陆丰县的地界。他们的番号是第二十军第二师，和第一师的人加起来也就剩大约两千人，这时候他们已经和领导机关联系不上了。在那里，人生地不熟，吃饭都成了问题，消极情绪在部队中四处蔓延，前方是大海，后面有追兵，最后部队实在走投无路，在东海镇被陈济棠的部队包围，缴了械。

"缴械之后的人怎么处置的？"

"让大家自由选择，愿意留下的就编入他们的部队，不愿意留下的可以回老家。我不想留下，就选择了回来。"

"你一路是怎么回来的？"

春海叹了一口气，说自己这一路上遭大罪了。陆丰县靠海边，如果能搭个小船，当然是最方便的。可他身上没有一分钱，问了好多船老板，人家都不答应带他，所以只好从陆路往回赶。他原本想找个活干挣点路费，但因为身上有伤，人家不要，只能靠给别人帮个零工，或者到穷苦人家讨口饭吃。大部分时间都在赶路，走累了就在人家草垛边睡一觉。天气一热，伤口就化脓了。

"万幸是有惊无险，好了，这不是回到家了嘛，你先好好歇歇，把伤养好再说。"春洋安慰三哥。

"唉，我是回到家了，可我那些兄弟，他们却永远留在了那里，我对不起他们，我就是个逃兵、窝囊废啊！"春海说着说着眼圈又红了。

春洋赶紧拉着春海的手，劝慰说："三哥，打仗肯定会死人。你大难不死说明老天爷留着你这条命有用，是为了让你给战友们报仇。你一定要振作起来，把身体养好，后面肯定还有机会。"

春洋搜肠刮肚地想法子劝着三哥，没想到歪打正着，还真劝到他心里去了，听到"报仇"两个字时，春海的眼睛放光："对，报仇，我就是死也要报仇。"

听了三哥春海的讲述，春洋不由得想起了孙富贵那几个曾经的土匪，是他劝这些人不要再当土匪，并亲手把他们送进了部队里。记得他们是编入了周逸群驻守在潮州的部队里，应该和三哥不是一起的。9月30日那天仗打了一整天，不知道他们现在怎么样了？

春海在糖行里住了几天，情绪稳定下来后，想回家看看。春洋劝他等一等，一方面，他的身体有伤还需要养一养；另一方面，现在国民党的势力又卷土重来了，正进行反攻倒算，严厉清查起义军在潮州期间表现积极的人员。如果敌人发现他是起义军战士，定是凶多吉少。

春海说："那几天你挺积极的，有没有人找你的麻烦？"

"怎么没有？有人找过我，我已经和他们辩解过了。我是商会的会员，商会分配给我的事情我当然要做了，我是光明正大地为商会做事，这也不能算得上特别积极。我们做买卖的，国民党来了我们做事，共产党来了照样还得做事。难道非要把商会解除，把所有的商人都抓起来？"春洋说，"这是一个方面，另一个方面，陈宏祥在保安团，毕竟有小美这层关系，他多少还得不看僧面看佛面，再说小美现在怀孕了，他们真要发狠把我弄起来，小美和他父母会愿意？"

"形势这么紧，其他人呢，殃及的人多吗？"

春海的问话让春洋陷入了沉默。林务农、谢汉一、陈府洲、李绍法等人已被列入通缉名单，整个潮州城里处处警笛嘶鸣，时时风声鹤唳，一夜之间又回到从前的白色恐怖中。

春洋说："已经抓了一些人，幸亏我们商会的蔡老板及早躲了起来，不然也会被抓。其他被通缉的人也都销声匿迹了，估计一时半会儿他们也抓不到。"

"我们留下来的伤员呢？对了，陈营长和小卢呢？"春海担心地问道。

春洋回答，留下来的伤员大部分由各地的农会负责转移到农村去了。来不及转移的，被他们抓到后都送进监狱，估计现在监狱里已是人满为患。陈营长和小卢两个，他早已派人送到大姐家了，不知道现在情况怎么样，他这几天就去看看。当时他在家里也藏了四个伤员，好不容易躲过了搜查，住了两天，他们的伤稍微好一点后，他就在深夜把他们逐个送出了城。

春海说："我能去看看陈营长和小卢吗？"

春洋摇摇头："你这有伤不行，路上查得紧，万一给人家查出来就糟糕了，说不定还会连累陈营长他们。"

过了两天，春洋让小美准备了一些消炎药，他要去磷溪镇一趟。

出发前，春洋脱下自己的鞋子，朝自己腮帮上狠狠地抽了几下，不一会儿，腮帮就红肿起来。他又拿出毛笔，对着镜子在脸上写了个大大的"虎"字，这才走出家门。在出广济门的时候遇到了麻烦，所有人带的东西一律要盘查。轮到春洋时，他捂着浮肿的腮帮，检查的士兵问他到哪儿去，他支支吾吾说回家。当看到他包里的消炎药时，士兵起疑心了，问："买这么多药干什么？"

春洋吸溜着咧开的嘴，痛苦地指指自己的腮帮子。士兵看到春洋的腮帮子不停地抽动，避之不及地说："猪头肥（腮腺炎）！快走，快走！"春洋有惊无险地蒙混过关，夹着包飞快地向广济桥走去。

原来，在潮汕地区，当家里有人出现腮腺炎时，民间就会请生肖属虎的人用毛笔蘸上墨汁，有时还加上米醋，在腮部写上"虎"字，认为这样就会止疼祛病。两个士兵知道"猪头肥"的厉害，害怕被春洋传染，便匆忙让他过了关。

到了磷溪镇，春洋见到了大姐。春溪问道："我正盘算着这几天你该来了，路上没遇到什么麻烦吧？"

春洋说："还好，就是出城门时遇到了检查。这里怎么样，查得紧吗？"

"也还好，民团又逐渐恢复了，来查过几次，我让青泉尽量不要在家待，这样安全些。"

"陈营长和小卢怎么样？"

"把他们安排到坑边村一个信得过的表亲家里去了，那里离山近，便于躲藏。"

"好，我们吃过饭过去看看他们。"

匆匆吃过午饭，春溪带着春洋去看陈赓。

陈赓看起来精神还不错，经过一段时间的休养已经恢复了不少。

春洋问："怎么样，陈营长？"

陈赓天生一副乐观豁达的性子，踢了个横扫腿，然后冲着春洋说："看看，一脚踹倒两个敌人没问题。"不料话没落音，突然感到腿被抻了一下，扯着伤口疼得直咧嘴。卢冬升紧张地赶忙上前扶他坐下。

陈赓不以为然："没事，这伤口越练长得就越结实，跟树一样！"

春洋仔细查看了陈赓的伤口，愈合得还不错。他拿出消炎药递给陈赓，让他继续再吃一段时间，并叮嘱他不要碰水。

陈赓拉着春洋的手，使劲摇了几下："春洋，这次太感谢你和小美了，还有大姐一家，事事都安排得这么周到。我们该走了，还得麻烦你们安排一下。"

春洋说："您的伤还没有痊愈，还是等完全好了再说吧。"

陈赓担心部队，执意要走，春洋无奈只得答应下来，接着把春海告诉他的部队失利的过程原原本本地给陈赓重新讲述了一遍。

"春海受伤已经回家来了，他今天也想来见您，因为查得紧，我没让他来。他说领导机关都分散转移到香港和上海去了，您打算到哪里去？"

想了一会，陈赓说："这里离香港比较近，过去方便些。我想先到香港，那里相对安全些，看看情况再说，说不定在那里能找到他们。如果他们已经走了，那我们再回上海。另外——"他想了想，"如果有可能，你再找人打听打听驻守潮州的周师长和三师怎么样了。我们都属于三师一营，我很担心他们。"

"好的。您等我的消息，我这就回去打听，一有消息我就赶过来向您汇报！"春洋向陈赓保证道。

回去的路上，春洋一直在想如何把陈营长两人送走的事。现在蔡老板不在，他没有人可以依靠和商量，必须得自己想办法。从潮州去香港陆路交通不方便，还是走水路快。可是，从汕头乘船的话，能过得了关吗？

第二天一大早，春洋就乘潮汕铁路小火车去了汕头。潮州到汕头很方便，每隔两个小时开出一班火车，车程仅有一个半小时。

春洋下了火车，直接去了客运码头。因为刚闹过起义军，码头盘查异常严格。一队国民党士兵押着几个起义军俘虏在候船室来回辨认过往的旅客。春洋心想，如果陈营长两人过来，就太危险了。

春洋再三考虑，决定到闻道书店去看看。虽然蔡兴中一再强调没有特殊情况不能到那里去，但他认为现在这事就是特殊情况。春洋相信，如果廖老板还在，一定还能像上一次那样出手相助。

到了那里，远远地就看到书店的门是开着的，还在正常营业。春洋进了书店，看到有一个店员在忙着，并不是齐海风。他问："廖老板在吗？"

那个店员说："我们老板不姓廖。"

"那你认识齐海风吗？"

"不认识，我是新来的。"

春洋很失望。旁边馥郁茶行的门也开着，作为隔壁店家，应该会知道一些情况。他过去问了一下，隔壁的人也不认识廖老板和齐海风，很显然这个店也换过人了。

找不到人，春洋失望地离开了这里。接下来怎么办？春洋感到六神无主。左思右想，春洋想到了大舅哥陈宏伟。上次大哥的事他愿意帮自己，看起来还挺仁义的。他原来在汕头警察局任职，起义军来汕头不知道他有没有受到影响。那一阵子，天天看到陈宏祥躲在家里喝闷酒，却没有看到陈宏伟回过家。

春洋决定去打探一下，不行的话，就找个借口溜之大吉。警察局大门口有人持枪值岗，春洋没有贸然去问。他心想天还早，还是先在外面等一会儿，说不定陈宏伟进出大门时能碰到。

这次，春洋想错了。他蹲在一处能远远望到警察局大门的地方，看得眼睛发直，蹲得两腿发麻，也没有看到陈宏伟的影子。中午时分，春洋认为不能再等，便径直走到门前，说："请问，陈宏伟大哥在吗？"

"呵，我们陈局长的大名，也是你这样的人叫的吗？"

把门人这样一说，春洋倒放心了，看来陈宏伟又官复原职了。

春洋说："我不这样叫怎么叫？我是他亲妹夫，在家都这么叫的。"

把门人一听这话，马上换了一副嘴脸，殷勤地说："哦，原来是局长妹夫啊。你等着，我给你通报一下。"说完抓起电话，点头哈腰说了一通，打完后对春洋说,"你稍等,陈局长马上出来。"

不一会儿,陈宏伟就从楼里走了出来,看到春洋,笑眯眯地问:"你怎么来了?"

春洋说:"我今天刚好到汕头来进货,顺便来看看你。"陈宏伟心里清楚,自己的妹夫肯定是无事不登门。

陈宏伟不露声色地说:"走,请你吃顿饭。"说完,带着春洋去了汕头最好最气派的永平酒楼。

永平酒楼位于汕头最繁华的地段,在安平路、至平路、永平路的路口。永平酒楼对面是一座造型美观、精致典雅的四层高的大楼——日本株式会社台湾银行汕头支行,距永平酒楼不远处有一座更引人注目的崭新高楼,是永平酒楼的新大楼,六层的框架结构,立面对称,入口处为二层通高拱门,开有八扇长条木窗,均挑出阳台并装饰铁栏杆,还有四层通高的爱奥尼式巨柱。

这里的每一座建筑,春洋都很熟悉,之前在汕头住过半个月,每次拉黄包车都从这里经过,有时也载客人到这里,只是他一次也没有进去过。

忐忑不安的春洋跟着陈宏伟进了酒楼。酒楼里面是气派豪华的欧式装饰,又高又粗的罗马柱,美丽的水晶吊灯,摆在大堂里的白色钢琴,无一不彰显着经营者的高雅品位和独特匠心。还是第一次进入如此豪华的酒楼,春洋表面故作镇定,心里却一直在啧啧赞叹。

陈宏伟要了一个雅间,二人点好了菜,边喝茶边等待上菜。春洋不知道如何开口,陈宏伟却开门见山地说道:"春洋,说吧,有什么事?"

春洋说:"实不相瞒,是有点事。我有个朋友想去香港,我先过来看看路。"

陈宏伟故意说:"这有什么难的,买张船票去就是了。"

"起义军来的时候,我朋友给他们帮过忙,现在不是查得严嘛,就怕他们找麻烦。我想请大哥帮忙把他们送上船。"

"你为什么要找我?我和他们又不是一伙的,起义军来的时候我被他们赶走了,你就不怕我报复?"

春洋真诚地说:"说句内心话,我觉得您不是那种人。上次为我哥的事帮我,我觉得您特别仁义,所以才敢开这个口。"

陈宏伟沉默不语,过了一会儿,勉强说:"好吧。不为别的,冲着你这句仁义,这个忙我帮了。三天之后上午第一班船,在码头等我。"

第二十七章

陈宏伟答应帮忙，让春洋喜不自禁，疾步赶往码头买了两张船票，接着就赶往火车站。汕头这边有了着落，他要尽快赶回潮州安排。他抵达潮州火车站，随着人流往出口走去。出口处人很多，有等人的，有卖东西的，当然也有乞讨的。

"先生，行行好吧，赏口饭钱。"一个乞丐头上顶着个破帽子，佝偻着腰，手里拿个小破筐子向他讨要。

他开始没有太在意，走了几步，看到前面还有一个，两个人差不多的装扮。从侧面看过去，觉得这人有点眼熟。是洪六叔那里的？不对，洪六叔手下基本上都是一帮孩子。自己接触的还有谁呢？春洋灵光一现："难道是他们？"

春洋一步跨到那人跟前，拎着他的衣服往一边走。乞讨者吓了一跳，春洋的帽檐压得很低，对方一下子也没有认出他来。到了人少的地方，春洋手一摚，乞讨者顺势倒在了地上，滚了一身尘土。

"孙富贵，你这是演的哪一出啊？"

倒地的乞讨者一听有人叫出了他的名字，吃惊地抬起头，一眼看到了春洋那张熟悉的脸。他立马爬过来，抱着春洋的腿，放声大哭起来，眼泪、鼻涕满脸横流。春洋想把腿抽出来，抽了几次都抽不动，只好蹲下来劝他："好了，别哭了。有什么话回头再说。走，先去吃饭。"一听有饭吃，孙富贵止住了哭声。

春洋把眼睛瞥向远处，问他："别的人呢？"

这一问，又惹得孙富贵抽抽噎噎起来："就剩吴柱子了，其他都死了。"

春洋听了也不由得心中戚然，是自己介绍孙富贵一帮人参加起义军的，如果不是他，孙富贵的那些个兄弟兴许还能活命。他带着孙富贵和吴柱子到了刘记粿条店，先给每人点了一碗粿条和一个饼。两个人狼吞虎咽，感到不过瘾，每人又吃了一碗粿条。

吃过饭，春洋把他们带到了城外一处空旷地。"说说吧，你们两人怎么落到这个地步了？"

孙富贵一开口泪又下来了："大哥啊，我们差一点就见不着你了。"

原来，9月24日那天，春洋把他们五个送到了驻守潮州的周逸群师长的第三师。他们进了队伍后,每人领到一支步枪,班长加紧对他们进行训练。他们当天就学会了开枪,很是得意,随后的几天一直积极练习。

五个人刚过了几天扬眉吐气的日子,不料,9月30日风云突变。

那天一大早,前方侦察人员来到涵碧楼报告,说在葫芦山和竹竿山方向均发现敌情。涵碧楼背靠的就是葫芦山,坐落于潮州城西,因其由南向北,像一个仰卧的大葫芦而得名。葫芦山岩石嶙峋,或拔地而起或峰峰突兀,或悬崖峭壁或傍水临波,正因如此,自然成为守护潮州城的天然屏障。竹竿山位于潮州城北,连接韩江北堤,地势险峻。不远处还有一座山叫金山,也位于城区北部,面临韩江,海拔只有六十米,因形似覆釜而得名。竹竿山与金山一起拱卫着潮州城的北方,历来是兵家必争之地。

一场激烈的潮州城保卫战即将在几座山头打响。起义军第三师教导团和第六团第六连共六七百人,分别布防在潮州城北面的竹竿山和西面的葫芦山一带。国民党军李济深部派了黄绍竑,以其第四师和第六师共九千多人之众,进攻潮州城。大军压境,敌人十余倍于我,注定是一场尸山血海的残酷鏖战。

当日上午九点,黄绍竑的第四师率先到达了竹竿山山脚下,与起义军接上了火。国民党军一波又一波的进攻,均被起义军顽强阻击,双方各有伤亡。国民党军仍在源源不断地抵达战场,而起义军却后援不足。

其实,在刚接到敌人来犯的通报时,周逸群已经派人及时通知了潮州党组织,要大家做好战斗准备。潮安县委迅速传下指示,命令农民自卫队和各地赤卫队火速赶来支援,参加潮州城保卫战;商会会员负责运输粮食和饮水;农会和妇女协会尽快转移城里的伤员……全潮州城的人民都被动员了起来。

在蔡兴中和春洋指挥下,几家医院里的起义军伤员被全部分散开来,轻伤的全部出城到附近乡下隐蔽,重伤员分散到市民家中隐藏。春洋自己也领了四个伤员回家,暂时藏了起来。

战斗打了整整一个上午,中午时分,双方出现了短暂的停火。下午一点多,黄绍竑的第四师和第六师九千多人全部抵达,他们分散开来,又一次向起义军阵地上压来。

孙富贵对春洋说,他们第一次上战场,哪见过这阵势啊。对方先是用大炮轰,一发炮弹过来,山崩地裂,碗口粗的树被拦腰炸断,他们几个吓得四处乱跑,其中一个人就是因为乱跑被炸死了。后来连长过来了,对他们说一定要隐蔽好,不能乱跑,敌人有望远镜,能看到人。连长还说,打仗不能怕,越怕死得越快,等会儿敌人上来,瞄准他们狠狠地打,你不打死他,他就打死你。他们就照着连长说的，越打胆子越大，后来就不怕了。

"连长还说什么了？"春洋问。

"很快敌人攻上来了，连长也没再说什么，但是他打仗是真勇敢，枪法也准，几乎是百发百中。我和吴柱子学着他的样子，开始拼命地打，心想，把敌人都打下去，我们就赢了。但是，敌人是真多啊，他们在猛烈炮火掩护下，整队整队地发起冲锋，黑压压一片，怎么打也打不完。连长有时急了，搬起身边的石头就往下砸，我俩也是，来不及装子弹，就往下掷石头。"

春洋着急了："光掷石头有什么用啊？打不死敌人啊。"

孙富贵说，不掷石头不行啊，打到后来，没有子弹了，便在死去的战友身上捡子弹，捡不到子弹只能捡石头。阵地被敌人突破，又被他们夺回来好几次。最后实在顶不住了，连长就带着他们边打边退。还好有树丛和石头作掩护，不然就跑不出来了。

"周师长他们呢？"

"撤退命令是周师长下的。敌人力量比我们强得多，硬拼下去无异于拿鸡蛋碰石头，为了保存力量，周师长才让撤退的。"

从孙富贵的讲述中，春洋了解到，到下午三四点，国民党第六师一个团突破了葫芦山阵地，包围了西湖涵碧楼。周逸群在特务连的掩护下，率领师部少量卫队突围冲到了郊外，与守卫竹竿山撤退回来的人会合到了一起。师参谋长听说朱德的部队在三河坝方向，便带领剩余的两百多人向那里撤退。

国民党军占领潮州后，开始挨家挨户搜查起义军伤兵。在春洋家，同样发生了惊险的一幕。

那天，春洋听到外面的枪声渐渐稀少，意识到国民党兵进城了，突然想起家里还有四个伤员，赶紧往家奔去。

一回到家，他就把门闩起来，对四个伤员说："起义军撤走了，国民党兵马上要进城，肯定要在全城搜捕，你们的伤还没好，肯定是逃不出去的，赶快跟我来。"然后把他们领到了井口边，四个人都莫名其妙，不知道他要干什么。

春洋把打水的桶往旁边移了移，对他们说："你们看，从井壁下去几米有一个洞，洞边我留了一个抓手，我把你们拴好放下去，你们想办法爬进去，看能不能躲四个人，这是目前最稳妥的隐藏方法。"

几个人中伤情最轻的在腰里绑上绳子，其他人稳住辘轳，把他慢慢地放了下去，放到那个洞口的时候停了下来，他双手抓住洞壁上留的一根铁钎子，慢慢地缩进了洞里。第二个和第三个人也如法炮制，可是洞太小了，只能容下三个人，第四个人无论如何也装不下了,只能另想办法。

井口恢复原样,春洋带着最后一个人回屋里。他在几个屋子里都转了转,觉得藏在哪里都不行,柜子里、床底下肯定是敌人搜查的重点,根本藏不了人。

"怎么办?"

正在这时,阿公叫春洋,说要上厕所,要春洋把他抱到椅子上。在伺候阿公上厕所的时候,春洋想,干脆藏在阿公这里,到时见机行事。春洋赶紧布置了一番,又与阿公阿嬷低声嘀咕了几句。

果然,半个钟头后,国民党士兵就踢开大门窜入院内,开始四处搜查。春洋赶紧让最后一名伤员紧靠着躺在阿公旁边,用被子盖上,让阿嬷坐在床边。

搜查的三个士兵端着步枪这里刺刺,那里挑挑,一个士兵还专门跑到水井边,探头看了一下,没有发现可疑之处,径直走开了。在屋子里,士兵把能藏人的柜子、箱子、床下等都搜查了一遍,最后走到阿公住的屋子。春洋说:"阿公生病了,起不了床,你们就别进去打扰他老人家了。"

"少废话,生病也要检查!"几个士兵蛮横地说着就要跨进门去。

正在这时,阿公伸着手喊:"我要喝水,我要喝水。"阿嬷慌忙站起来去给他端水,由于站得太急,不小心把马桶踢翻了,尿液流了一地,不少还溅到了士兵的鞋上,气得他们大骂:"老不死的,你故意的吧?"

春洋赶紧连声赔罪:"对不住,对不住,老总,我阿嬷眼神不好,你们大人大量,不要和她一般见识。"说着从兜里掏出一卷钱,每人发一张。其中一个领头的士兵见状,把春洋手中剩余的几张也一把夺了过去,随口说了句"算你识相",便带着另外两个人扬长而去。

阿嬷心疼钱,生气地骂道:"这群短命仔,见钱眼开的东西!"

春洋长长地舒了口气,对阿嬷说:"阿嬷,您这出戏演得好。如果年轻五十岁,您可以去潮剧团了。"阿公也乐呵呵地插嘴道:"我演得也好。"

春洋一边清理马桶一边说:"是是是,你们两个演得都好。如果唱戏的话,你们两个在戏台上绝对是一对男女好搭档。"说得两位老人顽童般地相视笑了起来。

"哎,哎,大哥,想什么呢?"孙富贵拍拍春洋的腿,把他的思绪拉了回来。

春洋问他们两人:"你们最后碰到朱德部队了吗?"

孙富贵激动地说道,从潮州城突围出来,他们又累又饿,但是谁都不敢停下来歇着,因为不知道后面的追兵离他们多远。师参谋长一直给他们鼓劲,说快到了,快到了,与朱德的部队会合以后,好吃的好喝的都在等着他们呢。就这样,大家遵照师参谋长的指示一路行军，一路上倒也没有碰到敌人的大部队。一直到10月6日，到达饶平北茂芝村时，才遇到从三河坝方向过来的朱德部队。可对方的情况也不比他们好多少。

原来，南昌起义后，总前委研究制定了南下广东占领潮汕和东江地区的决定，8月3日，部队离开南昌，准备经过瑞金、会昌后进入福建，经上杭进入广东。

驻守江西瑞金的国民党钱大钧部接到命令，气势汹汹地向起义部队发起了攻击。8月25日，贺龙率领的先头部队第二十军和第九军在瑞金附近壬田镇遭遇钱大钧的两个团。虽然最后击退了钱部的进攻，但起义军也损失了六七百人。经审讯敌方被俘人员得知，钱大钧还组织十个团的兵力，在瑞金以南九十里的会昌设伏。这令朱德、贺龙、叶挺他们十分头疼，如果不打下会昌，便无法进入广东。

会昌战役空前惨烈。钱部死伤万余，起义部队也损失八百多人。此次战斗后，起义部队陆续于9月20日左右到达大埔三河坝。按照总前委的决定，总指挥部率贺龙、叶挺主力约八千余人沿韩江继续向潮州、汕头挺进，朱德率领的第九军教育团和周士第的第二十五师约两千多人留守三河坝，阻击钱大钧残部，掩护主力部队向前推进。

10月1日，钱大钧又纠集了两万人马疯狂扑向三河坝。激战三天，朱德觉得不能再这样打下去，便留一部分人掩护，其他人赶往潮汕地区与大部队会合。4日清晨，国民党军发起攻击，敌人依仗武器装备优势，利用火炮对起义军留守的第三营阵地狂轰滥炸。炮击过后，钱部从东西南北四个方向同时向笔枝尾山发起围攻。一番激战后，第三营两百多战士全部壮烈牺牲。

第二天，朱德、周士第、李硕勋率两千余人撤出三河坝，经百侯，进入潮州饶平县。在该县茂芝村，遇到了从潮州突围出来的起义军官兵两百多人，周邦采、粟裕和毛泽覃也在其中。会师的喜悦是短暂的。主力部队在潮汕失败的消息像一盆冷水把大家从头到脚浇了个透心凉。两方面的人马整合起来也就两千余人，接下来何去何从成了最大的问题。

此时，指挥员们齐聚在茂芝村全德学校内，最焦心的人是朱德。对他来说，这是一个异常严峻的时刻。前面有黄绍竑部堵截，后面有钱大钧部尾追，自己只有两千多人，如果硬拼，便会腹背受敌，全军覆没是必然后果。

小学教室内灯火通明，会议开了整整一个晚上。朱德和指挥员们围坐在一起，面前摊放着一张作战地图，经过激烈讨论，天亮时意见逐步趋向一致：目前钱大钧部正在从三河坝沿西边大路追击而来，以为起义军会到潮汕地区找大部队,此时反其道而行之,出一张奇牌,先前往福建平和,然后绕过三河坝经赣南向西进军,那里大山多,地势险峻,起义军分散进入,容易隐藏保存实力。

"对,打游击去!"

大家一致认为这是一条上策——目前部队没有多少辎重武器,仅有的一点不要也罢,丢掉后行动反而更加方便;进入大山后摆脱围追堵截,可以休养生息,恢复部队的战斗力;向西行进,边走边进行革命宣传,扩充兵员,伺机与毛泽东领导的秋收起义部队会合。

在茂芝会议上,朱德拍板做出了摆脱强敌、绕道闽南向湘粤赣农村找立足点的决定,即"穿山西进,直奔湘南"的战略决策。茂芝会议的决定,拯救了命悬一线的起义军。

春洋问孙富贵和吴柱子:"你们两个就是那时逃回来的?"

孙富贵羞愧地说:"嗯。我们没有想到当兵那么苦那么累,比我们农民种地难多了,行军打仗时饥一顿饱一顿,上了战场就是把脑袋别在裤腰带上,身边很多人一眨眼工夫命就没了。以前你说让我们去当兵,我们还以为当兵领饷,吃穿不愁,哪知道和我们想的一点也不一样。"

"唉!瞧你们那点出息,真的是烂泥扶不上墙。"春洋狠狠地骂着,孙富贵和吴柱子羞愧地低下了头。

"以后你们怎么办?还准备去当土匪吗?"春洋冷不丁地问道。

孙富贵嗫嚅着:"肯定不想再当土匪了,但也不知道该干什么。你能不能想想办法,帮我们找个糊口的生路?"

春洋一时半会儿也想不起来,说:"这样吧,你容我好好想一想,想好了明天我再到火车站这边找你们。"

春洋之所以想帮助两人,一来是担心他们重操旧业,祸害一方,二来自己目前正缺人手,从这段时间的接触他发现孙富贵和吴柱子本质上并不坏,如果能把他们争取过来,虽然做不成大事,但可以让他们干点跑腿打杂之类的活计。

春洋先回了趟家,怀有身孕的小美现在只上半天班。春洋好像听小美说过,医院里原来的两个勤杂工年纪大了,要招两个靠得住的人替换,便和小美商量看能不能把孙富贵和吴柱子介绍过去。小美答应明天上班去问问。

第二天上班,小美便去找院长,问招人的事落实没有,院长说正在找。小美说刚好家里有两个农村来的亲戚,正想找事情做做。院长同意小美将人带来试试。得到这个消息,春洋立即前往火车站,找到孙富贵和吴柱子两人,掏钱给他们理了发，并置办了一身衣服，把两人带到了医院。

路上，春洋再三叮嘱他们，说找到这个活儿不容易，一定要好好干，听医院领导的话，手脚勤快，不能偷奸耍滑，更不能小偷小摸等等。春洋一口气说了十几条要求。

孙富贵和吴柱子见春洋诚心实意地帮助自己，对他感恩戴德。"大哥，我孙富贵一辈子忘不了你的大恩大德，今后就是让我上刀山下火海，你只要说一声，我都干。"

"大哥，我吴柱子八岁时起就没了爹娘，今后你就是我的再生父母。"

春洋望着两人说："不要说这些，今后你们两个只要别再走邪道，就算是对得起我了。"

听完春洋的话，两人如鸡啄米般连连点头。

第二十八章

安置好孙富贵和吴柱子两人，春洋接着马不停蹄张罗起护送陈赓之事。

春海还躲在糖行内，问春洋要不要自己帮忙。春洋摇摇头说："不用，你先养好伤，等处理完陈营长的事情再谈你的事。"

"我能不能和陈营长一起走？"

"不行，他们两个要去香港，你跟着凑什么热闹啊，况且船票只有两张。"

春洋当天下午就去了磷溪镇姐姐家。他和姐姐、青泉一起找到陈赓，商量如何前往汕头之事。

陈赓说，他可以扮成进城赶集的农民。

春洋笑了笑，说："行是行，但你不会说潮汕话，万一有人问话，你一开口不就露馅儿了嘛。"

青泉想了想，说自己可以跟陈赓一起。他们每人挑一担东西跟着春洋走，就说是帮春洋送货的。如果实在需要开口说话，他来说，陈赓不用开口。

"好主意。那你明天准备两担东西跟着我走，不要太重。但小卢怎么办？"

春溪说："明天我也去，小卢跟着我，看他显得挺小的，我们俩扮成母子俩。"春溪转头对小卢说，"明天你只管跟着，不要说话。如果他们问你，你就装哑巴。"

"行，没问题。"小卢也不含糊。

第二天，早饭过后，青泉牵着一头牛，春洋问他："牵牛做什么？"

青泉说："有段时间没去看家里几位老人了，我得多带点东西过去。"说着往牛背上放了一袋大米、一袋子蔬菜、一袋子瓜果，还有别的东西，牛背上堆得像小山一般。除此之外，他还准备了一担稻草，准备挑到集市上卖。

青泉让陈赓牵着牛，自己挑着担子，小卢则背了一个麻袋。一行人出发了，看起来浩浩荡荡。春洋觉得不对劲，就对大姐说："人多目标大，你和小卢最好不要跟我们一起，特别是过广济桥和城门的时候，离远一点。"

"我知道了。"春溪回答。

一行人到达广济桥东桥头的时候，正是过桥人最多的时候。陈赓牵着牛要走浮桥，可牛怎么都不肯迈开前蹄，这下可把陈赓急坏了。看到这种情形，春洋赶忙跑上前，抽出自己的汗巾蒙在牛头上，拍了两下它的屁股，牛这才慢慢地往前走。

春洋悄悄对陈赓说："牛看到浮桥两边的水害怕，所以才不肯走。"

陈赓笑了笑，对春洋说："世事洞明皆学问，你这个大老板还真行！"

西桥头有两个士兵抱着枪把守，看到这么多赶集的涌过来，一色的农民装扮，挤挤攘攘，怕麻烦也就睁只眼闭只眼，没怎么盘问。

到了城门口，检查的人是保安队的，查验得十分仔细，每个人的东西都要核验。春洋带着两人本想直接闯过去，不料还是被两个保安队员拦了下来。

"带的什么？打开看看。"一个保安队员嚷道。

春洋赶紧掏出一盒烟，每人递了一根，说："买了些大米、蔬菜、瓜果，还有一担稻草，我让他们给我送一下。"

"我们在查几个重要的共党分子，你们几个到旁边去，我们要核验一下身份！"另外一个保安队员走上前来。

春洋笑笑，装作不经意地说道："我们怎么会是共党分子呢，要是你们陈队长在，一句话就能说得清！"

两个保安队员抽着烟，问："你认识我们陈队长？"

"认识，我是他妹夫。"

"嗨，你不早说。自家人，过去吧，过去吧。"

"谢谢啊。"春洋说完，带着几个人赶紧离开了这个是非之地。春洋心里觉得好笑，他这个二舅哥真人请不动，可名号倒是被他请了好几次了。

又过了一刻钟的样子，春溪带着小卢过来了。春溪拎了一篮子鸡蛋，小卢背着一条麻袋，里面装了四只鸡。

"过来，检查检查！"保安队员一边检查一边吆喝。

轮到检查小卢的时候，他老老实实地打开袋子给他们看。保安队员验过麻袋，想打四只鸡的主意，故意问他："鸡是你们自己养的还是偷的？"

小卢气得七窍生烟，脸涨得通红，张嘴就想辩解，可话到嘴边忽然想起了什么，欲言又止。春溪赶忙上前圆场解释："老总，对不起，我家儿子不会说话。这鸡是我自己养的。今天我来走娘家，没什么带的，就捉了几只鸡。您行行好，放我们过去吧。"

两个保安队员心有不甘，一心想着鸡过拔毛，拉着小卢不让走。后面的人也被堵了下来，很快就积了一大串，众人心急之下，全都嚷嚷了起来。

正在僵持之时，一个人后面跟着两个随从从对面街道上走了过来。门口两个人一看，立马双脚一并，打了个敬礼："陈队长好！"

"吵什么吵？"陈宏祥问。

两个人正不知如何作答，站在旁边的春溪看到来人，一眼认出是小美的二哥，马上热络地说："这不是宏祥吗？我是春洋的大姐，你不认识我了？"

春溪出嫁的时候，陈宏祥还小，加上春溪回来得少，难得碰上，只是在春洋和小美结婚时，见过春溪，所以他一开始还真没有认出春溪来。

"哦，阿姐啊，这是干什么啊？"

春溪笑呵呵地说，听说小美怀孕了，就捉了几只鸡，又带了点土鸡蛋，想着给她留点儿，再给你们后院送点儿，可这两个人非说这鸡是偷的，怎么说都不让进。

"没事，过吧，过吧。"陈宏祥瞪了两个保安队员一眼。

"谢谢你啊，宏祥。"

"这个是谁啊，我怎么没见过？"陈宏祥指着小卢说。

"我二儿子，来得少，胆小怕事。"春溪又转头对小卢说："这是宏祥舅，你小舅母的哥哥。"

小卢腼腆地笑笑，弓着腰点了点头。青泉小的时候经常来姥姥家，有时跟着春洋和陈宏祥一起玩，陈宏祥应该是认识的，但这个小子，他记不起来了，也不好意思问得太仔细，只好望着他们过去。几个人有惊无险地进了城，但后面的问题随之而来：次日早上才到汕头乘船，是当日去汕头还是次日去呢？还有，今天不去汕头的话，晚上怎么过呢？

春洋在前面的路口，好不容易等到了姐姐。春溪把遇到陈宏祥的情况说了一下。春洋说："这个陈宏祥歪点子多着呢，我们要小心点。你和青泉先回家，我把他们两个安置一下。不要等我吃饭了。你们的任务已经完成，吃过饭就分头出城回家吧。"

陈赓问："怎么回事？"春洋和小卢分别把情况说了一下，春洋说看样子陈宏祥应该起疑心了，不能在潮州停留，必须马上动身去汕头。

为安全起见，春洋给陈赓和小卢一些钱款，让他们两人分头去吃饭和购买车票，约定好晚上六点在汕头小公园里碰面。

春洋去了一趟糖行，向春海说了当天的情况，陈赓和小卢已经分头去汕头，等会儿自己也要去，让春海照顾好自己，要随时提防陈宏祥使坏来搜查。春洋还是不放心，又回了一趟家。还没有到午饭时间，他匆匆忙忙吃了一点东西，叮嘱姐姐，万一陈宏祥到家里来问起小卢，就说跟他出去玩了。他让青泉吃点东西先牵着牛回去，生怕等会儿陈宏祥来了，青泉在这不好解释。

春洋和青泉走后，春溪带点鸡蛋，又拎了一只鸡去了小美妈妈家。岳父岳母看到春溪来了，热情得不得了，又是倒茶又是上点心。陈宏祥一家子不在家，春溪陪着两位老人聊了一会儿天，才借口帮母亲做饭回到了前院。

中午的时候，正准备吃饭，有人敲门。春溪去开门，看到是陈宏祥两口子。春溪赶忙把他们让进了屋内。小美嫂子的嘴巴特别甜，说："阿姐，谢谢你送了那么多好吃的，你们也不容易，走了那么远的路，怪累的。孩子也都来了吧？"

陈宏祥的两只眼早就把屋子里扫了一遍，没看到春溪的儿子，便问道："是啊，马上要吃饭了，儿子呢？怎么春洋也不在家？"

春溪说："我们家老二老实，一般不愿意出来，这次好说歹说才肯跟我来。这不，他小舅说带他出去转转，还说中午请他吃牛肉丸呢，估计不会回来吃饭了。怎么，你找春洋有事吗？来，进屋坐！"春溪的话反将了陈宏祥一军。

"没事，没事，随便问问。难得出来一回，是该好好转转。"陈宏祥看问不出来什么，东拉西扯了一会儿后，便起身告辞了。出了院子，媳妇就埋怨他："你要想来，就自己来好了，还非要拉上我，什么意思嘛！"这会儿陈宏祥倒是表现出了难得一见的涵养，任由媳妇说，就是不吭声。

春洋下午抵达潮州火车站时到处转了转，没有看到陈赓和卢冬升的影子，估计他们已经乘车走了，这才放下心来。坐在火车上，春洋一路在想，到了汕头，晚上住在哪里呢？住旅馆吧，三个人要两间房，价格也不便宜，这还不是最重要的，最大的问题是住宿需要登记，很可能会暴露身份。如果汕头这边有个落脚点就好了，春洋一路上反复琢磨着这件事。

思来想去，春洋又想到了廖盛岑的书店。上次来自己没有见到人，不知道现在怎样了？但随即摇了摇头，自言自语道："不行，这是违反纪律的。蔡老板强调多次，不经允许不能私自联系。"

匆忙之间，他想到了一个地方，那就是当初大哥租住的地方，自己还去给他取过东西，那房东老夫妻两个看起来挺和善的，他们家房子也多，不如先去探一探，如果能借住一晚，那是再好不过了。通过上次与老两口的接触，他了解到，两人一直好静，与左右邻居联系极少，春洋觉得那里应该是最安全的。想到这里，春洋心里变得敞亮起来。

到了汕头，一出车站他就直奔那条街而去。在街上，他特意买了几斤水果还有两盒点心，提着就赶往乐平路五十六号。街道还是熟悉的街道，春洋没有费多大工夫就找到了。春洋敲门，是老太太来开的门，她已经记不起春洋的样貌，问道:"你找谁啊?"

鞠过一躬,春洋笑着说:"阿嬷,我上半年来过的,这次过来看看你们。"春洋进了院子,把礼品递给老太太。

坐定之后,春洋问:"阿嬷,阿公,你们还记得李春澜吗?以前在你们这里租住过的。"

两个人想了想,说:"记得,记得,那是个好孩子啊。后来怎么就不见了?"

春洋不敢以实情相告,就说:"他去北京工作,一时半会儿不会回来了。我是他弟弟春洋啊,上半年我来过,给春澜取箱子的,你们想起来没有?"

两个老人点点头,说:"是有这么回事。你是春洋啊,你怎么又来了?"

"一来我想过来看看二老,二来我今天来汕头处理一点事情,晚上想在你们家借住一晚,不知道可不可以?"

老太太看向老头儿,见老头儿点了点头,这才说:"这有什么不行的,刚好房子都空着呢。前一阵子一会儿起义军来,一会儿国民党来,兵荒马乱的,房子一直也没租出去。"

春洋说:"阿嬷,不是我一个人,我还有两个朋友。明天早上他们要搭船去香港,怕一早从潮州过来来不及,就打算今晚过来,在你们这里一起住一晚,明天早上起来我就送他们走。"

老太太说:"好啊,好啊,没问题。你们一来,家里就有了人气啦。"

春洋顺着她的话赶紧表态:"您要不嫌弃,以后我来汕头,都来看你们。"

老太太非常高兴:"看你说的,你们年轻人都很忙,要是能来看我们,正是求之不得呢。说好了,以后来汕头就住在我们这儿。"

看看天色不早了,老太太要做饭给春洋吃。春洋说:"阿嬷,谢谢你,不用了,你们吃吧,我还要去接我的朋友呢。"

春洋在街上草草吃了几块糖葱薄饼,就匆匆赶往小公园,怕去晚了陈赓和小卢着急。

晚上六点,华灯初上,春洋准时出现在小公园,但是却没有看到他们两人。春洋心里打起了鼓,一时间各种不祥的念头全在脑海里冒了出来:迟到了?没有找到小公园?还是暴露身份被抓了?心急如焚的春洋足足等了一刻钟,才看到小卢从东面急遽地走过来。春洋假装行人与他相向而行,擦身而过时问他:"怎么搞的?人呢?"

"找错地方了。陈营长在后面跟着呢。你在前面走,我们跟着你。"

"刚才可把我吓坏了，要是找不到你们就麻烦了。"春洋说。

春洋说罢，低头向前走去。天渐渐黑了下来，路灯也点亮了，但对于汕头小公园这片繁华区域来说，夜生活才刚刚开始，所以，路上行人并不少。

汕头的路四通八达，每一条街道都很相似。小卢初来乍到对这里不熟悉，生恐跟丢了，他要紧盯着前面的春洋，过一会儿还要弯下腰假装提鞋子，再望望后面的陈赓。七转八转终于走到了乐平路五十六号，刚要敲门，谁知门一下子打开了。原来老太太一直站在门边等他们，这让春洋非常感动。老太太拉着他："赶快进来，赶快进来！"

三个人鱼贯而入。

几个人和两位老人见过面，春洋又帮他们介绍了一下。老太太摸摸这个，拉拉那个，嘴里不停地念叨着："都是好孩子，都是好孩子。"此时的老人想起了自己两个音讯全无的儿子。

春洋把情况给陈赓说了，陈赓安慰她："阿嬷，你放心吧，我们把您两个儿子的名字记下了。以后我们在外面跑，如果碰到他们，我们一定告诉他们，让他们写信回来。"

安顿下来，春洋才问他们为什么迟到了。小卢说，当时李春洋告知说在小公园等，他没有听清，只记住公园了。问了别人，说有两个公园，一个中山公园，一个小公园。他们先去了中山公园，但中山公园还没有正式开放，两个人合计了一下说可能不是这里，然后才又去了小公园，因此才迟到了。

第二天，老头老太太一大早就起来熬好稀饭，还特意出去买了包子和蚝烙，就像给自己的儿子外出送行一样。

吃过早饭，陈赓问："可以走了吧？"

春洋看看他，没吭声。他一直盯着陈赓看，看得他心里直发毛。陈赓问他："怎么了？有什么不妥吗？"

春洋说："我正在考虑你以什么身份上船。之前我看到敌人押着一些被俘的士兵在码头辨认起义军，你要是就这样上船，他们肯定能认出你来。"

"那怎么办？"

"我觉得你应该扮成一个商人的模样，头戴礼帽，手提公文包，装得气派一点，到时我找个人送你上船。来，咱们两个换换衣服，我这套衣服还凑合，比你的好一点。"

两人换好衣服，陈赓把礼帽一戴，的确与以前判若两人。这时，春洋又打开手提包，从里面拿出假的胡须给他粘上。弄好之后，小卢笑着说，如果不仔细看，连他都认不出自己的营长了。

看陈赓变了模样，小卢发愁道："我怎么办呢？"

春洋说："我觉得你这副模样就没有问题，你年纪小，在部队里认识你的人不多，你就戴个草帽，背个行李袋，混在人群里就行。"

之后，他们又商量怎么进站的问题。陈赓说昨天他们已经到客运码头悄悄侦察过了，确实有检查的人。

春洋说："我们别去那么早，到达后先不忙着进站，我已经找了警察局的一个人，让他把你送到船上。"陈赓一直悬着的心这才踏实下来，他没有料到春洋能想得这么周到。

八点多出门，由于路途不是太远，大家又都没带重物，另外也为了节省钱，他们是各自溜达着去的。走了差不多一个小时到了码头，陈赓和小卢在码头稍远处等着，春洋到附近去等陈宏伟。

九点半时，还不见陈宏伟的影子，春洋有点着急，因为从码头上能看到，已经有不少人陆续上船了。他想，这人真够沉得住气的，不会放自己鸽子吧。

正在着急的时候，从远处驶来一辆吉普车，"吱"的一声停在了码头候船室的广场上，走下来的正是陈宏伟。

陈宏伟看到春洋一身农民打扮，觉得有点奇怪，问他："人呢？"

春洋朝远处招招手，有一个人朝这边走来。当看到来人的穿着时，陈宏伟明白了为什么春洋是一身农民打扮了。他暗赞春洋的细心和周到。

春洋说："让他打扮成商人方便些，你可以当成送朋友的把他送上船。"

"不是说两个人吗？"

"那一个我让他自己上船，我觉得应该没有问题。"

"好吧。怎么称呼？"

"陈先生，你们本家。"

陈宏伟也没有表现得太客气，只是看了陈赓一眼，点点头，说："跟我走吧！"

走路过程中，陈宏伟没有流露出一点热络之意。他时刻谨记周恩来的指示：在敌营隐藏得越深越好，不到万不得已，绝不能暴露自己。

起义军占领汕头的时候，陈宏伟跟着政府机关的首脑提前一天就躲藏了起来，表现得相当忠心。9月28日，躲藏在海上敌人舰艇上的陆战队上岸袭击了起义军，与起义军总部警卫队进行了巷战，加之陈济棠派部队进攻汕头，为了保存力量，起义军总指挥部于30日凌晨悄悄撤离了汕头。

之后，汕头失守，被国民党重新占领。陈宏伟回来的第一件事就是去了一趟伯特利教堂。教堂的神父给他拿了一本《圣经》，他翻了翻，不动声色地把一个小纸条拿在手中，又把《圣经》还给了神父。

在无人之处，陈宏伟立即查看了小纸条，只见上面写着——"帮助失散人员归队"。他明白了，并且能想象得到，当时的情况有多么紧急和无奈。在那么紧急的关头，周恩来还能想到派人给他留下一条指令，足以说明对他的信任。

当时，周恩来知道要撤退了，临走之时想到后面还有朱德的部队和驻守潮州的周逸群的第三师，人数不多，难以抵挡国民党部队的进攻，如果部队溃散后来到汕头，希望陈宏伟尽可能帮助他们脱离险境。

国民党新编第二师师长薛岳率领两千多人攻下汕头后，陈济棠和薛岳、王俊开会讨论，由薛岳派两个团的兵力继续向澄海、揭阳方向攻击起义军，由王俊派一个团的兵力攻入潮阳，往惠来方向夹击。

之后，王俊任潮梅警备司令部司令，布置士兵在汕头市区进行了大搜捕，抓捕了一大批革命群众并投入了监狱。万幸的是汕头市委、市工委赖先声、杨石魂等领导均已跟随起义军总部撤离，损失倒也不大。

但王俊后来想出的这一招却很阴险。打仗时有不少起义军的伤员被抓捕后叛变，他让其中一些变节的伤员换上国军的衣服，然后带到汽车站、火车站、客运码头等重要场所，让他们现场指认，指认出来有奖，指认不出来就罚。被指认出来的人，确实有起义军，但也有一些是变节者为了不受罚而胡乱指认的。

陈宏伟看在眼里急在心上，那些起义军士兵他一个也不认识，不可能一个个送他们走，只能是尽可能给他们开方便之门。为此，他特地去找了一次王俊。

陈宏伟非常诚恳地说："王司令，首先感谢您率领贵部英勇善战，顺利光复汕头，要不是你们，我们还在外面流浪呢。这几天，看兄弟们天天在外面执勤抓漏网分子，一刻也不停歇，我们警察局感到很过意不去。不如这样吧，让您的弟兄们歇歇，由我们警察局接管这个差事。"

王俊只当他客气，说："陈兄，一家人不说两家话，我抓你抓都是抓，这些兵闲着也是闲着，太闲就会惹是生非，让他们在外面跑着吧，你忙你的事。"

陈宏伟不好太坚持，怕引起王俊的怀疑。没有办法，他只好经常到客运码头来转转，因为他觉得汕头毕竟交通不便利，要想快点走，乘船的可能性更大。这次春洋找他帮忙，他表面上不动声色，其实心里还是挺高兴的，他知道这两个人一定不是一般的人。

"大哥，我就不进去了吧。"走到候船室门口，春洋喊住了陈宏伟。

"好，你就在这里等着。"

这个时候，候船室里已经没有多少人了，大部分乘客都已经上了船。那些士兵还在到处游荡，眼睛瞪得滚圆，四处踅摸着立功的机会。看到有人进来，士兵立刻打起了精神。没有人认识小卢，他很顺利地上了船。跟在后面的陈赓和陈宏伟二人，看上去不像一般人，其中一个拿着公文包，戴着礼帽，看起来像个商人，另一个虽然两手空空，但腰里鼓鼓的，好像揣着家伙，所以，士兵不敢贸然上前。

陈宏伟昂首挺胸地走着，陈赓和他并肩大踏步往前走。有几个士兵盯着他们看，陈宏伟的眼光扫过去，那几个人立即识趣地把眼睛挪开了。

到了检票口，陈赓出示了船票，陈宏伟掏出他的证件亮了一下，说："送朋友！"话毕，两个人一同走了进去，后面的几个士兵看得目瞪口呆，心里暗自嘀咕：好险！幸好自己没有去触这个霉头。

在岸边，陈赓握着陈宏伟的手说："好了，就此别过吧，谢谢你了，朋友。我看到我的同伴也已经上船了，请转告春洋让他放心，我们后会有期！"

陈赓说完，点头致谢转身上船。陈宏伟暗暗松了一口气，心中默默祝福：再见吧，朋友。一路顺风！他没有立即离开，一直等到船开出港才出来。

陈宏伟没有想到的是，十天后，自己送走的这两个人又出现在途经汕头的船上，只不过他没有看到而已。

陈赓和卢冬升在船上颠簸十几个小时后到达香港，由于人生地不熟，身上也没有多少钱，只能找个便宜的客栈栖身。他们加入了码头扛大包的行列，一方面为了糊口，另一方面也想碰碰运气，看能不能遇到熟悉的人。

陈赓心里很清楚，香港也不是世外桃源，相反，这里的人员更复杂，走在街上的，有市民，有自己人，有国民党暗探，还有共产党的叛徒。所幸他们不是大干部，认识他们的人有限，但陈赓还是比较小心，绝不轻易和小卢出去溜达。

待了一个多星期，费了好大的劲，也没有找到一位自己的同志，失望至极的陈赓决定还是回上海去。他和小卢虽然忙活了一周，但除去吃住开销，也没有剩下多少钱，勉强凑合着买了两张由香港开往上海的最下等的船票。他们买了两张草席，一上船就赶紧钻到位于最下层的货舱里，找个自认为比较僻静的角落躺了下来。客船经停汕头，两人怕出岔子，都没敢到甲板上去透气。

客船停泊后，码头候船室里开始检票，乘客闹哄哄地往前挤。

这天陈宏伟刚好来码头巡视，看到码头上人山人海，一片混乱，就站在木凳上维持秩序。他手持铁皮喇叭，大声吆喝："排好队，排好队，一个个来！"

这时，从候船室门口又进来一个人，头戴草帽，身背麻袋，胳肢窝里夹着一张席子，一看就是当地要出远门的穷人。此人没有排在最后，而是悄悄地挤在中间人多的地方。见到此人，陈宏伟跳下凳子，从队伍的前面向后面走，一边走一边喊。走到中间的时候，他特意瞥了一眼戴草帽的人。

"此人好像在哪里见过？"记忆的胶片开始回放，陈宏伟猛然想起了那天晚上，周主任所在的涵碧楼……"对，就是他！"那天晚上，陈宏伟看到这个人从周恩来房间里出来，当时就猜测这个人的级别肯定不低。

戴草帽的人看到陈宏伟老瞅自己，赶紧把帽檐往下压了压。

队伍缓缓地向前移动。正当陈宏伟开动脑筋、思考对策之时，那人被两个稽查士兵给拽了出来，其中一个士兵一把掀掉了他头上的草帽。一个士兵持枪警戒，另外一个士兵快速翻动着手中的一沓画像。

"这个人有点像'赤匪'师长周逸群！"

人群一下子骚动起来。

陈宏伟三步并作两步赶了过来："什么情况？"

"这个人是周……周逸群！"

"拿来我看看！"陈宏伟一把夺过士兵手中的画像。

上下打量几眼被检查者，陈宏伟说道："好好睁大你的狗眼看清楚！据我掌握的信息，周逸群左眼上方有一颗黑痣，可这个人什么都没有。再说，周逸群是'赤匪'师长，他的部队溃败后，跑都来不及，怎么会留到现在？"

两个士兵愣在原地一动不动。

"别再和这个不相干的人纠缠了，不然会打草惊蛇，惊动后面真正的'赤匪'！"

被检查者捡起地上的草帽，接连鞠躬后，急匆匆地上了船。

陈宏伟猜得没错，戴草帽的人正是当时在涵碧楼里的第三师师长周逸群。他在潮州指挥部队进行潮州保卫战，虽然部队顽强阻击，但无奈寡不敌众，在敌人即将包围涵碧楼时，才在警卫连的保护下冲出了包围圈。他们与从葫芦山和竹竿山上撤下来的人员走散了，总共只剩下五六个人，只好化装成老百姓，昼伏夜行。

最大的困难是，他们都不是广东人，听不懂这里的方言，没办法与人交流。周逸群觉得几个人在一起行动目标太大，遂让大家分头行动。周逸群给大家制订了行动计划——各显其能，向汕头方向靠拢。在汕头码头，想办法混到船上去，最终目的地是上海。

上船后，周逸群暗自庆幸没有暴露身份，侥幸逃过了一劫。他拿着东西也下到了船舱最底层，潜意识里觉得那里应该比较安全，不会引人注目，但愿不再受到惊扰，最好能一觉睡到上海。进到里面，光线灰暗，他伸手把草帽往上抬了抬。走到最里面，他看到那里躺着两个人，其中一人举着报纸遮挡着脸，似乎在看报纸。他走到一个角落，把席子铺下来，头枕着包袱，面朝墙壁，草帽盖在脸上，准备睡觉。

这时，忽然听到旁边有人说话："这些记者消息也太灵通了吧，他们怎么知道周逸群要乘船去上海，提前都写在报纸上了？"

周逸群一听，顿时心惊肉跳：大事不好，莫不是有人把自己出卖了？可仔细听听，这声音竟然十分熟悉。见四周无人，周逸群看了看读报人，低声喝道："陈赓，你不要装神弄鬼地吓人了！"

陈赓一听，按捺不住低声笑了起来。原来陈赓他们在暗处，眼睛早已经适应船舱里的黑暗。周逸群一进来的时候，他就看到了，但故意不出声，想跟周逸群开个玩笑。结果不出所料，还真把周逸群吓了一跳。

玩笑归玩笑，患难之时生死兄弟再次重逢，两双大手紧紧地握在了一起。经过近一个月的磨难，在这简陋的船舱里相遇，真是生死相依，太不容易了。他们互相问候着、鼓励着，心中的火苗又熊熊燃烧了起来。

第二十九章

在太古码头，春洋顺利送走了陈赓和卢冬升。

轮船鸣笛起航后，春洋转身匆匆忙忙向火车站走去。他想尽快回到潮州，家里还有很多事等着他。春洋没有走大路，而是沿着熟悉的小巷子前往火车站。走在崇烈巷内，春洋抬头看见前方不远处，两个身背大包的年轻人闪身进入了一家药材铺。

"这两人怎么这么熟悉呢？"虽然只是匆匆晃过一眼，春洋还是心头一惊。

春洋刚要走出崇烈巷，三个持枪的士兵闯了进来，截住了他。

"哎，你刚才看到两个家伙没有，每人背着一个大包？"领头的士兵问道。

"有！"春洋回答。

"他们去哪儿了？两人是刚从外边回来的危险分子。"

"什么危险分子？"

"共产党，你自己看！"领头的士兵说完，举起手中的一张纸，用手指了指其中两个名字。

春洋看清了两个名字——戴平万和洪灵菲。原来，回到汕头的戴平万和洪灵菲刚出火车站，就被熟人认出，向保安队举报了他们。春洋掩饰住内心的紧张，笑着说："刚才，我在巷子里碰到了两个背包的人，问我知味斋饭店怎么走。"

"然后呢？"

"他们就要了一辆黄包车，要师傅拉他们去知味斋。"

听罢春洋的话，三个士兵提枪向知味斋跑去。

春洋返身走到药材铺前，叩开了关闭的大门。一番解释后，老板把春洋领进了后院的一间房内。

"平万，灵菲，真的是你们两个啊？"

戴平万、洪灵菲与春洋紧紧拥抱。

"你们两个怎么回来了啊？"春洋低声问道。

"回汕头找人，在这里暂住两天。"戴平万说。

"时间过得真快，一别就是五年了！走，我们找个地方聚聚。"洪灵菲提议。

"不行！"春洋把刚才遇到的事情向两人述说了一遍。

"我们这么快就被盯上了？"戴平万和洪灵菲感到不可思议。

"目前汕头形势十分紧张，从现在开始，你们最好一直待在店里，必须要外出时，也只能一个人去。"春洋神情严肃地说道。

两人点了点头。

"你们肯定还没吃饭，我出去给你们买点！"春洋说完，就出了门。

半个钟头后，春洋回来了，不但带了食物，还带了两套当地百姓常穿的衣服。

三个人边吃边聊。

中学毕业进入大学后，戴、洪两人在广州接触了不少先进的思想理念，对打破旧的枷锁、冲破封建思想禁锢心有憧憬。两人时常在一起交流，只是经常觉得人太少不能尽兴，不免有点意兴阑珊。

有一天，洪灵菲突然提议："我们不如组织个文学社之类的，我觉得像我们这样的文学青年应该不在少数。志同道合者如果能在一起交流，岂不快哉！"

"这个想法不错，我赞同。"戴平万立即附和。

没过几天，戴平万在《大岭东报》上看到一则消息，他立马拿着报纸去找洪灵菲："灵菲，你看这条消息，简直与我们的想法不谋而合。"

原来有一个叫许美勋的潮州老乡在《大岭东报》上发出消息，倡议成立潮汕地区新文学团体。这正合戴平万和洪灵菲的心意，于是二人写信约许美勋见面。

一个周末的上午，微风和煦，国立广东高等师范学校校园的草坪上，戴平万、洪灵菲和许美勋三个年轻人坐在一起，热烈地讨论着他们成立文学团体的事情。经过一番商议，三人确定社团名字叫"火焰社"，寓意社团像一团火一样办得红红火火。火焰社很快吸收了一批年轻的文学爱好者，定期开展读书会、讨论会、宣讲会等，在学生中传播民主、自由、平等理念以及马克思主义思想。同时，他们在《大岭东报》上开办了《火焰周刊》，三人不但自己经常给报刊写文章，还鼓励社团其他的成员踊跃投稿。

身处广州，他们强烈地感受到孙中山领导的国民革命的热潮。特别是1923年中共第三次全国代表大会在广州召开后，在共产党的推动下，1924年国民党也召开了第一次全国代表大会，提出"联俄、联共、扶助农工"的三大政策。由于当时国民党占据优势，戴平万和洪灵菲最初受国民党左派的影响较大。

又是一个周末，到了火焰社读书会时间。这天，许美勋带了一个同伴进来，向大家介绍道："这是我潮州的老乡，也是我的好朋友，叫许甦魂。他听说我们今天有读书会,想过来跟大家交流一下。下面请许兄给大家讲几句。"大家认为许美勋介绍的人肯定错不了,报以热烈的掌声欢迎。

许甦魂动情地说道,今天见到这么多青年才俊真的很高兴,特别是还有好几个是他潮州老乡。他一直在星洲的《益群日报》和《新国民日报》做编辑工作,近日以特派记者的身份被派驻广州。广州现在是一个漩涡中心,有共产党,也有国民党,两党主张各有不同,表面上是合作无间,但是却是潜流涌动,大家要擦亮眼睛,看清楚哪个政党是真正为了广大民众的根本利益服务的。

随后,许甦魂讲了青年人的理想、信念、目标等,倡议大家不要只顾埋头读书,要把顾宪成的名联"风声雨声读书声,声声入耳;家事国事天下事,事事关心"作为自己的座右铭,积极参加学生运动,为推动社会进步出一份力。

戴平万和洪灵菲从许美勋处了解到,许甦魂是共产党员,但他同时参与国民党的改组工作,为工作方便也加入了国民党。在许甦魂的影响下,戴平万与洪灵菲的思想发生了很大的变化,他们更加坚定地选择信仰共产主义,二人先后加入了共产党。

戴平万问春洋:"你怎么样?属于哪个党派?"

春洋不动声色地笑笑说:"我一个开糖行的,可没你们那么远大的志向,什么党也没加入。"

洪灵菲嘲笑他:"你现在已经完完全全沦落为一个小商人了,自古商人重利轻友,哪天可不要把我们俩卖了啊。"

"放心,不管到什么时候,我李春洋绝不会做出那种卖友求荣之事,而且不管你们是哪党哪派,作为老同学我一定会支持你们!"

过了一会儿,春洋问:"你们两个一直在广州吗?"

戴平万说,他们上学的时候一直在,当时组织"潮州同学会",后来还组织了"潮州旅穗学生革命同志会"。在支援"五卅"运动中,组织了游行示威活动,后来的两次东征,他们都积极给报刊投稿,声援东征,之后还参加了"省港大罢工"。毕业后,他被国民党中央海外部派到了暹罗工作,在那里主要对华侨进行新思想宣传,募集资金支持北伐。直到"四一二"政变,他在暹罗待不下去了,才辗转回到了上海。

"灵菲,你和平万一起吗?"

洪灵菲摇摇头,说高师毕业后,他们就分开了。当时正是国共合作关系比较密切的时候,许甦魂刚好回国,出任国民党中央海外部秘书兼中央海外总支部负责人。在其影响下,他也参加了国民党中央海外部的工作,负责《海外周刊》的编辑，一方面组稿，另一方面自己写诗歌、散文等。中心任务与平万也差不多，主要是向华侨进行宣传，为北伐军摇旗呐喊。"四一二"事件后，他的名字也被列在上海《民国日报》和广州《民国日报》上的通缉令中。无奈之下，只能从广州逃到香港，后来流浪到星洲和暹罗，在那里遇到了平万，就一起去了上海。

春洋说："我6月份还去了上海呢，就是没有碰到你们。"

戴平万笑了："上海那么大，要碰到一起得要有多大的运气啊！你去上海做什么？"

"我二哥春江和三哥春海都跑去上海了，家里不放心，让我去看看他们，加上我与小美刚结婚，也算结婚旅行吧。"

"你大哥现在怎么样了？"

一提到大哥，春洋心里就非常难过，声音低沉地说："他4月份时已经被国民党杀害了。这个消息现在还瞒着家里呢。"二人心里替春洋感到痛惜难过，但也说不出更多安慰的话，因为刚刚大家还说过，要革命就会有牺牲。

春洋说："我二哥现在上海工作呢，以后你们如果再到上海可以去找他，老乡嘛，可以互相有个照应。"

"那敢情好，这个信息对我们非常重要。"

"你们什么时候从上海回来的？"

"唉，真是不凑巧，"戴平万说，"我们在上海得知爆发了南昌起义，听说起义军占领了潮汕地区，就赶快搭船回来，目的就是回来投奔起义军参加革命。谁知刚开船，就听说起义军已经撤离。虽然非常失望，但是又不能下船，只好先回到汕头看看再说。"

春洋说："国民党部队人太多，起义军只坚持了七天，听说部队被打散了，敌人现在还在到处搜查呢。你们两个要格外小心，不要撞到枪口上。接下来你们有什么打算？"

"我们会小心的。刚才听药材铺老板，也就是平万的表叔说，汕头的报社、书店、印刷社等都被查封了，目前看来，在汕头是无事可做。"洪灵菲边说边用手挠头，"最近一年诸事不顺，有时候，我也很迷茫、很苦闷，经常自问，我们的出路在哪里？现在好像处于迷雾之中，看不清方向。"

戴平万接过话："灵菲，我觉得这种情况只是暂时的。你说呢，春洋？"

"是的。任何事都不会一帆风顺的，你们不应气馁，建议你们到陆丰去找彭湃，参加那里的农民运动。"春洋不紧不慢地说道。

戴平万用诧异的眼神看了他一眼，说："春洋，看不出来，你是深藏不露啊。你和我们想到一起去了，我们正想去陆丰呢。怎么样，和我们一起去吧？"

春洋摇摇头："我也想去，但不行啊，我家里一大摊子事，阿公瘫在床上，家里就靠我一人撑着。我只能做些力所能及的事情，起义军来的时候我协助商会会长筹集了十万大洋和两万斤粮食，也算给他们做了点后勤供应保障。"春洋生怕两个老同学对自己的立场有所顾忌，还是忍不住透露了一点情况。

"啊，这么多啊！"两个人很惊讶，本来他们觉得春洋没有大志向，心里只有小家没有大家，听他这么一说，觉得他在幕后的工作成绩还是比较突出的。

三个人一边吃一边聊，不知不觉一个小时过去了。

到了分别的时候，春洋从口袋里拿出一沓钱，交给两人。戴平万和洪灵菲死活不肯接受，春洋说："穷家富路，这些钱你们拿着应急。另外，如果一定要外出，不要穿你们原来的衣服，我给你们买了两套本地服装，你们换上吧。"

春洋含泪与戴平万和洪灵菲告别。

春海的腿伤基本上痊愈了，急着要求春洋带他回家看看。

傍晚，春洋到了糖行，对春海说："陈宏祥在外面喝酒呢，等一会儿我先回家，你回去躲到小美家大门附近，我和小美去她妈家，小美吸引住他们家人的注意力，我趁人不备给你开门，你从中间那个小门回家。"

果然，有孕在身的小美一到她妈家，家里人就忙着嘘寒问暖，张罗好吃的。春洋趁机打开大门，把春海放进来。春海悄悄地从小门回了家。家人看到春海又惊又喜，他们都知道起义军战败了，都非常担心。阿嬷天天念叨，不知道春海怎么样了，现在看到他好生生地站在自己面前，心里的一块石头才算落了地。

阿公紧紧抓着春海的手不肯放，阿爸阿妈赶忙把家里好吃的东西都摆出来。他们问儿子起义军打仗的事情，春海哪敢说，只能敷衍应付，说部队被打散后，大家各回各家。

春海如果能老老实实守在家里，正中老人所愿。阿嬷说："孙仔，咱这次回来哪儿也不去了，过几天找人给你相个媳妇，好好在家过日子吧。"

一听这话，春海心中惊悸，看来自己在家里待出麻烦来了。但他不动声色地说："阿嬷，急什么呀，我刚回来，现在还没有闲心管这事，等稳定下来以后再说吧。"话是这样说，其实心里面已经打定了主意，必须尽快离开家，否则，时间越长麻烦越多。春海一个人在外面跑得多，也见过世面，再让他回到原来的生活环境中，既不习惯，也不乐意。这次春海回到潮州，不知道自己能干些什么，另一方面大家都知道他加入了起义军，身份也比较敏感，所以，他不想待在潮州给家里添麻烦。

晚上吃饭的时候,春海对春洋说:"吃过饭我到你房间去一下。"

春洋知道三哥有话要说,就答应了。

吃过晚饭,春洋给三哥使了个眼色,二人就进了房间。春洋把门闩了起来,问他:"怎么了,有什么事吗?"

"春洋,我得赶快走。"他把阿嬷要他结婚安家的话给春洋说了一遍。

"你准备去哪儿?"春洋心里一紧,毕竟现在哪里都不安全。

"我还想回到上海去,刚好二哥也在那里,有问题我也好找他商量。"

春洋考虑了一下,陈赓和卢冬开也去了上海,说不定起义军的许多领导人都会回到上海,毕竟那里是大城市,有很多国家的租界,相对安全得多。

"好的,你想什么时候走?"

"越快越好。你帮我安排一下。"

"我觉得还是到汕头乘船去上海比较好,但你不能乘火车去汕头,认识你的人比较多,在潮州进火车站都是个问题。让我再想想还有什么稳妥的办法。"

谁都没想到,第二天,意外的事情发生了。那天早饭后,春洋要出去办事,临走时对春海说:"我一大早注意到陈宏祥在我们家中间那个小门处观望,我有不好的预感,建议你马上躲起来,万一有人来查,我怕你们在家里应付不了。"

春海听春洋说得在理,也就同意了。春洋就对家里人说明情况,把春海藏到了水井中的小洞里,这样他出去办事也放心。

春洋走后,不到一个小时,大门处突然传来了"砰、砰、砰"的敲门声,阿嬷要去开门,春洋阿妈不让,她接受了上次的教训,一切小心为妙。

春洋阿妈开了门,一看果然是保安团的人来检查,马上让到一边,问:"你们要干什么?"

"例行检查,看看有没有不法分子跑到你们家,也是为你们的安全考虑。"带队检查的人说。

春洋阿妈镇定地让他们进来,知道陈宏祥在保安团里,虽没有看到他人,但她心里清楚,这一定是他指使的。说是例行检查,但几个人检查得非常仔细,每个屋子里柜子、床下等能藏人的地方都检查了一遍,一边检查一边嘟囔。其中一个人低声说:"怎么没有啊!"好像原来笃定人就在家里一样。

"再仔细看看,屋子里、院子里凡是能藏人的地方,一处都不能落下。"带队的头目一声令下,几个人只好又翻箱倒柜地搜了一遍。

春洋阿妈搬个椅子坐在门口,低着头不敢看他们,紧张得心脏扑通扑通直跳。虽然她已经经历过两次搜查，但这次目标是他儿子，心境格外不同。

有两个人在院子里东瞅西瞧。院子里并没有太多的东西，他们在柴垛那里先是捣了捣，接着把柴垛掀翻也没发现什么。院子里就还有一口水井，无遮无挡地摆在那里，反而没有太引起他们的注意。

带队的头目出去了一趟，没一会儿就回来了，喊了一声："收队！"几个人如释重负般走了出去。

这一幕，正是陈宏祥策划的。昨天晚上，小美吃过饭没事干，就回了妈妈家，与妈妈聊天时不小心说漏了嘴，提到了李春海，恰好被她嫂子听了去。陈宏祥晚上回来后，媳妇就当作闲话说给他听，谁知说者无意听者有心。

第二天早上起来，陈宏祥就在自家院子里一动不动地呆坐着，对着那个小门前思后想。这个小门从他们家这边不能主动打开，门闩在李春洋家那边，陈宏祥想：如果他们家有人想从我们家出去，岂不是很容易吗？

上班之后，陈宏祥就给一个小队布置了任务，先派一个人去刘察巷十五号盯着，看到春洋出去后赶紧回来报告。十点多搜查小队到了地方，陈宏祥让小队长带队进去，自己回到家中，在院子里等待。

陈宏祥母亲看到他，问道："你不是去上班了吗？怎么还在家里晃来晃去？"

"你甭管，我有事。"陈宏祥不耐烦地答道。实际上，他是在监视着小门，以防有人从这里跑掉。内心焦灼的陈宏祥，盼着有人打开这个门，自己便可以守株待兔。可是等了半个多小时，没等来这个门打开，反而等来了敲大门的声音。

"报告队长，什么也没有搜到！"小队长过来报告。

"蠢货！收队！"陈宏祥心里有股说不出的失望。

晚上，春洋回来后，才让春海从井里出来。他知道肯定是陈宏祥在背后使坏，也料到他不可能抓住自己的把柄，只能恨得牙痒痒，但他还是告诫大家都要小心行事。春洋意识到，陈宏祥盯上了春海，必须尽快把他送走。他不得不把原来设想的几个方案又拿出来好好斟酌：一是计划让三哥化装成商人从火车站直接去汕头，现在看来不稳妥；二是想让他扮成乞丐的样子，与洪六叔他们混在一起，先出城再说，但问题是洪六叔的乞丐帮里大多是小年轻，他一个成年人混在里面不伦不类，很容易被怀疑；三是就只有冒险爬城墙。

白天春洋外出去找洪六叔。找到后，春洋给他布置了一个任务——发动丐帮，在城墙上找一处较易攀爬的地方。春洋想趁晚上带春海爬过去。从潮州开往汕头的火车每两小时一班，中间有七站，过了潮安就是枫溪站，只要出了城就可以到枫溪站去乘车。

直到晚饭时，春洋才等到洪六叔的回话。也许洪六叔是有意这么做的，就是想在饭点让春洋请他吃一顿饱饭。春洋请洪六叔吃过两大碗牛杂粿条，约好晚上十点开始行动。

到了十点，春洋跟家人说家里不安全，要带春海到糖行去住。家人答应了，他们没有觉察到春海要远行，更没意识到这将是一次生死离别。

春海不舍地挨个拉了拉阿公阿嬷、阿爸阿妈的手。阿嬷还笑着说："糖行离家不远，过两天再回来啊。"春海心里明白，此次离开家，不知何时才能回来。

"沧海桑田几变迁，蟠桃易熟人难老。"春海低声哼唱了两句。阿公阿嬷相视而笑。春海唱完，急忙扭过头去，因为他眼里已经涌满泪水。

春洋怕露馅，赶忙推了春海一把："走吧，走吧，离得又不远，想回来就回来，别婆婆妈妈的。"

春海跟着春洋恋恋不舍地离开了家。临出门，春洋拿了一顶草帽扣在春海的头上。春海怔了一下，随即明白了弟弟的意思。为了安全起见，他们两个分头走，到指定的地点集合，春洋让洪六叔的人在那里等着。

十一点多，人才凑齐。总共四个人，春洋、春海两个，洪六叔那边小顺子还带了一个。他们顺着城墙往西南方向走去，因为火车站就在城市的西南方向。

到了一个地方，两个小乞丐停了下来。

春洋说："小顺子，爬吧。只能黑灯瞎火地爬，你们爬慢点，我们跟着你们。大家踩稳一点，别滑下来。"

这个地方的城墙由于年久失修，塌下来一部分，上面长了一些杂树。两个小乞丐手脚并用，小心翼翼地往上爬，春洋弟兄两个也只能照样而行。快爬到上面的时候，不远处过来一个巡逻队，拿着手电筒到处乱照。小顺子带来的那个小乞丐有点慌乱，脚没有踩稳，两块砖头轰轰隆隆地砸了下去。

"快趴下！"春洋低声喊道，然后，他"喵、喵"地叫了几声。

两束手电光交叉着照了上来，他们屏着气息，一动不动。巡逻的人照了几下，没有发现什么异常，悻悻地咒骂道："叔恶（潮汕方言，"作孽"的意思），死猫半夜也不消停。"

等他们走远了，四个人才敢起身。小顺子说："吓死我了。"转脸又低声把身边的小伙伴骂了一顿。

春洋也在暗自庆幸没有出现大的纰漏，劝他说："小顺子，别骂了，他也不是故意的。我们后面小心一点就行了。"

爬到城墙上，下去要容易一点。城墙中间的墙壁夹缝里长有杂树，他们找到一处杂树比较多的地方。春洋拉着小顺子的手把他往下送，抓到杂树的小顺子顺着树身下溜一段，最后从一人多高的地方跳了下去。按照这个方法，春洋把春海和另一个小乞丐也送了下去。城墙上最后只剩下了春洋一个人。

春洋试了一番，上面没有人拉，不太好下，硬要跳下去，很有可能会受伤。正在春洋左思右想之际，远处传来了巡逻队的脚步声。

"三哥，快到枫溪车站去，明天早上搭第一班火车！我想办法也乘第一班火车，咱们汕头火车站见。快走！"春洋俯身低声说道。

情况万分危急，春海和另外两个人只得猫腰离开了城墙根。

巡逻队像是发现了什么，跑步向春海三个人所在的位置赶来。城墙上的春洋觉得大事不妙，急忙弯腰向前迎着巡逻队的方向跑了二十多米，停下后弯腰捡了一块砖头，向下面的城墙根扔去，以此吸引巡逻队的注意力。

听到"咣当"一声响动，巡逻队员停下了脚步，举头向城墙上方望去，他们看到了春洋露出的半个人头。

"干什么的？快站起来，不然就开枪了！"巡逻队头目喊过，五六个士兵将枪口瞄准了城墙高处。

春洋听到城墙下的吆喝后，没有站起来，而是猫腰朝春海三人逃离的反方向跑去。巡逻队员望着城墙上方时隐时现的黑影，追了上去。

春洋向前跑了一百多米后，脱掉上衣，扔到了城墙侧面长出的一处杂树丛中，之后，弯腰贴着地面迅速折返。

巡逻队员望着杂树丛中的"黑影"，举枪大吼："快下来，不然我们就开枪了！"

在巡逻队员的吆喝声中，春洋跑回到原来攀爬的地方。此时的春洋已顾不上受伤，双手攀着城墙沿，脚接触杂树之后，一咬牙滑落而下。幸运的是，下坠的春洋抓住了杂树树枝。双手一下子就被划出了一道道血口，春洋顾不上钻心的疼痛，跳下地面，迅速消失在夜色里……

第二天早上，春洋早早起来，吃了点东西就往火车站赶，因为第一班车是七点半发车。他原以为自己来得早，却没想到买票的地方排了十几个人，更让他吃惊的是，陈宏祥居然排在队伍里。

"他不会是故意跟踪我吧？"这个念头第一时间就冒了出来，可仔细一想，陈宏祥排在前面，比自己来得早，显然不是在后面跟踪自己。

春洋只得硬着头皮走上前，与陈宏祥打了招呼："呵，宏祥哥，真是太巧了，你也去汕头啊？"

"是啊，要说无巧不成书呢。难得，难得。"

春洋掏出钱，把他拉出队伍，自己排上队："你站边上歇歇吧，这票我来买了。"想到他事先给春海交代过，买二等座车票，他就买了两张一等座。

候车时，春洋表面上看似平静，其实心里紧张得揪作一团，唯恐陈宏祥看到春海，又怕春海不知道掩饰自己，被人一眼就认出来。

一等座在最前面一节车厢，这让春洋稍稍放心了一点。上车之后，他就拼命地找话题，与陈宏祥聊天套近乎，想吸引住他的注意力。火车快靠站的时候，慢慢地从候车的人群面前穿过，大家都是大包小包地扛着、背着，他突然想到，坏事了，春海乘车，什么也没拿，这样子看上去岂不是很奇怪？百密一疏，出来时忘记让他背个袋子了。

"哦，真快，到枫溪了。"春洋自言自语着，伸头朝外面看了看，看到人们拿着包裹往车上挤，并没有看到两手空空的春海。难道春海没有上这趟车？春洋有点疑惑，随即又想，没上来更好，那样就没有机会碰到陈宏祥。

陈宏祥也不是傻子，看见春洋明显的神色有点不对劲，问道："你找人吗？"一句话，吓得春洋心惊胆战。

"不找，就是看看怎么这么多人。"春洋赶忙掩饰。

列车员前来检票，春洋将两张车票递了过去。陈宏祥突然看到了春洋手上的绷带，还有没包严实的血口子。

"春洋，你的手怎么全是血口子？"陈宏祥疑惑地问道。

"唉，别提了，昨天下午在钟鸣路下坡的地方，一辆装货物的板车失控向下冲去，我和一个路人急忙上前扯住车尾的半截绳索，硬是拖了我们三十多米才停下。"春洋天衣无缝的说辞打消了陈宏祥的怀疑。

两人一路相安无事，到了汕头火车站，一起走出车厢向出站口走去。春洋默默祈祷，春海能够机灵点，千万不要撞到陈宏祥这个枪口上。

其实，春海就在这一列火车上。潮汕抽纱遐迩闻名，做抽纱生意的人很多，进站时，春海碰到一个人挑了一大担的抽纱，行动缓慢，就主动帮助他将纱背上火车。上车时，春海头戴草帽，又背着大包裹，春洋竟然没有认出他来。

下车的时候，依然是人挤人，春海就告诉担夫让别人先下，等人家都下去了再帮他拿东西下车，免得与行人挤在一起。趁此间隙，春海站在车厢内往外面看，看到春洋和陈宏祥走在一起，心里暗自庆幸，幸好没有急着下车，否则真要撞在一起了。

看到两人走远，春海才帮助担夫带着抽纱一起出了站。出站后他不知道往哪里去，只得站在火车站旁边等着，悄悄地观察春洋会不会回头来找自己。

两人出站后，春洋对陈宏祥说："你去忙吧，我先把下午的返程票买了。"

陈宏祥笑笑，向前走去。

春洋装模作样在售票处待了十几分钟，估计陈宏祥已经走远，才回头来找春海。两人又匆匆到太古码头去买票，可惜当天的船票已经售罄，这趟船三天才有一班，只能买三天后的船票。

唉！事情还是没有考虑周全，春洋暗暗责备自己。好不容易出来了，不可能再回潮州去。无奈之下，春洋把春海带到了乐平街五十六号老头儿老太太家里。由于等的时间太长，怕家里人担心，春洋决定安排完后自己先回潮州。

"三哥，对不住你了，我回去了，你自己多保重！"

"春洋，咱们这么一别，不知道何时才能再见面。"

"三哥，在家弟弟保护不了你。你还是到上海最安全。"

"春洋，大哥不在了，二哥和我也帮不了家里的忙，家里的事全靠你了！"

"三哥，你和二哥在外边请放心，家里的事我会处理好的。"

兄弟两人拥抱在一起，泪水不知不觉地从两人的眼眶里滑落而下。

第三十章

一个月过去了,墨香书店的门仍然紧闭着。

春洋记不清自己是第几趟从这条街上走过了。他多么想和过去一样,每当有烦心事的时候,就走进这个门,喊一声"蔡叔好",聊上几句,然后就有了主意。

每隔两天,春洋都会假装若无其事地从书店门前走一趟。起义军离开潮州已经月余,仍然没有蔡兴中的一点消息。春洋不由得胡猜乱想:蔡叔是躲起来了,还是被抓了?甚至是……

春洋的内心压抑到了极点,不能再等了,必须要到蔡叔家里去一趟。

蔡兴中的家,春洋4月份去过一次,那次是为了见二哥春江。当时他是天黑之后过来的,有点记不大清楚。循着原来的记忆,春洋辨认了好久才找到那个院落。春洋并没有贸然敲门,而是假装路过,在远处观察了很长时间。其间看到有孩童出入,他认出了那是蔡叔的小儿子仲勇,曾经给自己送过纸条的。经过反复推敲,春洋认定家里应该没有什么异常情况。

到了晚上八点,天完全黑了下来,春洋才过去敲门。仲勇出来开的门,他认得春洋,便拉着春洋的手进了院子。蔡婶及三个孩子都在家,其实春洋对他们的家庭情况并不了解,他一直遵守着承诺,不该问的不问。

"阿婶,好长时间没有见到蔡叔了,我想来问问,有没有他的消息?"

"没有。他很长时间没有回家了。但以前他交代过,如果出现有一段时间不回来的情况,就是有事出去了,不要找他。我们也习惯了,但他以前从来没有出去过这么长时间。"

"你知道他有可能去哪里吗?"

"不知道,他从来不让我过问他的事情。"蔡婶说话相当谨慎。

"阿婶,现在家里有没有什么困难?有困难的话,你们就来找我。"

"谢谢你了,还能对付。"

"我看书店一直关着门不营业,这样下去也不是办法。以前不是有个小伙计吗,他人呢?"春洋还是想尽办法了解蔡兴中的下落。

蔡婶说:"他看你蔡叔不在,生意也不太好,就到别处挣钱去了。我一个妇道人家不识字,还要操持家务,出不去。大女儿已经出嫁,大儿子在广州读书,家里还有这三个,也就二女儿大些,但总不能让她去经营书店吧?"

春洋想了想,说:"怎么不行啊?我看可以。书店怎么说也是一个营生,经营收入维持一家人的生活应该没有问题。这样吧,我把糖行的伙计大栓派过来,让他帮忙先把书店开起来,带带您女儿。"

接着春洋又问几个孩子的名字,仲勇抢着说,二姐叫仲英,二哥叫仲辉。春洋问仲英多大年龄,是否上过学,是否愿意去经营书店等。问后得知,仲英已经十六岁,小学毕业,看书、记账都应该没有问题。仲英懂事地点头表示愿意去打理书店。

春洋这样做也是为了帮助蔡兴中一家。蔡兴中不在家,他们一家几张嘴要吃饭,生计问题总得解决。

在春洋帮助下,书店第三天就开门营业了。里面的东西都还保持着原样,只要把卫生打扫好就行。

虽然说隔行如隔山,但生意经还是相通的。春洋翻出账本,教大栓和仲英怎么看,每样书进价多少,卖价多少,能赚多少钱,哪些书可以按书上标的原价卖,哪些书已经过时可以折价卖。大栓在糖行干得不错,已经可以独当一面,仲英也是个聪明的孩子,经春洋指点,他们当天就摸出了点头绪,生意勉强做了起来。

春洋把自己的徒弟大栓让出来,自己糖行的人手就显得有点捉襟见肘。春洋事情比较多,经常往外面跑,不可能总在店里守着,王叔年纪也大了,也不能天天守在那里,所以春洋想再物色一个人。

第二天,春洋去了一趟姐姐家,想把几件事一起办了。

起义军离开潮州已经一个月,春洋想去看看农运的情况。前几天他见到戴平万和洪灵菲,建议他们去陆丰投奔彭湃,但实际上他并不了解近期农运工作情况。起义军撤走后,民团有没有回到乡里?农运有没有受到大的影响?这些他全然不知。

磷溪镇街面看起来与往常一样,没有太多的变化。街两旁的小店铺要么是卖粮食的,要么是卖铁锹、镢头、耙子等农具的,人不是很多,看不出什么异样。

春洋向姐姐家走去,刚到巷子口上,就听到里面传来吵吵嚷嚷的声音。他感到很诧异,走到近前听了一会儿才弄明白。姐姐隔壁邻居家院内,民团的五个人正在强行收租,说起义军来的时候他们抗租不交,这次要加收一倍的租。

青泉与春溪赶了过去，帮助邻居与民团的人理论，这会儿正吵得不可开交。春洋刚好看到了姐夫，悄悄说："你们人太少，赶快去喊人，来的人越多越好。"姐夫扭头就走了出去。

过了大约一刻钟，村民慢慢都向这里聚拢，男女老少来了约有一百来人，院子里里外外都站满了。民团的那五个人一看这阵势，知道讨不到便宜，好汉不吃眼前亏，恶狠狠地撂下一句话"咱们走着瞧"，灰溜溜地出了院子。

姐姐、姐夫、青泉和春洋一起回到家里，春洋问他们："是不是最近形势不好？"

青泉说："是的，这些民团比原来还嚣张。你也看到了，他们到处逼租，听说前天他们在临坑村还打死了一个人。"

春洋想了一会儿，叮嘱青泉，农会还是不能懈怠，虽然现在形势不好，但越是这样，越是要团结，只有大家拧成一股绳，才不会受欺负。刚才的情况说明，村里人聚得多，民团的人心里也害怕。所以，以后遇到这种情况，赶快去喊人，首先从气势上压他们一头。彭湃仍然在陆丰领导农民起义，磷溪虽说组织不了起义，但农会绝不能散，青泉作为农会委员一定要说服大家坚持下去。

"好的，我知道了。"

"彭莫、傅尚他们还来吗？"

"起义军走了之后就没有再见过他们。估计各处的形势都不好，他们可能都回到陆丰去找彭湃了。现在，这里的农运只能靠我们自己。"

"对，青泉你这个想法好。自己的路需要自己走，师父领进门，修行靠个人嘛。但我提醒一点，斗争一定要讲究策略。我们处于劣势，不能硬打硬拼，要以柔克刚，否则我们会吃大亏的。"听着春洋的话，外甥频频点头称是。随着与各色人等接触的增多，春洋遇事更加从容稳重了。

他们聊着聊着，春洋想起了另一件事，便问姐姐有没有合适的人推荐到他的糖行当伙计。春洋说要求不高，读过几年书就行，人要机灵，有眼色，关键是要诚实可靠。姐姐白他一眼："你这要求还不高啊，农村人有几个能达到？"

春洋跟春溪开玩笑："我看我这大外甥就符合我的要求，你愿意放他去吗？"

姐姐说："你问他，不要问我。"

青泉知道姐弟俩在斗嘴，笑笑没有吭声。

春洋说："算了算了，青泉还有更重要的事情要做，我再慢慢地物色人选吧。"其实他也知道青泉是不能去的，且不说青泉还要忙着农会的工作，再有就是青泉的年纪也老大不小了，已经定好年底要娶亲，这个节骨眼儿上是不可能走脱的。他们匆匆忙忙吃过午饭，春洋就急着去看冯铿。自从上次见过她之后，已经好长时间没联系了。还是青泉陪他一起去，两个大男人走起来飞快，半个小时就到了地方。

冯铿他们也刚吃过饭，看到春洋，显得很是意外。虽然住在农村，但是她经常读书看报，时刻关注着外面的形势，与春洋一起闲聊外面的事情，一点也没有违和感。谈到起义军来也匆匆，去也匆匆，两个人唏嘘不已。打仗的事情他们不懂，他们只是希望起义军能够尽快重整旗鼓，东山再起。

春洋问她最近有什么作品，她说已经写好几篇杂文，再修改一下就可以了，同时请春洋向春江推荐一下。

春洋答应后又一次叮嘱："二哥春江的地址我写给你，如果我来不及过来，你也可以直接寄给他。"

春洋又问："除了散文，最近还写什么作品没有？"

"正在动笔写一个中篇小说，初步命名《重新起来》。现在革命遭到重挫，又陷入了低潮，我要用我的笔为大家呐喊助威。"冯铿年纪不大，比春洋还小，但把握时局走向的敏锐性非同一般，令春洋刮目相看。

春洋高兴地说："太棒了，我们等着拜读。你有什么需要，尽管跟我们讲。写作上我们帮不到你，生活上还是能照顾到你的。"

冯铿点点头："谢谢！在这里麻烦你们了。'四一二'政变已经过去差不多半年了，不利影响慢慢在减弱。再过一阵子，我可能要回汕头，在那里还有很多事情要做。先跟你说一声，这次就算提前告个别。"

"以后我们还有机会见面吗？"春洋有点失落地问。

冯铿爽朗地笑着说，山不转水转，水不转云转。潮汕就这么大，说不定哪天大家又碰到一起了。就是碰不到一起，也可以从报刊上看到她的作品，见字如面嘛。最后，冯铿一再表示对春洋、大姐和青泉等人帮助的感谢，希望今后有机会报答。

春洋摆摆手："不客气。要说报答，你写出更多更好的作品，就是对帮助过你的人最好的报答。"

告别冯铿，春洋下午就赶回了潮州。寻找糖行助手的问题还悬而未决，始终是春洋的一块心病，不料，回到潮州后没两天，问题在不经意间就解决了。

那天中午，春洋正在家里吃午饭，家里来了客人——大姨和她的小儿子，也就是王志鹏的母亲和他的小弟。一想起大表兄王志鹏的做派，春洋就感到十分恶心，他根本就不想再与他们家来往，但大姨他们是来走亲戚的，怎么着面子上也要过得去，于是硬着头皮上前打了个招呼。

攀谈之间，春洋觉得，大姨还是原来那个朴实本分的大姨，小表弟比他小几岁，看上去天性纯良，不像老大那样奸狡市侩。大姨家情况与春洋家差不多，几个孩子能跑的都跑出去了，只剩下老小王志宝，是大姨的宝贝疙瘩。王志宝从小受家人宠爱，没有吃过什么苦，父母一定要让他留在家里，他也就顺水推舟答应了。

春洋问王志宝现在做什么，他也说不出个所以然。春洋突然心中一动，何不把他招来培养呢？想到这里，春洋就开始做大姨的工作。

"大姨，志宝也不小了，到了成家立业的时候了，总要给他找个正经事儿做。"

"是啊，是啊，这孩子从小被我们惯坏了，这嫌脏，那嫌累，我和你姨父正为他的事儿发愁呢。"

王志宝翻翻眼瞅瞅母亲，又看看表哥，不知如何搭话，坐在一边不吭声。

春洋说："我有个想法，您看可以不？我们家不是有个糖行嘛，我正好缺个帮手，不知志宝愿不愿意过来？"

大姨一听，迫不及待地表态："春洋，我们正想给志宝找个正事干，这真是求之不得。"

春洋看看志宝，说："这事还要志宝自己愿意才行。"

王志宝转向春洋，满脸疑惑地问道："过来干什么呢？"

春洋说："先从学徒做起，日常看店，卖东西，然后学看账、做账等等，风吹不到，雨淋不着。别人想来我还不愿意呢，就想着你是我表弟，帮你一把。"接着又补充道，"但是在店里一切要听我的，叫干什么你就干什么，手脚要勤快，吃住我全包，先试用三个月，期满后再谈其他条件。"

风云乱世之中，能到体面的糖行当学徒学做生意，是难得的好事，大姨明白这一点。

大姨鼓动儿子："志宝，你赶快答应吧。你表哥照顾你，你就跟着他学。我们一天天老了，不能养你一辈子，你趁早学个一技之长，也能挣钱养活自己。"

王志宝想了一会儿，不无勉强地终于说了一声："好吧。"

春洋不紧不慢地说道，虽然是一家人，但还是要先约法三章。一是既然答应了，吐口唾沫是颗钉，男子汉大丈夫说话要算数。来店后至少要做满三个月，三个月后双方都可以选择留与不留。二是到了他这里，就不能像在家里一样，三天打鱼两天晒网的。店里每天九点开门营业，志宝八点半要进店开始打理店面，不能迟到早走,有事提前一天请假,每半个月休息一天。三是手脚要勤快,脑子要灵光,教的东西不但要记住,还要做到位。每个月考核一次,试用期满进行最终考核。

三条说完了,春洋问他:"这三条你能做到吗?"

王志宝看看比自己也大不了几岁的表哥,已经一副老板的做派,跟着他想必能学到很多东西。想到这里,王志宝顿时自信心爆棚,挺了挺胸脯,说道:"记住了,能做到。"

"好的,那就后天上班吧,你明天回去准备一下,后天带着铺盖卷来店里。"

第三天,王志宝来到店里,春洋送给他一份礼物——一捆书。王志宝不解地望着他:"给我书做什么?"

春洋说:"白天你上班做生意,晚上恐怕你无聊,送几本书给你读。你看,这两本是你大表哥写的,另外两本是二表哥翻译的,还有几本是其他人写的。他们都出书了,难道你不想读一读他们都写了什么?"

经春洋这么一说,王志宝似乎来了兴趣,愉快地全部收了下来。

春洋又叮嘱了一句:"好好读,有什么问题随时可以问我。"

转眼到了年底,大家都在忙着置办年货。潮州人喜欢做甜食,每家过年至少也要买上两包糖,大户人家买得就更多。

最近一段时间来买糖的人很多,春洋和志宝都在店里忙着招揽客人。经过一个多月的训练,志宝的业务现在已经比较熟练,待人接物方面也大有长进。春洋不在店里的时候,志宝基本上能够独当一面。

志宝刚进店那阵儿,可不是这个模样。在家里,父母什么也不舍得让他做,只怕累着他,久而久之就养成了"饭来张口,衣来伸手"的坏毛病。

起初春洋暗暗观察过他几次。看到客人进来,他仍然坐在柜台边一动不动,客人问某个糖品多少钱,他便说"不会自己看吗?都标有价格",一副很不耐烦的样子,好几次客人因为他这态度,直接扭头走了。

"见面三分笑,客人跑不掉!"春洋当面教训了志宝两次,让他坐在旁边,亲自给他示范自己是怎么做生意的。说来也怪啊,进来的客人,在春洋的笑脸相迎和周详介绍下,每个人都满载而归,让志宝不得不佩服。

春洋做过几遍,就逼着志宝照自己的样子做。前几次做得不太行,志宝有点不自然,春洋就鼓励他不要气馁,后面慢慢做成了几单生意,志宝逐渐有了成就感,再加上春洋不停地表扬他做得好的地方,随时纠正不妥之处,就这样带了半个月,连骂带哄,志宝终于上道了。

读书也是一样，刚开始时，志宝拿一本书读几页就放下，眯眼犯困，不读书的时候却是精神抖擞。春洋问他读得怎么样，记住没有，志宝支支吾吾地说不出来。

相处了一段时间，春洋已经摸准了志宝的脉，给他规定每天不用多读，只读二十页，但是第二天一早上班要说一下这二十页的主要内容是什么，有什么问题和想法都拿出来和他讨论。

在春洋的督促之下，志宝每天都能按时完成任务，有时还能多读一些，甚至也能开动脑筋找出一些问题，或者发表一些自己的想法。春洋甚是满意。就这样，进步思想不知不觉地渗透进志宝的脑海之中，志宝朝着春洋规划的方向迅速成长起来。

一天下午，两人正忙着招待几个结伴逛店的大妈，就见外面又进来了一个客人。客人是一个四十岁左右的中年男人，头戴礼帽，鼻梁上架着一副墨镜，身上穿戴整齐，进到店里也没有把眼镜摘下来。春洋赶忙抽空给他打了个招呼，对方摆摆手，说："你先招待她们，我自己随便看一看。"

几个大妈你一句我一句，叽叽喳喳，左挑右选，春洋用了差不多半个小时才办理完她们的事。送走她们，春洋赶紧过来招呼这个客人。

客人看起来很好说话的样子，并没有因为等的时间长而不耐烦。他简单问了问几种糖品的价格，也没有多聊，买了两三包就离开了。

春洋总觉得这个客人有点怪怪的。首先这个人进来戴着墨镜，一般人按照常理，进到屋内应该把墨镜摘掉，但他没有。其次他等了这么长时间竟然不着急，最后只买了两三包糖。春洋想到当时自己用眼角的余光瞥见他在店里走来走去，于是也像他那样在店里走了起来，一圈、两圈……忽然他的视线落在了柜台上的账本上，好像下面压着什么东西。

春洋急忙走过去，拿起账本，果然看到一封信压在下面。交代志宝看好店，春洋拿着信就上了楼。抽出信纸展开，春洋一眼就认出了字迹，是蔡叔写来的。

"蔡叔还活着！"

春洋激动地深吸了一口气，瞬间眼泪差点流了出来。多少次春洋都怀疑，蔡叔可能被国民党秘密逮捕了，否则为什么这么长时间杳无音信呢？

春洋展开信纸迫不及待地读了起来。蔡兴中首先感谢春洋为自己所做的一切。他已经派人去看过，书店又正常营业了，有了收入，一家人的生活就有了保障，自己在外面也安心。他叮嘱春洋，不要常去他家里。书店既然已经开始营业，就让仲英好好学学经营之道。他也会定期采购一些畅销书，邮寄回去然后让人送过去的。

接下来，蔡兴中介绍了自己目前的情况。他说起义军撤退的当天晚上，他接到县委书记林务农派人送来的通知，要他和谢汉一、李绍法、李子俊几个同志立即一同撤离。蔡兴中说，他原本不打算走，但后来意识到国民党回来之后，肯定要对各行各业领头人反攻倒算，不能等着任人屠戮，所以才决定外出暂避一时。

在信中，蔡兴中请春洋放心，他目前在上海陈老板手下做事，就是上海那个陈荣升老板，人很好，危难中乐于相助。他说等过了这一段紧张时期，自己就回潮州。

蔡兴中还说在上海见到了春江。春江仍然在闸北街道从事支部和工运工作，他文章翻译得好，经常能在杂志上看到他翻译的作品。

最后，蔡兴中提醒春洋一定要小心谨慎，尽量低调做事，避免暴露自己。他相信形势会越来越好，鼓励春洋一定要坚定理想信念，不达目的誓不罢休。

读着蔡叔的信，春洋心潮澎湃。一方面终于有了蔡叔的消息，这下他就放心了；另一方面，在蔡叔的鼓励之下，他更加坚定了对革命的信心，心中充满了希望。虽然蔡叔不在跟前，但是有了这封信，言犹在耳，自己就像吃了一颗定心丸。

春洋捧着信一连读了三遍。看完信，还有一个问题春洋想弄清楚，就是今天来的那位先生是谁呢？他仔细地在脑海里回忆那个人，只能想起他戴着帽子、墨镜，嘴巴和下巴的形状，个子在一米七左右，其他细节都很模糊，在脑海里过了一遍，好像自己认识的人中没有这样一个人。

罢，罢，罢，不用再纠结了，只要知道还有同志和自己战斗在一起，默默地支持自己就行了，至于是哪一个人，就显得没有那么重要了。

当天晚上，春洋还是抽空悄悄去了一趟蔡兴中家。他把蔡婶喊到一边，单独与她聊了一阵，告诉蔡婶已经有了蔡叔的消息，让她不用担心，把几个孩子照顾好就行。听到这个消息，蔡婶高兴得抹起了眼泪。

春洋知道现在蔡婶很依赖他，但有些话他还是不得不说："婶，我以后不能经常到你们这边来了。蔡叔说，我来得勤了被别人看到不好，对我们都不好，这也是蔡叔的意思。现在书店基本步入正轨，就让大栓继续和仲英一起经营一段时间，等到仲英能独当一面了，我再把大栓撤回去。"

蔡婶担心地说："如果有问题怎么办啊？"

"不是有大栓在吗？小问题他就可以解决，如果有事就让他再来找我。"

随后，春洋又和仲英谈了谈书店经营方面的问题。仲英很聪明，许多问题一点就通。春洋还告诉她已经安排好了进货渠道，定期会有人给他们送新书的，近期他们只负责销售就行。仲英心思比较细腻,待人又热情,此后她把书店经营得很好,甚至比蔡兴中在的时候还要好些。

后来,让春洋想不到的是,随着大栓和仲英接触得越来越多,两个年轻人互相关心,日久生情。几年之后,两个人竟然谈婚论嫁了。自己无心插柳,还帮蔡叔蔡婶解决了一桩儿女大事,春洋自然是欣喜万分。

第三十一章

寒尽暑往，转眼到了1930年深秋。

此时，春洋家正在办理丧事，李氏祠堂内树上挂满了白幡，门口排满了花圈和各种纸扎的祭品。

自从骨折后，阿公的病痛一直都没有根治，缠绵病榻两三年后，最终老人家还是撒手人寰。虽然只有一个孙子在跟前，不过阿公走的时候还不算太遗憾，毕竟他在去世前享受到了四世同堂的天伦之乐。家里新添的第四代小重孙叫李念祖。为讨阿公欢心，春洋才起的这个名字。小家伙已经两周岁，长得虎头虎脑、憨态可掬，天天在院子里跑来跑去，嘴里不停地喊着"太太、太太"，着实让老人感到了家族赓续，香火传承的欣慰。

阿公临走前半个月就感觉到了不适，也许老人对自己的大限有预感。一天晚上，他絮絮叨叨地对春洋说："孙仔，我昨天晚上梦到你大哥春澜了，他对着我笑，还一个劲地冲我招手呢。"老人话音一落，春洋顿时有了不祥的预感。

此后，阿公天天念叨着春澜、春江和春海，叨咕他们怎么没有一个人回来看他。阿公逼着春洋给他们写信，让他们趁早回来见上一面。

春洋被逼无奈，只好到邮局去给二哥春江打了电报，说阿公快不行了，让他和三哥春海赶紧回来见一面。春江是在一天夜里到家的。尽管接到电报后一路马不停蹄，但还是晚了一步，没能在阿公临终前踏进家门。

春洋很奇怪，悄悄问春江："二哥，怎么就你一个人，三哥呢？"

"春海几个月前被组织派到鄂豫皖根据地去了，我现在也没他的消息。"春江低声对春洋说。

"大哥的事情我一直瞒着呢，这次要不要告诉他们？如果不告诉的话，他们两个都没有回来，你要想个说辞，给阿嬷和阿爸阿妈有个交代。"

"好的。我觉得大哥的事还是先瞒着为好。我来跟他们解释。"

春洋还是特别担心二哥的安全，再次对春江说："二哥，你这次回来，我怕那些人还会再来找麻烦。"

春江说："你说得对，小心驶得万年船，虽然事情已经过去三年多，但我们还是不能掉以轻心。"

"那你这几天不要刮胡子了，头发、衣服尽可能搞得脏乱一点，你就守在阿公灵前不要到处走动，外面的一切事情你不要管，我来应付。"春洋有条不紊地叮嘱二哥。

春江看着沉稳老到的春洋，内心颇感欣慰，那个小时候调皮惹事，喜欢和别人打架的弟弟已经长成一个顶天立地的男子汉了。

在乡里父母会和朋友们的帮助下，春洋把葬礼上的一切事宜都安排得妥妥当当。其实考虑到阿公久卧病榻，阿嬷和阿妈已经提前做了准备。

出殡那天，司仪一声令下，众孝眷放声大哭，抬棺人将灵前长凳踢倒，把棺木抬出了大门。

走在最前面的人手执挽联、唁轴和花圈开道，春洋手执一面白布旗，上书"昊天罔极"四个大字。紧跟其后的是捧香炉的李春江。他的后面是孝子李秋升，手里捧着阿爸的遗像。左边扶棺的是孝孙、孝婿，右边扶棺的是孝媳、孝女，跟随在棺木后面的，是本族五服之内的族亲及生前好友、街坊邻居。

一众人等浩浩荡荡地向墓地移动，走过街道，出了城门。

城门外，放眼望去，尽是空旷之地，出殡队伍走得快了起来。正在这时，前面突然出现了骚动，队伍停了下来。后面的人一个接一个询问："怎么了？"

还没等大家反应过来，几个人已经挤入了送葬的人群，来到捧香炉的人跟前，把他手里的香炉一把抢过，塞给其他人，不由分说架着人就走。

被抓之人大声斥责："干什么？你们凭什么抓我？"

春洋赶紧跑上前去，大声吼道："你们是干什么的？谁让你们抓人的？"

"侯队长让我们抓的，我们这是在执行公务。"几个人嚷嚷着就要将人拖走。

"不要急，"春洋走过去拍了拍被抓人的肩膀说，"你先跟他们走，我把这边的事情处理完就过去。"

送葬的程序还要继续。春洋又从队伍里找了一个人过来捧香炉，队伍继续向墓地移动。

阿公入土下葬后，春洋立刻去找侯队长，同时让小美赶紧去找陈宏祥。侯队长就是以前那个叛徒侯应澄，现在仍担任着清党治安队的队长。

侯应澄正好在办公室，春洋气愤地问道："我阿公的葬礼，你捣什么乱？"

"怎么说是捣乱啊？我抓嫌疑犯，这是我的职责所在。"侯应澄恬不知耻地回答。

"嫌犯？谁是嫌犯啊？你抓了我的外甥。请问，他犯了什么罪？"

"哪个抓你外甥了？我抓的是李春江。"

"李春江？李春江在哪儿？你再去仔细看看，他到底是李春江还是我外甥？"春洋这一番质疑，把侯应澄搞得一头雾水。

侯应澄对他手下的几个人说："去，你们去审问一下，看看他到底是谁。"

不一会儿，一个人跑回报告说，那个人说自己叫林青泉。

侯应澄立马跳了起来，大喊道："他说他叫林青泉就叫林青泉了？走，带我去看看。"说完一步跨出了办公室。

这时，院子里拥进一群人，男女老少都有，头上全都戴着孝帽。一个女人边哭边骂，吵闹着让侯应澄还她儿子。来者正是春洋的姐姐春溪和他们家的亲戚朋友。

春洋说："侯队长，这是我姐姐，你抓了她儿子，得给她一个交代。"

侯应澄看着满院子的人，走也不是不走也不是，心里犯起嘀咕：难道真的抓错了人？正在他左右为难之时，小美带着陈宏祥一起进了院子。侯应澄像是遇到救命稻草，急忙上前抓住陈宏祥的手说："陈队长，你得帮帮我，赶快把这群人赶走。"

面对街坊邻居，陈宏祥也不好耍横，只得说："侯队长，这样吧，我和李春江从小就认识，你把抓的人带过来，我来辨认一下。"话毕，陈宏祥转身面朝众人，摆摆手说："大家静一静，等会儿人带来了，如果不是共党分子李春江，当场放人。但如果是，咱们丑话说在前面，那就必须得按规矩办。"

人被带了过来，这会儿被抓之人的孝帽、孝服等已经全部脱掉。陈宏祥打眼一瞧，立马对侯应澄喊道："侯队长，抓错人了，这不是李春江。也难怪你们认错，人家说外甥像舅，他的确像李春江，但这个人绝对不是。李春江和我一起从小玩到大，我对他再熟悉不过。"

"陈队长，你可认清楚了。"侯应澄板着脸对陈宏祥说。

"出问题我负责！"陈宏祥拍着胸脯说。

话说到这一步，侯应澄只好放人。春溪上去拉着青泉的手，这看看，那瞧瞧，生怕儿子少了什么似的。确认青泉安然无恙后，众人才气鼓鼓地走出了院子。

陈宏祥还留在那里，板着脸问侯应澄："侯队长，你怎么想起来到葬礼上去抓人啊？"

侯应澄尴尬地说："前几天我听说他阿公死了，就派人打听那两兄弟回来没有。当年闹工运，他们两个从汕头回来没少找我的麻烦。没出殡的时候，他们家来来往往人太多，不好下手，就想等到出了城，人少地方空旷，好逮人。"

"你怎么判断哪个是李春江的？"

"我派出去的人一直在打听，都说李春江回来了。那天出殡，按我们这里的规矩，扛灵幡的、抱遗像的、抱香炉的都是死者至亲。那天我在人群里看到，抱遗像的是死者的儿子，扛灵幡的是李春洋，我想如果李春江在家，抱香炉的就肯定是他了，打眼一看也挺像，所以就让人盯着他，到了城外立即下手。"

陈宏祥奸诈一笑："百密一疏啊。你忽视自己的对手是谁了！"

陈宏祥猜得一点没错，侯应澄的确被春洋耍了一回。

春江回来奔丧，一个大活人不可能一点消息不走漏。所以，前面几天，春洋让春江千万不要抛头露面。与此同时，春洋也在考虑，出殡那天怎么办？难道春江大老远回来，却不能送阿公最后一程？

春洋考虑再三，二哥离家多年，对他不是十分熟悉的人不一定能认出他来。春洋想到潮州出殡的习俗，几个重要的位置需要安排至亲，且这些习俗众人皆知。如果有人想找春江的麻烦，他们肯定会死死盯住这几个位置上的人。因此，如果二哥去送殡，绝不能出现在这几个位置上。

一番思量后，春洋把二哥和大姐、青泉叫到一起，把自己的顾虑给大家讲了出来。当时，春江和青泉就坐在春洋的对面。春洋对春江说："二哥，把你的眼镜摘下来。"春江拿下眼镜，春洋看了他一眼，接着又望了一下青泉，笑着说："我有主意了。"

"什么主意？"春溪问。

春洋指着春江和青泉说："俗话说外甥像舅侄女像姑，你们俩的确有点像。"

大姐仔细地端详了两人一阵，点点头："是，真有点像。"

春洋说："给青泉稍微整一整，把他朝着二哥那个模样装扮，到时候让他顶替二哥去抱香炉，让二哥混到抬棺的人中间。一般人都认识我和阿爸，如果有人想整事，肯定是冲着抱香炉的去，到时候他们肯定会抓青泉。青泉呢，到时稍微挣扎几下，但不要和他们大动干戈，跟他们走好了。他们一走，我们这边出殡就没有压力了。等阿公入土为安，我们马上想办法去救你。"

如此这般，春洋把他的计划和盘托出。大家一听，都觉得可行。

出殡仪式前，春洋把春江和青泉叫到一起，照着春江的样子把青泉打扮了一番。两人头上都裹着遮住半个额头的孝巾，身上披上宽大的孝衣，不仔细看，根本分辨不出。春洋把春江安排在十几个抬棺人中间。潮州出殡风俗，一路上棺材不落地，所以就要准备两批人轮流抬棺。抬棺人均是父母会请来的青壮年，大多彼此之间不认识。

春洋做出这样的安排，是以防万一，他内心反复祈祷中间千万别出什么岔子。况且中国人强调"死者为大"，一般人也不会到丧事现场去闹事。但春洋没有想到，侯应澄这个丧心病狂的老狐狸还是出动了。当然，春洋还备了另外一手——他让春江提前收拾好行李，并安排其他人随身带出了城。如果出现意外，春江可以马上拿上行李前往汕头，从那里登船返回上海。

春江回来的这几天，兄弟两个曾促膝长谈。听说弟弟干了那么多事，还入了党，春江非常高兴。

春洋问春江："二哥，你在上海做什么？"

春江没有直接回答，而是问弟弟："你知道'左联'吗？"

春洋说："在报纸上看到过这个词，具体是什么，还真不清楚。"

春江告诉春洋："'左联'是中共领导下的一个文学组织，目的就是要与国民党争夺文化宣传阵地，唤醒广大民众。"

"二哥，你加入这个组织了吗？"春洋好奇地问。

"加入了。'左联'的旗手是鲁迅和瞿秋白。鲁迅先生的《阿Q正传》《药》《记念刘和珍君》等作品都很有名，你应该读过吧？"

"读过。这些作品读起来都很震撼，每读一遍，都能让我对社会、对现状有一个新的认识，让我明白我们国家存在的问题。"

"'左联'是今年春天召开的成立大会，之前一直由潘汉年牵头筹备，我也在其中帮忙做联络工作。"

春洋一脸崇拜和艳羡地望着二哥。

"成立大会那天，鲁迅、田汉、潘汉年、柔石、杜国庠等人都来了，总共有五十多位作家加入'左联'。"春江侃侃而谈，春洋静心倾听。

"'左联'中我们潮州老乡就有五六个，其中几个你还认识。"

"我认识？快说说都是谁。"春洋非常好奇。

春江说："你听着啊，枫溪的冯铿、归湖的戴平万、潮安的洪灵菲和宏安的许美勋。另外，我还认识了一个小老乡，叫梅益，他家住得离我们很近。"

春洋一听，笑了："还别说，前面三个人我还真认识。冯铿在乡下避难时，我见过她。戴平万和洪灵菲是我同学，起义军离开潮汕的那年10月，我在汕头还碰到过他们，当时两人说要去陆丰找彭湃参加农民运动，但不知道他们什么时候去的上海？"

春江想了想，说："大概是1927年年底吧。有一天，两个小伙子结伴找到我，自我介绍说他们是潮州人，是你的同学。我想，肯定是你把我的情况透露给他们的。"

"是的是的。"春洋笑着点头。

春江回忆起当时的情况，当得知起义军要开到潮汕的消息，他们两人便立即乘船前往，准备加入起义军，可谁知还在船上就听说起义军遭到围攻，不敌后已撤走。但他们在汕头打听到彭湃还在陆丰，准备领导农民起义，于是就赶往陆丰投奔彭湃。可惜由于当时准备比较仓促，起义没有成功，他们两个只能无奈地返回了上海。

春洋说："他们也太心急了吧，那么快就离开了。我听说后来彭湃领导建立了海陆丰苏维埃政府，大力开展土地革命，在他们家龙舌埔门前召开了数万人参加的大会，光焚烧的田契就有近五十万张，租簿六万本，得到广大农民的热烈欢迎和大力支持。"

春江点点头，说道，可能他们是急于求成，也可能是觉得自己不太适应那样的斗争方式。他们以前一直是拿笔杆子的，猛一下跨度那么大，确实做不来。这也不能怪他们，做什么工作都是为革命，找到一个自己喜欢的工作做不是更好嘛。两人到上海后，他帮助他们各处联系，找关系，出证明，恢复了他们的党组织关系。后来，他又介绍他们与五六个潮汕籍的文人朋友租住在一起。为了生计，两人开始积极创作。洪灵菲非常勤奋，常常四五点钟就起来爬格子，先以自己的经历为原型创作了长篇小说《流亡》，接着又创作了几篇小说。戴平万也出版了短篇小说集《出路》和中篇小说《前夜》。

春洋还有疑问："冯铿呢？"

"去年年初，我到《白露》杂志社去办事情，杂志社一位编辑对我说，来了一个你们潮州老乡，还是个才女呢。一听冯铿这个名字，我就想起了你帮她寄来的那些文章，攀谈了几句，确认就是同一个人。我也告诉她我就是你二哥。她很高兴，说有缘之人不须刻意自会邂逅，同时说了很多你的好话。"

"她原本说去汕头，怎么去上海啦？"

"冯铿说，她回汕头后，一直在小学教书，同时继续创作，后来结识了许美勋。二人觉得上海是革命文化的中心，于是一起到了上海。"

"她到上海后做得怎么样？"

"在上海，她发表了不少作品，声名鹊起。另外，在洪灵菲、戴平万、杜国庠、许美勋和我的影响下，她还加入了共产党。"

春洋听着二哥讲述这些，眼前浮现出冯铿那圆圆的娃娃脸，还有那活泼俏皮的模样。

第三十二章

　　与二哥睽违三年才得见上一面，下次还不知道何时才能相见，春洋十分珍惜与二哥相聚的时光。这几天，春洋没事时就和春江待在一起，似乎想把憋了几年的话倾肠倒肚地一吐为快。春洋问哥哥具体从事什么工作，春江回答说工作内容很杂，在闸北区街道做党支部工作，同时兼做"左联"的事情，另外还给《我们》《白露》等杂志社写稿子，翻译著作等等。

　　从二哥的介绍中，春洋得知，春江与杜国庠、洪灵菲和戴平万等潮州籍志同道合者发展壮大了"我们社"。更让春洋吃惊的是，"我们社"在上海还成立了一个出版社。

　　"二哥，你们都是写书和翻译书的人，为什么要成立出版社呢？"春洋在惊叹春江他们了不起的同时，心里也疑惑丛生。

　　春江呷了一口水，笑着介绍，他们成立出版社，是出于几个方面的考虑。一是有了出版社，印书更加方便，而且自己刻板自己印刷，大大节约了成本，极大程度上提高了大家创作的积极性；二是依托出版社开书店能赚钱，如果能把书卖出去，除去低廉的成本，利润相当丰厚，可谓一举两得。

　　当时，春江所在的"我们社"几个人说做就做，他们给书店起了名字叫"我们书店"，后来又改为"晓山书店"，洪灵菲当社长兼主编，戴平万为副主编，并请杜国庠和郁达夫老师做顾问。但是情况远没有春江他们最初想象的那么乐观。当时的北四川路文化氛围浓厚，是文人墨客喜欢流连光顾的地方。"晓山书店"位于北四川路海宁路口，斜对面是"太阳社"办的"春野书店"，这里距"创造社"也不远，他们同样有自己的地盘。如此一来，两家就有了点打擂台的味道。

　　"太阳社""宇宙社"那时都把矛头对准鲁迅，认为鲁迅不够革命，经常写文章影射他们。不仅如此，他们还想拉拢别的社团一起反对鲁迅。

　　春江给春洋讲了一个故事。

　　一天，春江几个人正在"我们书店"开会，一个叫杨舒文的人代表"太阳社"来到了书店，趾高气扬的他粗暴地打断春江几个人的会议，毫不客气地说：

"今天我是来谈合作的。"

杨舒文的一句话搞得春江他们莫名其妙。

洪灵菲问他:"请问您打算和我们谈什么合作?"

杨舒文回答:"是邀请你们和我们一起写文章批判鲁迅。"

杜国庠在日本留学时认识鲁迅,对鲁迅的为人和文风十分了解,听完对方的话,也毫不客气地回答:"那您请回吧!我们不认为鲁迅有错!他的作品充满了发人深思的内涵,篇篇文章都是以笔当剑,刺向封建愚昧的旧思想、旧体制。我们不但不批判他,我们还要团结他。"

杨舒文一时怔在原地,无话可说。

这时,洪灵菲紧跟着说道:"鲁迅先生是闻名全国的教授。我们都读过他的书,上学的时候就深受他的影响。他的文章唤醒民众,呼吁国人自尊自强,哪一点有错?所以,我赞成杜老师的意见,不与你们合作!"

洪灵菲的话音一落,戴平万就接上了话头:"我与先生有师生情谊,我崇拜他,我还要倡导大家向他学习。如果四万万民众都能像他呼吁的那样,做一个自立自强的人,那我们国家就不愁强大不起来。"

呆若木鸡的杨舒文刚想开口说话,又被李春江大声打断:"我大哥和鲁迅都在日本留过学。他对我说过,鲁迅先生是一位真正的爱国爱民族的大家,我绝不会与大哥喜欢和敬重的人为敌。"

"我们社"的人你一言我一语,全都表态不与"太阳社"合作。杨舒文被驳斥得哑口无言,只好垂头丧气地离开。

春洋听完哥哥的讲述,愤愤不平地说道:"蔡老板给我推荐了鲁迅先生写的不少文章,我们俩都认为写得太好了。他们污蔑诋毁鲁迅先生,不是别有用心,就是人们常说的文人相轻。"

春江惊讶地望着弟弟,说:"春洋,士别三日当刮目相待,你能说出这样的话,我真的没有想到。是的,正因如此,'我们社'形成了一致意见,不与他们合作,做好我们自己认为正确的事情。"

得到二哥的肯定,春洋内心洋溢着激动之情。

这时春洋忽然想起了什么,饶有兴趣地向二哥发问:"二哥,你昨天提到加入'左联'的潮州籍人士还有陈波儿,她是做什么的?"

"哦,是个二十来岁的姑娘,在上海艺术大学读书,长得端庄秀丽。她在学校里很活跃,参加了保障人权自由大同盟和左翼剧联领导的上海艺术剧社,主演了不少话剧。今年元旦,艺术剧社在宁波同乡会馆公演《梁上君子》《炭坑夫》

《爱与死的角逐》三部进步独幕剧。我去看了，她在里面担任主演。"

"这么优秀和漂亮的姑娘，肯定有很多小伙子追求啊？"春洋笑嘻嘻地问道。

"这个当然了。'窈窕淑女，君子好逑'嘛。听说她们学校就有不少同学追她。每次演出结束，外面等着送花的人都排成了队。"春江如实说道。

"二哥，你认识的那个小老乡梅益是男的还是女的？"

春江一阵爽朗大笑。"男的。梅花的梅，利益的益。他是我们潮州城里人，父亲好像是韩江上的一名划船工。他们家原姓陈，他原名叫陈少卿，到上海后改了名字。"

"他应该年龄不大吧？"春洋问。

春江点了点头，开始介绍起梅益来。由于家里条件不好，梅益在金山中学没有念到毕业。1929年与几个同学偷偷跑到了上海，考上了上海中国公学大学。这所大学很有名，校长是胡适，能考上这所学校说明他读书的根基不弱。他有一个哥哥，也是小学毕业后就辍学了，被父亲送到药房去当学徒。起义军在潮州那会儿，他哥哥也参加了党的地下工作，后来不幸被捕。他下面还有弟弟妹妹，全靠他父亲给人家撑船挣的一点钱养家糊口，日子过得比较困苦。

春洋问："他也参加'左联'了吗？"

"没有。他年龄小，资历还太浅。但他很聪明，又喜欢学习钻研，有时会尝试着翻译一些文章，对'左联'的工作也很热心，经常帮大家跑腿、打杂，假以时日，相信他肯定能成就一番事业的。"

谈完了梅益，春洋又想起了三哥春海，便问："三哥呢，他这几年的情况怎么样？"

"你三哥1928年春天到的上海，刚到上海的时候也非常狼狈。"

"嗯？不对啊，我记得他是1927年11月中旬走的，怎么走了几个月才到上海啊？"春洋甚是诧异。

春江疑惑地反问道："他后来没有写信告诉你吗？"

"没有，他信中没有说这些事。"春洋追切想知道发生的一切。

春江讲述了春海的经历。春海听说起义部队被打散后很多人去了香港，于是改变了直接去上海的主意，转而奔赴香港寻找他们。在香港待了十几天，他果真找到了几个人，甚至还联系上了张太雷。那时，张太雷是广东省委书记，正准备回广州组织起义，非常需要人。11月26日，张太雷先回了广州，随后他们这些人也都陆续潜回广州集结。到广州后春海被编入了广州工人赤卫队，差一点死在那里。张太雷回到广州后，研究部署起义计划。起义定于12月12日进行，成立了起义总指挥部，叶挺任总指挥，叶剑英任副总指挥，徐光英任总参谋长。当时粤系军阀张发奎刚刚占领广州，用武力驱逐了桂系军阀李济深，李济深不服气，调集部队正准备杀回广州。为对付李济深，张发奎把主力部队都派驻在城外，城内驻防空虚。共产党认为这是一个好时机，故趁机发动广州起义。

"共产党在广州城里有很多武装力量吗？"

春江回答说，不是很多，据说有六千人左右。汪精卫和张发奎可能对共产党起义有所觉察，已着手准备解散掌握在共产党手中的几个团，其中一个团的团长就是叶剑英。为防后院起火，张发奎还下令把主力部队抽出一部分调回广州城，准备对广州实行戒严。在这种形势突变的情况下，起义总指挥部决定提前至12月11日凌晨发动起义。他们约定，凡参加起义者，脖子上系上红巾。在张太雷、叶挺、叶剑英、徐光英等人指挥下，起义部队分头向各要点发起了进攻。在郊区两万多农民起义军的支持下，很快占领了大部分地区，当日上午就成立了广州苏维埃政府。

春洋急忙问道："后来呢？"

"后来，国民党广东省政府主席陈公博、军阀张发奎狼狈逃到了珠江南岸，自己的巢穴被占，自是气急败坏，立即电令大部队回防。他们共调集了四五个师的兵力向广州城反扑。起义部队浴血奋战，张太雷在战斗中不幸牺牲。为保存力量，剩余人员全部撤出了广州。"

春洋脑海里浮现的尽是那硝烟弥漫的战场，还有尸横遍野的凄惨场景。他低沉着声音问道："三哥是怎么死里逃生的？"

春江语气沉重地说道，起义那天，春海所在的部队负责攻占广州的制高点观音山等地。他在进攻时把脚崴了，不一会儿就肿得像发糕，后期的战斗根本无法参加。于是，他们赤卫队一个家在广州的工友就把他带回家治疗。国民党夺回广州后，杀红了眼，在街上看到凡是没有穿他们制服的人就直接开枪，不分市民还是起义部队的。

长叹一口气，春洋说："这我知道，小报上都披露了。起义失败后，国民党部队全城大搜捕，未来得及撤走的革命军、工人赤卫队以及拥护起义的进步群众，凡是被抓到的通通就地正法，被杀戮者约有五六千人之多，街上到处血流成河。三哥能躲过去，也算是万幸哪。"

春江告诉春洋，当时春海躲藏在那个工友家，工友的父母把他藏在了阁楼上。那天，几个士兵进来搜查，不管他们问什么，大人小孩全都摇头，气得几个人大骂不止，在楼下搜完，又往楼上去。走在前面的一个人气不过，一枪托猛地砸在楼梯边的一个木桶上。木桶散后，里面的水从楼梯上顺势而下。爬在最上面的那个人没有防备，一下子摔倒在楼梯上，再想去抓栏杆又没抓到，骨碌碌滚了下去，把下面的几个人全都砸了下去。几个孩子看到后，忍不住哈哈笑起来。这几个人狼狈地爬起来，有气没处出，对着几个孩子就是一顿拳打脚踢，然后骂骂咧咧地走了。一天后，春海的工友还没有回来，他的父母非常担心，春海想出去看看，工友的父母死活不让，说好不容易躲过一劫，千万不能再被抓住。老两口自己出去找，媳妇带着孩子也出去找。街上正在清理，扫街的人看到死人，直接抬起来扔到平板车上，就这样一车车往外拖。你想，广州那么大，又不知道他们在哪里参加战斗，怎么能找得到呢！春海的脚伤好了以后，就到码头做了三个月的工，挣了一些钱，买了一张船票后，剩下的都留给了工友家人。那位工友一直没有回来，可能牺牲了。

"唉，一家子老的老小的小，也真够可怜的。"

"没有办法，总得有人干革命，干革命就会有牺牲。"

春洋问："三哥还真的不容易，他到了上海做什么呢？"

"刚开始，春海在我们书店里工作，明面上是店里职员，实际上是地下交通员。后来，我觉得书店里人来人往，人员成分复杂，不便于他隐瞒身份，刚好联华影片公司需要人，就介绍他去了那里。"

春洋说："这个工作好啊！他过去就喜欢唱戏演话剧，到那里工作得心应手。"

"是的。春海在潮剧团待过，有相关工作经验，影片公司经理让他负责影片宣传推广，他做得有声有色。这期间，他学到了不少本领，不仅擅长宣传、策划、设计、制图，而且精通刻板、制版、印刷等。时间久了，春海还认识了不少人，经常与蔡楚生、郑君里、陈波儿等人在一起。蔡楚生是我们潮州人，他们几个经常一起编剧、导演、演戏。蔡楚生他们还邀请春海参演他们的话剧，但春海事情太多，没有时间排练，只好婉言谢绝。但春海有空时会去帮忙，提提意见和建议，后来还和他们一起参加了'八大联'中的'影联'。"

春江说到这里，突然问春洋："你认识陈赓吗？"

春洋说："认识啊。他是三哥部队的营长，在去潮州的路上打仗腿受伤了，在我们这里养伤的，伤好之后我把他们送上船去了香港。"

"他们后来也去了上海。也是碰巧了，有一次春海在街上走，居然遇到了陈赓，他给你三哥出了证明，帮他接上了组织关系。听春海说，陈赓到上海后，化名王庸，一直在中央特科工作，受周恩来的直接领导。由于工作特殊，他们后来再也没有见过面。"

春洋不解地问:"听你说得挺轻松的,难道国民党不再打压共产党了吗?"

"怎么可能?国民党对共产党恨之入骨,他们想方设法压制共产党的发展壮大。'四一二'以及'七一五'后,第一次国共合作破裂,共产党的工作已经转入到地下状态。我说得轻松,实际上上海每天都是惊心动魄,大家都是提着脑袋干革命。我每次出去联络那些左翼作家,都非常小心谨慎。每次都要兜大圈,绕远路,直至确认没有盯梢时才敢见面。国民党暗探很多,防不胜防。据说国民党中央组织部党务调查科里设立了一个'特务组',专门对付共产党。"

春洋说:"如果被这些人盯上,岂不是很危险啊?"

春江严肃地点点头,语气缓慢地说道,岂止是危险?如果被他们抓到,是要掉脑袋的。租界以外的地方由国民党把持着,他们的工作都安排在租界内,那里是洋人的地盘,国民党特务不敢太过放肆。现在,形势日益严峻,国民党与租界内的巡捕房、黑帮等串通一气,一不小心就可能落入他们的魔爪。他还听说,从今年夏天起,国民党的那个调查科又增设了一个"言文组",其任务是负责搜集各省市的报章杂志、各种进步刊物以及国外的华文刊物,一旦甄别出问题就立刻实施打击。这对"左联"来说更是雪上加霜。

"这一招的确够狠的。他们在暗处,你们在明处,可能不知不觉中,就列入了他们的黑名单。"

"是的,他们的调查科已转向特工行动。听说大特务头子丁默邨被派到上海,公开身份是民党中学校长,实际上他直接领导一个情报小组。他们下面也有一个报刊《社会新闻》,专门收集刊登污蔑、造谣、中伤共产党人的文章。"

春江喝了一口水,向春洋讲述了两段惊心动魄的遭遇。一次,春江在"我们书店"了解完有关的情况后,准备去找洪灵菲商量下一期《我们》的组稿和排版事宜。出了门走过一条街,春江偶然回头,发现身后有人迅速躲藏了起来。

春江怀疑自己被跟踪,立即警觉起来。又走了一会儿,他假装系鞋带,趁弯腰之际又快速向后面扫了一眼,确认有个人在不疾不徐地跟着自己。

"怎么办?"春江一边走一边想。

这时,前面有一辆卡车停在路边,几个人正在往上面装家具,一看就是在搬家。春江脑子一转,立马上去帮人家抬起了家具。搬家的人看到有人帮忙,自然是求之不得,更不会问是哪里来的人。

之后,春江随着搬运工人一起进屋去搬其他东西,趁机寻找逃脱的机会,可惜屋子没有其他出口,只得继续干活。直到装完车,春江趁人不备,一步跳上车子，跟着车子走了。

跟踪的人那时还躲在旁边抽烟呢，等他反应过来，车子已经跑远，气得他在后面直跺脚。

另外一件是春海遇到的险情。春海在部队里待过，要和鱼龙混杂的各色人等打交道，既与正直的人交往，也与各种兵油子、兵痞子称兄道弟。经过历练打磨，他的性格也逐渐变得圆滑变通。他与那些书生气十足的知识分子不同，在上海这块地界上，擅长与各类人打交道，这些人中不乏包打听、巡捕房暗探甚至巡捕。

一天晚上，"左联"的一个会议约在一个戏园子里开，春海作为交通员，其中几个人是由他通知到会的。

戏开始以后，戏园的门口来了几个巡捕房暗探。躲在暗处观察情况的春海看到他们，心里惊诧万分，糟了，开会的消息估计泄露了。

春海急中生智，打扮成上海小开模样，戴着鸭舌帽，头顶上架着蛤蟆镜，耳朵上别着烟卷，嘴里吹着口哨，假装不经意地从他们面前晃过。

"阿海，小赤佬，过来！"

"哦，是你们两位大哥啊。你们在这里干什么？今晚要看戏吗？"春海一边说一边赶紧把烟递过去，掏出火柴给两个人点上火。

"看个屁，哪有闲心看戏，天天都有任务。"

"站在这门口能有什么任务啊？"

"逮人呗。得到可靠消息，今天这里有共党聚会。"

春海假装很好奇："真的吗？那一定很好玩。共党长什么样子？我刚好没事，出来白相白相，我帮你们一起逮。"

"好吧，让你小子也开开眼。"

春海说："大哥，我来把门，你们进去看看，看能不能立个头功多逮几个，别让功劳都被别人抢走了。"

"也对啊，我们进去查。你这里有事马上大声吆喝，我们听到立即赶过来。"两个人在春海的建议下，转身进入戏园里进行检查。令他们想不到的是，他们进去不久，春海这边就悄悄把人放走了。

"左联"的几个人离开后，春海从地上捡起半块砖头，朝自己额头上猛地砸了一下，顿时血流满面，抹过一把脸后，大叫起来："快来人啊，快来人啊！"几个暗探闻声赶了过来，使劲摇晃假装昏迷不醒的春海。春海醒后的第一句话就埋怨道："你……你们怎么现在才到，刚才几个家伙一砖头拍到我脸上，跑了！"

在上海，春海工作了两年有余。1930年夏秋交替之际，春海突然接到了上级的一纸调令，令他通过中央北方交通线的"上海—郑州—驻马店—鄂豫皖苏区"一线，由交通员护送，到鄂豫皖苏区报到，加入红四方面军。

第三十三章

　　李春海是最早一批通过中央交通线进入苏区的干部之一。

　　朱德和毛泽东在井冈山组建红军，在赣南闽西开展了轰轰烈烈的土地革命斗争。1929年年底，中央决定，在全国组建秘密交通网，计划开拓北方、长江、南方三条主要交通线，构成连接中央和各革命根据地的大动脉。

　　此事由时任中央军委书记的周恩来负责。他与向忠发、李立三、余泽鸿和吴德峰五人组成中共中央交通委员会，下辖中央交通局，局长吴德峰，副局长陈刚。中央交通局下设有总站、大站、中站、小站，主要任务是打通连接苏区的交通线，布置严密的全国交通网。

　　1930年7月的一天，在上海虹口区一间民房的二楼上，一个满脸胡碴儿的三十多岁的中年人正坐在桌旁翻看文件，不时抬头望望门口，似乎在等什么人。

　　年轻人梳着背头，面庞清瘦，两条剑眉昂然翘立，双目精光四射。此人正是上海党组织的领导人周恩来。

　　很快，几个人陆续走了进来。周恩来起身与他们一一握手。他们中间有红二十军军长卢肇西、广东省委交通员李沛群以及负责交通工作的吴德峰和陈刚。

　　几个人在此召开秘密会议，主要商议南方线设立事宜。经过讨论，拟定出南方线的四条支线。其中两条支线经过潮州，核心站点是"上海—香港—汕头—潮州—大埔或松口—瑞金"。这就注定潮州在中央红色交通线上有着举足轻重的作用。

　　最后，周恩来指示到会人员，各站点要尽快开展准备工作，如路线的规划、交通员的挑选、吃住行的安排等。将原来的军事交通线扩大成为完整的交通网，业务范围也随之扩大，不仅要在苏区红军与上海党中央之间秘密传送文件和情报，还要护送干部来往于白区苏区，运出白区上交中央的金条、银圆等组织经费，并买入苏区需要的通讯、医药、弹药等紧俏物资。

　　上海华融大厦十六层一间宽敞的办公室内，陈荣升、蔡兴中两人正坐在沙发上喝茶聊天。

　　"老蔡，你真的要走吗？在这里做得好好的，怎么说走就走，是不是觉得我亏待了你啊？"

蔡兴中谦恭地笑了笑，说："陈老板，您这是说哪里话啊？我感谢您还来不及呢。自从我落魄之际来到上海，您二话不说就收留了我，给我一份这么好的工作。这么相信我，我真的非常感谢您。我这次走，也是迫不得已，离家这么长时间了，一直没有回去过。这次刚好家里有事，我确实得回去看看了。"

"你回去看看可以，等事情处理完，可以再来嘛，这里的位置给你留着。"

"陈老板，真的谢谢了。您不用给我留，我还不知道能不能再出来呢。您这里忙，一刻也离不了人，我建议您赶快重新招个人。"

"唉，一时半会儿到哪里去招你这么能干的人啊？你不仅能干，还实在，讲诚信，我身边的人对你评价都很高。这两年多我们合作得非常愉快，我是真舍不得你走啊！"

蔡兴中是重感情的人，这两年多在这里工作非常愉快，猛然离开也的确有点舍不得。但是，天下没有不散的筵席，总有离开的时候。

蔡兴中说："我回去看看情况，在老家肯定还得找事情做。说不定，今后生意上还要仰仗您多帮忙呢！"

陈荣升这才转忧为喜："没问题。你记着我的电话，有事随时联系我。"

稍作停顿，蔡兴中问："我最近有段日子没有见到小刘了，他不在这里做了吗？"

"他呀，这阵子有事，忙别的去了，最近人都不在上海。年轻人就是不安分，喜欢变来变去的，不像我，老了，不喜欢动了。"陈荣升笑着道。

蔡兴中觉察到自己问得有点唐突，赶紧打圆场："您哪里老了？正是年富力强的时候呢，生意做得风生水起，我们都要向您学习，靠您提携呢。"

陈荣升谦虚道："客气，客气了！"

蔡兴中端起茶杯，说："陈老板，容我以茶代酒，敬您一杯，后会有期。"

辞别陈荣升，蔡兴中走出了华融大厦，一个人走在街上，不停地四处观望，心中满是不舍，仿佛想把上海的这些街道、那些高楼通通都印到脑海之中。

这一走，蔡兴中也不知道自己什么时候才能再来上海。在这里生活了几年，渐渐熟悉了这个城市的一切，心里早已把这里当成了第二故乡，离开时就有了不一样的心情。

前天，蔡兴中接到组织上的通知，让他尽快返回潮州，说有重要任务安排。虽然不知道是什么任务，但他还是十分期待。况且，不管怎么说，故乡在召唤着远行的游子，自己终于可以回家了。

不知不觉中，蔡兴中又想起了起义军在潮汕的那七天时间。两年多前离开潮州，也是组织上的命令。记得是9月的最后一天，从早上开始，葫芦山和竹竿山那边就开始枪声不断，蔡兴中与县委领导林务农、谢汉一、李绍法等一起组织大家疏散伤员，个别藏在了市民的家中，其余大部分都过了广济桥，出城分散到了农会会员的家里。

到了下午，枪声渐渐稀少，前方传来了起义军撤退的消息。县委领导们考虑，一旦国民党返回来，他们这些带头人肯定会遭遇不测。所以，为保存革命力量，县委做出了撤离潮州的命令。他们约定了联系方式，各自找一个自认为安全的地方安顿下来，待时机合适再联系。

蔡兴中本不想走。作为商会的副会长，他前期带领商会会员做了不少工作，而且他极为谨慎小心，并没有暴露自己的党员身份。他觉得，自己仅是一个商人，即使为起义军做了工作，国民党也不会拿他怎么样，顶多给他扣个同情起义军的帽子而已。

可其他几个人不这样认为。林务农说："国民党杀红了眼，逮谁杀谁。何必要往刀尖上碰，往火海里钻呢？还是先躲一躲，留得青山在不怕没柴烧，等过了这阵风头再说。"

蔡兴中此时想起了春洋，问："那春洋怎么办呢？走还是留？"

谢汉一说："我觉得他可以不走。春洋做事很谨慎，不会被他们抓住大的把柄，再说，他小舅哥陈宏祥不是保安队的嘛，有小美在，他怎能眼睁睁看着春洋被抓？他要走了，反而显得此地无银三百两。"

蔡兴中想了想，觉得谢汉一说得有道理，因此，他走的时候并没有通知春洋。过后好长时间也没敢给他写信，后来通过组织上转交给春洋一封信，让他和家里人都放心。蔡兴中从心里感谢李春洋，是春洋帮他支撑着书店，帮衬着一家人的生活。

归心似箭。蔡兴中自从两年多前不辞而别后，一直牵挂思念着家乡。他已经买好了返乡的船票，明天就要启程。他一边走一边思考，琢磨着临走之前还有没有什么事情要做。

经过慎重考虑，他觉得应该去见见两个人——廖盛岑和李春江。

蔡兴中和廖盛岑最初是在上海认识的，他们都经营书店，只不过一个在汕头，一个在潮州。两人在一次上海朋友组织的饭局上见了面，说起来既是老乡又是同行，自然十分亲切。后来聊起来，两人的思想认识、对时局的看法等有很多共同点，一时感叹相见恨晚，立刻引为知己，成了无话不谈的朋友。

此时的廖盛岑，早已是中共汕头地下组织的成员。

起义军撤离潮汕后，蔡兴中来到上海，说来也巧，有一天外出送货时，正巧碰到了廖盛岑，才知道他也是由于积极支持起义军，遭到国民党政府的通缉，被迫出来避难的。同是天涯沦落人，两位老友都没有想到能够在异乡见面。

故交相见，自然一番互诉衷肠。廖盛岑告诉蔡兴中，自己加入了周恩来领导的中央特科。蔡兴中在潮州见过周恩来，他为朋友的选择感到高兴。

自己现在要回去了，怎么着也要与老朋友告个别。自从上次遇到后，他们两个就再没见过面，蔡兴中记得当时廖盛岑给过他一个地址，便按照这个地址找过去。有人说没见过这个人，有人说早就搬走了。回忆起廖盛岑给自己解释过特科的工作性质，他们很难在一个地方长待，缘悭一面，蔡兴中虽然颇感遗憾，但很快也就释然了。

找不到廖盛岑，蔡兴中又去找李春江。找到他时，已经到了中午，二人便到一个小饭馆里吃饭。当蔡兴中告诉李春江自己要回潮州时，李春江很是吃惊。

李春江说："你现在回去，危险解除了吗？"

"都两年多了，估计也该淡忘了吧？况且我也不是主要人物，应该没有什么危险的。组织上通知我回去，一定有任务要布置。"蔡兴中说。

"你回去的话一定要注意安全。两个月前，阿公去世了，我回了一趟潮州，在家里待了几天，一直没敢露面。即便如此，在出殡那天还差一点出事，幸好春洋考虑得比较周全，才得以侥幸蒙混过关。"

"是谁在找你的麻烦？"

"还不是那个侯应澄，因为当初的李子标事件与他结仇，他就像条疯狗一样一直盯着不放。你这次回去一定要多加小心。"李春江叮嘱蔡兴中。

"好，我会特别小心的。你这次回去，有没有跟春洋说在上海见过我？"

"没有，他问过我见过你没有，我说没有。但我猜他一定知道你在上海。"

"嗯，以前通过组织给他捎过信，但没有明确说在哪里。他的工作做得如何？"

"春洋一直在商会里工作，团结大多数的商户对抗不合理的税收制度，阻止官僚、地痞流氓对商户的敲诈勒索，听说还要准备创办报纸呢。我这个弟弟也成熟了，现在已是当地党组织的一名地下交通员。"

"那就好。春洋是一个好苗子，今后还要指靠他多做事呢。春海怎么样，他在这还好吧？"

"春海已经到第四方面军去了，是组织上调他过去的，不知道什么原因。"

蔡兴中说："估计是组织上的需要，我这次回去组织上也没说什么原因。你在这里也要多保重啊！"

"你回去也多保重。现在是敌强我弱，我们首先要保护好自己，才能持续斗争下去。"

二人边吃边聊，互相叮嘱着、鼓励着，畅谈很久才依依不舍地握手辞别。

第二天上午，蔡兴中身着西装，头戴礼帽，手里拎着行李箱，俨然一个成功商人登上了船，开始了他三天的航程。

临行前，蔡兴中思量再三，两年多不在家，别人问起来，总得有个合理的交代。想来想去，只能说自己改行出去做生意了。为此，他特意精心化装了一番。

在船上，蔡兴中一直在琢磨这次组织会安排自己什么重要任务。是搞工农运动吗？以前这不是自己的主项。搞教育工作？也不可能，教书先生他实在干不了。兴许还是与商业有关吧。思前想后，他也没能理出个头绪来。

到了汕头的西堤码头，船停泊靠岸。下船的人排起了长队，大家都提着大包小包忙不迭地往下挤。队伍行动异常缓慢，彼此一打听，才知道出口处有人检查违禁物品。蔡兴中先是心头一紧，什么东西算违禁物品，书？毒品？枪支？还是药品？想到自己什么都没有带，他心里随即坦然了许多。

通过检查口，蔡兴中向外面走去。他不准备在汕头停留，直接乘小火车回潮州。刚走到外面的广场上，蔡兴中就注意到有个人跟着自己走了过来。对方是潮汕人打扮，戴着帽子，帽檐压得很低，看不出是什么长相。

蔡兴中心想，糟了，肯定有人认出了自己。怎么一回来就被人盯上了？他稍作停顿，把自己浑身上下细细打量了一番，没有发现哪里出了破绽。

蔡兴中继续往前走，后面那个人跟得更紧了。他心想，不能跑，这会儿只能兵来将挡水来土掩了。后面的人紧赶几步追上他，伸出手来像是要抓他的箱子。蔡兴中大喝一声："干什么？"

来人这才抬起头来，把帽檐往上掀了掀，呵呵笑了起来。蔡兴中定睛一看，竟然是春洋。蔡兴中错愕之余，在他肩上重重拍了两下，低声说道："原来是你小子，吓我一跳。你怎么来了？"

春洋压抑住激动的心情，低声说："蔡叔，等到了安全的地方我再详细告诉您。我看了轮船的时间表，估算您差不多今天要回来，所以就过来了，看是否真能接到您。刚才远远看到您从出口出来，也不敢招呼，只好悄悄地跟了上来。"

"我准备回潮州。你怎么打算的？"蔡兴中说。

春洋说："我就是来接您的。我和您一起回去，但您要跟我走，不能回家，明天有人要见您。"

两人就近找了个小饭馆，简单吃了点东西，便一前一后去了汕头火车站。

抵达潮州后，两人直接出了东城门，通过广济桥，向城外走去。路上，春洋雇了一辆牛车，两人径直赶往磷溪镇。到达镇上，两人没有停留，又步行半个小时，来到小山脚下一农户家。

安顿好之后，春洋把门从里面闩上，一把握住了蔡兴中的手："蔡叔，快三年了，终于又见到您了。"

蔡兴中眼含泪花，说："春洋，我也想你们啊。在外面漂泊了两三年，做梦都想着早点回来。"

"蔡叔，您瘦了，也和原来不太一样了，在外面一定很不容易吧？"

"春洋，你蔡叔年纪慢慢大了，肯定会有点变样，我又留了胡子，就是不想让人家认出来。"

春洋点了点头。

蔡兴中说："你还没有告诉我，你怎么知道我回来的呢？"

春洋说："前天，我接到组织的通知，说您这几天可能会从上海回来，安排我接您，然后把您安置到一个安全的地方，有人要与您见面。我已经告知组织上您回来后暂住在磷溪镇，并且约定了接头暗号。"

看着做事有板有眼，说话有条不紊的春洋，蔡兴中意识到，小伙子已经成为组织上信赖的重要成员了。

"这个地方叫临坑村，是一个同志的表叔家。我们今晚在这里借住一晚，您放心，我是反复考虑后才选的这里，安全上没有任何问题。乘了几天船，您头脑肯定晕乎乎的，好好睡上一觉歇歇乏。我出去办点事。晚上吃饭时，如果我还没有回来，他们会给您送饭的。"春洋介绍道。

安排好之后，春洋转身离开了。蔡兴中明白，他肯定是出去联络人了。

来的路上，蔡兴中一直观察着周边的环境。这是磷溪镇靠小山脚的一个小村子，离山近，来往的人比较少，相对比较安全，这也是春洋看中这里的原因。

多年的地下工作经验使得蔡兴中的警惕性极高，他环顾了一下房间。这是一间偏房，前面有一个门和一扇窗，掀开窗帘往外看，是一个带大门的院落。房间后面还有一扇小窗户，遇到紧急情况，可以从后窗逃走。

蔡兴中躺在床上，依稀还有着与在轮船上一样摇摇晃晃的感觉，不知不觉很快就睡着了。

此刻，在磷溪镇街上，春洋正匆匆忙忙地走着。他来到镇子中间的林家杂货铺，看到姐夫林根生正在里面忙活，就进去打了个招呼。

姐夫颇感惊讶："春洋，你怎么来了？"

"没什么大事，青泉媳妇不是又要生了嘛，阿妈让我来看看。"春洋一边说一边把一个细竹节插在了一把扫把内，把它单独放在了旁边。

姐夫问他："你到家看过了？见到你姐没有？"

"还没呢。正好经过这里，我先顺便进来看看，等会儿就到家里去。"春洋说完之后，观察了一眼店门外，见没有人，便接着说道，"姐夫，这两天如果有人来买扫把，问你多少钱，你就说一块八毛。他要是说你的扫把挺好的，就是太贵了，能不能便宜点？你就问他出多少钱，他如果说一块五行不行？你就说好，把我放在旁边的这一把卖给他。"

"好。"林根生是个老实人，一句话没多问就爽快答应了。

蔡兴中一觉醒来，天已经快黑了。春洋推门走了进来。

蔡兴中问他："都安排妥了？"

春洋点点头。

二人坐在桌旁，边吃边聊。蔡兴中已经离家两三年，对这段时间发生的事情不甚了解，急于想通过聊天续上断掉的篇章。

首先想知道的还是老朋友的讯息。蔡兴中问："老谢，谢汉一现在怎么样了？"

春洋明显顿了一下，声音低沉地说："谢汉一同志前年6月已经牺牲了。"

"到底怎么回事？"

"起义军离开后，潮州陷入了白色恐怖之中，县委决定让之前出头露面的带头人先暂时隐藏一段时间，避避风头。老谢暂时避出去了，但他并没有走远。两个月后，他就重新开始参加组织活动了。潮州城里风声紧，他就走村串乡，到农民中做宣传动员，重新组织农会，带领广大群众与敌人开展或明或暗的斗争。"

听到这些，蔡兴中感慨地说："与老谢相比，我感到很惭愧。他意志比我坚定，办法比我多。"

春洋说："不能这样比，您在上海不也是一直在为组织上做事嘛。老谢这个人确实不简单，十三岁就到首饰店当学徒，受尽了有钱人的欺凌和剥削。在那凄风苦雨的日子里，他不顾个人安危，经常住到农民家里，和他们一起劳动，利用空闲时间做动员。要不是敌人的侦缉队经常在乡下游荡，他也想仿照彭湃，在潮州办起像陆丰一样的农民运动讲习所。"

蔡兴中问："他是怎么被捕的？"

春洋——道来，老谢他们一直在和敌人的侦缉队周旋，侦缉队在东边出现，他们就朝西；侦缉队在南，他们就向北去。1928年5月的一天，老谢与一个叫许宏的同志一起去文祠镇李工坑村，经过架桥潭时，遭遇了敌人的侦缉队。敌人的侦缉队发现了他们，悄悄地围了上来。他们发觉后，立即撤退，无奈敌人太多，又手持武器，虽然拼死抗争，最后还是不幸落入了敌人的手中。

"咱们组织没有采取营救措施吗？"

"在敌人的高压下，我们的力量十分薄弱，计划了很长时间，但最后还是没敢贸然行动。据说，他被捕后，我党的叛徒、时任县长的李立侬，还有那个任清党治安队队长的侯应澄，天天围着他转，说只要他把知道的共产党的事情交代出来，不仅保他不死，还许以高官厚禄。老谢不为所动，全都严词拒绝。"

"老谢是好样的，不愧是一名坚定的共产党员。"蔡兴中感叹。

"是啊。两个叛徒见老谢软的不吃，就来硬的，用尽了各种酷刑，打得他遍体鳞伤。见从他口中实在得不到想要的东西，敌人就下了毒手。行刑那天，谢汉一、许宏他们几个被五花大绑，用卡车拉着游街示众。谢汉一站不住，他的腿已经被打断了，只能被两人架着。但他仍然凛然不惧，不停地高声对沿路群众进行宣讲……"

听完春洋的述说，蔡兴中捂着脸，泪流满面。待蔡兴中稍有平复，春洋说："国民党简直到了丧心病狂的地步。他们抓到共产党，审讯之后，觉得无法得到他们想要的东西，立刻痛下杀手。庄淑珍这个女孩你还记得吗？"

"记得啊，就是那个负责妇女和青年学生工作的姑娘。之前在你店里开会那次，她还扮演了一次小美呢。"

春洋看着蔡兴中说，庄淑珍后来任潮州区委委员。起义军撤离后，李立侬悬赏缉捕她，但她仍然坚持到各个村镇联络宣传。1928年春，她腿上长了毒疮，不能走路，群众就把她转移到枫树员村后山的石洞中休养。由于叛徒告密，不幸被李立侬带人抓捕。据说这个李立侬还是她的表兄。六亲不认的李立侬带着好吃好喝的，假惺惺地去监狱中看望，劝说她只要把自己知道的潮州共产党的秘密说出来，写一张悔过书，就立即放人。

蔡兴中迫不及待地打断春洋的话："后来呢？"

"庄淑珍不简单，不管别人怎么劝，死活不开口。李立侬让人对她动用了酷刑，把她折磨得不成人样，但她始终没有变节。7月中旬，她也被枪杀于南校场。"

二人低着头陷入了沉默，仿佛在为老谢、庄淑珍默哀。过了一会儿，蔡兴中又问："其他人呢？把你知道的情况都告诉我。"

春洋抬起头来，已是双眼含泪，一看这种情况，蔡兴中就预知不妙。

"杨石魂大哥和李绍法同志,他们也都牺牲了。"

"啊,怎么回事?"接二连三的噩耗惊得蔡兴中如遭雷砸。他没想到两三年的时间组织上出现了这么大的变故,这么多曾经的好同志好战友离自己而去。

春洋抹了一把泪水,接着说,起义军走后,杨石魂亲自掩护并护送重病中的周恩来、叶挺、聂荣臻等人安全撤退到香港。之后又先后担任中共广东省委委员兼湛江特委书记、广东省委宣传部部长和省委农委书记等职务。1929年年初,组织上派他到武汉,出任中共湖北省委常委兼秘书长。武汉过去是汪精卫政府所在地,国民党白色恐怖势力更强,斗争环境更加险恶。同年5月,杨大哥在省委办公处遭到逮捕,不久就被杀害。

"李绍法呢?"

春洋说,李绍法同志在起义军撤退后,一直坚持在鹳巢一带开展革命活动。后来党组织派他到潮阳工作,他带领农会发动了震动潮阳全县的减租、抗租、抗税、抗债的斗争活动。为了配合抗租,农会还缴了中寨、下寨乡公所的枪械。为此,反动派对他恨之入骨。今年年初的一个晚上,县委领导在下寨乡里美村地下站开会研究工作,叛徒马章得到这一消息,与他的亲信一起把地下站的大门从外面偷偷上了锁。开会的人都没有注意到这一情况。会议一直开到凌晨五点,李绍法起身去上厕所,才发现门从外面被锁上了。他们赶快找工具砸门,准备突围出去。马章等人当时已带着侦缉队守在门口,并用自制的"土炸子"手雷炸房子,李绍法不幸当场被炸死。

"砰"的一声,蔡兴中一拳砸在桌子上,震得油灯在桌子上微微颤动,四壁随着灯光的晃动变得忽明忽暗。他双目圆睁,牙关紧咬,恨不得一拳砸烂这个黑暗的世界。

过了好一会儿,蔡兴中情绪才稍有缓和,沉痛地说道:"彭湃同志也牺牲了。1928年11月,彭湃当选中央政治局委员,奉命赴上海,任中共中央军委委员、农委书记,中共江苏省委军委书记。因叛徒白鑫出卖,第二年8月被捕。国民党恐怕共产党竭力营救,便匆忙于30日在上海龙华监狱将其秘密杀害。"

春洋擦了擦眼泪,悲愤地说:"我们熟识的同志一个个被敌人杀害,这一笔笔血债我们一定要记牢。终有一天,我们要他们用血来偿还。"

"对!革命者是杀不完的。这只会更加激励我们浴血前行。大潮有落有起,但一直奔腾向前,没有任何势力能阻拦遏制,让我们以他们为榜样,誓死完成他们未竟之事。"

蔡兴中说完,坚定地举起右手,攥得指头叭叭作响。

第三十四章

整个晚上，春洋和蔡兴中也没有等到任何人。

第二天上午十点，仍然没有任何动静。春洋坐不住了，扛着铁锹跑到村口附近的田野里，假装在地里干活，一直等到午饭点，还是不见有人来，只好万般无奈地回来了。蔡兴中同样着急，但还是劝慰春洋："别着急，这里不好找，兴许接头人在路上呢。"

两人刚吃完饭，外面传来一阵吆喝声："磨剪子，抢菜刀！"

春洋虽感疑惑，还是走出了门。磨刀的师傅看到他，问道："兄弟，有没有菜刀要磨啊？"

听出对方话里有话，春洋问道："磨把菜刀多少钱？"

"一块八。"

"太贵了，能不能便宜点？"

"那你说多少？"

"一块五行不行啊？"

"好的。"

春洋说："跟我来。"

对方跟着他进了一间屋子。春洋低声问道："您贵姓？"

"免贵姓方，方大林。你是？"

"李春洋。"

接着方大林解释道，最近组织上成立了潮澄澳工委，潮安地下组织归属潮澄澳工委领导，工委任命他担任潮安县委的书记。赵旭华和蔡兴中熟悉，之前一直是赵旭华与老蔡联系。本来赵旭华也要来，但他担心人多目标大，所以就一个人来了。

春洋确认是自己人后，便带着来人一起走进蔡兴中的房间。"蔡叔，这是潮安县委的方大林书记。"春洋向蔡兴中介绍。

寒暄之后，蔡兴中急切地问："方书记，紧急召我回来有什么任务？"

"最近几年，国民党对共产党进行了残酷迫害，我们党的干部损失惨重，潮州过去的重要骨干谢汉一、陈府洲、李绍法、庄淑珍等同志都不幸罹难，组织几乎到了无人可用的地步。潮澄澳工委成立后，在梳理人员的时候，我特别关注到了你这个老党员。刚好我们潮州这边又接到了重要任务，所以，必须起用你了。"

"方书记，你指示吧，是什么任务？"

春洋听到他们要谈正事了，便欲起身回避。方大林喊住了他，说："春洋，你还真不能走，我们一起研究。这个任务很重，你要协助老蔡一起完成。"

听到方大林这样说，春洋止步坐了下来。

方大林抹了一把汗，向两人详细传达了上级的命令——建立潮州地下秘密交通站，与汕头站对接后，在潮州段经水路和陆路两条线，护送人员和物资平安抵达下一站，最后进入苏区。

春洋插话："这应该不是太难吧？"

蔡兴中说："你让方书记先把话说完。"

方大林笑笑，接着说，这个事情不容易，我们绝不能掉以轻心。首先，要从思想上高度重视起来。苏区革命根据地建立不久，非常需要干部和人才，从这里过去的都是级别较高的领导，或者是组织上急需的专业人才，我们必须做到万无一失。还有就是，运送的物资都是苏区必需的紧急物资，是大费周章才搞到的，不能有任何的闪失。其次，要积极动脑筋想办法，有哪些人可以用，水路、陆路都有什么交通工具，走什么路线最稳妥等一系列问题，都要事先考虑周详并做好准备，要有备选方案。特别是人员的遴选方面，更要小心谨慎。要挑选那些靠得住的人，要事先进行培训。最后，务必要提前考虑清楚事情的危险性，要有应对紧急情况的办法。刚开始的时候，敌人可能不知道，但接送人员和运输物资次数多了，他们肯定会有所觉察。也许会有人因此而被捕，如果经受不住敌人的严刑拷打，就有可能会叛变把秘密交通线供出去。

听完方大林的话，春洋红着脸，低声说："看来我想得确实过于简单了。"

沉思一会儿后，方大林告诉两人，组织上经过研究，决定建立潮州地下秘密交通站，作为汕头站的分站。这次把蔡兴中召回来，就是考虑到他是多年的老党员，做事缜密，让他回来当这个站的站长。另外，任命春洋当交通员，配合蔡兴中工作。

在听方大林说话时，蔡兴中就已经开始考虑，根据多年的工作经验，他知道这是一个责任重大且极度危险的工作。

"感谢组织信任。我和春洋都是土生土长的潮州人，对周边还算熟悉，回头我们再好好研究一下，就你所说的关于人员、工具、地形、线路等做出一套详细方案，主要是上下游的衔接方面还要再协调，比如到汕头怎么接人，谁通知我们，怎么通知，接到之后把人送到哪里，交给什么人，怎么联系等一系列的问题。"

"这些我们也都有考虑，现在布置让各地先分头做计划，做好后大家可能还要再见一次面，就如何衔接问题再做一次沟通。老蔡，你刚从外面回来，还要考虑一下用什么身份做掩护，只有自己安全，才能保证其他同志的安全。"方大林说。

蔡兴中想了想，说："好的，我会考虑的。"

"今天先这样吧。"方大林说着站了起来，"给你们三天时间考虑。想好之后，让交通员通知我见面的地点。这里虽然安全，但离城太远，下次找个近一点的地方。"

方大林走后，蔡兴中和春洋两个人开始讨论组织上交给的任务。

"咱们把方书记说的几个方面一项一项再捋一捋。"蔡兴中说。

两人商量的第一项，是哪些人可以使用？最后的意见是，此事不能让更多的人知道，所选之人必须绝对可靠。

春洋说他这边可靠的有大栓、王志宝、孙富贵、吴柱子，另外还有姐姐家那边的人。蔡兴中则说，自己刚回来，以前曾经有过接触的赵旭华等人不知道现在怎么样，他要赶紧去联系。春洋还想起来，上次阿公去世时二哥春江回来，曾给他说过梅益父亲在韩江上当船工，他想通过梅益父亲去摸摸情况，看能不能把水路这一块打通。

"对这几个人，我们可以视情况分配给他们部分工作，边干边培养边考验，在没有成熟之前，总体方案不能让他们知道。"蔡兴中叮嘱春洋。

春洋点了点头。"蔡叔，这一段时间，您怎么落脚呢？"春洋突然想到个问题。

蔡兴中笑了笑："这个还要好好考虑一下。现在商会这一块是谁负责？你在商会里能说上话吗？"

春洋回话："您走之后，商会好长时间处于群龙无首的状态。后来几个年龄大一点的会员商量了一下，决定开会再选一个会长，先推举了几个候选人，最后选了传承笔墨斋的老板钟正诚当了会长，我给他当助手。"

蔡兴中点点头，说："不错，选得不错，我以前就和老钟很熟。他这个人，生性耿直，诚实守信，胸怀坦荡，是个开明人士。他政治上倾向进步，支持共产党，与谢汉一的关系不错。"

传承笔墨斋位于潮州昌黎路，是一个老字号。春洋介绍说，年初的时候他们还在汕头小公园前开设了分店，每年去上海采购毛笔用的毛料，自用兼批售给同业。

蔡兴中眼前一亮，又确认了一遍："你说他们年初在汕头小公园前开设了分店？"

春洋说："是的，我听钟老板亲口说的。"

"春洋，你说如果我到他们汕头店去工作怎么样？我在那里，那里不就相当于我们的一个联络点了？"

春洋想了想，在汕头还真的需要有人，一旦接到任务，方便接头，接到人和物直接可以安排下一步。他问："是我找还是您找钟老板说？"

蔡兴中说："你先去找他谈谈。他不是我们的人，不能向他透露太多。我这两三年不在家，刚一回来就找他有点突然。"

"好的，我回去就去找他说。那家里呢，您要回去看看吗？您很久没见到阿姊和孩子们了。"

"我暂时还不能回去，家里人多，孩子小不懂事，容易暴露。"

春洋突然想到了什么，对蔡兴中说道，城里有个通达旅社，是他一个要好同学家开的，现在交给他同学打理，他去找同学说一声。蔡兴中改一副装扮，先到他同学那里帮几天忙，顺便也解决了住宿的问题。

蔡兴中说："嗯，这个主意不错，那就先凑合几天。"

"既然这样，我们都回潮州。您先走，我还要到我姐姐家一趟，让他们也做下准备，最近两天让他们把周边到大埔的路摸一摸，一旦接到任务就可以马上启动。"春洋想了想，又说，"今天晚上您先住到我的糖行，我给您写个字条，您先到了就把字条交给王志宝，他一看就知道了。"

"你们之间还有约定啊？"

"那当然，安全第一嘛。"

兵分两路，蔡兴中回城，春洋转身去了姐姐春溪家。刚好姐姐春溪和青泉都在，三个人坐到灶房里，关起门来商量事情。姐姐和外甥都是可靠之人，春洋就把情况毫无保留地给他们介绍了一遍，并强调了这次任务的紧迫性和重要性。

春洋向两人交代任务：在农会里找几个可靠的人，把外甥女青叶的夫婿也叫上，分头向北走，看看哪些路到大埔能够走通，最有效的方法就是顺着韩江走，这样不容易迷路。官道上要观察有没有设置卡点，野道上要记清楚地形，哪里需要爬山，哪里需要过河，能抄近道最好，找几条合适的路线。

春洋还特别嘱咐两人，现在国民党侦缉队狡猾得很，他们知道地下党在农村活动，所以经常扮成普通百姓，在山林野道四处转悠。因此，打探地形的人员要能察言观色,学会辨别这样的人。他们这些人一般都带着枪,尽量不要与他们起冲突,准备好一套说辞,万一碰上了,也好蒙混过关。

春溪说:"大家都要做好最坏的打算,春澜给大家做出了榜样。我们都要向他学习,万一被抓,宁死也不能当叛徒。"

青泉点点头:"对,宁死也不能当叛徒!"

春洋这下更忙了,连饭都顾不上吃了。他先去了通达旅社,去找老同学许福全。

许福全是春洋的小学同学,上学时坐在李春洋的后面,作业不会写,经常抄春洋的,因此两人的关系非常近。毕业之后,两人来往不断,感情非同一般。

见春洋到来,许福全赶快让人泡上好茶,说:"春洋,你从来都是无事不登三宝殿,有什么事请吩咐吧!"

春洋说:"看老兄说的,我怎么敢吩咐你呀,今天是来求老兄帮忙的。我有个远房表叔,五十来岁,刚过来,没地方住,我想让他暂时在你这里帮几天忙,等我在别的地方给他找到活计,马上就走。"

许福全笑了,爽快地说:"我以为是什么大事呢,小菜一碟。你让人来吧,管吃管住,来去自由。"

"谢谢老兄,让你费心了。"

当天晚上,蔡兴中就悄悄抵达通达旅社。他主动提出来值夜班,说自己年纪大了,觉少,让年轻人多睡一会儿。他一句话,就给许福全留下了很好的印象。

紧接着,春洋转身去了钟正诚的传承笔墨斋。

钟正诚看到春洋,赶忙起身让座。春洋说:"钟老板,我能不能和您单独说几句话?"

在商会里,春洋一直非常敬重钟正诚,也很支持他,加之春洋手脚勤快脑瓜灵光,帮他办了不少实事,所以,钟正诚一直比较器重春洋。这次春洋亲自上门并且要求单独谈话,肯定有要紧的事情。

钟正诚吩咐伙计看好店,便带着春洋到了办公室去,问道:"有事吗?"

"有。我想跟您说,蔡兴中蔡老板在外面待了两三年,前两天刚回来。他暂时不想抛头露面,托我向您转告一声。他的书店现在由女儿经营,他觉得没必要都待在潮州。我告诉他您在汕头开了个分店,他想让我问问您,能不能让他到那里帮帮忙?"

钟正诚说:"好啊。老蔡我熟悉,做生意是把好手,人又仗义,他要过去,我当然求之不得啊。只是我那里的庙小了点,他去是不是有点太屈才?"

春洋道："我也这样说过，他说不求别的，只求离家不远，有口饭吃就行了。"

"他现在人在哪里？我想见见他，你让他到我店里来一趟好吗？"

"好的，那就让他在贵店打烊前来吧。"

当晚，蔡兴中如约来到了传承笔墨斋。钟正诚热情地握住蔡兴中的手，倒茶让座，两个人闭门交谈。钟正诚问起他这几年在哪里，干什么工作，当时为什么要躲出去，现在为什么又要回来等等。蔡兴中停顿片刻，轻声说道："你也知道的，起义军来的时候，我们商会组织捐钱捐物，支援起义军，我记得当时你也捐了。后来起义军撤退，我恐怕国民党回来了算后账，就躲了出去。果不其然，我听说谢汉一还有其他人都被他们逮捕杀害了。至于我为什么又回来了，还不是想家吗？我在外面漂了三年，毕竟家在这里，故土难离，还是想离家近一点好。但是在潮州认识我的人太多了，所以不想待在这里，还是稍微远一点比较合适。"

钟正诚叹了一声气，感慨道："我以前和老谢交好，他领导我们潮州的工运，我是支持他的。其实我也很佩服你，你很有正义感，在大是大非面前拎得清。不像我，胆子小，没有老谢那么毅然决然。"

"我听春洋说，大家选你主持商会的工作，选得好！相信你一定能带着大伙儿把商会发扬光大。既然你是老谢的朋友，肯定错不了，我以前也与老谢交好，我了解老谢的为人。我赞成他们的理念，他们革命是为了让劳苦大众过上好日子，我们应该支持他们。"蔡兴中虽然没有暴露自己的身份，但说话也很坦诚，他相信钟正诚不是坏人。

"对。今后如果有什么大事，我们商会还会一如既往地支持。"钟正诚话题一转说，"春洋跟我说你想去汕头做事，我觉得可行。汕头那边的分号开办还不到一年，正需要你这样的行家里手，你能来帮我，真是雪中送炭啊。"

"钟老板你过奖了。非常感谢你的帮助。"

"你什么时间过去呢？"

"三天后吧，这边我还有点事情要办，况且你也需要时间安排。"

"好的，那就这么说定了。"

另一边，春洋去了小卞厝巷。二哥春江告诉过他，梅益家住在那里。他们家姓陈，所以春洋要先打听哪家是姓陈的。这事说难也不难，要打听梅益当然没有人知道，但要打听在韩江上撑船的老陈，还是有不少人知道的。春洋到了西门外，专门找年纪大的人打听。

打听清楚后，春洋来到梅益家门前，房屋果然有些简陋，看到一个妇女正在忙活。春洋猜想这可能是梅益的母亲。他快步上前，问道："阿婶，请问韩江上撑船的老陈是住在这里吗？"

"是的，他现在不在家。"女人头都不抬地答道。

"请问，他什么时候能回来？"

"这个我可说不清，有的时候晚上也不回来住，要看他们收工的时间。"

春洋变戏法似的拿出两包红蔗糖，客气地说："阿婶，我是祥和糖行的，叫李春洋，这是我们糖行卖的糖，我给您带了点，请您收下。"

"太客气了，谢谢你了。"阿婶神态缓和了许多，脸上有了一丝笑意，伸手接过了糖，"你找他有什么事吗？"

"就是谈谈运货的事情。阿婶，阿叔回来您告诉他一声，让他到糖行找我一下行吗？"

"好的，没问题。"

"他们的船一般停在哪个地方？"

"就停在下水门码头附近。"

"阿叔叫什么名字，您能告诉我吗？如果我去找他，要怎么问到呢？"

"你就说找西门外撑船的陈彦生就行了。"

"好的，那您忙着，我先走了。"

春洋离开梅益家，抬脚就往下水门码头走去，一是要去找一找陈彦生，再者可以借机观察一下码头的情况。

从广济门出城，春洋向南奔向下水门码头。城墙外是一条石板路，凹凸不平，有的地方还有积水，稍不留意，黑色的污水"扑哧"一下冒上来，溅得鞋面和裤脚上全是。春洋小心翼翼地走着，既要防止自己踩水，又要提防着被别人连累。码头的对面下水门外城堤脚下，有一条狭长的棚户区，一部分是居民区，一部分是煤球加工、竹木加工的小作坊。春洋一边走一边想，此地人多且环境杂乱，今后有需要的话，作为藏身之地应该是个不错的选择。

满眼望去，韩江边上尽是河沙堆场、木材厂堆场、煤码头以及联运公司的装卸码头。春洋到了下水门后，老远就闻到一股鱼腥味，估计就是打鱼船下货的地方。春洋不知道陈彦生的船一般停在哪个码头，只好一个个码头问过去。卸煤的、联运公司的装卸码头上的人都不认识陈彦生。

春洋又折回头往东门市场那边去。广济门北边有一片空地，晴天时，商家会搬出一些船上运过来的东西，在这里出售，久而久之就形成了一个露天的市场，热闹异常。这里有个小码头，常年停靠各种内河的货船。春洋问市场里几个卖货的人认不认识撑船的陈彦生，几个人一齐点头，一个说："认识，打过交道。"

另一个说:"他给我带过货。"

春洋问:"你们今天见过他没有?我找他有点事,也想让他带点货。"

其中一个人回答:"他去运货了,还没回来吧。要不要我们看到他时告诉他?"

春洋说:"我见过他家里人了,他回家后家里人会告诉他的。"说完就有一搭没一搭地与这些商人攀谈起来,问他们从哪里进的货,怎么样运过来的,运费有多少等。

春洋与他们一边抽烟一边聊着天。攀谈过后,他了解到这个市场在韩江边上,临近湘子桥、城门以及沿城墙的环道等交通要道,是潮州城以及周边村镇的物流中心,兼营批发零售,交易量很大,有不少运往大埔、丰顺、梅州等县的物资,当然也有很多从那里运来的东西。

不消半日,春洋获悉了自己想要的信息。告别众人,春洋继续向北走去。竹木门北面靠江边垒着整齐的石头台阶,为太古轮船公司所建,作为客运码头之用。公司备有小火轮船,向北到归湖、留隍、高陂、三河坝、茶阳、梅州各地,向南到汕头、澄海等地都可以在这里乘船。春洋特地去问了发船时间、行船路线、船资等等,以备不时之需。

除此之外,潮州城还有不少小驿站。据说早在宋朝时,潮州就根据水陆之便沿江设置驿站,陆路置马站,水路置船站,同时备有人力车、牛车、船只等,以便客人自主选择雇用。春洋进了一家名叫"路通达"的驿站,以前他去磷溪镇的时候还租过他们的牛车,但那时没有留心过船运。这家的老板姓覃,叫覃佐天,认识春洋,就热情地邀春洋坐下喝茶聊了一会儿。覃老板想长期维系春洋这个客户,自然十分热情,把所知道的毫无保留地告诉了春洋。

一路走着,春洋发现,过去自己不太在意江边,现在仔细一看,冒出了不少装卸煤、黄沙、洋灰的小码头。人越多情况越复杂有时反而越容易隐蔽,春洋心中窃喜。同时,他也在心中盘算,后面要派大栓、王志宝他们分头到韩江两岸转一转,把这里的地理位置、环境建筑、大小码头全部摸透,最好闭着眼睛都能说出具体位置。

想到此,春洋索性沿着江边继续往北门走去。在春洋儿时的记忆里,韩江边全是荒草杂树,再有就是那白茫茫一片的江水。往年,在春夏之交的时候,韩江发大水,他常常跟着阿公到下水门那里看关城门,因为那里比较低洼,韩江一涨水就先通过那里的下水道冒出来涌入城内,街道上全是淹过脚踝的黄汤水,但现在韩江边变得明显与过去不一样了。再往北走,就是北阁。北阁建在金山之上,傲立于韩江之畔。游人登临北阁，满眼尽是江水滔滔，白帆点点，俯仰之间均是别致的景色。北阁佛灯是那盏从前悬挂在北阁前桅杆上的航灯，由于在高处旁无遮挡，夜间灯光能照到很远，船家在十几里外就能望见灯光。韩江在这里激流转弯，佛灯自然成了指明方向的航灯。

转了半天，看看天色已晚，春洋从北门转回了城里。他先回家匆匆吃了饭，便说要去糖行。小美怀着孕，本来不想让他出去，但春洋说有急事，已经约好了人，说完扭头出了家门。

春洋要回到糖行去等划船的陈彦生。匆匆忙忙回到糖行，春洋看到王志宝吃过饭正在看书。春洋问他有没有人来找，他说没有。春洋宽慰自己，可能陈彦生还没有收工，或者正在吃晚饭。他坐下来，一边随手翻着账本，一边与王志宝聊着天。

"志宝，这个月盈利比上个月多了三成，现在你是越来越能干了。"

王志宝很高兴，抬头看了看表哥，说："主要还是你带得好。要是一直在家里待，估计我整个人也就废了。"

"你跟着我这么久了，干得很不错，做事用心又利落，后面更要好好干。一个人活要活出名堂来，经商不能短人斤两，做人不能违背良心，能做到吗？"

"能。"王志宝很干脆地回答道。

春洋满意地点点头，给他安排了明天的工作。两人边聊天边等待。九点多的时候，外面响起了轻轻的敲门声。春洋赶紧站起来去开门，看到门口站着一个五六十岁模样的男人，猜想可能就是陈彦生。但他还是问道："请问您是陈师傅吗？"

"是的，你就是上午去我家的李老板？"

"对，阿叔您进来吧。"

陈彦生跟着春洋走了进来。一楼大堂里放着桌椅，春洋客气地上了茶和点心。见对方如此热情地接待自己这个粗人，陈彦生既感动又略显惶恐。

落座后，陈彦生问："李老板，你找我有事吗？"

春洋说："我二哥在上海，前一段回来过一次，说认识你家儿子少卿。少卿告诉他你们家住在小下厝巷，他本来想去看看你们，无奈事情太多，忙不过来，走之前便叮嘱我有空一定要去看看你们。"

陈彦生一听提到他儿子，立马来了精神："少卿现在怎么样？他一个人在外面上学，我们也没有钱给他，他还好吗？"

"挺好的。在上海的老乡多，大家看他小，都想着法子接济他，生活上没有问题，您就放心吧。"

"那真的太感谢你二哥他们啊。"

"不客气。我二哥说，少卿在学校表现很好，还经常给报纸杂志写文章呢，家里不必为他担心。你们家生活怎么样，还过得去吗？"

陈彦生不好意思地说："你也看到了，凑合着过吧。少卿去了上海，他哥哥被抓了，到现在还没有放出来，下面的几个还小，就靠我一个人划船挣钱过日子。"

春洋安慰他："回头我给开店的朋友说一声，我的货和他们的货尽可能都找您运，让您能多挣一点。"

陈彦生感激地说道："那太好了。你和你二哥都是好人，我是个粗人，没什么本事，但你们需要我帮什么忙，尽管给我说。"

"那我就先谢谢你。对了，你们都跑什么线路？长途多还是短途多？"

"我干这一行几十年了。长途短途都跑，最远能跑到大埔，线路由商家自己定，我们接到货送到他们指定的地点，再等着人来接货。"

"路上有人盘查吗？"

"有，但也不是每次都碰到。"

"检查得仔细不？"

"还可以吧，看看货单，问问情况，检查一下货物。"

"如果货物量比较少，你们帮别人带吗？"

"那要看顺路不顺路。如果是沿途，不麻烦，我们一般都会带的，收点成本费就行。"

春洋想了想，又问："您每天都能回来吗？"

"不一定，跑得远了要两三天，一般都是当天回家。"

"阿叔，如果我或者朋友需要运货，怎么去找您啊？"

"你就到我家去给你阿婶说一声就行，我知道了就过来找你。"

"好的，一言为定。"

第三十五章

当春洋等人在为潮州秘密交通站成立做准备的时候，汕头方面也在紧锣密鼓地开展工作。

汕头有交通站，至于在哪儿，没人知道。蔡兴中对春洋说："出于保密考虑，汕头交通站的事，上级不会告诉我们，我们也不要打听，专心把潮州分站的工作做好就是了。"

三天之后，蔡兴中去了汕头。

钟正诚的传承笔墨斋汕头分店，开在小公园附近。店面不太大，里面布置了货架、柜台，还有谈生意用的桌椅，整个店面温馨得体。

"小公园"听起来像个公园，但实际上不是，而是汕头市的商业和文化中心。这里交通便利，四通八达，"四永一升平"和"四安一振邦"十条主要街道汇集于此。店面开在小公园，在汕头是一种实力和身份的象征。

蔡兴中对这个位置非常满意，热闹嘈杂一点的环境对地下工作更为有利。他用了两天时间把十条街道都走了一遍，把街道、店铺、饭店、邮局等地方的位置和结构，全部记在了脑子里。

"在这些店铺里，肯定有党组织安排的联络点，自己不需要知道是哪一家，只要对方知道自己就行了。如果有事，对方肯定会想办法联络自己的。"蔡兴中看着沿街这些店铺，心中暗想。

前一天，通过春洋联络，蔡兴中与方大林又见了一面，将自己在汕头的联络方式告诉了方大林。本来，春洋想陪他一起来，蔡兴中拒绝了。两个人目标大，蔡兴中还是觉得一个人来去相对来说更加妥当。

至于住的地方，春洋给蔡兴中推荐了乐平路五十六号，就是以前大哥春澜租住的地方。春洋还告诉蔡兴中，他认那里的房东为干爹干妈，自己先去打一下招呼。蔡兴中对春洋说："你不用去打招呼，我以陌生人的身份去租房，这样大家的关系比较简单，他们知道得越少，对他们越好。"

春洋说："那这样说，我也不能去看他们吗？"

"你可以去，我们碰面时就像陌生人一样寒暄就是，该说话说话，该握手握手,转接情报时见机行事,越自然越好。"

"你接到了组织上的任务,怎么联系我呢?"春洋问。

"如果是送人,我接到人之后就会陪他直接乘火车到潮州,住在通达旅社,然后让许福全派人通知你,如果不打算长时间停留,也可以到笔墨斋等你。"

"好的。我建议,遇到十分紧急的情况,也可以到福音医院。我回头和小美讲一讲,让她和孙富贵、吴柱子两人配合一下,他们几个头脑都比较活,没有问题。"

"小美我不担心,孙富贵、吴柱子两人可靠吗?"蔡兴中十分谨慎。

春洋解释说,他帮两人解决了生计问题,两个人现在还是比较仗义的,而且嘴也比较紧。但他也只是请他们做些外围的事情,不会告诉实情。

"这样好,我们要处处小心谨慎。"

蔡兴中说完,思考片刻,接着交代,如果护送的是物品,量少的话他直接带回或者去找人带回,然后再转运。如果量大,可能还要找船运。他让春洋和撑船的老陈说一下,如果老陈来汕头,就让其到笔墨斋来一趟。为今后的运货建立联系。

春洋前几天没有参加与方大林的会面,担心地问:"下一站的交接工作都安排好了吗?"

"听方书记说,大埔那里建立了大埔站,有专人负责,韩江边上有不少店都是我们的秘密站点,如果运货的话,他们到时会告诉我们送到哪一家。"

"那就好。难就难在刚开始时的一两趟,后面熟悉情况后就好了。我有个想法,想跟着老陈跑一趟韩江,实地感受一下。"

蔡兴中点头同意。

第二天下午,春洋来到了许福全的通达旅社。四点多的时候,春洋说:"咱们没事到保安队去找下陈宏祥吧,看看这小子整天都在干些什么。"

许福全笑着说:"他不是你小舅哥嘛,你还不知道他干什么?"

春洋说:"虽说他平时老呛我,但看在小美的面子上,我还是想和他搞好关系,毕竟是一家人嘛。他那个保安队我还没有去过,我们两个一起去看看。"

"去就去,刚好那里我也没去过。"

出发之前,春洋在许福全耳边嘀咕了一阵。

"好,好,就照你说的办。"许福全笑着点了点头。

两人安步当车地走到保安队门前,已是傍晚时分。值班的人听说他们找陈宏祥,也没多问,就把两人放了进去。陈宏祥外出巡查还没有回来,几个不当班的保安队员四仰八叉地坐在屋里闲聊。春洋两人各自做了自我介绍。原本态度傲慢的对方听说两人是陈宏祥的同学，其中一个还是妹夫，立马热情了许多。

聊过一阵，春洋说道："几位兄弟等会儿下班都先别走，难得碰到一起，择日不如撞日，今晚大家一块儿聚聚，我请客。"

听说有人请客，几个人兴致越发高涨，聊得更为开心。春洋佯作漫不经心地问道："我经常见你们几个在城门口检查，挺辛苦吧？"

一个保安队员抢着回答："是啊是啊，每天三班岗轮回倒，一站就是七八个小时，站得腰酸背痛，一不留神马虎一下还要挨队长批评。"

话音未落，一个声音从门口传来："谁在这里散哭父呾（胡说八道）？"

几名保安队员吓得立马噤声，一个个吐了吐舌头。

陈宏祥回来了，春洋和许福全站了起来。

"怎么是你们两个？有事吗？"

春洋笑脸相迎，客气地说道："我们两个刚好路过你这里，想着从来没有来过，就过来看看你呗。"

陈宏祥并不领情，说："我有什么好看的，还不是天天老样子，累个半死。"

许福全说："就知道你辛苦，所以今天专程来请你喝酒解乏，赏脸行不？"

陈宏祥架子端够了，面子也挣足了，翻眼看向许福全，说："怎么今天有空请我喝酒，是不是有什么事求我？直说吧！"

"看你说的，再怎么说，我们也是老同学，非要有事求你才请你喝酒啊！"

"真没事？"

"真没事，就单纯喝酒。把你能去的弟兄都带上，大家一起乐呵乐呵。"许福全出面邀请，这是他与春洋事先商量好的。春洋怕自己出面邀请，陈宏祥不去。

果然，陈宏祥的脸上渐渐露出了喜色。为笼络好一帮手下，他也需要时不时地请他们吃吃喝喝，今天有人送上门来付酒菜钱，何乐而不为？

于是，陈宏祥顺水推舟，笑嘻嘻地对几个手下说："别人请喝酒，我一般都不去，怕是'鸿门宴'，看来我这老同学今天是诚心请大家，你们几个晚上要是没事，都一起去。"

"好！"

下了班，除了值班巡逻的，保安队一行十几个人浩浩荡荡地走出了保安队。餐厅是春洋选的，名叫"潮滋味"，他以前来这里吃过，环境尚好，味道也不错。

席开两桌。点完菜，开好酒，大家热热闹闹地开吃开喝。春洋和许福全两人表现得十分盛情，频频举杯敬酒，喝到脸红耳热之时，和保安队员个个搂着脖子搭着肩膀开始称兄道弟。尤其对陈宏祥，两人一唱一和，全都在捧陈宏祥的臭脚。

"宏祥，我今天请这场酒，还有一个意思，就是想调和调和你们兄弟俩的关系。你们两个早就是一家人了，别再惦记着小时候那些不痛不痒的屁大点事。"许福全按照事先与春洋商量好的话说道。

许福全说完，用手推了一下春洋："春洋，虽然都是同学，但你是妹夫，宏祥是哥，你先表表态。"许福全敦促春洋。

"以前年轻气盛，遇事沉不住气，今后我这边不会了。"坐在许福全身边的春洋赶紧接上话。

"赶快先喝一杯酒，表示敬意！"许福全推了春洋一把。

春洋端起酒杯，一饮而尽。

"宏祥，春洋都喝了，你呢？"许福全用胳膊肘捣了一下陈宏祥。

"福全的话都说到这个份上了，还说什么，喝酒！"

陈宏祥同样端起酒杯，把酒掀进了嘴里。在酒精的刺激下，三个人来来回回的交谈中，春洋感觉出陈宏祥的态度好了不少。

两小时后，一帮人喝得东倒西歪地散了场。两个人搀着陈宏祥把他送回了家。小美妈一看他们的样子，免不了把女婿狠狠地数落了一通。第二天，小美也知道了，诧异地问春洋："你们两个平时不怎么来往，怎么昨晚喝上了？"

春洋说："没有别的意思，我与福全从他们那里路过，就顺道去他们保安队看看，刚好他们下班，请吃个饭，缓和缓和与你二哥的关系。"

"我说呢。以后不要让我二哥喝那么多，阿妈要骂人的。"小美提醒春洋。

"本来想讨好你二哥，这下得罪了丈母娘，闹得我左右不是人！"

小美在春洋胳膊上轻轻拧了一把："你心里的小算盘，我还能不知道？"

"什么小算盘？"春洋笑着问。

"不告诉你！"小美笑着说。

"小美，你不会对我耍什么心眼儿吧？"春洋严肃起来。

小美也神色一凛："春洋，我是你妻子，怎么会对你耍心眼儿？"说完，气呼呼地把头扭向一边。

"我说错了，我向夫人郑重道歉！"春洋双手作揖，给小美鞠躬赔礼。

"春洋，你是这个世界上我最亲的人，你今后不要再说这样的话了！"小美说完，用手指狠狠地点了两下春洋的脑门。

过了一会儿，春洋想起了一件事，问道："小美，孙富贵和吴柱子在医院里做得怎么样？"

小美说:"两个人都很勤快,与周围人的关系处得也不错。"

春洋欲言又止,他心里很矛盾,以后组织上的人要从潮州经过,次数少还罢,万一时间长次数多再遇到一些紧急情况,一定会需要小美帮忙,到时再说就被动了。春洋回想与小美结婚几年来的情况,每逢与陈宏祥产生矛盾,小美一直是站在自己这边,对他很支持。考虑再三,春洋决定与小美深入谈谈。

"小美,坐!"春洋把小美按在了椅子上。

小美一脸茫然:"出什么事了吗?"

春洋说:"我们结婚几年了,你觉得我做事靠谱不?"

"靠谱!谁说你不靠谱啦?我阿爸阿妈一直夸你呢。"小美摸了摸他的额头,"你没有发烧啊,怎么说些胡话呢?"

春洋拉着小美的手,说:"我没有说胡话。小美,有个事情我想给你说一声。大哥二哥过去的一帮朋友,今后有可能要分批从汕头经潮州到别的地方去。他们人生地不熟,需要帮助,你说我应该不应该帮人家?"春洋的话亦真亦假,并没有完全说出实情。

小美不假思索地说:"这有什么?应该帮助他们啊。"

"现在政府查得很严,你也知道,不少人都被捕遭到杀害,你怕不怕?"

春洋问完这个,小美沉默了。她隐约地意识到了什么,想问又不敢问。与春洋结婚后,她对春洋的所作所为也多多少少有些猜测,从春洋给她看《共产党宣言》时,她就知道了他的政治倾向。

片刻的沉默后,小美才慢慢抬起头,眼里噙着泪水,嘴唇微微颤抖地说:"怕!"

小美说出的这个字,宛如在春洋头上泼了一盆冷水。春洋不知道往下怎么说,一下子愣住了。

"怕,怕有什么用啊?我知道,无论如何你都会去做的。"小美低头说道。

"小美,大哥是个好人吧?"春洋问道。

"是。"

"二哥也是好人吧?"

"是。"小美打断了春洋的话:"还有三哥和大姐,他们都是好人。别扯开了,有话直说吧。"

"小美,大哥二哥,还有三哥和阿姐,他们是什么样的人,你心里都清楚。他们这样的人都替共产党说话办事,说明了什么?说明共产党里的人都是好人。好人现在路过我们潮州,很有可能遇到危险,我们不能袖手旁观。"

小美望着春洋，低头不语。

春洋把小美的另一只手，也紧紧地握在了手心。

"我主要是担心你的安全。"小美终于开口了。

"我又不是共产党，就是给像大哥二哥这样的好人帮忙，你放心，没事的。"

"只要你没事就行，其他的事我不管。"

"你太好了！"春洋一下把小美拉了起来，顺势将她抱在了怀里。

此时，春洋能感受到小美的身体在微微战栗。他用手摩挲着她的头发、肩膀，努力平复她紧张的心情，说道："不要怕，小美，我会小心的。"

小美点点头，慢慢地平静下来。

"如果很顺利，就能把人直接送走。万一遇到紧急情况，说不定要用你们医院做个掩护，你也要有个思想准备。"

"没问题。"小美干脆地回答，似乎恐惧已经烟消云散。

第二天，春洋又去了一趟磷溪镇，了解那边的进展情况。青泉把参与行动的成员都叫了过来，有春溪、青泉以及青叶的丈夫刘双诚，还有其他几个农会会员。他们把各自走的路线、路上可能遇到的困难以及来回用的时间讲了个一清二楚。

"经过比较，大家认为顺着韩江走相对好一些，不容易迷路，但也有问题，路上的障碍比较多。"青泉说完，其他人又七嘴八舌地做了补充。

春洋最后总结，意思是大家要见机行事。如果形势宽松，就顺着韩江走，如果风声紧，就选难走的道。总之，准备的路越多，敌人越不易察觉，我们的人就会越安全。

"另外，还有一件事，你们看行不行？"春洋说，"这里离城比较远，沟通联系不方便。我建议青泉到城里去找个活计，一方面挣点钱，另一方面如果有急事，便于快速联系。"

青泉说："我没问题，就是我老婆一个人带两个孩子太辛苦，还要麻烦阿妈多帮衬一下。"

春洋看了一眼姐姐，春溪当即表态："青泉，你尽管放心去，家里有我和你阿爸呢。"

说完，春溪又转问春洋："他干什么活合适？晚上住在哪里？"

春洋说："我想让青泉在码头上当装卸工，虽然辛苦一些，但工钱日结，时间比较灵活，如果有事也能走得开。青泉想回来就回来，不想回来晚上就暂住在糖行。如果连续几天不回来，你们也不要着急，肯定是有任务了。"

"好的,我把家里事安排一下就去。"青泉很干脆。

"双诚和其他人都在家里等着,继续做好你们自己的事情,如果需要你们,青泉会回来通知。"

安排好这里的一切,春洋又赶回了糖行。王志宝告诉春洋,撑船的陈叔来过一趟。春洋知道陈叔找自己肯定有事,立刻就马不停蹄地去了他家。见到陈叔,他告诉春洋,明天刚好有一船货要送到茶阳去,上次他们说话时记得春洋提起过三河坝,所以问要不要捎带什么货。春洋说暂时没有什么货。但转念一想,自己没有去过那里,如果能跟一趟摸摸情况,心里就更有底了。

于是,春洋问:"阿叔,我这两天没什么事情,能不能跟着你们的船到三河坝去看看?我还没有去过那里呢。"

陈叔说:"在船上很辛苦的,你能受得了那个苦吗?"

春洋说:"我没有经历过,不知道有多苦。但您这么多年都过来了,您能受得了我也能受得了。"

"那好吧,我和我的同伴说一下。明天早上上完货,估计十点出发吧,到时你过来,我们一起走。"

"要准备点什么东西?"

"就是茶缸、毛巾啊这些东西,再准备点钱、干粮、水什么的。在路上,如果来得及,我们会靠岸上去吃饭,如果时间紧就吃干粮。"

乘简陋的货船出行,春洋还是头一遭。上船后,他不敢站起来,只好找了个地方坐下。幸好往三河坝方向是上行,船行得比较慢。除了他,船上还有三个人,前面一个掌舵的,后面左右各有一个人。陈叔的货船是人工船,主要还是靠人力撑船。春洋无事可做,想给他们帮忙,但撑船这个活可不是一般人能干的。陈叔说:"你还是坐船上歇着吧,这活你干不了,要使巧劲,弄不好船就不走了。"春洋只能老老实实地坐着看风景,一边看一边与他们聊天,看到两边的村镇,便问地名。开始还能记住,后来太多了怕忘记,春洋便拿出一张纸画了一条韩江,按顺序把村镇的名字标了上去。

已经是午饭时间,为了赶路,他们没有上岸休息,简单吃点干粮继续前行,一直到太阳下山,快看不见前方了,他们才寻了一个小码头,上岸暂住一宿。

他们留宿之地叫高陂镇,属大埔县管辖,由于毗连韩江,水路交通方便,慢慢发展成为比较热闹的贸易集市。镇上有多家陶瓷经销店、日用杂货店,还有不少旅馆、饭店,一路走过来,相比较而言,这算是个较为繁华的集镇。

住下来后，找个饭庄，简简单单炒了几个菜，几个人也不多话，闷头扒起饭来。撑船人的饭量大，看到每人吃了四五碗米饭，春洋真正体会到干体力活的人是多么不易。吃完饭，三个人回去倒头就睡。春洋心中有事睡不着，就四处转悠，到各家店里找人聊天，一晚上下来，基本上把高陂镇及周边的情况摸清楚了。

大清早五点，三个船夫就起来了，春洋跟着他们去吃了早餐，接着上船。

春洋问陈叔："你们一直都是这样吗？"

"是啊。赶路赶时间嘛，我们准备早点赶到茶阳，把货卸了，然后再转回来，如果晚了还要住在高陂镇，明天才能到家。顺利的话，我们今天晚上就能赶回去，这样就能减少花销。"

春洋想，从潮州沿韩江一路过来，十分顺利，并没有碰到检查巡逻人员。到苏区的同志如果能乘船，应该是最理想的方式。

11月底的韩江，已经有了寒意，江面上漂浮着一层薄雾，两岸的山峦、村镇和树木忽隐忽现，满眼诗意般的朦胧画面。

三个船夫见惯了这样的景色，自然视若无睹，只顾全神贯注地撑着船。春洋伫立船上，想起了古人描写晨雾的几句诗——"缥缈蒸腾梦幻逢，沙洲隐匿雾朦胧。无边碧水苍茫里，浩瀚银河白霭中"。小船行驶在梦幻般的美景之中，仿佛远离了世间所有的恶浊，一切都变得美好起来。

货船行驶两个小时后，太阳爬到了一杆高。温暖的阳光铺照过来，氤氲在江面上的朦胧雾霭逐渐散去，天地变得越发亮堂，视野也随之开阔起来。

就在春洋轻轻松了一口气，紧张的情绪刚刚松弛下来时，新的状况出现了。

前面行驶的两条船慢慢停了下来，春洋所在的货船也只好减速慢行。船头老大对前船大声喊话，问道："老兄，前面怎么了，发生了什么事？"

前船的人回道："前面要停船检查。"

陈彦生低声抱怨："还是给我们碰到了。"

焦急中等待了半个小时，终于轮到了春洋所在的货船。一只小船靠了过来，两名江上巡查队员持枪跳上货船。

"哪里的船？证件！"

"潮州的。"船老大说着把准备好的船运证、船员证、货运单等递了过去。巡查队员一一对照检查，船舱中的货物是棉纱和食盐，他们翻看一番后，没有过分纠缠，倒是对船上多出的这个人很感兴趣。

他们问春洋："干什么的？"

春洋操着一口潮州话说："跟船的。"

船老大也赶紧解释:"嗨!他啊,随货押船,帮工打杂的,我们下午卸了货就回去。"

"好了,好了!"

巡查头目不耐烦地摆了摆手,下船放行。

虚惊一场。春洋心想,自己原来还想乘船比较快,现在看来不行,要是遇到检查的,必定无处可躲。还是走陆路保险一点,起码遇到危险还有转圜的余地。

再往三河坝走,倒是挺顺利的。陈叔问春洋:"春洋,我们的货要到茶阳,你如果想在三河坝转转,我们可以把你放下来,回来时再带上你。"

春洋说:"陈叔,不用了,我跟你们一起去。如果回来得早,我们能不能在三河坝停半个小时,转转就行了。"

"到时我和船老大说说。"

大埔是山区,盛产瓷土、竹木、水电、茶叶等,高陂镇、茶阳镇靠近汀江,得益于水路交通便利,经济比其他镇子相对发达,久而久之,自然成为附近村镇的商业中心。到了茶阳,货船靠岸,陈叔三人忙着找人卸货,春洋和他们约好时间后,便独自上了岸。

汀江主河道在这里分汊,向北连接永定的棉花滩、大埔的莲花滩等,货物基本上都在这附近中转。沿汀江有不少店家,如同天饭店、庆丰货栈、同丰商号、青溪永丰小食店等,还有大水山、崩蓬尾、多宝坑、铁坑等多处物资转运站。

春洋一边逛一边把这一切都默默地记在心里。经过与临街店铺老板交谈,春洋了解到,再往前走,山多地形复杂,闽西的物资要靠双肩挑至此地,再转走水运,向里进货也必须由此上岸,转为肩挑。

大埔县沿汀江一线各镇均是赣闽粤间军事上的重要区域,高陂镇、茶阳镇都设有县警分驻所,来往船只都要接受检查。了解至此,春洋深感这项工作面临着巨大风险,货物如果从汕头或潮州起运,到了这里,也仅仅只是开始,后面还有更艰险的路程。

春洋在镇上四处转悠,看到了县署,院子挺大的,里面有两排房子,估计是各部门办公的地方,门口有个老大爷一脸戒备地盯着来往的行人。

春洋突发奇想,想找看门老人聊聊天。他手里拿着烟走过去,问老人能不能在门房里歇个脚。看在烟的分上,老人让他进了屋。两人话匣子一打开,就很难关上了。老大爷向春洋介绍了茶阳镇以及周边的情况,他这么大年纪了,虽然平时不太走动,但年轻时也是走南闯北,见多识广,如今在这里看门,接触的人很多,信息来源杂,春洋时不时插话恭维,引得对方恨不得把自己知道的和盘托出。

春洋说:"咱们镇上还挺热闹的,做生意的人不少啊。"

老大爷说:"那是,茶阳这个地方位置好,水路交通方便,算是转道江西的必经之路,山里人运货进出都要经过这里,所以就招来了一批想发财的人,开饭店、旅馆、货运站的都有,货物越来越多,挑夫也越来越多。"

"我看镇上有保安队,还有县警驻所,他们这些人平时都干什么啊?"

"他们一方面维持治安,搞搞稽查,另一方面是为了防共产党。共产党在江西那边闹腾得欢,他们肯定也需要物资,就从这块卡他们。"

"哦,那怎么卡啊?他们需要的东西,山里老百姓也需要,如果都不让运,那不是连老百姓一块儿卡死了?商家做不下去了,都跑了,他们从哪里收钱啊?"

老大爷叹口气:"是啊,政府也明白这个道理,所以,上边要求卡,到了下边,又怎么可能卡得死?那些商家都想着法子出点钱消灾,检查的人收了钱,多半睁只眼闭只眼,只要不太过分也就算了。"

这下,春洋心里有数了,在这里,东西还是能进出的,这样一来,自己的胜算少说也有八九成。告别了老大爷,春洋走在街上,看到星罗棋布的店铺,心中猜想,哪个店铺是组织上暗设的联络点呢?

茶阳镇并不大,一个小时不到,春洋就将东南西北转了个遍。回到码头,春洋看到船老大已经指挥人卸完了货,正在往上装运出的货,他请求船老大装好货赶紧往回赶,说自己想在三河坝停一下。

船老大点头同意。由于早上遇到巡查队耽误了些时间,就算现在加速往回赶,今天也回不到潮州,必须在高陂镇住一晚,如此一来,他们反而不急了,船老大给了春洋一个小时的时间。

三河坝位于大埔西部的三河镇,因梅江、汀江、梅潭河在境内交汇成韩江而得名,也素有韩江源之称。这里曾经是清政府重要的盐运枢纽,也是著名的三河坝战役发生地。

南昌起义部队南下潮汕时,朱德和周士第指挥两千余人,在三河坝与国民党钱大钧部展开激战。由于敌我力量悬殊,不敌后退到饶平茂芝,举行了有名的"茂芝会议",确定了西进瑞金、井冈山的决定,为后来的井冈山朱毛会师奠定了基础。

船停在了三河坝,陈彦生也跟着李春洋上岸转转。他虽然以前来过,但每次都要卸货,没有时间走走看看。

三河坝比茶阳镇、高陂镇都要大一点,人口也多一些,毕竟这里是三江交汇点，货物转运站遍布在三条江的两边。江上没有桥，到江的对面去只能靠小船摆渡。两人先登上建筑密集、人多热闹的一边——村落汇城。当年起义军进驻到汇城，在汇城南门外召开群众大会，进行革命宣传。站在岸边望向笔枝尾山脚，春洋脑子里浮现出当年起义军在此与国民党军队对垒激战的场景，心想，说不定自己脚下的土地上就是当时战士们流血牺牲之地。问了当地的人，两人走到当年起义军构筑战壕的地方。春洋心中感慨万千，低头踢踢沟渠，想着能不能找到一两枚弹壳。结果令人失望，几年过去了，这里已了无当年痕迹。

"都说大象无形，大道无垠，看来的确如此！"春洋在心中暗自感叹。

在当地人指引下，两人来到一处风格大气的二层楼前，据说去年刚刚建成。二楼上方门楣处写有"中山纪念堂"字样，正前方立有孙中山全身塑像。蔡兴中跟春洋提起过这个地方，所以春洋一定要来看看。

蔡兴中对春洋说过，纪念堂的兴建是为了纪念孙中山先生来三河坝开展革命活动。1918年5月，孙中山由粤赴沪途中，曾从汕头乘船到三河坝。

春洋把自己知道的事情讲给陈彦生听，陈彦生不住地点头。一路上，看到街边的转运站，春洋问："陈叔，您认识这些商家吗？与他们打过交道没有？"

陈彦生说："有几家是老店，我们打过交道，给他们运过货，也有一些是新开的店，不认识。"

"您也记一记这些店，说不定后面我们还要和他们打交道呢。"

"哦，好的。"陈彦生答应道。

春洋跟着货船跑了两三天，颇感不虚此行。回程的路上，小船顺流而下，比来的时候走得快，也省力多了。春洋伫立船头，突然想起了清朝康咏的一首诗《由汀往潮舟中作》：

盈盈江水向南流，
铁铸艄公纸作舟。
三百滩头风浪恶，
鹧鸪声里到潮州。

第三十六章

　　1930年年底的一天，蔡兴中大清早就起了床。吃过早饭，他便与店员周明发一起打扫店里卫生，整理柜台里的物品。

　　八点半准时开门。早上街头人不多，他们也不指望一大早顾客盈门，两人不慌不忙地准备着。九点来钟，店里开始陆续来客，一个戴着帽子和墨镜的三十出头的年轻人走了进来。来人在店里转了一圈，走到蔡兴中跟前停了下来，让他拿几支毛笔看看。蔡兴中根据他的要求，拿出几支笔让他挑。见四周无人，来者把墨镜向下拉了一下。蔡兴中仔细一看，认出是方大林。

　　方大林挑好一支笔，拿出钱压在一张折叠的纸条上推给了蔡兴中。蔡兴中不动声色收了起来，找回零钱，大声说："好嘞，您慢走。欢迎再来。"

　　原来，一大早，方大林就接到东江特委的通知，让他转告潮州地下交通线负责人，两位"客人"已到汕头，让他们做好接送准备。

　　蔡兴中走到放杂物的小间，展开纸条，只见上面写道："金山旅馆接一老一少送至大埔青溪，手持昨日《岭东民国日报》副刊接头。"仔细看了几遍，蔡兴中把内容记下，随即将纸条烧掉。他给周明发交代了几句，便借口到旅馆看朋友，转身出了店门。半路上，他买了两斤粿品，从口袋里掏出昨天的《岭东民国日报》，翻开副刊那一页，包在了粿品外面。

　　金山旅馆是汕头较大的旅馆，条件不错且花费比永平酒楼便宜。吃早饭的时候，从楼上下来一老一少，看上去像是父子。老人个子不高，面容清瘦，留着整齐的胡须，左偏分头，穿一件黑色的中式对襟衫，看样子有五十多岁。年轻人二十岁左右，身着灰色土布衣服。两个人安静地吃着饭，彼此间一言不发。

　　吃完早饭，老人悄声对年轻人说："你上楼去吧，我到附近走走，看看有没有人过来。"

　　"好的。您自己小心点。"年轻人答应后上楼去了。

　　老人走到旅馆大堂，这里放了两张桌子和几把椅子，方便来投宿的人临时歇脚。大堂里有几个人，或站或坐，正在高声大嗓地说着话，看起来像是要结账离开的客人。老人看一下，没有人手中拿有报纸，就出了大门。

旅馆附近，老人步履轻盈地踱着步，像是在饭后消食闲逛。

九点刚过，一个人手里拿着一包东西走向了旅馆。老人以为是接头的来了，便装作若无其事的样子跟进旅馆。走进旅馆后，原来在大堂里吵吵嚷嚷的旅客已经离去，刚进来的那个人正坐在桌边看报纸。

老人坐了下来，顺手拿了一本旁边书架上的杂志翻阅。翻看一会儿后，老人问看报者："请问，您手里的是今天的《岭东民国日报》吗？"

那人说："是的。"

"哦，不好意思，打扰了，我想看昨天的，一位朋友在上面写了一篇文章。"说完，老人又低头翻杂志。

一会儿，那个人起身上楼，把报纸也随身带走了。老人坐在原地继续看杂志。

一刻钟后，外面走进来一个五十多岁的中年人，手中拿着一包用报纸裹着的东西。这个人正是蔡兴中。

柜台值班人员问蔡兴中："先生要住店吗？"

蔡兴中回答："不住店，我有个外地的朋友住在这里，我过来看看他，可以在这里等一会儿吗？"

"当然可以。"

于是，蔡兴中找了一把椅子坐了下来，随手把包裹放在了桌子上。

老人定睛一看，对方手中正是昨天的《岭东民国日报》，并且副刊刚好翻在了外面，确信对方就是他要等的人，于是朝蔡兴中轻轻点点头，问："您这是昨天的报纸吗？"

"是的。"

"请问能借我看看吗？我想在上面找一篇朋友的文章。"

"不行，我还要包东西呢。"

"我有今天的报纸，可以和您换一换，我到房间去拿。"说完老人起身上楼。

片刻后，一个年轻人从楼上走了下来，冲着蔡兴中喊："阿叔，你来了，我们上楼吧。"

蔡兴中清楚，自己要接的就是这两个人，便拿起包裹跟着年轻人一起上了楼。

二楼不高，房间和走廊都有窗户。二〇一房间，靠近楼边，更有利于应对紧急情况。刚才的老人就在房间里。

蔡兴中低声问道："请问两位从哪里来？"

老人回答："上海。"

"要去哪里？"

"大埔青溪。"

"这就对了。我姓蔡，叫我老蔡好了。"

"我是老徐，他是小张。我们怎么走？"

"今天先乘小火车到潮州，然后从潮州乘船。我们现在就去火车站。我走前面，你们离开一点距离跟着就行。我来买车票，你们不懂潮汕话，不要开口说话，有什么事情我来应付。"

蔡兴中先离开，三人约好在火车站碰头。到了车站，蔡兴中很快买好了三张十一点钟的车票。看看时间还早，他就走到候车室外，观察周边有无异常情况。

一切都显得很平静，没有看到站岗巡逻的人员。蔡兴中暗想，起义军离开潮汕有一段时间了，是不是国民党有所松懈？但想到那些牺牲的同志，他又觉得不可能，一定是国民党知道共产党在从事地下活动，也随之转入了暗战。暗对暗，要复杂得多，因此自己要分外小心。

老徐和小张到达火车站后，蔡兴中走到他们身边，将一团废纸扔在了墙角。小张趁人不注意，捡起纸团，里面裹着两张火车票。

十点一过，开始检票进站，看到两人排进了队伍里，蹲在远处的蔡兴中这才站起身，走到他们后面。蔡兴中的意思很明显，是想让他们两个先检票进站，自己殿后，以便处理突发事件。

与其他乘车人一样，老徐和小张每人拿了一个小包袱，没有什么特别之处。临到他们检票时，有几个人要插队，嘴里叽里咕噜地说着潮州话，老徐和小张一句也听不懂。小张刚要出面制止，老徐拉了拉他的衣服，示意他不要多事。

三人顺利地进站上车。三人买的是二等座。车厢内人多且杂，有的拖家带口，有的拎着大包小包，还有人挑着担子，一看就是做小生意的贩夫走卒。拥挤的人群、嘈杂的环境，反而让三人有一种安全感。

在火车上，三人坐在同一节车厢内，彼此都不说话，但蔡兴中的眼睛不停地在观察着火车车厢两边的门。

在枫溪站，当地车站的一名巡警走进了车厢。检查过几名旅客后，巡警走到了小张面前。"拿出车票，准备检查！"

巡警说的是当地话，小张听不太懂，只掏出自己的车票，递给巡警。蔡兴中和老徐万分紧张。

"我问你呢，哪里人，去哪里？"

小张仍然听不懂，神情开始紧张起来。

巡警盯着小张："你是外地人吧？说说到我们这里来干什么？"

四周所有的旅客都盯向小张。小张不敢开口,他怕一说话露出马脚。

"不好了,警察!不好了,警察!我的钱包被人偷了!"车厢内,突然响起了蔡兴中的喊叫声。

巡警将车票递给小张,厉声说道:"在这里别动,我去看看就回!"

蔡兴中一把抓住走到自己身边的巡警,哭喊道:"警察,看,就是那个人,他刚才从我身边走过,眨眼间就偷走了我的钱包,那是我到潮州购买潮绣的款项,这可怎么办啊?"说话时,蔡兴中伸手指向已到出站口的一个年轻人。

巡警正在愣神之际,蔡兴中拉住他的衣服喊道:"我的钱包是在你们枫溪站被偷的,你得和我一块儿去追小偷!"

巡警无奈,只得和蔡兴中一起匆匆下车,向出站口跑去。跑到一半,火车鸣笛开动,蔡兴中猛地折回,快跑两步跳进了关闭一半的车门。巡警丝毫没有察觉,一个人朝出站口跑去……

火车到达潮州站时,已是中午时分。蔡兴中计划把老徐和小张直接带到通达旅社。客人到旅社住宿,是天经地义之事。

他们相隔一段距离向通达旅社方向走去。快到旅社门口时,蔡兴中远远看到旅社门前站着四个人在说话。其中一个正是旅社老板许福全,另外三个人穿着制服,是保安队员。

蔡兴中立马停下脚步,将手背在身后,朝后面摆了摆,看到手势的老徐和小张马上停了下来。蔡兴中把帽檐往下拉了拉,装作无事人一样继续慢慢往前走。

许福全已经注意到了马路对面走着的蔡兴中,正要开口喊他,忽然看到蔡兴中故意把帽子压了压,许福全立即明白了他的意思。与许福全说话的三个人的确是保安队员,巡逻经过许福全的门前,特意来和他打声招呼。自从上次春洋和许福全邀请保安队的队员吃喝一顿后,他再见到保安队员,每次都是称兄道弟。所幸三个保安队员背对着街道和许福全说话,没有注意到身后的情况。

蔡兴中躲着保安队的人,精明的许福全立即意识到,蔡兴中一定有事情。他急忙对三个保安队员说:"兄弟们先去忙吧,我还要去招呼客人,有空了咱们再约在一起喝酒。"

"好的,一言为定啊。"三个保安队员一摇三晃地离开了通达旅社。

许福全站在门边,眼睛一直盯着远处的蔡兴中,正纳闷春洋介绍来的这位蔡叔葫芦里卖的什么药,就看到蔡兴中转身走了回来。许福全确定,蔡兴中必定有事。

蔡兴中和老徐、小张前后脚走进通达旅社,许福全赶紧笑着迎了上来,说:

"蔡叔,我老远一看就知道是您。"

"福全,我有两个亲戚要在这里住一晚,你先给他们安排个房间,咱们等一下再说话。"蔡兴中说。

许福全将老徐和小张安顿好,然后才过来见蔡兴中。蔡兴中说:"你赶紧去把春洋找来,有急事。"

"我这就去。"许福全说完就走了出去。

见到春洋,许福全开口就问:"春洋,咱们是兄弟,话得明说,刚才蔡叔见到保安队的人就躲,他不会犯了什么杀人越货之类的事吧?"

淡淡一笑后,春洋说:"福全,蔡叔没有杀人,但放过火。他老家有个叫蔡二的,仗着兄弟五个,欺男霸女,还逼得两个村民走投无路投了韩江。蔡叔实在看不下去,夜里把蔡二家的房子一把火烧了,因为这,才跑了出来。"

"哦,原来如此,原来蔡叔是仗义之人,这样的人可交。"许福全释然了。

"不可交的人,我也不会交。"春洋说。

"蔡叔领来了两个人,刚到,不知道干什么的。"许福全这才说起正事。

"蔡叔同村的人,也和蔡二杠上了,一定是一块儿逃出来的。"春洋说。

春洋和许福全一起赶到旅社。春洋让许福全找了个空房间,方便说话。

蔡兴中把情况向春洋介绍道:"这是我们第一次接任务,老徐和小张一老一少,方书记要我们把他们送到大埔青溪,具体地址应该在他们身上。"

"蔡叔,把他们交给我吧,下面的事情我来安排。"春洋神情自若。

"你一个人行吗?"

"没问题。你赶紧回汕头去,以免夜长梦多,时间久了不好。"春洋说完,与蔡兴中一起去见了老徐和小张,彼此做了简短介绍,也算做了交接。

蔡兴中随即赶回汕头。

老徐问春洋:"小李,我们下一步怎么办?"

春洋说:"我这样考虑,就目前来看,形势还算比较平稳,我们可以扮成一般旅客,乘船过去。当然了,你们不会说潮汕话,我得和你们一起过去。"

老徐说:"好的,一切以安全为要,多跑点路、多吃点苦没有关系。"

"我知道。船每天只有一班,今天走不了,你们就好好歇歇,我马上去买票。稳妥起见,晚饭你们也不要出去吃了,我等会儿给你们带回来。"

"谢谢你,小李。"

春洋立即去船码头买票。他事先已经摸清情况,潮州到茶阳去的船每天一班,早上发船,当天还要回头。

果然，船是早上七点半钟出发。春洋买好了三张船票，又买了卤肉、白粥和牛杂粿条拎回了旅社。

　　老徐和小张吃了一顿可口的热饭。

　　当天晚上，春洋没有回家，他怕老徐和小张遇到麻烦。

　　怕什么来什么，夜里十二点的时候，果然出了事。旅社的大门被擂得咣当作响，许福全无奈打开了大门。一群持枪的保安队员闯了进来。

　　"王哥，这深更半夜的，你们干什么呀？"许福全大声问道。

　　被称作"王哥"的保安队员先是冷笑两声，接着板下脸来："不好意思，刚接到上司命令，有两个共产党的头目今天到了潮州，奉陈队长的命令，所有的旅店客栈都要检查。"

　　"王哥，我和你们陈队长是同学，怎么可能窝藏共产党？"许福全拦住了"王哥"。

　　"不好意思，不好意思，我们是奉陈队长的命令执行公务，兄弟你多担待。""王哥"说完，大手一挥，喝令几个队员进屋检查。

　　几名士兵闯进第一个客房，大声朝"王哥"喊道："这里有人！"

　　"王哥"闯进客房，看到春洋和另外两个人坐在桌边，桌子上摆着一副麻将。

　　"干什么的？""王哥"拔枪吆喝了一声。

　　"你是干什么的？"主位上，一位老人站了起来，手指"王哥"问道。

　　"老家伙，挺蛮横嘛，老子是保安队陈队长手下。"

　　"老子是你们陈队长他爸！"老人毫不示弱。

　　"王哥"一听这话，提枪就冲到老人面前，刚要伸手去抓老人的衣领，被春洋一把抓住了手。

　　"慢着！喊你们陈队长来，让他看看这是谁！"春洋厉声说道。

　　"钱龙，到外边去喊陈队长。""王哥"朝一个保安队员喊道。

　　春洋和许福全这才明白，陈宏祥就在门外，人是他亲自带来的。

　　陈宏祥气势汹汹地走进客房。他看见老人，一下子愣住了，面前站着的，不是别人，正是自己阿爸。

　　"阿爸，您怎么在这里？"陈宏祥从没遇过这阵仗，顿时一头雾水，不解地问道。

　　"和你这个不肖子相比，春洋这个女婿比你强一百倍！我平时也没什么爱好，就喜欢打个小牌，让你抽空陪我玩几圈，都说了大半年了，你一次也没有陪。春洋见我在家闲得无聊，就约了这场牌局。"

陈宏祥沉默不语。

"滚，快滚！马上要赢了，别搅了老子的一手好牌。"

"阿爸，我们来查共产党。"

"吃过晚饭我就到这里了，从那时起，店里就没有进过一个生人，要有的话，就是我和春洋，睁开你的狗眼看仔细了，我和春洋是共产党吗？"

陈宏祥和手下悻悻地离开了旅社。

早上六点，春洋赶到旅社，三个人匆匆吃完春洋带来的早点，分头向码头奔去。

候船室里的人挤作一团，都在排队检票。他们三人装作一般乘客，混在等候检票的人群中缓缓前行。老徐瘦小，春洋让他站在自己前面，小张则紧跟在他的身后。三人上船后，船上本就不多的座位早被抢空。乘船的人大部分都携带着大包小包，船上很多空地方也被包裹占满。春洋怕老徐站着累，就从包里拿出一张报纸铺在地上让他坐了下来。

客船从潮州出发，途中要经过留隍、高陂、三河坝、茶阳几个站点。船在行驶中春洋一点都不担心，他怕的是船停下来上下客时，突然有人上来检查。

不知是船运公司打通了关节，还是巡查人员觉得这种小客船没有油水可捞，一路上行船都挺顺利，没有人上来检查，这让春洋放心了不少。

客船到茶阳停泊靠岸。

"茶阳到青溪村还有不少路，怎么办呢？"船上的人多，春洋也不好找老徐和小张商量，他一路上都在考虑这个问题，想来想去，最后决定到岸后，另雇一个小船把他们送过去。船快到茶阳的时候，春洋示意他们两人提早站到下船口，因为人太多，不提前的话很难快速下船。

老徐和小张很顺利地下了船，来到一个人少的地方。春洋对老徐说，这里离青溪村还挺远，需要再雇船。谁知老徐对他说："不用雇船了，这周围就有我们的人，我们就在这里等他们来找。"

说完，老徐在河岸附近找了个地方坐下，春洋在旁边陪同，小张则在十几米外的地方警戒。老徐从包里掏出一张《岭东民国日报》看了起来，副刊朝向外面。

大约过了十几分钟，有个人从老徐面前经过，用当地方言问："先生看的是今天的报纸吗？"

老徐没有听懂，转脸看了看春洋。春洋翻译道："他问您看的是今天的报纸吗？"

老徐说："告诉他，我看的是昨天的报纸。"

春洋做了翻译。

那人又说:"我想找的就是昨天的《岭东民国日报》,上面有熟人的文章。请跟我来吧。"

听完他们的对话,春洋觉得莫名其妙,转念一想,明白了他们是在对暗号。

老徐低声对春洋说:"小李,这是来接我们的同志。你就送到这里,赶紧乘船回去吧。这一路上辛苦你了!"老徐和小张对他点点头以示谢意,此时此地,他们甚至不能握手告别。

春洋低声说道:"两位保重!"

春洋不知道的是,自己护送的老徐叫徐特立,是毛泽东的老师,小张叫张爱萍,后来成为共和国的开国上将。

望着老徐和小张远去的身影,春洋这才意识到,第一次的护送任务就这样波澜不惊地结束了。春洋没有料到的是,地下交通站的工作才刚刚开始,敌人此时还没有嗅到异常,因此还算比较平静和顺利,今后将会有更大的艰难险阻在等待着他。

其实,他们这一站的目的地原本就是大埔青溪村。大埔是中央交通局设立的一个重要的中转站,由卢伟良负责。大埔青溪村前面的沙岗市码头竹头坝河岸上设置了好几个商家,其中最大的永丰号就隶属于当地地下组织。通过做工作,其他的商家如余林昌店铺、范宜鉴店铺等多家店铺以及周边的群众也都被动员了起来。

卢伟良考虑到潮州的同志把人送到茶阳,下船后还要再想办法,索性直接派出小船,潜伏在河边,只等从潮州过来的客船到达,就可以上岸去接人。接头的方式一般只有被送的人员知晓,潮州的交通员是不知道的。

春洋暗暗佩服自己的同志考虑问题如此周全,由他们派船接应无疑更加可靠安全,如果让自己去雇船,肯定还要费一番周折。

"还有没有要走的?快点,马上要开船了。"一声接一声的吆喝声提醒了春洋,他才记起来,客船在这里只停留一个小时,马上就要返航。他赶快奔过去,买好票回到了船上。

"但愿今后的护送任务都像这么顺利。"返程途中,春洋一直在暗暗祈祷。

接下来的一个月,潮州地下交通站陆续送走了十几批同志,算起来也有百十个人。前几次是春洋自己去送,后来考虑到跑得太频繁有可能被盯上,便培训大栓和王志宝,让他们帮自己做一些外围工作。但春洋对此还不满意,一直在琢磨更加安全的方式。

一天，春洋想到好长时间没有去乐平路五十六号看干爹干妈了，就起身去了汕头。老头儿老太太看到春洋来，拉着他的手，高兴得合不拢嘴，告诉春洋他们家里又来了一位新租客，人很好。

春洋为他们感到高兴，说一定要和租客认识认识。租客就是蔡兴中。他们事先说好的，第一次见面假装不认识。

吃晚饭时，老头儿老太太把蔡兴中也叫了过来，四个人热热闹闹地一起吃饭。过程中，老人拿出儿子过去写的信给两人看。蔡兴中和李春洋极力安慰老人，说没有消息就是好消息，说不定他们的儿子过一段时间就会骑着高头大马风风光光地回来。两位老人听后，脸上露出了会心的笑容。后来，李春洋还想出一个法子，他找人模仿二老儿子的笔迹给他们写了一封信，说自己参加北伐军一直忙于行军打仗，根本没有时间写信，在外一切都很好，让老人放心云云。老人接到信后如获至宝，没事就拿出来摸摸。

晚饭后春洋一直陪着老人聊天，帮他们收拾东西，像对待自己的父母一样。服侍他们睡下后，春洋悄悄到了蔡兴中的房间。

"蔡叔，最近经过汕头和潮州的人好像越来越多了。你知道是怎么回事吗？"春洋问。

蔡兴中想了想，说道："这一点也不奇怪。苏区的革命工作开展得如火如荼，那里需要大量的干部。这些过去的人有的是从苏联回来的，有些是长期在北京、上海工作的，他们都是有知识有文化的人，有一技之长和丰富的斗争经验，到了苏区，能更好地发挥他们的作用，促进革命工作的开展。"

"哦，我懂了。与他们相比，我们做点穿针引线的事，太微不足道了。"

"你可不要小看我们的工作哦，我们在为苏区输送新鲜血液和领导力量，意义大着呢。"蔡兴中笑着说。

春洋好奇地问："他们是怎么来到汕头的？"

蔡兴中说："春洋，具体情况我也不清楚，组织上有纪律，我们不要打听。我估计他们有的是从上海到香港，然后从香港再到汕头；有的直接从上海到汕头。可以肯定的是，我们组织内一定有重要人物知道他们的到来，然后想办法通知到东江特委，东江特委再通知潮澄澳地委，由他们再告知我们接送。我想啊，这个重要人物一定就在汕头，有着特殊的掩护身份，只是我们不知道罢了。"

正如蔡兴中所言，很多事情，他和春洋这样普通的地下交通员是不知道的。

1930年年底，汕头振邦街七号，中法药房汕头分号开业了。老板叫刘作扶，老板娘叫石础。陈刚化名刘作扶，是中央交通局副局长。考虑到要为苏区筹措大量药品，中央决定在汕头开一间药房作为掩护。

这个联络站是周恩来指示并亲自过问设立的，是绝密的，只有少数几个人知道，只有输送重要领导干部时才能使用，还要事先经过中央审定批准，一般干部不能随便使用这个联络站。刘作扶与上级党组织也是通过《岭东民国日报》副刊联系，任务均通过暗语下达。他本人不直接与当地人员见面，而是通过特殊的方式进行情报传递。

中央考虑到汕头位置特殊，汕头交通站既是承上启下的中转站，也是往内地输送干部及转运物资的起始站，所以于1931年年初，中央又在汕头建立了另外一个绝密备用站，以防万一。这个位于汕头海平路九十七号的备用站，对外公开的名号是"汕头华富电料行"。

蔡兴中和春洋属于潮州党组织，汕头交通站不与他们直接联系，所以他们自然不知道其中的细节。

蔡兴中说："我们都是单线联系，不知道对方，对方也不知道我们。每次都是方大林假装买东西，到店里来送的信，至于送的什么人，我估计方大林自己也不知道。"

春洋提醒蔡兴中："会不会发生什么意外呢？"

蔡兴中问："除非方大林被跟踪，或者被抓叛变，否则不应该有。"

低头琢磨了一会儿，春洋说："为防止意外，我建议我们改变一下信息传递方式，还要改一下接头地点。"

蔡兴中同意了春洋的想法，第二天起，蔡兴中决定把接头地点改在汕头百货公司里。

"春洋，你也要小心，不要被人察觉到任何蛛丝马迹。虽然你现在与一些保安队员的关系不错，但还是要警惕陈宏祥，从以前发生的种种事情上看，他对你疑心很重，只是现在还没有发现你的疏漏，万一被他发现，他就算不对你下手，也会对和你有关联的人下手。"

"蔡叔你说得有道理，我一定要万分小心，但当前我最担忧的是，我们经常往来于潮州至茶阳这一段，这种状况不知道还要持续多久，我觉得需要安插一个人到客运公司工作，如果这个人能跟着跑船，那就再好不过了。再说，有个自己人在船上照应，我们就可以不另派人陪同，会降低暴露的风险。"

"想法不错，但是到哪里找合适的人呢？"

"你觉得赵旭阳怎么样？你好像说过他会驾船。"

"不行。"蔡兴中想了想说道,"跑船这个活时间上比较死板,只要上了船,再想下来就难了。赵旭阳还兼着潮澄澳地委交通员,把他固定住不合适。"

"大栓呢?大栓怎么样?"

"嗯,大栓倒是可以。小伙子比较机灵,也靠得住。"蔡兴中说,"但你还要好好考察,各方面一定要符合我们挑选交通员的标准。"

春洋回答说,这个标准他知道。一是党龄要长,能严守纪律和党的秘密。大栓在他后面入的党,也有两年了,大栓能做得到。二是思想觉悟高,意志坚定。这一条,大栓也没有问题。三是对敌斗争要有一定的经验。大栓跟着他这么长时间,据他的观察,大栓胆大心细,随机应变能力也不错,并且善于隐蔽,在工作中从来没有出过大的差错。四是身体强壮。这个更不用说,大栓年轻力壮,在客船上工作没有问题。

蔡兴中说:"另外交通员要做什么像什么,要懂'行话',要准备一套随机应变、能自圆其说的说辞,包括自己的家庭背景、过去的经历、牵涉到的人等,不能出现丝毫的漏洞。大栓各方面确实都不错,但如果他要长期在这条线上工作,你还要再好好打磨一下他。"

"好。回去后我就和大栓一起商量这个事情,保证把事情做得滴水不漏。"

话音刚落,春洋像突然想起了什么,急忙说道:"大栓一走,书店就剩仲英一个人,就怕她忙不过来呀。"

"这个不用有顾虑,实在不行,我让你婶到店里去帮帮忙。"

"好吧,那就这么定了。回去后我就找人安排。"

第二天,春洋回到潮州后就开始忙活此事。他和大栓二人暗地里进行过多次充分讨论,还专门请来陈彦生给他讲跑船的一些知识和术语,最后让大栓跟着陈彦生学撑船,沿韩江跑了两个来回。

十几天后,晒得黝黑的大栓已经成了一个像模像样的船夫。

春洋考虑到自己出面不合适,就找到许福全,请他出面以自己表弟的名义,托保安队的人去码头客运部打招呼,把大栓安排上了船。

第三十七章

接头地点改在汕头百货公司后，蔡兴中与方大林约定，平时隔天上午九点见面，借上厕所的机会，进行情报交接。

这天上午，两人按时走进了百货公司，顺利地完成了交接。但就在他们即将离开的时候，忽然听到大门外响起一阵紧促刺耳的哨音。两人对视了一眼，意识到出事了。

蔡兴中对方大林说："后面有个员工通道，你先走，我另想办法。"蔡兴中说完，塞给方大林一个证件，转身离去。方大林一看，是百货公司的员工通行证。方大林拿着证件，从后面的员工通道快速走了出去。

蔡兴中把情报拿出来，仔细看了两遍后，塞进嘴里，直接吞咽了下去。

门口进来了一群巡警，分头在各楼层进行检查。他们举枪喝令顾客和售货员都站在原地，开始逐人逐处进行搜查。五六名便衣侦缉队员带着一个瘦高个来回走动，显然是在辨认什么人。

蔡兴中顿时意识到，瘦高个肯定是个叛徒。"难不成是潮澄澳地委的人，来捉拿方大林的？"

正如蔡兴中所料，瘦高个名叫冯俊山。此人被捕后，经不住严刑拷打，把自己知道的一股脑儿供了出来。这几天，便衣侦缉队一直带着化装后的冯俊山在街上转悠，辨认他熟识的地下共产党员。冯俊山之前见过方大林一面，当天早上，远远看到方大林走进百货公司，立马大喜过望，心想自己立功的机会到了，便立即报告了侦缉队。侦缉队一边在门口守着，一边打电话向局里请求支援。

局长陈宏伟接到下属报告后，立即带着一批警察赶到了现场。

蔡兴中心情忐忑地和几个人站在一起，侦缉队员带着叛徒来到了他面前。他不确定冯俊山是否认识自己，只能与其他人一样表现出惊慌的样子。冯俊山上下打量了几眼蔡兴中，匆匆走了过去。

蔡兴中心中的巨石落了地。

这时候，门口处一阵喧闹，几位警察迅速立正敬礼，像是在迎接什么大头目。百货公司内，所有人的目光都一齐投向了门口。

一个人走了进来，后面还跟着几个随从。

蔡兴中望过去，由于门口有一点背光，一下子没有认出来人是谁。待来人走到自己跟前时，他突然感觉这个人很面熟。他努力在脑海中搜索，终于想起来：来人应该是春洋的大舅子陈宏伟，他与陈宏祥有点像。蔡兴中之前听春洋说过，陈宏伟在汕头警察局工作，但他从来没有与之接触过。蔡兴中的心又一次悬了起来。

前来百货公司的途中，已经有人向陈宏伟汇报了事情的经过，所以，陈宏伟一进来，就有人引领他朝瘦高个站的位置走去。一路上，陈宏伟的眼睛扫视着两边，突然，心头一震，左边几个人中有一个似曾相识。陈宏伟想起来了，这是潮州一家书店的老板。十几年过去了，蔡兴中变老了，但大模样没变，陈宏伟认出了蔡兴中。

"他怎么在这里？难不成和今天的事情有关？"陈宏伟暗自思量。

陈宏伟和蔡兴中的目光短暂对视，但脚下并没有停留，继续朝前走。二人这一对视虽然极其短暂，但敏感的蔡兴中嗅到了其中的异样。

走到叛徒所在的一队侦缉队员面前，陈宏伟停了下来，问："怎么回事？"

一个人抢着回答："他说看到有共党分子进来了，就带我们进来搜查。"

"找到人了吗？"

"还没有。"

"每层楼都搜过了？"

"正在搜。"

半个小时后，各楼层搜索的负责人陆续跑来报告。

"报告，一楼没有。"

"报告，二楼没有。"

"报告，三楼也没有。"

听罢汇报，陈宏伟走到冯俊山面前，双眼狠狠地盯着他咆哮："你说，究竟看到了没有？"

冯俊山低头自语："我，我……我真看到了。"

"你真看到了，那人呢？"

"人，人可能跑了。"

陈宏伟一把抓住冯俊山的衣领："下次报告，给我搞准了，不然的话……"陈宏伟说了一半戛然而止，然后手一松，冯俊山被掼在了地上。陈宏伟面带不屑地抹了下手，随即大喝一声："收队！"

蔡兴中和所有的人都松了一口气。

陈宏伟往外走的时候，又一次斜眼瞄了一眼蔡兴中，蔡兴中刚好也抬头看见了他。几分钟前，与陈宏伟对视的那一眼，蔡兴中心中不免有些惊恐。而这一眼，让蔡兴中对陈宏伟有了不一样的感觉。

警察走后，惊魂未定的蔡兴中还站在原地。当他松开紧握的手时，手指甲在手心里深深地压出了四个通红的印痕。

第二天，在陈宏伟的办公室，手下柳志宇把一张便签交给了他。这是柳志宇在太古码头巡逻的时候，按照陈宏伟的要求，从留言板上取下来的。便签上写着一行字："本船次按时抵达，已回家，放心。二弟即日。"

待柳志宇走后，陈宏伟从抽屉里拿出一个小药水瓶，用棉签蘸点药水轻轻涂到便签背面，纸上慢慢显现出一行小字：奥特·布劳恩，适宜楼四〇二。

"外国人？"看完之后，陈宏伟的第一个反应是惊奇。他以前听说过共产国际，也知道有不少领导人在苏联学习过，但是共产国际的人到苏区去，陈宏伟还是第一次听说。他点上一支烟，边吸边仔细琢磨。如果是外国人，估计应该不会说中文，最好能找个懂点英语的交通员。

深思熟虑后，陈宏伟写好一封短信，连同一张东区绥署发放的通行证装入信封，喊来自己另一个亲信于发奎，让他把信火速送给伯特利教堂的神父。

方大林侥幸从百货公司脱身后，仍心有余悸。鉴于前天的紧急事件，他不敢再贸然去百货公司，也不敢直接去传承笔墨斋。当天，他化了装，扮成捡垃圾的流浪汉，一边在街上游荡，一边想着办法。八点半，他看到传承笔墨斋开了门，心里很着急，恐怕蔡兴中再去百货公司与自己接头，便在传承笔墨斋去百货公司的路上来回溜达，准备在半路上截住他。

果然，九点差三分的时候，蔡兴中从传承笔墨斋出来，朝百货公司方向走去。方大林没有犹豫，立刻与蔡兴中相对而行，朝传承笔墨斋的方向快步走去。当两人擦肩而过的时候，方大林借助背上垃圾袋子的遮挡，轻轻推了蔡兴中一把，并故意将手中的一本书扔在地上，低声对蔡兴中说："先生，你的书掉地上了。"

声音如此熟悉，蔡兴中不须仔细辨认，就立刻认出流浪汉为方大林所扮。他捡起书，冲方大林说了声"谢谢"，若无其事地继续向前走去。蔡兴中在附近转了一圈，观察周围没有异常情况后，才回到店里。

回到店内，蔡兴中急忙翻书寻找，果然在书里找到了一个纸条："重要客人抵达，为安全起见，不走寻常路。"再一次仔细翻找，又发现了一张通行证。他暗暗赞叹汕头的同志考虑得周到。不久前，汕头市府成立了潮普揭联防指挥部，规定凡是途经潮汕的外乡人必须持通行证才能通行。

看到通行证上客人的名字,蔡兴中大吃一惊。怎么是个外国人?蔡兴中不会英语,不知道春洋会不会。如果都不会,和来人根本无法交流,那样麻烦就大了。还有,这么一个长相和中国人不一样的外国人,走在路上肯定更引人注目。他以什么身份出现?怎么样才能安全地把他送走呢?

蔡兴中考虑了一会儿,觉得必须要与春洋商量。由于时间紧迫,他去电信电报局,给小美的医院挂了个电话,让她转告春洋立即到汕头干妈家。

中午时间,春洋就到了。刚一见到春洋,蔡兴中就迫不及待地问:"你会说英语吗?"

"不会。以前跟我二哥学过一些,一直不用,早就忘了。怎么了?"春洋一头雾水,不知道蔡兴中为什么会提出这个问题。

蔡兴中点了支烟,叹了一口气:"这次遇到麻烦了,来了个大鼻子、卷头发的外国人。"

春洋无奈地摇摇头,两手一摊,颇为遗憾地说:"现在后悔也没有用了,书到用时方恨少啊。不过也没有其他办法,只能死马当成活马医,说不定逼急了还能想起来一些呢。连说带比画,应该能明白大概意思。"

"也只能这样了,"蔡兴中转移了话题,"这几天又出了叛徒,形势突然变得很严峻,我们必须既快捷又安全地把他送走。"

春洋想了想:"要说快,乘船从韩江上走是首选。但这不是最安全的途径,因为水路经常会碰到国民党士兵及稽查人员。"

蔡兴中说:"水路快,是不错,但安全不能保证,不行!"

"我们倒是有备选路线,从饶平过去到闽西,这条路大部分都是崎岖难走的山路,要昼伏夜行,需要走好几天,外国人能受得了吗?"

蔡兴中说:"上面指示一定要确保安全,说这次来的客人能吃苦受累,走这条路应该没有问题。"

"好,那我亲自把他们送到大埔。告诉我接头方式和地点,我这就去接他们。"

蔡兴中和春洋思来想去,原计划直接雇条船带客人到饶平那边的码头上岸,后来考虑到汕头码头很乱,单独雇船不一定安全,况且饶平靠海的码头情况不明,万一出现新情况,反而弄巧成拙。最后,两人决定,带人乘火车先到潮州,然后视情况或乘船,或绕道饶平。不管选哪种方式,他们一定要做到万无一失。

确定路线之后,春洋一个人去了适宜楼。

深呼了一口气,春洋敲开了四〇二房间的门。屋内站着两个人,一个高瘦,一个矮胖，大约都四十岁的样子。

春洋愣了一下，心里直犯嘀咕：不是说只有一个外国人吗，现在怎么是两个人？高个子一看就是外国人，矮个子则是中国人。

春洋先开了口："我找一位开布店的何老板，来汕头进货的。"

矮个子问："你是谁？"

"我是方老板的伙计。方老板让我来接客人，去西湖畔凤岭茶庄品茶。"春洋说出了暗号。春洋被让进屋内。

高个子布劳恩倒是十分热情，走上前与春洋握了握手，用生硬的中文说了一句："你——好！"

三人坐定，春洋说："我叫李春洋，接上级命令，这次由我护送布劳恩先生出潮汕。"

"我姓王，你叫我王牧师吧。小伙子，你会讲英语吗？"矮个子做了自我介绍。

"不会，之前学过一点，早都忘记了。您会讲英语，那就太好了。您和这位外国朋友一起去苏区吗？"

"我不去，但陪他到潮州。"

"王牧师，请问布劳恩先生以什么身份出现呢？"春洋看到了他放在床边的精致的铁皮箱子。

王牧师说："布劳恩先生是考古学家，他带的是考古书和工具，到潮州是去考察古城和开元寺的。"

接下来，春洋把他和蔡兴中商定的计划告诉了二位："现在组织里出了叛徒，近几天查得紧，可能要辛苦二位绕道前往。"

王牧师翻译给布劳恩先生听，他点点头表示理解。王牧师一身牧师打扮。布劳恩先生一身半新不旧的衣服，外罩一件多兜背心，再加上一个双肩包、一个工具箱，正是一个考古人员的装扮。

春洋看看他们两个，装扮得有模有样，笑着说："我们出发吧。记住，我是你们雇用的当地向导。"

王牧师会心地一笑。他们商定好，依然是分头行动。春洋反复叮嘱，一定要保持不远不近的距离，自己便于及时现身，以防万一遇到盘查，因两位先生不会说潮州话引出麻烦。

汕头街上果然增加了巡查人员，为避免麻烦，他们三人都雇了黄包车，一直坐到火车站入口处。三人下车准备进入候车室买票候车，他们没有觉察到，就在百米外的一辆车上，一个人正紧紧地盯着他们。

盯他们的人是陈宏伟。自从昨天接到指令，陈宏伟知道这次护送的人非同寻常，自己不能出面，就一直在琢磨能帮上什么忙。陈宏伟知道三人先乘火车去潮州，所以就一遍一遍梳理哪个环节可能出现问题，最后判断，最可能遇到麻烦的地方就是火车站了。

陈宏伟计算着时间，一环一环接下来，估计三人最快也要下午才能出发。所以，午饭之后，他就带上柳志宇，把车开到火车站附近停了下来。

看到春洋的一刹那，陈宏伟不禁浑身一震。虽然不认识另外两个人，但看到后面一胖一瘦两人不徐不疾地跟着春洋，他立刻明白了一切。这几年陈宏伟很少回潮州，与春洋见面也不多，他隐约觉得他这个妹夫不是一般人，但怎么也没有想到，春洋竟是自己的同志，而且还深得组织信任，成了秘密交通员。陈宏伟感到很欣慰，自己的妹妹没有选错人。

春洋进到候车室，买好三个人的车票，开始排队等候检票。他们站在缓缓向前移动的队伍里，不知不觉中两个便衣盯上了他们。便衣走到布劳恩先生和王牧师跟前，问道："你们从哪里来？准备到哪里去？把你们的通行证拿出来！"

二人自然听不懂潮州话，只能装聋作哑，一声不吭。见此情景，春洋赶紧快步上前，掏出烟边递上边说："两位老兄，我们是一起的。我是他们的向导，他们一个是牧师一个是考古学家，要去潮州开元寺、北阁佛灯、湘子桥看看。"

王牧师和布劳恩两人掏出通行证，王牧师的很快被归还。两个便衣对布劳恩产生了怀疑，上上下下打量一通后，冲着春洋吼道："这个洋人哪国的？通行证是不是假的？"

春洋佯装着急地喊道："这还能有假，你看上面都盖着红印章呢。老兄，人家都进站了，再不让我们进站就赶不上车了。"

疑窦丛生的两个便衣岂肯善罢甘休，继续东查西问，不依不饶。车站的两个巡警看他们几个纠缠不休，也饶有兴致地向这边走来。

正当春洋脑子飞快转动时，从候车室门口走进两个人来。

大老远，来人就挥手吼道："吵什么吵，发生什么事了？"

巡警看到来人，赶忙立正敬礼："陈局长好！"

陈宏伟在车上等待时，知道他们刚进去肯定不会有什么问题。火车每两小时一班，整点发车。他看着手表，计算着时间，准备临近检票的时候再进去，如果一切顺利，他就不出声，如果遇到什么情况，他就出面化解，总之，要确保他们顺利上车。看看时间差不多了，陈宏伟大声说道："走，下车！"

二人刚走到门口，就听到里面吵吵嚷嚷，陈宏伟意识到不好，紧走几步进了候车室，果然看到两个便衣正在与李春洋他们三个纠缠，赶紧大声问了一句。

春洋转脸看到是陈宏伟，立刻松了一大口气，说："大哥，你怎么来了？"

陈宏伟说："我来车站检查工作，怎么回事？你怎么跑到这里来了？"

"我陪王牧师和这位考古的先生去潮州，他们缠着问东问西不让我们走，还怀疑他们的通行证是假的。我都急死了，车子马上要开了。"春洋假装委屈地抱怨道。

两个便衣认识陈宏伟，急忙辩解："不是，陈局，这一段风声紧，局里不是要求严嘛，我们怀疑他们的身份，所以才多问两句。"

柳志宇走到便衣面前，眉头一皱，说："你们尽职尽责很好，但知道他是谁吗？这是陈局长的亲妹夫。"

听说是局长的亲妹夫，两个便衣神色大窘，赶忙说："对不起，陈局，我们不知道是您妹夫，真是大水冲了龙王庙啊。"

陈宏伟没有搭腔，只对春洋说："你们快去赶车吧！回去代我向小美问好。"

春洋赶忙说："谢谢大哥。那我们走了。"说完赶紧带着两个人经过检票口向停着的火车跑去，刚一上车，火车就关门启动了。

两个便衣耷拉着脑袋杵在原地，一动也不敢动。陈宏伟没有责怪他们，和颜悦色地说："不知者不为过嘛，我妹夫是做生意的，经常往来于潮州和汕头之间，以后可能还会碰到，别为难他就是了，不然我向妹妹不好交代啊。"陈宏伟说完，朝柳志宇使了个眼色。柳志宇从口袋里掏出烟，给他们每人递了一根。两个人受宠若惊，一脸感激哆哆嗦嗦地接过了香烟。

两个便衣见陈宏伟没有责骂自己，先来一个敬礼，嘴巴连声应道："是，是！局长，我们知道了。"

一场危机化解了。

陈宏伟带着柳志宇又装模作样在站台检查了一遍，直到火车冒着黑烟消失，才放心地离去。

此时，火车上的三个人还没从刚才的遭遇中回过神来。

陈宏伟总在关键时刻出现，难道仅仅是巧合？春洋眼望窗外，心里一遍又一遍地回忆着几年来与陈宏伟打交道的过往：从大表哥手里帮助自己脱身，帮助自己处理大哥春澜的事情，力挺自己与小美的婚事，暗助陈赓、小卢去香港，还有这次危急时刻突然现身解围等等，所有这一切，都让他感到大舅哥与二舅哥绝对是完全不同的两种人。

难道大舅哥是……春洋立刻打住了自己的猜想，因为蔡兴中告诉过他，不该问的不问，不该猜的不猜，这是地下交通员必须遵守的工作纪律。

火车车厢里挤满了人，七嘴八舌闹哄哄地说着话。春洋低着头，一直用眼角的余光打量着整个车厢。火车轰鸣着行驶半个钟头了，他总感觉在隐秘处有双眼睛一直在盯着自己，但当他抬头寻找时，却又找不到。

春洋顿时紧张起来："难道是我的错觉？"

短暂思考后，春洋觉得不像，自己还从来没有遇到过这种情况。

不行，必须确认到底有没有人盯梢！想到这里，春洋站了起来，经过王牧师身边时，朝他眨了眨眼，示意他车上有盯梢。春洋若无其事地向车厢接头处走去，两眼的余光扫视着车厢。在车厢尾部，春洋点上一支烟抽了起来。果然，靠窗坐着的一个人不时地朝春洋所在的地方斜目张望。

十几分钟后，车到了鹳巢车站，春洋下了车，那个人和对面同伴嘀咕了一下，也跟着从另一个车门下了车。春洋在站台上活动腿脚，对方也在站台上溜达着抽烟。不一会儿，车子要关门，春洋跳上车，对方也跟着上了车。

春洋确定，他们被人盯上了，而且是两个人。

回到车上，春洋愈发小心翼翼，不敢再与王牧师两人说话，又急于想把信息传给他们，于是他用右手的食指挠挠自己的眼睛，然后又用食指和中指比了个"二"字，告诉他们被两个人盯上了。

王牧师和布劳恩心领神会。

接着，春洋用手指指布劳恩先生，又捂着肚子，脸上露出痛苦的表情。王牧师明白了春洋要布劳恩假装肚子疼，便用英语与布劳恩先生悄悄进行了沟通。

枫溪站是潮州站的前一站。火车离开枫溪站不久，布劳恩突然大声"哎哟、哎哟"喊了起来，旁边的旅客赶忙问："怎么了？怎么了？"

"胃疼，哎哟，胃病犯了，疼死我了！"布劳恩两只手捂着肚子，满脸痛苦。通过王牧师的翻译，旁边的旅客知道了原委，于是有的劝慰，有的忙着倒水。

春洋也凑了过去，说："我医院里有熟人，再坚持一会，下一站就到了，我送你去医院。"

到了潮州站，春洋背起布劳恩就跑，王牧师紧紧跟在后面。出了车站，春洋叫了一辆大型黄包车，朝小美所在的福音医院一路狂奔。透过黄包车的幕帘，春洋看到，后面也有一辆黄包车不远不近地跟了上来。

"急诊！急诊！快喊医生来！"到了医院门口，春洋一边大声嚷嚷，一边背起布劳恩往一楼急诊室跑。春洋看到一个认识的护士，赶紧对她说："麻烦你赶快叫小美到急诊室来，我有急事找她。"

几分钟后，小美匆匆跑进急诊室。神色紧张的小美还以为是春洋生病了，看到春洋好生生站在自己面前，才大大松了一口气，问他："干什么呀，这么火急火燎的？"

春洋低声对小美说："这是我的两个客户，我要把他们送走，可是被人盯上了，现在盯梢的两个人就在外面，一个客人只好装病到医院来。"

小美着急地问："后面怎么办？"

春洋想了想，说："这样，今晚他们两个就留在医院里，先稳住对方，我这边再想办法。"

"怎么才能稳住对方啊？"小美焦虑地问道。春洋淡定地在她耳边嘀咕了几句。

听完春洋的话，小美离开了急诊室。几分钟后，小美领着一个戴口罩的医生慌里慌张地赶了过来，推门走进了急诊室。十分钟后，医生才神情舒缓地走了出来，医生边走边交代小美："他这个不像胃病，倒有点像阑尾炎，好在现在不是非常严重，先打一针，留下来观察观察再说。"

医生是孙富贵装扮的。小美配合着说："好的。"

春洋从急诊室追了出来，问："护士姐，等会就在这里打针吗？"

小美回答："你等我一会儿，先在急诊室观察。我去拿药，打完针再带你们到病房去。"

两个暗探站在急诊室外的过道里，春洋和小美的对话，是故意说给他们听的。暗探知道对方一时半会儿走不了，便放松了警惕，将监控点由过道转移至大厅。

晚上，春洋陪着布劳恩住在医院里。布劳恩得知一直在忙前忙后的漂亮护士是春洋妻子后，非常高兴，竖着大拇指说："Your wife is very beautiful（你的妻子很漂亮）！"

春洋一声感谢后，轻声对小美说："你让吴柱子过来一趟。"

打扫卫生的吴柱子推着车子进了病房。春洋让吴柱子把一包东西藏在垃圾车底运了出去，转给了在码头做工的大栓。吴柱子把东西交给大栓时，还转告了春洋的话，让大栓雇一艘小船，后天上午九点左右，停在客运码头那里等他。

第二天，布劳恩的"病"好了。春洋带着他和王牧师先去了许福全的通达旅社，安顿好后，就赶往开元寺和教堂，最后去了北极阁。两个暗探在后面远远地跟踪着，看到几个人一整天都在忙着考察、讨论、吃饭，丝毫看不出有什么异样。

第三天一大早，春洋就来旅社敲门："今天去爬葫芦山，看湘子桥，还可以乘船游韩江。"

同样住在客栈的两个便衣侦探一直紧盯不放，当春洋三人在葫芦山上观赏石刻的时候，两个便衣累得气喘吁吁，但还是远远地跟着。

九点多钟，春洋带领两人下山往湘子桥走去。在广济门口，三人被拦了下来。

"干什么的？证件！"一名巡查员截住了布劳恩。

站在附近的两个暗探暗自高兴：老子一直想仔细盘查的，但始终没有机会，这下要给他们查个底儿掉了。

布劳恩递上护照和通行证。王牧师说："他是一个考古学家，经政府允许来我们本地考古的。"

巡查员翻眼看看布劳恩，转头问王牧师："铁皮箱子里装的什么？你让他打开看看！"

王牧师和布劳恩咕咕噜噜说了一串话后，翻译道："他说都是考古的书及一些工具。"

"少废话，打开！"巡查人员呵斥道。

布劳恩打开了箱子。箱内只有几件考古工具和一本厚厚的英文书。

巡查员搜遍了布劳恩的箱子和全身，也没有找到一点可疑的东西。

巡查员仍不放心，对王牧师和春洋也进行了搜查，仍然一无所获。

盯梢的两个便衣大感失落。

从桥上下来，春洋带着两人走到客运码头。一艘小船停在那里等他们，大栓坐在船头。春洋陪着布劳恩上了船，王牧师站在岸上对二人说："我明天还要在教堂讲经，就不陪你们去考古了。你们有什么新发现，一定要告诉我一声哦。"

这个时候，两个便衣才最后确认，布劳恩千真万确是来潮州考古的，并不是自己怀疑的什么共产国际的代表。望着远去的小船，两名便衣悻悻而去。

在船上，春洋对大栓说："都准备好了吗？"

大栓笑着说："放心，我都准备好了。"

小船来到下一站，大栓从码头上装了几布袋茶叶。其中一布袋茶叶里，装着吴柱子从病房倒腾出来的一包布劳恩密封好的绝密文件。除了茶叶袋，码头上的人还抬来了两个大木箱。小船日夜兼程，快到高陂镇时，大栓将船停在一个江汉里，打开了木箱。木箱里，装着潮剧班的道具和戏服。

春洋比画了半天，布劳恩终于明白要自己扮成唱戏的。

"Opera（歌剧），ok，ok！"

春洋穿上戏服，大栓很快用油彩给他画好了脸谱。

布劳恩也穿上了一套戏服，戴上了一顶冠冕，接着大栓也给他画起脸谱。

一切准备停当，春洋拿给布劳恩一面镜子看看自己的模样。

"Emperor, emperor！（皇帝！）Fantastic（太棒了！）"布劳恩高兴得手舞足蹈。

"You 后面千万no say（你后面千万不要说话），由we对付检查！"春洋用半是英语半是中文的夹生话嘱咐布劳恩。

"Ich weiβ en nicht, was Sie meinen（我不明白你在说什么？）"布劳恩是德国人，情急之下，竟然说出了一句母语。

春洋英语听不懂，德语更是一窍不通。抓耳挠腮想了一会儿，春洋终于想出了法子。他把手指竖在嘴唇边，先做了一个嘘声的动作，接着闭眼坐下，一声不吭。一番比画后，布劳恩终于明白了。

"I see. I'm a mute- emperor！（明白了，我是一个哑巴皇帝！）"

小船出了江汉，向高陂镇驶去。

半个小时后，大栓划船来到了检查站，跳上岸后出示了相关证件。

"干什么的？"一个稽查人员朝船上两个穿戏服的人喊道。

"去前面董家洞唱戏？"春洋回答。

"给谁唱戏？唱什么戏？"

"我三舅母今年办六十大寿，去唱《十仙拜寿》。"春洋笑着回答。

"《十仙拜寿》是大戏，怎么就你们两个？"

"这不是船小嘛，大队人马在后面呢！"

稽查人员把证件还给大栓。大栓正准备划船离开，稽查人员突然摆手吆喝道："等等，船上另一个人的鼻子怎么那么大？"

春洋立即明白稽查人员看出了破绽。

春洋急忙接话："他昨天演了大半夜的戏，接着又去喝酒，半小时前坐在船上打盹，一个浪头打来，鼻子磕在了船帮上。你看，正自己跟自己怄着气呢！"

布劳恩板脸坐着，一声不吭。

"样子像个怪怪的洋鬼子，唱拜寿戏，非吓死人不可！"稽查人员嘲笑道。

"唉，你别说，我正发愁呢！"春洋一脸无奈样。

"快走！快走！"

两天后的一个傍晚，在一处偏僻的小码头，春洋带着布劳恩在青溪上了岸。

春洋与岸上的人交接好后，过来与布劳恩做了一个摆手再见的手势，又指了指那个人，意思是让他跟对方走。

"Good-bye！"布劳恩挥挥手，然后向春洋鞠了一躬。

"Good-bye！"春洋同样鞠了一个躬，接着回了一句英语。"再见"是常用语，春洋还清楚记得。

过了很久很久，春洋才从蔡兴中那里听说，这次他送走的洋人Otto Braun有个中文名，叫李德。

第三十八章

叛徒冯俊山的存在,给方大林、蔡兴中和春洋的护送行动带来了极大的危险。方大林决定,除掉冯俊山。三人聚在一家茶房内商量此事,蔡兴中提出由他出面解决。方大林不同意,说护送人员任务更重要,如果节外生枝出了意外,必定会误大事。

"最好是借敌人之手除掉他!"方大林说。

低头思索的春洋突然抬起头,说道:"我有一个主意,不知行不行?"

"说说看!"方大林眼望春洋。

"我大表哥王志鹏现在是潮梅警备司令孙镇的秘书,他弟弟王志宝是我们自己人。兄弟俩个头和长相都很像,我们可以让志宝冒充他哥哥来汕头,只要我们设计好,给冯俊山制造个陷阱,不信他姓冯的不往里跳。"

"这个主意不错。"方大林说。

三个人一番琢磨后,一个大胆且缜密的方案被提了出来。

两天之后,王志宝来到了汕头。身着哥哥日常所穿的便装,王志宝一连几个晚上出现在冯俊山重点关注的几个场所。

冯俊山果真发现了王志宝,顿感如获至宝,心想自己钓到了一条"大鱼"。立功心切的他没有告知任何人,而是继续盯梢,企图摸清"王秘书"的活动规律,然后带人抓个现行。

在汕头城一个偏僻的巷子内,冯俊山看见方大林进入一户人家,很快,"王秘书"也行色匆匆地走了进去。

看到这一切,冯俊山觉得时机已到,便匆匆跑到附近的警察分局,声称潮梅警备司令部的一名共党奸细正在与人接头。分局局长立即带人包围了那户人家。

一阵劝降吆喝后,关闭的屋门毫无动静。

排枪响过,分局局长带人冲进屋内。屋内空空荡荡,半个人影也没有。

消息很快传到了王志鹏耳朵里。巧合的是,当天晚上,王志鹏正和孙镇的老婆一起倒腾名贵字画,根本没有时间外出。

"这个冯俊山,上次报告说自己亲眼看到一名共党分子进入百货公司,我们围了里三层外三层，最后连共党的一根毫毛都没见到，这次又说亲眼看见我和共党分子接头，而我一直跟夫人在挑选字画。我看这小子定是共党的奸细，故意假投降，四处搬弄是非、挑拨离间，甚至想打孙司令您的坏主意。"王志鹏在孙镇面前大倒苦水。

孙镇下令审讯冯俊山。冯俊山自然也说不出所以然。

三天之后，冯俊山被几个黑衣人捆绑后装入麻袋，扔进了韩江……

1930年10月，中原大战胜负已见分晓，蒋介石便腾出手来，着手抽调、集结兵力开始对中央苏区实施大规模围剿，企图一举将分布于江西的红一方面军消灭于袁水流域的清江至分宜地区。除出动部队进行围剿之外，蒋介石还下令对江西周边的鄂、粤、闽等省进行封锁，试图截断红军的物资供给。

这一招阴狠毒辣，导致红军部队不仅缺吃少穿，而且无医少药，武器装备得不到补给。战士们连最基本的口粮都严重不足，更不要提油、盐等副食品。因没有消炎药，不少受伤的士兵因为细菌感染无药可治而不幸牺牲。

苏区领导想到了一个解决问题的办法。

汕头振邦街七号中法药房分号开业后，刘作扶经理从《岭东民国日报》上得到密令，指示他尽快搞到一批金鸡纳霜，然后交给东江特委，由东江特委想办法运往苏区。刘作扶赴香港筹集了两大箱金鸡纳霜，把原来的纸盒包装撕掉，用棉花裹住重新装箱，通过关系运回了汕头。

第二天，刘作扶拿着鱼竿，拎着小桶，扮成垂钓者，去即将接头的码头附近侦察，发现接头点附近有暗探盯守。经过侧面了解，得知撑篷船的人已经被捕，供认出这两天有人来接头，暗探们正在守株待兔。

刘作扶将这一信息迅速报告给党组织。党组织立刻转移和船家有联系的同志，并决定另外安排人手，另找接头地点。

任务又到了蔡兴中手里。蔡兴中本想亲自出马完成这项任务，但组织上没有批准。组织上认为，蔡兴中是汕头至潮州两地中转枢纽的核心人物，作为负责人，不能有一点闪失。无奈之下，蔡兴中只得把任务转交给了春洋，并且明确告诉他，这是红军战士急需的救命药品，必须确保万无一失。

此时的春洋，已被提拔为潮州交通站的副站长。他组织护送人员已有多趟，但运送物资还是第一次，况且还是这么重要的物品。物资与人不一样，必须巧妙伪装和掩藏。想到这里，他心里不免有点打鼓。

蔡兴中回到潮州，和春洋两个人坐在糖行楼上商量对策。

首先是如何与对方交接的问题。春洋说:"东西肯定在对方手里,我们要计划好之后才能交接。最好接到东西直接走,不要在汕头倒手。"

蔡兴中说:"总不能两手拎着箱子,这样目标太显眼。如果检查人员要求开箱检查,一定会露馅。另外,最好不乘火车,你上次送外国客人,太危险了。"

春洋想了想,说:"我等会儿去找一下撑船的陈叔,问问他们的船或者他认识的人,这两天有没有在潮州和汕头间来往的。如果能趁机用他们的船带回潮州,我就让大栓把货放到客船上,与其他物品混在一起藏好,直接带去大埔。"

与蔡兴中分手后,春洋马不停蹄赶到货运码头。等候多时,始终不见陈彦生的影子,他只好让码头上的人看到陈师傅后转告一声。春洋扭头去了客运船码头,他估计大栓该回来了。果然,到了那里,就看到一艘客船停在岸边,大栓和另外两个人正在打扫卫生。

大栓见到春洋,心生欢喜,笑着问道:"李老板,您怎么来了?"

春洋说:"我是专门来看你的。刚好这会儿没客人,我参观一下,可以吗?"

"当然可以。您稍等一下,我把这点卫生做完,就带您参观。"

春洋看到,船并不是很大,甲板四周都有围栏。船舱里放着一些凳子,是给客人准备的。凳子没有固定,可以随便移动,估计是便于旅客堆放行李。

大栓指着客船的船头介绍道:"开船的师傅在前面,那里有一个舱室,旁边有一个放杂物的空间,放着救生圈、缆绳、雨布、照明灯等应急物资。后部是发动机,连着一个锅炉,有两个人专门负责烧锅炉,我们几个轮换着干这活。"

春洋一边看一边说:"你们这地方不大啊,也载不了太多人。"

大栓回答:"是的。只上人还好些,就怕带大包小包的。所以船运公司规定了携带包裹的数量、体积等,超标的大件行李是要另外收费的。"

春洋以前也乘过一两次他们的船,但都没有大行李,没关注过这事,便问:"顾客的大件行李都放哪里?自己拿着吗?"

"不是的,那样太乱了,也影响客人走路,我们有专门放大件行李的地方。"大栓指指头顶,"我们一般都把行李放在船顶上,用网子罩起来,再用绳子扎紧,不用担心会掉下来。"

春洋专门跑到甲板上去看。果然,这个船比较特别。因为主要是载客用,所以造了封闭的船舱,舱顶是平的,面积与船舱一样大。如果一层层地把包裹堆码整齐,能堆三尺来高。大件行李码好后,用绳子、网罩、油布等固定好,刮风下雨都没有影响。

"你们这船顶结实吗?装的东西多,压塌了怎么办?"

"不会的。既然要装东西，造船时就考虑到了这些，肯定是足够结实的。"

看完后，春洋心里有了主意。下了船，他和大栓到了一个僻静处，把这次要运东西的任务告诉了他。大栓说没有问题，到时他和另外两个伙计说一下，因为他见过他们经常给别人带货。

回到糖行，陈彦生已经在等春洋。春洋问他，明后天有没有货船在潮州汕头间来回。陈彦生想了想，说："我的船不去，但我们老板的另一条船明天去汕头，下午返回。怎么，有事吗？"

春洋说："我想带点东西回来，乘火车不方便。"

陈彦生很热心，说："行，我去说，不会有问题。"

"您去问问清楚，他们估计几点钟到汕头，然后几点钟返回，停在哪个码头，我找谁对接，明天一早务必告诉我。"

"好的。跑船的老孟和我关系不错，我这就去问，到时让他给你个最低价。"

第二天一大早，天刚蒙蒙亮，陈彦生就来到了糖行，春洋还没有从家里赶过来。但蔡兴中昨晚住在店里，他不便露面，就让王志宝下楼去与陈彦生谈。陈彦生把他打听到的情况一五一十告诉了王志宝。蔡兴中躲在里间听得清清楚楚。最后，陈彦生说："下午两点，让他到五号货运码头找老孟就行了。"

王志宝面露难色："可我们李老板没见过老孟啊？"

"嗯，也是啊。"陈彦生不好意思地挠挠头，说，"要不这样，等一会李老板来了，让他到码头去找我一趟，我先带他见见老孟。"

"那太好了。"

陈彦生走后，王志宝赶紧去家里叫春洋，怕万一晚了，人家船提前开走了。

春洋来到糖行，和蔡兴中商定了具体的交接办法：蔡兴中于十二点在知味斋饭店等候，让对方坐黄包车将物品送到饭店门口，黄包车篷上系红布条作为记号。由于时间紧，蔡兴中必须尽快赶回汕头，把交接物品的信息传递出去。

到了汕头，蔡兴中立即赶到传承笔墨斋，写好一张纸条，团在手里出了门。方大林自从上次被叛徒认出，回去后就做了改变，扮成了一个蓬头垢面、背着袋子捡拾垃圾的流浪汉。九点钟，他们两个同时出现在了振邦街上，在相对走过之时，蔡兴中假装不在意，一个纸团从袖口中掉了出来，旁边的流浪汉赶紧用一个夹垃圾的夹子将其夹住，扔进手中的袋子里。

就像击鼓传花般，纸条到了方大林手中。他把纸条看了一遍又一遍，时间太紧了，他必须立即向特委书记汇报。想到这，他更加犯难，等他找到特委书记进行汇报，然后特委书记再通知对方，估计时间就来不及了。

方大林认为，情况紧急，只能起用特殊渠道了。观察到四周没有异常情况，方大林向伯特利教堂走去。今天不是礼拜天，教堂外门可罗雀。在大门口，方大林整理了一下自己的胡子和头发，把外面的一件衣服脱了下来放入袋子里，把袋子藏在一处绿篱的下面，这才朝着礼拜堂的大门走去。

方大林进入礼拜堂，来到左边第三排第三号座位坐下来。他是第一次来礼拜堂，看到这里摆放的是木制长条椅，椅子面也是钉的一根根木条。趁着弯腰坐下的时机，他把字条塞进了一个稍微有点松动的木条下面，然后两手合十，双目紧闭，学着别人的样子默默进行祷告。

大约过了一刻来钟，方大林结束祷告，悄悄起身走了出去。这一切都被坐在后排角落处的一个女人看在眼里，她是中法药房刘作扶的夫人石础。由于上一个接头人被抓，他们不知道下一个指令会怎么传递。今天不是周四也不是周日，《岭东民国日报》副刊不出刊，这条获得指令的途径暂时行不通，所以，刘作扶留在家里等待，让石础以祷告的名义来侦察一下这个秘密交接点。

石础来得晚了一点，她一进门就看到有一个人坐在那个特定的位置上低头祷告，心头不禁一惊：是巧合，还是确有重要事情要发生？她赶忙找个不起眼的地方坐下，假装低头祷告，眼角的余光不时瞄向那个地方。

等方大林走后，石础才起身向前走去。因为她坐在最后排，又靠角落，之前没有人注意到她。她走到左边第三排第三号位置坐下来，借着披肩的遮挡，很快从那个松动的木条下找到了东西。

石础轻轻松了一口气："老刘猜得没错，果然起用了紧急通道。"又祷告了一会儿，她藏好纸条，站起身走出礼拜堂，叫了一辆黄包车匆匆离去。

刘作扶在家焦急万分，药品送不出去，多等一天，就会多一分风险，更会多一些因缺药而牺牲的红军战士。看到石础回来，脸上带着喜色，刘作扶便知道有戏。

关门到了楼上，石础把纸条交给刘作扶。刘作扶展开一看，上面的内容正是他需要的接头信息，让他在一点钟之前把物品送到知味斋门前。

蔡兴中在十二点时就赶到了知味斋，要了一壶茶，找了个靠窗的位置坐了下来。这个位置视线很好，窗外两边有黄包车过来的话，他甚至不需要抬头就能看到。他两眼一直留意着窗外，盼望着送货的人赶快到来。从远处过来的黄包车他一辆都不放过，瞪大眼睛希望看到车篷上系着的红布条。一直到十二点四十分，他再也坐不住了，把茶钱放到桌子上，急匆匆地下了楼。他站在大门外不远的一个僻静处，用围巾遮着脸，拉低了帽檐。

不一会儿，他看到远处一辆黄包车飞奔而来，顶篷边一个随风飞舞的红色飘带赫然在目,像一个翩跹起舞的美丽仙女。

蔡兴中表面镇定自若,心里却紧张兴奋得波澜起伏。

黄包车在饭店门前停了下来,从车上下来一个人,戴着墨镜,头上戴着一顶帽子。蔡兴中赶忙站起来,三步并作两步走过去,边走边喊:"黄包车,等等!"

车上下来的人静静地望着蔡兴中。戴墨镜者突然记起来,自己好像见过蔡兴中。"对了,在上海,在陈老板的办公室。"

蔡兴中低头鞠躬道:"先生,您可来了,我们老板等您半天了。"

对方答:"是吗?我有事耽搁了,等会陪你们老板多喝一杯赔个罪。这样,麻烦你帮我把货送到码头,交给我的手下小李,他在码头等着呢。"

"好的,没问题。您先进去吧。"

那人微微颔首,低头走进了饭店。由于他戴着墨镜,又行色匆匆,蔡兴中并没有认出他。如果蔡兴中仔细回忆的话,一定能想起与这人曾有过一面之缘,那是在上海陈老板的办公室里,一个叫刘作扶的年轻人曾经给他斟茶倒水。

蔡兴中对车夫说:"师傅,快,到五号货运码头。"蔡兴中上车后,悄悄地解下了拴在车篷上的红布条。

春洋已经在五号货运码头附近等了近一个小时。他不敢走远,生怕蔡兴中随时过来,午饭也就在附近买了碗粿条简单对付了一下。

码头里,撑船的老孟已经到了,正在卸货装货。这次往回运的是袋装洋灰,春洋看了看,对老孟说最好能留个空出来。

"都一点半了,怎么还不来啊!"春洋心急如焚,自言自语道,"两点钟开船,再晚可就来不及了。"春洋焦躁万分地蹲在一边,两眼一眨不眨地死死盯着来路。

突然,一辆黄包车飞奔而来。春洋想,如果不出意外,蔡兴中应该就在这辆车上。果然,到了跟前,蔡兴中把车篷抬了起来。春洋看到他冲自己点点头,并没有上前去接,而是喊了一嗓:"孟叔,是不是有人给您送东西来了?"

"好的,来了。"老孟应声从船上走了下来。这是春洋事先与他讲好的,如果有货来,让他出面去接。

春洋先上了船,老孟把两箱东西接上船以后,两个人开始商量如何摆放的问题。春洋问他:"孟叔,之前让您留的位置呢?"

老孟指给他看:"这里可以吧?靠洋灰垛的旁边,你这两箱东西也不是很大,这里能放得下。"

春洋小声说："不是放得下放不下的问题，我实话给你说，这两箱东西是走私货，不能给缉查队查到，要放严实一点，否则就被没收了。"

"哦，我懂。"老孟点点头。

说完，两个人一起动手，把船中间的洋灰袋子搬开，把这两箱东西压到最下面，然后把洋灰袋子压在四周，从外面看全是洋灰，一点也看不出来里面还压着什么东西。

货装好了，船启程前，必须先经过缉查队的检查。缉查队的船就在港口附近游荡，看到船动了，他们就会加速赶过来。

"停船，检查！"缉查队的船横在了老孟的船前。

"到哪里去？"一名缉查队员跳到他们船上吆喝道。

老孟回答："回潮州。"

"运的什么？"

"洋灰。"

"有没有带什么不该带的？"

老孟一脸委屈地赔着笑说："没有，怎么可能有呢？"

"真的吗？"

"当然真的，不信你可以随便查。"

这名缉查队员从船头到船尾，来回走了一遍，又用手中的警棍捅了捅洋灰袋。在检查货物的同时，他也在观察船上几个人的表情。这名缉查队员贼得很，有的船员夹带了违禁物品，遇到检查的人就会表现得不自然。这次，他观察了一阵春洋、老孟等几个人，个个一脸淡定。

"你是干什么的？"缉查队员突然转向春洋发问。

春洋不慌不忙地回答："我是货主，跟他们一起过来验验货。"

"从哪里进的货？"

"汕头四方贸易货栈。"春洋在装两只箱子之前，特意问了老孟一句洋灰是从哪里买来的。

缉查队员扭头下船，正当春洋暗自庆幸顺利过关时，缉查队员突然停下脚步，转身快速走近堆放的洋灰袋前，用手指捏了一点洋灰末，搓磨了几下，盯着春洋问："你买的是几号洋灰？"

春洋一下子愣住了。他开糖行，对洋灰型号一窍不通。就在这时，站在缉查队员身后的老孟接连冲他眨了两下眼。

"二号！"春洋脱口而出。

"是二号，上次我给爷爷建墓地，用的是一号洋灰，比这粗多了。"

听罢回答，缉查队员下了船。春洋如释重负。

经过几个小时的航行，船抵达潮州码头。天已经黑了，大栓还坐在码头等春洋。他们把两箱东西提上岸，坐下来商量下一步怎么办。

大栓问："东西放哪里，要搬回去吗？"

春洋想了想，说："今晚搬回去，明天还要再搬回来，太麻烦了。况且来回都要经过城门，接受两次检查，不安全。能直接放到你们船上吗？"

大栓说："不行啊。栈道到船上的搭板抽走了，我们上不了船。还有，我们每天打扫完卫生，下班时都把舱门锁起来，钥匙要交上去。即便想办法上了船，也进不了舱门。"大栓说得有道理，就是想办法上到船上，这大冬天的，也不能在舱门口坐一晚上。

看着周边星星点点的灯光，听着人们匆匆归家的脚步声，两个人一筹莫展。

春洋的脑海里搜索着城外的信息，一一闪过上水门、竹木门、广济门和下水门周边的情况。这些地方他白天逛过，但晚上还从来没有来过，那里大都是简陋的房屋，居住着辛苦讨生活的贫穷百姓。以前没有想过结交他们，这会想找他们显得太过唐突。"多个朋友多条路"，春洋心想，以后说不定还有这种情况发生，必须赶快把这块短板补上。

当春洋想到广济门的时候，突然眼前一亮，上次在那附近看到有一个旅馆，就是那些临时回不了家的人暂住用的，自己去住旅馆好了。

想好之后，春洋对大栓说："走，我们去旅馆。"

两个人拎着东西来到旅馆，问了一下，两人间、四人间、六人间、八人间都有，价格不一。想住两人间，价格有点贵，但是住便宜的，人多不安全。思量了一下，春洋最后一咬牙还是要了个两人间。

春洋觉得物品重要，不能离开他们的视线，只能两个人轮流出去吃饭。他让大栓先出去吃，然后自己再去。趁大栓接替他的机会，春洋回了一趟家。

儿子念祖看到春洋回来，立刻扑了上来，非要春洋抱抱，嘴里嘟嘟囔囔说着妹妹的情况。春洋和小美已经有了两个孩子，大儿子两岁多，小女儿念华才几个月，幸好有阿嬷和阿爸阿妈帮忙，家里的事情才不用他太操心。

春洋抱着念祖去看小美和女儿。小美正在给女儿喂奶，春洋轻抚着小美的头发，愧疚地说："小美，我这一整天在外面忙，也帮不到你。"

小美看着春洋，说："能说会道的家伙，就剩一张嘴了。"

春洋点头憨笑。

小美低声问道："那边的事还多吗？"

"还不少。"春洋故作语气轻松，为的是宽慰小美。

"春洋，嫁鸡随鸡嫁狗随狗，你做你认为该做的事，我不反对。但你也知道，现在一家老小都靠你，你可不能出一点事啊。"

"小美，你放心，我能有什么事呀。你知道什么原因吗？因为我有你这个大善人的保佑！"

小美扑哧一声笑出声来。

"小美，我今天晚上不住家里，得住在糖行。明天一大早我还要到三河坝去一趟，你把孩子带好，不要和老人说任何事情，免得他们担心。"

春洋在家里一直到把儿子哄睡，才悄悄离开家。看着丈夫离去的背影，小美轻轻地摇摇头，不觉间眼眶里蓄满了泪水。

第二天，天刚蒙蒙亮，春洋和大栓就起来了。两人草草吃了点春洋昨天晚上带来的东西，拎上箱子就去了客运码头。

时间尚早，其他船员还没到，大栓去客运室取了钥匙，打开栅栏，铺好了上船的踏板，他们爬到船顶，把箱子放到船篷上堆放行李的地方。

大栓和春洋商量："你就不要去了，到时我把东西交给他们就是了。"

"不行，这次我要去青溪村一趟，亲自把东西交给他们。你去的话，怕时间上来不及。"春洋深知这次运送物品的重要性，一定要亲自护送。

大栓看他说得斩钉截铁，也就没再坚持，便在客舱里找了个地方让他坐下休息。但春洋不放心，很快又走了出来，看到外面两个船员正在往船篷上码放行李，他站在下面紧盯着自己的箱子，一再叮嘱船员把箱子放在中间位置。

上满旅客，装好了东西，客船准时起锚。春洋终于可以坐下来歇口气了，昨晚几乎一夜没有合眼，困顿不堪的他迷迷糊糊地打起了盹儿。

"高陂镇马上到了，请下船的客人带好行李，准备下船！"一声吆喝，把春洋惊醒了。他一下子跳起来，快步往船舱外走去，一边走一边深深自责，怎么能在这么关键的时候睡着，他要看看自己的箱子还在不在。

大栓正在下船口忙活，为客船靠岸做着准备。其实根本不用春洋操心，大栓一路上一直都照看着箱子，况且行李上船托运的时候都有两个同样的标牌，一只绑在行李上，一个留在客人手上，取行李时是需要凭标牌领取的，不必担心误拿。

客人正常下船、上船，一切都很顺利。就在大栓他们解开缆绳要走的时候，岸上几个人朝他们招手并高声喊道："慢着，我们要上船检查！"

上船后，他们开始检查客人的船票和行李。春洋心里有点紧张，心想万一要是一个个核验包裹,很可能会出事。大栓却神色镇定,他知道,这种检查实际上就是借口敲点钱,每周都会碰上那么两三次,他们早已司空见惯了。

船老大这时出现了,拉着其中一人说:"长官,走,我们到前面去看看。"趁着这时机,他把手里的一卷钱塞到了对方手里。那人捏了捏,感觉厚度足量,脸露笑容说:"好的,我们从前到后转一圈,看看有什么不妥,你们一定要保证乘客安全啊。"

"那是当然,您放心。"船老大信誓旦旦。

几个人假装检查了一圈,满意地下了船。

春洋问大栓:"这些人每天都上船检查吗?"

"不是,每周能有两三次吧。我们经常跑这条线,基本上也熟悉了,他们就是敲诈点钱而已。"

"哦。"春洋悬着的心这才放下来。

船一直开到茶阳镇。经过前面几个镇之后,旅客下得多,上得少,到茶阳时船舱里只剩一半人。

春洋拿着箱子下了船。

这次送的是货物,与以往不同。以前送客人,到茶阳后对联络暗号,对上暗号后就会有人来接。这次不同,他需要把货物亲自送到青溪村去。

春洋站在岸边看了看,江里有许多小船,都是分散跑附近短途的。他知道里面肯定有组织上的人,但他不能确定是哪一个。

春洋喊了一声:"有到青溪村去的吗?"

立马就有两三条小船窜了过来,大家都想挣这一单生意:"我去!""我去!"这时,一个年纪看上去五十多岁的人也划了条小船过来,冲着春洋打量了几眼,然后朝一个小伙子招招手,说:"水生,你带这位小哥去吧。"

"好嘞!"叫水生的小伙子答应一声就找地方靠了岸,上来帮春洋拎箱子。其他小船又去寻找别的客人了。

"大哥,坐好了,我们出发。"水生待春洋把箱子安放稳当,竹篙轻轻一点,小船如叶漂行。

水生是个开朗活泼的小伙子,他问:"大哥,您到青溪村找谁啊?我家是青溪的,有事尽可以问我,我知道的都可以告诉您。"

春洋说:"谢谢,到地方再说。"说完就闭上眼睛,佯装休息。水生见春洋不肯说话,自己也不再言语,专注地划船。迎面经过的小船,船上的人不时与水生打着招呼。佯装闭目养神的春洋把每句话都听得清清楚楚,他随时戒备着,怕有什么意外情况。

沉默中划行了半个多小时，水生突然喊道："大哥，前面那个村子就是青溪村了。"

春洋一激灵，猛地站了起来。孰料小船一下子摇晃起来，吓得他赶忙蹲下扶着船帮。

"大哥，莫急，坐稳了。"水生笑着说。

眼前是青溪村沙岗市码头竹头坝河岸，春洋是第一次来这里。他细细观察，河岸上的街道旁是一排店铺，其中最大的就是永丰号，占了两个铺面，经营百货。春洋收到的货箱上夹了一张纸条，他看过后当时就把纸条烧掉了，但上面的字他记得很清楚——到青溪村码头时，让船工喊三声"均平有货"。接货后，要从接货人那里取回收条。

一路上，春洋一直在琢磨，"均平有货"是什么意思，均平是人名还是一个店铺名呢？

水生已经把船划到了码头，问春洋："大哥，上岸吗？"

春洋回答："等等，你带我顺着河岸看看。"

"好的。"水生答应一声，撑着小船沿河岸缓缓地行进。春洋看清楚了每一家店铺的名字，有姓余的、姓范的、姓罗的几家开的店铺，从街头划到了街尾，春洋也没有看到有叫"均平"的铺子，便让水生掉头划了回来。

春洋说："水生，我嗓子有点痛，你帮我喊几声行吧？"

"喊什么呀？"

"喊三声'均平有货'"。

"好的。"水生脸上露出了一丝不易觉察的微笑，放开嗓子喊了起来。

"均平有货！"水生喊过一声，没有动静。

三声喊过，只见从不远处快步走过来一个人。

来人认识水生，大声朝船上喊："水生，把船靠边，你下来！"

水生把船靠了岸，跳下了船。对方上船，把船划离岸边，然后蹲下来询问春洋。当得知春洋是潮州人，在汕头接过货一路带到这里时，对方说："这就对了，华佗中药铺的老钟让我们在这里等货的。"

春洋听到对方说出"华佗中药铺的老钟"几个字，就知道自己找对人了，连忙说："请你把收条给我看看。"

那人当即从口袋里掏出一个纸条和笔，纸条上已经写明物件，也签好了字。他在空白处写上"老药桔两箱"，然后交给了春洋。春洋一看，与他接货时纸条上说的收条一致，于是放心地与对方做了交接。

"同志，一路上辛苦了，下面打算怎么办？"那人问春洋。

"还好。麻烦水生再把我送回茶阳吧。"两人没有互报姓名，匆匆告别。

任务完成，春洋心中的石头才算落地，乘船返回时，感觉返程好像也比来时短了许多……

回到潮州，春洋一刻也没有闲着，满脑子想的都是怎样为中央苏区购置紧缺医用物资一事。

"蔡叔，筹集和运送苏区所需的医用物资，仅仅靠我们几个人的力量远远不够，必须发挥潮州商会的作用。那样的话，目标不集中，敌人不容易发现。就是万一哪个环节出现意外，也不至于一锅被敌人端掉。"再次见到蔡兴中的时候，春洋建议。

蔡兴中同意春洋的想法。不久，在蔡兴中极力推荐下，钟正诚会长提名春洋担任潮州商会的副会长。担任副会长后，春洋一方面与商会会员协调好关系，另一方面利用潮州在上海、香港、广州各地商会的渠道，给予潮州会员必要的帮助，把潮州商会打理得井井有条。潮州商会的会员都乐意与春洋交往，当春洋提出干点"私活"，赚点"小钱"时，他们也都乐意出手相助。

春洋利用商会副会长身份的掩护，在"黄金有价药无价"的非常时期，从上海和香港筹集了一批批重要的医疗物资，包括手术刀、止血钳、海碘酒、碘片、酒精、纱布等，在蔡兴中的精心安排下，历经韩江沿线的各个秘密站点送到了中央苏区。

一老一少两位亦师亦友之人，风雨如晦，鸡鸣不已。

第三十九章

1931年5月，春洋从蔡兴中那里闻悉一个可怕的消息：顾顺章叛变了。

春洋原本不知道顾顺章是谁，但听蔡兴中说，顾顺章长期在上海负责中央地下工作，曾任临时中央政治局委员兼任中央交通局局长，是中央特科行动科的负责人，掌握着大量党内核心机密后，顿感五雷轰顶。

这样一个党内重要人物，竟然叛变了。蔡兴中震惊之余，更是唏嘘不已。

蔡兴中给春洋讲了一段顾顺章的故事。他说，在上海时，从好朋友廖盛岑那里听说过这个人的传奇经历。顾顺章与陈赓一起在莫斯科参加过地下秘密工作技能培训，精通化装、魔术表演和机械修理等，擅长爆破、双手开枪、在室内开枪室外听不到声音、徒手杀人而不留痕迹等技能。1929年11月，他带领行动科在霞飞路设伏铲除一白姓叛徒，连开三枪均精准命中姓白的头部，枪枪夺命。

顾顺章曾兼任中央交通局局长，熟悉潮汕地下交通站的情况，凡是得到他叛变消息的地下交通员，都惊风惧雨，草木皆兵，谨慎观察着暗伏的危险。春洋听了蔡兴中的介绍，同样忧心忡忡，他不是为自己的安全担忧，因为他相信，顾顺章那么大的人物，不可能知道他这么个小小的交通员。

春洋在为地下交通线担心。

"不用过多担心，组织上会考虑应对措施的。不过，我们这段时间要特别小心，做什么事要都多个心眼儿。"蔡兴中叮嘱春洋。

"蔡叔，您放心吧，我知道下面该怎么做。"

随后一段时间，蔡兴中不断给春洋介绍事态发展情况：顾顺章叛变后，上海党组织遭受到毁灭性的打击，幸好几位在沪的中央领导及时实施了转移，万幸逃过此劫。

几天后，蔡兴中再次得到消息，因顾顺章的叛变，中央三条交通线上的多个交通站点遭到毁灭性破坏，一批交通员被捕、牺牲了，有几人被捕后经受不住酷刑变了节，导致部分被护送去苏区的同志遭到了毒手。情况十万火急。

目前，只剩下"上海—香港—汕头—潮州—大埔—永定—虎岗进入瑞金"一条线。中央决定，立即停用振邦街七号这个绝密联络点，命令刘作扶和石础迅速撤离。刘作扶与石础是突然接到撤退指令的，他们连夜离开家，住进了一家私人旅馆。这家旅馆是汕头驻军一名张姓师长所开，不会轻易遭到侦缉队、警察等检查骚扰。

与此同时，中央决定，启用另一个秘密交通点，位于海平路九十七号的汕头华富电料行。这里本来就是一个备用点，由时任中央交通局局长吴德峰亲自安排，而且只有他与周恩来两人知道。

黑云压城中，蔡兴中又接到了转送同志的任务。因情况紧急，组织上要求蔡兴中的行动越快越好。他来不及通知春洋，只得亲自去接头。

这家旅馆不在主街道上，不是太显眼，蔡兴中来回走了两趟，确认没有"尾巴"后才走了进去。在值班登记处，蔡兴中问道："请问刘作扶住哪间房？"

"二〇一。"值班人员回答得很干脆，因为没有人敢到旅馆来捣乱，所以他们从来不设防。

"谢谢！"蔡兴中向楼上走去。站在二〇一门口，他用三长两短的暗号敲了两次门，没有人开门，又敲了第三次。

二〇一的门仍然没开。正当蔡兴中疑惑之时，对面二〇二房间的门却开了。

一个年轻人出来说："好像看到人出去了。"说完，青年人低声自言自语了一句，"正是金凤绽放季，花开时节又逢君。"

蔡兴中一愣，赶忙说："谢谢！"然后又加了一句，"不是花中偏爱菊，此花开尽更无花。"

"我朋友出去了，要不你进来等一会吧，他马上就回来。"

"好的。"暗号对上了，蔡兴中放心地走进了二〇二房间。

关好房门，蔡兴中问："您是刘作扶同志？"

刘作扶点点头："是。"

蔡兴中道："我见过您。"

"嗯？在哪里？"刘作扶看了看蔡兴中。

"在上海，陈老板的办公室。"蔡兴中肯定地说。

刘作扶点点头："你记性不错。"

"你们几个人走？"蔡兴中之所以这样问，是因为他注意到房间里还有一个女士。

"就我们两个。组织内有人叛变，越早离开越好。"

"马上就可以走。我和你们两个分头走，直接乘火车到潮州，住到通达旅社，在那里等。"

刘作扶说:"你最好不要去,告诉我找谁就行。顾顺章叛变影响非常大,说不定陆续将会有更多人撤到苏区。你们这一块压力很大,随时都会接到指令,你还是坚守岗位为好。"

蔡兴中沉吟片刻,说:"好吧,你们要注意安全。"蔡兴中在纸上画了一个符号,交给刘作扶,"你到通达旅社后,把这个交给老板,他会帮你安排的。"

刘作扶看着这个奇怪的符号,沉思片刻,什么也没有说。这个符号是春洋与蔡兴中、许福全商量好的,如果蔡兴中不能回潮州,他就给客人画一个特殊的符号,许福全看到后,会立即通知春洋。

刘作扶和石础很快离开旅馆赶往火车站。正如他们所料,顾顺章叛变的后果暂时还没有波及汕头,火车站的情形与往常暂无异样。两人顺利到达潮州,并找到了通达旅社。

许福全接待了两人。当他们登记完付押金时,刘作扶把那张纸条夹在钱里面递了过去,许福全见到后,不动声色地收了下来,给他们安置好了住处,紧接着派了一个店员迅速去通知春洋。

春洋来后,与许福全关起门嘀咕了一会儿。春洋问清大致的情况,觉得此事非同寻常。以往都是由蔡兴中陪同过来,这次蔡兴中没来,一定发生了什么事情。他要赶紧去会一会这两个人。

敲开房门,春洋仍然使用了与蔡兴中一样的暗号,由此确认来人的身份。见到了来人,春洋也是暗暗吃惊。当初去上海时,他是跟蔡兴中一起去的陈老板办公室,所以他也见过刘作扶,并留下了印象。当然,刘作扶也记得他。

两人都心知肚明,但按照保密要求没有互通姓名。刘作扶只是简单地说明了自己在汕头一个秘密联络点工作,刚接到组织上的紧急命令,需要立即撤离。

"我们要尽快离开,最早什么时候能安排?"刘作扶问道。

"你们准备怎么走,是步行还是乘船?"

"目前风声还不是太紧,可以乘船。"

"如果乘船,今天不行,最快也只能明天一大早出发。到时候我们有人在船上照应,我买好票,明早就把你们送上船。我不陪你们去了,那样目标太大,我们的同志会把你们带到茶阳交接好的。"

"好。"刘作扶是这条线的主要领导,不但知道春洋的名字,同样了解每个环节以及存在的风险。他想了想,对春洋说:"顾顺章叛变带来的影响将会很快影响到潮汕地区,你们潮州交通站的同志务必小心谨慎。"

第二天早上,春洋建议刘作扶和石础两人假扮成进城送货的夫妻,为此,他拿出专门从农具店买来两条新扁担和绳子交给了他们。经验丰富的刘作扶看了一眼扁担和绳子，立即板下脸来。

"同志，扁担和绳子都是新的，并且一模一样，能像经常送货的人吗？"

春洋立刻意识到了自己的粗心。

"同志，干我们这一行，丁点的草率大意就可能掉脑袋！"刘作扶说完，将其中一根绳子剪断一小节，并抓起两根扁担在地上磨了磨。

"我接受批评，今后一定注意！"春洋望着刘作扶诚恳道歉。

"今后你还要承担更重要的护送任务，必须改掉粗心的毛病！"

"我记住了！"

把两人送上船，春洋交代大栓务必安全交给下一站的同志。

望着滚滚的江水和远去的船只，春洋默默地祝愿自己的两位同志一路平安，想到刘作扶前面的告诫，心又悬了起来。五天之后，春洋得到消息，刘作扶和石础平安到达了苏区。

一周后的一个下午，天气有点闷热，春洋正在店里带王志宝盘点货物。马上要到夏天了，空气湿度越来越大，蔗糖怕潮怕热，他们必须做好防潮防霉工作。

突然，一个保安队员跨进了糖行的门，大声嚷着："有人吗？"

保安队员其实看到有人在一角整理东西，但没有看到春洋，以为只有店伙计在，故意这样喊，以彰显自己的八面威风。

春洋从堆垛后面露出头来，说："没看到人在这里吗？"

保安队员一看是春洋，立马变了腔调。他们队长与春洋的关系他是知道的，虽然对别人跋扈惯了，但对春洋还是客气的。

"李老板，您在忙呐？对不起，刚进来没看清楚。陈队长请您去一趟。"

"哦，是老胡啊。他说什么事没有？我这手头正忙着呢！"春洋停下手中的活，疑惑地问。

"没有，他只是让我告诉你赶快过去。"

"好的。我收拾一下，马上就过去。"说完，拿了一包砂糖塞给了老胡。

"谢谢，谢谢！"老胡拿着东西高兴地离开了。

春洋心里泛起了嘀咕，陈宏祥从来没有以这样的方式通知自己去见他，难道出了什么事？不行，自己得赶紧过去看看。

"志宝，给我打盆水，我先去换件衣服。"

春洋擦了擦满身的汗水，换上整洁的衣服，出门时俨然换了另一副模样。

拐了几道弯，走上通往保安队的那条街时，突然听到后面有人喊他。他扭头寻找，只见许福全气喘吁吁地跑了过来。

"你干什么呢？跑这么快。"春洋奇怪地问。

"陈宏祥派人通知我，让我去一趟，不知道干什么。"

"我和你一样。"见陈宏祥也通知了许福全，春洋更加疑惑了，不知道陈宏祥葫芦里卖的什么药。

"那就一起去吧。"

两个人一头雾水，忐忑地走进保安队院内。院内一如往常，并没有意想中的荷枪实弹的阵仗。

在陈宏祥办公室门口，清晰地听到从里面传出的笑声，两个人对视了一眼，一前一后走了进去。陈宏祥看到两人，高兴地说："你们俩可算来了。快过来看看，这是谁？"一句话把他们的目光引向了屋内的另一个人。

那人正笑眯眯地看着他们，二人仔细地打量了一下，还是春洋先开了口："谷大志！"

"到！"谷大志笑呵呵地起身立正，敬了个礼。眼前这人一身西装，梳着大背头，比以前胖了不少，全没有了上学时的清瘦模样。所谓物以类聚，人以群分。上学时，春洋很少与谷大志来往，但许福全却与他走得近，因为他们的学习成绩差不多。

陈宏祥说："大志出息了，也越发讲究了，回来还想着看看老同学。今天你们必须请客，给老同学接风洗尘。"

没等春洋开口，许福全抢先说道："好，好。我请，我请。请问老同学，现在在哪里高就啊？"

"何谈高就，只是从广州调到汕头警察局侦缉队任队长。"听谷大志说完，春洋心里"咯噔"一下，谷大志从广州调至汕头，必是要加强汕头警局的力量，是不是预示着国民党要有大动作了？春洋不动声色，若无其事地说道："本来嘛，大志高升，该他请客，但看在他还记得老同学的分上就免了，这次我们请。下次去汕头，你谷大队长可就义不容辞了啊。"

"那是当然。"

晚上，谷大志与多年没见的三个老同学，喝得天昏地暗。

酒过三巡，意兴阑珊，春洋佯装不解地问谷大志："广州是大地方，待得好好的为什么非要到汕头？汕头比广州可差远了。"

谷大志大着舌头说："俗……俗话说，'最是官身不自由'，我……我也不想啊。长官说要加强这边的力量，就把我派……派来了。"春洋不知道的是，谷大志除了明面上的职务，暗地里还是一名特务。原来，顾顺章对中共中央布局的几条地下交通线，只知道大致情况，由于后期不再兼任交通局局长，并不清楚交通站点的细节，但南方交通线集中于粤、闽、赣地区，他是知道的。为此，敌人迫切希望挖出共产党的这条交通命脉，国民党中央组织部党务调查科向广东、福建和江西重要的城市派驻大量人员加强侦缉力量。谷大志就是在这种背景下被派回汕头的。

谷大志上任伊始，砍了三板斧。他首先加大了对汕头市的侦查力度，加派了人员，像鹰犬般出没于市内的大街小巷，四处寻找线索，还把一些他们认为有用的叛徒带上，在码头、车站及人员密集场所四处布控，辨认熟悉面孔。这一招挺狠，一开始还真给他们抓到几个，后来大家都变得更加小心谨慎，这个问题才得到一定缓解。其次就是派侦缉小组下乡寻找线索，同时用金钱收买眼线，短期内也收到了效果。最后，他找到所辖附近各县城的保安队，给他们布置任务，还开出了奖励条件，许以高官厚禄，调动他们的积极性。

地下交通线的工作，因为谷大志的到来，变得格外艰险。潮汕其他几条交通线已经先后被破坏，现在唯一幸存的这条线也危机四伏、凶险重重。

5月底的一天，蔡兴中正在传承笔墨斋里忙碌，一位个头不高的年轻人走了进来。年轻人想买纸和笔墨，很快挑拣好之后，付钱拿着东西离开了。当蔡兴中收拾摊在柜台上的包装纸时，发现下面压着一张纸条，赶忙不动声色地塞到了袖筒里。在办公桌一隅，蔡兴中打开纸条看完第一行，便如遭雷殛——方大林牺牲了。

原来，方大林在饶平县活动的时候，被谷大志组织的侦缉队收买的眼线举报，在逃走时被乱枪击中，当场壮烈牺牲。

"老方，方书记，您怎么这么快就走了呢！"

两行热泪从蔡兴中眼中奔涌而出。悲痛欲绝的他仰起头来，闭上眼睛，回忆自己与方大林共事的一幕幕……

"老方，您在九泉之下安息吧。剩下的工作，由我和春洋等人替您完成。"擦干眼泪，蔡兴中接着往下看。"请选派一名有经验的交通员前往上海接送一位同志到大埔。"纸条后面，写清了接头地点、时间和暗号。这条指令让蔡兴中陷入了沉思，这一次的任务不但要在潮汕护送，还要前往上海迎接，非同一般，他必须找春洋商量。

刻不容缓。蔡兴中把纸条烧掉，向店员小周简单交代了几句，立刻乘火车前往潮州。

在糖行二楼，蔡兴中和春洋仔细地商议和琢磨这项非同一般的护送任务。

蔡兴中说："我认为这个人特别重要，如果派其他人陪同，一路仍要联系相关交通员安排，环节多，目标大，危险性也就会增加。如果能找个有经验的交通员，一路随机应变，见机行事，反而省却了不少事。"

春洋问："为什么从我们当中选派人员？"

"我们这里是很关键的一环，其他地方的交通员对我们这块不熟，不可能跨过我们。最近'香港—汕头—潮州'一线形势又突然收紧，只有从我们这里选比较合适。"

"蔡叔，您觉得谁去上海最合适？"

蔡兴中沉默了一会儿，神色凝重地说道："来潮州的路上，我也一直在想这个问题。我首先想到自己去完成这项任务，但琢磨来琢磨去，自己不是最合适的人选。蔡叔老了，脑子没有你灵，体力也不如你，相比之下，还是你更合适。如果你这边脱不开身，我当然也可以去。"

春洋清楚蔡兴中的为人，他绝对不是拈轻怕重之人，他说的都是实际情况，其实在与蔡兴中讨论人选的时候，春洋就想到自己去，他只是在等组织的安排和挑选。蔡兴中话音一落，春洋应声说道："蔡叔，谢谢您和组织的信任，我可以去上海接人，然后我们一起来完成这项任务。"

"好！你把家里安顿好就出发吧。这一路来回，全靠你自己安排处置，一定要小心谨慎，确保护送同志的安全。你是我们潮州最好的交通员，相信你一定不会辜负组织上的重托。"

两双手紧紧地握在一起。春洋在心里暗暗发誓，前方即便是刀山火海，也将披荆斩棘，义无反顾。

"这是一点钱，你带着，穷家富路，路上有事宽裕点。"蔡兴中将一个小布包塞给了春洋。

"您家里现在不宽裕，我这里有钱，您留着吧！"春洋把布包退给了蔡兴中。

"春洋，听蔡叔的话，拿着！"蔡兴中瞪了他一眼，把布包重重地重新塞给了春洋。

春洋只好接下了布包。他回家与阿爸阿妈和阿嬷告别，说自己要和几个人一起到上海去推销潮糖。家人没有意识到有什么异样，孩子大了，为了拓展生意，走南闯北是常事，况且上海也不是没去过，便也没有多说什么，只是叮嘱他出门在外，安全第一，遇事小心应对，早去早回。倒是儿子，一路喊着跑过来，嘟囔着求抱抱，在阿嬷怀里的女儿，也挥舞着小手让阿爸抱。春洋只好接过来，一只胳膊抱一个。

"念祖，咱们下来玩好不好，你爸抱你们两个太累了。来，我给你拿糕粿吃。"阿嬷还是心疼孙子，连拉带拽地把念祖接了过去。

春洋在女儿脸上亲了一下，把她递给了阿嬷。小美上班不在家，他收拾好行李又去了医院。小美虽然嘴上不说，但心里知道春洋要去干什么。

"春洋，你现在这样到处跑，我真替你担心！"

"小美，你放心。我这次去上海，没有别的事，就是去跑跑上海的市场。"

小美双眼凝视着春洋："春洋，我是你妻子，你给我说实话交个底，你去上海，真的是去推销潮糖吗？"

春洋不敢直视小美的眼睛，稍作迟疑后，语气坚定地说："小美，我真的是去看看上海的市场。"

泪水从小美的双眸中流了下来。春洋一把将小美抱在怀里。

"春洋，钱在家里衣柜最底下那个抽屉里，都带上吧。你一定要小心，我等你回来！"

春洋的眼泪夺眶而出……

春洋买了一张直接去上海的船票。两年来，春洋把汕头至上海、汕头至香港间来往的客船，以及汕头至潮州来往小火车的时间表深深刻在了脑海中。

算好时间，春洋坐火车赶到汕头，然后从火车站直奔西堤码头。

为了省钱，春洋买了一张三等舱的船票。一上船，他就躺了下来，看似闭目养神，实际上脑子里在一遍遍思考着行动计划。按照和蔡兴中商量的结果，每一步他都要想出两三种突发情况及应对方案，以备不时之需。

到了上海，春洋心想来一趟不容易，始终惦念着能见见二哥李春江，哪怕一个小时，或者半个小时也行。大哥春澜不在了，三哥春海杳无音信，现在只剩下二哥，春洋太想和二哥说上几句话。春洋明白，如果自己直接去这次行动的接头点，接上头后肯定要立即行动，根本就没有自由活动的时间了。当初二哥告诉他，在北四川路上有他们开的一家书店叫晓山书店。于是，春洋下了船就直奔北四川路而去。

北四川路是闻名上海滩的文化一条街，街上人群熙熙攘攘，热闹非凡。春洋手提藤条行李箱，边走边左顾右盼，想尽快找到"晓山书店"。突然，他的膀子被撞了一下，一个人在他耳旁轻声说了一句："跟上我，别回头！"春洋抬头看时，面前只是一个清瘦的背影。

这个背影，春洋太熟悉了，正是二哥李春江。春洋这时才猛然意识到，自己来这里太唐突和冒失了。这是在上海，大叛徒顾顺章在这里深耕已久，掌握着大量的关系网，他出卖的消息已经让好多人丢了性命，说不定晓山书店早已被监控了。

春洋跟着春江七拐八绕，上了一辆公交车，下车后又走了一段。直到确认没有人跟踪，春江才在一僻静处停了下来。春洋紧走两步，不好意思地喊了一声："二哥。"

"春洋，你知不知道今天犯了多大的错误啊？你差一点毁了别人，还把自己搭进去。"一开口，春江劈头盖脸就把弟弟骂了一顿。

"二哥，我错了，是我欠考虑。"

"你怎么来了？有什么要紧事吗？"

"我只想来看看你，马上就走，我还有别的任务。"

"春洋，你让我说你什么好呢？你的心情我能理解，但你老大不小了，也算个老党员了，组织纪律你应该清楚。你有重任在身，应该心无旁骛、一刻不停去完成任务，不能因私人感情影响工作。你想过没有，如果今天你被捕了，你的重任谁来替你完成？"

二哥讲得有道理，春洋心里充满自责，不由自主地低下了头。

春江觉得批评得差不多了，放缓了语气："现在斗争形势真的很残酷。你不是认识冯铿吗？1月中旬她在上海东方饭店参加党的会议时，与柔石、胡也频、李伟森、殷夫等人不幸被捕。二十多天后，都被杀害于龙华监狱。"

"啊！"春洋闻讯如遭晴空霹雳。

"最近一个多月，因顾顺章的叛变，上海的党组织被破坏严重，稍有疏忽就会酿成大祸，我们恨不得前后左右能长八只眼。今天要不是我碰巧发现你，非出大事不可。下一步你去办事，一定不能再大意，要再三确认安全了才能接头。"

"记住了。冯铿他们那么年轻，真是太令人痛惜了。"春洋眼眶红了，虽然与冯铿只有数面之交，但他打心眼里欣赏这个信仰坚定的才女。

"是啊。生命只有一次，我们固然不怕死，但不能做无谓牺牲的莽夫，如果能够活得久一点，不是可以为革命做出更多贡献吗？目前我在这里挺好的，你的同学洪灵菲、戴平万暂时也都是安全的。"

不到十分钟，兄弟两人匆匆分手告别。

"二哥在上海真不容易啊！"春洋望着二哥远去的背影，心中戚然。

联想到上次刘作扶对自己的批评，一连两次粗心大意，春洋内心懊恨不已。

一番深刻反省后，他暗暗告诫自己："李春洋呀李春洋，再这样下去，你配不上一个地下交通员的称号啊！"从此，春洋变得格外谨慎和细心。

当春洋找到外滩附近的华融大厦时，记起自己曾来过这里，就是上次跟蔡兴中一起到陈荣升办公室的那一次。春洋暗暗想，这次不会也是找陈老板吧？记得上次是十一楼，这次是九楼，不是一个楼层。

站在远处观察了一会儿，春洋看到大厦门口站着两个保安，进进出出者皆为体面之人，有拎箱子的，有拿公文包的，保安问一问基本就放行了。春洋觉得自己的一身打扮没有问题，准备好说辞，便向大厦走去。

"请问您找谁？"保安拦下春洋。

"谈生意的，约好了，到十一楼找陈荣升老板。"

保安对每一层有哪些公司、老板姓什么都十分清楚，听到春洋干脆利落的回答之后，又上下打量了他一番，就放他进去了。

上到九楼，春洋慢慢地朝里走，虽是两眼平视，余光却没有漏过每一个标牌。他走到九〇七室门口时，发现门是关着的，他先按三长两短敲一遍，里面没有动静，又按两短三长敲一遍，还不开，最后又三长两短敲一遍，门才缓缓打开。

"您有事吗？"一个年轻人问道。

"与陈老板约好谈生意的。"

"谈什么生意？"

"五百五十斤潮糖生意。"

"请进！"

春洋进去后，门又关上了。这时，陈荣升从里间走了出来，大步上前紧紧握住了春洋的双手。

"小伙子，辛苦你了。"

"陈老板，真的是您啊？"

几年过去了，他们彼此之间都还互有印象。

"陈老板，这次是您要走吗？"

"不是，是另外一个人。你这次护送的人很重要，一定要确保他的安全。"说完，陈荣升在桌子下按了个机关，身后的书架慢慢移动开，从里面走出一个人。

站在春洋面前的人约莫三十多岁，戴一副眼镜，中等身材，不胖不瘦，看起来文质彬彬。

陈荣升向戴眼镜的人介绍："这是小李。"又对春洋说，"你喊他孔先生，不，叫老孔吧。"

彼此认识后，接下来三个人商量以什么身份出发。

春洋说："能不能让老孔扮成老板，我扮成给他拎包的随从？"

陈荣升打量了他们两个一会儿，说："不，还是你扮成老板，让老孔当随从，这样不会引人注目。老孔要变个样子，把原来的分头改为平头，这几天就不要刮胡子了，坐船的时候多吹吹风晒晒太阳，把肤色搞黑一点。另外不能看书，把眼镜先藏起来。总之，先去掉一身书生气，看上去像个粗人，这样别人才不容易辨认。"

"还有……"陈荣升继续说，"后天有一班船直达汕头，我给你们准备好船票。小李你先住进附近的黄浦客栈。这两天你们再好好梳理一下，想想路上还有什么需要应对的事情和可能出现的困难。开船前一小时我们在码头碰面。"

两天之后，当春洋再见到老孔时，对方完全变了样——平头、棉衫、旧鞋子，俨然一副雇工打扮。春洋担心地问："你能看清路和人吗？"

"放心吧，只要不看字，其他的没有问题。"

端详了一会儿老孔的面庞，春洋说："我觉得一下子摘掉眼镜也不妥，鼻梁上的压痕太深了，恐怕一时半会儿消不掉。"

"那怎么办？"老孔也觉得这是个问题。

春洋说："你还是把眼镜装在口袋里，这几天在船上不要戴，如果有人问，也好解释，就说眼睛的确有点近视，但只有算账的时候才戴一下。你没事时常揉揉有压痕的地方，也许很快能消下去。"

就这样，老孔扮成春洋的随从，提着行李跟着春洋一前一后上了船。

在船上的日子，老孔没事时就在甲板上光着膀子晒太阳。五六月的阳光直晒，再加上海风一吹，他的皮肤开始发红，后来变成暗红，下船时已成棕色，整个人彻底褪去了原来的文弱书生气。

汕头西堤码头快要到了，已经能看到岸边高大繁盛的金凤树，随风摇曳的金凤花蕾布满了枝头，枝间已有少部分金凤花迫不及待地绽放了。再过一个月，将进入盛花期，鲜艳的火炬将会开满潮汕大地。

春洋定睛凝视着远方的小山坡，那是大哥李春澜长眠的地方。

春洋心中默念："大哥，我这次有任务在身，就不去看你了。等金凤花盛开时，我再来给你献上一大束你喜欢的金凤花！"

第四十章

西堤码头，人群喧闹嘈杂，下船的队伍排得很长，缓缓地向前移动。春洋打听后得知，上岸的人要逐个接受检查。

这次，春洋看上去倒不是特别着急，一直优哉游哉地在船舷处眺望岸上的风景。当看到一只游荡的篷船时，他脸上掠过了一丝无人察觉的微笑。

春洋当即与老孔低语了一番。

两人挤在排队下船的队伍中，突然，春洋假装伸头向下看，一不小心，上衣口袋里的钱包滑落而出，坠落水面。

"老板，你的钱包……"说时迟那时快，老孔把行李往地上一放，飞速跳下舷梯。

"啊！"四周一片惊呼。

春洋急得对着不远处一艘正在驶离客轮的篷船叫道："他不会游泳，拜托各位快救救他！快，快，我给钱！"

篷船上的一个人立刻跳下水，很快游到老孔跟前。看到老孔在水中不停拍水挣扎，连击两拳将其打昏，拽着老孔游回小船。

人被救起，所有的人都松了一口气。船上的乘务人员催促大家赶紧下船，因为这趟船是经停汕头到香港的，抵汕的旅客下船后，岸上的乘客还要赶着上船。

春洋拿着行李在出站口排队接受检查的时候，听到有人喊他。春洋抬头张望，看到了他的同学谷大志。

"春洋，你怎么在这里啊？"

"我去上海谈点生意，这不刚下船嘛。老同学，我可要给你提点意见，你们这检查的时间也太长了，真耽误事啊。我都站了一个多小时了。"

"唉，没办法，我们有任务啊。"

"什么任务啊？是查人啊，还是查物啊？我看他们手里还拿着一张纸。"

"上海有几个嫌犯可能流窜到我们汕头这一带，让他们对照着查呢。"

春洋伸头看了一眼稽查人员手中的纸，上面有照片，其中一个赫然就是与他同行的老孔。

春洋的心一下子揪了起来。

"春洋，对不起，虽然是老同学，我还是得公事公办，刚才跳水的你那个随从我得检查一下。"没等春洋反应过来，谷大志就对手下说："叫刚才跳水和救人的两个人上岸！"

士兵持枪吆喝一阵后，篷船靠岸，两个浑身湿透的人摇摇晃晃走上岸来。

谷大志一番检查和讯问后，确认其中一人是为客轮运送给养的码头雇工。而另一个人叫王志宝，糖行的雇员，是潮梅警备司令孙镇的秘书王志鹏的弟弟。

原来，事先埋伏在篷船内的王志宝早已做好了准备，他们将老孔"埋"在了一堆空麻袋和竹筐下面。出生在太湖水乡的老孔其实会游泳，刚才只不过是演一场戏。

"春洋，虚惊一场，我请你和志鹏的老弟喝酒怎么样？给你们洗洗尘，压压惊。"谷大志亲热地在春洋肩膀上拍了两下。

"算了吧。你这里这么忙，我们也要赶回去，哪有时间喝酒？谢谢老同学，下次吧。"

两个人你一言我一语地说着话，谷大志把春洋和王志宝送到了外面。临分手时，春洋突然想到了什么。"大志，我没记错的话，你阿爸再过几天就要过六十大寿了，你不回去办上几桌？"

"这一段时间查'共匪'查得紧，回不去了。"

"你回不去，也不给老人置办一点礼物？"

"一天到晚都在值班，哪有时间去买东西？"

"大志，这样吧，我等会儿在汕头买几盒点心和几只卤鹅，回去以后就以你的名义送给老人。"

"那太好了，不过让你破费了，兄弟过意不去。"

"这点小钱，对我们兄弟感情来说，算什么。不过大志，到潮州后我带志宝去你老家，得过广济桥，那里查得紧，你能不能给潮州保安团打个招呼？不然的话，他们又要问东问西的，烦人！"

"没问题，等会我就给他们打个电话，到时你报我的名字就可以了。"

春洋与谷大志告别。

篷船停在了码头边一个偏僻处，早已等候多时的蔡兴中上了船。老孔换上蔡兴中带来的衣服，匆匆离开。

在码头的一角，春洋接上老孔，马不停蹄地奔向火车站。

这次春洋丝毫不敢大意，让老孔在外面等着，自己先进去看看。火车站候车室里的检查人员比以前多了一倍，所有人员都在不停地游荡，眼睛四处踅摸。

看来，火车是不能坐了。

春洋假装抽烟溜出候车室，然后慢悠悠地走出火车站，顺着铁路向东北方向走去，老孔远远地跟在后面。春洋一边走一边思考，下一步怎么办？不可能就这样走到潮州吧？他嘴里念叨着庵埠、华美、彩塘等铁路上的几个站点，突然有了主意："庵埠离汕头太近了，到华美站去上车，那里是个小站。"

路上有人力车，春洋拦下一辆，讲好价钱，让人把他们送到华美车站。

果然，华美车站比汕头车站的盘查宽松了许多，这里只是一个村庄，等车的人少，检查人员更少。两人顺利地上了车，车上还算平静。春洋本来打算直接坐到潮州，但突然想到，上周谷大志才去见过陈宏祥，也不知道两人密谋了什么，看今天这种架势，估计陈宏祥也不会无动于衷，如果他也在潮州车站加大了盘查力度，那就麻烦了。

于是，春洋临时决定从潮州的上一站枫溪车站下车，这里是一个小站，离潮州只有十几里路，雇个车子赶过去不成问题。春洋的判断是正确的，此时的潮州火车站和码头，每个旅客都在接受着严格的讯问和盘查。

一番周折后，春洋带着老孔抵达潮州城外的广济桥旁。

春洋让老孔在原地休息，自己朝桥头走了一段，前去侦查。广济桥头有两三个保安队员守着，他们每人手里都拿着一沓画像。

回来后，春洋与老孔嘀咕一番后，走上了广济桥。

春洋昂首阔步地走在前面，老孔扛着箱子紧跟在他身后。一路折腾下来，头发蓬乱的老孔，皮肤黢黑，手也粗糙了不少，看上去与当地人没有多大区别。

一名保安队员截住了春洋和老孔，询问干什么的。春洋说他的朋友，汕头侦缉处处长谷大志的阿爸过六十大寿，他们去送贺礼。

"汕头是汕头，潮州是潮州，我不管什么谷大志、米大志的，没有通行证一律不能通过！"

"谷处长是我们潮州人，大名鼎鼎，他派人送东西也不行？"

"不行，不行！"

春洋和保安队员正在争论时，坐在旁边抽烟的保安头目走了过来："吵什么？"

"这两个人说是给什么谷大志送东西。"保安队员说道。

"是汕头谷处长派来的人？"

"是。"春洋赶忙接话。

"走吧，走吧！谷处长来过电话了。"

春洋和老孔顺利地过了广济桥。

闯过了这一关，春洋的紧张情绪稍微舒缓了一点。在东岸桥头，搭上一辆牛车，春洋马不停蹄地带着老孔直接赶往磷溪镇姐姐家。

又是一个多钟头的鞍马劳顿。春溪看到弟弟领着一个人来，知道又有任务，没有多问，赶忙做饭。青泉出去做工，还没回来。春溪问弟弟，是等青泉回来送，还是让姐夫和双诚一起去送？

春洋说事情紧急，不能等，这次他和双诚一起去送。

春溪二话不说，让二儿子青林去叫双诚。因为有了上次的经验，双诚很快准备好了背篓、绳子、砍刀之类的东西，仍然扮成打猎和拣山货的人。

双诚说："不知怎么回事，最近侦缉小组的人来这里跑得很勤。我们必须多加小心。还有，现在天气热，山里面的动物和蚊虫都多了起来，也不能大意，要多带些物品有备无患。"

"双诚说得对，把你姐夫上次弄的跌打损伤和防蚊虫叮咬的药都带上，还有蛇药，千万小心不要被蛇咬伤。"春溪说着，把一包药递给了春洋。

一切准备妥当，春洋叮嘱双诚，现在形势严峻，他们还是本着昼伏夜行的原则，尽量避免麻烦。他们的任务是送人，绝不能逞强，一定要保护好孔先生，这是首要任务。他们两个如果有人被抓，另外一个人要继续想办法完成任务。

双诚使劲地点了点头。

三个人穿行在漆黑的山林中。这一带并没有挺拔的大山，都是海拔几十、上百米的低矮山包。山下有绕道的小路，但是太远，最快的方法还是从山包上翻过去。双诚在前，老孔居中，春洋走在最后。双诚年轻，常年干体力活，走这样的路自然驾轻就熟。春洋第一次在执行任务时走这样的路，好在年轻，体力还能勉强跟上。老孔就有点吃力，他常年在室内工作，加之年龄又比他们两个大，体力明显有点跟不上。

三个人走走歇歇，饿了就吃点干粮，渴了就喝口山泉。

走到第二天早上八点多钟时，双诚辨别了一下方位，觉得差不多快到凤凰镇了。看看老孔早已疲惫不堪，便提议大家找个隐蔽的地方休息一下，睡上一觉。春洋考虑到上午八九点钟侦缉小组该出来活动了，同意找个地方作短暂休息。

双诚找到了一个非常隐蔽的山洞，正想抬腿进去打探，春洋提醒他："注意安全啊。"话音刚落，从洞口窜出来一条蛇，咝咝地吐着芯子，蛇身足有孩童胳膊粗细。

"蛇！蛇！"老孔惊叫一声。

"不用怕，让它游走吧。估计这条蛇住在这里，我们来了，惊动了它，它只好搬走了。"双诚见过这阵势，比较镇定，但也不敢再到山洞深处去。他把洞口周围的树叶拢在一起，让两人在这山旮旯里躺下睡一会儿。他自己走到不远处坐着，靠在树边警戒。

凤凰镇山多林密，三人正在翻越的这座山就叫凤凰山。俗话说靠山吃山，所以上山做事的村民不少。三人休息的这个地方比较隐蔽，虽说是大白天，也并没有人路过，只有一个背竹篓的村民，看到这边有人，也主动绕道走了。

双诚也很累，靠在树上不停地打瞌睡，但坐着终究不能熟睡，有时猛一点头，把自己都吓醒了。春洋睡了一觉，感觉轻松了许多，便准备去替换双诚。这时老孔也醒了，他说自己年纪大了，觉少，让春洋多睡一会儿，由他去替换双诚。春洋不同意，说他不会潮州话，有事情应付不了。两个人争来争去，最后还是春洋说服老孔，把双诚替换了下来。

到了中午，天异常闷热，他们也没胃口，胡乱吃了点东西。春洋说："走！中午天热，侦缉小组的那帮人肯定偷懒耍滑，他们要吃饭休息，我们刚好趁他们吃饭偷懒的空隙赶路。"

"说得好，这就是游击战术。"老孔插话了。

两人不约而同地看向老孔。

"我读过不少内部材料，其中就有毛泽东同志提出的在敌强我弱形势下，关于游击战术的十六字诀：敌进我退，敌驻我扰，敌疲我打，敌退我追。"

听着老孔的话，春洋和双诚互相看看，不停点头。

"老孔，您知道得真多。"春洋佩服得五体投地。

"略知一二，不足挂齿。"

三人继续赶路。老孔空着手，春洋和双诚两个人身上背着东西，三人艰难地行进着。双诚在前面带路，一路边走边采些山货，不多会儿，他的背篓里便装了大半筐。为保持背篓不至于太重，山货太多时，双诚就扔掉一些。

四点来钟，春洋估计侦缉小组的人又该出动了，三个人又找个地方猫了起来。一直挨到七点，天色暗了下来，他们方才动身。

三人没走多久，在即将穿过林中一条下山道时，突然听到不远处有人说话。双诚赶紧向后摆手，好在春洋和老孔没有跟得太紧，立即找了个地方隐蔽起来。

双诚吃不准对方是否看到了自己，此时无缘无故躲起来反而欲盖弥彰，就假装无事一般，从林子里走出，沿着小路下山。

从上面走下来四个人,其中两个人还背着步枪。他们看到了双诚。其中一人喊道:"嘿,干什么的?"

双诚退到路边停了下来,佯装害怕,回答:"找山货的。"

"找山货的,就这么点儿?"

"我出来得晚,老总您也不是不知道,现在找山货的人多,不好找。"

"哪村人?"

"田寮的。"

"怎么没见过你?"

"我也没有碰到过你们,经常满山跑,不容易碰到。"

"让我看看你找的什么山货,不会是闹'共匪'的吧。"一个人说完上来就拽刘双诚的筐子。双诚索性把背篓取下来,把东西倒在地上给他们看。对方扒拉了一下,有山货,也有找山货的人必备的绳子、药品、干粮和砍刀。

"你带这么多干粮干什么?"

"山这么大,恐怕走远了一时回不去,就多备了点。"双诚回答。

盘问了大约十分钟,其中一个人不耐烦了,说:"天快黑了,走吧走吧。"

但另一个人非常执拗,仍不依不饶地说:"我们好几天都没开张了,老是空着手回去,又要挨训,不如我们把他带回去好好审审,也算我们完成任务交差了。"

其他三个人一听,觉得有道理,就都点点头。"走,跟我们走一趟!"

双诚一听,心想要坏事,赶紧打躬作揖,带着哭腔大声说:"老总,我不能跟你走啊,我上有老,下有小,他们都在家等着我呢。我要回不去,你让他们怎么活啊?"说完真的坐在地上哭爹喊娘地号啕起来。

几个人愣住了。其中一个人心软了下来,大声嚷嚷:"看他这熊样,哪像什么共产党,算了吧。天快黑了,我们抓了他,如果审半天什么也没审出来,反倒是个累赘。"

"算了,走吧。"另外一人附和道。

双诚一听,连忙趴下抱着一个人的腿,连连磕头。

"滚!别把鼻涕弄我裤子上了。"那个人一脸嫌恶地一脚把双诚踹倒,扭头喊其他人赶紧走。

双诚爬起来,慢腾腾地把东西收拾好。确认四人走远后,才回头把春洋和老孔叫了出来。

春洋表扬双诚:"刚才好险啊!不错,知道随机应变了。看样子老孔刚才没有给我们白讲。"

老孔说："是啊。敌进我退，该示弱的时候要示弱，保存实力伺机再战，也是进行革命斗争的策略。"

听到老孔的话，双诚不好意思地挠头笑了起来。

收拾好东西，三个人继续翻山越岭。五天之后，终于安全到达茶阳，春洋与来人接上了头。

春洋与老孔相处几天，从他那里学到了不少知识，同时，他的气质与自己护送过的其他同志截然不同。告别的时候，春洋悄悄地说："老孔，我非常敬佩您。此一别，也许我们永远没有见面的机会了。能不能冒昧地问一句，您真的姓孔吗？"

老孔沉吟了一下，也许是这几日的亲密接触使他对眼前的春洋更为信任了，他笑着低声说道："我告诉你，你自己知道就行了。你们叫我老孔，孔方兄不就是钱嘛，我姓钱，叫钱壮飞。"

"啊？您就是……"春洋激动万分，惊愕不止，他怎么也没有想到，破解顾顺章叛变危局，解救大量高级干部的卧底英雄钱壮飞就在自己眼前，而且还是由自己亲自护送英雄走过了秘密交通线。春洋想继续追问，但知道组织上有纪律，便不再开口。

钱壮飞自然知道春洋想问什么，冲着一脸惊愕的春洋，笑着点了点头。"你知道就行了，我们是同行，保守秘密是底线。"

"老孔，您放心，我李春洋就是死，也绝对不会露出一个字。"

老孔跳上船，几个人依依作别。

春洋望着钱壮飞的背影，站在岸边足足愣了好几分钟。"英雄，大英雄啊！"他喃喃自语。

12月中旬，春洋和蔡兴中又接到了一项重要任务。

这天下午，蔡兴中收到一张纸条：通知李姓交通员于明中午十一点半持上日报纸来知味斋。

怎么通知春洋呢？蔡兴中想到了小美。于是他到邮电大楼给小美打了个电话，仅说了一句话："告知小李明早过来一趟。"这是蔡兴中与春洋约定好的，话越简单，便说明事情越急。

第二天，春洋乘第一班火车到了汕头。蔡兴中把纸条转给了春洋。春洋深知责任重大，狠狠点了下头，毅然说道："好，我去。"

春洋十一点一刻就到了知味斋饭店，找了个靠边的位置坐下，拿出报纸，边喝茶边阅读。知味斋陆续进来了两三桌客人，一直到十一点半也没有人与春洋联系。正当他深感迷茫不停向外张望时，一个服务员走了过来，把菜单递给他，说："先生，你先看看菜单点菜吧。"

打开菜单，春洋看到里面夹着一个纸条，上写：有熟人，不便进来，去西天巷吃蚝烙。春洋把菜单里的纸条抽出来，换成一张钱，合上递给服务员，说："我朋友还没来，等会儿再点吧，我出去看看。"

手里攥着一卷报纸，春洋来到了西天巷。西天巷是升平路一条独特巷道的名字，这条长不足五十米、宽不足三米的小巷，有众多的蚝烙摊，最出名的有姚老四、林木坤、胡锦兴三个摊。巷子里人来人往，热闹异常。

春洋想，怎么能找到接头人呢？

春洋一边随着人流慢慢地走，一边用眼角的余光打量周边的人。

"嘿，妹夫，你也来吃蚝烙吗？"有人和春洋打招呼。

"妹夫？"在这里谁会这么称呼他，春洋想。

"您是？"

"不认得了？前一阵子我跟陈局长在火车站见过你呢。"

"哦，是，是，看我这记性。"看着对方变戏法似的从口袋里掏出昨日的报纸，春洋立刻明白了，赶忙说，"这么说，我要好好谢谢你了。我请你吃蚝烙怎么样？"

"好吧。"二人原想就近找个地方坐下来，但环顾四周后看到人太多了，只好进了一个粿汁店。

来人是柳志宇。柳志宇原计划在知味斋接头，看到两个同事进了饭店，所以临时决定改换地点。柳志宇对春洋说，这次要送的是一位姓伍的同志，需要一个经验丰富的交通员全程陪同。

春洋在静静地听着任务的同时，脑子里不禁又猜测起陈宏伟的身份，他身边的柳志宇是共产党，那么他自己呢？但此刻不容春洋多想，而且他也万万猜不到，柳志宇口中的重要人物，就是大名鼎鼎的周恩来。

1925年东征军来到潮州时，春洋第一次见到了周恩来。两年后，周恩来带领南昌起义军经过潮州，春洋又见过一面。这次组织上再三考虑甄选后，把护送中共主要领导人的任务交给了春洋，一是出于对他忠诚度的充分信任，二是对他能力的高度肯定。

对此，春洋一无所知。

柳志宇没有告诉春洋的是，这次行动由他的大舅哥陈宏伟直接策划实施，柳志宇协助执行,尽量减少中间环节。

周恩来之所以要去苏区,是因为上海的形势变得更加严峻恐怖了。4月顾顺章叛变后,积极为国民党出谋划策,供出了党的许多核心机密。雪上加霜,6月,时任中共中央总书记的向忠发被捕,使得党在上海的领导机关再次遭受重创,所以中央决定转移到苏区江西瑞金。

在轮船的客运码头,几名叛徒犹如鬼魅,行踪无常。他们分散开来隐匿在人群中,四处辨认共产党员。为此,陈宏伟专门找到太古船运公司经理打了招呼,安排周恩来这次由上海抵达汕头后,走船员通道,避开检查,再由柳志宇把他们接走,安排住到备用的金陵旅馆里。

柳志宇带领周恩来和廖盛岑到达旅馆后,很快办好入住手续,放下行李后,三人下楼想去找个地方吃饭。当他们走到楼梯拐角处时,墙上的一幅照片引起了周恩来的注意。心思缜密的周恩来悄悄提醒另外两个人好好看看,这一看不要紧,把他们二人吓了一跳。

这是一张1925年东征军攻打陈炯明叛军时,汕头各界欢迎黄埔学生军的照片,周恩来赫然在列。当然,这次周恩来化名伍豪,留着络腮胡子,戴着帽子,一身商人打扮,如果不仔细看,很难和之前的他对上号。

但周恩来绝不会抱一丝侥幸心理。

"等等,我们忘带东西了,回屋取一下。"为了迷惑旁人,柳志宇故意大声说。于是,三个人又回到了屋子里。

关起门来,紧张的柳志宇问怎么办。周恩来说不能住在这里了,必须马上转移。

为了不引起别人怀疑,三个人每人手里拿了一点东西便匆匆出了门,剩下的等柳志宇回头再来拿。在一间小餐馆简单吃了点东西,柳志宇便带他们去了棉安街的一家小旅馆。安顿好二人之后,柳志宇按照约定的时间和春洋见了面,他这会儿说的这家旅馆,就是上次蔡兴中与刘作扶夫妇接头的旅馆。

春洋问:"他们今天还在小旅馆吧?"

柳志宇回答:"是的。伍先生那张脸辨识度还是很高的,万一在外面被人认出来就麻烦了。"

"嗯。我想下午就带他们走,先乘火车到潮州看看情况再说。"

"好。我等会儿也去火车站,在那里转转,如果有问题我配合你。总之,路上一定要绝对确保伍先生的安全。"

二人分开之后，春洋就直接去了棉安街。春洋到了宾馆，按照柳志宇给的暗号，很快就与他们接上了头。

春洋介绍自己的时候，与周恩来站得很近。近距离端详周恩来后，春洋面露惊讶之色。

春洋神情的变化，被周恩来看了出来。

"小李，有事吗？"

"没……没有。"春洋结结巴巴地回答。

"有什么情况，说说看，没事的。"周恩来和蔼地问道。

"伍先生，有句话不知道该说不该说？"

"说说看。"周恩来面带微笑地问道。

"在黄埔军校潮州分校，我见过周恩来主任，您和他长得很像。"

"你怎么在那儿见过他？"

"我是潮州人，我哥哥是李春澜，他带我去的。"春洋如实说道。

周恩来盯着春洋看了一会儿，笑呵呵地说道："春洋，我就是周恩来。"

"啊？！"春洋一下子杵在原地。

周恩来上前握住春洋的手，说道："春洋同志，你大哥春澜我很熟悉，我还认识你二哥春江和三哥春海。你三个哥哥都是好样的。"

春洋不敢相信眼前的一切，仍然愣愣地站立着。

"春洋，这位同志你认识吗？"周恩来看着自己的随从说道。

春洋看了一眼，摇了摇头。

"春洋，我是廖盛岑。"廖盛岑化了装，与春洋在汕头见他时大相径庭。

"啊，是廖老板。"春洋大吃一惊。

望着两人，周恩来笑了起来。

"汕头交通站的人告诉我，南昌起义部队驻扎在潮州期间，你做了大量的工作。交通线建立起来以后，潮州站在护送干部到中央苏区、运输物资和情报传送等各方面工作中都做出了巨大贡献，特别是你，表现得尤其出色。我为春澜、春江和春海有你这样的弟弟而感到特别高兴。"周恩来用赞赏的目光看着春洋。

听完周恩来的话，春洋才敢相信眼前的一切。

"周主任，不，伍先生，三个哥哥都比我强。我虽然是个开糖行的，能力有限，但只要组织上交给我的任务，我都保证完成！"

周恩来鼓励春洋："春洋，革命不分先后，岗位不分大小，你充分利用商会成员身份保护好自己的同时，也为组织上做出了巨大的贡献！作为中转站，潮州站承上启下,至关重要,断了这一个环节,整个环节都会很被动。你看,我现在就需要你的帮助才行嘛!"说完,周恩来爽朗地笑了起来。

"谢谢您和组织对我的信任和肯定。我向您汇报一下咱们北行的路线。"春澜用茶碗和碗盖在桌子上比画着,摆出了一个路线图。

"我们会坐火车到达潮州,由在那里等待的潮州站的交通员陪同到潮州码头,然后护送您乘坐电船前往大埔,码头和客船上都安排了我们的人,他们都是绝对可靠的。韩江沿线可能会有巡查人员,但我们都做了细致的安排和充分的准备,事先打通了各个环节,确保万无一失。到达大埔县城后,会有交通员与我们对接。"春洋冷静而又清晰地做着解释,周恩来和廖盛岑时不时点头,表扬春洋考虑得很周全。

商量完路线后,三人分头去了火车站。此时正是中午时分,候车室内,等车的人不多,检查人员也很少,柳志宇正在车站巡查。原来,柳志宇提前来到这里,见到几个巡查队员,对他们说:"我吃过了,在这里替你们看一会儿。你们去吃饭,等你们回来我再走。"几个人正饥肠辘辘,千恩万谢地出去吃饭了。

在春洋心目中,周恩来是大人物,他就自作主张买了三张二等车厢的票。二等车厢内人非常少,设施也较为齐全。周恩来发觉是二等车厢后,低声告诉春洋赶快都去三等车厢。三等车厢票价便宜,自然人多。在三等车厢内,春洋按照周恩来的吩咐,与三个到潮州的旅客换了票。三个人从来没有坐过二等座,欢天喜地地去了。

周恩来找了个靠窗的地方坐定,低头阅读报纸。

"检票!检票!"忽然车厢连接处响起了喊声。循声望去,周恩来觉得那个检票员有点面熟,他仔细回忆了一下,好像对方当年曾经到东江行政公署去向他汇报过工作,但具体姓甚名谁记不清了。他赶忙拉低帽檐,用胳膊肘碰了一下春洋,示意他起身应对。春洋赶紧站了起来,把周恩来挡在身后,拿着票给检票员看。

"我们三个一起的,去潮州。"春洋用潮州话说。

"来汕头做什么?"检票员随口问道。

"汕头警察局订购了我们一批蔗糖,我们今天给他们送货来了。"

"能和警察局做生意,门道不浅啊!"

"陈局长是潮州人,念旧!"

"明白,明白。"

检票员草草看过车票,走到了下一排座位上。

与此同时,二等车厢内也在核验车票。由于人少,检票员一个个询问旅客,检查得格外严格……

潮州站到了。

下车时,春洋对周恩来两人低声说道:"我们出站时走路不要靠得太近,有任何情况我来应付,你们不要管,只管走就是。记着你们俩就是到潮州做生意的,住通达旅社。"

出站时,春洋走在前面。他观察了一下,外面小广场上好像没有巡查的保安队员,他正想悄悄离开,却听到有人喊他的名字。他心中一惊,但迅速平静下来,扭头看是谁在叫他。

"这里,往这边看。"不远处的小店门前,一个人在朝他招手。春洋仔细一看,陈宏祥在那里坐着,身后站了一个队员。

春洋走了过去,从口袋里掏出烟,一人递了一根:"二哥,你们在这干什么呢?"

"巡查。我正想问你呢,这段时间你好像往汕头跑得很勤啊?"

"唉,做生意嘛,不跑怎么行?我天天坐在店里,钱也不会从天上掉下来。店里由志宝照看着就行了。"春洋应付道。

"我注意你很久了,每周你都要去两三趟,做生意是要跑,但也不用去这么勤吧?你小子不会有别的事情吧?"

"二哥,你要是不信的话,回去问问小美就是了。"春洋装出生气的样子。

"嗨,你还真的急了,是不是心虚?我经常在这里转悠,你从这里过,我还能看不到你啊。"

春洋用身体挡住陈宏祥的视线,与他你一言我一语说话时,周恩来和廖盛岑已迅速离开了车站。三言两语打发掉二舅哥陈宏祥后,在火车站不远的一个小巷内,春洋见到了正在等自己的周恩来两人。

"春洋,刚才和你说话的是谁?"周恩来问道。

春洋把陈宏祥和自己的关系,以及刚才两人的说话内容详细陈述了一遍。

"春洋,你原来接人,都住通达旅社吗?"周恩来又问。

"是的。"春洋回答。

"我们要来的消息,你提前给旅社的人说了吗?"

"说了,说有两个重要的客户要来。"

"我们今晚不能住通达旅社,要换个地方。"周恩来说。

廖盛岑不解,盯着周恩来看。

春洋笑了起来："伍先生，您想得真是周全。"

廖盛岑更是不解，转身看着春洋。

春洋说：

们地下组织新？

"你给通？

细心的廖盛岑

"不会的　　说，一开始是考虑让他们住通达旅社的，也给老板说过有两位重要　　在他那儿，但后来一想，不是百分之百的安全，就赶紧找了两位他在乡　　户，说明早有一笔生意要谈，让他们来潮州一趟，今晚接他们去通达旅社

周恩来爽　　："春洋，不错，想得很周全，还是很有智慧的嘛。"

春洋陪同　　来和廖盛岑住进了福春旅社。为了安全，春洋没带两人外出吃饭，而是自己　　买了饭菜拎回来。晚饭后，春洋和周恩来两人又反复合计了第二天的行程。　　听说可以乘电船，而且船上也有自己同志照应时，周恩来决定不让春洋陪同送　　大埔。他觉得一个交通员陪他们就够了，人多目标大，让春洋给船上的同志交　　好，做好突发事件应急处置的预案。

当天晚　　春洋没有回家，而是住在福春旅社。不但如此，他还通知大栓和王志宝两人　　为流动哨蛰伏在附近，一有紧急情况，能及时通知他采取应对措施。在房间　　春洋一夜无眠，一边观察街面上的动静，一边对韩江沿线到大埔的交通路线　　可能存在的问题反复斟酌。他深知周恩来是中央重要领导人，不允许有任何闪　　，在把韩江沿线水路和陆路各联系点及交通员通盘思考推演了几遍，认为无　　可击之后，他才坐在床沿上眯了一会儿眼。

春洋不　　道的是，当夜，陈宏祥带领一帮人突袭了许福全的通达旅社，把他请来的两位　　户审查了半夜，也没问出任何有价值的线索，方才悻悻离去。

陈宏祥　　人离开旅社时，许福全问他："宏祥，你怎么能这样对待春洋的客人？"

"不是　　故意找他的茬儿，是有人向保安团举报，说有两个可疑人员住进了你们旅社，　　长下令让我带人来的。"陈宏祥颇为无奈地回答。

这次，陈宏祥说的是实话。陈宏祥和春洋都不知道，一个令他们意想不到的人设置了这场惊天阴谋。这个人的真实面目最终得以解开，是几年后的事了。

东方已经泛起了鱼肚白。春洋给周恩来两人买好票，把他们送到码头。

临别时，周恩来望着韩江江面上一个接一个翻滚的潮头，深情地说道："春

洋，你看，韩江里的潮头多大呀！你大哥春澜是前浪，春江、春海，还有你是后浪。前浪去，后浪来，总有一天，数不尽的浪潮会惊醒韩江，响彻潮州大地！"

春洋凝视着韩江，又扭头看了看周恩来，激动地点了点头。

周恩来两人要上船了，春洋对大栓千叮咛万嘱咐。"如果遇到紧急情况，就是自己出事，也要保证客人安全！"

"你放心，针对各种可能出现的问题，我都准备好了应对办法。就是死，我也一定把客人安全送到大埔。"已经有多次护送经验的大栓冲着春洋重重地拍了几下胸脯。

周恩来与春洋道别："春洋，总有一天我们会再见面的！"

春洋眼含热泪："好……我期待那一天早日到来！"

一路上，大栓高度警惕，处处小心应对。他把周恩来一行安置在一个不引人注意的角落里，自己则始终坐在不远处观察着，连吃饭喝水都不敢去。

此时正值冬天，韩江江面上雾多阴沉，检查人员出动得少，周恩来此行并没有遇到什么麻烦。客船到达大埔县城后，大栓领着周恩来两人找到了当地的接头人。然后，他们转乘开往虎头沙的小电船。这趟电船经过青溪村，他们到达青溪交通中转站后，又马不停蹄一站接一站转往江西瑞金……

从把周恩来和廖盛岑送上船的那一刻起，春洋度过了有生以来最难熬的日子。尽管韩江沿线计划做得十分周密，他仍焦虑万分，日夜不安。直到汕头方面收到"伍先生平安到达娘家"的密电后，春洋一头栽倒在床，睡了整整一天一夜。

第四十一章

1934年10月，中央红军第五次反"围剿"失利，被迫从瑞金出发，向湘西实施战略转移，开始了悲壮卓绝的二万五千里长征。至此，最后一条"上海—香港—汕头—潮州—大埔—江西瑞金"的红色交通线完成了历史使命。

在这条重要交通线最终停用前的几天，春洋接到了最后一次护送任务。

囿于大规模军事封锁围困，中央苏区的几部电台缺乏配件，对外联系时断时续，几近瘫痪。上级指示蔡兴中所在的潮州站，抢在这条红色交通线停用前，从上海将一批急需的电台配件送达中央苏区。

与蔡兴中见面后，春洋又一次提出申请，恳求把这项任务交给自己。组织上很快批准了春洋的请求。春洋以潮州商会副会长的身份抵沪，秘密联络上了陈荣升。自从上次护送大名鼎鼎的"孔先生"钱壮飞后，春洋与陈荣升之间的合作有了更多的默契。从陈荣升处取到电台配件后，他按照既定计划做好伪装，第二天就乘船出发，从上海经汕头，风雨兼程返回潮州。

对于如何安全将这批苏区急需的电台配件送达，春洋思忖再三。最后他决定自己带着大栓，亲自送至大埔交通站转交。此时，潮州至大埔的韩江沿线，国民党已是层层设防，暗哨林立。他们两人夜行昼避，风餐露宿。经过三天的艰苦跋涉，终于到达了大埔县城。

两人在大埔一家名叫"南华客栈"的旅店住下，正等待与前来接货的下线交接时，意外情况发生了。

已过约定时间半个小时，春洋和大栓仍不见来人。正当两人商量对策时，远处隐隐约约传来人马嘈杂之声。

"快去向旅店伙计打听一下情况。"春洋一脸凝重地对大栓说。

片刻之后，大栓回来报告："伙计说，今晚大埔戒严，旅店也不许出入。"

"看样子，他们针对的肯定是我们。"春洋面色严峻，冷静分析道。

当务之急，是寻找藏匿电台配件的地方。

"把床上的竹枕头芯取出，将皮箱里的电台配件放进去。"大栓冥思苦想一阵后建议。

春洋认为不妥，断然否定。两人继续想办法：要不把地面的砖头撬起几块，挖个洞，把部件藏在里面。这太显眼了还是不行。

时间紧迫，春洋和大栓两人额头上冒出了汗珠。突然，春洋的目光落在了墙角处一口半埋入土的大水缸上。水缸盛满了水，供住店客人洗漱用。

围着水缸转了一圈，春洋想到了办法。两人迅速用瓢舀空水缸，之后又合力把水缸从地上拔出，用匕首在缸底深挖半尺，把用油布包好的电台配件放置在缸底圆洞里，上面垫了一块木板，以防水缸压坏电台配件，再撒上一层浮土掩盖，最后把水缸复位。水缸复位后，大栓把水缸周围的浮土踩实，春洋从附近取来干土，撒在了缸与地面的结合处，乍一看，与原来毫无二致。

一切布置妥当。春洋对大栓说："你快从后窗离开，到大埔码头附近我们下船的地方等我。两个人目标太大，这里我来应付。"

大栓不同意，极力争执，但春洋下了死命令，最后他极不情愿地从后窗跳了出去。

春洋迅速把窗户关上，拂去窗台上的脚印，将一切恢复原貌，然后拎着水桶，到院子里连取几桶水，把缸重新灌满。水缸刚灌满不久，走廊里就传来急促的脚步声。

几个警察敲门进入春洋的房间盘查："从哪儿来？做什么？"

春洋平静地递上了自己的证件，说是在潮州做老香橼生意，过来看看这里的行情。

几个警察不由分说，立即上前搜身，然后把房间内的物件，包括抽斗、被子、枕头和行李像过筛子一样翻了一遍。警察头目围着水缸看了两圈，接着又用警棍逐个敲打地面的每一块青砖，一边敲打一边侧耳倾听。

所有地方搜查过一遍，一无所获。警察头目不甘心，用疑惑的眼神把春洋上上下下打量了一番，又围着他转了两圈："老香橼怎么做，有什么用？"

"佛手柑经过盐腌、蒸晒、浸渍、复蒸晒等烦琐工序制作而成。至于功用，一两句话说不清，但主要是消食去胀、开胃理气、止咳润肺、化痰生津，还可以降火清心、解酒舒气……"

春洋信手拈来，侃侃而谈。警察头目正因为没有发现任何破绽而恼火，这下更不耐烦了，连忙摆手说道："别啰唆了！"说完，气冲冲地转身带人去搜查隔壁房间。

虽然躲过了搜查，但春洋一刻也不敢放松警惕。当天晚上，他一直在透过窗帘观察外面的动静，看到旅店伙计时不时向自己的房间伸头观望。

必须尽快离开旅店！春洋插好门闩，用桌子死死顶住房门，迅速挖出电台配件。然后，他拉出两个抽屉放在床上，把舀水的瓢反扣在枕头上，用床单把抽斗和瓢盖了起来。布置好这一切，春洋跳窗离开旅店，赶往大埔码头附近与大栓会合。

春洋离开不到半个钟头，十几名警察在一个人的带领下再次来到旅店，包围了春洋所在的房间，一番喊话、砸门，朝屋里连开数枪后，才敢进屋。

原来，由于叛徒告密，大埔与春洋接头的下线崔志文两天前不幸被捕。无论受到怎样的严刑拷打，崔志文死活不说与春洋接头的时间和地点。但当警察把他的父母和妻儿全部抓进监狱当作人质，用枪抵着他儿子的头逼供时，崔志文软了下来。当天夜里，敌人便带着崔志文扑向了旅店……

大埔交通站中断，春洋成了整个棋局中的一枚孤子。

怎么办？两人对其他联系人及联系方式一无所知。春洋和大栓商量后，决定不走水路，仍然走陆路继续北上，希望尽快与茶阳交通站人员接上头。

在到达茶阳交通站前，危机再次出现。

两人走过黄泥塘镇十几里后，右边出现了一条七八米宽的河。河两边芦苇丛生，草木茂盛。二人困顿到了极点，见四周没有动静，便停下来稍稍歇脚。两人刚坐下准备吃点干粮，河岸上突然冒出几个背枪的士兵，向他们这边走来。

"不好，遇到敌人的侦缉队了！"春洋低声说道。

两人立马隐蔽到了一片茂密的草木丛中。

侦缉队员发现灌木丛中有动静，一边吼叫着一边卧倒瞄准。

大栓见形势万分危急，死活不听春洋的命令，与春洋约定见面地点后，从草丛中一跃而出，抬手一枪打死一名士兵，猫腰向前奔跑。侦缉队企图抓活口，狂追大栓，不停朝他的双腿放枪。大栓引开敌人后，春洋携带电台配件从另一方向逃出了包围圈。

大栓跑出四五百米后，小腿被子弹打伤，只得跳河逃生。

大栓死里逃生，拖着受伤的腿赶到与春洋约定的会合点。春洋心痛地看着大栓，把他秘密安顿在韩江沿线一处落脚点，叮嘱他安心休养，自己则继续北上。两天后，春洋终于把电台配件平安送到了茶阳站交通员的手上。

望着茶阳站交通员远去的背影，满脸黢黑、嘴唇长满血泡的春洋长舒一口气，自言自语："苏区的同志们，当你们嘀嘀嘀发报时，不要忘记有几个潮州人，也为此做出过一点点贡献啊！"

说完这句话，春洋蹲在地上，双手捂住脸庞，眼泪从指缝中滴滴滑落……

红军被迫长征，革命处于低潮，潮汕地区再次处于白色恐怖之中。鉴于形势，中共潮澄澳县委把工作的重点转移到了农村，把磷溪镇一带作为发展潮澄饶革命根据地的一个立足点。活动于东江地区的中国工农红军第十一军，后来被改编为东江独立第二师，经过肃反及多次与国民党军作战后，人数锐减，不得不转移至潮州磷溪镇一带，以东江红军第二师第二团第三连的名义，在周边秘密补充兵员。

　　虽然形势异常严峻，磷溪镇大坑村的农会仍然一直在积极开展活动，春溪一家都是积极分子。大儿子青泉担任农会执委，二儿子青林是农会赤卫队的班长，女儿青叶家离得也不很远，女婿刘双诚担任秋溪区委委员。

　　红三连招兵的消息，在春溪他们家产生了很大的震动。这天，刚好是春洋利用小美休息的时间，带着她和两个孩子到大姐家走亲戚的日子。

　　春溪说："我想让青林去参加红军，你们觉得怎么样？"

　　不善言辞的姐夫坐在旁边闷声不响。青泉也一声不吭。春洋看着他们，问："青林的意思呢，他自己愿不愿意？"

　　青林这会儿不在家，春溪说："我问过了，他愿意。"

　　青泉说："别说他了，我都想去。"

　　春溪说："你不能去，一是你还要把农会的工作抓起来，二来家里孩子还小。"

　　春洋说："我同意青林去，觉得他也应该去。我自己也想去。"

　　就这样，一家人达成了一致意见。第二天一大早，春溪帮二儿子收拾好行李，亲自把青林送到下坑村红军营地，成了村里第一个送子参加红军的母亲。红军编印的《红潮报》报道了春溪送子参军的事迹，并且给春溪冠以"革命母亲"的称号。各村镇大力宣传春溪的事迹，十里八村的母亲们纷纷仿效，踊跃把儿子送去红军队伍中。

　　春洋与小美返回潮州后，他一直在思考自己去不去红军队伍的问题。刚好蔡兴中从汕头回潮州，到糖行来找春洋。虽然交通线不再使用，但蔡兴中改任潮澄澳县委交通站站长，所以暂时还在汕头。

　　春洋把姐姐送子参军的事情给蔡兴中汇报后，说："蔡叔，目前红军队伍急需发展壮大，我们暂时事情也不多，我想与志宝一起报名去参加红军。"春洋没敢提大栓，因为这时候的大栓已经成了蔡兴中的女婿。

　　蔡兴中一听急了："你不能去，我觉得你当务之急是把潮州的党组织工作抓起来。这两年潮州地下组织牺牲了不少同志，可用的人也比较少。我在汕头有任务，顾不上这边，你要主动把担子挑起来。"

"我能行吗？"

"怎么不行？！你这几年工作做得不错。作为一名老党员，要影响并带领更多的人投入到革命中去。现在国家处于危难时刻，日本人占领了东三省，有继续向华北侵略的迹象，全国各地纷纷掀起抗日热潮，我们潮州也要积极响应。五四运动时你还在学校，不是也和同学们一起上街游行嘛。所以，你今后的工作要侧重于壮大党组织，发动群众开展革命活动。"

"志宝可以参加红军吧？"

"当然可以，如果他愿意的话。"

当天晚上，春洋就找志宝谈心，问他想不想参加红军。近朱者赤，几年来，在春洋的感召和熏陶下，志宝早已经成长为一个有理想有担当的男子汉。还没等春洋说完，他就爽快地回答："我早就有这个想法了，就怕你不让我去呢！"

春洋说："这是大事，你应该回去问问你阿爸阿妈，万一他们不同意呢？"

志宝说："不用问，他们肯定不会同意，问了反而麻烦。我直接去报名，你过两天去我家一趟，就说几天没见着我，四下打听才知道偷偷跑去参加红军了，反正他们拿你也没有办法。"志宝神情坚毅地回答，完全没了几年前初来时的青涩模样。果然，志宝父母听说儿子偷跑参加红军的消息后，暴跳如雷，呼天抢地，还把春洋狠狠骂了一顿。之后，他们到处打听，四处寻找，费了九牛二虎之力，也没有找到志宝的踪影。

大栓听说志宝参加了红军，自己也想去。但他与仲英结婚还不到一年，仲英又怀了身孕，家里当然不同意他去。春洋想到蔡叔的一番话，也觉得大栓留下来帮他更好。于是，春洋耐心地反复做他的思想工作，好不容易才留下了他。

国民党在湘、赣、川、黔等地对红军疯狂地围追堵截，潮汕大地同样黑云压城，当地民团、驻军对农会、红军、游击队等开展反攻倒算，血腥镇压。

一天上午，春溪匆匆忙忙来到糖行，告诉春洋，女婿刘双诚被民团的人抓走了。

看着满头大汗、气喘吁吁的大姐，春洋赶紧递了一碗糖水给她，让她先歇口气，喝口水再说。到底出了什么事。

一口气喝完水，春溪抹了一下嘴，说："十天前，磷溪镇出了一个叛徒，带着民团的人到各村抓人，形势一下恶化起来。他们每天天没亮就进村搜捕，青泉他们都不敢睡在家里了。昨天晚上，双诚他们秘密开会，进行动员，不知道怎么被他们嗅到了，双诚为了掩护其他人逃走，被他们抓走了。"

"知道抓到哪里了吗？"

"不知道。现在亲戚们都在四处打听，但始终没有准确消息，八成被抓到城里来了。这不，我赶快过来告诉你一声，你托人问问，是不是被关在潮州城，看看能不能把他弄出来。"

"好的，你别着急，先回家等等，我这就去打听。"春洋不停地宽慰姐姐。

送走姐姐，春洋就出了糖行的门。他要去找陈宏祥，问一问是不是他们的人抓了双诚。到了保安队，门岗说陈宏祥带人出去检查了。他赶忙找到熟悉的保安队员余庆水，把他拉到一边，悄悄地问道："老余，这几天你们下乡抓过人吗？"

"没有啊，我们只管城里的治安，下乡抓人是侯应澄他们侦缉队的事。"余庆水口中的侦缉队即是原来的清党治安队。

"你那里有熟人没有？能不能帮我打听打听，前几天是不是在磷溪抓了个叫刘双诚的人？他是我外甥女婿，家里人都急死了。"

看在春洋是队长的妹夫，又请他喝过两次酒，逢年过节都送糖的分上，余庆水欣然答应。

两人一起到了侦缉队的地盘。余庆水让春洋在门外等着，他自己进去。

余庆水找到自己熟悉的弟兄打听一番，得知前两天晚上民团在磷溪抓到两个人，为了邀功就送了过来，但这两个人问什么都不说。侦缉队的人束手无策，只得把他们狠揍了一顿，投进了拘留所。今天上午侯队长他们又去审问了，还不知道什么结果。

看来确有其事。说话间，侯应澄带着几个人回来了。有人问："招了没？"回来的一个队员气呼呼地说："招个屁，茅坑里的石头，又臭又硬。那个叫刘双诚的，硬扛，人昏迷了几次，又用凉水泼醒，有人都指认了，可他就是不招。"

余庆水把听到的情况告诉了春洋。春洋问："能想办法见见吗？"

一句话把余庆水吓坏了。他说："老弟，你饶了我吧，我可没有那么大的脸面。要见得找我们队长，就看他愿不愿意帮你出头。"

春洋知道陈宏祥的德行，自己去求他肯定不行，这事还得靠小美。

想到这，春洋转身就回了家。

听说双诚被审讯挨打昏过去了，春溪急得哭了起来。

小美下班回来，看到春溪在哭，就知道出了事。春洋把情况一五一十地告诉了小美。春洋话音未落，大姐已经拉着小美的手，泣不成声地恳求道："小美，跟你二哥说说，让他找找人，让我进去见双诚一面，给他送点吃的喝的。"

"你先别着急。"小美劝着姐姐，让她放心，吃过饭就过去找二哥。小美喂孩子吃过饭,就匆匆回了娘家。父母也刚吃过饭,二哥还没有回来,她只好坐下来等。一直等到九点,陈宏祥才醉醺醺地回到家,跟跟跄跄摸索着找床睡觉。小美硬拉着他,把事情给他说了一遍。满嘴酒气打着哈欠的陈宏祥嘴里应承着"好的,好的,我明天就去找人",话音未落便扑倒在床上呼呼大睡。

第二天早上,春洋不放心,让小美再去找,陈宏祥竟然一脸茫然地问她:"什么事啊?"

小美又耐心地给他说了一遍。陈宏祥答应上班后就过去看看,但不能保证办成。小美怕他推托,只好使出了撒手锏:"二哥,姐姐住在我们家呢,她一直在哭,你要不用心办,我就抱着孩子坐到你办公室去,咱们谁也别想好过。"

陈宏祥本来是不想管的,准备敷衍一下了事。可听小美这么说,他顿时感到头大。迫不得已,上班之后,他硬着头皮去找侯应澄,问问到底什么情况。

侯应澄一听是关于刘双诚的事,头摇得像拨浪鼓,说:"老弟,不是我不给你面子,这个人被人指认是共产党。我们抓他的时候,他正在秘密开会呢。押回来后,一问三不知,死扛,就是不张嘴。你说他要好好交代,态度别那么顽固还好说,现在大家都知道他是个死硬分子,我也实在无法通融啊!"

"老兄,我也知道你为难。但这个刘双诚是我妹妹家近亲,我也是实在抹不开面子。你看这样行不行,他阿妈想来看看他,给他送点换洗的衣服,你就让她进去一趟?这样我也算是交差了。"陈宏祥虽然是求人,但说话口气也是绵里藏针。他和侯应澄是同一个级别,虽说是各管一摊,但是山不转水转,潮州就这么大地方,陈宏祥想着不一定什么时候姓侯的也会求到自己头上。

侯应澄自然也明白这个道理,心想就是一个农村妇女,让她见见也无妨,自己也好做个顺水人情。

陈宏祥接着说:"这个人是我妹妹的外甥女婿,你先关着,可别杀他,要不然我妹妹非得把我闹得鸡犬不宁,没有好日子过。"

"知道了知道了。"侯应澄似是而非地应道。

情是求下了,但狡猾的陈宏祥并不想让春溪立马去拘留所见她女婿,那样就显得事情太容易。他每天都对小美说自己正在想办法,今天求这个,明天找那个,好像他使出了浑身解数一样。过了三天,陈宏祥才对小美说,自己终于把工作做通了,可以去见人了。

春洋拿了一套自己的干净衣服,又准备了一些吃的,陪着姐姐去了拘留所。到了那里,看守只让春溪一个人进去。春溪跟着一个看守,来到一排低矮的房子跟前。看守开了一间房门,让春溪进去,然后又锁上了门。

房子非常低矮，春溪一伸手就能摸到房顶，后墙全都封死，只在前面留着一个小窗。借着小窗户透过来的微弱光线，春溪在屋内来回扫视，看到屋子里地上凌乱不堪地铺着稻草，一个人蜷缩在角落里。

春溪放下东西跑过去，还没到跟前，就闻到一股刺鼻的恶臭。春溪喊着双诚的名字，想确认是不是他。刘双诚出于本能，迷迷糊糊地答应了一声。春溪俯下身，看到地上的人满脸浮肿，衣服被皮鞭抽成了布条，沾满了干涸的血迹，身上皮肤已经溃烂，有的地方肉往外翻着，几条白色蛆虫在里面蠕动，看上去血肉模糊，让人惨不忍睹。

春溪"哇"的一声痛哭起来："双诚，他们怎么把你打成这样啊。这些王八蛋，要遭天打雷劈的啊！"

春溪的哭声惊醒了刘双诚。他努力想睁开肿胀的双眼，沙哑着嗓子喊了一声"阿妈"。他还在说着什么，但是声音太小了，春溪只得把耳朵靠在他嘴唇边，才勉强能听到他断断续续地说："在……家里香坛的下面……文件……交组织。"

春溪一边抹眼泪一边点点头，趴在他耳边说："嗯，放心吧，孩子。"春溪心痛不已，忍着不让自己的眼泪掉下来，轻轻地把双诚身上的布条，一点点揭下来，给他换上干净衣服。

"阿妈，我……闻到了蚝烙的香味……"

"是的，我喂给你吃。你阿嬷给你做的。你小舅也来了，但看守不让他进。"春溪哽咽着说。

刘双诚的牙被打掉了好几颗，几乎不能咀嚼，蚝烙在嘴巴里团一团就囫囵吞了下去。看着女婿的惨样，春溪心疼得如刀剜一样。

看守来了，打开门后喊道："出去，出去，时间到了！"

刘双诚拉着春溪的手，含着眼泪说："阿妈，我……不成了，不要……再管我，帮我……照顾好青叶和孩子。"

"孩子，别说丧气话，坚强点！"春溪一边抹着眼泪，一边鼓励双诚。

一周之后，当他们的心绪稍微平静，认为刘双诚只是被抓进去关一段时间，不会危及性命的时候，意外却出现了。

农历六月的一天，天气热得反常，火辣辣的太阳晃得行人睁不开眼。

一大早，侯应澄就吩咐手下把刘双诚五花大绑后，装进一个深筐里抬上车，一路游街示众。此时的刘双诚两腿被打折，已经不能站立。他的背上插着一面白旗，胸前挂了块牌子，上写"共匪刘双诚"。从城南游到城北，从城西游到城东,最后,汽车轰鸣着向潮州城外绝尘而去。

一路上,刘双诚忍着剧痛,竭尽全力地高呼口号"红军万岁!""革命必胜!"

车子经过春洋家门前时,春洋刚好走出家门准备去糖行,看到这一幕顿时惊呆了。他转身返回家门口,找到一根树棍,把门从外面闩了起来,他生怕阿嬷和阿爸阿妈出来看到这一幕。

瞪着双眼,看着车上的刘双诚,春洋紧握拳头,牙齿咬得咯嘣响。刘双诚也看到了春洋,轻轻点了点头,更洪亮地喊了一声:"坚持到底,革命必胜!"

春洋转过身去,顿时泪如雨下。

事后,春洋听姐姐说,侦缉队直接把车子开到了磷溪镇,在几个村子间来回游荡。刘双诚不停呼喊口号,他们就不停地用枪托砸,他的脸上、头上全是鲜血。直到刘双诚声嘶力竭,再也喊不出来。

一直折腾到中午,侦缉队当着全村老少的面,惨绝人寰地砍下了刘双诚的头。令人发指的是,丧心病狂的他们竟然把刘双诚的头用草绳绑着,嘴里塞了两根烟,挂到村口的大树上。

侦缉队的这一招确实起到了威慑作用。整个镇子风声鹤唳,人人噤若寒蝉,几乎到了谈侦缉队色变的地步。

刘双诚的头在那里挂了好几天,而且一直有人看守。一天深夜,看守打盹之时,刘双诚的头被人偷偷取走了。

在一个偏僻的地方,趁着夜色,春洋带着青泉等几个人挖开了一个简易墓穴,把刘双诚的头和身子葬到了一起。他们站成一排,三鞠躬后,春洋带领大家挥拳发誓:"双诚,你安心地走吧,敌人又给我们添了一笔血债,我们一定会为你报仇的。"旁边,春溪低声啜泣着在给女婿烧纸,纸灰纷纷扬扬,似不屈的魂灵在游荡与抗争。

刘双诚被害后,春洋盯上了侯应澄。春洋暗暗发誓,为避免更多的同志被其戕害,一定要想办法尽快除掉他。

陈宏祥的日子也不好过。本来他找侯应澄已经说好,先关押刘双诚,过一阵子再讲,他回家后兴冲冲地向春洋和小美邀功,说虽然没办法把双诚放出来,但至少人家答应不杀头。春洋和小美以为陈宏祥本事大,能保住刘双诚的命,感激的话说了一箩筐,还给他奉上了几条烟和一箱酒。可是没想到事情变化如此之快,这一结果大大出乎陈宏祥的意料,让其在春洋和小美面前抬不起头来,心里也恨上了侯应澄。

侯应澄对自己犯下的累累罪行心知肚明，知道自己必会遭到共产党地下组织的报复，所以平时小心翼翼，从不单独出行，每次出去都有几名部下持枪保护。

除掉侯应澄，不是一件容易的事。

春洋请示蔡兴中。蔡兴中挥舞着拳头说："这个人血债累累该杀，但他现在有防备，如果我们强行动手，很可能会出事，一着不慎，就是把他杀了，我们也全部暴露了，那样太得不偿失。君子报仇，十年不晚，等等再说，暂且留着这条狗命，看他还能再活几天！"

随后的日子里，春洋和蔡兴中一直死死地盯着侯应澄的行踪，时刻寻找除掉他的机会。

潮汕是沿海地区，航运发达，日本人很早就觊觎这个地方。

从1931年东北三省失守到"七七"卢沟桥事变之前这一段时间，一批日本浪人以做生意的名义来到潮汕，为他们今后的占领行动做准备。

侯应澄，正是他们企图寻找和培植的代理人。

通过暗中跟踪，春洋了解到，侯应澄已经搭上了日本人。狡猾的侯应澄在潮州经营多年，与各方都有着千丝万缕的联系，但他自己从不出面，只是通过荣隆街德源昌、振裕、永大等商号，代销走私物品运到内地，获取巨额利润。春洋不动声色，利用商会的关系悄悄收集证据。

1936年年底，春洋得到一条消息，侯应澄走私进口了五十箱海鳕鱼干，通过德源昌向外出售。他把这一消息捅给了潮州防私会，又担心防私会敷衍，同时把这一消息告诉了陈宏祥，目的是让陈宏祥通过自己的关系对防私会施压。在几方共同努力下，防私会出面展开调查，拟清奸惩办。侯应澄心知不妙，惶惶不可终日，遂让德源昌的杨老板出面，宴请并贿赂防私会人员，并借着酒兴对此事"态度诚恳"地做出解释，表示愿意接受罚款五百元，捐入存心善堂。俗话说，"吃人的嘴软，拿人的手短"。防私会得了他的好处，便徇私舞弊，息事宁人。

侯应澄破财消灾，事情就这样被糊弄了过去。春洋对此异常愤怒，一不做二不休，他决心紧盯侯应澄及与他沆瀣一气的几家商户，继续寻找他们的犯罪证据。

摆平此事后，侯应澄发现事情并没有想象中那么严重，便更加胆大妄为。在其他奸商迫于压力陆续收手后，他仍然勾结日本浪人，甚至明目张胆地进行日货走私活动。非但如此，猖狂至极的侯应澄还陪伴"日商"到内地四处游山玩水。这些"日商"打着游玩的旗号，前往各地进行情报收集和收买汉奸的间谍活动。

春洋本想亲自跟踪侯应澄，被蔡兴中否决，说这样容易暴露目标。蔡兴中和手下一名交通员化装交替盯梢，逐步掌握了侯应澄私通日本间谍的确凿证据。

这一次，春洋没有将证据交给陈宏祥，而是让小美直接通报给了大哥陈宏伟。

陈宏伟看到证据后，告诉春洋一定要稳着点，不要轻易暴露自己，发现什么线索报告就行，这事交由他处置。之后，他特意抽调了侦缉处几个便衣特务，把侯应澄纳入了他们的监控视线范围内。

自我感觉良好的侯应澄并没有察觉这一切，仍然进行着不法勾当。

一天晚上，侯应澄在潮州鱼馆宴请两个日本浪人。他特意定了一个隐秘的小包间。但这一切没有逃过便衣特务的眼睛。

情况汇报给陈宏伟，他觉得这是一个抓捕的好时机。

便衣找到老板，拍了拍腰里的盒子枪。老板吓得浑身哆嗦，问什么回答什么。

"不许声张，继续给那个包间上菜。"便衣说完就埋伏在小包间四周。

酒过三巡，菜过五味，小包间里的三个人喝到了兴头上。趁着小伙计又一次给他们上菜的时候，一帮人跟着冲了进去。便衣把侯应澄按在了桌子上，用手枪抵着他的脑门，让他动弹不得。

两个日本浪人动作敏捷地起身去抓放在旁边的腰刀，但迟了一步，被三四个人扑倒在地。

"不许动。我们只抓姓侯的仇人，和你们没关系。你们老老实实的，我们不会伤害你们。"便衣对两个日本人说。

"把侯应澄的嘴塞起来，把头用布套套起来。你们先走，我们殿后。"领头的一个人吩咐道。这是陈宏伟事先吩咐好的，为的是避免不必要的麻烦。

为防夜长梦多，陈宏伟当天就将人与证据一起交由潮安师部进行审判。日本商人最初弄不清楚人被谁抓去了，等得到确切消息准备斡旋施救时，侯应澄已被按照汉奸罪判处了死刑。

对侯应澄行刑的那一天，布告提前就被贴了出来。大家奔走相告，潮州大街小巷宛如过大年一样锣鼓喧天，热闹非凡。春洋组织平时受侯应澄欺压的商户走上街头，大栓组织工会的会员打出横幅，过去受过侯应澄欺凌的老百姓也在蔡兴中等人的鼓动下，纷纷走出家门，加入了声势浩大的游行队伍。

"打倒汉奸侯应澄！""侯应澄罪大恶极，不得好死！"口号声此起彼伏。

侯应澄头缠绷带，背插白旗，双手反剪，被行刑人员押解着站在卡车上游街示众。由于大街上人太多，卡车像龟行般向前移动。人们围在车厢的两边，指着侯应澄的鼻子咒骂。

突然，一个女人手持竹竿从旁边冲了出来，使出浑身力气向侯应澄头上、身上敲去。旁边的押解人员由于离得近，也挨了好几下。他们示意旁边的人赶紧拉着她，别让她发疯。

"这是谁啊？"大家纷纷互相打听。等到人们拉她使她安静下来，有人才认出她就是被侯应澄害死的李子标的老婆。

她扔下了竹竿，索性坐在地上，两手拍地，边哭边骂："侯应澄，你个挨千刀的，你坏事做绝，坑害了多少老百姓，没想到你也有今天啊。我真想亲手杀了你，恨不得吃你的肉喝你的血也难解我心头之恨啊。"

李子标妻子这样又哭又骂，带动了周边的人，更激起了众人对侯应澄的愤恨之情。不让用棍子打，大家开始向侯应澄身上扔烂菜叶子、臭泥巴。一棵烂白菜正好砸在侯应澄的头上，押解人员也不帮他摘，就那样挂着，如同脸上糊了一摊狗屎。

春洋家门前，站着阿爸阿妈还有闻讯赶来的春溪。今天，她特地买了两挂鞭炮，准备在游街车辆经过时点响，以欢庆这个恶魔终于被老天爷收走，替女儿女婿一家出出心中的这口恶气。

车子到达了春洋家门口。春洋禁不住指着侯应澄大喊："侯应澄，善有善报，恶有恶报，这句老话，你今天该明白了吧！"

春溪也在大骂："侯应澄，你个王八蛋，到了阴曹地府里，刘双诚也会找你算账的。你等着吧。"

侯应澄侧脸看了一眼他们，浑身瑟瑟发抖，面如死灰地低下了头。要不是押解人员强行拉拽着他，他几乎要瘫倒在地上。

鞭炮噼里啪啦在汽车前后炸响……人们簇拥着、跟随着卡车一路向刑场跑去，他们要亲眼见证这个刽子手罪恶的下场。

"啪、啪、啪……"一排密集的枪声过后，侯应澄如一摊烂泥一样摊在了地上，终于结束了他罪恶的一生。

四周的人们涌了上去，个个手里拎着砖头，在他的头上、身上发泄着心中的愤恨……

除掉恶贯满盈的侯应澄，春洋非常开心。可这种心情没有持续多久，一件闹心的事随之而来。

一天晚饭后，小美带孩子去后院阿妈家玩，刚好陈宏祥也回来了，一家人在一起聊了一会儿。陈宏祥无意中提及，国民党潮安县长冯云铎找过他，想让他接任侦缉队长一职。陈宏祥当时没有答应，说要回家与家人商量一下，冯云铎便给了他三天时间考虑。

小美的父母虽然不完全知道侦缉队长具体干些什么，但他们知道侯应澄以前当过这个官，坏事做尽后掉了脑袋，所以，他们一致反对陈宏祥接任这个职务。

父亲说得更直白："什么'侦缉'？就是整天抓人杀人？你也看到了侯应澄的下场，如果你不想落得和他一样的下场，不想给我们老祖宗抹黑，那你就坚决不要接这个活。"

小美也劝说二哥不接这个职务，说如果大哥还在汕头的话，也肯定不会同意的。原来，在南方交通线停止使用后，秘密联络点汕头华富电料行撤销了，地下交通员全部撤走。"独行者"陈宏伟也请求一起撤离，获得中央批准后，不久前也随其他人一起撤到了苏区。

回到家，小美就把这个消息告诉了春洋。春洋想，千万不能让陈宏祥接这个职务，否则他们就真的完全站在了对立面，不得不玩起猫捉老鼠你死我活的游戏了。和蔡兴中商量后，春洋对小美说："就你大哥的话对陈宏祥还管用，但是不知道他到哪里去了。你明天请个假，在家好好做做你阿爸阿妈和你嫂子的工作，让他们给陈宏祥施加压力，最好能阻止他，怎么着也是一家人，千万别让他步侯应澄的后尘。"

第二天小美请了假，一上午都泡在父母家里，缠着陈宏祥不让他去上班，和阿爸阿妈、嫂子一起苦口婆心地劝说，晓以利害，建议他保持现状，不要把事情做得太绝。

小美说："大哥行踪未定，到现在都没有音信，我们全家就指望你了。我们不求什么大富大贵，只求你平平安安，将来能给父母养老送终。如果你一意孤行去当什么侦缉队长，肯定会得罪不少人，搞不好不知道什么时候就会送命，你让我们一家老小怎么活？"说完又赶快推了一下嫂子，"嫂子，你说是不是啊？"

"就是，小美说得对。我不同意，阿爸阿妈也不同意。你千万不要去当那个队长。你要真不顾我们死活的话，就不要回家来了。"嫂子抹着眼泪，话说得很重。

陈宏祥被他们几人缠得没有办法，烦不胜烦，歇斯底里地喊道："烦死了！好好好，我答应你们，不当，不当，不当行了吧！"话音未落，气冲冲地摔门而去。

大家不知道的是，陈宏祥早已秘密加入了中统组织。冯云铎说是与他谈话，征求他的意见，只是走个"先礼后兵"的过场，实际上他早已经做出了决定，陈宏祥是没有拒绝的余地了。

陈宏祥一开始确实也不想接侯应澄的空缺，再加上家人反对，便打算坚辞不受。但此事已由不得他，再去冯云铎那里，对方不由分说，当即就黑了脸，语调阴森威胁道："组织上非常信任你，培养了你那么长时间，养兵千日用兵一时，你不愿意干，这个事情要是报上去，你知道后果吗？"

冯云铎说完，恶狠狠地将烟头掐灭在烟缸里。

陈宏祥找不到别的借口，只好把这事推到哥哥陈宏伟的头上，想利用他哥哥的职务和影响替自己挡一挡，便低声嗫嚅道："但，但是我哥不让我接这个职位。"

冯云铎已经知道陈宏伟不在汕头，就厉声说道："你哥哥陈宏伟我知道，他现在去了哪里，上峰正在查。在这个节骨眼儿上，你最好不要再提他，不然的话，对你不好，对你全家也不好。马上接手侦缉队长一职，这是命令。"

此时的陈宏祥才明白，自己已经上了贼船，不干不行了。

坐在侯应澄过去坐过的椅子上，陈宏祥唉声叹气地抽着烟，在缭绕的烟雾中，反复思考着一个问题——自己会成为第二个侯应澄吗？

第四十二章

陈宏祥当上侦缉队长后，连烧了三把火。

第一把火，他把金山中学的十几名"激进"师生带到治安队，训斥恫吓了整整一天。第二把火，潮州商会的上百名会员也被他召集起来训话。站在高台上的陈宏祥疾言厉色："你们都是生意人，奉劝你们老老实实做生意，闷声发大财，别想动其他什么乱七八糟的心思，否则自讨苦吃，自断财路。严重的话，还会掉脑袋的！"

陈宏祥训话时，春洋和许福全紧挨着站在人群中。

"福全，看来咱们的这位老同学没有接受前车之鉴啊！"春洋低声对许福全说。

"是啊！人们都笑猪笨，但人要是笨起来，连猪都不如。"许福全轻蔑地笑道。

笑过之后，许福全说："春洋，不管怎么说，你和宏祥也还是亲戚，你和小美要多劝劝他，别让他当猪到处乱拱，到时候只有两种下场，要么被别人打断前后腿，要么被主人大卸十八块下锅。"

"全家人都劝了，可他走火入魔，怎么都拉不回来！"春洋一声叹息，无奈地摇了摇头。

两人正在低头说话，台上的陈宏祥一声大喝："李春洋，许福全，你们两个私下嘀咕什么？"

春洋说："陈大队长，你刚才说，让我们做生意发大财，我们两个正在商量怎么发大财呢！"

众人哄堂大笑。

许福全也说："宏祥，你在上面大呼小叫讲了半天了，我们都是生意人，满脑子想的除了钱还是钱，你也给我们支个招怎么赚大钱，别光说些什么国民党共产党的，我们哪有闲心想这事？"

又是一片笑声。

"你们两个给我听好了，我丑话说在前，不管是同学也好，亲戚也罢，谁沾共产党的一点腥味,就别怪我陈宏祥到时候翻脸无情!"

会场一片寂静。

陈宏祥的第三把火,是想抓住中共潮安县委的一名交通员,以此杀一儆百,轰轰烈烈地扬名立万,完全树立自己的威信。

陈宏祥已经派人盯梢交通员两次,但这位交通员十分"狡猾",每次都是夜里露面且装扮不同,发现被跟踪后立即取消行动,眨眼间就消失在巷子内。

面对"狡猾"的交通员,陈宏祥没有泄气。他明面上不动声色,暗地里却在整个潮州城布下多个暗哨,守株待兔。三天后的一个夜晚,交通员再次现身。

这一次,陈宏祥决定亲自出手。

交通员先在市中心牌坊街走了两个来回,确认没有发现"尾巴",随即转身进了鹿鸣巷。一名手提竹篮的女暗探跟了上去。陈宏祥第一次启用装扮成家庭妇女的便衣,交通员对此毫无防备。

走到鹿鸣巷尽头,交通员按既定路线径直拐进了与其垂直的听涛巷。女便衣没有进听涛巷,接替她的是个像是忙碌了一天,收摊匆匆回家的挑担子货郎,外人看不出有任何破绽。

扮成货郎者,正是陈宏祥最信任的朱明盛。当年带人四处搜捕李氏三兄弟的就是他。

在听涛巷中间位置,交通员迅速打开一户院门,闪身进入其中,被远远跟踪的朱明盛看得一清二楚。

朱明盛从口袋里摸出口哨猛吹。不大一会儿,附近巷子内冒出十几名黑衣人,持枪迅速向听涛巷围来。朱明盛紧走几步,跑在最前面一脚踹开院门,正准备带人冲进院内时,两颗子弹射中了他的额头。朱明盛猝然倒地。

门外的十几个人顿时乱作一团,惊慌一阵后,才在陈宏祥的指挥下将院子围了个水泄不通。"里面的共党听好了,你们已经被包围,赶快举手走出来,不然就开枪了!"陈宏祥嚷道。

"他妈的,嚷嚷什么?刚才谁他妈的开的枪?老子怎么可能是共党,快滚!"屋内有人回话。

"给我打!"陈宏祥一声令下。

十几支架在院墙上的枪朝屋内两扇窗户疯狂射击,院内顿时火光四射。

屋内一阵鬼哭狼嚎。"别开枪,别开枪,我,我出来!"屋子里的人连声求饶。

屋门打开,一个仅着短裤的老男人双手捂住脸走了出来,在几把手电筒的照射下，浑身上下如同煺毛的光猪。

陈宏祥拿枪的手一挥，两名队员冲了上去，将老男人扑倒在地。与此同时，另外几个队员持枪冲进了房间。

陈宏祥一把抓起老男人的头发，往上一提："啊，是县长！"

"坏了，中计了。"陈宏祥慌忙说道。

"陈宏祥，你个王八蛋，竟敢抓我，看老子不毙了你！"满脸灰尘的冯云铎大骂道。

这时，一个黑衣人押着两个用床单裹着身子的女人，从房间走出来，向陈宏祥报告说：

"队长，屋内搜查过了，除了这两个妓女，没有任何人。"

"冯县长，我们明明看到共党交通员开门进了院子，才进来抓捕的，哪想到在这里碰到您了呢？"

"浑蛋，还不把手电筒快给我关了！走，到屋内说话！"冯云铎的脸红到耳根，瞪了陈宏祥一眼，转身走进屋内……

这一切，都是蔡兴中和李春洋精心设计的。

为打击陈宏祥的嚣张气焰，保护潮安县委成员的安全，他们二人一直在心中盘算着敲山震虎之计。一次偶然机会春洋得知，商会成员、锦隆粮行老板翁风帆为达到独吞县府生意的目的，在听涛巷置办了一处暗宅，并从广州找来两个身材高挑、长相妩媚的娼妓居住其间，专门拉拢贿赂县府官员。李春洋派人侦查，发现县长冯云铎竟然也是经常出入其间的一员。蔡兴中让李春洋回避，让交通员林山在冯云铎进入听涛巷暗宅的当晚出现。林山用之前偷配的钥匙打开院门后，没有进入屋内，而是蹑手蹑脚走到后院，埋伏在后墙边，打死朱明盛后，趁侦缉队员慌乱之际，迅疾跳墙逃走。

事情发生后，冯云铎对陈宏祥的态度与之前相比判若云泥，转而拼命巴结陈宏祥，企图堵住他的嘴以掩盖丑闻，但一封接一封的举报信还是接连寄到了国民党广东省党部。两个月后，冯云铎被撤职。

经历此事，侦缉队长陈宏祥收敛了几分……

"春洋呢，回来没有？"这天小美一下班，刚进门就嚷嚷着要找春洋。婆婆告诉她，春洋还没有回来。

一直等到晚上七点，大家都吃完了饭，春洋才回到家。他平时就和家里人交代过，如果到了饭点他还没有回来，不要等他，家里人只管开饭，给他留一点就行。

春洋刚吃过饭,小美就把他拉到了房间,从包里拿出一封信给他,上面写着陈宏美转李春洋收。信封上没有写发信地址,只写"内详"两字。

春洋有点疑惑,看着像二哥的笔迹,但并不能确定。他定定神,小心翼翼地打开信封,抽出信纸,先看信尾落款——柯经纬,果然是二哥写来的。

信是几个月前写的。春洋不知道的是,此时的二哥已经在延安了。

春洋和小美两人依偎在一起,坐在床头看了起来。他们都想第一时间知道二哥写了什么,毕竟很长时间没有接到他的来信了。

春江在信里说,年初的时候,自己和几个人一起被组织派往延安,现在在马列学院工作。春江解释说,因为他一直研究翻译马列著作,延安创办了抗日军政大学,正好需要这方面的人才,另外,由于他懂外语,在延安还兼做中央外事方面的工作。关于在延安的生活,春江说,他们虽然整天吃小米饭喝南瓜粥,住的是低矮窑洞,但所有人对革命充满了热情,工作起来无比投入,一个人能当好几个人用。

在信里,春江还告诉春洋,自从与春海分别后,就一直没有得到他的消息,不知道他现在怎么样了。"没有消息就是好消息,大家都是大人了,相信春海一定能照顾好自己,请家人不要挂念他。"

除了三哥春海,春洋还惦念着自己熟悉的几个人,春江的信里都一一提到了。

一个是洪灵菲。他在后来成立的中国左翼文化总同盟中担任领导职务。由于活动频繁,很快引起了国民党当局的注意,出现在上海《申报》上登的通缉令中。为了安全,党组织将其调往北平,担任中共中央驻北平全权代表秘书处秘书。不幸的是,由于叛徒告密,洪灵菲被捕入狱。受尽酷刑的洪灵菲拒不屈服,于1934年夏在南京雨花台英勇就义。

另一个人是戴平万。春江说,他目前还在上海,负责中国左翼作家联盟的工作。他在1933年至1934年间曾离开上海,被党组织派到东北担任过一段时间刘少奇的秘书,并出任满洲省委宣传部部长,与满洲省委书记罗登贤、女工部长赵一曼等人一起宣传、动员广大东北地区的工人举行反日罢工活动,成为东北抗日联军早期创始人之一。

春江信中还提到了陈波儿和梅益……

小美一边看一边问春洋:"这几个人你都认识吗?怎么没听你说过?"

春洋说:"你也知道,洪灵菲和戴平万是我同学,陈波儿和梅益我没见过,但都是我们潮州人,和二哥一起参加'左联'的。梅益就是撑船的陈叔的儿子。"

"哦，明白了。"

"想不到，灵菲已经不在了。"春洋一脸凝重。

"我见过这个人，浓眉大眼，鼻梁高挺，一看就很聪明干练。真是太可惜了！"小美回忆起来了。

"不要说与三个哥哥比，就是与灵菲和平万两位同学相比，我也是最没出息的。"春洋突然冒出了一句话。

"别这样说。我虽然不知道你具体做什么，但我知道你做的都是好事，何况你不也是一直在尽心尽力地做吗？"

"小美，我做得还远远不够。我不想一辈子只守着一间小小的糖行，我还想干更多更大的事情，你能支持我吗？"

"春洋，我过去支持，今后也会一直支持你。"

"三哥不知现在在哪儿，是死是活啊？"惴惴不安的春洋与小美统一了口径，如果老人们问起来，就说老二老三都在延安。

小美有点担心："阿嬷和阿妈不识字好糊弄，阿爸可不是那么好骗的。他要看信怎么办？"

春洋说："那就给他看呗。阿爸是明事理的人，相信他也不想让阿嬷和阿妈伤心。"

过了两天，吃过晚饭后，春洋向家里老人说二哥来信了，二哥三哥在延安都挺好，让他们别挂念。

"有没有你大哥的消息？"阿嬷迫不及待地问。这么多年了，这个长孙都没有回家看看，音讯杳无，令爷爷死不瞑目，奶奶牵肠挂肚。

"没有。可能也到大西北去了。"春洋塌下眼皮，不敢直视奶奶，但还是尽力安慰道："阿嬷，大西北老远了，有几千里地，交通、书信都不方便。总之，您不要担心，没有消息就是好消息。"

这些年来，每逢他们三兄弟的生日，家里的老人都会在饭桌上为他们摆一双碗筷，嘴里念叨不停。他们还多次让春洋打听三个哥哥特别是大哥的消息，春洋只得每次都找各种理由搪塞过去。

"春澜要是能回来看我一眼，喊一声阿嬷那该多好啊！"

"多想看到春江像小时候一样站在我面前摇头晃脑背一段书啊！"

"要是再听春海给我唱段潮剧，我也能闭上眼去找你阿公了。"

这是年迈的阿嬷经常念叨的话。她常常望着桌上的空碗筷，泣不成声。

"阿嬷,他们三个都是做大事的人,等他们把大事忙完了一定会回来看您的。"春洋安慰阿嬷。

"等了多少年了,我恐怕等不及了!"

"阿嬷,我替三哥给您唱段《十仙庆寿》吧!唱得不好,您可别骂我!"

> 五湖朦朦春正晓,
> 仙风习习红尘渺。
> 报道瑶池金母家,
> 仙人聚集蓬莱岛……

1937年7月7日,震惊中外的"七七"卢沟桥事变爆发。

翌日,毛泽东、朱德、周恩来等九人联名给蒋介石发去电报:"庐山蒋委员长钧鉴:日寇进攻卢沟桥,实行其武装夺取华北之已定步骤……红军将士愿在委员长领导之下为国家效命,与敌周旋,以达保地卫国之目的。"

第三天,彭德怀、林彪、刘伯承、贺龙等代表全体红军向蒋介石请战:"我全体红军愿即改名为国民革命军,并请授名为抗日前锋,与日寇决一死战!"

逼蒋抗日,这是"西安事变"之后的第二次。

全民抗日,迫在眉睫。潮州也和全国各地一样,加入了声援抗日的行列。

蔡兴中和春洋迅速在开元寺广场组织了声势浩大的游行活动。春洋召集几个名骨干,给大家做了明确分工,许福全负责商会各成员的组织,大栓负责工会,春洋自己则到学校联系教师和学生,发动他们上街演讲、分发传单。一时间,整个潮州城群情激荡,同仇敌忾,"打倒日本帝国主义!""还我河山,血债血偿!"随处可见的标语激荡着每一个潮州人的心。

中国人的抗日热潮并未能阻挡住日本人的坚船利炮。

8月的最后一天,两架日本飞机飞到潮州上空,嗡嗡绕了两圈之后,扬长而去。

"这难道是日军进行轰炸和进攻潮汕的前奏?"春洋想到这些,立即去与蔡兴中和许福全等人碰头,商量对策。几个人一番琢磨后认为,如果日本飞机前来轰炸,定会拣重要的场所,如潮州城里的发电厂、火车站、码头等,必将是他们首先要轰炸的目标。春洋提议以商会的名义贴出告示,提醒大家对此有所防备。

得到蔡兴中批准后,春洋和许福全两人一起去找钟会长,把他们的想法向钟会长做了汇报，征得了钟会长的同意。很快，商会的告示贴到了发电厂、火车站、码头以及太平路上，敬告客商提高警惕，提防日本飞机的突然轰炸，以免造成更大的损失。但有些商户对此不以为然，一个码头老板一边不咸不淡地说着风凉话："潮州这么大地方，可巧炸弹就扔到我们头上了？"一边一个劲催促装卸工人，"快干活，快干活，我们做生意要紧。"

是福不是祸，是祸躲不过。

9月9日下午，天高云淡，能见度极高。宁静的潮州城上空传来"嗡嗡嗡"的声音，抬头望天，隐约看见三架日本飞机并排飞来。正当大家猜想这次是不是也像上次一样绕几圈就会飞走时，突然从一架飞机上掉下来一块黑色物体，不一会，就传来"呼隆"一声剧烈的爆炸声。春洋望着冒出滚滚浓烟的地方，目测应该是火车站被炸了。之后，日本飞机忽高忽低，一边飞一边丢炸弹，一共丢下六枚航空炸弹。

飞机飞走后，春洋带着大栓立即跑到几个被炸的现场察看。几处被炸之地，正是之前自己估计的那几个重要地点，更让人惊异的是，落弹点十分精准。

"敌机为防范地面火力要飞得很高，但投掷炸弹怎么能如此精准呢？还有，他们是怎么知道这些地方的准确位置的呢？难道飞机长了眼睛？"疑问留在了春洋的脑海里。

敌机飞走后，众多潮州民众主动加入了清理废墟的行动中。春洋没有像别人一样埋头干活，而是在火车站周边四处察看。最后，他在候车室外火车停靠的地方，发现了断断续续的白粉画成的线条。春洋蹲下身来，用手捻了捻残留的白色粉末，滑溜溜的像是石灰。春洋顺着断续的白色粉末边找边走，最后竟然走回到刚才出发的地方。春洋意识到，自己走了一个圆圈。

"一个白色的大圆圈！"春洋顿时恍然大悟，这是有人故意为之，是为敌人飞机轰炸做的标记。白色比较明显，在高空中往下俯瞰，一目了然。

"有人在引导日本飞机实施轰炸！"春洋由此联想，如果不出意外，其他几个地方也应该有同样的白色圆圈。

为了验证自己的判断，春洋不动声色地带着大栓又赶到发电厂、金山中学、码头等地，果然如他猜想的那样，在这几个地方，他都发现了一个断断续续、被残垣断壁掩盖的白色圆圈。

"到底是谁在暗地里为日本人通风报信？"春洋想到了来潮州与侯应澄之流做生意的日本浪人。但这些日本人之前已经被抓归案且及时进行了处置，难不成又悄悄地来了一批？

一个激灵，让春洋心里顿时一惊——潮州城内有汉奸！

此次日本飞机轰炸的地方虽然不多，但造成的影响巨大。更让潮州人始料未及的是，一夜间，城里又出现了大量四处散发的传单，说日本人刀枪不入，且马上就要到潮州，鼓动潮州百姓赶快弃城而逃。一时间，潮州城人心惶惶，风声鹤唳，不少商人开始另寻门路，有亲戚在南洋的就去了南洋，更多的民众则纷纷逃往文祠、归湖、赤凤、凤凰等山区。

春洋看着城内的残垣断壁和成群结队的潮州百姓，他们拖家带口，身背肩扛仓皇逃难的情景，犹如万箭穿心。

忧心忡忡的春洋，回家和小美商量，问他们要不要到姐姐春溪家躲一躲。小美不同意，说："春洋，你不是说日本飞机轰炸都有目的吗，他们怎么也不会对平民百姓居住的地方扔炸弹吧？我们哪里也不去，就待在刘察巷。"

春洋还想继续劝说，小美语气坚定地说道："日本飞机轰炸得那么准，我觉得潮州城内肯定有人给他们发信号。你别担心我们了，用点心快把这个内奸找出来吧。"

春洋万万没有想到，小美居然能说出这样的话，这对他来说是莫大的激励和安慰。春洋立即去找蔡兴中商量此事。蔡兴中对此事也有猜测，立即叫来潮州地下组织的成员商量对策。

"蔡叔，我有个建议，在我们组织人员寻找暗藏汉奸的同时，应该把事情也告知陈宏祥，他们人多力量大，联合起来寻找和防范会更好。"大家刚一坐定，春洋就向蔡兴中提了个建议。

许福全不同意，气鼓鼓地说："事情是我们发现的，如果找到汉奸，最后功劳是我们的，凭什么便宜他陈宏祥啊？"

除了许福全，还有两个委员不同意告诉陈宏祥，觉得不能把功劳拱手送给昔日的敌人。

春洋无奈，只能眼巴巴地看着蔡兴中。这时的蔡兴中，已经是中共潮安县委书记。

"现在是国共合作时期，我们理应有大胸怀，要以大局为重，摒弃前嫌，一致对外。过去的敌人不再是敌人，现在日本人才是我们共同的敌人。我同意春洋的意见，把这事告诉陈宏祥。"蔡兴中说完，许福全几个人不再接话。

当春洋在饭桌上把事情告知陈宏祥时，陈宏祥上下打量了春洋好长时间，然后，他板着脸说道："尽管我一直怀疑，但始终苦于没有证据，到今天才算搞清楚，我的妹夫一定是共产党！"

听完陈宏祥的话，春洋一阵哈哈大笑。笑过之后，春洋反问道："共产党抗日不假，我一个普通百姓难道就不能抗日？！"

"你绝对不是一个普通百姓！"陈宏祥手指春洋，眼睛瞪得滚圆。

春洋耸耸肩，让他不要乱讲，要用证据说话。

两人正争论得不可开交，小美站了出来："我说你们两个，整天国民党共产党的，烦不烦啊。一家人还能不能坐在一起好好吃顿饭啊？"

小美的话，平息了这场争论。

当晚，陈宏祥便组织了相关人员进行夜间巡逻，但连续多日一直没有发现隐藏的汉奸。

同样，蔡兴中、春洋和许福全等人也划片分工，有空的时候就会到那些重点地方转悠，察看有无异常情况。

不知什么原因，第一次轰炸过去了好长时间，陈宏祥和蔡兴中的人均没有发现任何异样。

10月第一天的傍晚，春洋外出办事，经过金山中学门口时，碰到了许福全。两个人有一阵子没有见面了。春洋问许福全："福全，这一段忙什么呢？我去找过你好几次，都没见到你。"

许福全说："咱们这里前段时间不是遭到过轰炸嘛，我叔叔在南洋，我就把家里老人送到了香港，安排他们乘船过去，避避风头，今天刚回来。"

"原来是这样。"

许福全提议："咱们晚上一起吃个饭。这会儿还早，不如先到母校转转吧。"春洋正有此意，于是两人直奔金山中学，和门卫打过招呼，一起走进了校园。

金山中学上次被炸的地方基本上都已修复了，春洋气愤地说："这些丧尽天良的日本鬼子，竟然把炸弹扔到学校来了，你说那么多孩子在上课，被炸死炸伤后会毁掉多少个家庭啊。"

许福全也气不打一处来，跟着春洋一起痛骂日本鬼子不讲人道、丧尽天良。匆匆转过一圈，两人看到学校已恢复正常秩序，才安心离开。

他们一起又到别的地方转了转，看到城市里似乎恢复了不少生机，先前逃到外地的人，大多又返回了潮州。两个人一起吃过饭，聊到七八点钟才离开饭馆，准备各自回家。

"看来，日本人不会再轰炸我们潮州了。"分别时，望着满街灯火，春洋对许福全说。

"我看也是，那么大的中国，日本人不会只盯着我们潮州城吧。"许福全说。

"但愿如此,那样我们就可以安心做生意了。"春洋与许福全道别。

意外总是不期而至。10月17日下午,潮州上空再次传来了飞机的嗡嗡声。听到这个声音,潮州人立刻意识到日本飞机再次前来轰炸,纷纷四处躲藏。

这次,日军飞机投下的航空炸弹,又是弹无虚发。潮汕铁路被炸毁了几百米,导致铁路运营中断,发电厂厂房倒塌,机器损坏。随后几天,每到夜晚,整个城市一片漆黑,市民足不出户,街巷一片死寂。韩江边的两个水泥码头被彻底炸毁,沿江公路也被炸得坑坑洼洼,损毁程度比上次还要严重。整个潮州城再次人心惶惶。

轰炸后,春洋又悄悄到现场察看,这次却没有看到白色的标识圈圈。春洋十分奇怪,心想,难道日本飞行员长了千里眼不成,每次投弹都那么准?春洋没有猜错,日军飞行员手里的确多了一张地图,上面密密麻麻标满了数字,这是一张辨识度极高的军用航空地图。照此地图投放炸弹,日机的轰炸弹无虚发。

第二次轰炸潮州城后,日军飞机轰炸潮州城愈发频繁起来。最为严重的是1938年8月13日的一次轰炸。清早,正是进出城最繁忙的时候,广济桥上人来人往,百姓摩肩接踵,日军飞机突然而至,将两枚威力巨大的航空炸弹投向了广济桥江心的梭船上,致使平民百姓死伤七十多人。更令人极度愤慨的是,每次之前被轰炸的重点目标刚刚修好,日本飞机就会再次飞来,又是一番狂轰滥炸……

1939年6月21日,日本军舰从海上突然窜来,先是对汕头海岸进行疯狂炮轰,待压制住守军岸防火力后,就开始强行登陆。在空中数架飞机轰炸配合下,上岸的日军机枪手在回澜桥边疯狂地对着汕头城里扫射。不到半天工夫,汕头城军事要塞、防御工事悉数被摧毁,国民党驻军节节败退,仓皇撤离了汕头。

当天,汕头沦陷。

为给潮州的国民党驻军施加压力,阻止他们增援汕头,远在百十公里外的潮州,也遭到了日机的轰炸。这天清晨,日军飞机就在潮州上空盘旋,潮州城里警报嘶鸣,全城百姓个个战战兢兢、失魂落魄。

春洋站在街头,抬头望着天空,敌机由远及近的声音听得清清楚楚。此时,他离开家已有一条街的距离,扭头朝家的方向看了看,并没有拐回头,而是朝着狂奔的人群大喊:"大家不要惊慌,向北,往城外跑!"刚开始的时候,人们根本不听指挥,大部分人都选择就近从东门楼出去,准备经过广济桥到韩江东岸躲避。春洋意识到大家都拥挤到桥上更危险,所以才大声喊着让人们分散出城。

"快散开!不要都挤到桥上,敌机看到人多会投炸弹的!"春洋的喊声让一些人顿时想起了去年日机炸桥事件，他们恍然大悟，转头便向北城门跑去。但是无奈逃难的人太多，已有不少人密密麻麻地挤在了桥上。他们扶老携幼，肩扛手提，走在桥上行动十分缓慢，一时间，不宽的桥面被堵得水泄不通，想让他们迅速撤离已经不太可能。

正在这时，两架日本飞机飞临广济桥上空。第一架飞机率先投下一枚炸弹，正中偏东边的梭船，片刻之后，另一架飞机投下的炸弹又正中偏西边的梭船，炸弹爆炸掀起的水浪把梭船摇晃得似湍流中的树叶，不计其数的难民仓皇落水，一时间，小孩哭，大人叫，韩江上乱成了一团，死伤无数。

春洋本来站在西桥头指挥人们疏散，看到这种情况，连忙喊停靠在江边上的小船过去救人。他跳上了前来参与救援的钟正诚的小船，喊着："快，快，往中间划！"一边喊一边用手指着江中呼号挣扎的难民。

"诚叔，有绳子没有？"他问道。

钟正诚说："有，做什么？"

"给我。"

钟正诚从船舱里拿出一盘绳子递给了春洋。春洋迅速把一头系在自己的腰上，对钟正诚喊道："把另一头系在船上。"待钟正诚系好后，春洋扑通跳进了江水里，向落水的人游过去。

很快，春洋就救出四五个受伤的难民。精疲力竭的春洋又一次跳入江水中，双手抱住一名重伤者游回小船，挣扎着还没爬上小船，便在船舷旁昏厥过去……

春洋被钟正诚救上小船，刚一苏醒，没有片刻休息，立马又投入了救援，组织人们把受伤的一百多百姓送往医院。

更大的不幸还在后面。

四天之后，日军登陆后分兵两路向潮汕内陆进发。一路从梅溪向澄海冠山方向，进占图壕乡一带，另外派遣两个大队的兵力，进攻潮州城。国民党守军独立第九旅、广东保安第五团，在华美、金石、浮洋一带铁路沿线顽强阻击，潮安自卫团队也在城外设防，拼死防御以图自保。

此时的潮汕铁路，早已经千疮百孔。为了阻止日本侵略军的快速进攻，一个月前，潮汕铁路和桥梁已被国民党部队拆毁。

日军利用重型武器的优势，一路顺着韩江和被破坏的铁路节节推进。韩江上的船只被日军强行征用，用来运送军用物资和汽车、摩托等机械化装备。日军所到之处，肆意烧杀劫掠。

潮州城危在旦夕。

在家中，春洋反复劝说阿嬷和阿爸阿妈去乡下的姐姐家暂避一时，可他们死活不同意。特别是阿嬷，坚称死也要死在自己家中。春洋和小美商量，他要和大栓一起去参加凤凰山游击队，和日本人血战到底。小美见春洋去意已决，只好同意，说自己可以带着两个孩子住到父母家，有她二哥在，应该不会出什么大事。

走之前，春洋与蔡兴中见了一面。

钟正诚在汕头的传承笔墨店撤销后，蔡兴中从汕头回到潮州，藏身于一位地下党员所开的竹器店当会计。蔡兴中经过慎重考虑，同意春洋和大栓去凤凰山参加游击队，说："你们去吧，我没有得到组织上的撤离命令，我得留下。"

春洋说："蔡叔，我们走后，怎样才能得到城里的消息？"

蔡兴中说："我们约定一下，每月的逢五、逢十到赤凤镇碰面。"

"好。你们一定要小心，日军占领潮州后，你们就在他们眼皮子底下，危险性更大。"春洋一再叮嘱。

蔡兴中朗声大笑后："你们放心，我一定会小心，不会有事的。再说了，脑袋掉了，也就碗口大的疤。"

望着挺立在自己面前的七尺汉子，想着这么多年来二人亲如父子般的深情厚谊，春洋的泪水不自觉地涌了出来。

"蔡叔，我走了。"

"去吧，保重！"

春洋带领大栓等几个年轻人去了凤凰山。

他们走后的第二天，日军进抵至潮州城外，进犯竹竿山的筒井部队，向城郊云里高地进攻，在那里遭遇了中国军队的顽强阻击；进犯枫溪的龟井部队从东南边推进，一时炮火连天。因双方力量悬殊，6月27日早晨，侵华日军冢木部队占领了广济桥。他们在潮州东门路和东平路交叉路口支起了迫击炮，与守城的中国军队展开了激烈的巷战。

当天，日军毛利部队攻占潮州，在县政府门墙上写上"毛利部队占领"一排大字。一时间，潮州城神哭鬼泣，暗无天日。日军占领潮州城后，随即接管了保安团。日军头目毛利在一群日军簇拥下走进保安团大院，上前两步准备训话。这时，日军队伍中走出一个人来，充当毛利的翻译。

当陈宏祥和所有被接管的人看清从人群中钻出来的翻译后，个个大惊失色。

点头哈腰、一脸谄笑的翻译不是别人，竟然是许福全。

毛利的嘴巴一张一合，叽里咕噜地说话，许福全一句一句地翻译。

"我们皇军是来帮助你们的,只要你们与我们合作,我们就不会伤害你们,更不会伤害你们的家人。相反,要是有人不配合,与大日本帝国作对,统统杀掉。"

陈宏祥听着许福全的翻译,惊慌失措的同时,心里一直在嘀咕着两个问题——许福全怎么能听得懂毛利的话呢?他什么时候投敌的?不但陈宏祥这样想,保安团里所有的人都在心里猜测这个问题。

今天的许福全,志得意满,趾高气扬,与以前的唯唯诺诺、谨言慎行判若两人。

"真是知人知面不知心啊,原来真是看错这小子了,呸!"陈宏祥在心里暗暗思忖。

许福全心中清楚自己的身份带给众人的震动,但他全然不当一回事,脸上挂着奸笑和蛮横。

"宏祥,咱们是老同学,今后要在一起共事了。"许福全走到陈宏祥面前,皮笑肉不笑地冲陈宏祥说道。

看着许福全小人得志的嘴脸,陈宏祥不由打了个冷战。想到前一段时间,自己还带人到处探查汉奸之事,陈宏祥不禁毛骨悚然。

"宏祥,我知道你在想什么。算了,不知者不罪,皇军一向宽宏大量,既往不咎。但从现在开始,就得看你的表现了,希望我们能精诚合作,共同为大日本帝国效力!不然的话,皇军要是怪罪下来,我这个老同学也帮不了你!"

陈宏祥点了点头,额头渗出了一层细汗。

在日军的威逼利诱之下,留守潮州城的保安团及队员被日军收编,成了地地道道的汉奸伪军。懂日语的许福全成了毛利的得力助手,同时兼任特高课课长。

潮州城沦陷之后,国民党潮安县政府迁至登荣区溪尾村,中共潮安县委搬迁到文祠长背山村,驻军独九旅旅部迁往潮安与丰顺交界的伍全。中国军队不甘屈辱,于7月15日夜,组织反攻。驻军独九旅六二五团在保安四团、预备六师和自卫总队、县自卫团等抗日力量的配合下,集结了六千余人发起了反攻潮州的战斗。

由于国共合作的原因,春洋通过自己的信息渠道获知了这一消息,立即报告了凤凰山游击队古队长。古队长带领两百多人一起参加了战斗。

两个日军中队占领潮州后,一个中队留守,另一个中队继续向内地进犯。获悉中国军队要反攻潮州,日军顿时慌了手脚,立即四处调集兵力前来增援。

战斗一直持续了三个昼夜,日军把汕头的驻军调了过来,军舰也开进了韩江,飞机盘旋着四处轰炸。武器装备落后的中国军队,在日军海陆空全方位的打击下，死伤四百多人，反攻失败，被迫撤离潮州城。

战斗打响之前，春洋与蔡兴中碰了个头。

春洋从蔡兴中那里听说了许福全的事情，震惊之余，怎么也想不明白为什么突然之间许福全就变成了这个样子。许福全什么时候学的日语？他到底是什么样的一个人？为什么之前自己一直没有察觉？春洋满脑门子问号，迫切想弄明白这些问题。

"蔡叔，以前与许福全共事时没有提防他，他是知道您身份的，您也尽快撤出去吧，我担心他找您的麻烦。"春洋突然想到了这件事。

"这事得等组织上的命令，我自己不能擅自撤离。另外，我留下来，还可以帮游击队打探消息和情报。"蔡兴中的语气十分坚定。

春洋没办法，只能反复叮嘱蔡兴中要注意安全。

"我知道了。"蔡兴中拍了一下春洋的肩膀。

这次游击队配合国民党部队攻打潮州，春洋盘算着，如果能夺回潮州城，自己一定要进城亲手抓到许福全，问清楚到底是怎么回事。但是，战斗打起来后，他满脑子想的就是怎么打退日军，根本没有时间再去考虑许福全的问题了。

"许福全，咱们走着瞧！"

第四十三章

反攻潮州失败之后，潮州与周边地区彻底陷入黑暗的深渊。

日军恼羞成怒，开始对城内和城郊区域进行报复性烧杀抢掠，挨家挨户进行搜查。在城内的一户人家，看到一个汉子手受伤了，毛利瞪大眼睛吼道："你的手，怎么的受伤？"

许福全在一旁翻译，汉子说："劈柴的时候不小心砍到了。"

"解开，给我看看！"

汉子摸着用白色布条缠着的手，随口嘟囔说："伤口有什么好看的？"

汉子的反应惹恼了毛利。毛利不由分说，拔出军刀，一刀下去就把他的整条胳膊砍了下来。毛利如此凶狠，连许福全都没有预料到，汉子喷出的鲜血，溅了他一脸。

汉子的老婆见到这种惨状，大哭大叫着跑了上来。日军士兵哗啦一下端起刺刀，拦着她。毛利见状，再次挥动军刀，直接刺进了汉子的胸口。

汉子双目圆睁，轰然倒地。

毛利朝许福全低声嘀咕几句后，许福全面对人群，扯起嗓门大声吆喝："大家都看到了，这就是与大日本帝国作对的下场！今后，潮州城里的人谁要胆敢和他一样，通通格杀勿论！"

汉子的妻子昏倒在地。

半个月下来，潮州城区以及庵埠、凤塘、西塘、竹围、龙翔寨、浮洋仙庭、黄冈、汫洲、柘林、海山、汛洲等地，被日军轮番血洗，烧杀掳掠，数千妇女被强奸，被杀群众达千人之众。屠杀之后，日军又把这些地方的所有房屋悉数烧毁……

一时间，整个潮州都在颤抖，空气中到处弥漫着血腥的味道。

为强化对潮州城的管控，许福全给日军出了一个主意，把保安队的人分成几个小组，每小组配两个日本士兵。8月份对潮州城进行户口普查，普查过后，颁发"良民证"，并贴出《大日本军司令官告示》规定。自9月1日起，居民必须凭"良民证"出入潮州城。许福全这一招十分阴险，直接把许多拿不到"良民证"

的人逼上了绝境。

如此心狠手辣，许福全到底何许人也？

他表面看似普普通通，但身世却鲜为人知。许福全的确是一个地地道道的潮州人，但是事实上，他的骨子里流淌的却有日本人的血液。

原来，许福全父亲真名叫伊堂修一，年轻时，是汕头一家洋布店的日本雇员。后来伊堂修一应召回国，加入了日军秘密间谍组织。培训半年后，伊堂修一改头换面，以中国人的身份来到了潮州。

来到潮州后，伊堂修一谎称是附近山区穷苦人家的孩子，家里兄弟姊妹多，缺吃少穿，所以出来混口饭吃。一家小旅店的老板天性善良，看他可怜，就雇了他当伙计。伊堂修一在店里沉默寡言，但每日起早贪黑，非常勤快，深得老板的喜爱。过了两年，老板把自己的女儿许配给了他，二人成家后生下了许福全和两个女儿。

枕边人是个潮州女，伊堂修一日日夜夜都谨小慎微。白天的时候，人可以很好地控制自己，但是晚上睡觉放松后就很容易露馅。有一次老婆埋怨他，晚上叽里咕噜不知道说什么梦话，伊堂修一听到后十分慌张，决定痛下杀手，便趁老婆生病之机，在中药里下毒，神不知鬼不觉毒死了自己的老婆。

许福全小时候与别人并没有什么区别，与春洋、陈宏祥等其他潮州孩子并无二致。十二岁那年的某天，伊堂修一将他单独叫到一个房间里，并呵斥其他家人不准靠近。此前，经过长时间的立威，伊堂修一的话在家里已经如同圣旨。两个人关起门来，伊堂修一拿出一张画像贴在墙上，喝令许福全对着画像举手宣誓，永远保守秘密，否则就打死他。

许福全颤抖着答应了。

伊堂修一严厉地告诉许福全："福全，阿爸今天跟你说实话。阿爸是日本人，担负着特殊的使命来到潮州。我是日本人，你也是日本人，我们身上流淌的是至高无上大和民族的血液。阿爸年纪越来越大，如果我的任务完不成，作为儿子，你要接替我继续下去。"之后，伊堂修一按照以前学的课程开始训练儿子，并暗地里开始教许福全日语。

许福全和伊堂修一的保密工作做得滴水不漏，与他朝夕相处的两个妹妹都不知道哥哥的真实身份。

慑于伊堂修一的淫威，许福全从小就养成了沉默寡言的性格。在学校里，他除了与春洋、陈宏祥、谷大志等少数几个人接触外，很少与其他同学一起玩耍。长大后，许福全的性格却变了，开始主动接近很多同学，与春洋的关系相处得也特别热络。这一点，春洋一直认为是许福全珍重同学之情，想彼此间有个照应，而实情他则完全被蒙在鼓里。

许福全逐渐取得春洋的信任后，也开始协助春洋，时间久了，慢慢悟出了春洋的真实身份。狡猾的许福全没有挑明，也没有举报春洋，因为他知道自己要做的是长期潜伏，随时等待帝国的召唤。但是，也有过一次例外，就是护送周恩来那次。许福全看到春洋左叮嘱、右吩咐，立即意识到这次将在他店里过夜的人绝非一般人物，便匿名向保安团进行了举报。但他没有料到的是，周恩来和春洋早有预防，打破常规，及时调整计划，化解了一场重大危情。

原本根据许福全的表现，春洋有几次想发展他入党，但都被他搪塞过去。当春洋被推选为潮州商会副会长后，许福全认为春洋门路广，加入他所在的组织便于更好隐蔽，才主动提出加入潮州地下党。也正因为这一点，蔡兴中敏锐地察觉到有所异常，便叮嘱春洋，一般的工作可以交给许福全，但重要的事情不要过多和他讲。

在对潮州城进行人口清查时，许福全带人来到了春洋家。

许福全问小美："春洋呢？"

小美说："我哪里知道啊？你是他同学，又是好朋友，我正要问你呢！"

许福全并不理会小美的冷嘲热讽，对其他几个人喝令："你们进去搜搜，看看人在不在家。"

搜查一无所获。

阿嬷看不过去了，以前许福全经常到家里来玩，她觉得这孩子还挺好的，现在怎么一下子和日本人搅在了一起，于是就拿起一根棍子，对着趴在身边的黑狗戳了一下，边打边骂道："你个喂不熟的狗东西，赶快滚出去，滚得越远越好！"

见老人指桑骂槐，许福全气得咬牙切齿，七窍生烟，但他不好意思直接动手，便对旁边的一个人使了个眼色。那人心领神会，走过去对着阿嬷吼道："死老太婆，闭嘴！再瞎骂胡嚼，我们就不客气了！"

阿嬷并没有把他们的恐吓当真，继续叫骂着。许福全两眼瞪着她，手握拳头，额头上青筋直暴。站在他跟前的一个日本兵知道许福全不高兴，随即对着阿嬷哇里哇啦说了一大通日语，然后猛然提枪，对着阿嬷胸口，"砰"的就是一枪。

众人还没反应过来，阿嬷已应声倒地，鲜血洇红了她的衣衫。

小美和阿妈一起扑过去，跪下哭喊着阿嬷。阿嬷怒目圆睁，没有留下一句话，就渐渐停止了呼吸。

许福全看出了人命，心知此地不宜久待，立即带着一帮人逃离了春洋家的院子。

正当李秾升一家人为老人遇害呼天号地的时候，一个挑着担子的男人在路上偷偷截住了上街采购丧葬用品的小美。

费了很大劲儿，小美才认出眼前的人是蔡兴中。

"小美，你阿嬷遇难的事，我已经知道了。如果春洋知道了，一定会悲痛欲绝。"蔡兴中低声沉重说道。

"蔡叔，这事怎么告诉春洋啊？家里人都快急疯了。阿嬷四个孙子，一个离开了人世，两个不知踪影，就春洋一个人在潮州，也见不到人。他不回来，阿嬷的葬礼怎么办啊？"小美满眼泪水，焦急地说道。

"小美，按道理，春洋应该回来。但你想过没有，许福全知道他参加了凤凰山游击队，他如果回来，日本人会放过他吗？你们家已经有人遇害了，再不能让家里其他人遭殃了。"蔡兴中耐心劝慰道。

"让春洋也像你一样，换个装回来看一眼也行啊！"小美用近乎乞求的语气说道。

"小美，你知道不知道，这一段时间，许福全带着几个便衣到处找我和春洋？我与他们遭遇过两次，所幸都寻机跑掉了。到现在，我家附近还有三个暗探守着呢。"

小美听完蔡兴中的话，明白他是冒着极大的危险前来见自己的，情绪瞬间冷静了许多。

"那该怎么办呢？"

"小美，你先别着急，我会暗中派人帮助你们把阿嬷安葬，这是一些费用，算是春洋给的。"蔡兴中说完，将一个布包塞给了小美。

小美双手直摆，坚辞不受。蔡兴中劝道："这时候家里正需要钱，算是春洋借我的行了吧。"

一句话堵住了小美的嘴。

"小美，为了春洋的安全，我这边设法与凤凰山游击队取得联系，避免他从别处得到消息，冒险回来，落入敌人的圈套。"

"蔡叔，我听您的。"

蔡兴中派人与春洋取得了联系。当他得知阿嬷去世的消息时，已经是一周后，阿嬷早已入土为安。春洋站在凤凰山顶，号啕痛哭，面朝潮州城方向三叩首后，长跪不起……

春洋没有想到许福全会变得如此没有人性，责怪自己交友草率，后悔以前真心实意地把他当朋友。日本人来了之后，他不求许福全照顾自己家，只是想着他能念及同学之情，至少不会危害家人。现在阿嬷因他而丢掉性命，彻底把二人变成了不共戴天的仇人。

"我一定要亲手除掉这个狗汉奸！"春洋咬着牙在心底暗暗发誓。

许福全经过他父亲这么多年的精心培训，早已经成为一个训练有素的特工，除掉他谈何容易。许福全也十分清楚李春洋一定会找自己报仇，便暗地里设好了一个局，决定先下手为强，抢先一步抓到春洋。

许福全想，春洋与阿嬷感情非同一般，一旦他知道阿嬷去世，肯定会悄悄回家奔丧。于是，他在春洋家四周布置了大量暗哨，准备守株待兔。令他大感失望的是，春洋并没有回来参加阿嬷的葬礼。葬礼不回来，他一定会找机会到阿嬷坟上祭拜。许福全于是在春洋阿嬷的坟墓附近布置了暗探，可十天过去了，仍然没有发现春洋的踪影，只得悻悻收队。

虽然接连失败，可许福全并没就此罢休……

阿嬷被害，让春溪一家对日军的仇恨更加不共戴天，他们纷纷加入了反击日军的行动中。

凤凰山游击队藏匿于山林之中，由于日寇反复扫荡，居无定所，吃饭成了最大的问题。古队长召集大家商议，计划在每个片区找一个可靠的人，负责筹集军粮，定期送上山来。

春洋想到了姐姐春溪。

带着外甥青林，春洋一天深夜摸回了姐姐家。春溪看到弟弟和儿子瘦了一圈，心疼不已，咬咬牙把家里仅剩的一只老母鸡杀了，做了一锅老鸡炖竹笋，一家人围在一起，热热闹闹地美美吃了顿饭，如同过了个大年。

"游击队怎么样？"春溪问春洋。

"敌强我弱，游击队只能打一枪换个地方，粮食成了大问题，必须靠山下各村庄的支持。咱们这个片区，可能还要辛苦你和青泉做做工作，筹集点粮食，定期送到指定的地方去。"

春溪一听是支援游击队的事，顿时来了精神："村里的百姓都恨死日本人了，只要是帮助打日本鬼子，就是自己不吃不喝，也要保证游击队员不饿肚子。"

青泉同样表态没有问题，主动请缨由农会负责这个事情。经过春溪、青泉和会员们的秘密宣传，老百姓都很支持，自动捐粮捐菜，有的还送来活鸡活鸭，一批救急粮很快就凑齐了。

但事情并没有像预料的那样一帆风顺。

由于凤凰山游击队不时设伏袭扰和打击毛利率领的日军，毛利命令筒井和许福全，率队在一个月之内摧毁凤凰山游击队以及他们赖以存在的根基。

青泉是周围几个村的农会主任，一直团结带领村民坚壁清野，积极开展"反扫荡"，深得村民的信任与拥护。

一天上午，一支日军小分队和一队伪军朝着磷溪镇气势汹汹地扑来。青泉得到消息，立即派人分头去通知各村做好防备，他自己则匆匆朝着日军最先抵达的凤鸣湾赶去。青泉怕凤鸣湾没有准备，被日伪打个措手不及。

青泉帮助凤鸣湾的村民把粮食、鸡鸭等刚刚藏好，日伪人马就闯入村内，把全部村民驱赶出来，集中到了村头的河滩上，逼迫大家交出农会的干部。村民个个低着头，没有一个人应答。青泉戴着草帽站在人群当中，看到站在筒井旁边的翻译官竟然是许福全，不禁大惊失色。

筒井声嘶力竭号叫了一通，见没有一个村民出来指认，气急败坏地喊道："我再给你们一分钟时间，不说就别怪我不客气了！"

仍然没有一个人站出来。

筒井拔出手枪，打开扳机。

危急时刻，青泉想主动站出来，身边的一位农会成员拉了拉他。

筒井举起手枪，对准身边一位老人的头部，"砰"的一声枪响。老人脑浆四溅，栽倒在地。

人群惊叫一片，骚动起来，小孩吓得哇哇直哭。

筒井朝许福全嘀咕两句后，许福全喊道："都给我听好了，是农会成员的，就主动站出来，不然的话，今天死的就不是一个人了！"

场上仍然没有人站出来。

狞笑一声后，筒井举起手枪，对准了一个小姑娘的后脑勺。浑身颤抖不止的小姑娘捂脸痛哭。

"我喊到三，如果没人站出来，我就打爆她的脑袋！"许福全翻译日军小队长的话。

"一！"

没有一个人站出来。

"二！"

仍然没有一个人站出来。

当筒井准备喊"三"时，人群中突然传出一声"住手"！

人群自动地闪开了一条道，筒井吃惊地看到一个戴着草帽的汉子从容地走了出来。汉子没有走到筒井前面，而是几步跨到许福全跟前，摘下了草帽。许福全一看，大惊失色："林……林青泉。"

青泉轻蔑地说："狗汉奸！"然后转过头来对筒井说，"我跟你们走，我就是你们要找的农会的头。"

惊慌失措的许福全凑近筒井身边耳语了几句，筒井点点头，对许福全说："告诉他，让全村的人把粮食统统交出来，否则格杀勿论！"

青泉说："你们来凤鸣湾扫荡过三次了，我们该交的都交上了，现在一点粮食都没有了。"

"'支那'猪，狡猾狡猾的！"筒井举起手枪，对准了青泉的额头。

令所有人没有想到的是，青泉扑通一声跪在了地上，连连求饶："别，别杀我！凤鸣湾真的一粒粮食都没有了。我带你们到邻近的临坑村和追风寨去，他们那里有粮食。"

"说假话的，枪毙！"筒井用枪口抵着青泉的脑袋号叫。

"如……如果我说半句假话，你就打死我！"青泉忙不迭地磕头求饶。

一大队人马押着青泉，向临坑村走去。

半个多小时后，他们来到了临坑村。许福全带人搜遍了整个村庄，也没有见到一个人。

青泉说："临坑村的人肯定进山干活去了。走，我再带你们到追风寨去看看。"

一个小时后，他们又来到了追风寨。整个村子同样见不到一个人影。许福全恼羞成怒，大声喝问青泉："林青泉，你耍我们啊，人呢？"

"人我真不知道去哪儿了，但我知道他们的粮食藏在哪里。"青泉说完，将头凑近许福全耳旁。

许福全正竖起耳朵准备听青泉说话，哪曾想到，青泉一口咬住了他的右耳，死命地向外撕扯。

许福全"啊呀啊呀"惨叫着，转瞬之间被生生咬掉了半边耳朵。还没等众人反应过来，青泉转头吐到了山崖之下。

筒井望着满口鲜血的青泉，二话没说，拔出手枪，对准青泉，"叭叭"就是两枪。

枪声惊飞了树上的鸟儿。

青泉应声倒地……

得知儿子的死讯，春溪放声大哭，一夜间头发白了大半。去年，她的丈夫生病去世，现在大儿子又被杀害，这接二连三的打击，对一个女人来说犹如天塌了下来。

在乡亲们的帮助下，春溪掩埋了青泉，把儿媳妇和孙子安置回娘家，自己孤身一人去凤凰山寻找游击队。为了避开下乡扫荡的敌人，她昼伏夜行，吃干粮喝泉水，找了五六天才找到游击队。

春溪见到了弟弟春洋和儿子青林，又肝肠寸断地大哭了一场，把这些天郁积于心的悲愤与委屈全部倾泻了出来。

春洋与青泉年纪相差不大，之前又一起做过事，感情非同一般。听到青泉牺牲的消息，春洋悲痛难忍，报仇雪恨的心情更加迫切，但他还是竭力控制住自己的情绪，安慰阿姐道："这些仇我们都铭记在心，一定要血债血偿。你放心，总有一天我会给青泉和阿嬷报仇的。我觉得你还是先回去为好，我们打的是游击战，居无定所，你跟着我们不方便。"

春溪说："我不能打仗，但我能做别的工作，比如送情报，照顾伤员，缝缝补补的。"

已经被提拔为游击队副队长的春洋一想，这些的确是姐姐的强项，游击队也需要这样的人手，于是就带着春溪去见古队长。古队长了解春洋一家人的情况，见春溪心意已决，便同意她留在游击队里照顾伤员。

春洋派人送姐姐去了伤兵站。游击队员与伤兵站不在一起，伤兵站位于大山深处秘密山洞内，为的是确保安全，避免被敌人轻易找到。

在伤兵站，春溪很快成了最受欢迎的人，年龄大一点的喊她大姐，年龄小些的直接称她阿妈。每日里，她上山采蘑菇、木耳、竹笋、野菜等，带着伤势好一点的队员抓野鸡、打野兔，想方设法给伤员改善生活；药品供应不上，她就带着队员采集中草药，用土方熬制膏药，贴在伤口上，内服外贴后，伤员的伤势比以前好得快了不少。春溪融入了集体，心情也好转了许多。

不久，春洋给春溪布置了一项重要的工作。

赤凤镇是一个重要交通枢纽，春洋向古队长提议，必须在镇上设立联络点，便于各方消息传递。队委会经过研究同意了这个建议。经过反复斟酌，选派了一个当地队员带领李春溪一起去了赤凤镇，筹建联络点。

他们开了一个山货店，叫"金凤花山货店"。

店开起来之后，当地队员担起了走村串乡收购山货的任务，顺带收集情报，春溪看守店铺，负责接收和传递情报。

小店藏在众多店铺之中，不显山不露水，设立之后运行得比较顺利，一两年内接收并传递了不少重要情报，特别是春溪，做事已经非常老到。她经常扮成一个五十多岁的乡间老妪，出入于敌占区，把收集到的情报藏在鞋子、发髻、拐杖、竹筐等里面，有时也放在水果、面团里，每次都能顺利地完成任务。

一天，小店来了一个五十多岁的男人，帽檐压得很低看不到全脸，说要买山货，不是买一点，而是要买一大批。春溪见来了大生意，便把他让到一边坐下，泡上一杯茶，问道："老板，您要什么东西？"

来人说："你拿纸和笔，我给你写下来。"

春溪拿来了纸和笔，他很快就写好了。春溪拿起来一看，纸上三个字特别醒目：蔡兴中。

蔡兴中这个名字，春溪当然知道，但多年没有其消息，已经不知其底细。春溪决定先探探虚实。

"你写的这三个字，不知道什么意思？"春溪说。

"我能见一见春洋吗？"蔡兴中回答。

"春洋的大哥在上海，听说后来改名字了，春洋告诉过你改成什么了？"

蔡兴中知道对方在考验自己，接着说："很不幸，春洋的大哥很早就不在人世了，在上海的是他二哥，改名柯经纬。不知道我说的对不对？"

春溪这下放心了，说："我是春洋的大姐春溪，我们不熟悉，所以多问了几句，别见怪呀。"

"你做得非常好。现在情况很复杂，不熟悉的话就要多问问，以免上当受骗。"

春溪带着蔡兴中进山去见春洋。

大栓见了老岳父自然非常高兴，详细问了问家里的情况，得知岳父母一家在城里还好。仲英则带着孩子回了公婆家。这是大栓的主意，他出来参加游击队之前特意把他们送回去的，一来让她们多陪陪老人家，二来在乡下也能避一避日本人。

古队长和春洋立马会见了蔡兴中。春洋见到久别的蔡叔，抑制不住内心的激动，三步两步跑到蔡兴中跟前，紧紧地握住他的手，问道："蔡叔，好长时间没见了，有什么重要事情，还要您亲自跑一趟？"

　　蔡兴中述说着自己的所见所闻。日本人占领潮州后，首先对城镇居民逐一核实身份并颁发"良民证"，市民外出必带"良民证"以便接受检查。日军一方面采取恐怖手段对潮州民众进行威吓，同时又推行愚民宣传和奴化教育，在潮州学校开设日语课程，印发日语教材，让小学生从小学日语，试图从文化和思想上对潮州民众进行改造。他们给进入学校学习的人发点心、大米、水果等，以此笼络人心，部分民众慑于淫威，开始学习日文。与此同时，为达到长期统治和占领的目的，市中心牌坊街上，日军在覃恩三赐坊等石柱上挂满日本旗，贴上"日华亲善提携"等宣传口号，还专门成立了一个宣抚班，经常上街进行愚民宣传，把侵略行径说成是促进"大东亚大团结"的"圣业"。

　　"砰"一声，春洋一拳砸在自己的斗笠上，一下子把斗笠砸了个洞。

　　"太无耻了！"古队长说道。

　　"古队长，春洋，龚自珍曾说过一句话，'欲要亡其国，必先亡其史，欲要灭其族，必先灭其文化'。如果我们对此束手无策，任由日本人长期控制学校，孩子还小，像一张白纸，很容易被日本鬼子洗脑，长此以往，我们的民族可就真的完了。"蔡兴中忧心忡忡地说道。

　　"我们绝不能让日本人的奴化政策得逞。"古队长说。

　　蔡兴中说："是啊。我这次来，一是把在潮州城里摸到的情报交给你们，另外就是想与你们就这事商量商量，看看有什么办法能阻止日本人这些无耻行为。"

　　"蔡书记，您是老大哥，经验丰富，有什么想法，先说说看。"古队长说。

　　"最直接最有效的方法就是在城里偷偷地张贴标语，散发传单。第一，让老百姓看到希望，还有人在和日本人顽强斗争；第二，揭穿日本人的虚伪丑恶面目，让老百姓看到后都能洞察日本人的阴谋，从而采取抵制措施。"蔡兴中说出了自己的想法。

　　"蔡叔，具体怎么做，请您说说！"春洋说。

　　"我们没有印刷设备，过去一段时间，街上贴的标语都是县委几个同志手写的。这样做，不但因为数量少影响不大，而且日伪正组织人员辨认笔迹，据此四处搜查抓人。为了安全，我们不得不暂停了行动。"

　　"蔡书记，这些事仅靠县委的几位同志去做，确实太危险，我们游击队得出手。"古队长果断地说道。

"这两天，县委正在酝酿搞台印刷机，如果成功，不但能大大提高传单的数量，而且较之以往更加安全。但印刷机又大又重，先不说怎么印制，就是买回来找地方放都很困难，看来还得费一些时间。"

春洋也有同感，说："不知道延安八路军是怎么弄到印刷机的，他们肯定比我们更需要这个东西。我二哥两年前从延安来过一封信，现在邮路不顺畅，否则去信问问他就好了。"

蔡兴中说："远水解不了近渴啊。我在上海时，曾经去参观过报社的印刷设备，都是铁制的大家伙，常用的八页机重约一吨。这些设备一时半会搞不到，再说即使搞到了这么大的东西，藏在哪里都是个问题，所以我们不能等。我准备最近到汕头和广州去一趟，听说现在有铅印机了，轻巧实用，如果能搞到一台，最好不过。如果搞不到，我们就模仿制作一台简易的。"

古队长说："这是个好主意。蔡书记，如果能找到这样的设备，就交给我们吧。你们人少，敌人对你们盯得又紧，由我们负责印刷，然后带进城里去散发。"

"好。我先搞一台给你们，如果能再搞一台，我们自己留着，双方一道做。不过要找到这样的设备，估计还需要一段时间。我建议，古队长这边先安排人写一些标语和传单，派人带到城里去散发，先补上现在这个空当。"

"没问题。我们的人经常化装入城，不是收集情报就是去搞药搞盐，今后再去，也把这件事当作一项重要任务。"古队长说完，扭头和春洋嘀咕了几句。

"蔡书记，春洋副队长负责游击队的情报侦察和后勤保障工作，后面一段时间，就请他协助配合你们，况且你们本来就很熟识。"古队长当机立断。

"好，谢谢古队长！"

临分别时，春洋问蔡兴中："蔡叔，城西葫芦山方向过护城河也有日军把守吗？"

"过护城河的桥是由伪军在把守。日军数量毕竟有限，只有广济门、南门和北门主要通道处有日军带班，但他们会经常开着摩托车在城里和各检查点巡逻。"蔡兴中回答得精准翔实。

"好的。您先回去忙印刷机的事，我马上组织人写好一批传单和标语后，立即带进潮州城。"古队长与蔡兴中握手告别。

"蔡叔，您一定要保护好自己。"春洋把蔡兴中送到山脚下，依依不舍地告别。

"春洋，城里很多人都认识你，你一定要注意安全，不要亲自进城，最好派别人去。"

春洋说："蔡叔，我知道的，会小心隐藏，这事您就不要操心了。"

第四十四章

春洋还是打算亲自进潮州城。

一开始古队长坚决不同意,觉得太危险。但经过春洋详细分析以及苦口婆心地游说,并再三保证一定全身去整身回,古队长实在拗不过,最终点头同意。

经过精心准备,第三天上午,春洋出发了。他打扮成当地农民模样,头戴斗笠,背着背篓。他长年在野外,皮肤晒得黝黑,不仔细看,与普通村民毫无二致。春洋到达城边的时候,天还没有完全黑透,他只好暂躲在葫芦山上。天黑后,他下山先到护城河桥附近查探,发现果然有伪军把守,不能硬闯。于是他就往南门方向走,不远处就是教会的福音医院。春洋不知道小美今天是否上夜班,不敢贸然进入医院,但转念一想,即便小美不在,孙富贵和吴柱子也应该有一个人在,不如先去探探消息。

医院大门紧闭,春洋敲了敲值班室的小窗。小窗打开后,露出半个脸,警惕地问:"你干什么?"

"我是孙富贵的朋友,有事找他,请问他在吗?"

"找老孙啊?好像在,你等等,我去叫他。"这人好像与孙富贵十分熟识。孙富贵在医院干了十几年了,人缘不错,属于老人头(老熟人)。

十几分钟后,孙富贵的脸出现在小窗口处。他使劲地眨了眨一双小眼睛,方才辨认出来人是春洋,赶紧对值班的人说:"开门,开门,我兄弟。"

看到春洋,孙富贵就像见到了久违的亲人,拉着春洋的手迟迟不肯松开。

在宿舍里,孙富贵把自己知道的情况一五一十都告诉了春洋。孙富贵说,日本人给在医院工作的中国人也都发了"良民证",由于医院在城外,又是美国教会所开,日本人并不敢随便进来捣乱。孙富贵还说几个城门晚上宵禁,白天都有人把守,无事他一般也不往城里去,对城里的事情了解得并不是太多。

"有什么事要我办,你尽管吩咐。"孙富贵信誓旦旦地说道。

春洋笑笑,说:"暂时没有,后面肯定会找你帮忙的,到时候你可得给我办顺溜了。"

"你放心交代我。我和柱子的命都是你给的,你说什么我们就干什么。"

"好。小美今天上夜班吗?"

"没有。"

"好了,我不能在这里久留。我马上进城一趟,回家去看看。"

"好吧,你可要当心啊。"

辞别孙富贵,春洋溜着城墙根,开始寻找蔡兴中说的损坏处。

春洋沿着城墙朝上水门方向走,一直走到天阁附近,发现一处长了许多杂树的城墙。见四周无人,他拉着下面的小树枝猛地一跃,跳到了上面稍微粗壮一点的树杈上,然后一点一点往上爬,很快就翻过了城墙,到了城墙这边的树杈上。静伏一会儿后,观察四周没有什么动静,春洋才从树杈上跳下,沿着墙根黑暗处疾速朝刘察巷走去。

春洋没有走正门,而是翻墙进了院子。此时已是深夜,院内十分安静,只是偶尔从父母的房间传出几声咳嗽声。春洋猫腰来到父母窗前,轻轻敲了几下窗户,低声喊了句"阿妈"。父母立即听出是儿子春洋的声音,赶紧跳下床,开门把他拉进了屋内。

"春洋,真的是你吗?"激动不已的阿妈上上下下仔细打量着春洋,看到儿子好好地站在自己面前,这才放下心来。

春洋给阿爸阿妈大致说了目前的情况,他和大姐都在游击队里,让他们不用担心。但在得知青泉牺牲的消息时,两位老人还是忍不住哭出声来。

三人正小声说着话,听到有人敲门。敲门的人是小美。她听到公婆屋子里有说话声,仔细一听好像是春洋的声音,就过来看一看。

"真的是你啊?你怎么才回来?"好久不见丈夫的小美又惊又喜,眼眶里一下溢满了泪水。

春洋一把将小美揽入怀中。阿爸阿妈在,小美赶快红着脸从春洋怀里挣脱出来。

"我这次回来,一是回家看看,另外还有点别的事。我没有'良民证',明天一大早就要出城,我回来的事不能对任何人说,千万不能让孩子们知道。"

"好的,他们都睡着了。"小美说。

"你带我去看看他们吧。"

春洋和小美告别父母,前后脚出了门。刚一出门,春洋就抱住了小美,在她脸上亲了一下,说:"小美,你辛苦了。"

小美没有说话,奔涌而出的泪水汪洋恣肆。

"孩子们呢?特别是念祖,日本人在学校实行奴化教育,我最担心他。"

"不会有事的，老嫲（太奶奶）被日本人打死的仇他一直记得。"

"孩子不懂事，一定要让他明白，日本鬼子是侵略我们，不是来帮我们的，我们一定要把他们赶出去。"

看着两个孩子酣甜的睡姿，还有红扑扑的小脸蛋，春洋心里暖暖的，他趴上去轻轻地亲了亲孩子，脸上露出久违的笑容，同时也有一丝的愧疚。

"春洋，你躺下凑合着睡一会儿吧！"

已经一年多没有见妻子了，春洋很想与小美温存一番，但他没有时间了。

"不行，我还有事情要做。"说完，春洋搜罗出家里以前留下的笔墨，找出一些白纸，开始书写标语。"中国人不学日本话""日本鬼子滚出中国去""潮州人决不当亡国奴"等等，一口气写了二十多张。写毕，为了防备日本人和伪军搜查，春洋又把笔墨放进水井暗洞内藏了起来。春洋写标语的时候，小美用米粉熬了一桶糨糊。

一切准备停当，已经是夜里三点。春洋明白，必须马上动身，天一亮就不好出城了。在小美的千叮咛万嘱咐下，春洋依依不舍地走出了屋门。

春洋在翻墙离开前，再次深深吻了小美："小美，无论发生任何事情，记住，对谁都不能说我回来过。"

小美郑重地点了点头。

深夜三点，是黎明前最黑暗的时刻，也是人们酣然入梦的时候。一路走一路贴，为确保更多的民众能够及时看到，春洋在太平街上、医院、学校门口等人员较为密集的重要场所都贴上了标语。贴完之后，春洋把木桶盛满水沉入一处池塘，沿着来时的路线翻过城墙，顺利地出了城。

天亮后，抗日标语暴露在了阳光之下。早起的生意人，上学的学生，看病的病人及家属……都看到了各处贴出的标语，大家既震惊又振奋，消息一传十十传百地迅速传播开来……

日本人也很快接到了发现赤色标语的报告。报告人正是陈宏祥。驻防潮州的日本中队长筒井听到消息后，二话没说，上前"叭、叭"几个耳光，扇得陈宏祥满嘴鲜血。

"你的，饭桶！"筒井已经学会了几句简单的中文。

陈宏祥用手捂着嘴，低着头一声也不敢吭。

"走！去看看。福全君，你也去！"筒井一声令下，许福全赶紧拿好东西跟上。十几个鬼子兵排成一列，陈宏祥在前面带路，气急败坏地朝太平街走去。

为保护现场，陈宏祥没有让人撕掉标语，现场不少人一边看一边议论纷纷。

一个人竖着大拇指说:"标语写得好,说出了我们不敢说的话。"

另一个人说:"看来我们潮州城里还是有血性之人。不会是凤凰山游击队的人进城了吧?听说他们可厉害了,打死了不少日本鬼子和伪军。"

看到日伪赶到,人群一哄而散。

筒井虽然不能全部看懂标语上的字,但是认识"日本"两个字。他让身边的许福全翻译内容,只听了两句,便怒不可遏地揭下标语,"唰、唰"几把撕得粉碎,砸在了陈宏祥身上。由于标语贴的时间不长,糨糊还没干,粘得筒井两手都是。他快步走向陈宏祥,扬起了手,陈宏祥吓得赶紧缩着脖子,抬起胳膊保护脑袋。出乎意料的是,筒井并没有甩他耳光,而是抬起两只手,在他衣服上乱擦一通,直到把手上的糨糊擦拭干净。

"你的,把守城门,严加盘查,一定要抓到贴标语的人!"筒井咬牙切齿地命令陈宏祥。

陈宏祥连连鞠躬答应着。

从看到标语的那一刻起,许福全心里就犯起了嘀咕,上面的字怎么那么像李春洋写的呢?难道他回来了?过去上学的时候,许福全经常抄春洋的作业,对他的字迹更是熟稔于心。今天当着筒井的面,许福全没有直接说出春洋的名字,并不是发什么慈悲,而是他还只是怀疑,不能确认,怕万一筒井向他要人,自己交不出,或者根本就不是春洋所为,自己反而弄巧成拙。虽然不言不语,但许福全暗中思忖,接下来检查的时候,一定要格外留心李春洋的踪迹。

当天,进出城门和文具店的人都遭到了异常严格的搜查。

首先遭殃的是传承笔墨斋。不仅因为店里卖笔墨纸砚,还因为日本人早就盯上了店老板钟正诚。日本人让担任商会会长的钟正诚出任维持会会长,他一直装病不同意,日本人因此怀恨在心。这次筒井指使两个日本兵带着一群伪军把传承笔墨斋砸了个稀巴烂。墨香书店也受到了牵连,他们以搜查为名,故意推倒书架,各种书刊散落一地。

当天晚饭时,念祖神神秘秘地对小美说:"阿妈,今天早上去上学,看到我们学校门口贴了标语,都是号召我们潮州人抗日的,老师和同学都很振奋。大家都说是游击队回来贴的,他们怎么会有那么大的胆子?"

小美说:"阿妈也不知道是谁贴的,但阿妈知道他们是什么人。"

"他们是什么人啊?"念祖瞪大眼睛问道。

"中国人。"小美回答。

念祖看着阿妈,很长时间没有说话。

"念祖,不管任何时候,你都要记住自己是中国人,千万不要学你二舅和许福全那个坏蛋。"

"嗯。我会的,今天教我们国文的董老师也说,宁为战死鬼,不当亡国奴!我长大后,一定要和今天贴标语的人一样勇敢!"年幼的念祖虽然声音仍然稚嫩,但是说出来的话掷地有声。

"念祖,好样的。你阿爸托人带话回来,他怕你和你的伙伴入了日本鬼子的圈套呢。他的意思让你们不要和日本人明斗,要智斗。"

"阿妈,你放心,我一定会记住阿爸的话。"

蔡兴中离开潮州后,先去了汕头。自从1939年潮汕铁路被破坏后,去汕头就没有之前那么方便了,他是搭船沿江而下的。

到达汕头,蔡兴中通过朋友老沈找到了一家印刷厂。老沈的朋友胡广友带他参观了印刷厂的设备。看了以后,蔡兴中大吃一惊。印刷厂用的是铅印机,主机加上铅字,还有附带的其他设备,重达七八百斤。先不说机器能否置办得起,光是重量就够吓人的了,另外还有安装和调试以及后续使用维护等一系列问题。搬回潮州或者凤凰山,显然不现实。

胡广友是个机械专家,出于保密,蔡兴中没有对他说实话,只是告诉他,自己想要一台携带方便、能印制冥币或者门神一类东西的机子。胡广友想了想,说:"现在都什么年代啦,你要的那些东西都是老古董了。"

"我就是想要那种简易又方便携带的。你帮我想一想,怎么样才能用最原始的方法印刷东西,我们不需要那么精细。"

胡广友琢磨了一会儿,突然板起脸看着蔡兴中说:"你要这东西绝对不是用于印制冥币或者门神的!印冥币和门神的都是在固定的场所,根本不需要搬来搬去,绝对不会考虑携带方便的问题。"

蔡兴中心中一惊,但随即坦然说道:"我又不是开书店的,只是想做点小生意养家糊口,不印制这些东西还能印什么?"

"不说了。老沈是我拜把兄弟,他说你是条有血性的汉子,就冲这点,这忙我帮了!"

胡广友端起茶杯思考了一会儿,低声说道:"我有一个最简单的办法你看行不行?我给你做一个转轴,再找一根圆木,锯成二十厘米左右的圆柱,在中间掏个孔。你们想印什么字,就在圆柱四周刻上什么字,然后,把圆柱固定在转轴上,在字上刷上墨汁,这样一滚,一张印刷品就成了,既方便又还很灵活。"

他一边说一边比画，蔡兴中马上明白了他的意思。胡广友继续说："估计你们也不是天天印，不用的时候可以挖个坑埋起来，等用的时候再掘出来，省事也省力。"

"老胡，谢谢你。"蔡兴中紧握胡广友的双手说道。

"不用谢。能为你们做一点事，是我的荣幸。"

之后，仅用两天的时间，胡广友便设计并制作好了转轴，拆装非常方便。他在只有几件简单工具如锉刀、锯条、手摇钻等条件下，示范制作了圆木片（打孔小圆柱），在上面刻出一列字，并找来纸、墨，两个人一直忙到试验成功。

一套印刷设备加在一起只有十几斤重，第二天蔡兴中扮成手艺人，带着拆散的转轴、锉刀、锯条等工具返回了，他想尽快送给凤凰山游击队。为减少麻烦，蔡兴中直接在韩江客运码头换乘去三河坝的船，准备到赤凤镇下船，再把设备送到春溪店里。

在汕头的四天时间，蔡兴中一直在与胡广友埋头研制简易印刷机，根本不知道春洋下山大闹潮州导致的紧张局势。

韩江码头盘查得更严了。蔡兴中一到码头，就感觉到了风头不对。他在候船室等待时，两个检查人员拦住了他，问他是干什么的，蔡兴中装作惧怕的样子，解释说是做家具的，床、衣柜、凳子等，都可以做。他诚惶诚恐地打开箱子，里面全是锉刀、锯条、尺子、墨斗等工具，看不出有什么异样，完全就是一个木匠的标配。之后，他们又检查了蔡兴中的"良民证"，是潮州人。一个检查人员歪斜着眼睛瞅着他问："出城准备到哪里去？"

蔡兴中皱着眉头诉起了苦："我们家孩子多，再不想办法挣钱就揭不开锅了。我在咱们城里找不到活，就想在韩江两岸问问看有没有人家做家具，挣点糊口的饭钱。"

两个人找不出更多的毛病，也就没有再纠缠。

在赤凤镇下船后，通过春溪的山货店，蔡兴中联系上了春洋。

按照蔡兴中的交代，春洋派人找来一根圆木，锯成了小圆柱。

"下一步干什么？"春洋问。

蔡兴中说："在木头侧面刻字。"说完，他便埋头示范起来，用了一个上午反刻出了"打倒日本帝国主义"八个凸出的阳字。

圆柱中间掏出孔后，卡进了滚轴。

正好负责弄墨汁和纸的同志也回来了。在蔡兴中的指导下，他们裁好纸，在圆柱侧面凸字上刷了一层薄薄的墨汁，握着滚轴的摇把，对准纸片一推，一张标语立马呈现在大家眼前。

"好用！太好用了！"几个年轻的游击队员兴奋得手舞足蹈。

"又快又好，可以大量印制。"春洋紧紧地握着蔡兴中的手，"蔡叔，您真不简单，不但能开书店卖书，还会造机器开印刷厂！"

蔡兴中搓了搓手，谦虚地笑着说道："你们不要谢我，这是汕头的一个朋友想出来的。我的任务算是完成了，接下来，你们还是好好想想，怎么样把这些标语安全送进城里吧。"

怎样把印刷好的大批标语带进潮州城，春洋为此费了一番心思。

春洋扮成农民在潮州南城门外观察，看到一辆运粪的车子出出进进，由于臭味大，人人都捂鼻躲避，对其检查得不是很严，春洋就把主意打在了这个上面。

通过潮安县委一名交通员的帮忙摸排，春洋获悉拉粪车的老汉姓聂。聂老汉的媳妇半年前遭日本人强奸，愤然投井自尽。春洋在城门外的田野里，找到了他。通过与聂老汉交心，了解到聂老汉对日本人恨之入骨。春洋告诉了他自己的身份，问他能否帮忙带东西进城。聂老汉一听给日本人捣乱，欣然同意。

二人一起研究把东西藏在哪里妥当，他们围着这个粪车转了一圈又一圈。聂老汉说藏在车子下面，或者把车把掏空塞进去，都被春洋一一否决。

春洋说："这可是厚厚一沓东西呢，不是张小纸条，随便找个地方塞进去很容易被发现。必须非常稳妥和隐蔽，就是日本人仔细检查也不容易被发现。"

这可难坏了聂老汉。他天天拉着自己的粪车，对车上的每一个部件都十分熟悉，实在想不出这么大的东西该放在哪里更稳妥，他为难得蹲在旁边吧嗒吧嗒抽了两袋烟也没有想出来。

春洋看着他，突然灵光一现："阿伯，我们能不能在车底做个夹层，把东西用油布包裹起来放进去，进城后再把它取出来？"

聂老汉仔细看了看，想了想，说："这个办法应该能行！我今天回去就把粪车改装一下。"

潮州城里的居民用的都是旱厕，需要定期清理。聂老汉的车子一般每天进一次城，都是下午去，如果他带标语进城，需要找个人接应取走标语。

"找谁呢？"

潮安县委的几位委员，被日伪盯得很紧，蔡兴中选来选去，还是觉得自己的老婆靠得住。她一个老年妇女经常出去买菜、做工，进进出出不太引人注意。

由于是粪车，再加上改装得好，聂老汉进城时没有遇到任何麻烦。进到城里，聂老汉在一户人家掏粪时，趁人不备，把藏好的东西拿出来，然后在路边

"偶遇"蔡兴中的妻子,把东西交给她,她再把东西送到指定的地点。

为此,蔡兴中派人转告妻子,在自家院内挖了一道沟,用砖头砌起来,上面盖上石板。潮州城里不少人家都有这样的排水沟,用来排雨水,看起来不算突兀。自从有了排水沟之后,蔡兴中的妻子每次拿到东西,都悄悄放在这里。

春洋一般隔上十天半个月进城一次,任务少便和大栓轮流去,任务多时就一起去。每次去之前,他都先写个纸条传给孙富贵,让他转告蔡婶当晚准备一碗米糊放在墙头上。天黑后他翻过城墙,偷偷潜入城内,完成其他任务后,深夜拿到标语和糨糊,以最快的速度贴好,然后迅速撤退。

潮州城第一次出现标语时,日本人带领伪军查了好大一阵,也没有查出任何头绪,其后几天再没有出现标语,也就放松了警惕。

一夜之间,潮州城内的大街小巷再次出现了标语,而且比上次更多。

陈宏祥吓坏了,手里攥着几张标语,连滚带爬地跑着去报告。他跌跌撞撞地跑到日军办公地点,不敢直接去找筒井,正在大门口探头探脑时,恰好被许福全看到了。

"陈宏祥,有事吗?"

"许课长,你看,又来了。"陈宏祥说着,就把手里的标语递给许福全。

许福全把标语铺在地上一一展开,仔细看了看,与上次不同的是,其中三张竟然一模一样。他说:"这看着不像是人写的啊!"

陈宏祥说:"课长英明,确实不是人写的,是刻的字模子,蘸了墨汁印上去的。"

许福全又问:"你最近听说春洋回来过吗?"

"没有。现在城门口查得这么严,他哪敢有这个胆回来。"

"不一定。他是死心塌地的共党分子,没有他干不出的事情。"许福全若有所思地说。

"那怎么办?他虽然是我妹夫,但我去问小美,肯定什么也打探不出来。"陈宏祥沮丧地说。

"这事你别管了,我亲自负责。你带人挨家挨户去查印字模具,查仔细点,不要放过任何蛛丝马迹,有情况及时报告。"

许福全把情况一五一十报告给了筒井中队长。筒井责令许福全全权负责此案的侦破。

其后几天,陈宏祥带领一帮人走街串巷,卖力地四处搜查,搞得到处鸡飞狗跳。

重点之一是搜查几家木工店。搜查队先拿出标语给店里老板和伙计看，确认就是用木头刻出的字，接着恫吓他们说有人举报是他们刻的字，把这些胆小之辈吓得魂飞魄散，当场跪在地上赌咒发誓。陈宏祥一看这阵势，心里就有了底，暗暗地骂一声："衰仔！就你们这熊样，谅你们也没有这个胆。"

重点之二是笔墨店。第一次出现标语时，他们首先就去搜查了钟正诚的店，把店翻了个底朝天，还把钟正诚"请"去盘问了半天。这次更是变本加厉，直接就把钟会长和两个伙计关了起来，把账本也一起带走，就是要弄清他们有没有向别人大量供应墨汁。三个人被分开隔离审讯，问不出来他们想要的东西，就刑讯逼供，两个年轻人尚能承受，钟正诚年纪大了，被打得昏厥过去几次。陈宏祥恐怕闹出人命，见实在问不出什么名堂，估计钟正诚三人知情的可能性也不大，只得把人放了出来。

考虑到刻字需要锯子、凿子、刻刀、尺子等，他们又把目标转向了五金店。一到店里，陈宏祥劈头就问："最近有没有人到你们这里买过刻刀、凿子等？"

老板说："肯定有人来买过，但是我们也不认识啊。"

"把账本拿出来查一查，哪天卖出去的，回忆一下那人长什么样？"

老板转身拿出账本，认真回忆起来。但是店里每天人来人往的，他根本记不清每一个来人的模样。被陈宏祥逼急了，他只得胡编乱造："9月1日，来人个子不高，一身农民打扮，买了一个锯子；9月2日，来人歪戴个帽子，买了一把刻刀和尺子……"

"你说的这些人太普通了，到哪里去找？"陈宏祥呵斥道。

老板嘟囔了一句："陈队长，他们偶尔路过买个东西，我又不认识他们，你非要我说他们的特征，这不是赶鸭子上架吗？"

"他妈的，你还犟嘴。"一个队员为了讨好陈宏祥，上前"啪啪"两个耳光，又猛踹一脚，将老板踢倒在地。

老板满地打滚，大声哭喊起来。

一连搜查了几天，陈宏祥也没有折腾出什么名堂来。

小美听到外面好多人在骂陈宏祥，下班后她跑回了娘家，堵住了他。

"二哥，外面很多人都在骂你，说你是日本人的狗腿子。阿爸阿妈和我现在都没法抬头见人，大家见我们就躲，背后还都指指点点的。二哥你不能再这样下去了，不然的话，总有一天要倒霉的。俗话说，兔子急了还咬人呢，何况这么多老百姓呢！他们很多可是从小看着你长大的，你怎么能这么狠心下得去手？"

"这事不用你管！你给李春洋带个信，这事要是他干的，我饶不了他。"

"春洋很长时间没有回潮州了,怎么能干这事?二哥,日本人不可能永远留在潮州,总有离开的一天,你得考虑清楚,给自己留条后路啊!"

"这我不管!"陈宏祥嘴上这么说,心里还真是惧怕三分,后来的行动收敛了不少。

第四十五章

陈宏祥全力展开搜查的同时，许福全也没有闲着。如果说陈宏祥是从找物开始，许福全则是从找人开始。

许福全其实一直在"惦记"着蔡兴中，并且坚信他就在潮州。潮州城内接连发生商会集体罢市游行，还有两名保安队员和一名日军翻译被杀，许福全认定是蔡兴中在暗中操纵。过去的一段时间，许福全之所以没有花大的精力搜捕蔡兴中，目的是想放长线钓大鱼，企图在关键时刻将潮安县委一网打尽。

针对蔡兴中的"猖狂"活动，许福全决定改变计划。

为此，许福全专门安排一个叫钟奎的便衣，四处搜寻蔡兴中的蛛丝马迹。心思缜密的蔡兴中，两次都使计甩掉，成功化险为夷。最后一次，钟奎看到一个蔡兴中模样的人走进一间油坊，便带人扑了进去。钟奎两人刚一进门，屋内就响起了枪声，钟奎手下的脑袋被打了一个血窟窿，自己的锁骨也被打断。枪响后，蔡兴中从后院翻墙而去。许福全认定油坊是潮安县委的秘密交通站，就把油坊主人带走，打得死去活来。半天后，一位副县长出面找到筒井，说开油坊的是自己五叔，与共产党毫无瓜葛，是被蔡兴中设计陷害的。

筒井把许福全骂了个狗血喷头。恼羞成怒的许福全决定，不再秘密追踪缉拿，而是在潮安城贴出通缉令，凡是举报蔡兴中下落者，赏金五万，直接将其缉拿移送者，赏金十万。

半个月过去了，蔡兴中仍然杳无音信。

听闻蔡兴中被全城通缉，春洋心急如焚，请示古队长后，悄悄与蔡兴中碰了一次面。

"蔡叔，古队长派我来，是想让您跟我上凤凰山，暂时躲一躲。"

"我没有接到上级通知，不能走。"

"日本人和许福全这次是一心想置您于死地。您不走，他们绝不会善罢甘休。"

"潮安县委的人本来就少，我一走，群龙无首，不但将其他委员置于更加危险的境地，潮州老百姓也会认为我怕日本人，偷偷溜掉了。这个时候我更不能走。"

"这一段时间，无论遇到什么样的事情，您一定不要出面，必要的时候，我们游击队会回来帮助你们。"春洋见说服不了蔡兴中，只能反复提醒道。

"你放心，蔡叔不会有事的。回去向春溪、大栓、志宝和古队长他们问好。另外还有一件事，我前几天又从汕头搞来了一台印刷机，潮州城宣传的事，交由我们主要来做吧，减轻你们一些负担。"

"那样你们就更危险了。"

"'不在沉默中爆发，就在沉默中灭亡'！越是这个时候，越不能沉默。"

"最好不要这样！"

"春洋，不要再说了，我已经决定了。"

春洋与蔡兴中相处这么多年，深知他的性格。与蔡兴中握手告别，春洋心中既担心又不舍，走出门后抬起手，悄悄擦了一把眼泪。

"春洋，都当副队长了，怎么还这样没出息！"蔡兴中朝春洋低声说道，内心深处又被春洋温暖着、感动着。这么多年，他已经将春洋当作自己的儿子一般了。

见通缉令不起作用，许福全一不做二不休，不再与蔡兴中玩猫捉老鼠的游戏。在筒井授意下，他把前几次带头罢市的潮州商会的六名商人通通抓了起来。

在牌坊街，筒井令人搭了一个木台，对六名商人进行公开审判。

牌坊街围满了潮州市民。

审判一开始，筒井就气势汹汹地拉出其中一位商人。

"商会的游行罢工，是不是蔡兴中指使的？"筒井问，许福全翻译。

"政府收的税太高，我们生意做不下去，才出来游行的，与蔡兴中毫无关系。"

筒井把商人踩在脚下，拔出手枪，对准他的脑袋。

"姓蔡的在哪里？"

"不知道。"

筒井拉开枪栓，大声吼叫："我再问一遍，蔡兴中躲在哪里？"

"我真的不知道。"

话音未落，筒井的枪就响了。

商人被打死在高台上。

围观的市民惊慌失措，纷纷逃离，现场一片混乱。

筒井朝天空连开两枪，没有人再敢动。

"都给我听好了，我在这里等着，两个小时后，那个怕死的蔡兴中如果还不来，我就打烂其余五个人的脑袋。现在，你们可以走了！"

众人离去。

两个小时差五分,一辆黄包车出现在空空荡荡的牌坊街上。

从黄包车上走下一个穿长衫的人,一把将车内捆着的一名戴眼镜的日本人拉了下来。穿长衫者是蔡兴中,日本人则是潮州日本商会会长佐藤。

许福全带人团团围住了蔡兴中。

蔡兴中从口袋里取出一枚自制手雷,高高举在自己和佐藤的头顶。

"许福全,告诉你主子,冤有头债有主,马上把五个人放走,我就跟你们走!不然的话,这个孙子也休想活命!"

筒井答应了蔡兴中的条件。

"慢!"蔡兴中高喊一声。

"我还有两个条件!"蔡兴中说。

筒井示意蔡兴中说话。

"第一,马上把死者尸体送回家里;第二,对其余五个商人不得报复。否则日本人在潮州的四十五家店铺,一百一十三个商人都是我们和凤凰山游击队打击的对象,只要其他五个人受到一点打击,我们就以牙还牙,以眼还眼。"

许福全把蔡兴中的话翻译给了筒井。筒井想了一会儿,点头同意。

五位商人被松了绑,迅速逃离牌坊街。

陈宏祥带着三个保安队员抬着死者的尸体,跟随家属也离开了牌坊街。

蔡兴中扔掉手雷后,被三个日本兵扑倒在地……

昏暗的拘押室内,遍体鳞伤的蔡兴中半躺在泥地上。突然,门开了,蔡兴中艰难地睁开眼睛,看到进来两个人,一个背着手,一个手提餐盒。眼睛适应了一下,蔡兴中看清楚走在前面的是许福全。

"蔡叔,您受苦了。来来来,先吃点饭。"许福全说完,示意后面的人把餐盒打开。

蔡兴中冷冷看了许福全一眼。

"蔡叔,吃饭之前呢,我想问问,您知道我老同学李春洋现在在哪儿?据说你们最近接触不断。"

"许福全,真没想到你个狗日的竟然当了汉奸,得亏春洋那么信任你,你们从小一起长大,平时兄弟相称,你还真能干出这么些猪狗不如、丧尽天良的事!春洋被你们逼走后至今没有一点儿音讯,根本不知道他在哪儿。你们不是天天在找他吗?我还想向你打听打听呢。"

"别扯了,你们两个都是共产党,你就是他的上家,如果别人说不知道,我还信,要说你不知道,我压根儿不信。"

"信不信由你。"

许福全露出了狰狞的笑容,立刻变了腔调:"蔡兴中,你不要敬酒不吃吃罚酒,我再给你一次机会,说出潮安县委其他人员的名字和地址,看在我们认识这么多年的分上,兴许还能保全你的性命。要不然……"

"许福全,说我不知道潮安地下党成员的名字和地址,显然是在骗你。告诉你,我的确知道,但你别想从我口中得知。"

"啪,啪",许福全扇了蔡兴中两个耳光。

"呸,狗东西!"蔡兴中将一口血水吐在了许福全脸上。

"把东西撤走,饿死他!"许福全咬牙切齿地说。

三天后,许福全又来到了拘押室。几天来,一直粒米未进的蔡兴中已经饿得奄奄一息。许福全将一碗牛杂粿条汤放在了他的面前。

"蔡兴中,说不说?说了,这一碗粿条汤马上就给你吃。不说,你就只能去阎王爷那里讨口饭吃了。"

蔡兴中闭上眼睛,吸了几下鼻子,想把这家乡的美味永远留在自己的记忆里。过了许久,他慢慢地睁开眼睛,一脚将粿条汤踢翻。

"冥顽不化的老东西。饿死他!"

四天之后的大清早,在太平路牌坊街上,一个打扫街道的人吓得疯了似的边跑边喊:"来人啊,死人,有死人啊!"

聚拢上来的市民发现,在太平街一座牌坊上,从中间垂下来一根绳子,绳子上吊着一具干瘦的尸体。

死者正是中共潮安县委书记蔡兴中。生于斯长于斯的蔡兴中,以这样异常惨烈的方式永别了故乡。古老的潮州城为之垂首,滚滚的韩江水为之悲鸣。

日本人想以这样的方式威慑潮州人——他们错了!

每个从牌坊前走过的人,或许沉默不语,但他们的眼里、他们的心中都熊熊燃烧着仇恨的火焰。终有一天,这些无形的火焰,会把这些暴戾的侵略者烧成灰烬。

6月,天渐渐热起来了。

一天傍晚,到了吃晚饭的时候,念祖还没有到家。他是个懂事的孩子,如果放学后没什么特殊情况,六点之前一定会回来。

李秾升着急地说:"这兵荒马乱的时候,我还是去学校看看,是不是老师留他做什么事了。"

小美并没有着急,说:"也许他和同学一起玩会儿呢。"

李秾升不放心,急急忙忙向学校走去,一路上左顾右盼,四处张望有没有孩子扎堆玩耍。他到学校一看,大门已经关上了。值班员说老师和学生老早就走完了。李秾升不死心,又进去到他们教室以及老师办公室都看了一下,没有一个人。

李秾升越发心慌,赶紧回去告诉小美。这下小美也慌了,她放下手中的活,去两三个平时与念祖要好的同学家里找,仍然没有找到。其中一个同学提供了一个信息,说下午放学的时候,他与念祖一起走出校门,在路上遇到一个人,那个人说知道他爸爸的消息,让念祖跟他走。

小美一听,心知大事不好,春洋不可能派人去找儿子的。她仔细问了问那个人长什么样,念祖的同学想了想说也没什么特别的,是一个三四十岁的中年人,个子不高,身材瘦削,理着平头。小美反复回忆,对此人毫无印象。

心急如焚的小美赶紧跑回家,看到儿子还没有回来,一边掩饰着焦急的心情,一边安慰同样着急的公婆。

"你们先别着急,我去后院找我二哥,让他想想办法。"

小美爸妈一听说念祖不见了,立即慌了神。陈宏祥还没有回来,父母边唠叨边骂着等人。一直等到八点多,陈宏祥才醉醺醺地晃了回来。听说念祖被人带走了还没有回来,把他也吓得酒醒了一半:"怎……怎么回事?"

小美哭着向他叙述了打听到的情况。

"会不会真的是春洋想见他,派人把他带走了?"陈宏祥试探地问。

"不会。"小美刚想说春洋前一段才回来过,已经见过念祖,突然意识到二哥的身份,赶紧话头一转。她说:"春洋虽然走了这么长时间没见人,但他如果想见念祖,肯定会先跟我说,他就这样把儿子带走,不怕家人着急?我敢肯定,一定不是春洋派人干的。现在看来,念祖多半是遇到坏人了。"

小美的父母急不可耐,连声催问陈宏祥:"你赶快想想办法,你手下不是有很多人嘛,赶紧让他们到处去找找。"

陈宏祥没有搭腔,歪着头苦思冥想。晚上喝了不少酒,要是平时,他早就躺在床上倒头大睡了,但现在也是捧着头抓耳挠腮,搜肠刮肚。

突然,小美指着陈宏祥说:"二哥,不会是你为找春洋,把亲外甥骗走了吧?"

"说什么疯话!"陈宏祥气得跳了起来,"你把我说得连猪狗都不如了,我怎么会拿亲外甥作诱饵？"

陈宏祥气归气，但他从小美的话里也琢磨出了一点意思。他没打自己亲外甥的主意，不等于自己身边的人不打。陈宏祥立马想到了许福全。

"好了，好了，别在家里斗气了，我这就安排几个弟兄去找念祖。大晚上你们都不要出去乱跑，在家里等消息吧。"

陈宏祥急匆匆地从家里出来，并没有去找队里的兄弟，而是直接去了许福全家。敲了好一阵门，许福全才懒洋洋开门出来，看到陈宏祥，立即假装热情地说："是宏祥啊，进来坐，进来坐。这么晚了找我有事？"

"我外甥不见了，我们家里都要炸窝了，想必这事你该知道。"

"你外甥，哪个外甥啊？我没事招惹你外甥干吗？"许福全不咸不淡的三言两语，把自己撇得干干净净。

"念祖！我妹妹的大儿子！"陈宏祥有点急眼。

"哦？是念祖啊，他小的时候我倒是见过，这几年见得少，估计已经长高了，再见到不知道还能不能认得。你说，念祖怎么了，出了什么事？"

"他下午放学后在学校门口被一个中年人接走了。对方说知道李春洋的消息，要带他去见他阿爸。他到现在都没有回家，家里人都急坏了。我阿爸阿妈和我妹妹都疯了似的逼着向我要人，找不到他我连家都不能回了。"

"你外甥不见了，这事你为什么找我？"

陈宏祥见许福全故意绕圈子，顿时气不打一处来。

"你前几天问过我李春洋回来没有，如果我没猜错，你肯定是想从他儿子口中得到李春洋的消息。如果是李春洋把他带走，肯定会告诉我妹妹一声，不会让小美急成这个样子。"此时的陈宏祥，两眼通红，目露凶光，看起来像是要找人拼命。

许福全看陈宏祥真的急了眼，便采取了缓兵之计："傍晚时我碰到特课组的潘风带着一个孩子，不知道是不是你外甥，当时我有别的事情，就没仔细看，也没问上两句。"

"他们到哪里去了？大人的事情跟小孩子无关，这帮人可不能乱来！"

"这我哪里知道？你可以到我们办事点去看看，如果不在，找人问一问，说不定有人会知道呢。"

听完许福全的话，陈宏祥心里明白了八九分，此事肯定是许福全指使的。尽管气得咬牙切齿，但陈宏祥多少还是忌惮许福全的身份，也是怕许福全狗急跳墙，这会儿只好打掉牙往肚里吞。陈宏祥转身开门离去，"砰"的一声又把门甩上。

到了特高课，陈宏祥看到两个人在办公室值班，并没有见到潘风。他问值班的人："你们看到潘风没有？"

"没有。你找他干什么？"

陈宏祥说："是你们许课长让我找他的，有点事要问问他。"

这两个人与陈宏祥熟识，也知道许福全和陈宏祥是同学，就说了实话："潘风在家，他今天不值班。"

"你们知道他家住哪里？"

"住在南门口附近小火瓦巷，但不知道具体地址，你到那里再问问吧。"

陈宏祥没有和他们多啰唆，转头就走。他只想着，先找到潘风再说。到了小火瓦巷，打听一番后，陈宏祥找到了潘风的家。

陈宏祥猛捶大门。

"谁啊？"

"嘭！嘭！嘭！"

"谁啊？讨厌，都这么晚了，还来敲门。"院内传来一个女人的声音。

接着，又传出一个男人的声音："你回来，我去开。"

不一会儿，门被打开，一个男人出现在陈宏祥面前。确认是潘风之后，陈宏祥反手将门扣上，随即上前抓住他的衣领，拉着人就往里拖。

"陈队长，你，你要干什么？有话好好说。"潘风知道陈宏祥的暴烈脾气，主动放低姿态。站在一旁的潘风老婆见陈宏祥两眼通红，腰间鼓鼓囊囊别着家伙，吓得哇哇直叫。

"闭嘴！"陈宏祥一声大喝。潘风赶紧说："臭娘儿们，别叫！"

拉扯着走到屋子里，陈宏祥猛地一甩，潘风摔倒在地。陈宏祥大声质问："你下午带走的孩子呢？"

"什么孩子？我没有带走什么孩子啊。"潘风一脸无辜的样子。

"别装了。我已经去见过你们课长了，他让我来找你的。你难道还想再吃点苦头？"陈宏祥从腰中拔出手枪，顶着潘风的脑袋。

事已至此，潘风只得和盘托出。"陈队长，你别急，别急！孩子就在我家。我已经给他吃过饭，我没有什么恶意，就是想问他点事儿，准备问完就把他送回去呢。"潘风说得十分轻松。

"你这浑蛋！你知不知道，这么小的孩子哪经过什么事情，你把他骗出来，扣住不让回家，家里人都急疯了。搁你身上，你什么感受？"

"骂得好，骂得对！真对不起，是我考虑不周。"

"孩子呢？"

"在里面。"潘风说完带着陈宏祥朝偏房小屋走去。

两人推开门走进去，陈宏祥看到蜷缩在角落里的念祖。

还没有走到念祖跟前，陈宏祥就听念祖抱头低声自言自语："我什么都不知道，我要回家。"陈宏祥两步跨到孩子身边，抓住他摇了摇："念祖，念祖，别害怕，我是二舅，我来带你回家。"

念祖这才睁开眼睛，看到真是二舅，哭喊着一下子扑了过去："二舅，救救我！救救我！"

看到念祖惊恐不安的样子，陈宏祥转过身去，咬着牙问潘风："你打他了？"

"没有，绝对没有。我就是问问他，我向你保证绝对没有动他一根手指头。"

陈宏祥又转向念祖："他逼问你什么了？"

念祖说："他一直在逼问我最近我阿爸回来过没有，我说没有，他不信，一直吓唬我要饿死我、打死我，不让我回家。"

陈宏祥瞪大双眼，恨不得一口把潘风吞掉。他对潘风说："听好了，小孩子不会说谎，李春洋最近的确没有回来过，这次你们应该相信了吧。"

说完，找到念祖的书包，拉着他愤然离去。

念祖这事看似过去了，但许福全对陈宏祥产生了怀疑。随后一段时间，陈宏祥发现，自己每次私下外出喝酒打牌，都有人暗自尾随。更让他无法容忍的是，自己家附近经常有人鬼鬼祟祟地来往徘徊。陈宏祥父母和老婆整天为之提心吊胆，不时在陈宏祥面前抱怨，惹得他十分苦恼。小美碰到陈宏祥，更是直言不讳："二哥，我说你就别干了，看你整天闷闷不乐的，我这个当妹妹的看着心疼。你看，你给人家卖命，人家还怀疑你，老百姓在背后更是戳你的脊梁骨。"

经过暗地里打听，陈宏祥知道了监视自己的是许福全特高课的人。

"王八蛋许福全，老子死心塌地跟日本人干，你们却把我当猴耍，搞得老子里外不是人！"愤愤不平的陈宏祥心中暗自骂道。

蔡兴中牺牲后，春洋带人在潮州城内的行动并没有停止。

潮州市民虽然不敢明面上讲，但心里都很钦佩。随着日伪加大追查搜索的力度，春洋面临的风险也越来越大。

许福全不是傻子，慢慢也分析出了标语出现的频次。春洋只想着宣传的持续性和效果，没有意识到行动太有规律，给自己带来了巨大的潜在危险。

查找模具制作、追查笔墨纸张出处、捣毁文具店等手段都用了，还是没有找出蛛丝马迹，许福全就改变了追查思路。摸清标语出现的频率和时间段后，许福全思量着要多安排一倍人员，化装后通宵值班巡逻。

许福全这样想，但没有表现出来。刚出现标语之后的几天，他故意安排几个小分队大张旗鼓查，接下来就逐渐放松下来。

蔡兴中的死对春洋造成了极大的打击，他心中的仇恨之火愈加炽烈，整个人也失去了以往的冷静，以至于他没有意识到许福全会这么狡猾，已然摸清他的规律，正在守株待兔。

一天早上，李秾升出去买药，返回途中累了，就在一个早点铺前坐下，准备吃点东西再走。他刚点好餐，就来了四个人，坐在了他旁边，一个个哈欠连天，好像一夜没有睡觉一样。

李秾升心想，可能是几个赌鬼，赌了一夜钱，又累又饿出来吃饭了。

几个人一边等一边小声说话。一个瘦子说："困死我了，已经守了四个晚上，你说贴标语的人还会出现吗？"

另一个胖点的人说："谁知道呢，头头说他们十天左右就要贴一次，现在离上次贴标语已经过去八天，估计该出来了。"

"许课长这次可是花大力气了，组织了这么多的人力蹲守，可谓志在必得。听说有可能是他同学李春洋带人干的，你们说如果真的抓到了李春洋，他会不会亲手毙了他？那就有好戏看啰！"

"你小声点，别让外人听到了。还真说不准，许课长外表看着挺和善的，其实骨子里是个狠人，动起手来六亲不认。说实话，我都不敢看他的眼。"

听到对方提及儿子春洋的名字，李秾升正嚼东西的嘴巴顿住了。贴标语的事他知道，难道这些标语是春洋贴的？再仔细想想，还真说不定。那天晚上儿子确实回来过，第二天街上就出现了标语。

李秾升不敢表现出异状，三口并作两口吃完早餐，赶紧向家里走去。回到家，看到老太婆就问："小美呢？"

"刚上班去了。找她有事啊？"

"嗯。"李秾升说完掉头就走。

"你去哪儿？"

"我去医院找她，有急事。"

李秾升到南门外的福音医院找到小美，上气不接下气地说："不好了！不好了！那汉奸许福全都布置好了，天天晚上派人蹲守，就等着抓春洋呢。你如果能联系上他,一定要告诉他们千万别进城!"

小美心急如焚,她逼着自己冷静下来,安慰公公:"您放心吧,不一定是春洋干的,但不管怎样,我会找人给他送信的。"

李秋升走后,小美的心一直揪着。她联系不上春洋,只能等他来找自己。以往都是孙富贵给她送来字条,让她晚上准备糨糊,根本见不到春洋。现在,她必须找个借口通知孙富贵,她要见春洋一面。

"孙师傅,我们护士室有点事,你能来给我们帮个忙吗?"

"好的,没问题。陈护士长您尽管吩咐。"孙富贵说着就跟着小美来到了护士长办公室。

小美把门关上,低声说:"孙师傅,城里情况有变,春洋他们恐怕会被埋伏,如果这几天春洋过来找你,一定要让他来见我。"

孙富贵看小美这么严肃,赶紧答应:"你放心,我记住了。"

当天下午,春洋带着大栓进了潮州城。

这一次,春洋两人是光明正大从东城门进入城内的。中共潮安县委争取了县户籍科一名叫殷宗良的青年人,发展他入了党。殷宗良偷偷给凤凰山游击队办了几张"良民证"。化装成渔民的春洋和大栓各自挑着一副担子,四个竹筐内装满了大大小小的鲜鱼,其中两个筐底的两条大鱼暗藏玄机,鱼肚子里藏着两枚手榴弹。

春洋这次闯潮州城,并不是为了贴标语,而是执行古队长交付的一项任务,袭击潮州城最好的饭店——潮州鱼馆。他们得到消息,当天晚上,占领潮州的日军司令官毛利要在这里举办天皇寿辰宴会。

潮州鱼馆戒备森严,一番搜身后,春洋两人还是顺利进入了厨房。

前一段时间,春洋已经借着给潮州鱼馆送鱼踩过点。他和店老板已经熟识了。之前春洋每次来送鱼,都是过秤结账后即拔腿走人。这一次,春洋说,厨房里人手忙不过来,可以帮着杀完鱼再走。店老板自然是欣然应允,连声道谢。

日落时分,毛利率领一帮日军进入饭店。一番效忠天皇的宣誓后,宴会正式开始。

此时,春洋和大栓已经杀完了鱼,趁厨房其他人不注意,将从鱼肚内取出的两枚手榴弹各自塞进了腰间。两人刚刚整理好衣服,一名日军士兵走进厨房,要检查饭菜准备好了没有。春洋和大栓眼神一碰,几乎同时拔出手榴弹。春洋猛力砸在日军后脑勺上,日军闷声倒地。大栓手拉导火线,对厨房内的其他人低声喊道:"都给我趴下,谁敢动,老子就拉响它!"

大厨和几名帮工扑通扑通抱头趴在地上。

春洋扒下日军士兵的衣服，迅速穿在自己身上，然后用托盘端着几盘冷菜，走进了宴会间。

大厅内人声鼎沸，宾客们推杯换盏，丝毫没有注意到伪装的春洋。进入大厅后，春洋悄悄扣住腰间手榴弹的导火环，继续往前走，距中间一桌还有十米左右时，突然拔出手榴弹，投掷到毛利所在圆桌的桌腿边。

春洋顺势卧倒在地。轰隆一声巨响，大厅内顿时鬼哭狼嚎，硝烟四起。

正当所有人不知所措之时，春洋猛然起身，向厨房奔去。春洋刚一进入厨房，大栓就拉响了第二枚手榴弹，投向了大厅……

一片混乱中，春洋顺手拿起案板上的一把剔骨刀别在腰间，和大栓从厨房窗户跳出，翻越后院围墙飞跑而去。

春洋和大栓沿着熟悉的巷子向城东门跑，准备离开潮州城。

两人穿过明朗巷，刚进入齐民巷时，前面突然冒出三个人来。

三人手持短枪，对准了春洋和大栓："站住！"

春洋和大栓没有携带短枪，只能停下脚步。

三道手电光射来，照在了春洋和大栓脸上。

"你们两个瞄准，我上去看看！他们要敢动，马上开枪！"三人中的一个吼道。吼叫的人正是许福全。今天他亲自带人设伏，准备擒拿可能前来贴标语的春洋。他用手电筒照完大栓的脸，接着照向了春洋。"春洋啊春洋，我们认识几十年，你以为你换套衣服我就认不出，逮不住你吗？"

说时迟，那时快，许福全话还没说完，春洋一个箭步冲上前去，将许福全一把抱住，把手中的剔骨刀死死抵在他的喉结处。

大栓想上去夺取许福全手中的短枪，两名特高课队员高喊："别动，再动我们就开枪。"

大栓只得停下。

春洋腾出另一只手准备去夺许福全手中的短枪。许福全拼命反抗，扣响了扳机，顺势将短枪扔到了两个特高课队员脚边。

特高课两名队员一个枪口对准春洋，另一个对准大栓。

双方对峙之际，更糟的情况出现了。七八名保安队员听见枪响，哗啦啦从附近冲了过来，将五个人团团包围。

"陈队长，我是许福全，快来抓李春洋！"许福全见来者是陈宏祥，拼命挣扎号叫。

陈宏祥看清挟持许福全的人真是春洋后，大吃一惊，愣在原地，不知如何是好。

"陈宏祥，快动手啊，皇军已经怀疑你私通共党，现在正是你自证清白的机会！"许福全不再叫"陈队长"，而是直呼其名。

春洋是自己的亲妹夫，陈宏祥无论如何下不了手，场面又陷入僵局。

"陈宏祥，我命令你马上动手，不然的话，你他妈的就是共党分子！"许福全大声号叫。

此时，春洋在脑海里快速思考着对策，他清楚，自己和大栓要想一起脱身，是不可能的，能走一个就是一个。

于是，春洋对许福全说话了："我留下，放我的同伴走，不然我就抹了你的脖子！"

许福全知道春洋说到做到，赶紧喊道："放人！"

"快走！"春洋向大栓喊道。

大栓迟疑不愿离开。

"快走！"春洋狂吼。

大栓这才冲出人群，很快就消失在夜色里。

春洋见大栓已经安全离开，不紧不慢地说道："许福全、陈宏祥，我们三个同学一场，想不到今天是这个结局。我生是潮州人，死是潮州鬼。'潮州'这两个字，我配得上！但你们两个，甘为汉奸，愧对先人愧对潮州，不配为人！"

说话间，许福全突然一个反手，抓住春洋持刀的手腕，猛力一压，剔骨刀掉在了地上。许福全和春洋俯身捡刀，几乎同时抓住了刀柄。

"快，快过来抓住他！"许福全冲陈宏祥号叫着。

陈宏祥拔出手枪，快步窜上前来。

令在场的所有人没有料到的是，陈宏祥来到正在扭打夺刀的两人面前，将枪口对准了许福全的太阳穴："松手，不然我就开枪了！"

"陈宏祥，你疯了吗？"许福全松手后，大声喊道。

春洋持刀站了起来。

两名特高课队员将枪口对准了陈宏祥。保安队员则不知所措。

"李春洋、许福全，你们两个听好了，我陈宏祥一直和共产党对着干，这些年被逼跟着日本人卖命，但他妈的日本人不相信老子，搞得老子现在左右不是人。"陈宏祥说道。

"你，你想干什么？"许福全惊惶地问道。

"原来老子还想着两头能落一头，但现在，老子两头都不想靠！"陈宏祥回答。

"当然是跟着皇军干,否则只能是死路一条!"许福全说。

"跟着共产党,人家不愿意。跟着日本人干,老子活得窝囊,死了也会被人戳脊梁骨。老子今天只想做一回真正的潮州人!"

所有人都不知道声嘶力竭狂吼的陈宏祥接着要干什么。

"李春洋,今天看在你是我妹夫的面子上,我就放你一马!今后你要是对不住小美,我陈宏祥在阴曹地府化成厉鬼也饶不了你!"陈宏祥大声喊道。

春洋疑惑地看着陈宏祥。

"其他人都不准动,你快走!"陈宏祥朝春洋喊道。

"你敢!"许福全吼叫。

"再喊,老子就开枪毙了你!"陈宏祥将枪口压得更紧。

"快走呀!"陈宏祥再次冲春洋喊道。

春洋拨开人群,向巷子尽头跑去。

十几分钟后,齐民巷响起一声沉闷的枪声。

陈宏祥自杀身亡。春洋离开后,陈宏祥曾想打死许福全,但细想之后,他认为这样做,日本人肯定不会放过自己的家人,最终选择了自杀。

春洋和大栓在潮州鱼馆制造的爆炸事件,炸死日军五人、伪军六人,炸断了毛利的一条腿。

第二天,恼羞成怒的毛利向许福全下令,砸毁春洋和陈宏祥两家所有的东西后,把小美抓进了监狱。

许福全严刑逼供,逼着小美交代春洋的去处,生生打断小美一条胳膊后,仍不肯罢手。

第三天,小美所在医院的全体人员在外籍院长的带领下来到了特高课。许福全刚要组织人员弹压,成千上万的潮州商会成员和市民呼喊着口号蜂拥而至。

"不能乱抓无辜,立即释放陈宏美!"

"白衣天使,何罪之有?"

孙富贵、吴柱子带头呼喊着口号。口号声震云天。

在整个潮州城罢市罢工三天后,许福全迫于压力,只得释放了小美。

这次罢市罢工,正是潮州地下党组织、商会和医院秘密开展的。

一计不成,又生一计。毛利给筒井和许福全下达了最后通牒,在潮州城抓不到李春洋，就进山清剿凤凰山游击队。

日伪一出城，潮安县委就把情报传送给了游击队。游击队之前还在潮安城至凤凰山沿途设置了几个交通站，随时关注日伪动向。日伪还未到，游击队早已掌握了他们的全部动向。

游击队熟悉凤凰山一带的地形，古队长和春洋带领游击队与前来清剿的日伪巧妙周旋于山林之间。一年多下来，日伪除了丢下二十几具尸体，一无所获，从没有一次遇到过游击队的主力。

筒井和许福全带领的日伪军找不到游击队，就拿凤凰山四周的村庄出气，对凤凰山周边的村庄实行抢光、烧光、杀光的"三光"政策。日伪残酷的暴行激起了人们更大的反抗，更多的青壮年加入了游击队。

一天上午，青林从一个交通站得到情报，筒井和许福全又带领队伍准备到赤凤镇一带扫荡。赤凤镇离凤凰山不远，春洋向古队长建议，出其不意，趁机袭击日伪扫荡部队。古队长同意了春洋的想法。

春洋派人把家在赤凤镇附近的队员找了过来，一起商议伏击地点。

一个队员说："要看一下敌人是在韩江的西边还是东边，西边地形相对平缓一些，不太好隐蔽，东边丘陵、山地比较多，行动起来比较有利。"

春洋说："如果他们在东边最好，要是他们在西边，我们能不能故意露出一些踪迹，把他们引到这边来？"

另外一个队员说："敌人不傻，隔着那么宽的韩江，怎么肯轻易过来呢？"

春洋想了一下，说："我有一个办法把他们引过来。我当诱饵，他们只要听说是我，肯定想抓到我在毛利面前邀功。敌人追过来，我们就向坪坑尖方向跑，把他们引到那一带再开战。坪坑尖再往东往北都是大山，也便于我们撤退。"

古队长思考再三，批准了春洋的方案。

一部分游击队员化装成赶集的农民，分散到赤凤镇附近的村庄。春洋则带两个人直接到了镇上。他头戴竹笠，背着竹篓，在街上四处闲逛。

许福全和四个日本人带着十几名伪军分乘两艘船到了赤凤镇，从东边上了岸。春洋看到后，顿时松了一口气，不用再费心引诱他们过河了。

日伪一个个离船登岸之时，春洋脱掉竹笠，急匆匆地从岸边路过。许福全刚跳上岸，眼睛一瞥，骤然发现了远处一个熟悉的身影。

"是李春洋！"

许福全不动声色，死死盯着熟悉的身影向镇子北头而去。待全部人员上了岸，许福全凑到筒井跟前，把发现李春洋的事告诉了他。筒井顿时火冒三丈：

"八格牙路，为什么不早点说？追！"

春洋与两名队员顺着镇子往北的大路疾速走着，他知道许福全发现自己后必定会带人沿着这条路追赶。他们没有跑得太快，一直在前面"带路"，生怕敌人追偏了方向。

沿着这条路来镇子赶集的人不少，他们看到日伪人马端着枪在跑，纷纷躲到路边。许福全隐隐约约看到春洋在前面跑，怕距离太远追不上，便一边跑一边喊叫："快点，再快点！就在前面，戴斗笠的那几个人。"

许福全能看到春洋，春洋也能看到他，两人一直保持着几百米远的距离。敌人追得快，春洋他们也快，敌人慢，他们也慢下来。敌人追了几里路，明显感觉到力不从心。许福全自然不甘心，上次抓捕春洋的时候被陈宏祥弄了个意外，现在好不容易又碰到了，岂能轻易放弃。

你跑我追，十几里路走下去，大路拐上了山路，走进了坪坑尖山区。待深入山区腹地后，春洋他们慢了下来。

筒井一看，急忙下令："开枪！"

日伪"砰砰啪啪"放起了枪。

在枪声响起的时候，春洋三个人已经像泥鳅入水般转眼消失得无影无踪。敌人只好对着树丛胡乱放枪。山林间毫无动静。正在筒井和许福全疑惑之时，突然听到山林中一声枪响，接着路两边密集的枪声骤然响起。还没等他们反应过来，五六个伪军已经栽倒在地。

"不好，上当了！"许福全第一个反应过来，一边大喊，"顶住，顶住！狠狠地打！"一边对着筒井摆手，示意赶快撤离。

瓮中之鳖，再想脱身比登天还难。春洋指挥着一个小队，封住了他们的退路。许福全他们在明处，游击队员在暗处，开战不到二十分钟，敌人已经被消灭了一半，剩下的人全都趴在地上，胡乱寻找掩体，向山林中漫无目标地疯狂射击。

对射中，又有三个日军士兵被击毙。春洋对旁边的队员说："都听好了，许福全和筒井必须抓活的！"

对峙一段时间后，游击队停止了射击。春洋对着日伪阵地喊道："许福全，投降吧！这次你插翅难逃了！"

许福全知道落到李春洋手里，肯定不会有好下场，大声回道："李春洋，你死了这条心吧，老子不会投降的！"

双方再次密集对射。

枪声渐渐稀落。敌人的子弹已经消耗殆尽。春洋大致数了一下，除了许福全、筒井，只剩下五个伪军。伪军见没了子弹，就把枪往地上一丢，举手投降了。

许福全和筒井并不死心，站起来想逃。

春洋命令："对着他们的腿打！"话音刚落，许福全应声倒地，抱着自己的腿哀号起来，而筒井的胳膊也被子弹打中，只得扔了没有子弹的手枪，挥舞着军刀哇哇乱砍。

游击队员从山林中涌出，向两人围了过来。

筒井仍在挥舞军刀负隅顽抗，被游击队员一枪击中大腿，倒地后被擒。

"快缴枪！"一个游击队员对许福全喊道。

许福全把手中的短枪扔了出去。

春洋从树林里走了出来，弯腰去捡许福全的手枪。正在这时，许福全突然从腰间掏出一把小巧的手枪，对准春洋扣动了扳机。

许福全这一连串的动作非常快，但还是被走在春洋旁边的青林看在了眼里。青林大喊一声："细舅（小舅），当心！"同时一步跨上去挡在了春洋的前面。青林还是晚了一步，春洋听到喊声身子一抖，子弹还是射中了他的左小腿。

紧接着，许福全射出了第二发子弹。由于青林挡在前面，子弹打在了青林腹部。

几名游击队员几乎同时扑向了许福全。

许福全举枪准备自尽，一个队员眼疾手快，抡起步枪砸了过去。枪托砸在了许福全的胳膊上，手枪被震飞落地。

"把他控制住！"春洋朝队员们喊道。

两个队员又从许福全身上搜出了一把军用匕首，在他衣领子里搜出了一颗毒药。

"青林，青林，你醒醒！"此时的青林已浑身瘫软，倒在了春洋的怀里。奇怪的是，青林脸色不是因失血苍白，反而是满脸青紫。他想开口说话，但怎么也说不出来。

一个游击队员突然喊道："李队长，青林中毒了！"

许福全露出了狡诈的笑容："李春洋，告诉你，我在子弹上淬了毒，不但他活不了，你也休想活！"

原来，许福全不但在子弹表面涂了一层氰化钾，而且还在弹头顶端锯了一个"十"字形的缺口，在缺口内同样涂了毒剂。

听了许福全的话，春洋立即安排几个人抢救青林，自己也连忙卷起裤脚看向伤口。

"李队长，不好了，你腿上的伤口发黑发紫！"一个队员惊叫一声。

春洋清楚，毒素正在顺着他的血管向全身输送，如果不能及时阻止毒药扩散，自己必将性命不保。

"快拿刀和绳子来！"春洋大喝一声。

几个队员随身带着砍刀和绳子，春洋拿过绳子，先把自己受伤的左腿用绳子扎紧，然后指着膝盖以下的地方，对其中一个队员说："快，从这里砍下去！"

那个队员吓得哑口无言，握着砍刀的双手颤抖个不停。

"想要我活，就赶快动手！"

听到春洋的话，那个队员只得举起砍刀，闭上眼睛手起刀落。到底是手软了，腿没有被砍下，只听到春洋的一声惨叫。

队员吓得瘫坐在地上。

后面一个年龄稍大点的队员一看形势不对，伸手接过砍刀，大喊一声："闭眼！"一砍刀下去，春洋受伤中毒的左小腿被砍了下来。

鲜血四溅，春洋当场晕了过去。一个队员把他的腿抬高，立即脱下衣服，卷巴卷巴后使劲压住伤口止血。

游击队员都是长年在野外生存之人，对止血有一定的经验，其他队员赶紧四处寻找草药，用嘴咀嚼后捂在伤口上。

随后，春洋和青林被人抬进了赤凤镇的一家诊所。半路上，青林就断了气……

春洋一直昏迷着，发着高烧，头和身体热得烫手。听闻消息，古队长也赶到了诊所。

姐姐春溪也过来了。

"大姐，春洋受伤了，我带你去见见他。"古队长对春溪说。

"严不严重？伤哪里了？"

"去看看吧，看了你就清楚了。"

看着昏迷不醒的弟弟，摸着弟弟一条空荡荡的裤腿，想到他还不知道能不能活下来的时候，春溪再也控制不住自己，大哭了起来。

春溪留下来照看弟弟。春洋一直高烧不退，昏迷不醒。焦急的春溪这时想到了儿子青林，问身边的人："青林呢？细（幺）舅都这个样子了，他怎么都不来看看？"

一位队员吞吞吐吐地说："大姐，古队长派他去执行任务了。"

过了两天两夜，春洋才苏醒过来。等春洋的情况稳定后，对于青林牺牲的消息,古队长认为不能再拖了,是时候告诉春溪了。

古队长找到春溪,和她聊起了天。谈到她的大弟弟李春澜英勇就义,她女婿坚贞不屈,她儿子青泉为抗日捐躯,最后总结说:"要革命就会有流血牺牲,这么多年来,你也见识经历了很多同志为革命抛头颅洒热血,这条路本来就布满荆棘。既然当初选择了干革命工作,就不怕流血牺牲。"

春溪刚开始还很奇怪,今天古队长怎么了,东拉西扯说这些干什么?越往下听越觉得不对劲,隐隐约约感觉到肯定有什么不好的事情发生。突然想到一个多月没有看到儿子青林了,她顿时有了一种不祥的预感。

"古队长,有什么事情你就直说吧,我能挺得住。"春溪语气坚定地说。

古队长停顿了一下,吞咽了一口唾沫,艰难地说:"春溪大姐,对不起,我们没有照顾好青林,他在上次的战斗中牺牲了。"

虽然有预感,也有了一些思想准备,但当听到古队长说出这个噩耗时,春溪的心还是揪成了一团,痛不欲生,彻骨的心痛让她浑身战栗,两只手越握越紧,一下子昏了过去。

良久之后,春溪才逐渐醒来,但她仍然无法接受这个无比残酷的现实。当看到青林坟墓的时候,她才相信青林真的没了。先是丈夫病死,女婿牺牲,接着是青泉被杀,现在青林又战死……至亲的人一个个先她而去,这让一个女人怎么活下去?

春溪坐在青林坟头,摸着孩子的墓碑,声嘶力竭地哭了很长时间,所有人不敢直视她,都流下了难以抑制的眼泪。

古队长端来一碗水,走到春溪身边,说:"打死青林的日军和汉奸我们已经击毙了十几个,还活捉了两个,我们会给青泉和青林报仇的。"

大姐一听说还抓到了两个坏蛋,急忙问:"人在哪里?"

"有人看押着。"

"好,带我去看看。"

看到杀害儿子的凶手,春溪怒不可遏,双目喷火。她脱掉一只鞋子,拎起来劈头盖脸地朝许福全和筒井打去,一边打一边喊:"王八蛋,还我的儿子!还我的儿子!"

五花大绑的许福全和筒井被押到青林坟前。两名游击队员将他们踢倒跪下。

古队长宣读了判决书,宣布经过上级组织批准,将两人就地正法。

两个队员搀扶着春洋站在坟前。此时的春洋形销骨立,经过这场变故,人仿佛一下子老了十几岁。

春洋双目圆睁怒视着许福全。许福全却始终低头不敢直视春洋。

"许福全，你父亲是日本人，但你别忘记自己还是半个中国人。你从小喝着韩江水，吃着潮州粮长大，是中国养育了你，你却忘恩负义，给这片生你养你的土地带来了无尽的杀戮和鲜血。你杀了我阿嬷，杀了蔡叔，杀了我的多少亲戚和伙伴，杀了多少从小看着你长大的乡亲，你没有想到，自己也有这么一天吧！今天我要用你的手枪，亲手结束你这条狗命，为死去的家人和乡亲报仇！"

许福全浑身颤抖，一言不发。

行刑由春洋和一名游击队员执行。春洋手举许福全的小手枪，瞄准许福全的后脑勺，扣响了扳机。

"砰"的一声枪响，许福全应声栽倒在地。

又是一声枪响，筒井命归西天。

枪声在凤凰山间久久回荡……

尾　声

1955年4月5日，上午，晴。

在潮州西湖公园的湖西岸，寿安古寺的东北侧，一座崭新的革命烈士纪念碑落成。碑高九米，坐北向南，顶部镶嵌着一颗醒目的五角星。纪念碑前，人群整齐肃立。大家自发地手持白花，神情肃穆，静静地等待着。

今天是潮州革命烈士纪念碑揭幕的日子。九点整，主持人宣布活动正式开始。

学生们组成的军乐队奏响了国歌。歌声响彻葫芦山的上空。

经过领导讲话、各界代表讲话等流程，到了最后的揭幕环节。主持人宣布了为纪念碑揭幕的八名代表名单。

伴随着雄壮的音乐节拍，揭幕代表一个个走上台阶。

八人当中，有一个人特别醒目。此人五十多岁的样子，穿着一身洗得发白的旧军装，双鬓斑白，一只胳膊架着拐杖慢慢跳上台阶，一步步走近纪念碑。他，就是主持人宣布的揭幕代表之一——李春洋。

台下，小美目不转睛地盯着自己的丈夫。

"咿，那个人是个瘸子，他没有了左腿。"说话的是城南小学一个三年级的学生。

其他几个学生一起点头。

"同学们，想知道他为什么没有了左腿吗？"班主任李念祖老师问他们。

"想！"同学们齐声回答。

"嘘，安静。这个人很了不起，大家先观看揭幕仪式，以后有时间我给大家细细讲讲。"

纪念碑揭幕代表各就各位，会场上安静下来。大家都屏着气，眼睛一眨不眨地盯着揭幕代表。

"我们潮州革命烈士纪念碑马上就要与大家见面了。三，二，一，请揭幕！"

"潮州革命烈士纪念碑"九个镏金大字呈现在人们面前。

仰望纪念碑，春洋泪流满面……

1950年国庆节，北京。

在庆祝新中国成立一周年招待晚宴的大厅里，春溪开心地坐在餐桌边。桌子上摆满了精美的菜肴，面前的餐盘上镶嵌着精致的花纹，熠熠闪着亮光。头顶上的枝形吊灯造型别致，发出柔和的光芒。

春溪睁大眼睛使劲看着这一切，努力把它们一一印在脑海里。她是带着任务来的，回去要把所见所闻都告诉乡亲们。

一个月前，春溪作为"英雄母亲"的代表，被选为南方根据地代表团成员，到北京参加国庆观礼。

白天，站在天安门前的长安街上，春溪亲眼看到了五星红旗高高升起，看到了毛泽东、周恩来等党和国家领导人频频向大家亲切招手，她激动地回应着，胳膊都挥酸了。晚上，毛泽东、周恩来等党和国家领导人在这里接见和宴请全国各代表团的代表。

看着大厅里来来往往的人们，春溪幸福地感受着这一切。突然，人群中一个似曾相识的人影从眼前晃过，但由于人太多了，等她定睛想再细看时，已经找不到了。

春溪心里非常疑惑："怎么像春江？他怎么会在这里？是不是我看花眼了？"宴会开始了，她只好暂时按捺下心中的疑虑。

到了敬酒环节，毛泽东、周恩来端着酒杯来到他们这一桌看望大家。大家推举春溪大姐作为代表向主席和总理敬酒。毛泽东亲切地询问她的名字，她赶忙回答自己叫李春溪，广东潮州人。毛泽东好像想起了什么，开口问道："你叫李春溪，那你认识李春澜吗？"

"认识，他是我大弟。"春溪回答。

毛泽东点点头，说："早年在广州我和春澜共过事，他的文章旁征博引、文风犀利，是一位很有才气的好同志，可惜人不在了。"

气氛一下凝重下来。

周恩来急忙插话："主席，李春澜有两个，不，三个弟弟，都是好样的。二弟叫李春江，现在就在外交部担任美澳司司长，只不过他现在的名字叫柯经纬。"

"一门四豪杰，打虎亲兄弟啊！是你这个大姐带了好头。"毛泽东感慨道。

众人大笑。

春溪望着周恩来,喜出望外:"总理,我二弟真的在外交部工作吗?"

"是的。我还兼着外交部部长呢,每天都能见到他。不过,他这几天有接待外宾的任务,可能抽不出身。如果你一定要见弟弟,我就批他半天假。"

"不用,不用!"春溪眼眶里闪动着激动的泪花。

这年年底,潮州城家家户户都在忙着准备粿饼、三铁等年货,街上到处洋溢着浓烈的年味。

这天,一个五十多岁的瘦削身影出现在潮州刘察巷十五号的门前。他放下行李,犹犹豫豫,迟迟不敢敲门。

左顾右盼一阵,他眼前的小巷子、围墙、房子都还是原来的样子。街巷里的小树长大了,天空蓝莹莹的,因为是深冬,显得更为高远寂寥。小巷子里来往的人并不多,他贪婪地看着身边的一景一物,不觉间,仿佛回到了记忆深处。

依稀恍惚间,他的眼前仿佛又出现了一群蹦蹦跳跳的孩童,欢快地唱着那首记忆中的童谣:

> 天顶一粒星,地下开书斋。
> 书斋门,未曾开,
> 阿奴拼爱食油堆,油堆未曾熟,
> 阿奴拼爱食猪肉,猪肉未曾割,
> 阿奴拼爱食粉葛,粉葛未曾挖,
> 阿奴拼爱食阿老爹三盅酒,酒未熟,
> 爱食粟,粟未挨,
> 爱食鸡,鸡未刨,
> 爱食梨,梨未摘,
> 阿奴哭了白白歇,
> 白白歇……

突然,十五号院的门被从里面打开了,李念祖开门准备外出。

"阿伯,你找谁?"念祖看了一眼陌生人,礼貌地询问。

门口的人说:"我找李春洋。"

"啊,找我阿爸,他在家呢。"念祖说着,就转身朝院内喊道:"阿爸,外面有个阿伯找你。"

"谁找我啊？"春洋边问边架着拐杖走了出来。

当春洋看到来人，先是大吃一惊，继而激动万分地喊道："二哥，你回来了！"说着踉跄地快步走过去，伸手想帮春江提行李。

春江慌忙阻止他："别，别啊，我自己来，你的腿不方便。"春江已经知道春洋的左腿断了，是春溪在北京时，托人告诉他的。

念祖瞬间也反应过来，急忙把行李抢了过去。"二伯，您回来了。我是念祖啊。"他赶紧自报姓名。

"念祖，都长成大小伙子了。"

小美也迎了出来。大家簇拥着春江，一起来到后屋。

看到二儿子回来，父母亲都激动得泪流满面。李秾升从床上坐了起来，似乎病一下子轻了许多。他拉着春江的手，不停地问着："回来就好！回来就好！你大哥呢？春海呢？他们怎么不和你一起回家过年？"

春江拉着父母亲的手，哽咽着说："阿爸阿妈，对不起，我们瞒了你们这么长时间。大哥早在二十三年前就被国民党杀害了。"

阿妈闻听后放声大哭，春江过去抱着阿妈，任由她把心中的苦楚尽情发泄出来。

李秾升老泪纵横："我早就猜到了。那年，你阿公被那些当兵的推倒瘫痪在床后，有一天晚上，我做了一个梦，梦见了你大哥。他对我说，他要去德国，去找马克思，让我放心，然后就从海上踏着海浪漂远了。梦醒之后，我就知道他凶多吉少，但没敢告诉你阿妈。这么多年我一直不敢问，心里多少存着一丝幻想，盼着他哪一天能突然出现在我们面前。真想不到，他那么早就不在了！"

春洋也坐到父亲的旁边，搂着他的肩膀说："对不起，阿爸，是我们不好，不敢告诉您，怕断了您最后的念想。"

"你们把春澜埋哪儿了？"李秾升又问。

春洋说："我先是把他埋在了汕头。过了两年，看看汕头变化太快，怕以后找不到他的坟，我就把他带了回来，在葫芦山上给他找了个地方。大哥那么喜欢潮州，我想让他天天看到我们西湖，还有西湖边年年盛开的金凤花。"

"好，好。这下你大哥也安心了。"李秾升靠在床边，抹着眼泪说。

说完了春澜，李秾升又问："那春海呢？看不到他人，怎么连一封信也没有呢？"

一家人都把目光转向了春江。

虽然不忍心，但春江还是坦白地说了："阿爸阿妈，春海，春海也不在了。"

春江哽咽着说:"1932年苏区扩大,需要文化工作干部,尤其缺乏戏剧工作人才。'文总'和'剧联'发出派人到苏区的通知,春海就报名去了鄂豫皖苏区。刚开始,我还收到过他两封信,后来就彻底断了联系。我一直试图通过组织和熟人打听春海的下落,但始终杳无音讯。"

春洋急忙问道:"那你怎么就确定他牺牲了呢?"

春江说:"我也是去年才打听到的。去年开国典礼,在天安门城楼上,我遇到了刘伯承将军。他认识春海,我问他春海在哪里,他告诉我春海已经牺牲了。但具体情况,他也不是太清楚。"

"唉!都说活要见人死要见尸,我们家春海走了,怎么连个着落都没有啊!"李秾升心如刀绞,抱头痛哭。过了好长一段时间,李秾升才止住悲声,转而看着孙子说:"念祖,你要记住你三伯,想尽一切办法,一定要把他找回来。"

"好的,阿公,我记住了。"念祖回答。

这时,小美说话了:"二哥,你知道我大哥的消息吗?我们家打听很长时间了,一直没有结果。"

春江回答:"小美,宏伟哥的真实身份不是国民党,而是中共地下党员。"

"啊!"小美惊叫一声。"我大哥现在在哪儿?"

春江低下了头,沉默一会儿后,慢慢抬起了头:"小美,我告诉你,但你一定要挺住。"

小美紧张地点了点头。

"几个月前,我才打听到宏伟哥的下落。宏伟哥从汕头到达苏区后,在钱壮飞领导下担任苏区保卫部的处长,他干得特别出色,多次破获企图暗杀中央领导人的国民党特工案件。中央红军撤离瑞金,也是他带领人员化装打前站,侦察敌情。在一次行动中,他和另外两名同志不幸遭遇敌人的伏击,为了掩护战友把情报送回大部队,他手持双枪吸引敌人火力,弹尽粮绝后不幸落入敌人之手,被敌人杀害……"

春江没有告诉小美,丧心病狂的敌人,先是砍掉陈宏伟的四肢,又砍掉了他的头颅。

春洋和小美泣不成声。

春江从包里拿出一个木盒,小心翼翼地打开,取出一个红丝绸布包,轻轻捧在手心,一层层地把它打开,里面是一块手表。

"小美,春洋,那两名战士离开前,宏伟哥从手腕上取下这块手表交给他们的,说是妹妹和妹夫给自己买的手表,自己用不着了,请他们今后有机会转交给在潮州的妹妹,妹妹叫陈宏美,家里人都喊小美……"

小美捧着手表,昏厥在春洋怀里……

饭桌上,春洋看着春江,问道:"二哥,这么多年,你都在做什么呢?"

春江说:"那次给你写信说过,我去了延安。到达延安第二年,中央马列学院成立,组织上让我出任西方革命史研究室主任。不久之后,中央成立了研究院,我又出任国际问题研究室主任。"

春洋插话说:"嗯,我当年听过你讲课,你能把那些复杂的问题讲得深入浅出,你适合做这个工作。"

春江说:"是的。后来,延安成立了抗日军政大学,我给学员讲授哲学和社会发展史。当过毛主席老师的徐特立,讲授统一战线。他告诉我,他是经过我们潮州去往苏区的。"

"徐特立?老徐?是不是当时年龄较大,瘦瘦的一个人?"春洋问道。

"是的!"

"当年是我把他送到大埔的呢。"春洋对这段经历记忆犹新,激动地说道。

"我听总理说,你护送过很多人,其中一位就是他。"

"是的。当时我是潮州站的交通员,站长是蔡叔。"春洋欣慰地笑了。

提起蔡兴中,屋子里一阵沉默。

"蔡叔是我们四兄弟的领路人,可惜牺牲得太早了……"春江感慨万千。

"二伯,后来呢?您接着讲。"念祖急切地问道。

"抗战后期,延安受到外国记者的关注,英美等国提出要求,希望中共允许国外记者到延安以及黄河以东解放区,了解我军力量以及对敌斗争的情况,并考察陕甘宁边区及敌后根据地实施各种政策的情况。大批外国记者来到延安,而我们的翻译人才特别缺乏,交流沟通成了棘手的问题。所以,中央决定将军委俄文学校改为延安外国语学校,突击培养外语人才,我又到那里兼任英文系老师。"

念祖说:"您真厉害,又干这又干那,您能忙得过来吗?"

"是啊。我们每个人要干四五个人的事,但从来没有一个人喊苦叫累。比如我自己,除负责研究工作、给学生上课,还担任边区政府编审科长,负责检查发出去的所有新闻稿件,还经常以翻译身份陪同外国记者东渡黄河,到晋绥军区第八分区的防区采访。"

李秾升说:"这么说,你那时闹着学英语,还真是派上大用场了?"

"是啊,还得感谢阿公和阿爸当年同意我磐石中学学习呢。后来中央军委成立外事组,还让我担任外事组'高级联络官'呢。我一边翻译马列原著,一边参与接待中外记者团和美军延安观察组。"

看着儿子现在这么有出息,李秾升欣慰地笑了。

春江告诉他们,抗战胜利后,中央军委外事组更名为中共中央外事组,叶剑英任组长。他随叶剑英到北平军调处执行部工作,任中共翻译处处长、新闻处处长、中央外事组研究处处长。

春洋笑着说:"二哥,我听阿姐讲,你现在在外交部当司长,是周总理的部下呢。"

春江笑了:"可以这么说。"

在随后的岁月里,李春江为我国外交事业做出了杰出贡献。1954年,中苏美英法五大国日内瓦会议召开,中华人民共和国总理兼外交部部长周恩来率领代表团参加,李春江便是成员之一。1955年9月,中美大使级会谈,李春江作为中方代表之一与美方谈判,达成两国平民回国协议,其后十年间从美国返回中国的科学家多达一百三十人,其中就有著名科学家钱学森……

"二哥,我同学戴平万现在做什么呀?"

"平万,也不在了。"

从春江口中,春洋得知,戴平万于1940年年底受组织委派前往苏北根据地,担任新四军苏中区党校校长兼教导主任,同时任苏中区党委宣传部部长并负责主编《抗战报》。1945年春,不幸在兴化溺亡。

兄弟故人皆陨落,春洋低头无语。

春江怕春洋太伤心,拍了拍春洋的肩膀说:"春洋,我给你说说梅益、陈波儿吧!

"梅益可不简单,现在是赫赫有名的翻译家。他与人合译了美国记者斯诺的名著《西行漫记》,后来还翻译了苏联名著《钢铁是怎样炼成的》。陈波儿也是女中豪杰,前几年,牵头创建了东北电影制片厂。去年,入京调任中央电影局艺术委员会副主任兼艺术处处长。在她的领导下,仅用一年时间就拍出了《赵一曼》《钢铁战士》等二十多部影片。"

屋子里一片啧啧称赞之声。

"春洋,小美,明天我们去大姐家看看吧。"春江提议。

"好的。"春洋、小美一口答应……

"李春海,你在哪里?"

其后的岁月里,寻找李春海成了李氏家族念念不忘的一件大事。李春江通过组织和朋友找,李念祖通过写信找,几十年过去了,仍然杳无音信。

李秾升夫妇、春溪、春江先后带着遗憾辞世。

春洋在生命中的最后几天,让念祖、念华用车子把自己推到湘子桥边。眼望韩江,春洋老泪横流。

"小美,你看,韩江里的浪花多漂亮啊!"

"是啊!是啊!"小美拉着春洋的手说道。

车子旁边有一棵高大的金凤树,小美指着金凤树说:"春洋,你看,金凤花多漂亮啊!"

"小美,姐姐和我们兄弟四个都喜欢金凤花,要是能再聚到一起看金凤花,那该多好啊……"

春洋弥留之际,嘴里还断断续续地哼唱着。小美趴在他耳边,仔细地听,原来那是三哥最爱唱的潮剧《十仙庆寿》:

> 五湖朦朦春正晓,
> 仙风习习红尘渺。
> 报道瑶池金母家,
> 仙人聚集蓬莱岛……

半年之后,小美也溘然长逝。

时光飞逝,转眼到了2019年初春。

3月初,《今日头条》公益寻人栏目和中国工农红军西路军临泽战役纪念馆发起了"寻找烈士亲属"的活动。活动初衷是为烈士找到家人,慰藉为民族独立、人民解放而英勇牺牲的烈士英灵。

在甘肃临泽,建有一座中国工农红军西路军临泽战役纪念馆。1937年春,红军西路军在这里与盘踞甘、青两地的国民党马步芳部展开了浴血奋战。这场战役,西路军伤亡惨重,数以万计的红军战士牺牲于此。

春海,在这里,已经静静地长眠了八十二年。

原来,彼时担任红四方面军政治部秘书长的李春海,长征途中一直坚决反对张国焘带领红四方面军西进不北上的错误做法。在残酷的"肃反"中，张国焘本想枪决李春海，但由于他写得一手好字，又能绘画，方幸免于难，与同时被迫害的廖承志、王占金等人一齐由保卫局羁押看管。李春海白天戴着手铐行军，晚上打开手铐戴上脚镣，从事油印、石印、书写标语、绘制军事地图和印刷钞票等工作，直至战死于临泽。

根据仅有的一点线索，临泽战役纪念馆推断李春海可能是广东潮汕人，于是向"寻找烈士后人"项目组提出了寻找请求。

一天晚上，汕头的一栋普通住宅楼里。念祖正在家里看电视，虽然已是九十岁的耄耋老人，但他仍然每天雷打不动地看《新闻联播》。《新闻联播》结束后，他颤颤巍巍地拿起遥控器换台，无意中换到甘肃电视台，一条滚动新闻吸引了他。

"来……来人，快来人哪！"念祖沙哑着声音颤巍巍地喊了起来。

儿子李茂生赶紧走过来问道："怎么了？怎么了？"

"快……快看！"念祖手指电视机。

茂生看向电视机，并没看到什么。原来那条滚动消息刚刚结束。李茂生正想要走开，念祖又指着电视机喊了起来："看，看！"

电视屏幕下方从右向左拉出来一行字：寻找潮汕红军烈士李春海亲属。

"这个吗？"茂生手指滚动消息，念祖重重地点了点头。

茂生从小就知道，自己有个三老伯（三爷爷）叫李春海，参加了红军，后来不知道在哪里牺牲了。

在念祖督促下，茂生第二天就给烈士寻亲组打去了电话。寻亲组工作人员当即决定前往潮州，了解情况。

第四天，寻亲组工作人员抵达潮州。念祖把大伯李春澜以前留下来的箱子翻了出来，从里面找到了李春海唯一的一张照片。发黄的照片上李春海穿着一身绿色的旧军装，印证着当年的艰苦岁月。念祖说这是李春海离开上海后寄给李春江的，春江拿了回来，一直保存到现在。

寻亲组工作人员在箱内发现了不少珍贵资料，都是李氏家族多年来陆续收集整理的。其中包括李春海的烈士证书，还有《中国共产党组织史资料》第二卷，里面记载：1933年3月至11月，李春海任红四方面军政治部秘书长；1983年，谢觉哉夫人、老红军王定国的诗句："长征路上六君子，挥毫不倦敌胆寒。"六君子中就有李春海……

看着眼前的这些资料，工作人员的眼睛湿润了。

工作人员说："终于找到了！你们三伯就是在甘肃临泽牺牲的，他被埋在临泽。现在临泽建成了临泽战役纪念馆和人民英雄纪念碑。"

一个月后的4月5日，清明节，念祖来到了甘肃临泽。

在公墓前，在两个人的搀扶下，念祖走下轮椅，手捧鲜花，静静伫立。

"三伯，我们来看您来了。"念祖深深地三鞠躬。

"三伯，您离家九十多年，家里人惦记您九十多年啊……"

陪同前来的儿子茂生点燃了几张纸，火光起处，纸灰随风起舞。

烧完纸，念祖从儿子手中接过两个饭盒，小心翼翼地打开。

"三伯，这是您喜欢吃的蚝烙和牛肉丸。您尝尝，看是不是您记忆中的味道。我们潮州的牛杂粿条、沙茶粿、猪肠糯米、老妈宫粽球，都很好吃，以后，我给您换着带，让您都尝一尝。"

在场的人个个泣不成声。

念祖擦干眼泪，哽咽着说道："三伯，我给您唱段《十仙庆寿》吧！没您唱得好，您可别骂我！"

　　　　五湖朦朦春正晓，
　　　　仙风习习红尘渺。
　　　　报道瑶池金母家，
　　　　仙人聚集蓬莱岛……

2018年6月至2020年10月创作于
潮州、汕头、徐州、南京、上海、
北京、伦敦、慕尼黑、上蔡等地。